Lorelei James est une des auteures dont les romans érotiques connaissent le plus grand succès aux États-Unis. Elle a reçu de nombreuses récompenses littéraires, parmi lesquelles le Romantic Times Reviewers' Choice Award. Lorelei vit dans le Dakota avec sa famille.

Du même auteur, chez Milady :

De main de maître :
1. *La Novice*
2. *L'Initiée*
3. *L'Experte*
4. *La Maîtresse*

Riders :
1. *Chevauchée exquise*
2. *Chevauchée ardente*
3. *Chevauchée intense*
4. *Chevauchée brûlante*

Du même auteur, chez Milady, en poche :

De main de maître :
1. *La Novice*
2. *L'Initiée*
3. *L'Experte*

Ce livre est également disponible au format numérique

Lorelei James

L'Experte

De main de maître – 3

Traduit de l'anglais (États-Unis) par Charline McGregor

Milady

Milady est un label des éditions Bragelonne

Titre original : *Unraveled*

ISBN : 978-2-8112-1870-6

Bragelonne – Milady
60-62, rue d'Hauteville – 75010 Paris

E-mail : info@milady.fr
Site Internet : www.milady.fr

Chapitre premier

Shiori Hirano avait envie de faire la peau à quelqu'un. Et par « quelqu'un », elle entendait plus précisément ce lèche-bottes mielleux de Knox Lofgren.

Un Knox-odieux personnage, qui avait fait preuve d'une forme rare, aujourd'hui, alors qu'il ressassait les protocoles de sécurité à la toute nouvelle promo de ceintures noires. Il les avait tellement harcelés que le groupe semblait prêt à se faire hara-kiri plutôt que d'écouter une seconde de plus les interminables rabâchages de leur shihan.

Sans compter l'autre point de désaccord : tout le monde au dojo Arts Black donnait à Knox le titre de « shihan », vu qu'il était la ceinture la plus élevée après Maître Black.

Du moins, avant que Shiori n'arrive.

Comme elle le dépassait d'un niveau, elle l'appelait « godan », soit le rang juste au-dessous du sien. Et ça, ça le rendait dingue. Du coup, il se vengeait en refusant de s'adresser à elle en employant un titre quel qu'il soit, préférant lui attribuer les surnoms de She-Cat ou Shitake.

Eh oui, ils offraient tous les deux le parfait exemple des chefs de groupe responsables.

Le frère de Shiori, Ronin Black, avait confié à Knox les rênes de son dojo d'arts martiaux pendant qu'il prenait dix semaines de congé sabbatique au Japon avec sa femme. Et si Shiori ne remettait pas en cause les vacances bien méritées de son frère, elle n'était pas non plus certaine de survivre à quatre-vingts jours de collaboration professionnelle avec Knox.

— Des questions, avant que je vous libère ? demanda-t-il au groupe.

Doux Jésus. LA question piège.

Et bien entendu, l'élève la plus casse-bonbons leva la main.

— Shihan, c'est un peu confus pour moi, le relevé-coup de pied circulaire. Vous pourriez nous le remontrer ?

Cette crétine s'attendait à ce que le shihan la fasse venir pour effectuer la démonstration avec lui ? Et qu'il colle son corps puissant au sien tandis qu'il lui donnerait les instructions de sa voix de braise ? Ben non. Il préférait qu'elle observe, ce qui signifiait…

— Shiori, j'ai besoin de ton assistance.

À vos ordres, Capitaine Trouduc. Et moi, j'ai envie d'un gin-tonic. Mets-m'en un double. Et fissa !

Comme il n'était pas question de refuser, elle se remit sur pied et se dirigea vers le centre du tatami.

— Rapprochez-vous afin que tout le monde nous voie bien.

Sitôt que les élèves se furent installés en cercle autour d'eux, Knox s'assit et plaça son pied droit au-dessus du genou gauche de Shiori.

Elle se pencha pour le saisir par la jambe gauche en préparation du coup de pied circulaire, il l'agrippa par les revers de son haut gi blanc et l'attira au tapis, la faisant rouler sur les épaules avant de lui immobiliser le bras à l'aide de son genou plaqué sur sa manche.

Quand il lui chevaucha le flanc, elle dut prendre sur elle pour ne pas riposter à son attaque sur-le-champ.

Mlle Question-à-Dix-Millions demanda à revoir le mouvement. Et bien sûr, le shihan obtempéra.

Il finit quand même par terminer son cours, et Shiori était sur le point de disposer elle aussi quand deux mains atterrirent sur ses épaules.

C'était si tentant de laisser libre cours à son instinct et d'effectuer un coup de pied en revers pour terminer par un grand coup de genou dans ses parties ! Pourtant elle se retint. Elle mériterait un bon gros cookie, pour un exploit pareil.

— Réunion obligatoire avec les instructeurs d'ABC dans cinq minutes, salle d'entraînement du deuxième étage.

— Youpi !

Elle se débarrassa de ses mains d'un mouvement d'épaules et s'éloigna.

— Super, l'attitude. J'ai déjà apprécié ta coopération pendant le cours de ce soir, alors fais-moi le plaisir d'éviter, au prochain cours.

— Aucun problème, du moment que tu évites d'expliquer mille fois une technique simplissime, rien que pour une paire de nichons qui adoreraient voir toutes les techniques de chevauchement que tu as dans ta besace.

Knox s'immobilisa et la prit par le bras.

— Qui ? Jilian ? Sa question était tout à fait valable.

— Non, elle a demandé une démonstration. Et je suis certaine que ses tétons ont fait la moue, quand tu ne l'as pas choisie, elle, comme cobaye. Encore une fois, c'est moi qui ai dû m'y coller.

— Car c'est ton travail.

— Non. Mon travail, ça aurait été de montrer à la classe à quel point ce mouvement est idiot, et la meilleure façon de le contrer.

Le regard de Knox perdit quelque peu de sa chaleur.

— Mais tu ne l'as pas fait… par déférence pour moi ?

— Oui, m'sieur.

— Il n'y a plus d'élèves, à présent, She-Cat. Allons régler ça sur le tatami.

— La proposition est carrément alléchante, mais…

Il la colla contre la porte de l'ascenseur.

— Ça n'était pas une proposition.

Merde.

— Tu joues de tes galons avec moi ?

— Absolument. Toi et moi. En haut. Maintenant.

Puis il baissa la tête et ajouta dans un murmure :

— Arrête de parler, rodukan, passe aux actes. Remets-moi à ma place.

Shiori serra les poings en entendant le sarcasme qu'il mettait à l'énonciation de son rang, « rokudan ». Mais ce qui l'irritait le plus, c'était la chair de poule qui lui hérissait le flanc gauche au contact de la voix chaude de Knox dans son oreille.

Et il s'éloigna sans un regard en arrière.

Bon sang, mais qu'est-ce qui ne tournait pas rond, chez elle ? Elle n'avait pas pipé mot, pas jeté la moindre insulte, elle n'avait même pas imaginé une seule réplique cinglante quand il lui avait lancé ce défi.

Parce que Knox a sur toi un effet que tu n'oses pas admettre.

Quand elle pénétra dans la salle d'entraînement, Deacon lui jeta un regard, puis un à Knox.

— C'est pas vrai ! Encore ?

Shiori ne lui prêta pas la moindre attention.

Knox l'attendait sur le tatami, sans l'esquisse d'un sourire sur son visage. Rien qu'une mâchoire déterminée.

— Comment tu me veux ?

La question parut le décontenancer, l'espace d'une seconde, puis il aboya :

— Debout.

Il l'agrippa et essaya de l'attirer au sol.

Elle pivota le haut du corps mais garda ses pieds fermement ancrés dans le tapis – pas évident à exécuter sans finir avec une déchirure des ligaments du genou – et poussa sur le centre de gravité de son adversaire.

Grâce à ce contre, elle le fit reculer d'un pas, comme prévu, mais il recouvra promptement l'équilibre, et au lieu de se retrouver à califourchon sur lui, elle finit de dos contre son torse, enveloppée de ses bras, tandis qu'il effectuait un coup de pied circulaire.

Ils heurtèrent violemment le tatami.

Shiori passa une jambe à l'extérieur de la sienne et poussa sur son autre pied, ce qui lui permit de contrôler la direction dans laquelle ils roulaient.

Mais son intention devait être trop lisible, car Knox contra et la plaqua face au tatami – après l'avoir cognée à la bouche d'un coup de coude.

Voilà qu'elle se retrouvait collée au sol dans une position des plus humiliante : avec lui allongé sur elle, et ses deux bras emprisonnés.

Et soudain ses lèvres chaudes vinrent lui chuchoter à l'oreille :

— Allez, She-Cat, remets-moi à ma place. Montre-moi à quel point cette prise est idiote.

— Sors-toi de là !

— Je suis ton homme chaque fois que l'envie te reprendra de me donner une leçon, murmura-t-il encore, avant de se retirer.

Shiori roula sur le dos. Putain ! Elle perdait son toucher ou quoi ? Elle se rassit et s'enlaça les mollets.

Ce fut alors qu'elle remarqua le sang.

Et la foule qui s'était attroupée autour d'eux.

Sophia « Fee » Curacao alla passer une serviette sous l'eau et revint s'accroupir près de Shiori.

— Ça va ?

Shiori hocha la tête en portant la serviette à sa bouche, où la blessure commençait à la picoter.

Fee se releva pour jeter à Knox un regard noir.

— Je n'arrive pas à croire que tu l'aies fait saigner pour ton premier jour à la tête du dojo, shihan.

— C'est rien, Fee, intervint Shiori d'une voix basse. J'aurais dû faire plus attention.

La vue du sang semblait avoir calmé l'humeur railleuse de Knox.

— Tu m'étonnes, que tu aurais dû faire plus attention.

Pas un mot d'excuse – non qu'elle le mérite. Agacée par les regards appuyés des gars tout autour et par la façon bizarre dont Knox lui fixait la bouche, elle se remit sur pied.

— Je vais bien. Faisons cette réunion et qu'on en finisse.

— Pas toi. Tu saignes, tu sors.

Elle leva les yeux au ciel.

— C'est aussi naze comme slogan que comme règle. Je n'irai nulle part.

— Comme tu veux.

Il tapa dans ses mains pour attirer l'attention.

— Rassemblez-vous.

Deacon, Ito, Zach et Jon se placèrent à la gauche de Knox. Blue, Fee, Terrel et Gil à sa droite.

Knox passa en revue la liste des événements hebdomadaires et des modifications deux fois plus vite que Ronin l'aurait fait, et la réunion fut bouclée en dix minutes. Nouveau record.

— Quelque chose à ajouter, Shiori ?

— Rien, m'sieur.

— Alors on a fini. À demain, tout le monde.

Et il quitta les lieux sur-le-champ. Il avait rencard ou quoi ?

Elle composa le numéro du service de voiturier et demanda qu'on vienne la prendre. Inutile de s'embêter à passer par le vestiaire pour se changer, vu qu'elle devrait mettre son gi à tremper afin de faire disparaître les taches de sang.

En chemin vers la sortie, elle se rendit compte qu'elle s'était aussi tordu le genou, pendant sa bagarre avec Knox.

Au bout du compte, une patte folle et un peu de sang, ça n'était pas si mal pour une première journée.

Le lendemain, Shiori était en salle de conférence, occupée à répondre sur son ordinateur portable aux questions de ses directeurs financiers d'Okada, quand Knox entra.

Il n'était pas rasé, et à son grand agacement, elle constata que la légère ombre qui accentuait la robustesse de sa mâchoire lui allait très bien. Il portait un pantalon gi froissé et son haut n'était pas fermé, ce qui permit à Shiori d'apercevoir son torse et ses abdominaux musclés. Levant les yeux, elle surprit le regard de Deacon posé sur elle derrière son écran.

— Tu es en retard, godan, ne put-elle s'empêcher de lancer.

— La nuit a été longue. J'ai dû aller jusqu'à Golden après le cours…

— On ne veut pas savoir où tu retrouves tes plans cul. Deacon et moi…

— Me mêle pas à ça, chérie, intervint Deacon de sa voix traînante.

Ces deux-là se soutenaient systématiquement. Les deux mois et demi qui s'annonçaient risquaient d'être les plus tumultueux de sa vie – et pourtant, elle avait travaillé dans le bureau de son grand-père, où chaque jour était une bataille.

Knox lui jeta un regard glacial en s'emparant d'une tasse de café.

— Rien à voir avec un plan cul – et d'ailleurs, ça ne te regarde en rien –, j'avais un truc de famille à régler.

— Tout va bien ? s'enquit Deacon.

— Maintenant, oui. Mais je suis crevé et je vais avoir besoin d'un litre de café pour me réveiller.

Il entreprit de s'en verser une tasse.

— Ce n'est pas…, reprit Shiori.

— Nom de Dieu, She-Cat ! Laisse-moi le temps d'arriver avant de me sauter dessus.

OK, mais ne viens pas te plaindre que je n'ai pas essayé de t'avertir.

Knox but une gorgée à sa tasse, et immédiatement une grimace lui tordit la bouche. Se tournant, il recracha le liquide dans l'évier.

— Bordel, mais c'est quoi cette merde ?

— Du thé.

— Pourquoi ? C'est une cafetière, pas une théière ! (Il étrécit les yeux.) Tu l'as fait exprès.

— Je suis arrivée la première, alors j'ai préparé du thé. Le jour où tu arriveras en premier, tu pourras faire du café.

Et avec un sourire, elle sirota sa boisson.

Knox chercha du regard le soutien de Deacon.

— Toi non plus, n'essaie pas de me mêler à ça, répliqua ce dernier. Elle a essayé de t'avertir, mais comme d'habitude, vous préférez vous grogner à la figure au lieu de vous écouter, alors…

— Et toi, tu bois du thé ? lui demanda Knox.

Deacon offrit à Shiori un large sourire.

— C'est pas si terrible, quand t'y ajoutes une demi-tasse de sucre.

Knox sortit une canette de Coca du frigo.

— Puisque c'est comme ça, je vais acheter une machine à expresso. Ce genre d'incidents ne se reproduira pas.

— Sinon tu pourrais aussi arriver à l'heure, suggéra Shiori d'une voix mielleuse.

— Même à l'armée, je n'avais pas autant de réunions, se plaignit Knox l'après-midi suivant, tandis qu'ils se retrouvaient dans la salle de conférence.

— Désolée de t'avoir dérangé au beau milieu de ta séance de drague avec Katie, mais je n'ai pas les antécédents concernant ce projet, rétorqua Shiori.

— On est jalouse, She-Cat ? ronronna-t-il. Parce que je pourrais convaincre Katie de t'accepter parmi nous, un de ces jours.

— Arrête de faire le malin, Knox, sinon elle va t'obliger à répondre aux mails de Ronin, l'avertit Deacon.

Tiens, où était passé le « J'te soutiens, mon pote », aujourd'hui ?

— Ce mail est arrivé hier soir.

Shiori saisit le feuillet imprimé et lut à voix haute :

— « Salutations, sensei Black. J'ai récemment connu un différend philosophique avec les responsables du centre d'arts martiaux de Cherry Creek, et j'ai décidé de mettre un terme à mes entraînements chez eux. Ce qui me place dans une position délicate, étant donné que le seul autre dojo où j'envisage de m'inscrire est celui d'ABC, qui fait désormais partie du groupe Arts Black. Or je faisais partie du groupe d'élèves qui ont fait irruption dans votre dojo, voilà plusieurs années, quand Steve Atwood nous a défiés au combat. » (Shiori releva les yeux.) C'est quoi, ce truc ?

— Steve Atwood est un connard prétentieux, et nos élèves battaient régulièrement les siens en tournoi. Alors il s'est pointé ici un soir, accompagné de ses trente élèves les mieux classés, et il a défié Ronin pour un combat public.

— Que Ronin a accepté, bien entendu, compléta Shiori.

Knox fit « oui » de la tête.

— Il l'aurait battu à mort, si je n'étais pas intervenu. Bref, Atwood a perdu des élèves à notre profit, poursuivit-il avec un large sourire, quand les parents se sont rendu compte du naze qu'il était devenu. Cela dit, depuis cette époque-là, nous n'avons plus récupéré d'élèves de ce centre d'arts martiaux, il me semble.

— C'est à cause de cet incident que la sécurité est aussi pointilleuse à l'entrée du dojo, expliqua Deacon. Avec le recul, tout ça a été plutôt positif.

— Ce type est ceinture noire troisième dan. Et il ne veut pas se joindre à notre programme, mais à celui de Blue.

Juste après l'arrivée de Shiori aux États-Unis, le dojo d'Alvares « Blue » Curacao, ABC, où l'on pratiquait le ju-jitsu brésilien, avait été absorbé par Arts Black.

— Donc, avant que nous en parlions avec Blue et ABC, Arts Black doit se mettre d'accord sur une décision unitaire.

— Dis-lui qu'on n'est pas intéressés, lança Knox.

— Non. Organisons une réunion. Avec moi, proposa Deacon. Comme ça, il verra nos efforts en matière de sécurité et constatera par lui-même qu'on ne déconne pas. Je suis assez bon, pour évaluer la sincérité des gens.

Knox ricana.

— Toi ? Arrête ton char, D., tu détestes tout le monde ! Tu es le seul instructeur que je connaisse qui fait tout pour que ses élèves démissionnent de ses cours.

— Vaut mieux qu'il voie ça plutôt que les biscuits et le lait que tu sers à tes élèves depuis quelque temps, non ?

La colère qui émanait de Knox refroidit l'atmosphère jusque-là détendue, tel un nuage empoisonné. Il garda un silence de mort pendant plusieurs secondes, avant de jeter :

— Ton opinion est notée, yondan. Tu es libéré.

Deacon se mit debout. Il s'arrêta près de la porte et parut hésiter entre ouvrir de nouveau la bouche ou pas. Finalement, il sortit sans un mot.

Il ne manquait plus que ça : Knox avait hérité du comportement typique de Ronin ; le genre : « Je suis ton sensei, ma parole fait loi » ?

Quand Shiori sentit la colère de Knox se reporter sur elle – comme si elle allait le contredire ! –, il lui fallut une seconde ou deux avant d'oser croiser son regard.

— C'est vraiment ce que tu veux que je réponde à ce mail ? Qu'on n'est pas intéressés par sa candidature pour venir s'entraîner dans nos locaux ?

— Fais-moi suivre le mail et j'y répondrai, mais oui, c'est bien mon intention.

— Bien sûr.

Elle rapprocha son ordinateur et ouvrit plusieurs fenêtres. Pendant que ses doigts s'agitaient sur les touches du clavier, elle sentait les yeux perçants de Knox posés sur elle.

— OK, c'est fait.

— Tu désapprouves ma décision ? s'enquit-il froidement.

Elle soutint son regard.

— Non, shihan, pas du tout.

Ses prunelles s'assombrirent.

— C'est la première fois que tu m'appelles « shihan ».

Elle referma l'ordinateur et se leva.

— C'est la première fois que ton comportement mérite ce titre.

Les cours du jeudi soir, c'était toujours de la folie. Et pourtant, Shiori fut surprise d'entendre :

— Le shihan a besoin de toi dans la salle d'entraînement numéro un.

Elle leva les yeux vers Deacon et le rejoignit dans l'encadrement de la porte.

— Qu'est-ce qui se passe ?

— Je remplaçais Zach dans le cours des ceintures jaunes, et puis, euh… Il y en a un ou deux qui pleurent, là.

— Tu as fait pleurer des gamins ?

— Mais je sais pas ce que j'ai fait de mal, moi ! Tu les entends, les deux petites qui braillent ?

— Tu as fait pleurer des petites filles ?

Deacon détourna les yeux.

— Va aider Knox, s'il te plaît.

Elle traversa les zones d'entraînement ouvertes. Les pleurs lui parvinrent avant même qu'elle ait atteint la salle concernée.

Knox se trouvait en compagnie de deux fillettes – sept ans environ –, un peu à l'écart du groupe. En raison de l'acoustique du bâtiment, les pleurs des petites paraissaient plus forts de l'extérieur qu'ils ne l'étaient en réalité. Shiori jeta un rapide coup d'œil en direction du reste du groupe, une dizaine de filles et de garçons, qui observaient le shihan avec de grands yeux.

Elle posa une main sur l'épaule de Knox. L'espace d'une fraction de seconde, elle crut qu'il allait réagir instinctivement et lui infliger une clé de poignet.

Mais il tourna la tête, l'air étonné.

— Qu'est-ce que tu fais là ?

— Deacon m'a dit que tu avais besoin d'un coup de main. Qu'est-ce qui se passe ?

— D'après ce que j'ai cru comprendre, celle-là (Il désigna la brunette qui sanglotait, le front posé sur les genoux.) a essayé un coup de pied circulaire et son pied a heurté celle-ci (Il pointa une seconde brunette qui sanglotait, le front posé sur les genoux.) au visage. Alors la numéro deux a poussé la numéro un et tenté de l'étrangler.

— Il y a des blessées ?

Il secoua la tête.

— Retourne t'occuper de ton cours, j'ai les choses en main.

Tu parles.

— Qu'est-ce qui a déclenché le déluge ?

— Deacon les a mises en temps mort jusqu'à la fin du cours et a menacé de demander à leurs parents de leur interdire les programmes de MMA TV.

Judicieuse initiative. Les MMA, c'était parfait pour mettre en scène le très haut niveau dans différents styles d'arts martiaux, mais les enfants ne comprenaient pas qu'ils ne devaient pas reproduire ces mouvements sans un entraînement idoine.

— Comment s'appellent-elles ?

— Aucune idée.

— Ça te dérange si j'essaie de leur parler ?

— Je t'en prie, va.

Shiori tapota le pied de la fillette numéro un.

— Coucou. Allez, il faut arrêter de pleurer et te reprendre, maintenant.

— Super, merci pour ton aide, ricana Knox dans son dos. Et crois-moi si tu veux, mais elles sont bien plus calmes que tout à l'heure.

— Tu as vraiment un doigté de dingue avec les mômes, ironisa-t-elle.

— Ben j'ai deux petites sœurs.

Ah oui ? Pourquoi est-ce qu'elle ne l'avait jamais su ?

Il posa la main sur le bras de la fillette numéro deux.

— Tu peux me parler, ma puce ?

La petite releva la tête. Et ses sanglots se changèrent en reniflements hoquetants.

— Addy est méchante. Elle a dit qu'elle aurait sa ceinture orange avant moi et que comme ça, elle serait plus obligée d'être dans la même classe que moi parce que je suis nulle.

La fillette numéro un leva la tête à son tour. Bon Dieu ! Des jumelles !

— Abby est jalouse parce que je suis meilleure qu'elle en ju-jitsu, répliqua-t-elle.

— Pas vrai ! hurla Abby.

— Et si ! re-hurla Addy.

— Et non ! re-re-hurla Abby.

— Et si, et je veux pas qu'on me confonde avec toi, parce que je suis meilleure ! cria Addy.

— Les filles, lança Shiori.

Un avertissement qui n'interrompit en rien l'escalade hurlante.

Knox roula des yeux, avant d'aller s'asseoir entre les deux combattantes.

— Assez.

— C'est elle qui a commencé, assena solennellement Abby.

Addy tenta de lui donner un coup de pied, mais Knox lui posa la main sur la jambe.

— Mademoiselle Hirano, il y a un autre cours en salle deux. Puisqu'Addy pense être prête à monter en grade, pourriez-vous s'il vous plaît l'accompagner dans cette nouvelle classe ?

— Maintenant ?

— Oui. Abby, dis au revoir à ta sœur.

— Allez, viens, Addy, intima Shiori.

Mais la fillette ne bougeait pas. Sa sœur hoqueta.

— Vous ne pouvez pas faire ça ! Il faut qu'on soit dans la même classe.

Shiori haussa les épaules.

— Mais non. Mon frère et moi, on n'allait même pas dans la même école d'arts martiaux. Et puis, à vous entendre crier et vous disputer, je me demande même si vous aimez les cours de ju-jitsu.

Nouveau hoquet, en provenance d'Addy, cette fois.

— C'est notre activité préférée !

— Eh bien, dans ce cas, il faut vous comporter mieux que ça. Allons, Addy, on va t'emmener dans l'autre cours.

La fillette se tourna vers Knox.

— S'il vous plaît, ne m'envoyez pas dans l'autre classe, le supplia-t-elle.

— Je ne pensais pas ce que j'ai dit, ajouta Abby. Addy m'aide à mieux apprendre. S'il vous plaît, laissez-la rester.

— Vous êtes bien sûres que c'est ce que vous voulez toutes les deux ? demanda Knox.

Elles hochèrent la tête de concert.

— Bien. Mais vos actes ont des conséquences. Vous allez rester assises jusqu'à la fin, et si j'aperçois le moindre coup, de main ou de pied, je devrai parler à vos parents.

— On sera gentilles, shihan. On vous le promet, fit Addy en mimant une fermeture Éclair devant sa bouche.

Sa sœur l'imita.

Knox leur donna à chacune une petite tape sur la cuisse et se releva.

— Suivez quand même le cours ; il se peut que je vous teste à la fin.

— Je suis impressionnée, admit Shiori à contrecœur.

— Mes sœurs ne cessaient de se hurler dessus, mais à la seconde où notre mère essayait de les séparer, elles redevenaient les meilleures amies du monde. Je me suis dit que j'allais essayer le truc sur ces deux-là.

— Malin.

— Bien, lança-t-il en se plaçant face au reste du groupe. Debout. Retirez votre ceinture. À dix, on fait un concours de nouage de ceinture.

Il inclina la tête en direction de Shiori.

— Mademoiselle Hirano ? Pouvez-vous lancer le compte en japonais ?

— Prêts ? *Ichi, ni, san, shi, go, roku, shichi, hachi, kyu, ju* ! S'ensuivit un froufroutement de ceintures.

— Je me suis toujours demandé : Ronin et toi, vous preniez des cours de ju-jitsu ensemble ? s'enquit Knox.

— Non. Il était toujours plus avancé. Notre père ressentait le besoin de le pousser plus que moi. C'est notre mère qui insistait pour que je m'entraîne – sans doute pour me préparer à affronter mon grand-père. Mais une fois, j'avais à peu près cinq ans, j'ai demandé à Ronin de s'entraîner avec moi, fit-elle après un bref silence.

— Que s'est-il passé ?

— Il m'a donné un coup de pied – par accident –, si fort qu'il m'a cassé deux côtes. Il en a été malade. À tel point qu'il a accepté de jouer aux poupées avec moi tous les jours jusqu'à la fin de ma convalescence.

Elle lui jeta un regard en coin, avant d'ajouter :

— Et non, tu ne peux pas dire à sensei Black que tu es au courant de cette histoire.

Knox lui retourna un large sourire.

— T'inquiète. Je jouais aux poupées avec mes sœurs, moi aussi, et j'avais bien plus de huit ans !

— Ça y est ! cria un garçonnet ébouriffé au premier rang.

— Bien joué, Dylan. Tu as gagné le droit de venir devant et de choisir la prochaine activité.

Knox se pencha vers le gamin et lui murmura quelque chose à l'oreille.

Il était manifestement à l'aise avec les enfants, mais cela n'étonna même pas Shiori, vu que ce type-là s'entendait avec tout le monde.

Y compris toi ?

Oui. La veille, après que Knox avait rabattu son caquet à Deacon en lui prouvant qu'il était tout à fait capable de commander, ils avaient signé une sorte de trêve tacite.

À présent, s'ils parvenaient à finir le dernier jour de la semaine sans incident, elle se prendrait peut-être à croire – et seulement peut-être – qu'ils survivraient aux neuf semaines suivantes.

— Tu viens au *Diesel* avec nous ? demanda Fee à Shiori le vendredi soir, dans les vestiaires.

— Qui ça, « nous » ?

Même si elle ne l'avait pas vu depuis qu'elle était arrivée pour ses cours dans l'après-midi, Shiori savait par Zach que Knox se trouvait dans le Nid du Corbeau, d'où il avait une vue d'ensemble des cours.

— La crème de la crème d'Arts Black et d'ABC. C'est vendredi soir, je pars en chasse.

Shiori ôta l'élastique qui lui retenait les cheveux et secoua la tête.

— Et alors, tu t'es trouvé une proie ?

— Le mois dernier, j'ai rencontré un champion de rodéo brésilien. Du genre timide, jusqu'à ce que je lui aie fait boire quelques verres. On a fini à son hôtel et là, *ay caramba* ! Non seulement il était bâti et monté comme un taureau, mais il savait utiliser ses hanches, commenta-t-elle en soupirant.

Et j'ai adoré les cochonneries qu'il me disait. Ça m'a permis de me rendre compte à quel point ça me manquait, les mots crus, dans l'intimité.

Fee jeta un regard curieux en direction de Shiori.

—Et toi ?

—Les Japonais ne sont pas vraiment connus pour leur capacité à parler cru. Du coup, je préfère les Américains, répondit-elle en souriant. Pas seulement ceux qui savent mal parler, ceux qui savent aussi mal se comporter dans ces moments-là.

—Ce n'est pas ce qui manque au *Diesel*. Alors, qu'est-ce que tu en dis ?

—OK, je viens. Katie en sera ?

Fee fronça les sourcils.

—Qu'est-ce que tu as contre Katie ?

Hormis le fait qu'elle ait dix ans de moins et trente centimètres de plus que moi, et que ce soit une sorte d'Amazone blonde à forte poitrine ?

—Je déteste sa façon de se pendre littéralement au cou des instructeurs d'Arts Black quand on sort.

—Il se peut que les gars l'aient invitée, l'avertit Fee. Elle est drôle et n'hésite pas à payer sa tournée. C'est une dragueuse née ; c'est pour ça qu'elle s'accroche aux garçons. Ça lui vient aussi naturellement que de respirer. Le mieux, c'est de ne pas lui prêter attention.

—Quoi ? Tu prends sa défense ? La dernière fois que je t'ai entendue parler d'elle, tu voulais lui filer une baffe qui la renverrait à ses chères études – je te cite, Fee, je n'invente rien. Qu'est-ce qui t'a fait changer d'avis ?

Fee étala une couche de rouge à lèvres rose givré.

—Elle essaie vraiment de réunir les promotions de Black et de Blue en une seule et même entité. Elle est plus maligne que les gens le croient, notamment ma tête de mule de frère et le tien. Ni Ronin ni Blue ne prennent en compte ses idées. Je la plains, car je pense que toute sa vie, elle a été confrontée à cette attitude.

— Qu'est-ce qui te fait dire ça ? demanda Shiori.

— J'ai entendu une conversation téléphonique entre elle et son cher, très cher papa plein de fric. Il s'est comporté en salopard complet avec elle. Je l'ai vue pleurer ensuite. Et ça… ça m'a donné un nouvel aperçu de cette fille. Elle est comme tout le monde, elle se débat avec ses histoires de famille.

Bien entendu, Fee savait qu'elle jouait exactement sur la corde qui risquait de susciter la sympathie de Shiori.

— OK, je vais lui accorder une deuxième chance.

— Voilà qui devrait la rassurer, parce que tu la fais carrément flipper.

Un sourire se dessina sur les lèvres de Shiori.

— Elle est en effet plus maligne qu'elle paraît, alors.

Fee passa la lanière de son sac à main sur son épaule.

— Tu as de la monnaie pour le bus ?

— Je déteste prendre le bus. Je pourrais appeler Tom, il serait là d'ici un quart d'heure.

— Pas de voiture, pas de chauffeur ce soir, princesse. Ça va te faire du bien de te frotter au petit peuple.

Shiori lui répondit par une insulte en japonais.

Fee rétorqua par une expression portugaise.

Et elles éclatèrent de rire toutes les deux.

— Allez, les mecs et l'alcool nous attendent.

Le trajet en bus s'avéra supportable. Le *Diesel* commençait tout juste à se remplir, mais Gil leur avait réservé une table dans un coin. Blue était assis à côté de Katie.

— Comment ça va, tout le monde ? lança Fee avant d'ajouter, à l'intention de Gil, les sourcils froncés : Je croyais que c'était toi qui faisais la fermeture au dojo ?

— Knox a dit qu'il s'en chargeait.

— Je lui ai parlé ; il vient nous rejoindre juste après, ajouta Katie.

Mademoiselle connaissait l'emploi du temps de Knox, bien entendu.

N'oublie pas que tu dois lui accorder une deuxième chance.

Un pichet de bière et un autre de margarita trônaient au centre de la table.

— Prenez une chaise et servez-vous un verre, les invita Blue.

Fee et Shiori optèrent toutes les deux pour une margarita.

Après le toast et les traditionnels « Enfin le week-end », Fee se pencha et chuchota à l'oreille de Shiori :

— Tu as déjà un admirateur qui t'observe.

— Où ça ?

— À 9 heures. Tu vois le type en costume au bar ?

Shiori tourna discrètement la tête pour observer l'homme en question. Mignon. Grand et mince. Malléable. Il lui sourit. Elle lui sourit.

Au moment où elle s'apprêtait à se lever, une paire de mains se posa sur ses épaules.

Des mains possessives.

Chapitre 2

Knox avait ressenti une étrange excitation en constatant que Shiori s'était jointe à la soirée de l'équipe d'Arts Black. Tandis qu'il s'approchait de leur table, il avait vu sa magnifique crinière noire lui balayer le dos quand elle avait tourné la tête vers le bar.

Suivant son regard, il avait remarqué ce qui avait attiré son attention : un connard en costume trois-pièces qui lui faisait les yeux doux.

Laisse tomber, mec. Elle n'est pas intéressée.

Mais alors Shiori avait penché la tête et une fossette s'était creusée dans sa joue, comme si elle souriait au type. Comme si elle était intéressée. Et puis elle avait soulevé les fesses de sa chaise.

Pas question.

Les mains pressées sur les épaules de Shiori, Knox descendit lui murmurer à l'oreille :

— Tu allais quelque part ?

— Oui, en quoi ça te regarde ?

Ses mèches soyeuses lui chatouillaient la joue. Son parfum épicé lui emplissait le nez. Elle sentait toujours tellement bon.

— Eh bien, je suis surpris de te trouver ici.

Elle tourna légèrement la tête pour le regarder.

— Pourquoi ça ?

— Fee et toi, vous ne traînez pas avec nous, en général, le vendredi soir.

— On travaille avec vous toute la semaine, on a besoin d'une pause sans testostérone de temps en temps. Du coup, on va ailleurs.

— Ou bien vous ne venez pas avec nous parce que vous avez peur qu'on vous casse vos plans.

Elle cligna des yeux.

— Tu es sérieux, là ?

— Ouaip. Si on voyait les losers avec lesquels vous envisagez de finir la soirée dans ce bar miteux où vous traînez, on encouragerait ces nazes à détourner les yeux.

Il lui effleura l'oreille de ses lèvres et la sentit frissonner.

— Comme ce nul, au bar, qui devait envoyer un SMS à bobonne, en même temps qu'il t'adressait son sourire niais. Tu as de la chance qu'il ait filé.

Elle se pencha en arrière pour constater que le tabouret de bar était vide.

— Merci.

— Mais je t'en prie.

Avant qu'il ait eu le temps de réagir, elle lui pinçait la peau de l'intérieur du genou.

— Ne t'avise pas de casser mes plans de nouveau, Knox. Tu n'es pas mon grand frère, tu n'as pas à décider qui je baise ou pas.

Waouh ! Juste deux doigts et elle lui faisait un mal de chien.

— Tu peux faire mieux que ça. Tu l'aurais cassé en deux, cette brindille, She-Cat.

— Qu'est-ce qui te dit que c'est pas justement ce qui me plaît ?

Il sourit.

— Quelle coïncidence ! Moi aussi, j'aime ça.

Il se redressa, sans toutefois ôter les mains de ses épaules.

Elle le pinça plus fort.

Pourquoi ce geste le faisait bander, voilà qui restait un mystère. Il s'écarta d'elle et fila s'installer sur la banquette à côté de Katie. Non que cette dernière lui fasse un quelconque effet, mais ça lui permettait d'être pile en face de Shiori.

— Alors, fit-il en se versant une bière, qu'est-ce que j'ai raté ?

— Rien, répondit Katie, serrée entre Blue et lui. Je croyais que vos spécialistes de MMA se joignaient à nous ce soir, histoire de se détendre.

— Juste Deacon. Il est en train de garer la voiture. Tu espérais voir quelqu'un en particulier ? la taquina-t-il.

— Uniquement toi, shihan, lui répondit-elle sur un ton enjôleur.

Un bruit attira l'attention de Knox de l'autre côté de la table, qui lui fit lever les yeux. Shiori arborait un sourire narquois.

Était-elle agacée par son pseudo-flirt avec Katie ? Voilà qui était intéressant.

Deacon le rejoignit et s'assit à cheval sur la chaise à côté de Fee.

— Quoi de neuf, p'tite meuf?

— Ça plane, banane.

Et ils enchaînèrent avec un salut poing contre poing.

— On commande à manger ? s'enquit Deacon.

— Pas à dix heures du soir ! T'es vraiment un puits sans fond.

— Je suis en pleine préparation, chérie, répondit-il en se tapotant le ventre. Tu voudrais pas m'aider à brûler quelques calories en...

— Non ! Espèce de pervers !

Fee le repoussa.

— C'est toi, la perverse. J'allais juste te proposer un petit pas de deux avec moi, tout à l'heure.

— Je ne sais même pas ce que c'est. Ça ressemble au tango ?

— Dieu comme le Texas me manque, parfois !

Il se remplit une chope de bière.

— Et toi, Shi-Shi ? Tu sais danser ?

— En discothèque avec des amis ? Oui. Mais le truc où on tourne autour de la piste dans les bras d'un mec, là, non.

— Même pas le slow ? intervint Knox.

Elle haussa les épaules.

— Pas vraiment.

— Alors, Deacon, parle-nous de ton truc en deux temps, demanda Fee.

— Un pas de deux, la corrigea-t-il.

Knox observait Shiori, tandis qu'elle écoutait la conversation entre Fee et Deacon. En général, il s'efforçait de ne pas la dévisager, ce qui était difficile, vu l'exotisme qu'elle dégageait. Une peau ivoire parfaite, teintée de rosé. Un visage en forme de cœur et une mâchoire délicate. Des lèvres pleines. Des yeux couleur topaze, légèrement étirés en amande. Et ces cheveux, voile noir qui brillait tel l'onyx et lui drapait les épaules.

Oui, Shiori faisait tourner les têtes. Knox devait bien admettre qu'elle avait d'ailleurs mis la sienne sens dessus dessous à l'instant où elle s'était montrée à Arts Black, pour se glisser au dernier rang pendant l'un de ses cours. Risible tentative, vraiment, si elle croyait que sa beauté, sa grâce et sa puissance pouvaient passer inaperçues.

Quand elle avait démontré que sa maîtrise des arts martiaux dépassait le niveau de Knox, il était devenu railleur, tout en détestant le sentiment d'insécurité qu'elle lui inspirait. Sentiment qui avait bientôt viré à l'inquiétude : il risquait de perdre son statut de shihan, le grade le plus élevé après sensei. Parce que Shiori était la sœur de Ronin. Elle n'avait pourtant jamais cherché à lui prendre sa place, même si elle ne se gênait pas pour lui rappeler qu'elle était meilleure que lui.

Alors il usait de cet antagonisme entre eux pour masquer la fascination qu'elle lui inspirait. Ronin était son ami, son patron et son mentor. Pas question pour Knox d'admettre qu'il fantasmait sur la petite sœur du sensei. Même si la sœur en question était une femme d'affaires intraitable de trente-cinq ans, capable d'acheter et de vendre de petits pays et d'en remontrer à n'importe qui ou presque.

Mais plus il la connaissait et plus il la soupçonnait de n'afficher qu'une façade, à l'instar de son frère.

— Alors ? Qu'est-ce que tu en penses ?

Knox détacha son regard de Shiori – il fallait qu'il arrête de la dévisager ; il risquait de passer pour un type louche – et se concentra sur la conversation entre Katie et Blue.

— J'ai dit que j'allais y réfléchir. Nom de Dieu, geignait Blue, tu es pire qu'un chien qui a trouvé un os.

— Parce que c'est une idée géniale.

— Qu'est-ce qui est une idée géniale ? intervint Fee.

— D'organiser un cours d'autodéfense gratuit, un samedi, au *North Seventh Girls Club*.

— C'est dans un quartier malfamé de la ville, fit remarquer Knox.

— Je sais. Et ces filles ont d'autant plus besoin d'un cours d'autodéfense.

— Mes gars font déjà des heures d'entraînement en plus, le samedi, Katie. Je n'ai pas d'instructeurs en rab, argua Blue.

— Idem chez nous, fit Knox. Je ne peux pas retirer des profs dans mes cours du samedi.

Shiori effleura la main de Katie alors que celle-ci touillait sa boisson.

— Combien d'instructeurs te faudrait-il ?

— Je pensais limiter le cours à cinquante élèves. Du coup, il suffirait de quatre profs. Ce ne serait que pour leur enseigner les bases.

— Si tu montes le truc, j'en suis, proposa Shiori.

— C'est vrai ? Merci !

Knox tâcha de cacher sa surprise face à cette offre.

— Moi aussi, ajouta Fee. Et Tasha ne travaille pas avec les gars des MMA, donc elle pourrait faire la troisième. Je sais que Molly n'est pas prof, mais elle a obtenu sa ceinture et elle prend encore des cours. Ce serait bien, pour les filles, d'avoir le témoignage d'une femme qui a subi une agression.

— Mais pas du tout, bordel !

Tous les regards se tournèrent vers Deacon.

— Et pourquoi ça ? s'enquit Katie.

— Parce que Molly a été traumatisée et qu'elle n'a pas besoin de revivre l'épreuve devant un groupe d'inconnues. Laissez-la en dehors de ça.

— Si Molly était là, elle te rappellerait que tu n'es pas son patron, lui fit remarquer Shiori avec un sourire.

Katie pouffa.

— Oui, exactement. Et puis, de toute façon, on peut toujours le lui demander.

Le regard de Deacon passa de Shiori à Katie.

— Depuis quand les héritières des fonds de placement ont leurs samedis de libre pour aider les créatures moins fortunées ? C'est pas plutôt votre matinée shopping chez *Saks* ?

Putain, Deacon, t'as vraiment aucun tact !

— La prochaine fois que j'irai, je t'y emmènerai peut-être par pure charité, histoire de t'acheter un peu de savoir-vivre, répliqua Katie.

Fee posa la main sur la bouche de Deacon, l'empêchant de répondre.

— On se demande tous pourquoi tu ne parles pas beaucoup, mais quand tu l'ouvres… *aye yi*, yondan. Sois gentil, sinon je ne fais pas ce quickstep avec toi.

La seule personne qui prêtait attention à leur échange était Gil. Katie et Blue étaient repartis dans une discussion animée. Et Shiori avait les yeux rivés sur Knox.

— Tu m'en veux toujours d'avoir chassé l'autre tête de fouine, au bar ?

— Peut-être.

Il lui sourit.

— Je sais ce qui te ferait du bien.

— Ça n'est pas près d'arriver. Jamais de la vie, pervers !

— Perverse toi-même ; moi, je parlais de danser. Allez, ajouta-t-il en se penchant vers elle, viens danser avec moi.

— Pourquoi tu insistes autant ?

Parce que j'aimerais savoir ce que ça fait de tenir ton corps contre le mien quand on n'est pas en train de s'étrangler.

— Parce que c'est un rite de passage que tu as raté, or c'est un incontournable de ton apprentissage du style de vie américain. Quel citoyen je ferais, si je ne comblais pas cette lacune ?

Elle leva les yeux au plafond. Mais ne refusa pas.

Knox choisit de prendre sa mimique pour un « oui ».

Il se mit immédiatement debout et alla se placer derrière elle.

— Juste un petit truc, Shiori, lança Gil. La danse, ça n'a rien à voir avec le combat, mais s'il te met les mains aux fesses, j'espère bien voir une jolie clé de hanche de ta part.

Tout le monde éclata de rire. Du coup, Knox ne lui prit pas la main avant qu'ils soient hors de portée de leurs ricanements.

Quand ils s'arrêtèrent au beau milieu de la piste de danse, Shiori leva les yeux vers lui.

Il posa les mains sur ses épaules puis lui enveloppa la taille, attirant son corps contre le sien.

Elle essaya de rester raide et assez loin de lui.

— Je ne sais pas ce que je dois faire.

— Détends-toi. Bouge avec moi. Laisse-toi aller contre mon corps.

— Ça n'est pas naturel.

— Tu rationalises trop. Ferme les yeux.

Elle posa la joue contre son torse et le bas de son corps se rapprocha enfin du sien.

La musique lente, du blues, offrait le tempo parfait pour onduler ensemble.

Quand elle se fondit contre lui en soupirant, Knox éprouva une irrésistible envie de poser les lèvres sur le sommet de son crâne.

— C'est agréable, commenta-t-elle doucement.

— Tu n'avais vraiment jamais dansé comme ça ?

— Non. Je suis allée dans une école de filles ; à l'université, quand je sortais avec mes amis, on allait dans des discothèques où l'on dansait tous en groupe. On jouait à qui se trémousserait le plus mal.

— Et pas de caresses sous le chemisier ni de bisous mouillés pendant les danses d'ouverture au mariage de tes amis ?

— Les ouvertures de bal, ça n'est pas très répandu au Japon, du moins pas dans mon cercle d'amis.

— Je suis ravi d'être ton premier.

Elle rit.

— Je parie que les filles faisaient la queue pour danser un slow avec toi.

Un compliment ? Il attendit qu'elle ajoute une insulte, mais rien ne vint.

— En effet. Tu as sous les yeux la star du slow du collège de Westwood Hills.

— Et qu'est-ce qui t'a valu cette réputation ?

— Pour commencer, j'étais grand. Les autres garçons de ma classe n'avaient pas encore fait leur croissance, du coup ça la fichait mal pour les filles grandes, de danser avec des nabots. L'autre attrait du Knox de treize ans en matière de danse, c'était que j'avais compris une chose : les filles avaient beau prétendre qu'elles n'aimaient pas qu'un cavalier leur pose la main sur les fesses, si l'on agissait par lente progression, elles ne remarquaient rien jusqu'au moment où tu leur caressais doucement le derrière en petits mouvements circulaires. Et à ce moment-là, elles se rendaient compte qu'elles aimaient ça. Du coup, moi j'en profitais, et elles ne se sentaient pas menacées.

Shiori renversa la tête en arrière.

— Tu crois que je n'ai pas senti ta grande main sur mes fesses ?

Il sourit.

— Eh bien, vu que tu ne m'as pas fait une clé de poignet, j'en ai conclu que ça ne te dérangeait pas.

Tout en gardant les yeux rivés aux siens, elle fit remonter une main jusqu'à sa nuque, où elle saisit une poignée de cheveux et tira. Fort.

Seigneur ! Il manqua de tomber à genoux.

Putain, mais qu'est-ce qui clochait chez lui ? Comment pouvait-il aimer ça ? Pourquoi voulait-il qu'elle arrête et en même temps… qu'elle continue ? Qu'elle continue !

Il remonta la main dans le bas de son dos.

Elle le libéra, sans toutefois le lâcher des yeux.

— Quoi ?

— Ça n'est pas la réaction que j'attendais de ta part.

— Ce n'est pas non plus une réaction que je m'attendais à avoir, constata-t-il, sans colère ni ironie.

— Tu es très déroutant, Knox Lofgren.

— Je pourrais en dire autant de vous, mademoiselle Hirano.

Ils s'observaient, presque comme s'ils se voyaient pour la première fois.

Shiori enroula une main dans son cou et vint caresser le creux où battait son pouls, à la base de la gorge.

— Ça fait combien de chansons qu'on danse ?

Pas assez.

— Deux. Pourquoi ?

— Combien de temps as-tu prévu de me faire danser avec toi ?

Il remonta encore la main le long de son dos, et passa sous ses cheveux pour venir lui prendre le menton.

— Le Knox version collège avait élaboré une théorie selon laquelle, s'il parvenait à garder une fille dans ses bras, dans un corps-à-corps langoureux, à la troisième chanson elle se laisserait embrasser.

Son regard tomba sur la bouche de Shiori. Sa lèvre inférieure portait encore le stigmate de leur combat belliqueux du lundi soir. Il passa le pouce sur la bosse.

— Bon Dieu, Shiori, je suis désolé de t'avoir fait saigner.

— Il est rare que je l'admette, mais je méritais d'être remise à ma place. Cela dit, si tu tiens vraiment à prouver que tu es désolé…

Leurs regards se retinrent.

Jusqu'à présent, le sexe de Knox s'était bien tenu. Mais entre la façon si sexy dont elle avait attiré son attention en lui agrippant les cheveux et l'invitation qu'elle lui adressait maintenant, sous-entendant qu'elle accueillerait volontiers sa bouche sur la sienne… Là, son sexe se raidit sur-le-champ, plein d'espoir.

— C'est mon jour de chance, la troisième chanson n'a même pas encore commencé.

Il tâcha de garder les yeux bien rivés aux siens alors qu'il penchait la tête, hésitant entre un baiser langoureux ou enflammé, quand un bras vint lui crocheter le cou, l'écartant de Shiori.

— Tu l'as assez monopolisée comme ça. C'est mon tour de montrer à Shi-Shi ce que c'est que la danse, lâcha Deacon de sa voix traînante.

Un bon coup dans les reins et Deacon « l'Escroc » McConnell ne dansera plus avec personne, lui intima sa fierté masculine. Bon Dieu, mais pour qui il se prenait, cet enfoiré, pour oser interrompre un instant aussi intime ?

Pile au moment où Knox s'apprêtait à en découdre physiquement, Deacon lui passa la main dans la nuque et posa le front contre le sien.

— Va t'asseoir, mec, souffla-t-il.

Knox se débarrassa de l'étreinte de Deacon et s'éloigna, prenant sur lui pour contrôler sa colère. Au lieu de retourner à leur table, il fit un détour par le bar.

La serveuse, une bombe d'une vingtaine d'années aux cheveux peroxydés et au teint faussement hâlé lui offrit un sourire d'un blanc aveuglant.

— Qu'est-ce que je vous sers, beau gosse ? Un verre de Jack ?

— Je prendrai un Coca.

Elle lui avait rempli un verre de glaçons et de soda avant même qu'il ait sorti son portefeuille.

— C'est gratuit pour les chauffeurs désignés.

Il laissa trois dollars sur le bar et rejoignit ses amis. Il ne restait plus que Gil à leur table.

— Où ils sont tous passés ?

— Katie a reçu un coup de fil et elle est partie. Fee a décrété que Blue avait assez bu, alors elle lui a pris ses clés et l'a ramené à la maison. Et Deacon… je ne sais pas ce qui lui est arrivé.

— Il danse avec Shiori.

— Je suis étonné qu'il soit resté aussi longtemps. Il a l'air sacrément à cran.

— Et il va l'être jusqu'à son prochain combat.

Gil ramassa la serviette en papier sous son verre de bière vide.

— Il va se faire démolir.

— Qu'est-ce qui te fait dire ça ?

— Il se fiche de gagner. Ce qui lui importe, c'est de se battre. Sensei Black est un maître de ju-jitsu, ajouta Gil en levant les yeux, pas un coach de MMA. Ne le prends pas mal, mais aucun de vous ne l'est. Si Arts Black veut que les combattants de son équipe gagnent, il va falloir recruter des coaches de renom.

La rivalité entre Arts Black et ABC s'était apaisée depuis que les deux dojos concouraient sous le même étendard, celui d'Arts Black. Et Knox avait de la peine à l'admettre, mais Gil avait raison. Ronin avait engagé dix nouveaux combattants pour s'entraîner à Arts Black. Mais sur leurs cinq affrontements lors du dernier tournoi – une sorte de round d'essai plutôt amateur, pourtant –, ils n'en avaient remporté qu'un. ABC avait eu quatre vainqueurs sur cinq.

— Tu es en colère contre moi, maintenant ? demanda Gil.

— Non, je suis frustré parce que je sais que tu as raison. Et j'ignore quoi y faire.

— À partir de cette semaine, c'est toi qui es aux manettes. S'il y a un moment où tu peux effectuer des modifications, ce sera pendant les deux mois à venir, en l'absence de Ronin.

Knox plissa les yeux.

— Tu suggères quoi, exactement ?

— Fais du programme MMA d'Arts Black une priorité en embauchant un entraîneur en vue. Comme ça, les promos Black et Blue vont enfin sortir de leur catégorie d'amateurs et entrer dans le circuit des vrais combats, elles aussi.

— C'est Blue qui t'a demandé de me parler ? D'un sous-chef à un autre sous-chef ?

Gil secoua la tête.

— Ma loyauté première va à Blue et à ABC. Mais je sais aussi qu'ABC aurait fermé ses portes sans l'intervention de Ronin. Un programme de MMA plus sérieux chez Arts Black ne fera que renforcer notre position. Je ne cherche pas à saboter votre dojo, pas plus que le nôtre ; je veux juste booster l'ensemble.

— Admettons que je sois d'accord avec toi. Un entraîneur de renom, ça n'est pas donné. Or ce n'est pas moi qui tiens les cordons de la bourse, chez Arts Black, et si j'embauche un nouveau sans l'approbation de Ronin, il va le virer comme un malpropre sitôt rentré.

— Tu ne tiens peut-être pas les cordons de la bourse, mais Shiori, si, lui fit remarquer Gil d'un air rusé. Si tu parviens à la convaincre de soutenir ton projet, elle dégagera les fonds pour payer le salaire d'un entraîneur. Et ne sous-estime pas la réputation d'Hachidan Black dans l'histoire. Je parie que tu serais surpris du nombre de candidats que ça suffirait à t'amener.

Knox se frotta le visage à deux mains.

— Putain, Gil, pourquoi tu me parles de ça maintenant ?

Et puis il comprit. Il baissa les mains.

— Tu connais un entraîneur qui cherche à changer de bateau.

— Oui. Et dès que les gens sauront qu'il est prêt à bouger, on va lui offrir la lune et les étoiles, j'en ai bien peur. Le mec a besoin de changement, ajouta-t-il en se penchant en avant. Et c'est LA bonne offre qui va le faire tilter, pas forcément la plus grosse somme.

— Arrête de tourner autour du pot, dis-moi de qui on parle.

Gil hésita une fraction de seconde.

— Je veux ta promesse que ça ne sortira pas d'ici. Ta promesse solennelle.

Knox faillit rétorquer : « Ben non, moi je préfère les promesses pour de faux », mais il se retint.

— OK, tu as ma parole.

— Maddox Byerly.

Quoi ?!

— Tu déconnes, là ?

— Non.

— Pourquoi il quitte TGL ?

TGL – Tieg, Gervey, Linson –, basé à Los Angeles, ne sélectionnait que la crème de la crème pour sa section MMA. Ils avaient entraîné des champions de l'UFC, du Bellator, de Strikeforce, mais leur principal fait de guerre se nommait Judson DeSilva, neuf fois champion du monde. DeSilva avait remporté trois titres de champion du monde dans chacune des catégories où il combattait, un fait inégalé jusqu'alors. Chaque catégorie avait ses régimes d'entraînements spécifiques, car le poids et la taille déterminaient le niveau d'activité physique requis. Et qui avait entraîné DeSilva dans les trois catégories ? Maddox Byerly.

— Il traverse un divorce compliqué. TGL voulait le « marquer » et puis l'utiliser comme argument de vente pour se franchiser.

Face au regard vide de Knox, Gil clarifia son explication :

— Au même titre que la méthode Gracie pour le ju-jitsu brésilien, TGL aurait estampillé la sienne « effet Maddox ».

— Bon Dieu !

— Maddox déteste cette mentalité corporatiste. Il veut entraîner des combattants individuels, et pas se retrouver responsable d'un style de combat.

— Comment tu sais tout ça, toi ?

Gil serra les lèvres.

— Parce qu'il est marié à – et bientôt divorcé de – ma foldingue de sœur, Roxanna. La rupture a mis longtemps à venir.

— Putain de merde, mec, c'est ton beau-frère ?

— Je vois dans tes yeux ce que tu te demandes. Eh bien, oui, Maddox aurait pu se porter caution pour tirer ABC des ennuis, à la limite. Mais ça n'en est pas arrivé là. Il sait qui est Ronin, même s'il n'est pas totalement investi dans le monde des arts martiaux. Du coup, je pense que la bonne proposition, le concernant, serait de lui offrir l'opportunité de se délocaliser tout en ayant la garantie qu'il sera traité en tant qu'entité autonome et pas une simple marchandise. Ça, ça pourrait le décider.

— Tu penses pouvoir l'influencer ?

— Un peu. Je m'entendais mieux avec lui qu'avec ma sœur. En fait, je lui ai même dit qu'il était dingue de vouloir se marier avec elle. Donc il sait que je ne suis pas du genre à raconter des craques.

Knox étrécit les yeux.

— Mais du coup, pourquoi tu ne le fais pas enrôler par ABC ?

— Parce que Blue ne peut pas se l'offrir. Ronin Black, oui. Et si Maddox est enrôlé par Arts Black…

— Il y a de bonnes chances pour qu'il travaille avec les combattants d'ABC aussi.

Gil lui offrit un large sourire.

— T'es un sacré sournois, mon salopard.

Il éclata de rire, puis :

— Eh oui, il y a un esprit tordu dans cette tête superbe et ce corps parfait, sans compter le charme brésilien.

— Moi je dirais plutôt charmeur de serpents, intervint Deacon en attrapant la chaise voisine de Gil.

— Qu'est-ce qui se passe ?

Knox s'était tellement laissé happer par sa conversation avec Gil qu'il en avait oublié le sale coup de Deacon.

— Où est Shiori ?

— Rentrée chez elle. Son voiturier est passé la récupérer.

— Putain, mais pourquoi t'as… ?

Gil se leva.

— Bon, moi j'ai eu ma dose d'émotions pour la soirée. À demain matin, les gars. Et réfléchis à ce que je t'ai dit, ajouta-t-il à l'attention de Knox.

Sitôt que Gil fut parti, Deacon lança :

— Tu peux me remercier de t'avoir interrompu, avec Shiori, tout à l'heure. Sans moi, tu l'aurais baisée direct sur la piste de danse devant tout le monde. Et même si ce regard « et alors ? » que je vois sur ton visage est charmant comme tout, garde bien en tête que des instructeurs d'autres centres d'arts martiaux traînent aussi dans ce bar. Ils savent qui tu es et qui elle est. Après le merdier que Ronin a traversé avec Amery, je ne peux pas m'enlever de l'esprit que quelqu'un cherche toujours à faire tomber Arts Black. J'espère me tromper, mais dans le doute, évite de te faire la sœur de Ronin Black en public, à un endroit où n'importe qui peut te prendre en photo en pleine action, OK ?

— Je comprends ce que tu es en train de dire, mais notre relation n'est pas du tout comme ça. Au contraire, ça changeait un peu de nos habituelles bagarres.

— Bien. Cool. Nous qui devons travailler avec vous deux, on est super soulagés que vous ayez trouvé un modus vivendi. Mais la disparition de vos envies mutuelles de meurtre ne doit pas se transformer en autre chose, un truc que ça n'est pas et que ça ne sera jamais, pigé ?

— Pourquoi ? Elle t'a dit quelque chose sur moi ?

— Putain, Knox, tu me poses la question ? Non, mais je rêve, là.

Deacon croisa les mains et les plaça au sommet de sa tête.

— C'était quand, la dernière fois que t'es allé au *Twisted* ?

— Il y a deux semaines, pourquoi ?

— Vas-y demain soir, casse la gueule à quelqu'un et surtout, fais-toi une nana. Après ça, je te parie que Shiori ne te paraîtra plus aussi appétissante.

Knox ne prendrait pas le pari. S'il avait été follement attiré par elle ce soir, alors que la plupart du temps il avait envie de lui enfoncer le visage dans le tatami, il craignait que cette attirance ne devienne permanente, à présent.

Mais dans le monde de Deacon, tout était noir ou blanc. Alors Knox lui dit ce qu'il avait envie d'entendre.

— Tu as sûrement raison. Allez, on s'en va. On a entraînement de bonne heure, demain.

— De quoi vous discutiez, avec Gil ? demanda Deacon tandis qu'ils se dirigeaient vers sa voiture. Ça avait l'air intense.

Knox aurait pu soumettre l'idée d'embaucher Maddox Byerly à Deacon, mais il préférait en parler d'abord avec Shiori. Avoir son avis, d'un point de vue financier.

— Sa sœur est en plein divorce. Il avait besoin d'en discuter.

— Eh ben, heureusement que c'est toi et pas moi qui t'es fait prendre dans une conversation pareille.

— Un de ces jours, Deacon, l'idée d'avoir une discussion sérieuse avec quelqu'un ne te fera pas fuir au club de strip-tease le plus proche pour vérifier que t'es bien toujours un mec.

— Parie pas là-dessus.

Chapitre 3

Le samedi soir, Shiori entra dans le salon principal du *Twisted*, l'air aussi assurée que si elle était la propriétaire des lieux. Le bourdonnement intéressé qu'elle suscita nourrit son ego, qui n'avait pas été caressé depuis si longtemps qu'elle en avait presque oublié cette sensation de puissance.

Le premier homme à l'approcher fut le propriétaire du club. Il serra ses deux mains dans les siennes et l'embrassa sur les joues.

— Maîtresse B, c'est un honneur de vous avoir parmi nous.

— Merci.

Elle balaya l'endroit des yeux : un bar en forme de fer à cheval, une vaste zone d'accueil et de rencontre avec banquettes, fauteuils et coussins au sol. Les couloirs qui conduisaient aux différentes salles de jeu privées servaient aussi de séparation entre les simples conversations et les jeux plus sérieux.

Maître Merrick l'observa longuement. En vue des réjouissances de la soirée, Shiori avait enfilé une perruque platine et un masque couleur crème en dentelle. Question vêtements, elle avait opté pour le look traditionnel de la dominante : gilet en cuir noir lacé de bordeaux à l'avant, pantalon moulant en cuir bordeaux et cuissardes à plates-formes noires, talon douze centimètres de haut.

Elle se retint de manipuler le bracelet en or qui lui ornait le poignet, signalant son statut de dominante au sein du club.

— Est-ce que je passe l'inspection avec succès, Maître Merrick ?

Le regard gourmand du propriétaire croisa le sien.

— Vous êtes éblouissante. Les soumis vont se traîner à vos pieds, ce soir. Votre masque me rend très curieux, ajouta-t-il, penchant la tête sur un côté. En effectuant les vérifications de routine vous concernant, j'ai appris que ça avait toujours fait partie de votre personnage, au club de Tokyo.

— Et donc, pourquoi est-ce que je continue ici aux États-Unis, où la probabilité que l'on me reconnaisse est si mince ? (Elle se pencha vers lui.) En dehors du fait que je suis la sœur de Ronin Black ?

— Votre frère n'a plus mis les pieds ici depuis des lustres. Ce qui, d'un point de vue commercial, est fort malheureux pour moi, car ses démonstrations nous attiraient un très nombreux public.

— J'imagine en effet que la présence du maître de bakushi pour les démonstrations de l'art de l'entrave par les cordes attire les foules. Il a beaucoup changé, ces derniers mois, mais je suis quasi certaine qu'il reviendra aux démonstrations un jour ou l'autre.

La femme de Ronin avait écarté, sans discussion possible, les démonstrations d'entrave tant qu'il était encore sous surveillance médicale suite à ses blessures. Mais à présent que les médecins avaient donné leur aval, Shiori savait que son besoin d'enseigner allait remettre le sujet sur le tapis entre les jeunes mariés. Et ce très bientôt.

— Je suppose que vous avez mentionné ma demande d'adhésion à mon frère ?

Maître Merrick secoua la tête.

— Je me suis contenté de vérifier que vous étiez bien sa sœur. Il est contraire aux règles du club de divulguer le nom des membres – qu'il s'agisse de leur véritable identité ou du personnage qu'ils s'inventent.

Shiori porta la main à son masque.

— Raison pour laquelle j'arbore ceci. C'est devenu un élément à part entière de Maîtresse B, tant et si bien que je me sens nue sans lui.

— Ça ajoute une touche supplémentaire de mystère à la Maîtresse magnifiquement exotique que vous êtes déjà, dit-il en lui baisant de nouveau la main. Si jamais l'envie vous prend de tester vos limites et de voir si vous pourriez changer de rôle, faites-le-moi savoir. J'adorerais vous arracher ce masque et découvrir la femme qui se cache derrière.

Shiori sentit son ventre se serrer. Elle effleura le visage de Maître Merrick. Il était superbe, l'archétype de l'Américain, avec sa beauté classique, son corps athlétique et son charme. Son côté « Maître » émanait de lui naturellement, d'ailleurs elle ressentait comme une envie de faire ce qu'il ordonnait.

— Vous êtes un homme dangereusement sexy, Maître Merrick. Vous me faites presque douter de mon orientation, admit-elle en souriant. Presque. Et si jamais l'envie me prenait d'être dominée, je vous promets que vous seriez le premier que j'appellerais.

Il rit.

— Je vous prends au mot. À présent, souhaiteriez-vous que je vous présente ?

— Je vous rappellerai cette proposition plus tard. Mais avant, j'aimerais boire un verre de vin et prendre la température des lieux, si je puis m'exprimer ainsi.

— Compris.

Il se tourna et fit un signe de l'index à un jeune homme posté à l'extrémité du bar.

— Dis à Greg de servir un verre de ma réserve personnelle à Maîtresse B.

— Oui, monsieur. Tout de suite, monsieur.

— J'ai droit à la réserve personnelle dès ma première soirée ?

— Je suppose qu'une femme de votre rang ne se contente pas de la cuvée de la maison.

Son rang. Autre raison qui l'avait poussée à choisir le port du masque et à devenir Maîtresse B. Car personne ne reconnaissait plus en elle la dirigeante d'entreprise à la tête d'un héritage de plusieurs milliards. Non, on la considérait comme une femme redoutable pour une raison totalement différente. Elle retourna un sourire glacial à Maître Merrick.

— Au club, mon rang, c'est Maîtresse B, et je peux parfaitement me satisfaire de la cuvée de la maison. Mais j'apprécie votre offre, en tant que cadeau de bienvenue exceptionnel.

Il haussa les sourcils, puis sourit.

— Compris. Et je vois que vous et moi, nous allons très bien nous entendre, Maîtresse.

Une fois qu'il lui eut tendu son verre, Maître Merrick prit congé.

Shiori sirota son vin. Non, décidément, il ne s'agissait pas de la cuvée de la maison. Un coup d'œil à la ronde lui apprit qu'elle attirait encore des regards scrutateurs. Elle était curieuse de savoir qui l'aborderait en premier. En se retournant, elle comprit qu'une raison de l'attention qu'elle suscitait se trouvait assise à ses pieds, en la personne d'un jeune soumis.

— Je te donne l'autorisation de me regarder, lui dit-elle doucement.

Il renversa la tête en arrière et l'observa avec émerveillement.

Dieu que ça lui avait manqué !

— Quel est ton nom ?

— Justin, Maîtresse.

— Alors, Justin, que fais-tu assis à mes pieds ?

— Je souhaite vous servir ce soir, Maîtresse.

Elle reprit une longue gorgée de son succulent vin rouge et le dévisagea. Il était jeune – vingt-deux ans maximum – et possédait les cheveux blonds, les pommettes ciselées et les yeux du bleu glacial qu'elle associait aux gènes nordiques. Il portait un minuscule short de sport et le bracelet vert qui l'identifiait comme soumis.

— Je peux me déshabiller, afin que vous décidiez si mon corps vous convient, proposa-t-il.

— Dis-moi, Justin, as-tu une préférence concernant le sexe de celui à qui tu te soumets ?

— Non, Maîtresse, je n'ai pas de préférence.

Dommage. Elle ne perdait pas son temps avec les hommes qui voguaient à voile et à vapeur. Elle caressa ses cheveux soyeux.

— J'apprécie ton honnêteté. Tu peux disposer.

Il baissa la tête et ses épaules tombèrent.

— Merci, Maîtresse, de votre attention.

Elle se dirigea tranquillement vers le bar.

Le serveur lui offrit un sourire et sa main.

— Je suis Greg.

Elle lui serra la main, remarquant qu'il ne portait pas de bracelet.

— Maîtresse B. Étant nouvelle au club, je ne suis pas sûre de savoir ce que ça signifie, fit-elle en désignant le brassard noir qu'il portait autour du biceps.

— C'est le signe distinctif des membres de la sécurité. Enfin, c'est une interprétation assez vague de ce que je fais. Disons que je suis polyvalent : je garde un œil sur les salles afin de m'assurer que les règles sont respectées, je sers à boire et je fournis aussi certains services aux soumis comme aux Maîtres et aux Maîtresses.

— « Certains services », le terme n'est pas très engageant, si ?

Il haussa les épaules.

— Ça signifie que je fais parfois office de troisième partenaire dans les parties à trois. Ou que j'inflige les châtiments. J'interviens si un soumis utilise son mot code lors d'une session. Bref, je suis un peu l'homme à tout faire.

— Est-ce que c'est une sorte d'apprentissage ? Avant de devenir Maître ?

— Non. Les brassards noirs sont un grade à part entière ici. Tout le monde n'aspire pas à devenir dominant. Ou soumis. Nous sommes des soldats de la paix, et nous nous assurons que l'équilibre est respecté. Nous sommes neutres.

— C'est la première fois que j'entends parler d'un rôle de ce genre dans un club comme celui-ci.

— Merrick ne donne pas au club de définition précise, hormis pour ce qui concerne la politique de confidentialité. Parmi les membres, on trouve donc des adeptes de la douleur au sens fort du terme, des soumis nouvellement dévoilés qui ne savent pas encore très bien quels aspects du BDSM les attirent – même si ça, ce sont surtout les membres du vendredi soir –, en passant par les touche-à-tout, les dominants et les soumis en quête d'un partenaire régulier. Ce qui signifie que les adhésions fluctuent. Et ça rend mon travail plus intéressant, conclut-il avec un large sourire.

— J'imagine. Y a-t-il des événements spéciaux prévus ce soir ?

— Une démonstration de *violet wand* à l'étage principal. À part ça, rien d'inhabituel.

Il but une gorgée d'eau à la bouteille.

— Que cherchez-vous en particulier, ce soir, Maîtresse B ?

— Vous me posez la question parce que j'ai renvoyé Justin ?

— Je vous pose la question car je suis peut-être en mesure de vous aider.

Elle lui offrit un sourire.

— Je ne m'intéresse qu'aux soumis mâles hétéros, si vous voulez tout savoir.

Il lui rendit son sourire.

— Ça ne coûte rien de demander.

Shiori finit son vin et fit glisser le verre vide dans la direction de Greg.

— Merci pour les informations.

Elle ajusta son gilet et emprunta le couloir, histoire de voir ce qui l'attendait.

Knox tordit la poignée, puis il balança le bras, envoyant les lanières sur la même parcelle de peau que lors des trois coups précédents. L'homme lâcha un vif cri de douleur et son Maître approcha.

— Il est à bout.

— Monsieur, je peux encore, protesta l'enchaîné.

Knox resta en dehors de la discussion. Pendant sa pause, il attrapa la serviette et s'épongea le visage, se postant devant le ventilateur pour se rafraîchir. Il déboucha une bouteille d'eau et la vida entièrement en quatre longues goulées.

Maître Rand lui fit signe de l'aider à défaire les chaînes qui entravaient son soumis.

Sitôt libéré, le gars tomba à genoux. Il enroula une main autour du mollet de Knox.

— Merci. C'était… ce dont j'avais besoin.

— Ravi d'avoir pu aider.

Il regarda Maître Rand relever son soumis et l'emmener.

Un de fait ; plus qu'un.

Il roula le cou et les épaules, essayant d'apaiser la douleur qui lui vrillait le milieu du dos. Après la dernière session de la soirée, il aurait bien besoin d'un massage. Maître Angus attendait une explosion de douleur immédiate, dès le premier coup de fouet. Pas de montée en puissance, mais quinze minutes de bombardement ininterrompu. Ce cadre préétabli aidait Knox à régler son endurance. Manier le fouet pendant si longtemps sans discontinuer, c'était épuisant pour lui aussi. Tout le monde s'attendait à ce qu'un grand gaillard comme lui soit doté d'une force supérieure à la moyenne ; c'était donc l'image qu'il affichait, quitte à avoir toutes les peines du monde à bouger le lendemain. Avec l'expérience, il avait appris à se limiter à trois sessions par nuit ; du coup, ses talents étaient hautement demandés par les membres qui recherchaient le genre de douleur qu'il fournissait.

En sortant de la salle de torture, il remarqua un attroupement devant l'une des salles ouvertes. Il se fraya un chemin à travers le groupe, remerciant la nature que sa haute taille lui permette de voir par-dessus les têtes.

Toutefois, n'ayant pas la meilleure vue de ce qui captivait ainsi la foule, il s'approcha un peu plus.

Armée d'un martinet à manche court, une dominante blond platine toute de cuir vêtue était en train de fouetter Dex. L'instrument de torture n'était cependant pas aussi intéressant en soi que les endroits où elle laissait des marques. Elle avait rougi la zone autour des tétons du soumis et la peau sous ses hanches. Elle l'avait attaché en position étirée – une barre d'écartement entre ses chevilles, et les bras ouverts de même au-dessus de sa tête. Cette posture donnait à la dominante un accès aux côtés face et dos de son soumis.

Dex était membre du club depuis quelques années, mais jamais il n'avait sollicité les services de Knox pour lui infliger de la douleur ; cela dit, les scènes de Knox étaient généralement organisées sur ordre des Maîtres et des Maîtresses. Dex étant un soumis non attaché à un Maître, Knox se demandait qui était la dominante ; en tout cas, elle savait manifestement ce qu'elle faisait. Le sexe de Dex, lié par une sangle, était en pleine érection.

Knox regarda la dominante tandis qu'elle abattait une nouvelle fois son fouet. La pointe atterrit à l'intérieur de la cuisse de Dex. Son corps tout entier sursauta et il se mit à la supplier de le laisser jouir. Mais elle ne répondit pas, préférant lui assener le même coup à l'intérieur de l'autre cuisse.

Dex lâcha un halètement aigu, mélange de douleur et de plaisir.

Quand la dominante alla se positionner derrière lui pour infliger deux coups supplémentaires à l'arrière des jambes, Knox en profita pour l'observer. Ses cheveux étaient peut-être vrais, mais il en doutait. Et puis, il y avait ce masque qui lui couvrait le visage.

Elle saisit Dex par les cheveux et lui renversa la tête en arrière afin de lui parler directement à l'oreille.

Il hocha la tête et se contorsionna alors que, d'un mouvement sec du poignet, elle lui enroulait les lanières du fouet autour du mollet et le ramenait vers le haut. Puis elle fit de même de l'autre côté. Enfin, elle passa la main entre les jambes de Dex et délia son sexe.

Le soulagement fut de courte durée, car elle lui assena deux coups durs à l'intérieur des cuisses et enchaîna par deux coups encore plus secs sur ses testicules. Immédiatement, il se mit à jouir. La dominante usait à présent de la poignée de son fouet comme d'une cravache, frappant de nouveau sur les marques à l'intérieur des cuisses tandis que Dex envoyait son sperme.

Puis il s'affaissa contre ses chaînes et la foule se dispersa.

Mais Knox resta immobile, à observer la dominante qui ramenait son soumis à la réalité avec des mots murmurés à l'oreille et de délicates caresses sur le torse et le dos.

Et Dex la regardait avec adoration. Dex ! Le soumis dont les dominants se plaignaient parce qu'il essayait régulièrement de prendre le dessus depuis sa position inférieure.

Quand la dominatrice blonde contourna Dex pour venir se planter devant lui, Knox eut une étrange sensation de familiarité. Et au moment où elle se hissait sur la pointe des pieds pour libérer les bras de Dex de leurs menottes, son identité frappa Knox avec la force d'un coup de poing retourné en pleine tête.

Il reconnaissait ce fessier à croquer.

Il l'avait vue peiner à atteindre certains objets dans la réserve à cause de sa petite taille.

Enfin, elle tourna la tête et Knox lâcha un grognement.

Et ces lèvres tellement appétissantes, il les reconnaissait aussi, nom de Dieu !

Au cours des huit mois écoulés, il avait fantasmé bien trop souvent, rêvant de prendre cette bouche insolente d'une bonne dizaine de façons différentes. Et il avait failli réussir, hier soir.

Il observa le déroulement du reste de la scène. Après avoir détaché Dex de ses liens aux poignets et aux chevilles, elle l'assit sur une chaise et l'enveloppa d'une couverture. Elle lui tendit une bouteille d'eau, et le voyant trop tremblant pour boire, elle l'aida à porter la bouteille à sa bouche.

Elle n'en était pas à sa première fois.

Comme si son expertise dans le maniement du fouet ne suffisait pas à indiquer qu'elle n'était pas une simple amatrice jouant un rôle, elle connaissait manifestement les soins à prodiguer à un soumis après une séance.

Putain de Dieu !

Shiori Hirano était une dominante.

Une dominante, putain !

Il secoua la tête pour essayer de chasser cette idée et regarda Dex tomber à genoux devant elle. Le soumis enroula un bras autour de son tibia et leva vers elle des yeux suppliants.

Elle lui tapota les cheveux et parla si doucement que Knox n'entendit rien. Quoi qu'elle lui ait dit, Dex semblait satisfait. Il se leva, serrant la couverture autour de sa silhouette nue avant de s'éloigner.

Les laissant seuls tous les deux.

— Je t'aime bien en blond platine, She-Cat, lança Knox depuis l'obscurité.

Elle pivota lentement, et son regard se fixa sur lui à travers la pénombre. Sans un mot elle s'avança, d'un pas tout aussi décidé que sa démarche habituelle au dojo, à cette différence près que ses hanches se balançaient avec un érotisme qu'il ne leur avait jamais vu. Son fouet toujours à la main, elle l'agitait avec irritation, tel un chat qui remue la queue.

Il se rendit compte trop tard qu'elle l'avait complètement acculé.

— Tiens, tiens, godan, si ça n'est pas une agréable surprise, de tomber sur toi dans mon nouveau club.

Il fronça les sourcils.

— Ton nouveau club ? Tu es membre ici, maintenant ?

— À part entière.

Elle fit courir son fouet de l'extérieur de la cuisse de Knox jusqu'à sa hanche.

— Identité vérifiée et inscription payée.

— Depuis combien de temps tu es dominante ?

— Depuis combien de temps tu es membre ? répliqua-t-elle.

— Depuis que je connais Ronin. À ton tour, She…

Elle lui posa la poignée du fouet sur les lèvres.

— Ha-ha, je m'appelle Maîtresse B, compris ?

Il hocha la tête.

— Ça fait trois ans que je suis dominante. J'ai essayé deux autres clubs à Denver avant celui-ci. Aucun des deux ne m'a plu.

— Ronin est au courant ?

— Que je suis dominante ? Non. Donc il ne s'attend nullement à me croiser ici. Et puis, ce n'est pas comme s'il avait beaucoup fréquenté le club ces derniers mois, si ? C'est une info que je tiens de sa chère et tendre, et pas des potins du club. Quand il rentrera, on réglera ces détails.

Elle dessina le contour de son brassard noir au biceps.

— Tu fais partie de la sécurité. Autrement dit, si j'en … Greg, tu es neutre. Pourquoi ?

Ses magnifiques yeux dorés le transperçaient.

— J'ai commencé en tant que simple gorille. Et quand Merrick a changé les règles d'adhésion, il a eu besoin d'agents de sécurité plus actifs. On a tous choisi un domaine qui nous intéressait. Je me suis entraîné pour ce type de travail en club avec un Maître spécialisé en châtiment corporel. J'avais auparavant travaillé avec Ronin sur le kinbaku et le shibari.

— Tu es doué avec les cordes ?

En prenant une inspiration avant d'entamer son explication, il inhala une goulée de parfum exotique. Qu'elle aille se faire voir, avec cette intimité qu'elle tissait telle une toile autour de lui. Il n'était pas le premier soumis débutant venu qui tomberait si facilement sous le charme d'une dominante.

—Garde tes distances, She… Maîtresse B.

—Je te mets les nerfs en pelote ?

—Non, tu me mets en retard pour ma prochaine scène. On n'a qu'à s'arranger pour s'éviter dans le cadre du club, à partir de maintenant, OK ?

Elle s'éloigna sur-le-champ.

—Ce ne sont pas les volontaires qui manquent pour m'occuper.

Knox savait qu'il aurait dû la fermer, pourtant quelque chose chez cette femme le déstabilisait.

—Les soumis ne joueront pas avec toi, si tu te contentes de les battre et de les faire jouir.

—Et tu tiens ça… d'où ?

Il n'en savait rien, au fond. Hormis que n'importe quel mec digne de ce nom voudrait la faire jouir, elle ; pourquoi se soumettrait-on à la douleur et à l'humiliation, si on n'obtenait même pas de poser les mains et la bouche partout sur ce corps ?

—Knox ?

—Peut-être que je t'expliquerai un jour, si tu es très gentille.

Clac. La poignée du fouet s'abattit sur son torse.

—À moins que je ne t'oblige à m'expliquer.

—Tu crois que tu peux me mettre à genoux ? s'esclaffa-t-il. Va falloir grandir un petit peu, ma minette.

Il fit un pas de côté et s'éloigna dans le couloir.

—Tu ne pourras pas m'empêcher de regarder ta scène.

Il se retourna, un large sourire aux lèvres.

—Moi, non, mais le Maître que je frappe préfère l'intimité.

— Je risque de solliciter tes services pour le week-end prochain.

Son humour s'envola d'un coup.

— Je ne frappe pas les femmes. Jamais. Pas même si elles me supplient à genoux. Pas même si elles me rendent dingue à force de m'insulter.

— Knox…

— Laisse tomber, Maîtresse. Trouve-toi un autre joujou pour t'amuser.

Et il s'éloigna sans plus se retourner.

Chapitre 4

Cette nuit-là, Shiori rêva qu'elle avait attaché Knox. Son grand corps magnifique écartelé et retenu par des chaînes, ses bras musculeux tendus au-dessus de la tête, ses chevilles entravées. Elle lui prodiguait la torture du toucher : une plume pour commencer, puis avec du papier de verre, ensuite une roulette de Wartenberg, un fouet en caoutchouc et, pour finir, un carré de soie. Elle touchait chaque millimètre carré de lui, y compris ses plantes de pieds.

Puis elle l'avait caressé avec ses mains. Parfois aussi douces que des gouttes de pluie, parfois en usant des ongles.

Et pendant toute la séance, son sexe était resté dur, ses bourses lourdes, tendues dans le harnais.

Elle avait dû se hisser sur la pointe des pieds pour lui murmurer à l'oreille :

— Tu as prétendu qu'aucun homme n'accepterait de jouer avec moi si je ne faisais que le battre et le faire jouir, alors je vais te laisser le choix : je t'administre dix coups de chat à neuf queues et ensuite ta She-Cat donnera à ta queue dix coups de langue avant de te faire éjaculer.

— Quel est mon deuxième choix ? avait-il grincé.

Se penchant vers son autre oreille, elle l'attrapait par les cheveux d'une main, pendant que l'autre saisissait l'une de ses fesses.

— L'autre possibilité, c'est toi à genoux et cette bouche boudeuse partout sur ma chatte.

Il avait tourné la tête pour lui effleurer la tempe de sa bouche.

— Je préfère être à genoux devant toi, Maîtresse. Autorise-moi à te servir.

Elle avait relâché les chaînes à ses bras, si vite qu'il avait bien failli tomber en avant sous leur poids.

— J'ignore qui est le plus pressé que ça arrive, toi ou moi.

Alors il avait levé la tête, et ses yeux bleus brûlaient d'un feu intense.

— Je peux te prouver que c'est moi, autant de fois que tu m'autoriseras à le faire.

Arrogant. Elle avait décroché ses menottes des chaînes et lui avait massé les bras un moment, avant de les lui lier dans le dos. Puis elle l'avait contourné pour mieux admirer son Viking des temps modernes – de son corps musclé à son beau visage, à la puissance à peine contenue qu'il exsudait tandis qu'il se battait contre lui-même et sa nature pour lui obéir.

Elle avait fait glisser sa jupe au sol et l'avait envoyée voler d'un coup de pied tout en s'approchant de lui. Son sexe à présent nu palpitait de désir ; cet homme l'excitait tellement qu'elle en avait l'intérieur des cuisses trempé. Tendant la main, elle avait saisi la barre qui retenait les chaînes.

Il répondait à la proximité de son sexe – à quelques centimètres de sa bouche – par un grondement sourd. Pourtant, il ne l'avait pas touchée avant qu'elle lui ait donné le feu vert.

— Regarde-moi, avait-elle intimé d'une voix douce.

Ses yeux embués par le désir avaient rencontré les siens.

— Fais-moi jouir si fort que mes genoux ploieront. Et alors relève-moi et recommence.

Elle retenait son souffle au moment où il avait penché la tête. Sa langue était sortie, avide de rencontrer la chair brûlante…

Et à cet instant, elle s'était réveillée, le cœur battant fort, le corps tendu à l'extrême, les jambes tremblantes, la culotte trempée, la bouche sèche et en proie à un désir qui éradiquait toute pensée rationnelle.

De frustration, elle cogna dans l'oreiller. Constatant que ça ne servait à rien, elle l'enveloppa de ses bras et hurla contre le tissu.

Tu aurais dû savoir que ce n'était qu'un rêve. Où ailleurs que dans un monde de fantasmes Knox prononcerait-il une phrase telle que « Autorise-moi à te servir » ?

Elle n'arriverait jamais à se rendormir, maintenant.

Enfilant un vieux survêtement et un tee-shirt, elle se dirigea vers la pièce qu'elle avait transformée en atelier d'artiste. Il y avait une table, couverte de différentes sortes de peintures, plusieurs toiles à divers stades d'avancement, ainsi que quelques tableaux terminés et alignés le long des murs. Elle avait toujours voulu peindre, mais sa vie était devenue si trépidante avant qu'elle démissionne de son poste à Okada qu'elle n'en avait pas eu le temps.

À présent, elle l'avait. Mais alors qu'elle étudiait les lignes de peinture sur la toile la plus proche, elle se rendit compte que le vieil adage « C'est en forgeant qu'on devient forgeron » n'était pas vrai pour la peinture, du moins pas dans son cas. Elle était nulle, comme artiste. Ces derniers mois, elle n'avait pas fait le moindre progrès. Et même si d'un certain côté, ça l'ennuyait, elle adorait la liberté dont elle jouissait d'avoir du temps à perdre.

Elle haussa le volume de sa station d'accueil pour MP3 et s'adonna à son autre plaisir coupable : les boys bands japonais. Elle chanta sur les morceaux à tue-tête tout en peignant de petits bouquets de fleurs, se demandant ce qu'un psychologue pourrait bien penser d'elle.

Bien que le gros de la comptabilité d'Arts Black soit faite en externe, Shiori avait tout de même pas mal de détails à régler avant de débuter la semaine, or elle était détournée de ce travail par ses propres projets.

Si elle ne travaillait plus à plein-temps dans les bureaux d'Okada à Tokyo, elle ne les avait pas pour autant complètement quittés. Certains de leurs gros fournisseurs de nourriture refusaient de traiter avec quelqu'un d'autre là-bas – quand elle avait essayé de les transférer à un autre spécialiste Grands comptes, ils avaient menacé de se retirer. Les sommes concernées étant significatives, elle avait donc ravalé ses protestations et continué.

Personne ne lui avait demandé combien de temps elle envisageait de rester aux États-Unis. La seule raison qui l'autorisait à y demeurer était son visa de travail. Pour la première fois de sa vie, son bulletin de salaire à Okada lui offrait plus de liberté qu'il ne lui en ôtait.

Dès qu'elle eut tout ordonné pour le comptable, elle se dirigea vers la salle d'entraînement cardio. Pour enseigner, elle devait rester en meilleure forme physique que jamais, donc elle travaillait dans la salle de musculation quatre jours par semaine.

Elle venait d'achever un enchaînement très difficile et prenait un instant pour retrouver son souffle, quand elle entendit :

— On n'est pas autorisé à s'entraîner seul dans la salle de muscu.

Son estomac papillonna au son de la voix de Knox, mais elle fit comme s'il n'était pas là et souleva la barre lestée encore trois fois de plus. Ayant terminé sa série, elle passa au poste suivant et frappa dans le punching-ball, ajoutant les coups de pieds aux poings. Elle sentait le regard perçant de Knox suivre chacun de ses gestes, mais peu importait, car il ne trouverait rien à redire à sa technique. Elle ne se laissait pas déstabiliser par l'observation. S'il s'était agi de Ronin, planté derrière elle à la critiquer en silence, elle aurait sans doute fait une erreur ou deux. Quand il passait en mode sensei Black, il était hyper intimidant.

Elle termina la séance par une courte série de mouvements d'entraînement, ainsi qu'un uppercut et un coup porté du sol. Assise sur le tapis, les poignets posés sur les genoux, elle tenta de calmer son souffle court.

— On dirait que tu as assisté aux cours de boxe thaïe de Deacon.

— C'est gratuit et à une heure où je n'ai pas de cours, alors pourquoi pas ? Chaque discipline offre des techniques différentes pour déstabiliser les opposants.

Knox s'agenouilla et lui tendit la bouteille d'eau.

— Les opposants ? Tu as l'intention de rejoindre la scène du free fight ?

— Ça se peut, lâcha-t-elle, avant de boire une lampée au goulot. Je vais peut-être demander à Blue de me programmer sur le prochain tournoi promotionnel.

— Je te le déconseille.

Elle riva son regard au sien.

— Pourquoi ?

Les yeux perçants exploraient son visage avec une telle intensité qu'elle ne put réprimer un frisson.

— Parce que tu n'as rien à prouver, Shiori.

Quoi ?! Knox l'appelait rarement par son nom. Restait à attendre ce qui venait ensuite.

— Tu es fatiguée ?

— Crevée. Pourquoi ?

— Tu étais en retrait, la semaine dernière, pendant ma démonstration de la clé de bras. J'ai senti ta frustration ; tu n'étais manifestement pas d'accord avec ma façon de faire. Pourtant tu n'es pas intervenue devant la classe, et ça, j'ai apprécié.

Elle reprit une gorgée d'eau, songeant qu'ils étaient dans l'un de leurs seuls instants sincères. Ce qu'elle allait répondre déterminerait leurs rapports futurs.

— Je te respecte, Knox. Tu es responsable du dojo en l'absence de mon frère. Et je suis navrée de la façon dont s'est passée notre première rencontre il y a quelques mois, car elle a défini la façon dont nous nous comportons l'un face à l'autre. Ce n'est pas ce que je souhaitais.

Il sourit ; rien à voir avec le sourire arrogant auquel elle était habituée. Là, c'était un sourire sincère, à couper le souffle.

— Non, tu voulais me prouver quelque chose. Tu as réussi. Et j'avais bien mérité qu'on me colle la tronche au tapis, quand je croyais récupérer ma fierté en prenant le dessus sur toi.

Elle lui rendit son sourire.

— OK, j'admets qu'il y a quelque chose d'extrêmement jouissif à mettre un grand gars comme toi sur le cul.

— Tu m'étonnes. Tu peux me montrer ce qui ne va pas dans ma clé de bras ?

— Bien sûr.

Il se leva et lui tendit la main pour l'aider à se mettre debout.

Sa main gigantesque engouffra la sienne. Pour la millième fois, elle maudit sa petite taille, qui la plaçait systématiquement en position désavantageuse, et peu importaient les années d'arts martiaux qu'elle avait derrière elle.

— Tu es échauffé ?

— J'ai couru six kilomètres sur le tapis.

— Allons-y, alors. À quatre pattes.

Une drôle d'expression passa sur le visage de Knox, puis il se positionna comme indiqué sur le tapis.

Shiori se plaça à côté de lui, un bras enroulé autour de son cou, l'autre autour de son dos.

— À ce stade, la première réaction est de mettre toute ta puissance dans tes épaules et d'utiliser cette force pour essayer un soulevé-jeté.

Elle souleva et poussa, mais son torse ne bougea pas du tapis, seulement ses bras.

— Tu vois ? Je ne peux pas faire levier. Si tu te laisses tomber sur l'épaule, tu peux me faire rouler par-dessus toi et me coller au tapis. Essaie.

Knox transféra le poids de son corps et elle se retrouva écrasée sous quasiment cent kilos de muscles virils. S'il avait bougé sur le côté, il aurait pu passer la jambe sur elle et coller au sol sa tête et son cou, à l'aide de l'arrière de son genou, tout en relevant son bras pour le clouer à son torse dans une clé de bras.

Elle le tapota pour signaler la fin du mouvement et il roula sur lui-même.

— Waouh, tu es costaud, comme mec !

— Et encore, je n'appuyais pas de tout mon poids.

Son souffle lui caressa la joue.

— Il ne m'en faudrait pas beaucoup pour t'écraser complètement, ajouta-t-il.

— J'apprécie ta retenue.

— Tu n'as pas idée de la retenue dont je fais preuve te concernant, marmonna-t-il.

Putain de Dieu !

Knox la draguait ou quoi ? Préférant ne pas prêter attention à la façon dont son pouls s'accélérait à cette idée, elle reprit sa position de départ – un bras enroulé autour de son cou, l'autre tendu sous son torse. Alors qu'elle s'immobilisait le temps de retrouver ses repères, elle fut assaillie par l'odeur de coton du pantalon gi de Knox, et la senteur salée de sa peau. Elle sentit la chaleur et la dureté des muscles de son dos contre sa poitrine.

— Shiori ?

— Désolée. Je réfléchissais à la meilleure façon de t'expliquer le mouvement.

Mais tu ne peux pas expliquer ce que tu soupçonnes d'être en train de se produire entre toi et le sexy shihan.

Repoussant cette pensée, elle se lança :

— Cette fois, prête bien attention au mouvement de mes hanches. En te renversant, je peux nouer mes deux jambes autour de toi. Si je reste fermement accrochée à ton cou, je peux t'amener en position pour un étranglement arrière.

Balançant tout son poids sur sa hanche, elle le fit pivoter, parvenant à lui coller le bras au tapis sous elle tandis qu'elle maintenait sa posture d'étranglement au niveau du cou.

Knox tapa immédiatement.

Elle le relâcha et resta allongée une seconde pour recouvrer son souffle.

— Ça va ?

— Lutter avec toi me donne l'impression d'être une puce sur un chien.

Il éclata de rire.

— Allez, ma puce, à mon tour.

Elle roula sur le ventre et se remit à quatre pattes.

Le corps de Knox l'emprisonnait si bien qu'un éclair de panique la traversa et elle dut réprimer son instinct premier d'arquer les hanches à sa rencontre.

— Prête ? murmura-t-il.

— Mieux vaut ne pas avertir l'adversaire..., commença la Maîtresse qui sommeillait en elle.

Et avant qu'elle ait fini sa phrase, elle se retrouva collée sur Knox, ses deux grands bras sur le point de l'étouffer. Elle lui tapa sur le bras.

— C'est tellement plus clair comme ça, commenta-t-il, avant de lui tapoter l'épaule. Allez, on le refait.

— Juste une fois et on arrête.

Ce coup-ci, elle n'allait pas lui rendre la tâche facile, même s'il avait le don de la déconcerter. Son corps massif la recouvrit, son avant-bras collé à ses seins. Ses biceps gonflés lui bouchèrent les oreilles quand il la prit par le cou. Entourée par cet homme chaud et dur, elle n'éprouva aucune panique cette fois. Au contraire, elle se concentra sur la façon dont elle sentait ses muscles se bander, autant d'indices sur le mouvement qu'il projetait de faire.

Bingo.

À la première demi-rotation, elle se recroquevilla, laissant l'élan qu'il avait pris les emporter dans un tour complet, et elle atterrit sur son torse.

Mais Knox contra son mouvement dans un geste fluide et elle finit coincée sous lui, les deux bras prisonniers au-dessus de la tête.

Il lui sourit.

— Je t'ai eue.

— Qu'est-ce que tu en sais ?

— Tu essaies toujours de me doubler.

— Ça n'a pas marché, cette fois, si ?

— Non.

Il avait son visage à quelques centimètres du sien. Et cette façon dont il la regardait... lui donnait envie de l'envoyer valser malgré le fait qu'elle soit bloquée au sol.

— Knox, pousse-toi. Tu m'écrases.

— N'importe quoi, je suis en appui sur mes jambes et mes bras.

— Qu'est-ce que tu fais ?

— Je réfléchis.

Il s'interrompit, et son regard erra sur le visage de Shiori.

— Je regarde.

Il se focalisa sur sa bouche.

— Je me demande.

— Quoi ?

— Si tu vas m'envoyer valser quand je te dirai que tu es d'une beauté délicate, mais que sous cette jolie coquille se cache un cœur d'acier. Ce qui donne une combinaison intrigante pour un gars comme moi.

Shiori avait soudain la bouche très sèche, pourtant elle parvint à croasser :

— Un gars comme toi ?

— Un gars qui considère que la beauté d'une femme passe après sa force. Toi, tu as les deux en proportions identiques. Du coup, tu représentes une tentation bien supérieure à tout ce que j'ai rencontré auparavant.

Quand il libéra l'une de ses mains afin de dessiner le contour de son visage du bout des doigts, Shiori ne bougea pas – elle en était bien incapable.

— La moitié du temps, j'ai envie de coller ce si beau visage contre le tapis.

— Et l'autre moitié du temps ? demanda-t-elle, quasi à bout de souffle.

— J'ai envie de l'embrasser, répondit-il en lui passant le pouce sur le contour des lèvres. Tu permets ?

À cet instant, elle sut quel genre d'homme il était – avant même que lui le sache –, et cette idée lui envoya un frisson d'excitation secrète jusqu'à la pointe des orteils.

— Oui.

Knox pressa les lèvres sur les siennes dans un baiser d'abord innocent, avant d'entamer l'exploration de sa bouche. De lécher la chair humide et sensible à l'intérieur des lèvres, de la bécoter du bout de ses lèvres durcies, de suivre le contour de ses dents. Chaque contact de sa langue encourageait Shiori à s'ouvrir plus grand, à lui donner plus.

Alors le baiser qu'il lui donna l'emporta dans une tornade passionnelle. Il versa dans ce baiser toute sa faim et son désir, léchant, suçotant, jusqu'à la rendre folle. Même la façon dont leurs souffles chauds se mêlaient revêtait un caractère érotique et nourrissait le furieux désir qui montait entre eux.

Elle aurait voulu l'embrasser ainsi toute la journée, mais elle se rendit compte que les bras de Knox tremblaient, à force de se tenir en équilibre au-dessus d'elle pour ne pas l'écraser sous son poids.

L'envie de le sentir s'appuyer contre elle était forte, mais elle lui posa pourtant les paumes sur les joues afin de ralentir le baiser.

— Repose-toi les bras, susurra-t-elle contre ses lèvres.

— Encore un et je promets de bouger.

Ce baiser-là était empreint de douceur, d'une tendresse entêtante dont Shiori n'aurait pas cru Knox capable, mais que manifestement il avait deviné qu'elle apprécierait.

Il se laissa tomber au sol à côté d'elle.

Quel effet cela allait-il leur faire, quand ils poseraient le regard l'un sur l'autre, au lieu de fixer les tuiles du plafond ? Bizarre.

— Bon, on fait quoi, maintenant ? demanda-t-elle au bout d'un moment.

Il ne répondit pas sur-le-champ.

— Aucune idée, fit-il enfin. J'ai des tas de pensées qui me tourbillonnent dans la tête, des raisons pour lesquelles on ferait mieux d'étouffer le truc dans l'œuf, du style « Ça m'a semblé être une bonne idée dans le feu de l'action, mais… ».

Il se tut quelques secondes, puis ajouta :

— Pourquoi tu ne me dirais pas comment tu envisages le déroulement de la suite ?

— Je ne sais pas, répondit-elle en passant sur le flanc pour lui faire face. On n'est pas dans une situation où l'on pourrait se contenter de devenir *sex friends*, vu qu'on doit travailler ensemble.

— Et étant donné qui tu es, un arrangement de ce genre ne fonctionnerait pas pour toi, de toute façon.

Elle s'était demandé s'il allait mettre le sujet de Maîtresse B sur la table.

— Non, en effet, admit-elle. Qu'est-ce qui fonctionne, pour toi, en général ?

— Je suis assez doué en matière de relations sans lendemain, ou d'une nuit – appelle ça comme tu veux. Mais sitôt qu'on commence à rester coucher chez l'un ou chez l'autre de façon régulière et qu'on parle exclusivité, ça a vite fait de virer à la relation officielle.

— C'est ça que tu cherches au *Twisted* ?

— Je n'analyse pas les raisons de ma présence là-bas.

— Tu devrais.

— Pourquoi ?

Allez, elle tentait le coup.

— Parce que tu n'y trouves pas ce dont tu as besoin.

Knox se hissa sur un coude, face à elle.

Shiori riva les yeux aux siens.

— Ne fais pas ça, She-Cat.

Voilà, il venait déjà de remonter un mur entre eux.

— Que je ne fasse pas quoi ?

— Jouer la carte de la Maîtresse. Une nuit au club et un baiser, ça ne fait pas de toi une experte sur moi et mes besoins.

— Tu serais étonné de tout ce qu'on peut apprendre en une seule nuit. Ou un seul baiser.

Elle passa un doigt le long de sa mâchoire large et obstinée.

— J'ai rêvé de toi, la nuit dernière. C'était assez perturbant, dans le sens où… le scénario était très éloigné des possibilités qui s'offrent à toi et moi. Du moins je le pensais. Mais tout a changé avec un baiser.

— Tu parles encore par énigmes ?

— Peut-être. Mais uniquement parce que tu souhaites éviter le sujet.

Il fronça les sourcils.

— Le sujet de savoir si on va devenir amants ?

— Non.

Elle ne savait pas si elle pouvait oser, car il ne la croirait pas. Finalement, elle se mit en position assise, puis se releva pour ramasser ses affaires.

— Allez, She-Cat, je suis tout remonté, là. Tu regrettes qu'on se soit embrassés ?

Elle referma son sac de gym et se tourna vers lui.

— Je regrette qu'on se soit embrassés, parce que c'était aussi délectable que je l'avais imaginé. Mais le mieux à faire maintenant, c'est de mettre ça sur le compte du « feu de l'action » que tu évoquais plus tôt, et de s'en tenir à la situation préalable.

— Donc c'est toi toute seule qui décides ?

Elle le fixa longuement – posture intimidante, yeux furieux, dents serrées. Elle voulait lui dire de s'agenouiller et qu'elle allait l'apaiser, car ses caresses lui feraient cet effet-là, elle le savait. Mais il ne verrait pas dans cet ordre la vérité de ce qu'il était. Il argumenterait, s'énerverait. Elle passa la bandoulière de son sac à son épaule.

— Cette conversation a dégénéré, comme ça a tendance à se produire systématiquement entre nous. Il vaut donc mieux que j'y aille. À demain en cours.

Knox se rua sur elle, lui emprisonnant le visage entre ses mains, et l'embrassa à lui couper le souffle. Et elle ne parvint à recouvrer ses esprits qu'au moment où il détacha ses lèvres des siennes.

— Ne me dis pas que tu ne veux plus de ça, haleta-t-il contre son oreille.

— Si, j'en veux. Mais tu peux me les donner selon mes propres termes, Knox.

Elle prit une profonde inspiration et son courage à deux mains.

— Je suis très douée pour ces trucs d'une nuit sans lendemain, moi aussi. Je laisse croire aux hommes qu'ils ont pris les rênes, quand en réalité c'est moi qui ai tout dirigé à ma guise. Je les quitte un sourire aux lèvres, et c'est tout ce dont ils se souviennent. Mais moi, je sais aussi autre chose – je sais ce dont j'ai besoin.

— Un toutou. Un homme que tu puisses écraser sous ton talon, ricana-t-il.

Il ne pouvait pas être plus éloigné de la vérité, et ce constat frappa Shiori telle une lame acérée. Il avait beau être accoutumé à ce genre de pratiques, il n'y comprenait rien.

— Je préfère ne pas tenir compte de cette remarque, que tu as lancée sans réfléchir. Mais sois certain que si tu étais mon soumis, ajouta-t-elle, son visage tout près du sien, et que tu osais me parler de cette façon, je te fouetterais aussi. Quelques bons coups sur les fesses.

Elle leva la main quand il ouvrit la bouche pour répondre.

— Avant que tu ne m'énerves un peu plus… Le masque que je porte lorsque je deviens le personnage public de Maîtresse B n'est pas qu'un accessoire. Je suis Maîtresse B, tout au fond de moi, tous les jours. Je ne peux pas faire comme si cette partie de moi n'existait pas. Il m'a fallu longtemps pour accepter qui – et ce que – je suis.

— Nom de Dieu, Shiori, il y a quelque chose entre nous. Depuis le premier jour où tu es arrivée au dojo.

— Je suis d'accord. Je n'arrivais pas à savoir quoi exactement ; je mettais ça sur le compte de notre obstination respective, parce qu'on se disputait les faveurs de Ronin. Mais la pièce manquante du puzzle a commencé à prendre forme hier soir, et aujourd'hui, elle s'est finalement mise en place.

— Quelle pièce manquante ?

Allez, dis-le. Tu es capable de gérer le retour de bâton.

— Le fait que toi, Knox Lofgren, tu sois un soumis.

Il éclata de rire.

— T'es une rigolote, toi !

— Je ne plaisante pas.

Elle attendit. Attendit le déni.

Une lueur de colère alluma les yeux de Knox.

Et voilà, on y était.

— N'importe quoi ! cracha-t-il. Tu jettes des affirmations, mais tu n'as rien pour les soutenir, si ce n'est ton espoir. Et tu n'as aucun moyen de prouver ce que tu avances.

— Il y a quelque chose entre nous, parce que la Maîtresse B en moi trouve écho dans le soumis en toi. Tu veux des preuves de tes tendances inexplorées ? Très bien. Tu te considères comme un élément neutre, au *Twisted*. Si tu étais dominant, tu t'identifierais comme tel. Tu n'aurais pas trouvé ta voie après, quoi, cinq années au club ? Ça signifie clairement que tu as peur d'admettre qui tu es.

Il ne répondit pas, se contentant de conserver sa posture agressive.

— Je voudrais te demander pourquoi tu es resté jusqu'à la toute fin de ma scène avec le soumis. Tu souhaitais voir comment je me comportais une fois la foule partie ? Voir si j'étais une dominante chaleureuse ou une qui s'en fiche ?

— Faux. J'attendais de pouvoir te faire face.

Shiori mourait d'envie de jouer avec lui. De passer les ongles dans le décolleté en V de son haut gi, histoire de voir s'il frissonnait de plaisir.

— Je me suis renseignée sur ton compte, après notre petite conversation, la nuit dernière. Knox, l'homme qui sait procurer la douleur. Je trouve intéressant que tu participes quasi exclusivement aux scènes fermées.

— Et donc ?

— Et donc ça me dit que tu fais ce que veut le dominant. Ce qui est une caractéristique de soumission. Et pour finir…

Elle riva son regard au sien, implacable.

— Tu m'as demandé si tu pouvais m'embrasser, Knox. Tu savais qu'il y avait entre nous une dynamique intime qui t'a poussé à demander d'abord ma permission.

Ses pommettes saillantes s'empourprèrent.

Elle recula.

— Tout ça n'est que le fruit de mes observations. Tu es tout à fait autorisé à les considérer comme nulles. Je suppose d'ailleurs que tu vas maudire mon nom, sitôt que j'aurai passé la porte. Je comprends que ce soit dur, quand la découverte de soi ne vient justement pas de soi-même. Mais je veux qu'on soit capables de travailler ensemble, toi et moi. On va aussi être amenés à se croiser au club ; ce serait donc plus facile si on gardait un semblant de civilité dans nos relations. Tu penses que ça va te poser un problème ?

Il secoua la tête, mais elle savait que ses pensées étaient à mille lieues de là.

Elle aurait voulu le pousser dans ses retranchements, l'obliger à lui parler, pourtant elle se força à s'éloigner. Elle avait presque atteint la porte quand elle l'entendit qui appelait son nom.

— Attends. J'ai une question pour toi.

Shiori se tourna vers lui.

— OK.

— Et toi, qu'est-ce que tu cherchais au club, hier soir ?

— Pas un homme à écraser sous mon talon. Ni un toutou. Ni un esclave. Ni un garçon à fouetter. Je cherche un homme suffisamment fort pour céder le contrôle quand il s'agit de sexe.

— Pas une relation dominante/soumis vingt-quatre heures sur vingt-quatre et sept jours sur sept ?

Elle secoua la tête.

— Non, ça ne m'attire pas. Je veux un homme qui sache que sa soumission totale à moi signifie qu'il est sous mes soins. Que ses besoins sont plus importants que les miens. Je veux une connexion qui assure le plus haut niveau de confiance. De part et d'autre. Et avec tout ça, on obtient les relations sexuelles les plus chaudes que tu puisses imaginer.

— Et tu ne peux pas avoir ça dans une relation normale ?

— J'ai eu une relation prétendument normale quand j'étais mariée. Je ne reniais pas qui j'étais, puisque je ne savais pas qui j'étais. Mais une fois que je me suis découverte, j'ai compris pourquoi je me sentais toujours frustrée.

Knox ne répondit rien.

Elle considéra donc que le moment était venu de partir. Même si elle aurait vraiment aimé qu'il lui demande de rester.

Un soumis.

Elle le prenait pour un putain de soumis.

Cette nana avait une case en moins. Aucun doute là-dessus.

Toutes ces accusations ridicules… Il n'avait pas une once de soumission en lui.

Il ricana. Il n'était pas du genre fillette, à minauder ou qui réclamait sa maman.

Elle exagérait, là. Elle l'avait vu au club – visage familier, l'homme qui avait assisté à sa scène avec un soumis – et elle en avait tiré des conclusions erronées ; elle avait projeté sur lui cette préférence. Une préférence qu'elle espérait trouver chez lui.

Il lui avait demandé la permission de l'embrasser, et alors ? Ça n'était pas la première fois qu'il le faisait. Et ça ne serait pas la dernière.

Lui. Un soumis ?

Comme s'il allait s'agenouiller devant quelqu'un sur commande.

Comme s'il allait accepter qu'on lui mette un collier et qu'on le promène en laisse.

Comme s'il allait abandonner le contrôle dans un lit.

Il était un homme, bordel ! Les hommes faisaient le premier pas ; les hommes s'assuraient que la magie opère sous la couette et que la femme soit satisfaite. Et Dieu savait qu'il n'avait jamais eu de plaintes à ce sujet.

Non. Maîtresse B avait complètement tort, là.

Knox Lofgren était un homme, un vrai. Point barre.

Pour se le prouver, il passa sa colère sur le punching-ball.

Et puis il rentra chez lui et regarda un match de rugby – un sport de vrais hommes.

Ensuite il appela Deacon et le convainquit d'aller faire un tour au club de strip-tease. Il leur paya deux danses, celles avec les filles qui s'agitent sur vos genoux. Ça, c'était tout lui ; la maîtrise, la domination affirmée. L'homme.

Quand enfin il posa la tête sur l'oreiller à minuit, il se repassa sa journée.

Mais ce ne fut ni la danse érotique ni le sport d'hommes qui s'afficha devant ses yeux.

Ce fut ce maudit baiser. Car l'espace d'un instant, si bref fut-il, il avait senti une puissante attirance vers elle. Et pas entre ses jambes ; quelque part, plus profondément en lui.

Il n'avait pas le moindre début d'idée de ce que ça signifiait. Et il n'allait certainement pas le lui demander ; plutôt crever !

Le lendemain après-midi, Knox surveillait l'entraînement des nouveaux inscrits au programme MMA. Jusque-là, aucun des gars ne l'impressionnait. Mais ils avaient payé les cours, alors il se promenait en équilibre précaire entre faux encouragements et vérité brute. Contrairement à Ronin, il privilégiait la méthode douce, ce qui ne l'empêchait pas de faire passer les messages.

Et la méthode douce, ça ne veut pas dire qu'on est soumis.

Putain, mais ça lui venait d'où, cette idée, là ?

Évidemment, ce fut l'instant que choisit Shiori pour faire son apparition, l'air d'une putain de reine, vu la façon dont elle se mouvait.

L'admiration qu'il lui vouait ne signifiait pas qu'il veuille se courber et lui baiser les pieds, ni quoi que ce soit du genre. Tous les mecs qui travaillaient pour Ronin et Blue la trouvaient canon.

Elle n'était pas encore en tenue gi. Elle portait un tailleur sexy et des talons hauts, totalement *business woman*. Et à la façon dont elle s'attardait, il devina qu'elle attendait pour lui parler.

Il se dirigea tranquillement vers elle, conservant une expression neutre.

— Qu'est-ce qu'il y a ?

— On peut discuter de la réorganisation du planning des instructeurs ?

— Pourquoi ?

— Je t'expliquerai au bureau.

Et elle pivota sur ses hauts talons puis s'éloigna.

Ne cours pas après elle. Fais-la attendre. Elle ne doit pas s'imaginer que tu vas tout abandonner chaque fois qu'elle te siffle.

Il resta donc planté, bras croisés, et fit mine d'observer deux élèves qui se balançaient et rataient leurs prises sur le ring.

Deacon vint se poster à côté de lui.

— Vous vous êtes encore disputés, avec Shiori ?

— Ouais, ben elle peut pas se pointer et claquer des doigts, et puis s'attendre à ce que je lui obéisse. J'ai des trucs à faire, moi aussi.

— Du genre décider combien de temps tu vas laisser ces aspirants combattants payer des cours particuliers alors qu'ils seraient incapables de se sortir d'un sac en papier ?

— Ils ont payé jusqu'à la fin du mois. Et comme on pratique une politique du non-remboursement, il serait plus cool de leur annoncer qu'ils quittent le programme au moment où on abordera le renouvellement de l'abonnement, non ?

— Je suis assez d'accord. Mais j'aimerais aussi qu'on aborde le sujet du pourquoi on perd notre temps avec ces nuls. (Il passa une main sur son crâne rasé.) Arts Black a besoin d'argent ou quoi ?

— J'en doute, mais je demanderai à She-Cat. On va voir si elle me crache dessus pour l'avoir interrogée sur les finances.

Et il rit de sa propre blague.

— Bon Dieu, vous pourriez pas juste baiser un coup, tous les deux ? Parce qu'il est clair que c'est ça, votre problème.

Knox fronça les sourcils.

— Je ne suis pas son genre.

— Si tu le dis.

Cinq bonnes minutes plus tard, il entra dans les bureaux d'Arts Black. Shiori était assise au bureau de Ronin, crayon et Post-it à la main.

— Qu'est-ce que tu fais ?

— Je vérifie le planning pour voir où je peux effectuer des modifications.

Il alla se poster derrière elle, une main sur le dossier de son fauteuil et l'autre sur le bureau tandis qu'il se penchait vers elle.

— Pourquoi on a besoin de faire des modifications ?

— Parce que je dois aller visiter une usine qu'Okada a l'intention d'acheter. Vu que je suis la plus proche géographiquement, j'ai été choisie pour faire le pitch.

— « La plus proche géographiquement », ça veut dire quoi ?

— L'usine est au Mexique. Les États-Unis sont plus proches que le Japon. Mais étant donné que Ronin a pris l'avion de l'entreprise au Japon, je vais devoir emprunter un vol commercial.

— Ma pauvre, fit-il, sans empathie aucune. Je croyais que tu avais démissionné de chez Okada, avant de venir ici.

Elle renversa la tête en arrière et le regarda.

— J'ai quitté mon poste dans l'entreprise, mais je n'ai pas complètement démissionné. Tu croyais que je m'occupais à quoi, pendant les heures que je ne passe pas au dojo ?

Il cligna des yeux.

— Oh, alors tu imagines que je passe mon temps à draguer à droite, à gauche, à faire du shopping, à m'offrir des séances au spa et à déjeuner avec tous mes amis ?

— Ou que tu travailles ta technique au fouet.

Ça lui avait échappé.

— C'est vrai que ça nécessite de l'entraînement… je ne doute pas que tu le saches, d'ailleurs. Mais je dois travailler pour Okada, selon les termes de mon visa. Et vu que je suis dans l'obligation de quitter le pays, il va falloir bouger le planning des instructeurs.

— On n'a qu'à transformer tes cours en exercices ouverts, et ça règle le problème.

Elle secoua la tête.

— Ça ne serait une solution que si je devais m'absenter un jour ou deux. Mais j'envisage d'être partie toute la semaine.

Il fronça les sourcils.

— Et ça va devenir régulier ? Parce que tu as promis au sensei que tu serais pleinement investie auprès d'Arts Black, et finalement tu pars seulement deux semaines après son départ ?

— Je n'ai pas le choix.

— Bien. Mets Zach avec les élèves avancés. Terrel peut prendre tes cours du matin, et on fera des exercices ouverts pour les autres.

— Oui, ça facilite les choses. Merci pour tes conseils.

— Pas de problème.

Ils se dévisagèrent.

— Il y a autre chose que tu souhaiterais m'apprendre, avant de t'envoler pour *Mé-ri-co* ?

— Non. Juste que je…

Il se pencha un peu plus vers elle. Jamais il ne l'avait vue aussi perturbée. Il pourrait aisément retomber dans son attitude de gros con, et pourtant il ne put s'y résoudre.

— Shitake, tu n'as pas à être gênée d'avouer à quel point je vais te manquer quand tu seras au sud de la frontière. Il paraît que je suis vraiment un gars génial.

Elle lui fit le sourire qu'il espérait.

— Dans tes rêves, mon Knox-dieux collègue.

— Tu es prête à partir ?

— Je décolle à 23 heures, donc je peux assister aux réunions du matin.

— Je ne t'envie pas le vol de nuit. Je le prenais, quand je rentrais à la maison pour mes permissions. Je préférais dormir dans l'avion plutôt que de passer moins de temps avec ma famille.

— Tu ne parles jamais de ta famille.

Il haussa un sourcil.

— On n'arrive jamais à se montrer civilisés assez longtemps pour avoir une conversation normale sur quoi que ce soit.

— Pas faux.

— Mais à ton retour, il faudra qu'on parle.

Merde. Voilà qui donnait l'impression qu'il voulait reprendre leur conversation de la veille.

— D'Arts Black, précisa-t-il. Il faut qu'on revoie le programme des MMA, et on a peut-être une opportunité d'embaucher le meilleur entraîneur en la matière.

— Comment se fait-il qu'il soit disponible ?

— Il a besoin de bouger. Je n'ai qu'une vision très vague des finances d'Arts Black. Ce type ne sera pas donné, mais l'embaucher pourrait vraiment régler une demi-douzaine de nos problèmes concernant les programmes. Des problèmes auxquels Ronin a refusé de se confronter.

— Je suis d'accord qu'on a besoin d'effectuer des changements. À mon retour du Mexique, apporte-moi le nom du mec, ses exigences salariales, ses qualifications, et on négociera.

— Parfait. Bon voyage.

Il se tourna et se dirigea vers la porte.

— Knox ? appela-t-elle alors qu'il l'atteignait.

— Oui ?

— Arts Black n'est pas le seul sujet qu'on doive aborder.

Incapable de la regarder en face, il répondit :

— Je sais.

Et avant d'ajouter quelque chose de stupide, il sortit.

Chapitre 5

Le *Twisted* était complètement mort, le samedi soir. Knox était à son poste tournant de barman. Et vu le peu de visiteurs, il avait tout le temps d'observer la dizaine de membres qui se partageaient le grand salon. Jake et Ginny étaient en pleine négociation. Bille et Joe se trouvaient face à la cheminée, et étant donné la façon dont la tête de Joe bougeait, Bill profitait plus que d'un verre de vin. Maître Kirk avait enveloppé Patsy dans une couverture devant le feu après une de leurs séances. Leanne était assise au sol près de Maîtresse Annabelle, à qui elle massait les pieds. Deux nouvelles soumises discutaient dans un coin, jetant des regards appuyés dans la direction de deux dominants qui semblaient occupés à parler sport.

Maître Merrick se glissa sur un siège au bar.

— Knox.

— Que puis-je te servir ce soir, Maître ?

— Un Tanqueray-limonade.

Une fois qu'il eut obtenu l'approbation de Merrick pour son verre, Knox s'accouda au bar.

— C'est calme, cette nuit.

— Ça arrive. Mais on ne change rien, que les membres se montrent ou pas. Et puis, c'est agréable de faire une pause de temps en temps. En l'occurrence, ça t'arrange, ce soir, vu que tu n'adores pas le poste de barman.

Knox lui fit un grand sourire.

— Je suis un homme à bière, du coup je suis meilleur pour décapsuler et tirer des pintes.

— Avec les cocktails, tout est histoire de tempo : il faut prendre le temps de bien mesurer les doses. (Merrick se passa une main dans les cheveux.) Ça fait un moment qu'on n'a pas discuté. Comment ça va ?

— Bien. Pas mal occupé au dojo depuis que Ronin a quitté le pays. J'ai toujours eu tendance à me le figurer tel un seigneur arpentant ses terres, jusqu'à ce qu'il m'ait fallu accomplir son boulot. Rien de tel pour rappeler à quel point ça craint d'être le grand patron. La pression que ça implique.

— C'est vrai que ça n'est pas aussi simple que certains le croient, d'être le seigneur du domaine, commenta sèchement Merrick. Je te jure, la majeure partie de mon temps, je la passe à gérer des problèmes de confidentialité et de sécurité. Ça ne laisse pas beaucoup de loisir pour jouir des fruits de mon labeur.

— Je ne t'ai pas beaucoup vu dans les parages ces derniers temps.

Merrick agita les glaçons dans son verre à l'aide de la paille.

— L'équipe du vendredi soir a grand besoin de ma présence. Pas le personnel, mais les membres qui décident de tester leurs limites ou essaient quelque chose de nouveau. Ça peut être divertissant. Je suis passé rapidement samedi dernier, pour accueillir une nouvelle dominante. (Il leva les yeux.) Tu étais là, non ?

Knox hocha la tête.

— Oui. Et parce que je travaille avec cette femme tous les jours que Dieu fait, je l'ai reconnue sur-le-champ. Le masque et la perruque platine ne m'ont pas trompé. Elle était aussi surprise de me trouver là que moi de la voir.

— Tu m'étonnes. J'ai trouvé intéressant qu'elle ne postule pas en tant que sœur de Ronin. Elle a utilisé les références de son club à Tokyo. Elle ne m'a donné son identité qu'après notre rencontre. (Il but une gorgée.) Sa présence ici va te poser un problème ?

Pas au sens où tu peux l'entendre, mais parce que cette fichue bonne femme me donne à réfléchir.

Il repoussa cette pensée agaçante.

— Elle et moi, on passe notre temps à se friter, au dojo, expliqua-t-il, un peu à cran.

— Tu crains qu'avec ses aptitudes en arts martiaux, et vu qu'elle est dominante, elle pousse les châtiments un peu trop loin, au club ?

Knox fronça les sourcils.

— C'est la dernière chose dont je me soucierais la concernant. La seule personne de ma connaissance qui se contrôle mieux qu'elle, c'est son frère.

— Alors, c'est l'idée de la voir en situation coquine qui te préoccupe ?

Knox repensa à la semaine précédente, quand il avait vu Shiori faire jouir Dex rien qu'en le lui ordonnant. Il avait trouvé ça torride. Mais elle n'avait pas demandé la réciproque. Et si elle l'avait fait ? Aurait-il pu rester planté là à regarder Dex faire jouir Maîtresse B avec ses mains ou sa bouche ?

Non. Et merde ! Ce sentiment de possessivité l'agaça plus encore. Il avait beau rêver de voir She-Cat perdre enfin le contrôle, brûler de savoir comment elle était, éperdue de passion, il sentait bien qu'il ne supporterait pas d'assister à cette scène si elle était provoquée par un autre homme.

Je voudrais que ce soit moi qui la fasse jouir. La regarder onduler sous l'effet de ma langue, de mes doigts, de ma queue, et la voir exploser.

— Knox ?

Il croisa le regard de Merrick.

— Je n'en sais rien. Je lui ai parlé après sa séance avec Dex. Je n'ai pas été surpris d'apprendre qu'elle était dominante ; ce que j'ai plus de mal à comprendre, ce sont les hommes soumis.

— Elle a essayé de t'expliquer ?

— Essayé et échoué.

Merrick l'observa longuement.

— Quoi ?

— Ça fait cinq ans que tu fais partie du club, Knox. Inutile de te rappeler la confiance que j'ai en toi. Alors je vais t'avouer une chose que très peu de gens savent sur moi.

Tandis que Knox se sortait une canette de bière, Merrick éclata de rire.

— Tu risques d'en avoir besoin, quand je t'aurai dit que j'ai été soumis pendant sept ans.

Knox s'étrangla avec sa bière.

— Tu déconnes ?! Mais tu es tellement… Bon Dieu, Merrick, tu sais comme tu es impressionnant.

— Voilà précisément d'où vient ton problème : tu considères les hommes soumis comme des faibles, sans doute comme des tapettes qui n'ont pas réglé leur Œdipe et cherchent à se faire dorloter par leur môman. Mais je t'assure que c'est totalement faux. Totalement faux, répéta-t-il.

— Et… Comment tu as rencontré ta… ?

— J'ai rencontré Lizette à l'âge de dix-huit ans. J'avais emménagé à Denver pour l'université. Elle était belle, dynamique, c'était une femme de vingt ans de plus que moi, propriétaire de la résidence où je vivais, et elle dirigeait sa propre entreprise de développement immobilier. Elle était venue à la résidence pour vérifier quelque chose, et moi, je me trouvais dans le bureau du gérant. Je ne sais plus comment, on s'est retrouvés à discuter dans la cour pendant des heures – de mes études à la fac, de ma vie de famille, des filles avec qui je sortais. Et puis on a parlé affaires et de la différence entre se fixer des objectifs et avoir des rêves. Elle croyait dur comme fer qu'une discipline implacable dans un aspect de sa vie boostait automatiquement l'autre. Elle a commencé à m'initier.

— Tu savais ce qu'elle était ?

Merrick secoua la tête.

— Pour moi, une femme qui tenait les rênes dans tous les aspects de sa vie, on appelait ça une garce froide, calculatrice et castratrice.

Il sourit, mais son sourire était empreint de tristesse.

— Lizette était tout sauf froide. Elle était chaleureuse, généreuse, aimante et assumait ses désirs. J'étais jeune et très naïf. Elle m'a enseigné tout ce que je sais sur le plaisir féminin. Ce qui signifie que j'ai passé pas mal de temps à apprendre la discipline mentale et physique, à ses pieds, et parfois même attaché à son lit. J'ai appris à la satisfaire, non pas par obligation, mais parce que devancer ses désirs me remplissait de fierté, je me sentais utile. Personne ne la connaissait comme moi je la connaissais. Personne ne pouvait lui donner ce que moi je lui donnais. Quand elle sentait que je lui avais tout donné, sans limites ni exceptions, alors elle me rendait cette adoration. Je ne m'étais jamais senti aussi… entier. Enfin, j'avais l'impression d'être un homme.

Knox profita qu'il s'interrompe pour boire une gorgée.

— Et elle attendait de toi ce que les dominants d'ici attendent de leurs soumis ? demanda-t-il.

— Oui. Et non. Est-ce que je portais un collier ? D'une certaine façon. Elle m'avait offert une chaînette avec un minuscule pendentif qui représentait nos initiales entremêlées, et je l'arborais avec la même fierté que les soumis portent leur collier. Est-ce que je passais du temps à genoux ? Oui. Les premiers mois où nous étions ensemble, elle usait de ce système pour que je me concentre sur ses paroles et sa voix. Ou bien elle m'ordonnait de me mettre à genoux pour lui donner du plaisir.

Merrick leva les yeux.

— Garde bien à l'esprit que tout ça se passait derrière des portes closes. Cette femme était sacrément possessive ; elle détestait l'idée que quelqu'un d'autre puisse me voir nu. Elle ne m'aurait donc jamais emmené dans un club comme ici, elle ne se serait jamais attaché un gode à la taille pour me baiser en public, histoire d'amuser la galerie. Avec moi, elle utilisait plutôt la récompense que l'humiliation. Peu lui importait que les autres sachent si j'étais discipliné ou pas ; tout ce qui comptait à ses yeux, c'était que je lui montre mon comportement exemplaire, à elle. C'était la preuve ultime de respect. En public, c'était plus compliqué. Vu qu'elle était bien plus âgée que moi, elle me présentait comme son assistant, fit-il en fronçant les sourcils. Ce qui titillait pas mal mon ego de jeune mâle. Je voulais que tout le monde sache que je lui appartenais, à elle seule, mais je comprenais aussi que ses affaires en souffriraient, si nous nous étions présentés en tant que couple. On vivait ensemble, dans l'un des plus grands appartements qu'elle possédait, mais elle avait aussi un autre appartement pour elle seule dans la résidence – enfin, je ne pense pas que les gens aient été dupes, cela dit.

Knox vida sa bière. Un million de questions lui trottaient en tête, mais il attendit que Merrick continue.

— J'ai obtenu mon diplôme universitaire et j'ai commencé à travailler dans son entreprise. Cette année-là, on a acheté et vendu un nombre record de propriétés et engrangé une fortune colossale. J'étais au top. L'année suivante, j'ai quasi convaincu Lizette de rendre publique notre relation quand elle...

Sa voix se brisa et il prit une gorgée de boisson.

— On lui a diagnostiqué un cancer du sein.

— Putain de Dieu ! Je suis désolé, mec.

— Ouais, c'était terrible. Elle a essayé de me couper de sa vie. Elle m'a renvoyé, a fait changer les serrures de son appartement, mais je refusais d'accepter ça. Je n'allais pas laisser ma Maîtresse traverser cette épreuve seule. Je lui ai fait comprendre qu'elle n'avait pas besoin de me protéger, car j'avais toujours été – et je serais toujours – sa protection à elle. Et son argument comme quoi elle ne voulait pas que je me souvienne d'elle frêle et mourante, c'était nul. Alors que je la regardais supporter tous les traitements médicaux, j'ai compris qu'elle était bien plus forte encore que je ne l'avais imaginé. J'ai compris aussi que sa force exceptionnelle ne faisait pas de moi un faible. Ça faisait de moi un homme plus fort que je l'aurais jamais été sans elle. Lizette s'est battue comme une lionne pendant un an. Et même sur son lit de mort, cette folle fournissait à son avocat des preuves que nous avions vécu sept années ensemble, et que cela revenait à un statut marital de fait. Elle m'a donc tout légué – sa holding immobilière, son compte en banque bien garni. J'étais paré pour toute une vie, à l'exception de la seule chose que je voulais vraiment. La seule personne qui avait jamais vraiment été mienne. Elle m'appartenait au même titre que je lui appartenais.

Il poussa son verre vers le bord du bar.

— Je peux avoir une bouteille d'eau, s'il te plaît ?

— Bien sûr.

Knox se dirigea vers le frigo le plus éloigné, histoire de calmer le flot d'émotions qui déferlait sur lui. Ce qu'il venait d'entendre ne ressemblait en rien à de la servitude ; ça ressemblait à une histoire d'amour normale, quoique tragique. Peut-être même encore plus forte que ce que l'on considérait comme la norme. Il saisit une bouteille au fond de l'étagère la plus haute afin de sentir l'effet rafraîchissant de l'air réfrigéré sur son visage brûlant. Il se redressa et retourna vers Merrick, devant qui il déposa la bouteille, plus perturbé que jamais.

— Merci.

Merrick déboucha la bouteille et but, puis il revissa lentement la capsule, étudiant l'étiquette de longues secondes avant de lever de nouveau les yeux vers Knox.

— Pourquoi penses-tu que je t'aie raconté cette histoire, Knox ?

— Pour vérifier si mes glandes lacrymales fonctionnent ? Ou pour tester la théorie selon laquelle les buveurs se confient effectivement à leur barman ?

— C'est malin. (Mais Merrick souriait.) Tu m'as qualifié d'impressionnant, de dominant. C'est parce que j'étais un soumis tout aussi impressionnant. Lizette me tenait par les testicules au lit. En dehors de notre chambre, en revanche, je pouvais être le type le plus macho de la planète, avec tout ce que ça comporte d'attitude de sale con. Et je ne m'en privais pas.

Knox ricana.

— Après Lizette… je suis devenu un autre homme. Je savais que plus jamais je ne serais le soumis d'une autre femme, alors j'ai utilisé ce que j'avais appris d'elle et je suis devenu dominant.

— Je ne veux pas me montrer morbide, mais si elle était toujours en vie… ?

— Je serais toujours à ses pieds, à me disputer avec elle sur quelque connerie – il faut dire qu'elle et moi, nous n'étions pas toujours d'accord sur tout. Enfin, sur pas grand-chose, en fait.

Voilà qui ressemblait à Shiori et lui. Cette bonne femme avait le chic pour le mettre en boule d'un seul regard narquois.

— Maintenant, je veux connaître la raison pour laquelle tu m'as questionné sur le fonctionnement des hommes soumis. La vraie raison.

Merrick avait posé les avant-bras sur le bar, et tout dans le regard de ce bonhomme hurlait : « Je suis un dominant et tu vas me vider tes tripes, mon gars. »

Merde. Merde. Merde.

Comment il faisait ça, d'ailleurs ? Baissant les yeux, Knox se rendit compte qu'il avait tordu son torchon en un nœud serré.

— Quelle personne t'a dit qu'elle te pensait soumis ?

Il fallait que Merrick lui balance ça ici, justement. Knox réprima l'envie de balayer les lieux du regard, histoire de voir si quelqu'un avait entendu.

— Ça t'a fait si peur que ça ?

— Ouais. Ça n'est pas un truc que j'ai déjà envisagé. Ce n'est pas comme si je fantasmais en secret qu'une femme m'attache et fasse de moi ce qu'elle veut.

— Moi non plus, jusqu'à ma rencontre avec Lizette.

Merrick s'interrompit et tapota les doigts sur le bar.

— Laisse-moi te poser une question : tu as déjà utilisé un fouet ou un martinet sur une femme ?

Knox secoua la tête.

— C'est ma règle de base. Je ne frappe pas les femmes. Point barre. Ni ici, ni au dojo, ni dans aucune circonstance. Jamais.

— Tu es un ancien militaire.

— Passons sur la question de savoir si je pense que les femmes sont faites pour les situations de combat, car la réponse est bien trop compliquée.

— OK, ça se tient. Et ta famille ? Tu as des frères et des sœurs ?

— Deux sœurs cadettes. Ma mère s'est mariée quand j'avais seize ans. Et quand je suis parti à l'armée, à dix-huit ans, elle venait de donner naissance à ma petite sœur Vivie. Aujourd'hui, elle a presque dix-huit ans et mon autre sœur Zara en a seize. Mais je ne vois pas le rapport.

— Elles vivent ici ?

— À Golden.

— Tu les vois souvent ?

Knox sourit au souvenir du dernier selfie qu'elles lui avaient envoyé.

— Tous les quinze jours. Il faut bien que quelqu'un les surveille, vu que ma mère et leur père, Rick, s'imaginent qu'elles sont des anges.

— Quelle personne t'a dit qu'elle te croyait soumis ?

— Shiori, répondit Knox sans réfléchir – il pensait à autre chose. Enfoiré, va ; tu m'as eu, ajouta-t-il en fronçant les sourcils à l'attention de Merrick.

— Je ne suis pas devenu un impressionnant dominant par le seul truchement du fouet et des menottes, Knox.

— OK. Bon, maintenant que c'est dit, laisse-moi te poser la putain de question à laquelle je ne veux surtout pas de réponse franche et sincère.

Merrick éclata de rire.

— Vas-y.

— Tu penses que je suis soumis ?

L'attente de sa réponse parut insupportable à Knox.

— Si je te réponds franchement, tu vas bondir par-dessus le bar et me balancer l'un de tes sales coups de ju-jitsu ?

— C'est donc ça, ta réponse.

Merrick baissa la voix.

— Oui, je pense que tu es un soumis, mais je vais justifier ma réponse. Ce n'est pas quelque chose que tu avais prévu, et moi non plus, je ne l'avais absolument pas prévu, quand j'ai rencontré Lizette. Comme pour moi, je ne crois pas que n'importe quelle dominante peut se pointer et susciter chez toi le désir de la servir. Il n'y a qu'une femme capable de te convaincre qu'elle mérite ce genre de confiance et de loyauté de ta part. Qu'est-ce qui est le plus perturbant : que tu puisses ne jamais la trouver, ou que tu l'aies peut-être déjà trouvée ?

Merde. Merde, merde et merde.

— Est-ce que tu es assez viril pour surmonter ta peur, et admettre que les « vrais » hommes peuvent être soumis ?

— Je n'en sais rien.

Merrick pencha la tête sur un côté.

— Quelqu'un m'a demandé, un jour, pourquoi il n'y avait pas plus d'hommes hétéros soumis, pas seulement au *Twisted*, mais aussi dans d'autres clubs.

— Et tu as répondu quoi ?

— Que la plupart des hommes ne sont pas assez forts pour être soumis. Nous sommes des créatures faibles par nature, qui passent leur temps à se soucier d'ego et de machisme. Je vais te dire un truc : en tant qu'homme, il n'est pas de meilleure sensation que de savoir au fond de son cœur qu'aucun autre type au monde n'est en mesure de donner à ta femme ce que toi, tu lui donnes. Et que tu serais capable d'étrangler le premier qui songerait ne serait-ce qu'à essayer.

— Maître Merrick ? Je suis navrée de vous interrompre, mais Delilah a besoin de vous dans la salle d'examen.

— Merci, Tia, j'y vais tout de suite. Ma porte est ouverte, ajouta-t-il à l'attention de Knox, si tu as besoin de poursuivre la discussion.

— Merci.

Durant l'heure qui suivit, le bar se remplit. Et puis tout le monde s'en alla et Knox se remit à fixer la pendule en attendant avec impatience l'heure de fermeture. Regrettant de ne pouvoir s'envoyer une bière ou deux, histoire de faire taire toutes les questions qui lui tournicotaient dans la tête. Ce soir, son monde avait été complètement chamboulé par l'histoire de Merrick, ou son aveu, quel que soit le terme qu'on veuille lui donner.

Non. En fait, son monde avait été complètement chamboulé à la seconde où Shiori Hirano était entrée dans sa vie.

— Salut, barman.

Cette voix. Elle n'était pas que dans sa tête. Il ferma les yeux. Comment était-il censé réfléchir de façon rationnelle, à présent ? Il pivota et lui fit face, un sourire plaqué sur les lèvres. Elle portait sa perruque platine et son masque couleur crème.

— Salut, Maîtresse B. Je n'étais pas sûr de te voir, ce soir.

— Je n'étais pas sûre de venir, après m'être absentée toute la semaine.

— Le voyage a été couronné de succès ?

Elle sourit.

— Absolument.

— Qu'est-ce que je te sers à boire ?

Elle pencha la tête sur un côté.

— Surprends-moi.

C'était quoi, un genre de test ? Il la dévisagea et vit se dessiner l'habituel sourire narquois.

— Par « surprendre », tu entends quoi ? Je choisis ce que tu vas boire ou ce que je pense que tu aimerais boire ?

— Petit malin. Disons que tu me prépares ce que tu penses que j'aimerais.

— Et un Testy Culotté bien frappé, pour la dame.

Il se rappelait le cocktail concocté par Amery et qu'elle nommait la « Limonade des vilaines filles ». Fermant les yeux, il se raccrocha à ce souvenir et revit les bouteilles alignées sur le bar chez Ronin. Vodka-vanille, triple sec, Chambord, sour mix, soda citron vert. Il dégotta l'alcool et mélangea le tout à l'autre bout du bar, à l'écart du regard curieux de Shiori.

Il ajouta deux cerises, une tranche de citron ainsi qu'un touilleur et une paille qu'il enfonça dans la mixture. Ayant placé une serviette en papier devant elle en guise de sous-verre, il y déposa le verre.

— Qu'est-ce que c'est ? s'enquit-elle.

— Oh non, Maîtresse, ça ne marche pas comme ça. D'abord tu goûtes et tu me dis si j'ai réussi ton test.

Ses yeux dorés prirent un air sérieux.

— Comment savais-tu que c'était un test ?

Il se pencha vers elle.

— Parce que tu espères que j'ai prêté autant attention à toi que toi à moi.

— Tu es bien sûr de toi.

Il lui sourit.

— Goûte.

Quand elle prit la paille entre ses lèvres, Knox se sentit durcir. Il venait d'avoir la vision des lèvres de cette femme à la base de son sexe tandis qu'il le lui enfonçait tout au fond de la gorge. Émettrait-elle le même petit fredonnement sexy qu'elle venait de lâcher après avoir goûté à son cocktail ?

— Waouh, Knox, c'est délicieux ! Tu t'en sors très bien. C'est quoi ?

— Une « Limonade des vilaines filles ».

— Et le nom est cool aussi. J'aurais cru que tu allais me servir un « orgasme XXL ».

— Oh, j'aimerais bien t'en servir un aussi, mais pas sous forme de boisson.

Bon sang, qu'est-ce qui lui prenait de dire un truc pareil ? Et pourquoi est-ce que flirter avec elle devenait aussi facile que se battre avec elle ?

Elle mordit dans une cerise.

— Sois sage, sinon je t'emmène dans la salle des vilains coquins.

— Et qu'est-ce que tu me ferais, dans la salle des vilains coquins, Maîtresse ?

Lentement, elle baissa les yeux de son regard vers ses lèvres et puis sa gorge, s'arrêtant au milieu de son torse.

— Je t'enlèverais ton tee-shirt.

— Et après ?

— Après, je passerais les mains partout sur toi. J'enfoncerais les doigts dans chaque sillon intermusculaire de tes biceps et de tes avant-bras. Et puis je me planterais devant toi et t'ordonnerais de te pencher, afin que je puisse admirer tous les pleins et les déliés de tes épaules et de ton dos aussi.

Il avait le cœur qui battait follement, et le sexe déjà dur rien qu'à l'idée de ce contact.

— Et après ?

— J'aurais envie de goûter tout ce que je viens de toucher. Alors je recommencerais du début, avec la bouche cette fois.

— Je ne vois pas du tout en quoi ça constituerait une punition, Maîtresse.

— Ce n'est pas pour te punir que j'envisageais de t'emmener dans la salle des coquins, mais pour y faire la coquine avec toi.

— Euh… c'est possible d'avoir un verre, s'il vous plaît ? intervint quelqu'un à l'autre bout du bar.

Non ! Fous le camp, tu ne vois pas que je suis occupé ?

— Knox, tu as un client.

Il prit sur lui et alla servir le dominant et son soumis. Quand il s'en retourna auprès de Maîtresse B, le charme était rompu.

Ou alors elle t'a brisé. Tout ce dont elle avait besoin pour te rendre prêt à la suivre en remuant la queue comme un gentil toutou, c'était de t'offrir quelques paroles un peu cochonnes ?

Pendant les dix minutes suivantes, Knox s'occupa à réapprovisionner des étagères qui n'avaient nul besoin de réapprovisionnement. Quand il remarqua que Shiori avait terminé sa boisson, il alla ramasser son verre vide.

— Je t'en sers un autre ?

— Non, ça va. Je vais aller faire un tour, histoire de voir qui est là.

— Tu vas être déçue ; il n'y a aucun soumis mâle, ce soir. Il n'y a pas grand-monde, en fait, ajouta-t-il en haussant les épaules.

— Tu sous-entends que je ferais mieux de rentrer chez moi ?

— Jamais je ne me permettrais de suggérer à une Maîtresse ce qu'elle doit faire.

Elle éclata de rire.

— Alors là, chapeau d'avoir réussi à dire ça sans sourciller.

Voyant qu'il ne souriait pas, elle retrouva son sérieux.

— Tu ne plaisantes pas.

Était-ce le cas ? Jouait-il à ce truc de la soumission ? Rien que pour voir jusqu'où il réussissait à la pousser avant qu'il se dégonfle et batte en retraite ?

À moins que tu ne joues pas du tout.

— Knox.

La voix de Shiori avait ce côté tranchant qu'il lui connaissait, et il se surprit – nom de Dieu ! – à lui répondre :

— Je ne sais plus où j'en suis ; tout ce que je sais, là, c'est que je suis complètement perdu.

Ils se fixèrent, et la chaleur, le malaise exsudaient d'eux en proportions égales.

— Rentre à la maison avec moi, dit-elle enfin.

Son membre lui hurlait d'y aller, mais ce n'était pas le genre de décisions qu'il fallait prendre après une demi-heure de badinage sexy.

— Je ne suis pas prêt.

Elle fit un pas en arrière, et il remarqua qu'elle portait des cuissardes en cuir noir et une mini-jupe qui jouait à cache-cache avec le haut de ses bottes. Putain ! Devant ce style de bottes, un homme n'hésiterait pas à tomber à genoux pour les faire glisser de ses jambes. Avec les dents.

— Tu as raison.

Il releva vivement les yeux vers les siens.

— À quel sujet ?

— De décliner mon offre. Quand tu seras prêt à… parler, on se rencontrera en terrain neutre.

— Je suis d'accord.

— Bien. Merci pour le verre, alors.

Sur ces mots, elle pivota et se dirigea vers les salles privatives. Pourquoi est-ce qu'elle ne partait pas ? Il venait de lui dire qu'il n'y avait pas de soumis mâles au club, ce soir.

Quoique… Si ça se trouvait, cet enfoiré de Dex était là. Merde.

Knox sauta par-dessus le battant du bar et traversa la salle comme une furie.

— Knox, où tu vas ?

— Il faut que je vérifie un truc.

— Non. Tu es chargé du bar, ce soir. Je n'ai pas besoin de toi dans les arrière-salles.

Knox se retourna lentement pour faire face à Merrick.

— Laisse couler, lâcha ce dernier.

En réalité, il lui signifiait de la laisser partir.

— OK.

Mais ça n'était pas OK. Et puis d'ailleurs, d'où ça venait, ce bordel, tout à coup ? Ce soir, il était arrivé au club prêt à en repartir avec une femme. Il coucherait avec elle, lui donnerait du bon temps et lui montrerait la porte. Plein de femmes qui passaient la soirée seule au club étaient toutes prêtes à s'offrir un after-work. Chrissy, par exemple – euh… Christy ? Elle ne traînait pas dans les parages du bar avec l'espoir qu'ils rejouent la scène du matelas qu'ils s'étaient offerte quelques mois plus tôt ?

Mais quand, une fois calmé, il regagna son bar, elle n'y était plus. Sans doute l'avait-elle vu avec Maîtresse B et supposé qu'il serait occupé. Et à la façon dont il s'était précipité à la poursuite de la belle dominatrice… Ouais, il s'était grillé auprès de tous ses éventuels plans cul pour la nuit.

Et pourtant, ça ne le dérangeait pas autant qu'il l'aurait cru.

Il nettoya le bar – qui fermait une heure avant le club lui-même – et sortit par la porte principale. Il ne pensa pas à Shiori jusqu'à ce qu'il arrive chez lui. Et là, son membre durcit aussitôt.

Il se déshabilla et s'affala sur son lit, où il commença à se caresser. En imaginant sa petite main douce se mouvant avec assurance. Lui taquinerait-elle les tétons du bout de la langue en même temps ? Ou passerait-elle la bouche sur sa clavicule et jusque dans son cou ? Contre son oreille ? Pour lui souffler des mots coquins ? Frotterait-elle son sexe contre sa cuisse ?

Tandis qu'il se la figurait là, avec lui, à le toucher, le diriger et – oui – le commander, Knox accélérait le mouvement de sa main.

« Ne jouis pas. Tu jouiras quand je te l'ordonnerai. »

Mais il était incapable de se retenir, il était trop proche. Déjà il sentait la vibration dans son membre, qui lui serrait les testicules. Et puis le premier jet du plaisir.

— Putain ! Oh, putain oui !

Il ne cessa de se caresser jusqu'à ce qu'il soit vidé. Le souffle court, il tendit la main vers les mouchoirs en papier sur la table de nuit, afin de se nettoyer.

Trop énervé pour dormir, il se leva et revit quelques katas. Puis il s'entraîna sur certains mouvements d'équilibre, particulièrement difficiles à exécuter pour un gars de sa taille, mais qu'il avait travaillés depuis tant d'années qu'il était parvenu à les maîtriser. Les passer en revue lui servait de rappel : il était capable d'atteindre n'importe quel objectif, s'il se le fixait.

Ce qui l'amena à se demander si sa situation avec Shiori faisait partie de ces batailles dans lesquelles il devait engager des forces pour les régler.

Enfin, après une heure d'exercices et deux bouteilles de bière, il sombra dans un sommeil épuisé et sans rêves.

Chapitre 6

Après quasiment une semaine sans exercice, Shiori avait hâte de revenir bouger son corps au dojo. Elle s'échauffa sur le tapis de jogging pendant une demi-heure, puis elle passa aux poids. Pendant les entraînements, elle fermait son esprit à tout, à l'exception du bon geste, de la respiration et du comptage des répétitions.

Sauf aujourd'hui. Sa tête lui rejouait en boucle la soirée de la veille au *Twisted*.

Knox qui flirtait avec elle, respectueusement et en accord avec les conventions du club. Knox qui l'interrogeait sur ce qu'elle voulait vraiment dire par sa commande de boisson – ce n'était peut-être pas grand-chose, mais il avait bien saisi la différence entre les choix qu'elle lui avait offerts. Knox qui reconnaissait nager en pleine confusion.

Et enfin, Knox qui bondissait par-dessus le bar pour la poursuivre quand il l'avait crue partie en quête d'un compagnon de jeu.

Bien sûr, il ignorait qu'elle l'avait vu.

Bien sûr, il n'avait pas la moindre idée de l'effet que ça lui avait fait.

À présent, elle nourrissait le mince espoir que tout n'était pas perdu avec lui.

Elle redoutait son voyage au Mexique, visant à effectuer une offre d'achat, et pourtant elle devait admettre qu'il était tombé à point nommé. Il lui avait servi de rappel : oui, elle pouvait jouer un rôle positif dans la marque Okada Foods. Si elle le décidait.

Ni son grand-père ni sa mère ne lui mettaient la pression. Ils s'obstinaient à qualifier son séjour aux États-Unis de « congé sabbatique ». Peut-être au fond n'était-ce que ça. Elle avait accepté de prêter main-forte au dojo pendant que Ronin, sous suivi médical, était au Japon. Mais dès son retour, elle devrait prendre certaines décisions.

Shiori était tellement perdue dans ses pensées qu'elle ne regardait pas où elle allait ; elle se prit le pied dans la barre inférieure de la machine de musculation. Perdant l'équilibre, elle envoya voler le ballon lesté qu'elle avait à la main. Et elle glissa sur le tapis, tel un joueur de baseball qui se jette sur sa base. Son élan la projeta contre le casier à élastiques de stretching, cordes à sauter et autres ceintures de poids, casier qui se renversa dans un bruit sourd. Ce fut lorsque sa tête cogna dans le pied du banc de musculation qu'elle s'immobilisa enfin.

— Aïe, putain !

Elle ferma les yeux pour canaliser l'explosion d'étoiles qui apparaissait derrière ses paupières.

Un bruit de course résonna dans le couloir, qui s'approchait.

— Bon Dieu, Shiori, qu'est-ce qui s'est passé ?

Elle entrouvrit une paupière avec précaution.

— Knox ? C'est vraiment toi ?

— Qui veux-tu que ce soit d'autre ?

— J'ignorais avec quelle force je m'étais cognée, alors je me demandais si je m'étais évanouie.

— Ou si tu rêvais encore de moi ? suggéra-t-il sur un ton amusé.

— Je ne savais pas que tu étais là.

—Je travaille sur l'elliptique depuis trente minutes. Je ne savais pas non plus que tu étais là, et je peux te dire que le bruit de ta chute m'a fait une peur bleue. Tu es blessée ? s'enquit-il, les sourcils froncés.

—Le haut de mon crâne est enfoncé ? Parce que c'est l'effet que ça fait.

—Non, répondit-il en lui passant des doigts prudents sur la tête. Et tu ne saignes pas non plus.

—Me voilà soulagée.

—Laisse-moi t'aider à te relever.

—C'est bon.

Mais en tournant la tête, elle la cogna de nouveau dans le banc de musculation.

—Aïe. Merde !

—Ne bouge pas.

—Knox…

—Bon sang, arrête d'argumenter, pour une fois. Laisse-moi t'aider.

Il la fit glisser loin de la base du banc. Quand elle voulut tendre la main vers lui, elle la replia dans un gémissement de douleur.

—Qu'est-ce que tu t'es fait à la main ?

—Je ne sais pas.

S'appuyant sur le corps de Knox, elle se hissa debout. Une nouvelle pointe de douleur lui vrilla le crâne et elle vacilla contre lui.

—Oh, j'ai la tête qui tourne un peu.

Elle garda les yeux fermés tandis qu'il la soulevait dans ses bras. Et elle se retrouva la joue plaquée contre sa peau humide et chaude. Il ne portait donc pas de tee-shirt ?

—Je suis désolé, je transpire.

—Je suis désolée de m'être entravée avec mes propres pieds.

Elle sentit ses fesses se poser sur une surface solide.

— Tu te sens capable de rouvrir les yeux ?

Elle battit des paupières, ne laissant entrer qu'un petit rai de lumière. Quand les néons cessèrent de lui causer une douleur insupportable dans les yeux, elle les ouvrit en grand.

Le visage de Knox était là, tout près, son regard bleu passant de ses tempes à sa bouche.

— Ça commence à enfler. Je vais aller te chercher de la glace.

Il lui souleva l'avant-bras gauche et se pencha pour observer sa main.

— Ce sont des brûlures dues au frottement.

— J'ai glissé sur le tapis. Bizarre, je n'en ai pas sur celle-ci, nota-t-elle en levant la main droite.

— Tu as dû toucher la bande Velcro, de l'autre côté, expliqua-t-il en lui reposant la main sur les genoux. Tu t'es tordu la cheville, tu penses ? C'est pour ça que tu es tombée ?

De ses doigts puissants, il lui tâta la cuisse, le genou et le mollet, jusqu'à la cheville. Et elle sentit sa peau se hérisser, comme pour supplier qu'il la touche encore, partout.

— Tu as une égratignure ici, constata-t-il en dessinant un cercle au milieu de son tibia, avant de manœuvrer délicatement sa cheville. Ça fait mal ? s'enquit-il, relevant les yeux vers elle.

— Non.

— Bon.

Il remonta la main le long de sa jambe jusqu'à son short de sport.

— Je vais chercher la trousse de secours. Ne bouge pas.

Alors qu'il franchissait la porte, Shiori réprima un grognement de douleur.

Knox torse nu, voilà qui constituait la définition même de la tentation. Il était tellement grand, bâti comme un guerrier, avec ses épaules larges. Elle pourrait écrire des dizaines de haïkus, rien que sur la façon dont son dos musclé s'affinait en une taille étroite puis en une paire de fesses aussi rondes que fermes.

Et puis il revint dans la salle de sport, et ce fut le côté face qu'elle put admirer, tout aussi beau que le dos. Ses bras musculeux – biceps, triceps, avant-bras – faillirent bien détourner son attention de son torse massif. Il l'avait poilu, mais les poils étaient blond pâle et semblaient aussi doux que du duvet. Et ses tablettes de chocolat ? Ce n'étaient plus des tablettes, à ce niveau-là, mais une rangée de moellons. Huit petits renflements de chair dure sur lesquels elle mourait d'envie de poser les lèvres. Son short lâche camouflait entrejambe et quadriceps, mais les coups d'œil qu'elle avait eu l'occasion d'y jeter lui avaient permis de découvrir qu'il possédait là aussi des muscles parfaitement dessinés, en forme de V, d'ailleurs.

Il plissa les yeux en constatant qu'elle le fixait.

— On n'a plus de glace ; celui ou celle qui était chargé du stock dans les bureaux a déconné.

— Non, mais ça va, Knox, je t'assure.

Il déchira le sachet d'un tampon désinfectant, lui emprisonna le poignet dans sa main et lui passa délicatement la lingette sur la peau. Ça piquait, mais pas trop.

— Tu t'es bien amusée au club, hier soir ?

— J'ai bu un cocktail vraiment délicieux.

— Ravi que tu aies aimé.

Une fois qu'il en eut fini avec sa main, il ouvrit une autre lingette, qu'il apposa sur ses égratignures au niveau du tibia.

— Et les backrooms, c'était bien ? Les salons privés ?

Le ton était tendu.

— Knox. Regarde-moi.

Il leva les yeux.

— Quand tu m'as expliqué que tu étais perdu et qu'on devait parler, je suis rentrée. À la maison. Seule.

Il se pencha plus près. Puis il lui déposa un doux baiser sur le front.

— Je suis content.

Et encore un autre.

— Vraiment très content, souffla-t-il.

Cette douceur… ça pourrait bien signer sa perte.

— Je suis un homme de trente-six ans, et j'ignore ce que je fais, là.

— De quoi tu as envie ?

— De t'embrasser, pour commencer.

Elle renversa la tête en arrière.

— Eh bien, embrasse-moi.

Sa bouche atterrit sur la sienne dans un baiser dur, sans aucune retenue. Il venait de lâcher sa chaleur, sa faim si mâles. Sa langue cherchait la sienne pour s'y mêler, avant de s'écarter. Il changea de position et la teneur de son baiser changea aussi. Pour se muer en séduction pure.

Shiori ressentit tout son besoin, ses efforts aussi pour transformer ce qu'il ressentait en quelque chose qu'il comprenne.

Tandis qu'il essayait de briser sa résistance, elle posa les mains sur son torse et le caressa, juste pour le plaisir.

Au bout d'un moment, le baiser prit fin et il posa le front contre le sien.

— Donc… on a au moins ça en commun.

Elle rit.

— Je ne sais pas ce que je suis en train de fabriquer, répéta-t-il. Je te demanderais bien de me dire comment me comporter, mais c'est justement ça le problème – mon problème –, pas vrai ?

— Knox…

— S'il te plaît. (Il lui effleura la tempe, puis la joue du bout des lèvres, avant de s'arrêter contre son oreille.) Dis-moi que faire.

Shiori ferma les yeux. Elle voulait tellement croire qu'il avait accepté la personne qu'il était, mais comment était-ce possible, alors qu'il n'avait jamais fait l'expérience de la soumission ?

Elle lui prit le cou entre les mains.

— Accorde-moi une nuit avec toi.

— Oui, répondit-il sans hésiter. Du moment que c'est cette nuit.

— Pourquoi cette nuit ?

— Parce que ça fait déjà une semaine que ça me pèse. J'attends depuis ton départ, en me demandant si j'aurai les tripes de me lancer. Je dois franchir le pas maintenant, sans quoi je ne trouverai peut-être jamais le courage de recommencer.

— De quoi tu as peur ?

Il leva la tête, et ses yeux bleus voilés plongèrent dans les siens.

— Que tu aies raison.

Alors elle l'embrassa. Le maintenant immobile de sa main droite placée à la base de sa gorge. Elle explora sa bouche à petits coups de langue et de dents. Elle absorba son immobilité tandis qu'elle lui offrait la récompense – sa récompense – pour son abandon.

Afin de reprendre son souffle, elle déposa une ligne de baisers de sa bouche jusqu'à son menton et au creux de sa gorge.

— Et si j'ai raison ?

— Alors je serai reconnaissant d'avoir découvert qui je suis avec toi, Maîtresse.

Venant de Knox, le respect que recélait ce terme propulsa Shiori tout au bord des émotions qu'elle gardait soigneusement sous clé. En japonais, elle lui murmura l'humilité qu'il instillait en elle.

— Avant d'accepter de passer une nuit avec toi, j'aurais peut-être dû commencer par te demander comment tu es devenue dominante.

Elle leva les yeux.

— Je ne suis pas très bien installée…

— Moi non plus. Allons nous asseoir dans les fauteuils.

Sans lui demander sa permission, il la souleva et la porta jusqu'au fauteuil principal. Il s'assit et la plaça sur ses genoux, la tête posée entre son cou et son épaule.

— Là, on est beaucoup mieux, non ? À moins que je sois censé être à tes pieds ? ajouta-t-il après une seconde d'hésitation.

— Pas avant que tu sois prêt à y prendre place. Donc pour l'instant, c'est très bien comme ça.

En bougeant légèrement, elle sentit son membre dur contre elle. Quelle que soit la position qu'elle prendrait, elle ne serait jamais à l'aise.

Knox se déplaça et trouva pour elle la posture parfaite, qui lui permit enfin de se détendre contre lui.

— Dis-moi quand tu as découvert qui tu étais. Avant, pendant ou après ton mariage ?

— Ça te paraît sensé, si je réponds : « les trois » ? J'avais été insatisfaite de toutes mes relations auparavant. Et puis, tous mes amis se mariaient, et moi je voulais les imiter. Je me disais qu'un engagement à vie, c'était peut-être ça, la clé de l'épanouissement. Alors j'ai épousé Shin Hirano moins d'un mois après l'avoir rencontré, parce que je m'étais convaincue que c'était une passion fusionnelle.

— Et c'était le cas ?

— Non. Après six mois de mariage, il m'a dit qu'il s'ennuyait au lit et que si je ne trouvais pas le moyen d'y changer quoi que ce soit, il irait baiser ailleurs.

Elle sentit le corps de Knox se raidir.

— Quel connard !

— Je devais sauver les apparences, car à la base, ma mère et mon grand-père étaient tous les deux opposés à ce mariage. Le sexe avec Shin, ça n'était pas top – il manquait quelque chose, même après notre échange d'alliances – ; du coup, j'ai accepté de faire « tout ce qu'il faudrait » pour épicer un peu les choses. Et là, grosse surprise : il s'était renseigné auprès de clubs échangistes.

— Quelle grandeur d'âme, cette proactivité ! remarqua Knox sèchement.

— Oui, pas vrai ? (Elle passa un doigt le long de sa clavicule.) Le premier club, c'était grosso modo une orgie. Le deuxième proposait une initiation à ses nouveaux membres : on te bandait les yeux et on te baisait. Tu n'avais même pas le droit de savoir avec qui tu faisais ça. J'ai refusé catégoriquement. Le dernier qu'il ait suggéré, c'était une sorte de club échangiste avec exhibitionnisme et voyeurisme. Là, j'ai dit OK.

— Qu'est-ce qui s'est passé ?

— Il allait mater les autres qui baisaient. Moi, il me prenait le plus vite possible – on avait rarement un public – afin d'avoir la nuit libre pour mater les autres couples. Et quand il avait envie de jouir, il exigeait que je le branle. Une fois, il m'a forcée à me mettre à genoux pour le sucer. J'étais de plus en plus en colère, car il n'y en avait que pour lui, au bout du compte, jamais rien pour moi.

— Il ne se mettait pas à genoux pour te faire jouir dans sa bouche ?

— Non. Ni au club ni à la maison. À l'issue de notre troisième visite, un autre couple nous a demandé si on voulait aller dans un « vrai » club. On les a suivis, et ça a été ma première incursion dans le bondage. Bien sûr, les scènes qui m'intéressaient moi ne l'intéressaient pas lui. Et quand je lui ai fait part de mon opinion, il a décrété que devenir soumise me remettrait à ma place.

— Bon Dieu !

Il pressa la bouche au sommet de son crâne.

— J'ai essayé de devenir l'idée qu'il se faisait d'une soumise, et j'ai détesté chaque seconde de cette expérience. Il n'y avait aucun échange, il prenait mais ne donnait jamais rien en retour. À peu près à la même époque, j'ai été nommée à la tête d'une toute nouvelle ligne de nourriture chez Okada – une sacrée promotion pour moi. Ça signifiait donc plus d'heures de travail. Avec le recul, je me demande bien comment je pouvais travailler encore plus qu'avant. J'ai alors découvert que mon époux fréquentait le club sans moi. En fait, il faisait précisément ce dont il m'avait menacée au départ : baiser tout un tas de femmes différentes.

Un autre doux baiser lui effleura le crâne.

— J'ai commencé à aller au club la journée pour… j'ignore ce que je recherchais. Mais il fallait que je passe ma frustration sur quelqu'un. Maîtresse Keiko, la propriétaire, m'a écoutée vider mon sac. Lorsque j'ai eu fini, elle m'a observée pendant un très long moment. Elle a avoué qu'elle m'avait remarquée, parce que chaque fois que je venais au club, j'avais l'air terriblement malheureuse. À une exception près : quand j'avais regardé une dominante lors d'une séance. Ensuite, elle m'a dit que je resterais malheureuse aussi longtemps que je nierais ma vraie nature.

— Voilà qui me rappelle quelque chose, murmura Knox.

Shiori lui donna un coup de coude, qui lui valut un grognement.

— N'empêche, je n'ai pas mis ses paroles en doute. Maîtresse Keiko m'a demandé de revenir au club seule, et elle a joué mon mentor. À ce moment-là, mon mariage s'était complètement effondré.

— Est-ce que ton ex savait que tu avais trouvé ta... voie ?

— Non. Et quand j'ai appris qu'il baisait à droite et à gauche, je ne l'ai même pas trompé. Je me suis concentrée sur les autres aspects de la domination, pas uniquement le sexe.

— Mais le fait qu'un soumis remplisse tes besoins sexuels, ça n'est pas ça, l'aspect principal de la domination ? l'interrogea-t-il.

Elle secoua la tête.

— Qu'est-ce que c'est, alors ? Qu'est-ce que ton soumis en retire, puisque toi, tu exiges un contrôle sexuel total ? C'est juste une sorte de masturbation intellectuelle ?

Shiori remonta une main le long de son cou, appuyant sur sa tête afin de lui coller la bouche contre l'oreille.

— Espèce d'idiot, va. La masturbation intellectuelle, ça conduit au sexe pour de vrai. Je peux t'exciter tellement que tu n'auras même pas besoin de ma main sur ton sexe pour jouir.

Elle lui souffla un filet d'air dans l'oreille et il frissonna.

— Je peux te faire jouir par ma seule voix. Quand. Je. Veux.

Il essaya de se dégager, mais elle resserra l'étreinte sur son cou en guise d'avertissement. Il s'immobilisa.

Elle lui explora l'oreille, à petits coups de langue, aspirant, enfonçant les dents dans son lobe. Il était parcouru de frissons ; elle le sentait serrer la mâchoire.

— Ne me teste pas, ou je te jure que tu vas gagner.

— Compris, fit-il avant de prendre une longue inspiration saccadée. S'il te plaît, termine ton histoire.

— J'ai fini par avouer à ma mère que je voulais mettre un terme à mon mariage. Quand elle a mis notre avocat en contact avec mon mari, celui-ci a exigé un énorme arrangement financier.

— Vu que tu es une riche héritière...

— Voilà. J'ai alors compris qu'il ne m'avait épousée que pour mon argent. Et sa façon à lui de me forcer au divorce, c'était d'exiger les clubs échangistes. Mais comme je n'avais pas rué dans les brancards, il m'avait poussée dans des trucs encore plus chauds. Au bout du compte, il est resté marié avec moi plus longtemps que prévu initialement.

— Ma pauvre.

— Je ne m'étais jamais considérée comme une fille naïve, alors le coup a été d'autant plus rude, quand j'ai compris comment il m'avait manipulée. Mon grand-père a accepté de payer la somme astronomique pour le divorce, à une condition. À ce stade, j'étais tellement pressée de passer à autre chose que j'ai accepté de faire en sorte que Ronin et Naomi se rencontrent. Après trois faux départs, j'ai enfin réussi et j'ai aussi bousillé la vie de mon frère.

Une pensée qui la rongeait encore : son grand-père l'avait manipulée, au même titre que son ex-mari.

— Je dois avouer que je détestais Naomi, mais tu n'as pas obligé Ronin à sortir avec elle.

— Ça ne me réconforte pas des masses, maintenant qu'on a découvert la folle dingue qu'elle est.

— C'est plus la faute de ton grand-père que la tienne, vu que c'est lui qui l'avait choisie, parmi des millions de Japonaises.

Elle lui effleura la mâchoire de ses lèvres.

— Arrête d'essayer de me réconforter.

— Il n'y a pas de raison que tu portes le chapeau toute seule, répondit-il en lui titillant la joue du bout du nez. L'histoire est finie ?

— Presque. On a divorcé ; il a quitté le Japon et avec l'argent du divorce, il a dû s'acheter une petite île. Maîtresse Keiko m'a introduite au sein de son club sous le nom de Maîtresse B, et c'est là que sont apparus la perruque et le masque.

Knox la repositionna confortablement et plongea dans ses yeux.

— Tu as eu une relation de longue durée avec un soumis ?

Elle détourna le regard.

— S'il te plaît, insista-t-il, lui posant une main sur la joue pour l'inciter à le regarder, réponds à ma question.

— Tu mets en doute ma capacité à satisfaire un soumis ?

— Pas du tout. Une partie de moi veut savoir si, ce soir, je ne serai qu'un type de plus sur une longue liste.

Elle scruta son regard.

— Ce serait un tue-l'amour si je répondais « oui » ?

— Ça me rendrait triste que tant de gens aient échoué à te procurer ce dont tu as besoin, Maîtresse.

Trop gentille pour être honnête, comme réponse. Non ?

— J'ai vécu une relation dominante-soumis pendant un an. Mais qui n'était exclusive pour aucun de nous deux.

— Comment une relation peut-elle être autre chose qu'exclusive ? s'étonna-t-il. Car alors, ce n'est pas une relation, mais juste un plan cul régulier.

Soudain il se reprit et fit machine arrière.

— Merde, désolé. Ce ne sont pas mes affaires.

Shiori lui posa un doigt sur les lèvres.

— Je veux que tu me fasses confiance, Knox. Alors je vais te révéler quelque chose que je n'ai jamais dit à personne. Que j'ai toujours ressenti comme un secret inavouable.

Le type – mon soumis – aimait la douleur. Il en avait besoin. C'est une chose que peu de gens comprennent. Il ne pouvait pas avouer à sa femme qu'il avait un besoin régulier de douleur, elle n'aurait pas compris. Bref, moi, je lui procurais la douleur dont il rêvait.

— Et qu'est-ce que tu recevais en retour ? demanda-t-il d'une voix douce.

— J'ai appris à utiliser toute sorte de fouets, martinets et autres canes qu'il m'apportait. C'est grâce à lui que j'ai entamé ma collection de fouets Hello Kitty, conclut-elle avec un sourire triste.

— Le faire souffrir, ça t'excitait ?

Elle secoua la tête.

— Et il te faisait jouir, ensuite ?

— Il avait son code de l'honneur, et puis il était marié.

— Qu'est-ce qu'il était, pour toi ?

— Mon garde du corps.

Elle avait dû couper les ponts avec Jenko, quand il était rentré au Japon. Tous les deux savaient que leur relation n'était pas saine.

Knox lui tapota les fesses.

— J'ai une crampe, il faut que je bouge.

Elle se leva et se dirigea vers la porte, perdue dans ses pensées.

Il la fit pivoter.

— Le sexe doit faire partie de l'histoire, Shiori, sinon…

— Il en fait partie. Il en fera partie.

Dis-lui que jamais tu n'as été attirée par aucun homme comme tu l'es par lui. Dis-lui que l'idée de l'apprivoiser, lui le grand alpha, de le plier à tes désirs t'excite à mort. Dis-lui que tu peux lui donner ce qu'il a toujours cherché.

— Viens me voir ce soir.

— J'aurai le droit de te faire l'amour ?

— Tu es bien pressé.

Il lui prit la main pour la porter à ses lèvres et lui embrassa le dos des doigts.

— Oui. Alors je préfère t'avertir que je risque d'être un très mauvais soumis.

— Je connais le moyen de gérer ça, répliqua-t-elle avec un grand sourire.

— Je n'en doute pas.

— Viens à 19 heures. Le gars de l'accueil te laissera monter.

Chapitre 7

Knox entra dans le hall du gratte-ciel où se trouvait l'appartement de Shiori et se dirigea vers l'agent de sécurité.

— Je suis Knox Lofgren, je viens voir Shiori Hirano. Elle m'attend.

Le garde armé leva une main.

— Deux pièces d'identité, s'il vous plaît.

Knox ouvrit son portefeuille et lui tendit son permis de conduire et sa carte d'identité militaire.

Le garde les passa en revue, avant de les lui rendre.

— Suivez-moi.

Devant les ascenseurs, l'homme glissa une carte dans la fente pour ouvrir les portes. Il entra dans une cabine et recommença la procédure, insérant en outre une petite clé dans le chiffre le plus élevé du panneau.

— Voilà, vous allez monter jusqu'au niveau du loft. Si vous pressez un autre numéro d'étage, l'ascenseur s'arrêtera et vous redescendra au rez-de-chaussée.

— Compris. Merci.

— Bonne soirée, monsieur.

Sur ce, le gardien sortit et les portes se refermèrent. L'ascenseur s'éleva.

Qu'est-ce qu'ils avaient, dans la fratrie des Black, pour s'entourer d'une sécurité aussi extrême ? Et vivre systématiquement au dernier étage de leur immeuble ? OK, être des héritiers d'Okada leur conférait une bonne dose de paranoïa, rapport aux milliards de leur grand-père. Des fonds en fiducie, ça signifiait aussi qu'ils n'avaient pas à vivre dans un appartement merdique avec travaux. Jamais de la vie.

Sa dernière remarque n'était pas tout à fait juste, à vrai dire. Ronin avait vécu une vie modeste pendant des années. Shiori, en revanche, n'avait pas dû vivre un seul jour de son existence de façon modeste, pour ce que Knox en savait.

Pour la centième fois, il se demanda ce qu'il était en train de faire. Ambitionnait-il vraiment de devenir le joujou sexuel d'une femme riche ? Qu'elle décide de tout pour lui ? Elle avait dit ne pas pratiquer l'humiliation, mais il se pouvait fort bien que leur conception de l'humiliation diffère de façon drastique.

La voix de la raison se fit entendre :

Il s'agit de Shiori, là. Tu lui as promis d'essayer une nuit. Si ça ne marche pas, tu peux toujours revenir au point de départ.

Les portes de l'ascenseur s'ouvrirent sur une entrée. À droite s'élevait une porte en bois sculpté. En l'atteignant, il remarqua le mot qu'elle y avait scotché :

« Bienvenue, Knox. Une fois à l'intérieur, merci de te mettre en sous-vêtements. Et de m'attendre au salon. J'ai placé deux bougies devant la baie vitrée ; tiens-toi debout entre les deux en position repos militaire, tourné vers la ville. »

Pas de signature. Était-ce voulu ? Pour lui, elle n'était pas Maîtresse B, et pourtant signer de son nom aurait paru trop informel.

Fermant les yeux, il inspira, puis relâcha sa respiration lentement avant d'ouvrir la porte. Une fois à l'intérieur de sa tanière – ce n'était pas très cool, que ce soit justement ce mot-là qui lui soit venu en premier à l'esprit –, il prit la mesure de l'entrée. Si ça n'avait rien des moulures dorées et du marbre auxquels il s'attendait, ça sentait tout de même le fric à plein nez.

Ferme la bouche et déshabille-toi.

Il passa son Henley à manches longues par-dessus sa tête et le plia, avant de le poser sur le banc. Ensuite il ôta chaussures et chaussettes. Enfin, il se débarrassa de son jean, qu'il plia aussi. Difficile de se défaire des habitudes acquises pendant des années à l'armée.

Bon Dieu, il tremblait comme une feuille. Il n'avait pas été aussi nerveux pour son premier saut en parachute.

Le plancher en bois était tiède sous ses pieds nus tandis qu'il quittait l'entrée pour gagner la pièce principale. Il s'autorisa un bref coup d'œil en direction du vaste espace, meublé de façon minimaliste, puis son regard tomba sur les bougies qui scintillaient devant la fenêtre.

Waouh ! Quelle vue ! Il faisait trop sombre pour apercevoir les Rocheuses, mais les lumières de Denver s'étendaient aussi loin que portait le regard. Knox jeta un nouveau coup d'œil sur sa gauche. Encore des fenêtres. D'autres meubles regroupés devant une cheminée.

Puis il se tourna vers la baie vitrée et se mit en position : pieds écartés, épaules en arrière, mains croisées dans le dos. Normalement, il aurait la tête relevée, mais il soupçonnait que Shiori le voudrait avec les yeux baissés vers le sol.

Usant des techniques zen que Ronin lui avait enseignées, il essaya de se calmer. Sauf que les pensées qui lui tourbillonnaient dans la tête refusaient de se laisser maîtriser.

Qu'est-ce que tu fais ici, quasi nu à attendre qu'une femme vienne jouer avec toi ? Pas étonnant que tu l'appelles She-Cat. C'est une prédatrice et toi, tu es sa proie.

Combien de temps allait-elle le faire attendre ?

Concentre-toi sur ta respiration.

Ça, au moins, ça aidait.

Elle l'approcha par un côté, et il l'aperçut dans son champ de vision périphérique. Il ne la regarda pas, mais à l'instant où sa main vint lui caresser le biceps, il sentit son cœur s'emballer.

Shiori continua à le toucher. Du poignet jusqu'à l'épaule, puis elle laissa errer la pointe de ses doigts dans son dos. Elle remonta vers sa nuque, enfonçant une main dans ses cheveux jusqu'au sommet de son crâne, et redescendant en direction de la courbe de son épaule. Alors elle passa à l'autre bras.

Une série de contacts simples, une exploration qui déjà durcissait son membre.

Elle lui passa les bras autour de la taille et pressa délicatement le visage contre sa colonne vertébrale, juste en dessous des omoplates.

— Tu offres un sacré spectacle dans mon salon, Knox. Toute cette surface de muscles à caresser, à presser, à titiller. Je suis une femme chanceuse, ce soir.

Il ferma les yeux, ravi de ses compliments.

Elle passa les ongles sur l'arrière de ses bras, lui donnant la chair de poule. Puis elle mêla ses doigts aux siens.

— Viens, fit-elle en l'entraînant à travers la deuxième pièce de vie.

Knox n'arrivait pas à détacher les yeux du fessier de Shiori, bien moulé dans un minuscule short en lycra. Le laisserait-elle la toucher, ce soir ?

Elle tourna à l'angle d'une pièce et l'entraîna dans une chambre. Des bougies éclairaient l'endroit d'une lumière douce et l'emplissaient d'un arôme de fleurs et d'herbes. Les draps avaient été repoussés.

Elle posa les mains à plat sur son torse et plongea dans ses yeux.

— Ça va ? Tu n'as pas dit un mot.

— J'ignorais si j'étais censé parler.

Elle remonta les mains pour lui prendre le visage en coupe.

— Tu peux parler quand tu en as envie, tant que tu es respectueux, et à moins que je t'indique spécifiquement de ne rien dire. Compris ?

— Oui, madame.

— Embrasse-moi, Knox ; tu ne m'as pas dit « bonjour ».

Il repoussa les mains de Shiori en portant les siennes sous ses mâchoires. Il l'embrassa d'abord très, très doucement. Laissant la forme des lèvres de sa Maîtresse se mouler aux siennes tandis qu'il glissait délicatement dessus. À chaque passage, elle entrouvrait la bouche un peu plus, et quand il sentit sa respiration, il enfonça la langue. Sitôt qu'il put la goûter pleinement, de sa main libre il lui agrippa une fesse et l'attira tout contre son bas-ventre.

Les doigts de Shiori s'enfoncèrent dans ses abdominaux pour imposer une certaine distance entre leurs deux corps, lui rappelant ainsi qu'elle contrôlait la situation.

Knox ne se lassait pas de sa bouche. Il versait dans ses baisers chaque once de la passion qu'elle lui inspirait. Puis il se relâcha, mordillant ses lèvres supérieure et inférieure, suçotant sa langue.

— Je pourrais t'embrasser toute la nuit, murmura-t-il entre deux baisers lents et doux.

Le petit rire qu'elle lâcha mit un terme à leur étreinte.

— Mais j'ai d'autres projets pour nous.

Elle s'écarta d'un pas et fit courir un doigt le long de l'élastique de son boxer, dessinant la pointe de son sexe, qui s'échappait déjà des confins du sous-vêtement.

— Regarde-moi, ordonna-t-elle alors qu'il baissait les yeux pour la voir le toucher.

Il releva les yeux dans les siens.

— Comment tu es, en termes de contrôle d'orgasme ?

Nom de Dieu !

— Tu veux savoir si j'arrive à tenir longtemps quand je baise ? Oui.

— Bon à savoir, chuchota-t-elle. Mais je parle plutôt d'une situation où je t'allongerais sur le ventre et où je te caresserais partout. À l'aide de mes mains. De mon corps. De ma bouche. Tu pourrais te contrôler ?

Elle écrasait la pulpe de son pouce sur le gland gonflé. Encore. Encore.

Tout en lui se tendit, et il se sentit pareil à un adolescent qui recevrait sa première branlette.

— Je… euh… Je l'ignore, vu que je ne me suis jamais retrouvé dans une situation où je devais me retenir.

— J'apprécie ton honnêteté. Mais je pense qu'il vaut mieux que je t'enfile un anneau pénien, fit-elle, sans cesser de le caresser. Tu en as déjà porté un ?

— Non.

— Non quoi ?

— Non, madame.

Elle se recula un peu plus.

— Retire ton caleçon et replace-toi en position de repos pendant que je vais chercher ton anneau.

Il fit glisser son boxer et le plia en deux avant de le poser sur le bois du lit. Cette fois, quand elle revint, il ne prit pas la peine de garder les yeux baissés.

— C'est un anneau pénien en silicone, expliqua-t-elle.

Elle lui prit le sexe à deux mains et fit rouler l'anneau jusqu'à sa base. Puis elle se frotta le visage dans la toison entre ses pectoraux et soupira.

— J'adore ton odeur. J'adore les torses poilus. Ils ont quelque chose de si animal, de si viril…

Les yeux rivés sur le sommet de son crâne, Knox était complètement déstabilisé. Elle n'avait rien dit sur son sexe. Oui, il était un homme et il savait que son pénis était plus gros que la moyenne. Il n'avait par ailleurs jamais reçu de plaintes quant à sa façon de s'en servir.

Après une autre série de caresses de son visage contre son torse et un baiser, Shiori s'écarta et le regarda.

Pour la première fois de la soirée, Knox sentit le pouvoir qui émanait d'elle. Qui le submergea et lui fit perdre la tête. Un désir irrépressible s'empara de lui : faire tout ce qu'elle lui demanderait… Mais des réserves surgirent aussitôt.

— Cette nuit, on va apprendre à se connaître en dehors des rôles qui nous sont familiers. Donc quand je te poserai une question, je veux une réponse honnête. Bien. Va t'allonger à plat ventre sur le matelas, bras et jambes écartés, mais pas étiré de façon douloureuse. Je veux que tu sois à l'aise.

— Oui, madame.

Avant d'obtempérer, il jeta un regard inquiet en direction de la table de nuit. Du lubrifiant ?

Shiori vint se placer à califourchon sur ses fesses.

— Je ne voulais pas dire tête dans le matelas. Tourne-la sur le côté, histoire de ne pas t'étouffer ou te faire un torticolis.

Il tourna la tête sur la gauche.

Elle posa une main à la base de sa nuque, jouant avec ses cheveux de l'autre. Ces derniers mois, il les avait laissés pousser, plus longs que sa brosse militaire habituelle. Quand elle commença à lui gratter le crâne, il ne put réprimer un gémissement.

— Tu aimes les… massages du crâne. Très bien, je le note.

— C'est ça que tu me fais, là ? Un massage ? Ça ne devrait pas être l'inverse ?

— Je te caresse, Knox. J'apprends à savoir ce que tu aimes. Ce qui te rend fou.

— Je pourrais te le dire, ce serait plus simple.

— Et me priver du plaisir de toucher chaque millimètre carré de ce corps chaud et dur ? On parle de mon plaisir, là, or ça me plaît beaucoup de caresser, de câliner, de goûter… (Elle lui passa sa petite langue brûlante dans la nuque.) Toutes les parties de toi dont j'ai envie.

— Tu vas me torturer, c'est ça ?

— Mmm-hum. Et je parie que je vais découvrir des points sur ta peau dont même toi ignorais l'extrême sensibilité.

Ça, il en doutait.

Elle ne mit pas plus de deux minutes pour lui prouver qu'elle avait raison.

Shiori commença par lui embrasser l'arrière du cou et les épaules. Il avait la peau qui picotait à ce contact, qui se tendait. C'était super agréable, il ne pouvait le nier. Il s'attendait à ce qu'elle descende le long de son échine et embrasse d'autres parties de son dos. Mais non. Elle restait concentrée sur la même zone, embrassant, suçotant et mordillant sans interruption. Elle s'arrêtait juste le temps de laisser les pointes de ses cheveux lui chatouiller la peau, et puis elle reprenait, jusqu'à ce qu'il se mette à onduler du bassin contre le matelas. Nom de Dieu, il allait jouir rien qu'avec des baisers dans le dos !

Elle descendit un peu et lui saisit les deux fesses à pleines mains, enfonçant les doigts si profondément que le plaisir fut aussitôt remplacé par la douleur.

— Arrête de baiser le matelas.

— Putain. Aïe.

La pression s'accentua sur ses fesses.

— Qu'est-ce que tu as dit ?

Il s'immobilisa.

— Oui, madame.

Elle relâcha les pinces de la mort et reprit sa torture érotique, lui léchant les flancs. Puis elle cala les genoux contre ses côtes et pivota les hanches, venant se frotter le sexe contre son dos tandis que sa bouche diabolique s'attaquait à ses bras.

Bon sang ! Qui eût cru que les muscles de ses biceps et de ses triceps pouvaient trembler plus fort sous le contact taquin de cette bouche humide que sous les cent kilos de la presse ?

Quand elle eut épuisé chaque millimètre carré de son corps, y compris en usant de ses dents et de sa langue sur la courbe inférieure de ses fesses – putain, comment n'avait-il pas découvert plus tôt à quel point cette zone était sensible chez lui ? –, il avait le cœur qui battait comme un fou et la bouche archi sèche. Un voile de sueur lui recouvrait le corps, et son sexe était si dur qu'il en était carrément douloureux.

— Roule sur le dos, murmura-t-elle.

Il n'allait pas survivre à une exploration aussi exhaustive de l'avant de son corps. Encore heureux qu'il porte ce fichu anneau pénien. Surtout quand elle plaça les fesses en ligne avec son membre, heurtant le gland à chaque mouvement.

— Euh… je croyais que tu devais me poser des questions ?

— J'ai changé d'avis. Je me fiche pas mal de ton histoire sexuelle, vu la façon dont tu réponds à mes caresses. Magnifique. Je sais que ça fait cliché, poursuivit-elle en lui soufflant sur l'oreille, mais ton corps est mon pays des merveilles.

Il lâcha prise quand elle recommença. Ses capteurs à plaisir étaient en surcharge totale. Il se sentait enveloppé par une brume de volupté qui l'empêchait de retenir quoi que ce soit.

— Voilà ce que je voulais obtenir de toi, murmura-t-elle en lui caressant le haut des quadriceps.

Et tout à coup, sa bouche prit la sienne, la couvrant de baisers vertigineux.

Se lovant contre son flanc, elle toucha son sexe pour la première fois depuis qu'elle lui avait enfilé l'anneau. Elle empauma ses testicules et retira l'anneau pénien.

— Tu jouis quand je te le dis, Knox. Pas avant.

Il hocha la tête et réprima son envie urgente d'arquer le bassin à la rencontre de sa main.

Elle lui taquina un téton du bout de la langue avant de le prendre à pleine bouche.

Putain de Dieu ! Il faillit monter directement en orbite.

Suçant fort, elle passait en même temps les ongles le long de son sexe.

— Tu me tues.

— Tu peux en supporter encore un peu.

Elle souffla sur son téton humide, puis se pencha et fit de même sur la pointe moite de son membre.

Ses jambes sursautèrent malgré lui et il serra les fesses.

— Regarde-moi.

Il tourna la tête et rencontra son regard.

— Maintenant. Jouis, ordonna-t-elle en remontant le doigt le long de son sexe.

Quand elle reprit la succion de son téton, il eut la vague impression qu'elle lui suçait le gland – deux bouches chaudes qui le suçaient en même temps.

Ce fut à cet instant qu'il commença à jouir. En jets brûlants, pures et intenses sensations. Le sexe dressé sur le ventre, il déversa son sperme, chaque aspiration des lèvres de Shiori sur son téton envoyant une nouvelle saccade dans ses testicules.

Quand la dernière goutte fut versée, il retomba sur le matelas et ferma les yeux.

Putain de Dieu !

Elle l'avait fait jouir sur commande.

Ça ne lui était jamais arrivé auparavant.

Quand Shiori lui effleura le visage, il sursauta. Ouvrant les yeux, il la fixa.

— Désolé.

— Ça va, fit-elle en lui caressant la joue. Tu t'en es très bien sorti.

Il ne savait pas quoi répondre. *Merci pour cette exquise torture érotique ?*

— Tes yeux sont un peu rêveurs. À quoi tu pensais ?

Que je pourrais m'habituer à cette sensation. Mais ça semblait trop… honnête, alors il contourna l'obstacle.

— Tu m'accordes le même temps pour te toucher, toi ?

— Si je réponds « non », qu'est-ce que tu vas faire ?

Il repoussa une mèche de cheveux derrière son épaule.

— Hurler. Jurer. Balancer des saloperies. (Il sourit.) Je plaisante. Je serai déçu, parce que je meurs d'envie de poser mes mains partout sur ton corps magnifique.

Elle déposa un baiser sur son téton malmené.

— Je veux sentir tes mains sur moi. Mais il y a des paramètres à respecter. Tu ne touches pas mon sexe à moins que je ne t'y autorise explicitement. Et par « toucher », j'entends avec les mains, la bouche ou ton sexe.

Il sourit.

— Tu as bien fait de le préciser.

Elle se hissa en position assise.

— Va te nettoyer. Il y a une salle de bain dans le couloir.

Pendant qu'il se lavait, Knox eut tout le temps de réfléchir. Cette soirée n'avait pas du tout pris la tournure qu'il attendait. Il ne s'imaginait pas les dominants comme des gens prodiguant des caresses aimantes – du moins pas avant d'avoir consciencieusement malmené leurs soumis.

Shiori et lui n'avaient pas abordé le sujet du jeu douloureux ; en fait, ils n'avaient pas vraiment parlé de quoi que ce soit, si ce n'était de convenir qu'ils allaient essayer une fois et voir où ça les mènerait.

— Knox ? Tu t'es noyé ? cria-t-elle depuis la chambre.

Il se sécha les mains et la rejoignit.

— Désolé, j'étais un peu perdu dans mes pensées.

— À quoi tu pensais ?

— À toi.

Il la saisit par la cheville et tira doucement.

— Tu portes toujours tes vêtements. C'est parce que tu veux que je te les enlève ?

— Et si je te demandais de faire avec ?

— Je te demanderais si c'est une suggestion ou un ordre. Parce que j'ai vraiment envie de te voir nue, madame.

Shiori saisit l'élastique inférieur de sa brassière de sport et la passa par-dessus sa tête.

Knox était si concentré sur ses seins parfaits – putain, oui, parfaits – qu'il faillit manquer le moment où elle arc-bouta le bassin pour se débarrasser de son short en lycra. Elle roula sur le ventre et il lâcha un grognement en découvrant ses fesses nues pour la première fois.

Elle lui jeta un regard canaille par-dessus son épaule.

— Bon, et si tu me montrais de quoi ces grandes mains sont capables, maintenant ?

Oh, il avait bien l'intention de ne pas se cantonner aux mains. Et ce n'était pas parce qu'elle n'avait pas proféré un mot pendant qu'elle le rendait dingue qu'il allait en faire autant.

Il s'accroupit au-dessus de ses cuisses. Elle ne les avait pas encore écartées ; il pourrait les manipuler à sa guise. Il repoussa les cheveux qu'elle avait sur la joue, étalant leur soie noire sur le matelas.

— Pourquoi tu t'es coupé les cheveux ?

À son arrivée à Denver, ils lui descendaient jusqu'aux fesses.

— J'avais envie de changer.

Il continuait à caresser les mèches noires, partant du sommet de son crâne.

— La première fois où tu es venue dans mon cours, avec cette double tresse mortelle, je fantasmais de la prendre dans mon poing pour te maintenir en place pendant que je goûterais ta bouche insolente.

— Je t'aurais envoyé valser, si tu avais essayé. Même si, en secret, j'aurais pu aimer.

— On se tourne autour depuis pas mal de temps.

Il lui effleura l'oreille du bout des lèvres, avant de déposer un long baiser dans le creux de son cou, juste sous le lobe. Puis il enfouit le nez dans sa nuque, et elle ne put masquer un frémissement. Ses réactions lui en apprenaient long sur la façon dont elle aimait être touchée.

Il utilisa ses dents.

Il utilisa sa langue.

Il utilisa le bout de ses doigts calleux, dans de longues caresses sensuelles.

Et quand il atteignit son fessier si appétissant, il vénéra les globes fermes, jouissant par là même de la fragrance sucrée qui remontait de son sexe moite entre les cuisses entrouvertes.

— Bon Dieu ce que j'aime ton joli petit cul !

— On dirait bien, oui.

Il lui massa les cuisses et les mollets. Avant de la retourner, il allongea sur son dos son propre corps, nu et très excité, calant son bas-ventre contre la courbe inférieure de ces fesses délectables.

— Je veux te prendre comme ça, un jour. Je bougerai sur toi, en toi, aussi fort et vite ou aussi longtemps et doucement que tu le voudras. Et avec ma bouche, j'embrasserai tes épaules et ta nuque, histoire de voir si je peux te faire jouir juste comme ça.

Shiori agita les fesses et haussa le bassin.

— Bouge.

— Pourquoi ? Je te tente trop ?

— Non, tu m'écrases.

La petite menteuse.

— Oui, madame, répondit-il néanmoins.

Avant de lui demander de se retourner, il passa encore une fois les mains sur chaque parcelle de sa délicieuse personne.

— De l'autre côté, s'il te plaît.

Avant qu'elle ait eu le temps de lui rappeler ses règles, il plaqua la bouche sur la sienne et l'embrassa. Et continua à l'embrasser jusqu'à sentir sous lui son corps qui se détendait un peu.

Il aurait dû descendre petit à petit de sa bouche à son cou, au lieu de quoi il se dirigea directement vers ses seins. Il s'installa à califourchon sur elle, afin de pouvoir placer les deux mains sur ses monts fermes et doux.

— Regarde-moi ça. Ils sont parfaits. Absolument parfaits, nom de Dieu !

Penchant la tête, il titilla un téton d'un petit coup de langue. Sitôt que la peau frémit, il ferma la bouche dessus et aspira fort.

Elle arqua le bassin et lui prit les cheveux dans ses poings.

Oui ! C'était exactement ce qu'il voulait. Une réaction naturelle de sa part.

Malaxant son autre sein, il changea de proie, léchant et suçant de plus belle. Serrant les seins l'un contre l'autre, il approcha les deux mamelons, si près qu'il pouvait presque les prendre tous les deux en bouche en même temps.

Quand elle eut fini d'onduler, il glissa les mains le long de ses flancs, empaumant sa cage thoracique et laissant les pouces se promener dans le creux de son torse. Elle avait les muscles durs, même au repos. Il s'immobilisa une fois que la base de ses mains eut atteint les hanches de Shiori. Là aussi, elle était petite, mais ayant été victime de ses coups de hanches, il savait que dans ce domaine également, la taille était trompeuse.

De la pulpe des pouces, il caressa la zone située juste sous son nombril et sentit le frisson passer sur sa peau. Il se concentra alors sur cette zone, la taquinant des lèvres et du souffle, laissant glisser le menton sur son petit monticule, espérant qu'elle lui donne le signal d'enfouir la bouche entre ses cuisses.

Elle lui tira les cheveux.

— Hmm ?

— Tu es resté bloqué sur un point, on dirait.

— Je l'aime bien, ce point-là.

Il leva les yeux, l'observant par-dessus son ventre plat.

— Est-ce que j'ai la permission de descendre vers ce qui sera sans doute mon endroit préféré entre tous ?

— Non, mais j'aimerais que tu me masses les pieds.

Knox ravala sa déception. Il se repoussa pour s'asseoir sur les talons. Quand il lui enveloppa les chevilles de ses doigts, elle sursauta. Intéressant, comme réaction. Il déposa le talon de Shiori sur sa cuisse et appuya du pouce dans le milieu de son pied, effectuant des cercles depuis l'avant vers la voûte plantaire et la base du talon, puis dans l'autre sens.

Elle soupira.

— Toi, tu as déjà fait ça.

— Non, madame.

— Alors ça te vient naturellement ? Tu trouves direct tous les points sensibles ?

Il passa le pouce entre ses orteils.

— Non, mais j'ai vu des fétichistes du pied en pleine action, et j'ai pris des notes.

— De très bonnes notes, on dirait.

Elle avait gardé les jambes entrouvertes, ce qui offrait à Knox une vue dégagée sur les chairs roses qui brillaient de son désir.

— Arrête, l'avertit-elle.

Knox se força à détourner les yeux de cette tranche de paradis si tentante.

— Quoi ?

— Tu regardes mon sexe en te léchant les babines.

— Tu préférerais que je lèche ton sexe ?

Elle tendit un doigt sévère.

— On reprend le massage.

Avant de changer de pied, il baissa la tête et lui embrassa la cheville. La bosse juste à côté de la malléole, puis l'os lui-même et le creux juste au-dessus.

La jambe de Shiori sursauta si violemment qu'elle manqua de le heurter en plein visage.

Il ne cessa pas pour autant de vénérer sa cheville délicate, ivre de fierté à la pensée d'avoir découvert une autre de ses faiblesses cachées.

— Knox, arrête.

Il déposa plusieurs baisers sur le dessus de son pied, puis passa au second. Et recommença depuis le début. Comme pour l'autre, elle faillit léviter lorsqu'il se concentra sur sa cheville.

Mais cette fois, elle ne l'interrompit pas. Au contraire, pendant qu'il la titillait, elle glissa une main entre ses cuisses. Elle passa son majeur le long de sa fente, humidifiant son doigt avant de commencer à se frotter le clitoris. D'abord lentement, puis plus vite.

Son autre bras, elle l'avait replié au-dessus de sa tête, son corps s'arquant avec grâce tandis qu'elle se donnait du plaisir. Elle fit glisser son doigt d'un côté à l'autre, tapotant son bouton à plusieurs reprises, très vite, avant de recommencer à le frotter.

C'était l'un des spectacles les plus sexy que Knox ait jamais vus. La regarder se faire jouir, c'était presque aussi bon que de la faire jouir lui-même.

Presque.

Les jambes de Shiori se raidirent soudain. Son doigt bougea plus vite et elle laissa échapper un petit halètement au moment où elle commençait à jouir.

Knox l'observait goulûment. Cette femme magnifique lui offrait un aperçu de son plaisir secret. Quand enfin elle laissa retomber sa main, il reposa son pied sur le lit, attendant les instructions.

— Viens ici.

Il se pencha par-dessus elle et lui taquina le cou, inhalant l'odeur de sa peau humide, sentant son pouls battre sous ses lèvres.

— Merci, Maîtresse.

Elle lâcha un « hum », puis le repoussa doucement par les épaules.

— Habille-toi et je te retrouve dans la pièce principale.

Une fin de non-recevoir. Ça faisait mal, mais Knox s'y attendait plus ou moins.

Il enfila son boxer et retourna à l'endroit où il avait laissé ses vêtements. Une fois habillé, il erra dans l'immense espace, qui tenait plus du mausolée que du foyer.

Peut-être Shiori préférait-elle les environnements austères. En tout cas, de ce qu'il en voyait, cet appartement ne recélait pas un seul objet personnel. Rien qui révèle quoi que ce soit sur celle qui habitait ce loft aux murs de verre, hormis sa richesse.

Or Shiori était bien plus que juste ça.

Elle apparut dans son peignoir, les cheveux attachés à la hâte en un chignon au sommet du crâne. Tendant la main dans sa direction, elle le guida vers le salon. Elle s'installa dans le fauteuil en cuir au dossier haut et lui fit signe de s'asseoir à ses pieds.

Traversé par une brève pointe de mécontentement à l'idée qu'ils ne puissent pas simplement s'installer ensemble sur ce fichu fauteuil, Knox préféra garder les yeux baissés vers le tapis.

— On aurait dû parler plus précisément de nos attentes et de nos limites respectives avant de devenir intimes. Et comme c'est moi la dominante, c'est ma faute.

Knox releva la tête.

— Je t'en prie, ne me dis pas que tu as des regrets.

Elle lui toucha le visage et laissa sa main lui glisser dans le cou.

— Aucun regret.

— Alors, quoi ?

— Je t'ai demandé de m'accorder une nuit. Tu l'as fait. Je te suis reconnaissante de ta confiance, Knox. Je sais que ça n'est pas facile pour toi. J'ignore si cette nuit t'a convaincu de quoi que ce soit.

Est-ce que c'était sa façon de le libérer ?

— Ça m'a convaincu que j'ai besoin de plus qu'une putain de nuit pour savoir.

Ses yeux dorés semblaient mesurer chaque millimètre de son être.

— Tu es sûr ?

Tournant la tête, il lui embrassa l'intérieur du poignet.

— Oui, madame.

— Je suis contente de l'entendre. Cela dit, je pense qu'il vaut mieux qu'on attende quelques jours avant de réessayer. J'ai besoin de t'accorder assez de temps pour réfléchir à tout ça.

S'il comprenait qu'elle faisait ça pour le protéger, ça l'ennuyait quand même. Elle ignorait ce qui était le mieux pour lui.

N'est-ce pas justement ce que fait un dominant ? Argumenter ne fera que lui prouver que tu n'es pas prêt à la laisser décider à ta place.

Il ravala donc ses protestations.

— C'est logique, répondit-il.

Shiori se pencha pour l'embrasser.

— Je vais te raccompagner jusqu'à la porte.

Devant l'ascenseur, il la prit dans ses bras.

— À demain.

Shiori n'arriva pas à Arts Black avant presque 10 heures le lendemain matin. Elle n'avait pas vraiment besoin de venir. C'était férié ; les banques, les écoles et la plupart des commerces étaient fermés. Pourtant, elle s'était convaincue qu'elle devait passer au loft de Ronin, histoire de vérifier que tout allait bien. En réalité, elle voulait voir Knox.

Le bureau et la salle de conférence étaient vides. Alors qu'elle parcourait le couloir, elle entendit les sons familiers des corps heurtant le matériel d'entraînement en plastique. Elle s'immobilisa dans l'encadrement de la porte. Deacon et Ito faisaient un combat. Knox servait de punching-ball à Ivan sur le ring, tandis que Fisher supervisait le tout, hurlant ses instructions.

Shiori détestait l'admettre, mais leur programme de MMA n'aurait pas dû être mentionné dans la même brochure que le programme d'Arts Black. Certes, ils n'en étaient qu'aux prémices dans ce domaine, mais Deacon et Ivan étaient leurs seuls combattants à la hauteur. Les autres gars qui payaient pour s'entraîner ici perdaient leur argent et leur temps, sans compter celui de leurs instructeurs qui, du coup, n'en avaient plus assez pour faire travailler Deacon et Ivan.

Knox prit un coup au menton et elle grimaça. Parfois, elle était désolée qu'étant le seul gars de la taille d'Ivan, il n'ait pas d'autre choix que de lui servir de partenaire. Knox bougeait particulièrement bien, pour un homme de sa taille. Il n'était ni maladroit ni lent – que ce soit sur le tapis ou en dehors. Et apparemment, Ivan commençait à devenir un peu plus léger sur ses pieds, à force d'observer comment bougeait son partenaire.

Shiori avait essayé de ne pas être obsédée par la visite de Knox à son appartement la nuit dernière, ou par sa signification. À plusieurs reprises, elle avait ressenti sa déception, et elle n'était pas certaine de la façon dont elle devait réagir, balançant entre l'admiration pour la manière dont il avait réussi à masquer ses sentiments et le dépit qu'il ne se soit pas montré honnête envers elle à ce sujet. Mais puisque c'était leur première fois ensemble et qu'ils avançaient tous les deux en territoire inconnu, elle allait leur donner du temps.

Et voilà précisément où se situait son problème. Devait-elle avouer à Knox qu'elle n'avait jamais été dans une relation exclusive de longue durée avec un soumis ? Qu'être la dominante d'un seul homme serait aussi nouveau pour elle que devenir soumis le serait pour lui ? Ou cet aveu susciterait-il un manque de confiance ?

À son club tokyoïte, elle jouait avec trois hommes, notamment parce qu'elle n'avait pas trouvé un seul individu capable de lui donner tout ce dont elle avait besoin. Mais sur ses trois soumis, elle n'entretenait de relations sexuelles qu'avec un seul. Oh, elle laissait les trois lui donner du plaisir, mais parfois, tout ce dont elle avait envie, c'était qu'un homme la caresse. Si elle avait besoin de jouir, elle possédait une collection de vibromasseurs. Mais ce corps-à-corps, ce contact peau à peau ne pouvait pas être remplacé par un sex-toy. Les caresses, rudes ou douces, le frottement d'une main calleuse, une bouche chaude qui vous glissait sur la peau… Voilà ce dont elle rêvait, car c'était précisément ce qu'elle n'avait jamais eu.

À présent, après s'être retrouvée nue avec Knox et avoir senti ses mains et sa bouche partout sur son corps, elle savait que faire l'amour avec lui serait explosif. Sa façon de se soumettre naturellement à elle l'emporterait aux sommets du plaisir ; elle devait donc s'assurer de garder le contrôle à tout instant.

Un bruit de pas lui parvint, et elle pivota pour découvrir qui d'autre était là aujourd'hui.

Fee.

— Je savais que je te trouverais ici, lança son amie.

— Pourquoi ?

— Parce que cet endroit, c'est un peu la maison, répondit Fee, l'air presque surprise de son propre constat. Bref, si tu n'es pas occupée, tu pourrais venir à l'étage, qu'on voie ensemble ce qu'on prépare pour le cours d'autodéfense de samedi ?

— Pas de problème. J'ai besoin de me changer ?

Fee balaya Shiori du regard – chemisier bronze rentré dans un pantalon large à à carreaux crème et ballerines sans talons.

— Non. Tu es sublime, comme toujours. Dommage, c'est du gâchis avec ces gars-là, commenta-t-elle en désignant la salle d'entraînement du menton. Katie veut vérifier notre planning de nouveau, histoire qu'on ne dépasse pas le temps imparti.

— D'accord, allons-y.

Une heure plus tard, elles avaient réglé chaque détail. Katie avait tout prévu, presque à la minute près, ce qui était exagéré, mais après tout mieux valait être parfaitement préparé.

Elles prirent l'ascenseur pour descendre et s'étaient arrêtées près de la sortie du bâtiment principal afin de discuter de leurs projets de déjeuner, après le cours d'autodéfense, quand Knox passa la tête par la porte.

— Shiori, il faudrait que je te parle… Si vous en avez terminé avec la liste des meilleurs bars à tequila de Denver.

— Gros naze, marmonna Fee.

— Elle est à toi, shihan, répondit Katie avec un large sourire. On partait, justement. Tout est fermé au troisième étage.

Shiori attendit que les deux jeunes femmes se soient éloignées avant de se tourner vers Knox.

— Tu m'as sonnée ?

— Viens par là.

Elle se demandait quel était son problème et redoutait déjà que son attitude grincheuse ne déteigne sur elle.

Une fois à l'intérieur du bureau, elle découvrit Knox planté devant la fenêtre, qui lui tournait le dos.

— Ferme la porte.

— Si c'est au sujet du cours d'autodéfense, je te rappelle que Blue et toi, vous avez passé votre tour.

Elle s'approcha de son bureau et posa la liste imprimée par Katie à côté du rapport sur les derniers besoins en équipement.

— Ce n'est pas pour ça que je t'ai fait venir ici.

— Pourquoi, alors ?

Il lui posa les mains sur les épaules, la faisant sursauter. Bon Dieu, il était aussi furtif que Ronin.

— Pourquoi ? Mais parce que je n'arrive pas à m'ôter de la tête ton image et ce qui s'est passé la nuit dernière, nom de Dieu !

Il n'en vit rien, mais elle sourit.

— Juste au moment où j'avais réussi à bloquer les images de ton corps nu et de ce que je voudrais vraiment te faire la prochaine fois où tu m'ordonnerais de m'agenouiller devant toi, je t'ai vue dans l'encadrement de la porte de la salle d'entraînement.

— Ah oui ?

— Et Ivan a profité de ma distraction pour me filer un coup de poing en pleine face.

Elle pouffa.

— Pauvre chou ! Tu veux que j'aille te chercher de la glace ?

— Non, je veux juste que tu m'embrasses pour me guérir.

Il la fit pivoter et pencha sa grande silhouette sur elle.

— Si quelqu'un entre, Knox, ils vont penser…

— Il n'y a plus personne.

Elle posa les mains sur ses pectoraux.

— Comme ça tombe bien.

— N'est-ce pas ? Je peux t'embrasser ou pas ?

Le fait qu'il ait posé la question lui provoqua presque un vertige.

— Oui, tu peux m'embrasser.

Il s'empara de ses lèvres.

— Monte, fit-il.

Sitôt assise sur le bord de son bureau, il baissa la bouche vers la sienne. Le baiser commença en un souffle doux, pour rapidement se changer en torrent impétueux.

Elle adorait la façon qu'il avait de l'embrasser – avec son corps tout entier –, mais s'ils ne s'arrêtaient pas immédiatement, il ne tarderait pas à la prendre sur le bureau. Elle détourna la tête, brisant le sceau de leurs bouches.

Il colla le nez contre sa tempe.

— Bon, j'ai repensé à la nuit dernière.

— Et ?

— Et j'aimerais en découvrir davantage avec toi.

La façon dont il continuait à la toucher était merveilleusement déconcertante. Elle saisit sa main baladeuse, qu'elle retint entre les siennes.

— Si on doit poursuivre, il faut qu'on soit sur la même longueur d'onde.

— Tu es une obsessionnelle des règlements, She-Cat, murmura-t-il contre son cou.

D'un lent coup de langue, il caressa le pouls qui battait à la base de sa gorge. Cet homme était parfaitement capable de faire chanter son corps, aucun doute là-dessus, mais il avait besoin qu'elle lui rappelle qui réglait le tempo. Elle leva les mains et les lui plaqua sur la gorge.

Knox se calma sur-le-champ. Mais il ne baissa pas les yeux. Il ne parla pas non plus, ce qui lui valut quelques bons points.

— Je suis sérieuse, Knox.

— Je le sais bien. (Il ferma les yeux.) La nuit dernière, c'était… différent de ce que je croyais. Mais si ça se trouve, c'était juste un coup de bol qui ne se réitérera pas.

Ses magnifiques yeux bleus s'ouvrirent, voilés par l'inquiétude.

— Et si je n'y arrive pas ?

— À quoi ? Être soumis ?

Il hocha la tête.

Oh, mon bel amant si doux et si sexy, je vais effacer tous ces doutes, si tu veux bien me laisser faire.

Elle glissa sous sa mâchoire si virile et puissante, et lui prit le visage à deux mains.

— Je crois que ce dont tu as le plus peur, c'est d'y arriver.

Il ne répondit rien, se contentant de river ses yeux aux siens.

— Voilà ce que je propose, poursuivit-elle en lui lâchant le visage. Que chacun de nous établisse une liste détaillée de ce qu'il attend de (le mot « relation » semblait trop intime, et « contrat » trop commercial) cet arrangement. Ainsi que de ce qu'il ne veut pas et de nos inquiétudes concernant la façon dont ça va affecter nos relations de travail.

— Tu me donnes des devoirs ? grogna-t-il. Alors là, pas de doute, tu es vraiment une dominante, parce que ça, c'est une vraie punition.

Elle éclata de rire.

— Heureusement, j'utilise un barème de notation mobile. Mais c'est important, alors ne bâcle pas ton travail.

— Bien. Quand veux-tu qu'on échange nos prises de notes ?

— On pourrait dîner ensemble vendredi soir. Il y a un super restaurant…

— Non. On ne va pas discuter de ça dans un endroit où l'on risquerait de nous entendre. Et nous connaissant, je parie que les négociations pourraient s'échauffer.

— Exact.

Il lui prit la main et l'embrassa sur les doigts. Shiori adorait l'affection dont il faisait preuve de façon si naturelle.

— Puisqu'il n'y a pas cours à cause des vacances, pourquoi tu ne viendrais pas chez moi ce soir ? Je te préparerais à dîner.

Elle ne cacha pas sa surprise.

— Tu cuisines ?

— Rien de très gourmet ou d'hyper raffiné comme ton frère, mais je sais me débrouiller dans une cuisine.

Il déposa un nouveau baiser à l'intérieur de son poignet.

— C'était quand, la dernière fois qu'on t'a préparé un repas ?

— Hier soir, vu mes talents très limités.

Il lui mordilla la base du pouce.

— Petite maligne. Je voulais dire : quand est-ce que tu as pris un repas à domicile, préparé par quelqu'un qui ambitionnait de te nourrir mais sans être rétribué pour ce faire ?

Jamais. Du moins jamais par un amant. Ronin et Amery l'avaient invitée quelques fois, et elle avait adoré. Au Japon, elle sortait dîner avec ses amis, mais les soirées chez des particuliers étaient rares.

— D'accord, finit-elle par lâcher, tu m'as convaincue. Mais pas…

— Pas de bêtises. J'ai bien compris. Pas de Barry White en fond musical, pas de chandelles, pas d'amuse-gueules sexy que l'on pourrait se faire manger l'un l'autre. Je ne changerai même pas mes draps dans l'espoir de t'y coucher.

— Très accueillant. Mais qui est Barry White ?

Il éclata de rire.

— Peu importe. À quelle heure je passe te chercher ?

— Donne-moi ton adresse, je me ferai déposer par mon voiturier.

— Ça ne me dérange pas de passer te prendre, Shiori.

— Je sais, mais c'est mieux comme ça.

Il n'avait pas l'air convaincu, mais il n'insista pas.

— Qu'est-ce que j'apporte ?

— Toi, ça suffira. Je t'enverrai l'adresse par SMS. Viens vers 18 heures.

Il l'embrassa sur le dos de la main, puis s'écarta.

— Bon, je te laisse fermer ; moi, je dois passer à l'épicerie.

Chapitre 8

Tout était prêt dix minutes avant 18 heures.

Knox n'était pas nerveux, juste impatient. Il avait hâte de savoir quelles étaient les attentes de Shiori, s'ils poursuivaient ce… enfin ça, quoi que ce soit.

Ça, c'est toi qui acceptes de tomber à genoux, de tendre la joue et de lui abandonner tes testicules.

Putain ! Il frappa le comptoir du plat de la main. Si seulement la voix du doute voulait bien se taire, parce qu'il n'avait pas le moindre début d'idée d'où elle venait, cette voix. Il avait toujours été sûr de sa masculinité et de sa sexualité – la façon dont les autres choisissaient de vivre leur vie et les choix qu'ils opéraient n'avaient aucune influence sur lui. C'était d'ailleurs en partie ce qui l'attirait au *Twisted.* Cette philosophie du « tous les goûts sont dans la nature » lui plaisait bien.

Et le fait que Shiori lui ait signalé qu'il n'avait pas choisi son camp l'ennuyait, uniquement parce qu'elle avait mis le doigt sur une chose qu'il n'avait pas admise lui-même. Il ne partageait jamais de jeux sexuels avec des hommes, ça n'était pas son truc. En revanche, il n'avait aucun problème à utiliser ses talents avec les instruments de torture sur des hommes. Sa règle immuable, en ce qui concernait le *Twisted*, c'était de ne pas frapper les femmes. Point barre. Il avait donc joué le troisième dans divers scénarios : des dominants punissant ou récompensant leurs soumis hommes, des dominantes punissant leurs soumis hommes, des dominants qui avaient besoin de ressentir la douleur mais n'avaient pas confiance en la discrétion d'autres dominants, des soumis qui cherchaient à tester leur seuil de tolérance à la douleur avant de jouer avec un dominant ou une dominante, des soumis qui voulaient faire une pause dans leurs jeux avec un dominant ou une dominante – en gros, qui avaient besoin de douleur, sans la branlette mentale qui allait avec.

L'ironie, dans le fait qu'il soit un maître du fouet, c'était qu'il n'était pas fan de la douleur. Il avait essayé sur lui-même les instruments dont il usait sur d'autres membres, histoire de ressentir ce qu'il administrait. La douleur ne l'excitait pas. L'infliger non plus. Il voyait plus ça comme un service rendu au club et à ses membres.

L'avantage qu'il y avait à tenir le fouet ou le martinet, c'était principalement le pouvoir que lui attribuaient les femmes. Jamais il n'avait eu à trop se battre pour coucher. Ce qui lui convenait, car les attentes entre membres du club n'allaient pas au-delà du sexe. Il n'avait jamais été gêné de sortir avec une femme durant un week-end, puis de la voir avec quelqu'un d'autre le week-end suivant. Contrairement à Ronin, Knox avait plus utilisé l'aspect sexuel du club que l'aspect bondage.

Il se demandait d'ailleurs si ce goût pour l'encordement était génétique, chez les Black. Shiori n'avait pas précisé si elle avait étudié le shibari ou le kinbaku, mais il ne serait pas surpris que ce soit le cas, vu qu'elle avait suivi l'exemple de Ronin en s'impliquant dans les arts martiaux.

Toutes ces spéculations le faisaient tourner en bourrique. Il ouvrit une canette de bière et jeta un coup d'œil à la pendule, juste au moment où la sonnette retentit.

Enfin.

Il ne se précipita pas sur la porte, malgré l'envie qu'il en avait. Quand il ouvrit, il posa brièvement les yeux sur le visage de Shiori avant que son regard soit attiré par un mouvement dans la rue. Le chauffeur de la voiture était adossé à la portière arrière côté passager, bras croisés. Comme s'il hésitait entre laisser Shiori et rester garé dans le virage. Sans quitter le bonhomme des yeux, Knox déposa un baiser sur le front de la jeune femme.

— Renvoie ton chauffeur, sinon c'est moi qui le fais.

— Quoi ?

— Ton chauffeur me reluque comme si j'étais un étron sous ta chaussure dont il adorerait se débarrasser.

— Ne transforme pas tout en concours de qui pisse le plus loin, Knox.

— Va le lui dire.

Avec un soupir, elle se tourna et fit signe au chauffeur.

— Voilà, tu es content ? demanda-t-elle en pivotant vers lui.

— Très content que tu sois ici, She-Cat.

Ce qu'il lui prouva en posant les lèvres sur les siennes dans un baiser très appuyé. Quand il s'écarta, il perçut un avertissement dans ses yeux, mais un sourire sur son visage.

— On prend ses aises, mon Knox-dieux hôte ?

— Oui. Entre, proposa-t-il en s'écartant pour la laisser passer. Permets-moi de t'aider à enlever ton manteau.

Elle pivota et il fit glisser le trench-coat noir le long de ses bras. En dessous, elle portait un pull marron clair, un jean et des bottes de cavalière.

— Tu es sublime, même si je dois admettre que j'espérais découvrir un corset et une minijupe en cuir, sous ton manteau. Ou mieux, ajouta-t-il en lui déposant un baiser dans la nuque, rien du tout.

— Tiens-toi bien, répliqua-t-elle, se retournant face à lui.

C'est alors qu'il découvrit l'emballage qu'elle portait.

— C'est quoi ?

— Un cadeau pour te remercier de m'inviter chez toi, répondit-elle en lui tendant le paquet. Ça n'est pas grand-chose, juste une bricole.

Il déchira le papier uni et le froissa dans son poing. À l'intérieur d'un cadre se trouvait une petite aquarelle, d'un style très asiatique, représentant des bateaux amarrés à un quai. La sérénité qui émanait de la scène était stupéfiante.

— Waouh ! C'est superbe. Où l'as-tu trouvé ?

— C'est quelque chose que j'avais.

— Merci.

Il déposa le cadre sur le manteau de la cheminée.

— Je te fais visiter la maison rapidement, et ensuite on pourra passer à table. Garde tes bottes, on va aller dehors.

— J'étais étonnée que tu vives dans une maison, et pas dans une copro ou un appartement.

— Après une enfance passée dans des HLM, puis douze ans au service de la nation, j'étais plus que prêt à devenir propriétaire. J'ai cassé un mur pour ouvrir l'espace, expliqua-t-il en désignant le salon.

— Tu as fait les travaux toi-même ?

— La plupart, oui. Je suis un manuel.

Elle fit courir ses doigts le long du bras de Knox.

— Je sais. Et j'aime bien ça, chez toi.

Doux Jésus. Ces brefs aperçus qu'il avait d'elle le tuaient. Alors quand elle retira sa main, il ne la laissa pas partir aussi facilement. Il mêla ses doigts aux siens. Et quand il l'entraîna à sa suite en direction de la cuisine, elle ne protesta pas.

— Je cuisine, mais je n'ai pas besoin du matériel dernier cri que l'on trouve dans la plupart des maisons de nos jours.

— J'aime bien ces comptoirs pour le petit déjeuner, et les cuisines dînatoires, commenta-t-elle.

— Je me suis débarrassé de la salle à manger traditionnelle, ce qui a dégagé de l'espace entre ici et le salon.

Ils coupèrent par le vaste hall d'entrée.

— Il y a trois chambres, mais étant célibataire et peu enclin à la décoration, je ne vais pas te montrer les deux qui me servent de débarras.

Elle pouffa.

— Voici ma chambre, annonça-t-il en ouvrant la dernière porte.

Shiori lui lâcha la main et s'avança dans la pièce. Puis elle jeta un coup d'œil par-dessus son épaule.

— Mon frère et toi, vous devez vous fournir en literie au même endroit, parce que ton lit est aussi immense que le sien.

Il haussa les épaules.

— Je suis grand. Les lits king size, c'est bien, mais se faire faire un lit sur mesure, c'est royal.

— Cette pièce était de cette taille-là, à l'origine ?

— Non. Il y avait un porche au fond, qui ne servait pas à grand-chose. Du coup, je l'ai utilisé pour agrandir la pièce. Ce qui m'a permis d'ajouter une salle de bain attenante, conclut-il en désignant la porte située à droite du lit. Va jeter un coup d'œil.

Il entendit son rire résonner contre les murs carrelés.

— Ta salle de bain est typiquement masculine, Knox. J'adore.

Il alla la rejoindre. La douche à l'italienne était assez grande pour qu'il puisse tendre les bras sans toucher les murs. Il avait fait installer un banc en teck afin de pouvoir s'asseoir et profiter de l'option sauna qu'il avait ajoutée. Sa mère s'était moquée de lui en constatant qu'il avait plus de jets dans sa douche que dans un lavomatique. Mais comme il détestait se geler les fesses sous la douche, il avait mis dans la sienne suffisamment de jets ajustables pour que l'eau vienne caresser chaque partie de son corps.

— Carrelage blanc uni, donc ? demanda-t-elle.

— C'était moins cher. J'avais explosé mon budget dans la plomberie.

— J'aime bien. Mais il n'y a rien pour prendre un bain plein de bulles ? fit-elle en se tournant vers lui.

— J'ai l'air du gars qui prend des bains à bulles ? ricana-t-il. Viens, je vais te montrer le jardin.

Ils repassèrent par la cuisine et sortirent par une porte sur le côté. Il la conduisit jusqu'à la volée de marches en bois qui montaient sur la terrasse, construite la première année où il avait vécu dans la maison.

— Tu as un grand jardin.

— C'est l'une des raisons qui m'ont fait acheter la maison. On n'en trouve plus beaucoup dans le centre de Denver.

— Tu as de la place pour agrandir, une fois que tu seras marié avec deux enfants. Il ne serait pas difficile d'ajouter une ou deux chambres, une pièce à vivre et même une niche pour le chien. Et là-bas, près des arbres, ce serait l'endroit idéal pour installer une balançoire et une cabane.

Il s'immobilisa. Shiori venait d'exprimer tout haut ce qu'il envisageait. Au détail près.

Mais très vite, elle se reprit.

— Bon, fini le spectacle, godan. Nourris-moi.

— Avec plaisir, Maîtresse B.

Elle lui donna une tape sur les fesses.

— Assieds-toi à la table du petit déjeuner, indiqua-t-il une fois à l'intérieur, je vais te servir.

— Voilà qui pourrait être interprété de plusieurs façons différentes.

Knox s'accouda au comptoir afin qu'elle voie bien la chaleur qui lui allumait les yeux.

— Tu n'as qu'un mot à dire et je te fournis tous les services que tu désires.

— Satisfaisons d'abord notre appétit de nourriture, murmura-t-elle.

Il sortit le rôti du four et le posa sur un plat, ravi de constater que la viande se détachait aisément à la fourchette. Il versa les pommes de terre, les carottes et les oignons dans un saladier, puis remplit une saucière des sucs de cuisson de la viande.

— Sers-toi. Qu'est-ce que tu as envie de boire ?

— Du soda ; peu importe le parfum, ça m'ira.

Lui ayant versé un Coca, il sortit les petits pains du toaster et les plaça dans un panier. Quand il releva les yeux, elle n'avait encore touché à rien.

— Qu'est-ce qu'il y a ? Tu n'aimes pas le rôti braisé ?

Un sourire timide apparut sur ses lèvres.

— Je n'en sais rien, je n'en ai jamais mangé.

Knox la servit en viande. Puis en pommes de terre et en carottes. Il écrasa les légumes et y ajouta de la sauce claire et pleine de saveurs.

— Voilà. Et tu utilises le pain pour saucer.

Shiori prit une bouchée hésitante, puis elle ferma les yeux.

— Hum… que c'est bon !

— Merci. Recette maternelle.

Il remplit sa propre assiette. Même s'ils n'échangèrent pas un mot durant le dîner, ce silence n'avait rien de gênant. D'autant que Shiori vida deux assiettes avant de reposer enfin sa serviette.

— Je n'en peux plus.

— Plus de place pour le dessert ?

— Plus tard, peut-être. Là, je vais me traîner jusqu'au canapé, en espérant ne pas m'endormir pendant notre discussion.

— Et moi, j'espère qu'on ne va pas se hurler dessus. Mais je n'ai pas non plus très envie que tu t'endormes pendant qu'on cause.

Elle lui toucha la joue.

— Je ne m'endormirai pas.

— Bien. Vas-y, alors. Je range les restes.

— Tu as besoin d'aide ?

— Non, je vais tout remettre dans la cocotte et au frigo.

Quand il la rejoignit au salon, Knox remarqua que Shiori avait retiré ses bottes. Les mains dans les poches arrière de son jean, elle regardait par la baie vitrée.

En cet instant, elle n'avait rien de la dominante ; elle semblait fragile et peut-être même un peu perdue. Il avait parfois du mal à voir au-delà de ses différents personnages – la femme d'affaires puissante, l'héritière milliardaire, la maîtresse en arts martiaux – pour apercevoir la femme cachée en dessous.

Il alla se placer derrière elle.

— Je dois te demander la permission, avant de passer mes bras autour de toi ?

— Jamais, répondit-elle avec un coup d'œil par-dessus son épaule.

Il l'enlaça donc. Il dut se pencher pour poser le menton au sommet de son crâne. Cette femme recélait une force immense dans un si petit corps…

Au bout d'un moment, elle l'embrassa sur le biceps et se dégagea.

— Tu es prêt à passer tes devoirs en revue ?

Il rit.

— Je t'avertis, je n'ai jamais dépassé le C moins, en classe.

Elle s'installa dans un angle du canapé et replia les jambes contre sa poitrine.

Une posture protectrice qui ennuya Knox. La conversation serait plus aisée si elle venait s'asseoir sur ses genoux et qu'il pouvait la toucher. Mais il s'assit à l'autre bout de la banquette, sauf que lui étendit ses longues jambes, afin d'empiéter sur son espace à elle.

Je teste déjà ses limites ?

— Voyons d'abord les points problématiques, fit-elle. Primo, on travaille ensemble. Tu es responsable du dojo, et je respecterai toujours ça. En revanche, chaque fois qu'on sera seuls en dehors du dojo, tu m'obéiras.

— En tous points ? Tu décides où on mange, ce qu'on fait, quels films on regarde ?

Elle fronça les sourcils.

— OK, calmos. Je parle de soumission sexuelle. Donc on ne fera rien de ce que font les couples normaux qui débutent une relation.

— Alors je ne suis pas intéressé, dit-il.

Elle parut surprise.

— Je suis perdue.

— Oui, madame, en effet. Je n'ai jamais été dans ce type de relation, et j'ignore tout de tes règles, mais je connais les miennes. Je t'apprécie. Je veux passer du temps avec toi. En dehors du dojo et en dehors du *Twisted*. Ce qui implique que nous ayons des activités de couple, toi et moi. Regarder la télé, partager nos repas, apprendre à se connaître. Je suis d'accord pour te laisser diriger notre relation intime, mais dans cette phrase, le mot-clé, c'est « relation ». Si pour toi, il s'agit juste de m'appeler pour que je me pointe à ton loft quand tu as envie de baiser ou besoin d'un homme pour te faire jouir, alors je ne suis pas intéressé. Il existe des endroits pour assouvir ce genre de besoins. Tu peux obtenir ce dont tu as envie des soumis qui fréquentent le *Twisted*, tout simplement.

Une lueur alluma ses yeux dorés.

— Comment veux-tu qu'on ait une relation ? On ne peut pas dire aux gens du dojo qu'on est ensemble.

— Pourquoi pas ?

— Je n'ai aucune idée de la façon dont Ronin réagirait, et je pense qu'il devrait l'apprendre d'abord par nous, pas via les commérages de Katie.

— Ce ne sont ni ses affaires ni celles de quiconque.

— Faux. Arts Black, c'est son affaire. Il nous a fait promettre de ne pas nous entre-tuer en son absence. Il s'inquiéterait tout autant s'il apprenait que nous sortons ensemble. Donc on doit garder ça strictement entre nous.

— Si je comprends bien, on va se voir en cachette, commenta-t-il.

Elle pencha la tête.

— Tu fais exprès d'essayer de m'agacer ?

Merde. La soirée n'était pas censée se passer ainsi. Knox appuya la tête contre les coussins du canapé et fixa le plafond. Il compta dix secondes avant de reporter les yeux sur Shiori.

— OK. Si on fait profil bas, alors ça veut dire qu'au *Twisted* non plus, on ne peut pas montrer qu'on est ensemble.

Posant le menton sur ses genoux, elle l'observa.

— Est-ce que c'est ta façon de manipuler le truc, de devenir mon soumis sans avoir à apprendre ce que signifie être soumis ?

Il secoua la tête.

— J'apprends, ne l'oublie pas. L'approbation publique des membres du club est importante pour toi, en tant que dominante ? Tu as besoin de prouver ta domination sur moi ?

Pas de réponse. Mais il avait touché un point sensible, il le savait.

— Tu peux m'apprendre à être celui que tu veux, celui dont tu as besoin, bien mieux que par l'humiliation publique. Tout type d'humiliation, où qu'elle se produise, c'est ça, ma limite infranchissable.

— Jamais je ne te ferai ça, souffla-t-elle.

— Promis ?

— Promis.

— Sache-le : si ça devait se produire, je partirais.

Un éclair agacé passa dans les yeux dorés.

— J'ai compris.

— Bien.

Il fallait à présent recentrer la conversation.

— Tu as déjà eu un soumis à toi ? s'enquit-il.

— J'avais un type à Tokyo, que j'utilisais plus que les autres. Mais non, je n'ai jamais ramené un soumis chez moi pour jouer. (Elle sourit.) Ni mangé un repas préparé par un soumis. Tout ça est très nouveau, pour moi.

— On peut réfléchir à ça, madame.

— Appelle-moi Nushi.

Il haussa un sourcil.

— Qu'est-ce que ça veut dire ?

— Maîtresse, amante… c'est le mot japonais le plus simple pour désigner ça.

— Nushi, murmura-t-il. J'aime bien. C'est plus personnel.

— J'espère, parce que tu vas l'utiliser souvent.

La femme insolente qu'il connaissait était de retour.

Shiori le scrutait.

— Donc, ta limite infranchissable, c'est l'humiliation publique. Tu en as d'autres ?

— Pas d'autres joueurs. Plus précisément, personne d'autre que nous au lit, et pas de joujou avec d'autres membres au *Twisted.*

— Définis ce que tu entends par « joujou ». Parce que toi, tu fournis la souffrance sur demande, au club, ce qui est considéré comme un jeu par d'autres membres.

Il secoua la tête.

— Pas tant que ça ne t'excite pas.

— Je ne suis pas d'accord. Mais sur ce point, je suis prête au compromis. Je resterai dans la même pièce que toi, chaque fois que tu obéiras aux requêtes d'un autre dominant ou dominante.

Ça pourrait être carrément excitant, de sentir son regard sur lui, tandis qu'il œuvrerait sur un soumis.

— OK.

— Mais…, poursuivit-elle avec un sourire hésitant, tu ne mens pas au sujet de notre relation. Si on te demande pourquoi j'observe, c'est moi qui répondrai que c'est la prérogative de ta dominante.

Knox savait qu'au fond, elle voulait rendre public le pouvoir qu'elle exerçait sur lui. Mais il était en droit d'exiger la réciprocité.

— D'accord, mais pour chaque Maître ou Maîtresse à qui tu me présentes comme ton soumis, j'ai le droit de t'emmener en rendez-vous. Un vrai rendez-vous où je passe te chercher et je paie le dîner.

Il lui mordilla la pointe des doigts, avant d'y déposer un baiser.

— Je te trouve extrêmement exigeant, soumis, mais j'accepte. Pour ce qui concerne le stade où on aura des relations sexuelles, on utilisera des préservatifs.

— Bien. On peut passer un test, histoire de ne pas avoir à en utiliser trop longtemps ?

— Dans ce cas, que ferions-nous pour éviter une grossesse ?

Il fronça les sourcils.

— Tu ne prends pas la pilule ?

— Non. Et ce n'est pas quelque chose que j'envisage.

Merde. Mauvaise nouvelle.

— Et les entraves ? s'enquit-elle.

— Menottes, liens, cordes ? Je suis plutôt doué avec ça.

— Les sex-toys ?

Il songea à l'anneau pénien. Ça n'avait pas été si mal.

— OK. Mais pas de tenue fétichiste ridicule, ni d'étranglement.

Elle plissa le nez.

— Non, je n'aime pas ça non plus. Quand on est ensemble, je veux te voir torse nu et en short de sport jusqu'à ce que je te dise de le retirer.

Voilà qu'on en venait aux exigences.

— Oui, Nushi.

Elle lui toucha les cheveux.

— Quand je claque des doigts, je te veux à genoux. Sur-le-champ.

Sa réponse tenait plus du grognement que de l'accord.

— Manque de respect et défiance te vaudront un châtiment de mon choix, à l'exclusion de toute humiliation publique sous aucune forme. Je suis ouverte à la négociation sur certains points, mais une fois que je dirai « stop », ce sera acté.

— Compris.

— Quand on ne sera que tous les deux, comme maintenant, tu seras à moi, Knox. Je ferai de toi ce que je désire. Et comme tu n'es pas convaincu d'être un soumis, il se peut que je te pousse dans tes retranchements.

Elle s'interrompit, jaugeant sa réaction.

— Y a-t-il autre chose que nous devions aborder ? demanda-t-elle enfin.

— Non, madame.

— Ah si, une chose. Je suis ici avec un visa de travail. Il y a peu de chances que l'on me renvoie au Japon avant le retour de Ronin, mais c'est une possibilité. Il faut donc en être conscient : cette situation ne sera pas permanente.

Knox sentit son ventre se serrer à l'idée qu'elle puisse… partir. Était-il prêt à la laisser s'en aller ?

Tu n'as pas le choix.

Il lui coinça une mèche de cheveux derrière l'oreille.

— Dans ce cas, essaie de ne pas tomber amoureuse de moi, Nushi. Ça ne serait pas facile pour toi de me punir pour t'avoir brisé le cœur, une fois rentrée à Tokyo.

Elle rit, comme il l'avait espéré.

— J'allais te faire la même suggestion, *namaiki*.

— C'est un nouveau petit nom, ça ?

Nouveau rire. Puis elle l'agrippa par les cheveux à la base du cou et tira.

— Lève-toi et ôte ta chemise.

Apparemment, le temps imparti aux négociations était écoulé.

Il se leva donc et retira sa chemise, défaisant lentement chaque bouton tandis qu'il essayait de passer du mode « jeu » au mode « soumission ». Il laissa tomber sa chemise au sol.

Shiori claqua des doigts.

Il se mit à genoux. Elle n'avait pas exigé qu'il garde la tête baissée, mais il le fit tout de même.

— Très bien.

Elle s'installa au bord de la banquette et passa la main sur ses épaules, avant de poser la paume à plat sur ses pectoraux.

— Je craque sur ton torse. Si large, si musclé.

Était-il censé répondre quelque chose ?

— Qu'est-ce que tu ferais si je quittais mon pantalon et que j'écartais grand les jambes, pour te laisser voir chaque millimètre carré de mon sexe ?

— Je ne ferais rien tant que tu ne m'aurais rien dit, Nushi.

— Oh, je vois que tu apprends vite, mon cœur. Alors je vais éclairer ta lanterne. Après m'être débarrassée de mon pantalon, je vais m'allonger sur ce confortable canapé et voir si tu es habile avec cette belle bouche.

Knox sentit son sexe durcir aussitôt, et il réprima l'envie de se passer la langue sur les lèvres. Il entendit le froissement du tissu, puis le pantalon de Shiori lui atterrit sur le visage.

Elle pressa ses orteils nus contre le renflement de son jean.

— Tu aimes cet examen oral que je te fais passer, pas vrai ?

— Oui, madame.

— Alors, viens ici et montre-moi de quoi tu es capable.

Il ravala un grognement en découvrant son sexe, entièrement glabre à l'exception d'un petit triangle de poils sur la courbe de son mont de Vénus. Tout rose, chaud et humide. Il lui plaça les mains à l'intérieur des cuisses, l'ouvrant plus largement afin d'atteindre chaque millimètre luisant. Une forte traction sur ses cheveux lui fit lever la tête.

— Je ne veux pas jouir vite. Titille-moi. Oblige-moi à te supplier.

Ça, il n'allait pas s'en priver, non ! Et ensuite il la ferait hurler. Il lui répondit avec un sourire sauvage.

— Tu vas me laisser enfouir le visage dans ta petite chatte, maintenant ?

En guise de réponse, elle relâcha l'emprise dans ses cheveux.

Au lieu de plonger, il décida de se montrer scrupuleux à l'extrême. Il se familiarisa d'abord avec l'intérieur de ses cuisses. En commençant par des effleurements de lèvres, légers comme des plumes. Puis de doux baisers suçotés.

Il regrettait de s'être rasé, car il aurait adoré lui faire sentir la brûlure de sa barbe naissante sur ses chairs si tendres.

Quand enfin il avança plus loin, il ferma les yeux et inhala sa fragrance musquée. Rien au monde ne pouvait être comparé à cette odeur intime.

Hormis la première bouchée d'elle.

Il fit tournoyer la langue à l'intérieur de son sexe, laissant ses fluides lui couler dans la bouche. Chaque fois qu'il revenait prendre une nouvelle gorgée, il enfouissait la langue plus profondément en elle, jusqu'à ce que chaque inspiration soit emplie de son odeur. Tout ce qu'il avait sur la langue, c'était son goût à elle. Tout ce qu'il entendait, c'étaient ses doux halètements.

Il explora ses replis, léchant et mordillant ses chairs brûlantes. À la façon dont elle arc-boutait les hanches, il savait qu'elle aimait les grands coups de langue le long de sa fente. La prochaine fois, il effectuerait le même mouvement avec le pouce, pendant qu'il userait de ses dents sur son clitoris. Il n'avait pas encore touché son bouton chaud, mais il ne pourrait pas se retenir beaucoup plus longtemps. Il voulait l'embrasser, le taquiner, le faire gonfler, le sentir pulser sous ses lèvres.

Il passa donc la pointe de la langue sur ce point sensible, avant de reprendre les allées et venues sur sa fente. Un coup de langue ici, un suçotement là, des tourbillons, un nouveau passage entre ses lèvres pour couronner le tout. Il déposa une ligne de baisers sur la peau nue de son mont de Vénus, tout en lui titillant le bas-ventre de son nez, tandis qu'il passait et repassait la bouche sur ce triangle de poils si tentant.

Shiori avait commencé à balancer le bassin contre son visage, pourchassant presque sa bouche afin qu'elle se trouve à l'endroit où elle la voulait le plus.

Demande-moi. Supplie-moi. Parce que tu sais, ma belle, je peux continuer comme ça toute la nuit.

Un autre tour à suçoter, lécher, mordre, et quand il souffla sur ses chairs brûlantes et moites, elle céda enfin.

— Assez. Arrête de me titiller.

Il souleva la bouche, juste assez pour dire :

— Supplie-moi.

Et puis il recommença à lui taquiner le clitoris de ses lèvres.

— Fais-moi jouir.

Voilà qui ne ressemblait pas à la supplique attendue, mais son ordre était carrément excitant.

— Oui, madame, répondit-il alors.

Et il se lâcha sur la petite perle gonflée, qu'il lécha jusqu'à sentir le premier soubresaut contre sa bouche. Alors il suça le clitoris en suivant les ondulations du corps de Shiori.

Elle poussa un long soupir, aussi bon qu'un hurlement.

La titiller produisit l'effet escompté ; son orgasme sembla durer longtemps, et Knox l'accompagna jusqu'au dernier spasme, avide de lui offrir autant de plaisir que possible.

Même lorsqu'elle fut redevenue toute molle contre le canapé, il garda la bouche pressée sur son sexe. Malgré la pression de son jean à lui, qui menaçait de lui couper le membre en deux.

Alors il sentit les doigts de Shiori qui lui caressaient les cheveux.

— C'est bon, tu peux reculer, maintenant.

— Mais je ne veux pas.

Elle soupira.

— Ce soupir signifie-t-il que j'ai réussi l'examen ?

— Avec les félicitations du jury.

Il se remit à genoux, mourant d'envie d'arracher son jean pour la prendre de toutes les façons qu'elle lui ordonnerait de le faire.

Mais quand elle se pencha pour récupérer son propre pantalon – qu'elle portait d'ailleurs sans culotte… intéressant –, les espoirs de Knox se dégonflèrent alors même que son membre, lui, restait dur et fier.

Une fois rhabillée, elle sortit son téléphone portable et tapota sur les touches. Puis elle se percha au bord du canapé et lui rabattit délicatement les cheveux en arrière, dégageant son visage avant de venir l'embrasser.

Son baiser contenait un mélange de gratitude et de contrôle. Quand elle l'interrompit, Knox garda les yeux obstinément fermés.

— Regarde-moi.

Se retenant de lever vers elle un regard noir, voire pitoyable, il entrouvrit les paupières.

— Je sais que tu bandes, que tu es mal à l'aise et probablement aussi que tu me maudis. Mais vu que je n'ai pas l'intention d'arranger ça, tu ne peux rien faire non plus.

Elle se tut, s'attendant sans doute à ce qu'il explose, outré, mais il savait que ce serait une perte de temps.

— Tu n'es pas autorisé à te toucher ni à te faire jouir tant que je ne t'en donne pas la permission. Donc pas de : « Ben, j'étais en train de me laver le sexe sous la douche, et sans que je m'en rende compte, j'ai éjaculé. » Pas non plus de rêves érotiques comme excuse pour avoir joui alors que je t'avais ordonné le contraire. Je ne fais pas ça pour te torturer, Knox, poursuivit-elle. Je formule cette requête pour deux raisons : premièrement, que tu apprennes que tu n'as aucune maîtrise de la situation. Accepte-le. Et accepte aussi le fait que tu n'aimeras pas toujours ça. La deuxième raison, c'est que le refus d'orgasme augmente l'endurance.

Si tu peux jouir quand tu veux, ce sera plus dur pour toi de jouir quand moi je te l'ordonnerai. Tu comprends ?

Il cligna des yeux.

— Quelque chose à dire ?

— Non, madame.

— Ne fais pas la tête.

— Je. Ne. Fais. Pas. La. Tête, jeta-t-il.

Elle posa les lèvres sur les siennes.

— Embrasse-moi.

Mais Knox gardait la bouche aussi étroitement fermée que Fort Knox.

Pas de doute. Il faisait bien la tête. Elle pouffa.

— Embrasse-moi comme si tu en avais envie, Knox. Embrasse-moi et caresse-moi comme si je t'avais donné le feu vert et que tu étais en train de me porter jusqu'à ton lit.

Voilà qui ébrécha sa frustration. Il l'attira sur lui et ensemble ils roulèrent au sol. D'une main dans les cheveux, il lui maintenait la tête en place afin de pouvoir lui dévorer la bouche, tout comme il lui avait dévoré le sexe. Il appuya l'autre main contre le bas de son dos et balança le bassin contre son os pubien.

Les mains de Shiori étant emprisonnées entre eux, elle dut se contenter de lui enfoncer les ongles dans le torse.

Au bout d'un moment, la frustration qu'il ressentait s'apaisa et il la relâcha.

— Voilà ce que j'attends de toi, lui murmura-t-elle contre la gorge. Une réaction honnête.

Elle roula afin de se remettre sur pied et lui tendit la main, pour l'aider à en faire autant.

Knox éclata de rire.

— Tu ne m'auras pas comme ça. Je te vois bien me jeter au sol rien que pour t'amuser. Ça ferait une conclusion parfaite à la soirée que je viens de passer, pas vrai ?

— Des regrets ?

Il se frotta le visage et tourna les yeux vers la fenêtre plutôt que de la regarder, elle. Une Lincoln avec chauffeur se garait dans la rue.

— Peu importe, ta voiture est arrivée. Et au passage, Maîtresse, sache que je suis dégoûté que tu ne me laisses pas au moins te ramener chez toi.

Elle enfila son manteau sans assistance.

— J'y penserai pour la prochaine fois, d'accord ?

— Merci.

— À demain. Bonne nuit.

Et avec une courbette, elle fila.

Une courbette.

En regardant la voiture s'éloigner, il se rendit compte que toutes les justifications qu'il s'était inventées pour expliquer cette situation lui semblaient à présent sans consistance.

Chapitre 9

Shiori, Fee, Katie et Molly se rejoignirent au *North Seven Girls Club* le samedi matin. Molly, adorable à son habitude, avait apporté des beignets pour tout le monde, y compris les élèves.

Katie joua le rôle de maîtresse de cérémonie, présentant tout le monde, et expliqua brillamment les différences entre le ju-jitsu traditionnel et le ju-jitsu brésilien. Puis elle mit l'accent sur le temps que chaque instructrice, toutes ceinture noire, avait passé sur les tatamis à s'entraîner et à quels tournois elles avaient obtenu de bons résultats. Shiori fut d'ailleurs surprise que Katie soit en possession de telles informations, vu qu'elle-même n'avait jamais transmis sa biographie complète à Arts Black. Cette femme avait donc de la ressource, il fallait le lui accorder.

Katie présenta ensuite Molly. L'histoire de son agression, de son rétablissement et de son enrôlement dans l'autodéfense passionna les filles, surtout quand Molly jura que se savoir capable de se défendre avait fait d'elle une personne plus forte, plus confiante, et ce dans tous les aspects de sa vie.

Shiori et Fee firent une démonstration des techniques de self-défense basiques sur Tasha et Molly, tandis que Katie en expliquait chaque étape. Leur auditoire, des filles de huit à quatorze ans, furent mises par paires en fonction de leur taille, et le véritable travail débuta. Même si les crises de fou rire allaient bon train, Shiori considérait qu'elles valaient mieux que les crises de larmes.

Katie gardait l'œil sur l'ensemble de la classe et alertait les instructrices quand elle repérait des élèves qui n'avaient pas reçu d'aide ou en nécessitaient plus. Et elle déversait des tas de compliments, avec une sincérité qui boostait la confiance des élèves et les encourageait à travailler plus dur.

Le cours passa à une allure folle. Avant qu'il s'achève, les filles supplièrent Shiori et Fee de leur faire une démonstration de combat. Les deux femmes ne se firent pas prier bien longtemps : elles aimaient en découdre.

Elles y mirent tout leur cœur. Et peut-être bien que certains coups de hanches et mises au sol étaient un peu trop vifs, mais leur public adora. Quand elles finirent la démonstration, elles étaient en nage, à bout de souffle, échevelées et ravies.

Katie déclara le match nul. Si les deux concurrentes étaient de qualité égale sur certains points, sur d'autres Shiori avait un avantage évident. La dernière fois qu'elles s'étaient affrontées dans un combat de MMA, elle l'avait emporté. Mais elle savait que Fee voudrait sa revanche. Cela constituerait peut-être un moyen d'augmenter les ventes de tickets pour les prochaines exhibitions de Black et Blue. Shiori en parlerait d'abord à Katie. D'après ce qu'elle en avait vu, Blue et Ronin ne croyaient pas vraiment dans les capacités de Katie en matière de publicité. Ce que Shiori trouvait insensé. Pourquoi la garder comme employée, si elle ne contribuait pas à l'entreprise de façon positive ? Certes, elle était superbe sur le ring. Amery avait évoqué pour Katie une période de probation de six mois, mais elle était échue. Et pourtant, Blue et Ronin ne l'avaient toujours pas laissée effectuer le travail pour lequel elle avait été embauchée.

Apparemment, le seul qui consentait à écouter ses idées était Knox. Pas étonnant que la jeune femme se raccroche à lui.

Ronin avait demandé à Shiori de garder un œil sur les promotions de Black et Blue ; il était donc temps d'aller creuser un peu plus avant dans le business plan à venir.

— Qu'est-ce que tu en penses, Shi ? demanda Fee.

— Désolée, je réfléchissais à autre chose. Qu'est-ce que vous disiez ?

— Je disais que les gars faisaient bien les malins, en parlant de notre virée shopping, répéta Katie. Je suggère qu'on fasse chauffer nos cartes bleues. Et après, on enchaîne sur un après-midi et une soirée entre filles. Dîner, verres, danse… Qui sait où ça nous mènera ?

Tasha fut la première à répondre.

— Si alléchant que ce soit, je dois travailler ce soir. Mais éclatez-vous, les filles.

Après les avoir saluées, elle regagna sa voiture et fila.

— Et toi, Molly ?

L'interpellée ôta l'élastique qui retenait ses cheveux bruns en queue-de-cheval et secoua la tête.

— Eh bien…

— Bon Dieu, je vous déteste, Fee et toi. Ça fait des heures que vous vous agitez et que vous transpirez, et vos cheveux sont superbes dès que vous les détachez ! gronda Katie en les regardant tour à tour. Allez, fais-nous ton coup du cheveu pimpant en un tour de main, histoire que je puisse me lamenter sur la hideur de mes cheveux raides comme des baguettes et me pâmer devant la magnificence des vôtres.

— Hourra ! s'exclama Molly avec un geste victorieux du poing. Katie m'envie quelque chose ! À moi ! Je vais écrire ça dans mon journal intime.

— Idem pour moi, renchérit Fee. Ou bien je vais le noter sur mon calendrier des « Reines du ring », dans lequel la sexy Katie incarne Miss Septembre.

Katie balaya son commentaire d'un geste de la main.

— C'était un calendrier pour une bonne cause, Fifi.

— Putain, je hais ce surnom. Fee, c'est tellement mieux que le Sophia démodé dont ma mère m'a affublée. Fifi, en revanche, ça ressemble à un nom de chien. J'ai envie de mettre mon pied dans la figure, quand on m'appelle comme ça.

Shiori fronça les sourcils.

— Je n'ai jamais entendu Blue t'appeler comme ça.

— Non, Blue m'appelle « gamine » ou Sophia. C'est Gil qui me taquine avec ce surnom.

— Bref, les miss cheveux parfaits, au moins, elles ne peuvent pas se plaindre d'être privées de shopping ou de fête les jours où leurs cheveux sont de mauvais poil. Et toi, Shi ? Tu es prête à faire mal à ta carte de crédit ?

— Allons-y.

— On commence par *Saks* ? Et puis les boutiques du centre-ville ?

Molly et Fee se chuchotèrent quelque chose à l'oreille.

— Partagez, les filles, gronda Katie.

— OK, OK, fit Molly, après un nouveau regard en direction de Fee. Les endroits où vous faites vos courses, toutes les deux, n'entrent absolument pas dans notre budget. Loin de là. Mais ça doit être amusant de voir comment vivent ceux du haut du panier. Alors on va venir, du moment que vous ne nous en voulez pas si on se contente de lèche-vitrines.

— Oui, renchérit Fee avec un grand sourire. Et on ne dit pas ça pour que vous ayez pitié de nous et que vous nous achetiez des trucs. En plus, ça m'intéresse vraiment de savoir combien Katie dépense en chaussures.

Shiori n'avait jamais songé que ça pouvait être inconfortable pour Molly et Fee. Sa vie entière, elle avait connu le luxe de pouvoir s'acheter tout ce qu'elle voulait. Le prix importait peu, et jamais elle n'avait eu à se restreindre à un budget donné. Le style de vie des deux jeunes femmes lui était aussi étranger que le sien l'était pour elles. Mais elle était contente qu'elles se soient montrées honnêtes quant à leurs réserves.

— Tu les as entendues, fit-elle en donnant un coup de coude à Katie. On commence donc par le shopping.

Quand elles s'installèrent pour dîner dans le nouveau restaurant mexicain à la mode de Denver, les filles étaient prêtes à s'envoyer un pichet de margarita.

— Vous faites des virées shopping comme celle-là tous les combien ? s'enquit Fee en plantant une chips dans un bol de sauce.

La serveuse venait de prendre leur commande.

Katie haussa les épaules.

— Pas aussi souvent qu'avant, pour ma part. À présent, je comprends le terme de « virée shopping », parce que c'est ce que je fais.

— Et toi, Shi ?

— Au Japon, j'allais faire les courses avec ma mère. Ça me manque. Elle me manque.

Depuis qu'elle s'était écartée du chemin qu'elle avait tracé au sein de l'entreprise familiale, Shiori avait ressenti un éloignement entre sa mère et elle. Qui était en partie dû à la distance physique.

— Tu avais l'air de bien connaître les magasins d'ici, fit remarquer Katie.

— C'est le cas, oui. La plupart du temps, je fais du shopping quand je m'ennuie, Au début de mon séjour, avant que je donne des cours à Arts Black et quand j'avais un jet à ma disposition, je le prenais pour aller faire des emplettes à Vegas ou à Chicago.

Molly s'immobilisa, son verre de margarita à mi-chemin entre la table et sa bouche.

— Tu es sérieuse ?

— Très sérieuse.

— Ça me semble tellement dingue ! Moi qui économise pour partir en vacances à Daytona, et toi tu prends ton jet quand ça te chante.

— Je dois admettre que je ne me rendais pas vraiment compte des distances ; pour un étranger, il est difficile d'appréhender la taille de l'Amérique. Prendre l'avion pour aller faire des courses, ça n'était pas quelque chose que je faisais régulièrement au Japon. Mon travail chez Okada m'occupait soixante-dix heures par semaine, alors le samedi était mon seul jour de repos. Rester au lit me tentait bien, mais je m'obligeais à avoir une vie. Du coup, quand j'étais plus jeune, pour avoir le temps d'aller à des fêtes, à des événements ou dans des clubs, j'embauchais une acheteuse personnalisée, histoire de ne pas passer ma seule journée de libre à faire les magasins. Et j'avais toujours les tenues les plus branchées.

À la façon dont les trois autres la dévisageaient quand elle en eut terminé de sa tirade, Shiori se demanda si elle n'en avait pas trop dit.

Non, tu ne leur as pas avoué que le shopping était ton refuge, pendant ton mariage. Que peu importait que tu sois du dernier chic ou parfaitement mise, ça n'avait pas retenu l'intérêt de ton époux bien longtemps.

— Je n'ai jamais eu à travailler pour gagner l'argent que j'ai hérité de ma famille, intervint Katie à son tour. Mon père ne me jugeait ni assez motivée ni assez intelligente pour être partie prenante dans ses affaires. Du coup, pendant un moment, je me suis dit : s'il pense que je suis nulle, pourquoi pas l'être vraiment ? (Elle s'interrompit une seconde, avant de reprendre.) Après une série de mauvais choix, j'ai dépassé cette attitude. Mais je vis toujours de l'argent de ma famille, car ce que je fais pour la promotion de Black et Blue ne suffirait certainement pas pour m'offrir des vêtements de créateurs.

Elles rirent toutes en chœur, et Shiori sentit sa tension s'apaiser.

— Alors, avoir tout cet argent, c'est un peu comme si ça n'en était pas vraiment ? s'enquit Molly. Parce que moi, si je m'étais acheté ces jolies bottes à 500 dollars, j'aurais dû sacrément réduire une autre partie de mes dépenses pour compenser.

Fee pouffa.

— Et moi, j'aurais dû dire à mon frère : « Hé, je ne peux pas payer ma part de l'emprunt ce mois-ci, mais mate un peu ces super nouvelles pompes ! » Et il m'aurait enterrée avec elles aux pieds.

Nouvelle explosion de rires. La conversation devenait plus légère. Enfin, la nourriture arriva – ce qui tombait bien, car elles avaient vidé le pichet de margarita.

Alors que Fee et Molly discutaient roller derby, Shiori revint sur le sujet de Black et Blue.

— J'aimerais bien entendre tes suggestions de promotion, fit-elle à Katie après quelques échanges sans importance.

— Toutes ?

— Oui. Même si certaines ont été écartées par Ronin et Blue, elles m'intéressent. Et j'aimerais jeter un œil au planning pour le restant de l'année.

— Pas de problème.

Katie se mordit la lèvre, puis elle se pencha en avant.

— Mais je suggère qu'on fasse ça après les heures d'ouverture, une fois que Blue est parti. Il passe son temps à regarder par-dessus mon épaule. Il n'a aucune foi en moi, il ne me croit pas capable de faire ce travail, et encore moins de le faire bien.

À moins qu'il n'y ait une autre raison expliquant pourquoi Blue surveillait Katie d'aussi près.

— Hé, pas de cachotteries ! intervint Fee, s'incrustant dans leur conversation. Et on ne parle pas boulot.

— On ne parlait pas boulot, on se demandait quel parfum on allait commander pour la prochaine margarita, rétorqua Katie. Orange sanguine ? Ou myrtille ?

— Beurk. Ni l'un ni l'autre. Celle à la mangue est très bien.

— Je vote pour la mangue, moi aussi, approuva Molly.

— Alors mangue ce sera, fit Katie en agitant leur pichet vide en direction de la serveuse. Bon, et on va où, ce soir ?

— Pas au *Diesel* ! lancèrent Fee et Shiori à l'unisson.

Elles éclatèrent de rire.

— Je suis d'accord, dit Molly.

— Qu'est-ce qu'on veut faire ? Danser ou juste boire ? Ou mater des beaux gosses qui dansent ensemble au club gay pendant qu'on boit ? interrogea Katie.

À la mention d'un club, Shiori se surprit à se demander si Knox irait au *Twisted*, ce soir. Les quatre derniers jours avaient été si dingues qu'elle et Knox ne s'étaient vus qu'au dojo. Ils ne s'étaient pas retrouvés seuls ne serait-ce que deux minutes.

— En parlant de beaux gosses… Qui est-ce que vous trouvez le plus sexy, à Arts Black et ABC ? demanda Katie. Molly, dis-nous la première.

— Ronin Black.

— Fee ? interrogea Katie.

— Idem : Ronin.

— Il fait donc l'unanimité, car c'est aussi mon premier choix. Sensei Black est le roi des beaux gosses en titre.

— Non, il n'y a pas unanimité, vu que je n'ai pas voté, intervint Shiori. Et beurk, je ne voterais certainement pas pour mon frère.

— Qui est-ce que tu trouves le plus sexy, alors ? demanda Fee.

Knox.

Sans aucun doute, c'était le plus craquant, le plus sexy et le plus exaspérant des hommes qu'elle ait jamais connus. Mais elle n'allait pas le dire aux autres, évidemment.

— Blue, répondit-elle alors avec un sourire narquois à l'attention de Fee.

— Blue, tu veux dire mon frère Blue ? Oh non ! On ne s'embarque pas là-dedans. On recommence du début : en dehors des propriétaires du dojo, qui est votre chouchou ?

— Deacon, lâcha Molly. Même quand il est insupportable.

— Peut-être même que ça le rend encore plus attirant, approuva Katie.

— C'est vrai qu'il a cette fibre « Je suis un connard et un briseur de cœurs » qui donne envie d'aller creuser un peu plus, histoire de voir s'il n'y aurait pas un cœur tendre à l'intérieur de cette coquille dure, commenta Molly.

— Moi je choisis Gil, déclara Fee. Il est tellement beau à regarder… tant qu'il n'ouvre pas la bouche.

Shiori hocha la tête.

— Pareil pour Knox.

Et elles tournèrent un regard impatient vers Katie.

— Moi je dirais Ivan. Il est sexy, féroce, déterminé et il sait quand il doit se taire. Ce qui est toujours un plus.

Sur ces mots, elle sortit son portable et entreprit d'écrire un SMS.

Le pichet de margarita arriva et elles ne traînèrent pas à remplir leurs verres. Katie écrivait toujours quand Fee lui demanda :

— Qu'est-ce que tu fous, Kat ? Arrête de tapoter sur ton téléphone et bois avec nous.

— J'échange avec Ivan, répondit l'interpellée avec un large sourire. Il est agent de sécurité au club de son père et il nous invite à une fête privée dans le carré VIP.

— Sympa ! s'exclama Molly. Attends, c'est quel club ?

— Le *Fresh*.

— Ce serait pas un club fantasmo-fétichiste où on pratique le jeu de rôles ?

— Si, mais ça va être amusant parce qu'on sera toutes déguisées !

— Oh non, Katie, c'est nul. Je ne vais pas dans un club où il faut porter un déguisement.

Katie regarda la capricieuse Fee.

— Arrête ton char, Sophia. Se déguiser, ça ne veut pas dire qu'on soit obligées de porter un costume naze de soubrette française avec un plumeau. Ça veut dire qu'on peut s'habiller hyper sexy et profiter de la folie du carré VIP du *Fresh*.

— Tu te comportes comme si tu n'étais jamais allée dans un carré VIP, commenta Fee.

— Jamais au *Fresh*, en tout cas, rétorqua Katie.

— Je ne suis pas sûre de pouvoir vous accompagner ; je n'ai rien à me mettre, annonça Molly en jetant un regard vers Shiori – un regard qui demandait de l'aide, apparemment. Pas vrai ?

Plutôt que d'admettre avoir un placard plein de tenues sexy, Shiori répondit :

— Les vêtements ne sont pas si importants. C'est l'attitude qui compte.

— Vous voulez vraiment aller là-bas ? demanda Molly.

— Pourquoi pas ? Tout à l'heure vous parliez de votre envie de baise. C'est l'occasion rêvée.

Katie avait l'air prête à exploser de bonheur.

— Alors c'est décidé. Et personne ne se défile ; on va aller se préparer chez moi. J'ai trois grands placards pleins de vêtements. Du honteux et de l'outrageusement sexy pour tout le monde. Allons-y.

La maison de Katie était en fait un mini manoir au sein d'une communauté fermée. Elle précisa qu'elle occupait la propriété contre un loyer très modique versé à son frère, qui l'avait achetée à une vente sur saisie. Shiori fut surprise que Katie éprouve le besoin de leur expliquer le pourquoi du comment de son logement et de sa situation financière. Mais bon, les Américains étaient étonnamment ouverts concernant leur vie privée.

Après une autre tournée de margaritas, le défilé de mode commença. Katie n'avait pas survendu son achalandage en matière de vêtements, d'ailleurs elle admit en riant être une acheteuse compulsive et une collectionneuse. S'étant battue avec son poids toute sa vie – un autre détail qu'elle révéla sans vergogne –, elle possédait des tenues en quatre tailles différentes vu qu'elle ne jetait jamais rien. Et elle considéra comme un signe envoyé par les dieux de la mode le fait qu'elles fassent toutes plus ou moins la même pointure, en leur dévoilant un autre dressing où s'étalaient plus de paires que chez *Saks* tout entier.

Molly choisit un jean skinny à motifs léopard et un dos-nu en cuir noir qui mettait en valeur les seins qu'elle prenait toujours tant de peine à dissimuler.

Et vu que Molly la conservatrice avait fait fi de son habituelle timidité, Fee l'imita en portant son choix sur un pantacourt bleu électrique associé à un haut en soie peinte orné de fleurs aux couleurs chatoyantes. Avec ses manches papillon et son col montant, le tee-shirt semblait sage vu de devant, sauf qu'il n'avait presque pas de dos.

Katie appela son propre ensemble – un pantalon en cuir rouge moulant et bustier rayé noir et rouge bordé de dentelle noire – « la vie normale rencontre le bordel ».

Le look choisi par Shiori tenait du glamour à l'ancienne – minijupe de sequins noir et or et haut sans manches en lamé or sous un chemisier noir. Elle troqua son sac Fendi contre une petite pochette noire qui ne contenait que sa pièce d'identité, sa carte de crédit et son téléphone. La chaîne de la pochette lui ceignait la taille tel un bijou et le sac pendait contre sa hanche.

— Waouh, je veux la même ! s'exclama Molly. Où tu l'as trouvée ? Attends, ne me dis pas : au Japon ?

— Heureusement pour toi, je sais où il y a les mêmes, répondit Shiori.

À cet instant son portable vibra et elle lut le SMS.

— La voiture est là, Katie. Quel est le code du portail d'entrée ?

— Quatre-vingt-quatorze quatre-vingt-dix-sept.

Shiori envoya l'information et remit le portable dans sa pochette.

— En route, mesdames.

Elle attrapa ses sacs de shopping et de gym. Elle les laisserait dans la voiture en attendant que le chauffeur la ramène à la maison.

Les quatre femmes s'entassèrent dans la limousine, chacune exprimant sa déception qu'il n'y ait pas de bar, à l'exception de Shiori, selon qui elles avaient assez bu pour l'instant.

Une Molly très pompette appuyait d'ailleurs la tête sur son épaule.

— Qu'est-ce qu'on s'amuse ! On devrait faire ça tous les week-ends.

— Je ne suis pas sûre que mon foie le supporterait, plaisanta Fee.

— Bon, alors, c'est quoi le planning, une fois qu'on arrive au club ? s'enquit Katie. On dit qu'on abandonne la règle du « on arrive ensemble, on part ensemble » ?

— Absolument. Pour ma part, si je pêche un… bon coup, je débarrasse le plancher, annonça Fee. Même si je ne pense pas me dégotter un type susceptible de me titiller dans un club fétichiste.

— Pas sûr. Et si tu rencontrais un mec qui soit obsédé par Thor ? Bâti pareil et habillé pareil…

— Alors il y a toutes les chances pour qu'il soit gay, terminèrent Shiori et Molly dans un éclat de rire.

Ce qui déclencha l'habituelle conversation sur homo-pas homo, laquelle se poursuivit par des considérations sur ce qui rendait un homme sexy.

— L'arrogance, affirma Molly. Si le type est en pleine possession de sa sexualité, alors tu peux être sûre qu'il te possédera au lit.

Shiori se mordit la lèvre pour ne pas répliquer : *Et si c'est moi qui veux le posséder ?*

— Je trouve l'assurance sexy, approuva Fee. Il te veut, il t'aura, et ensuite il fera tout ce qui est en son pouvoir pour te protéger.

Une description qui correspondait parfaitement à Knox.

— Et toi, Katie ? demanda Molly. Tu ne nous as pas donné la liste des trucs que tu trouves sexy.

—La tendresse, répondit doucement Katie. Un homme qui n'a pas peur de se montrer doux et délicat en même temps que passionné.

OK. Voilà bien quelque chose que Shiori n'attendait pas de Katie. Et sur quoi elle la rejoignait, même si cette qualité était aussi rare que des perles de culture dans une huître. Pourtant… elle avait bel et bien aperçu de la douceur chez Knox.

—À ton tour, Shi. Quelle est ta définition de l'homme sexy ?

—Un homme qui n'a pas peur de me laisser tenir les rênes au lit.

Les autres éclatèrent de rire. Ce qui l'obligea à faire passer ça pour une blague.

—Non, sérieusement, qu'est-ce que tu trouves sexy chez un homme ? insista Katie.

—Puisque vous vous moquez de mon autre proposition, alors je dirais les poils sur le torse et une grosse queue.

La limousine s'immobilisa au moment où elle terminait sa phrase.

Timing parfait.

—On y est !

Katie était si excitée qu'elle ouvrit grand la portière et sauta dehors.

Shiori laissa ses instructions au chauffeur, avant de rejoindre ses amies dans la file d'attente.

Katie s'était déjà enveloppée autour du dos d'Ivan, lui murmurant quelque chose à l'oreille qui le faisait sourire à pleines dents.

—Cette petite soirée est organisée en l'honneur de l'anniversaire d'Ivan ! lança-t-elle quand elles les rejoignirent.

—C'est vrai ? Joyeux anniversaire, Ivan, dit Molly.

—Merci, répondit-il en leur tendant à toutes un bracelet.

— Les boissons sont offertes par la maison. Une table est préparée dans le carré VIP.

— Quand est-ce que tu finis ton service, que tu puisses venir faire la fête avec nous ? lui demanda Katie.

— Bientôt.

— Je te prends au mot, fit-elle en l'embrassant directement sur les lèvres. Il y a une section « Fessée », dans ce club ? Parce que je pense que tu aurais bien besoin de quelques claques sur les fesses, mon vieux. Sauf qu'à mon avis, la fessée ne servira même pas à te faire devenir un grand garçon, vu que tu es déjà assez grand partout où il faut, ça, j'en suis sûre.

Elle jeta un regard en direction de Fee et Molly, dont le visage affichait la même expression incrédule : à quoi elle jouait ?

Ivan, lui, ne sourcilla pas.

— Amusez-vous bien, mesdames ; je vous rejoins dès que je peux.

Sitôt entrées, Molly et Fee annoncèrent qu'elles voulaient visiter l'endroit, et le groupe se scinda en deux.

En voyant le ballon dans le carré VIP, Katie éclata de rire.

— Je me demande qui en a eu l'idée, fit-elle en lisant le message sur le ruban. C'est écrit en russe. Ce serait comique si le père d'Ivan – une sacrée canaille, soit dit en passant – avait organisé la fête d'anniversaire de son fils dans un club fétichiste.

La serveuse vint prendre leur commande de cocktails une fois qu'elles furent assises. Shiori avait assez bu pour la soirée, elle décida donc de faire durer ce dernier verre.

— Pourquoi est-ce que j'ai la sensation que ce type de club t'est plus familier qu'à Fee et à Molly ? s'enquit Katie.

— J'ai fréquenté des endroits semblables à Tokyo et en Allemagne. Et je te retourne la question.

— J'ai versé dans la culture gothique, admit Katie. On cherchait toujours des lieux bizarres et à la marge, du coup il nous est arrivé d'atterrir dans des endroits plutôt étranges.

— J'ai du mal à t'imaginer peinturlurée en gothique et toute de noir vêtue.

Katie sourit.

— C'est ce qui m'en a détournée, au final. J'avais envie de porter du rose et d'être heureuse, une fois de temps en temps.

Fee et Molly les rejoignirent à cet instant.

— Alors, quels trucs pervers avez-vous vus que vous avez envie d'essayer ? leur demanda Katie.

— Il y a plus de trucs que je n'essaierais jamais de la vie que de trucs excitants, répondit Fee. Enfin, je ne veux pas dire que je trouve ça dégoûtant, mais je ne saisis pas non plus très bien l'intérêt.

— Par exemple ? s'enquit Shiori.

— Eh bien, il y a en effet une section « Fessée ». Et je n'arrive pas à comprendre si ces gens veulent être fessés parce qu'ils ne l'ont pas été gamins, ou s'ils l'ont été et qu'ils ont tellement aimé ça qu'ils veulent recommencer.

— Aucun de tes amants ne t'a jamais donné une claque sur les fesses pendant l'amour ou quand tu déconnais avec lui ? lui demanda Katie.

L'interrogée secoua la tête.

— J'aurais sans doute réagi instinctivement en lui déboîtant le bras. Et toi, Miss Nebraska élevée au maïs ? fit-elle à l'attention de Molly.

— Est-ce qu'on m'a administré une véritable fessée, avec *paddles* et tout, avant l'amour ? Non. Mais hormis un vilain garçon ou deux ici et là, les types avec lesquels je suis sortie étaient plutôt sages. Maintenant, si la question est : « Est-ce que j'aimerais essayer ? », je dirais oui. J'ai lu des histoires de fessées carrément excitantes. Et toi ? enchaîna-t-elle à l'attention de Katie.

— J'ai eu une brève aventure avec un homme plus vieux qui aimait me fesser. Mais il savait aussi très bien manier le langage salace, du coup j'ignore ce qui me faisait le plus d'effet.

Les trois filles se tournèrent alors vers Shiori.

— Quoi ?

— Tu es bien calme. Tu nous caches forcément quelque chose. Balance, exigea Molly.

Shiori jouait avec la paille dans son verre.

— Je vous le dis si vous promettez de ne pas rire.

— Oh putain, tu es une fétichiste de la fessée ! s'exclama Katie.

— Pas fétichiste. Je suis juste très douée pour ça.

— Comment ça, tu es « douée pour ça » ? l'interrogea Fee.

À quel point pouvait-elle se montrer honnête avec elles ? Impossible de mentir en prétendant que se faire frapper sur les fesses avec une palette faisait partie de l'entraînement de ju-jitsu, car Fee saurait la déjouer. Mais pas question non plus d'avouer qu'elle était dominante. Elle opta donc pour une demi-vérité.

— Mon ex et moi, on allait dans des clubs olé olé, à Tokyo. Il y avait un poste à fessées et il voulait essayer, alors j'ai accepté, à condition que je puisse le fesser aussi. Il m'a administré cinq coups très vifs à l'aide d'une *paddle*. Ça ne m'a rien fait. Et quand ça a été mon tour, j'y ai mis toutes mes forces. Alors il est entré dans une colère noire, comme quoi j'avais été trop loin, que je lui avais fait mal et que je l'avais humilié. Et puis il s'est barré en me laissant en plan au club.

— Quel connard !

— Mais alors un autre type m'a demandé si je voulais bien le frapper aussi fort. Ce que j'ai fait. Au bout du compte, j'avais une file d'attente de gens qui voulaient se faire rougir les fesses par mes soins. J'en ai oublié ma colère de m'être fait plaquer par mon connard de mari.

Trois paires d'yeux l'observaient.

Et puis Katie se pencha pour échanger un coup de poing.

— Toi alors, t'es une sacrée nana. Mais tu sais quoi ? Je vais devoir te demander des preuves de ce que tu avances.

Fee et Molly opinèrent du chef.

— Quoi ? Et comment je suis censée t'en donner ?

Katie sourit, sournoise.

— Laisse-moi faire. Toi, échauffe ton bras à fesser, parce qu'un gros veinard va se faire claquer le postérieur par toi, ce soir.

Chapitre 10

— Je ne veux pas aller dans un putain de club fétichiste, se plaignit Deacon. Pourquoi on ne peut pas rester ici à boire des coups ?

— Arrête un peu de geindre, répliqua Knox. Ivan nous a invités, ça nous donnera l'occasion d'apprendre à mieux le connaître. On a besoin d'être solidement ancrés auprès des combattants avant que Maddox se pointe.

— Pour qu'il déchire tout ? Tu crois que Maddox s'en fout pas un peu qu'on noue des liens ? Au contraire, ça lui facilite la vie si on ne s'entend pas. (Deacon eut un petit rire narquois.) Ne t'étonne pas s'il vous prend comme exemple Shiori et toi, pour démontrer que l'animosité, ça fonctionne.

— Va te faire foutre.

L'hostilité qui régnait auparavant entre Shiori et lui avait été supplantée par le désir sexuel. Ce dont apparemment personne ne s'était rendu compte.

Peut-être parce que ça n'a rien changé.

Ils avaient fait leurs combats, comme d'habitude. S'étaient chamaillés, quoiqu'un peu moins. Au cours des quatre derniers jours, Shiori l'avait touché quelques fois par hasard, simple effleurement de la main sur son cou ou son épaule. S'il avait quelque chose à lui dire, il lui parlait directement à l'oreille, bien conscient de l'effet que ça lui faisait.

Mais ils n'avaient pas passé de temps seuls tous les deux depuis la soirée chez lui. Il avait vaguement espéré qu'ils passent la nuit à venir ensemble, mais il n'avait pas eu de ses nouvelles de la journée. Étant novice dans le rôle du soumis, il ignorait ce que disait le protocole : devait-il l'appeler en premier ou était-il censé attendre qu'elle lui fasse signe ?

Tu es sûr que c'est vraiment ce que tu veux ? D'attendre qu'elle décide si elle daigne ou non te voir ?

— Knox ?

Il leva les yeux vers Deacon, les sourcils froncés.

— Quoi ?

— Qui d'autre est-ce qu'on attend ?

— Blue et Fisher.

Deacon parut surpris.

— Fisher ? Il ne sort jamais avec nous. Ah non, reprit-il après une pause, ne me dis pas qu'il a une fixette dont je ne veux rien connaître ?

— Aucune idée. Tout ce que je sais, c'est qu'Ivan et lui se sont rapprochés.

Blue et Fisher arrivèrent au *Diesel* ensemble. Comme à son habitude, Blue arborait un regard sévère qui ne donnait pas envie de le mettre en colère. Ni même de lui parler. Fisher, pour sa part, était inhabituellement souriant. Il avait rejoint l'équipe d'Arts Black en tant qu'entraîneur de boxe pour le programme MMA et s'était enrôlé dans les cours deux ans plus tôt, surtout afin d'apprendre les gestes défensifs sur le ring. Si les boxeurs s'en sortaient bien dans les matchs de MMA, ce n'était néanmoins pas un hasard si ce sport s'intitulait « arts martiaux mixtes » et non « boxe mixte ».

— Fisher, mon pote, tu nous fais l'honneur de ta présence, ce soir ?

Fisher et Deacon se frappèrent dans la main, puis poing contre poing, pour terminer par une sorte d'accolade virile.

— Je travaille à peu près tous les samedis, répondit l'interpellé. Et quand je quitte à la nuit tombée, je suis trop crevé pour sortir. Mais vu qu'aujourd'hui je n'ai fait que de la paperasse, je me suis dit : « Pourquoi pas, merde ? » Je vais voir si je peux me trouver une nana qui fasse une fixette sur ma bite, ce soir.

Knox éclata de rire.

— Je ne suis jamais allé dans ce club, mais d'après ce que j'en ai entendu, c'est plutôt des amateurs habillés bizarrement qui y vont pour voir et être vus. C'est pas vraiment l'endroit idéal pour explorer de vrais fétichismes.

— J'y suis allé une fois avec Ivan ; il s'y passe quand même quelques trucs olé olé.

— Comme quoi ? s'enquit Fisher.

— Tu crois quand même pas que je vais vous gâcher la surprise, si ? fit Blue.

— Qui conduit ? demanda Deacon.

— Moi, si ça ne vous dérange pas d'être assis sur des plans de construction et des outils dans mon van.

Blue s'installa à la place du mort, Knox et Deacon à l'arrière de la cabine. Deacon et Fisher discutèrent de l'entreprise de construction de ce dernier, Blue intervenant de temps à autre. Quant à Knox, il regardait alternativement la fenêtre et son téléphone, afin de vérifier si Shiori ne lui avait pas laissé de message.

Tu parles d'une mère fouettarde. Et tu ne sais même pas si son coup de reins en vaut la peine.

Une fois qu'ils s'engagèrent sur la voie rapide, Deacon lui donna un coup de coude.

— Quoi ?

— Tu étais en congés toute la semaine. Tu es allé au *Twisted* comme je te l'avais conseillé ?

— Ouais.

— Et tu as trouvé à te calmer ?

Knox réprima un sourire.

— Tu n'as pas idée à quel point.

— Tu regrettes de ne pas y retourner ce soir ?

— Non.

Même si Shiori y était, ils devraient faire semblant de n'être que collègues. Vraiment, ça craignait qu'ils ne puissent se montrer au grand jour nulle part.

— Et toi, Dea ? Quel genre de fétichiste tu espères trouver ?

— Pas un fétichiste mâle, en tout cas. Peu m'importe la lubie, du moment que l'emballage présente des nichons et des fesses.

Le club était situé dans un endroit sans intérêt de Denver, largement entouré de places de parking gratuites. L'établissement semblait bondé, d'après ce que Knox en voyait tandis qu'ils remontaient le trottoir.

Ivan était à la porte, vérifiant les identités des arrivants. Un ancien footballeur genre armoire à glace jetait aux gens des coups d'œil hargneux quand ils franchissaient le seuil. Ivan leur offrit un large sourire en les voyant approcher.

— Tu fais sévère dans ce costume, lâcha Deacon de sa voix traînante.

S'ensuivit une nouvelle série de serrages de mains et accolades style MMA.

— Merci d'être venus. Mon père nous a cédé sa table VIP pour la soirée, indiqua Ivan en leur tendant des cartes laminées. Montrez ça au videur sur le balcon.

— Quelle est notre table ?

— Celle avec le ballon d'anniversaire accroché à un ruban, grogna Ivan.

— Ton père te fait travailler le jour de ton anniversaire ? s'étonna Fisher.

— C'est un drôle de type, mon père. D'un côté, il me dit que l'anniversaire, c'est un jour comme un autre et que les fêtes, c'est bon pour les filles, et de l'autre il accroche un putain de ballon de baudruche à la table, et je parie qu'on va avoir droit à du gâteau plus tard.

— Tant qu'il y a une gonzesse nue qui sort du gâteau en question…

Knox regarda Deacon.

— C'est quoi, ton problème ?

— Quoi ? C'est un club fétichiste ; ça n'aurait rien d'incroyable. Je pourrais développer un fétichisme du léchage de sucre sur quatre-quarts, si tu vois de quoi je veux parler.

— J'ai un truc à faire avant de vous rejoindre, les gars.

À l'intérieur du hangar, la musique jouait fort. Une piste de danse sur plusieurs étages débutait au centre de la salle, encadrée par quatre bars. Un escalier éclairé conduisait au premier étage. Knox jeta un regard circulaire tandis qu'ils se dirigeaient vers la salle principale. Beaucoup de cuir. Beaucoup de chaînes. Beaucoup de piercings et de tatouages sur les fêtards. Jusqu'à présent, en revanche, il n'avait vu personne en laisse comme au *Twisted*.

Blue désigna l'escalier.

— Les tenues et démonstrations fétichistes, c'est par là.

— Et le carré VIP ? demanda Fisher.

— À l'étage, à l'autre bout. On tombera dessus si on traverse la zone fétichiste.

Fisher, Blue et Knox se dirigèrent vers les marches, mais Deacon traînait le pas.

— Tu restes au rez-de-chaussée, sur la piste de danse, le temps que monte le groove en toi ?

— Putain, t'es vraiment un vieux débris. Qui dit encore « groove » de nos jours ? J'ai cru apercevoir une connaissance. Je vous rejoins, les gars.

En haut des marches, des signaux lumineux avertissaient que les démonstrations étaient pratiquées par des professionnels entraînés et qu'il ne fallait pas essayer de reproduire les scènes sans l'aide d'une personne expérimentée.

Ouais, comme si ça allait suffire à convaincre des gens pareils, vivant à la marge, de ne pas faire des expériences bizarres.

Les stands qui vendaient des produits fétichistes étaient alignés le long des murs – sur une longue table, on proposait des menottes et des colliers à piques, des bijoux, mais aucune pince à seins. La première pensée qui traversa Knox, ce fut qu'il adorerait voir Shiori en porter, avec une chaînette en or entre ses seins empesés des bijoux.

Fisher lui tapota sur le bras.

— Mate-moi un peu ça.

La cabine suivante exposait des vêtements en cuir et en caoutchouc. Et pas seulement dans la couleur noire attendue. Une femme portant un costume façon Catwoman montrait comment enfiler un masque en latex ne comportant qu'une seule petite ouverture pour la bouche. À la seconde où elle l'apposa sur son visage, Knox dut détourner les yeux. L'idée de se retrouver ainsi couvert à ne pouvoir inspirer que par un minuscule trou lui enserra les poumons. Au *Twisted*, il avait toujours refusé de surveiller les séances où l'on pratiquait les jeux d'étouffement. Il lui suffisait d'entendre le souffle rauque d'une personne ainsi entravée pour avoir envie de porter ses propres mains à sa gorge.

Il s'avança vers la cabine suivante, qui offrait une large variété de martinets, fouets et autres palettes.

— Vous aimeriez essayer quelque chose ? lui proposa une jeune femme, l'air bien trop proche de l'adolescence pour vendre du matériel sadomasochiste.

— Je ne fais que regarder.

Et il la vit échanger un regard entendu avec le punk dépenaillé à ses côtés, un regard qui disait clairement : « Ce type est trop vieux. »

Ce qui éperonna sa fierté.

— Tiens, pourquoi tu ne me passerais pas ce fouet simple lanière, celui de trente centimètres ?

Elle sembla désarçonnée.

— Tous nos fouets font plus de trente centimètres…

— C'est la poignée qui fait trente.

Il se pencha et décrocha le fouet en question de son présentoir. Puis il passa la main sur la lanière, cherchant à trouver le bon équilibre en main.

— Je préfère les modèles dont la poignée n'est pas tressée. Si la session se prolonge, il y a toutes les chances que je finisse avec des ampoules, là. (Il lui offrit un large sourire.) Or si je voulais souffrir, je serais à l'autre bout du fouet, non ?

Il replaça l'objet sur sa planche et avança, incapable de réprimer son sourire narquois.

— Sacré coup de bluff, commenta Fisher. J'ai presque cru que tu étais dans le trip SM.

Bon Dieu ! Il avait oublié que Blue et Fisher ignoraient cet aspect de sa vie.

Les deux dernières cabines de ce côté-là ne l'intéressaient pas – des trucs pour fétichistes des pieds et des déguisements pour jeux de rôles. Il se tourna dans l'intention de demander à Blue et Fisher s'ils étaient prêts à gagner le carré VIP quand il aperçut un éclair noir.

Bizarre. On aurait dit la façon dont les cheveux de Shiori bougeaient quand elle faisait des katas les cheveux détachés. Et puis il le vit de nouveau.

Il fendit la foule, jusqu'à comprendre ce qui se passait.

Nom de Dieu ! C'était bien elle. Un type était penché sur un banc à fesser et elle lui frappait le derrière avec une longue *paddle*. Le gars avait baissé son pantalon, et ses fesses n'étaient couvertes que par son boxer écossais.

Il entendit alors les chœurs : « Encore dix, encore dix », et il aperçut Katie, Molly et Fee, les instigatrices de cette comédie, qui l'entouraient. Elles riaient et se tenaient les unes aux autres, l'air complètement saoules.

Il reporta son attention sur Shiori. Qu'est-ce qu'elle foutait ?

Après deux coups vraiment appuyés, il s'approcha et l'attrapa par le bras au moment où elle s'apprêtait à frapper de nouveau.

— Assez. Tu as fini.

— Pourquoi tu t'arrêtes ?

Voyant que le type sur le banc à fesser levait sur elle des yeux pleins d'adoration, Knox perdit son sang-froid. Personne n'avait le droit de regarder sa Maîtresse comme ça. À part lui. *Personne d'autre.*

Avant que Shiori ait le temps de se pencher pour discuter avec le type, Knox s'accroupit à sa hauteur, la cachant à sa vue.

— Regarde-moi, exigea-t-il.

Les yeux embués de plaisir du gars cherchaient manifestement à se concentrer sur lui.

— Quoi ?

— Remonte ton froc et fous le camp d'ici.

— Mais… elle…

— Elle est trop bien pour toi. Et si tu oses la regarder comme ça de nouveau, je te casse la gueule.

Il sentait son pouls battre follement, sa colère lui échauffer la peau.

— Désolé, mec, on s'amusait, c'est tout.

— Pas avec elle. Jamais avec elle. Pigé ?

L'homme hocha la tête et se remit sur pied, remontant son pantalon tout en s'éloignant précipitamment.

Knox compta jusqu'à dix avant de se relever. Alors seulement il baissa le regard vers la femme qui allait sans doute lui casser la figure pour ce qu'il venait de faire.

Shiori l'observait froidement.

— Qu'est-ce que tu fais là ?

Elle était magnifique, mais il doutait qu'elle apprécie le compliment en cet instant.

— Ivan nous a invitées.

Autant affronter le sujet bille en tête. Il la prit à l'écart, suffisamment pour que ses amies ne la voient ni ne l'entendent plus.

— Qu'est-ce que tu foutais à rosser ce type ?

— Les gens qui vendent ces trucs (Elle agita la *paddle* sous le nez de Knox.) ne savent même pas s'en servir. Alors je me suis proposée de leur montrer.

— C'est toi qui l'as choisi ou il s'est porté volontaire ?

— Il s'est porté volontaire. Et je ne te permets pas de te mettre en colère pour ça.

— C'est ce qu'on va voir. Tu n'es pas sa Maîtresse, tu es la mienne. Et je t'ai déjà dit que je ne partageais pas ce qui m'appartenait.

Shiori cligna des yeux.

— J'ignorais que tu serais là.

— Ça ne rend pas la chose acceptable pour autant.

Katie vint se glisser subrepticement entre eux.

— Vous ne pouvez pas arrêter de vous disputer, ne serait-ce qu'une nuit ? On s'amusait bien, à faire des trucs olé olé. Et puis, Knox, je crois que les gens se fichent bien que Shiori soit instructrice pour Arts Black, si c'est la réputation du dojo qui t'inquiète.

Katie semblait croire que c'était là son problème ; eh bien, parfait.

— Elle nous représente où qu'elle aille.

— Et alors, elle a fessé un hipster en public – au passage, la plupart des gens de l'assistance l'auraient laissée continuer. Tout le monde s'amusait bien. Y a pas de mal. Et personne n'a été blessé, pas vrai ?

Knox ne quittait pas Shiori des yeux.

— Vous faites la trêve pour ce soir ? insista Katie. Allez, on boit et on fête l'anniversaire d'Ivan.

— Ça fait combien de temps que vous le fêtez, toutes les quatre ? demanda Knox.

— Toute la sainte journée, répondit Katie en lui donnant un coup de coude dans les côtes. Tu as du retard à rattraper.

Katie avait l'alcool gai, mais c'était aussi une femme déterminée : mieux valait ne pas lui opposer un refus catégorique.

— Passe devant.

Ils la suivirent en file indienne. Tout le monde s'était rassemblé autour de la table désignée par le ballon de baudruche. Molly était assise entre Fisher et Deacon. Blue et Fee riaient dans un coin. Katie se laissa tomber directement sur les genoux d'Ivan. Il restait deux sièges libres, et Knox en tira un pour Shiori, sans même réfléchir.

— Merci, murmura-t-elle en s'asseyant.

— Ivan doit porter un toast, annonça Katie. Alors, que veut le roi de la fête ?

L'interpellé chuchota quelque chose qui déclencha un éclat de rire chez Katie.

— Quel vilain coquin ! Tu mériterais une bonne fessée, pour ça, ajouta-t-elle avec un clin d'œil à l'attention de Shiori. Tu devrais nous sortir la fessée d'anniversaire d'Ivan, puisque tu es si douée avec la *paddle*.

— Oui, comment tu faisais pour frapper le fessier de ce type chaque fois au même endroit ? demanda Molly.

— Sachant qu'en plus, tu avais bu, ajouta Fee.

Deacon haussa un sourcil en direction de Knox.

Qui parvint à lui retourner un regard vide.

— La précision, c'est la précision, répondit Shiori en haussant les épaules. Que ce soit dans les arts martiaux ou d'autres domaines d'activités.

— Je suis d'accord, fit Molly avec un coup de coude pour Fisher. Ma précision s'est améliorée, depuis que Fisher s'occupe de moi.

— Qu'est-ce que tu entends par « s'occupe de toi » ? rétorqua Deacon d'une voix belliqueuse.

— Je donne des cours particuliers de boxe à Molly, expliqua Fisher.

— Et sur une idée de qui ?

— De moi, répondit Molly. Alors du calme.

— Tu parles que je vais me calmer, cracha Deacon en se calant dans son siège, un regard noir en direction de Fisher. Depuis quand on a le droit de piquer l'élève d'un autre instructeur ?

— Quoi ? Waouh, je ne savais pas…

— Parce qu'il n'y a rien à savoir, l'interrompit Molly. J'assiste à ses cours de kickboxing, voilà tout. Si je veux l'embaucher pour des cours particuliers, ça me regarde.

— Ah oui, shihan ? interrogea Deacon.

Knox observa chaque adversaire et leva les deux mains.

— Je ne me prononce pas.

Les shots du toast d'anniversaire arrivèrent sur ces entrefaites.

Se forçant à paraître jovial, Knox avala sa vodka d'une traite. Mais il était bien le seul à afficher un visage souriant.

Blue était affalé à grogner dans un coin, observant d'un œil torve l'exubérance de Katie concernant l'anniversaire d'Ivan. Chaque fois que la jeune femme se tournait vers Blue, elle y allait d'un commentaire obscène. Mais celui-ci ne mordait pas à l'hameçon.

Fisher et Fee profitaient outrageusement des boissons gratuites. Jusque-là, ils s'étaient envoyé chacun un « Tire-Téton » et un « Blow Job », et ils flirtaient en attendant la tournée suivante.

La bonne humeur de Katie disparut quand la serveuse entama la conversation avec Blue – et que l'intéressé garda les yeux rivés à son impressionnante paire de seins.

Molly et Deacon étaient passés de l'inintérêt le plus total à une discussion très animée, toute en chuchotements et donc très rapprochée.

Et Shiori ne voulait même pas le regarder.

Assez.

Il se leva, bien décidé à fuir.

— Je vais faire un petit tour.

Et comme il s'y attendait, personne ne remarqua son départ.

Mais une minute plus tard, alors qu'il avait presque franchi le hall, une main se glissa dans la sienne. Il baissa les yeux vers Shiori.

— Bien essayé. Sympa, de m'abandonner avec les flirteurs, les saouls et les énervés.

Il éclata de rire.

Elle se déplaça de façon qu'ils se retrouvent poitrine contre poitrine.

— J'adore ton rire. C'est la première fois que je l'entends cette semaine.

— C'est ta façon de me dire que je t'ai manqué ?

— Oui.

— Eh bien, prouve-le.

Aussitôt, elle l'entraîna dans une alcôve. Et l'instant d'après, elle avait les mains sur son cou et attirait sa bouche vers la sienne, entamant un baiser jusqu'à ce que les poumons de Knox soient emplis de sa fragrance et sa bouche de son goût.

Le baiser ne ralentissait pas. Au contraire, il devenait de plus en plus torride.

Knox se força à serrer les freins.

— Bon sang, ce que tu arrives à me faire avec un simple baiser !

— Tu as besoin d'ajuster ton jean avant qu'on y retourne ? fit-elle en lui lançant un sourire canaille.

— Ouais.

Il lui balaya une mèche de cheveux derrière l'épaule.

— Et si je te disais que je n'ai pas envie d'y retourner ?

— On ne leur manquerait pas beaucoup.

— Alors allons faire un tour ensemble.

— Il va falloir qu'on donne l'impression de ne pas apprécier cette visite du club, l'avertit-elle.

— Je t'enverrai quelques regards de cochon de temps en temps.

— Du moment qu'en secret, ce sont tes pensées qui sont cochonnes.

— Si cochonnes que je crains que mes yeux ne deviennent marron.

Elle pouffa.

—Allez, viens.

À l'étage principal, mais à l'écart, se trouvait une autre salle avec d'autres boutiques. Dans ces cabines-là, on proposait des démonstrations. Le vendeur de bougies en faisait une de jeux de cire. Idem avec les vendeurs de *violet wands*. Un petit groupe s'étant amassé à l'arrière, Knox et Shiori se dirigèrent dans cette direction pour voir ce qui se passait.

Jeux de cordes.

Une Afro-Américaine à forte poitrine était assise sur un siège pendant qu'un homme essayait de désemmêler ses cordes – ce qui aurait dû être fait avant le début de la démonstration. L'homme occupait le vide par un dialogue. Quand le public commença à s'ennuyer et à partir, la cobaye enfila sa cagoule et quitta les lieux à son tour.

Knox s'apprêtait à bouger aussi quand le type lança :

—Y a-t-il des volontaires ?

—Pour quoi faire ? demanda Knox.

—Pour être attaché, répondit l'homme, qui laissa courir son regard sur lui. Vous êtes intéressé ?

—Non. Mais ça peut m'intéresser d'attacher quelqu'un.

—Ça n'est pas possible. Je suis un professionnel, ce n'est pas aussi facile qu'il y paraît.

—Je n'ai pas prétendu le contraire.

Une lueur de défi alluma les yeux du type.

—Tu sais quoi, beauté ? La critique est aisée, mais l'art est difficile.

—En effet, merci. Vous avez des cordes japonaises en chanvre ?

—Non. C'est ça ou rien, fit-il en donnant un coup de pied dans la pile de cordages en direction de Knox. Fais-toi plaisir.

—J'ai besoin d'un volontaire.

Knox fit mine de passer la foule en revue, puis il agita son index en direction de Shiori.

— Vous me semblez être le genre de femme qui aime faire des nœuds autour des hommes.

Elle leva les yeux au ciel.

— OK, et si on inversait les rôles ? Venez donc par ici, chérie.

Shiori feignit l'inquiétude.

— Je ne sais pas trop. C'est sans danger ?

Une femme ronde dans un bustier lui donna un petit coup de coude.

— Trésor, si tu n'y vas pas, j'y vais. J'adorerais le sentir mettre ses grandes mains partout sur moi.

Et alors qu'elle s'approchait de lui, Shiori jeta tout bas :

— Pas de nudité.

Knox la fit pivoter face à l'auditoire et chuchota :

— Nul autre que moi n'a le droit de voir tes seins parfaits.

Il vérifia les cordes. Ce n'était pas ce qui se faisait de mieux, mais il s'en contenterait pour cette brève démonstration.

Brève ? Tu vas l'attacher. Elle sera sous ton contrôle. Pourquoi ne pas faire durer aussi longtemps que possible ?

Super idée.

— Retire ton chemisier, s'il te plaît.

Shiori défit les boutons et ôta le tissu rentré dans sa jupe. Elle tendit son chemisier à Knox et il s'en enveloppa le cou.

Le caraco qu'elle portait était brillant, donnant l'impression que chaque pli coulait telle de l'eau. Il lui passa une main le long du dos.

— Tu peux joindre tes coudes dans le dos ?

— Comme ça ?

— Oui. Relâche les épaules.

Il effleura l'arrière de ses bras, sachant combien la zone était sensible. Après une douce caresse sur la courbe de ses épaules, il glissa les ongles à l'intérieur de ses avant-bras.

Il laissait volontairement le rouleau de corde aux pieds de Shiori. Au fur et à mesure qu'il utiliserait la corde pour son œuvre, elle sentirait ainsi la jute titiller ses jambes nues.

Tandis qu'il lui enveloppait les poignets, ses doigts entrèrent en contact avec la bande de peau située entre la ceinture de sa jupe et son haut. Si chaude, si douce. Il fit courir son souffle dans le cou de Shiori, le temps qu'il trouve l'angle parfait pour terminer cette partie du ligotage. Puis il croisa la corde et vint se positionner face à elle.

Shiori avait fermé les yeux. Ses lèvres étaient entrouvertes et, de l'extérieur, elle montrait une immobilité parfaite.

Mais Knox savait qu'il n'en était rien. Il ressentait l'énergie qu'elle gardait en elle, la tension qui palpitait dans son corps. Et l'emplissait, lui, d'un flot de pouvoir.

Il tendit la corde entre ses seins, sans faire semblant qu'il n'allait pas la toucher. Il dut remonter du bas-ventre jusqu'à la poitrine et à l'épaule. Quand il entama le même mouvement de l'autre côté, il fit glisser le dos de la main sur ses tétons, ravi qu'elle ne porte pas de soutien-gorge, ce qui lui permettait de sentir comment elle réagissait à son contact.

À l'intérieur de son pantalon, cette session d'encordage avait déclaré la guerre à sa queue, la rendant si dure qu'elle en était douloureuse. Et pour ne rien arranger, son jean lui pinçait les testicules même quand il n'était pas en train de se pencher en avant. Mais voir son inconfort à elle valait la peine d'en éprouver un lui-même. La façon dont elle s'était abandonnée à lui se situait à mille lieues de l'attitude d'une dominante.

Un nouveau nœud lui permit une caresse sur son téton, doux et dur à la fois. Et il l'entendit inhaler brusquement.

Il en avait terminé du harnais au niveau de la poitrine, mais il souhaitait profiter de l'instant. Alors il passa les paumes sur l'extérieur de ses bras, remontant jusqu'aux épaules. Étant de dos à leur public réduit, il pouvait parler doucement afin qu'elle soit la seule à l'entendre.

— Tu es magnifique. Et si on était seuls, je t'embrasserais tout en déliant tes cordes.

— Où est-ce que tu m'embrasserais ?

— Partout où tu m'y autoriserais.

Elle sourit.

Se postant derrière elle, il lança à la foule :

— Admirez ce simple harnais de poitrine.

Tonnerre d'applaudissements.

— Combien de temps vous a-t-il fallu pour apprendre à maîtriser les cordes comme ça ? interrogea un type.

— J'ai la chance de travailler avec un maître du kinbaku et du shibari. Mais ce harnais-là n'est qu'un modèle de débutant.

Il continua à répondre aux questions de l'auditoire, tout en commençant à la détacher. Tandis que les spectateurs s'éloignaient, il accéléra le mouvement.

— Tu as des engourdissements ?

— Un peu dans les bras.

Il les frotta vigoureusement pour raviver la circulation.

— Tu es doué, shihan.

— J'ai appris auprès du meilleur.

Il se rendit compte à ce moment-là que le corps de Shiori vibrait tout entier. Bon Dieu, elle avait commencé à redescendre de son trip causé par les cordes.

— Je n'ai pas de couverture pour t'envelopper, dit-il en lui renfilant son chemisier.

Elle entrouvrit les yeux, et le désir qu'il vit briller dans ces profondeurs dorées lui tira un grognement.

— Dans ce cas, répondit-elle, tu vas devoir m'envelopper dans tes bras.

La dernière corde atterrit au sol.

Knox avait les mains sur les hanches de Shiori quand il lui fit traverser la foule. Il aperçut une sortie de côté et poussa la porte, qui donnait dans une allée, un recoin sombre à l'abri des éléments et des yeux curieux.

La bête en lui rugit de désir, aux abois : il fallait que leurs corps entrent en connexion. Il lui dévora la bouche, leurs langues se livrant une bataille essoufflée tandis qu'ils nourrissaient ardemment le feu qui les consumait.

Il lui agrippa les fesses et la hissa contre le mur de briques. Avec l'intérieur de ses cuisses, calées contre ses hanches à lui, vint la douleur des escarpins enfoncés dans ses flancs.

Merde. Peu lui importait que ses talons lui labourent la peau, puisqu'enfin il avait Shiori exactement là où il la voulait : ondulant contre lui, son sexe assez brûlant et trempé pour laisser une trace sur son jean.

Elle passa les mains sous sa chemise afin d'entrer en contact direct avec son torse. Des doigts, elle lui imprimait suffisamment de pression sur les pectoraux pour que là aussi elle laisse des marques tandis qu'elle lui frottait les tétons avec les ongles de ses pouces.

Si follement impatient qu'il soit de découvrir enfin la chaleur moite de ce corps autour de son membre, d'entendre les sons qu'elle émettrait en jouissant sur lui, il savait qu'elle seule déciderait du moment.

Alors il serra les globes de ses fesses plus fort, et à chaque pression, il approchait un peu plus les doigts de son intimité.

— Knox, souffla-t-elle contre ses lèvres, j'ai besoin…

— Dis-moi et je te le donnerai.

Il avait la bouche collée à sa gorge, buvant le goût sucré-salé de sa peau.

—Oh, bon Dieu, je pourrais jouir rien que de sentir ta bouche contre mon cou, juste là.

—Alors jouis pour moi, Nushi.

Elle arqua le bassin, frottant son mont contre la formidable érection de Knox, renversant la tête sur un côté pour lui donner total accès à son cou.

Il s'immobilisa, la laissant bouger sur lui tandis qu'il usait de ses dents et de la douce succion de ses lèvres pour l'amener au bord de l'extase.

À la seconde précédant l'orgasme, il la sentit enfoncer les doigts dans son torse et raidir les jambes. Ses doux gémissements de plaisir lui emplirent la tête, taquinant la bête en lui, qui exigeait la même satisfaction.

Tout pour elle. Ton tour viendra.

Elle fit courir la pointe de ses doigts vers le ventre de Knox et le caressa tranquillement.

—C'était un bon échauffement.

Le nez contre sa clavicule, il regretta de ne pouvoir la hisser plus haut afin d'atteindre ses seins.

—Tu penses que tu peux me faire jouir encore ?

—Si tu m'autorises à utiliser mon sexe.

—Et que feras-tu si je te laisse me donner un orgasme mais que je t'empêche de jouir, toi ?

Knox serra les dents pour ravaler la protestation qui lui pulsa dans le membre et les testicules.

—Tout ce que tu veux, Nushi. Utilise mon corps pour contenter le tien.

—Knox, regarde-moi.

Il ouvrit les yeux, sans parvenir à cacher sa frustration.

Elle lui prit le visage entre ses paumes.

—Déboutonne ton pantalon.

Il parvint à atteindre son bouton et sa braguette. Une fois dégrafé, son jean tomba à ses pieds.

— Le slip aussi.

Une poussée et il se retrouva les fesses à l'air, à la vue de tous.

Shiori lui passa le pouce dans la bouche, au bord de la lèvre inférieure.

— Tu veux me faire l'amour ?

Dis « oui ».

Mais ce fut un « non » angoissé qui lui échappa.

— Non ? répéta-t-elle.

Il vint poser le nez contre le sien.

— Non. Je veux te baiser si fort que tu me sentiras encore en toi la semaine prochaine.

Les yeux rivés aux siens, elle lui aspira la lèvre inférieure et la mordit assez fort pour qu'il sursaute. Puis elle passa la langue sur la blessure.

— Eh bien, dit-elle, vas-y.

Un rire canaille lui échappa de la gorge, et immédiatement, il glissa une main entre eux pour écarter sa culotte. Ses doigts, quand il les retira, étaient trempés. Ce sexe chaud, si mouillé, était à lui, aussi vrai qu'il mourait d'envie de porter les doigts à sa bouche pour sucer chaque goutte de son suc.

Changeant d'appui sur ses jambes, il positionna son gland juste à l'entrée de la fente moite. Et il s'enfonça en elle avec une telle force qu'il se retrouva sur la pointe des pieds.

— Oh, waouh, tu es énorme ! fit-elle dans un grognement.

Il alla poser la bouche tout contre son oreille.

— Tu t'y habitueras.

Puis il plongea à plusieurs reprises dans ce paradis chaud et humide.

Et chaque fois qu'il touchait les profondeurs de son sexe, il lâchait un grondement. Le baiser mouillé de ses muscles qui se contractaient autour de son membre… Il enfouit la bouche dans sa gorge, voulant la goûter, la toucher, la baiser, la marquer… tout en même temps.

— Je veux tes mains au-dessus de moi contre le mur, Knox.

Il allait lever la tête pour protester, mais elle poursuivit :

— Maintenant.

La dureté du ton le fit obéir sur-le-champ. Mais cette nouvelle position ne lui procurait pas autant de force, vu que son équilibre était précaire. Il dut donc bouger plus lentement.

Dans ses cheveux, les doigts de Shiori se resserrèrent, et elle tira sur sa tête pour atteindre sa bouche.

Elle lui captura les lèvres dans un baiser brûlant qui le fit aussitôt passer en mode torride.

Son membre exigeant une accélération de la cadence, Knox découvrit qu'il pouvait claquer le bassin contre ses fesses au dernier moment et la prendre ainsi avec vigueur.

Elle interrompit leur baiser pour chuchoter :

— Oui. Comme ça. Comme ça, c'est parfait.

Avec la bouche de Shiori sur la sienne, ses mains agrippées à ses cheveux, les mouvements à la fois lents et puissants qu'il imprimait à ses hanches, il sentit ses testicules commencer à picoter.

Pas déjà. Putain !

— Knox, dit-elle entre deux baisers. Glisse d'un côté à l'autre.

Il entama des mouvements circulaires, sortes de caresses intérieur-extérieur.

— Ne t'arrête pas. N'accélère pas.

Il sentit ses bras se mettre à trembler, et il pencha la tête pour lécher le point sensible dans son cou. Si doux. Son contact la fit haleter et elle immobilisa sa tête à cet endroit, d'une véritable poigne de fer.

Le brouillard épais du désir s'était dissipé en une brume sensuelle où le seul objectif de Knox se concentrait sur la façon dont il la baisait. Une lente glissade, un coup de boutoir. Son monde se résumait à l'étreinte brûlante de ce sexe autour du sien, à ces poings serrés dans ses cheveux et à la gorge qu'il suçotait.

— Oui. Maintenant.

Knox aspira la peau entre ses dents et suça, provoquant des spasmes à travers tout le corps de Shiori.

Quand les tremblements de sa Maîtresse s'apaisèrent, Knox avait de la sueur qui lui dégoulinait dans le dos, et le torse trempé aussi.

Elle lui caressa les joues, puis lui renversa la tête en arrière pour le regarder dans les yeux.

— Tu as bien œuvré.

— J'ai fait ça pour toi.

— À présent, c'est ton tour, dit-elle en lui effleurant les lèvres des siennes. Demande-moi.

— S'il te plaît, Nushi, laisse-moi jouir.

— Jouis pour moi. Maintenant.

Il s'enfonça en elle une dernière fois, et aussitôt l'un des orgasmes les plus puissants de sa vie lui ravagea le corps. Tandis que les spasmes ralentissaient, puis cessaient, il comprit pourquoi ça avait été aussi bon depuis le début, pourquoi il la sentait aussi bien. Ça n'avait rien à voir avec la rencontre de la dominante et de son soumis ; non, c'était parce qu'ils avaient oublié le préservatif.

Merde.

Quand il essaya de se retirer, les talons de Shiori se plantèrent dans l'arrière de ses cuisses.

— Ne bouge pas.

— Putain, Shiori, on a oublié la capote.

Elle se figea.

Knox la regarda.

— Je suis désolé. Je sais que ça n'est pas une excuse…

— Ça va. C'est plus ma faute que la tienne, vu que je suis censée m'occuper de toi.

Il appuya le front contre le sien.

— Et si on convenait qu'on a merdé tous les deux ?

— OK, répondit-elle en lui passant les mains sur la tête. Ça brise un peu le délire.

— Ouais. Mais c'était carrément bon, avant ça.

— J'ai trouvé aussi, admit-elle en posant les lèvres sur les siennes. Ça n'est pas très grave, il suffit que je prenne la pilule « ouh là là » demain matin et on sera couverts.

— Tu es sûre ?

— Certaine.

— Ça veut dire que tu n'as pas envie de rentrer à la maison avec moi pour la nuit ?

— C'est une proposition ?

— Oui, répondit-il en laissant glisser les lèvres le long de sa tempe et de sa joue, pour enfouir le nez dans son oreille. J'ai envie de t'avoir dans mon lit toute la nuit. Et l'offre inclut le petit déjeuner demain matin et un partenaire d'entraînement.

— Tu as des préservatifs ?

Knox sentit son pouls s'accélérer.

— Une boîte toute neuve. Je les avais achetés pour l'autre nuit, mais finalement on n'en a pas eu besoin.

Elle rit.

— Peut-être en aurons-nous besoin cette nuit.

— Alors c'est oui ?

— Oui.

— Merci.

Il s'écarta et la déposa au sol. Tandis qu'ils rajustaient leurs vêtements, il se souvint qu'il était venu avec le pick-up de Fisher. L'idée de rentrer dans le club et d'agir comme si rien ne s'était passé lui nouait l'estomac.

— Qu'est-ce qui ne va pas ?

— Je n'ai pas ma voiture.

Elle haussa les épaules.

— Je peux appeler mon service de voiturier.

— On va prendre un taxi.

— En quoi c'est différent du voiturier ? Et puis, les taxis, ça sent mauvais et les chauffeurs sont des dangers publics.

La différence, c'était qu'il paierait le taxi, au lieu de se faire conduire par l'héritière.

— On prend un taxi.

Une main lui claqua sur le torse et il tourna la tête vers Shiori.

— Les yeux au sol.

Merde. Il baissa le regard.

— L'heure n'est pas à une crise de fierté, mais à ce qui est pratique et économique. Je paie un abonnement mensuel pour avoir une voiture à disposition vingt-quatre heures sur vingt-quatre et sept jours sur sept. Tu ne vas pas dépenser ton argent inutilement dans un taxi. Alors ravale ta fierté et apprécie, OK ?

— Oui, madame.

Elle sortit son téléphone portable.

— Et profite du trajet pour trouver une excuse valable de t'être incrusté dans une situation que je maîtrisais parfaitement.

— Tu parles du type que tu fessais ?

— Oui. Il méritait vraiment que tu le menaces comme tu l'as fait s'il osait poser de nouveau les yeux sur moi ?

Knox serra les poings.

— Avec tout le respect que je te dois, madame, ce pauvre connard ne méritait pas ton attention. Il ne l'appréciait pas à sa juste valeur, et moi je n'appréciais pas la façon dont il te regardait.

— Alors tu as pris sur toi de me défendre ?

— Non. Je voulais te signifier clairement que tu n'avais pas besoin de te dégotter un gars à fesser quand tu m'as, moi. J'étais jaloux de l'attention que tu lui accordais. Et j'étais furieux du regard d'adoration qu'il posait sur toi, le même que j'aurais eu si tu m'en avais laissé la chance.

La dernière partie de sa phrase était plutôt difficile à admettre.

Le regard de Shiori s'adoucit.

— J'aime bien t'avoir comme champion, Knox. Mon champion.

Il se détendit.

— Toutefois, cet incident va nécessiter que je te discipline.

Merde. Il n'y avait plus rien de doux dans ses yeux, à présent.

Mais alors, pourquoi l'idée de se retrouver à la merci de cette femme le faisait de nouveau bander comme un roc ?

Chapitre 11

Shiori ne fut pas étonnée de l'air boudeur qu'arborait Knox.

Elle aurait sans doute mieux fait d'attendre pour lui annoncer sa punition imminente. Mais bon, d'un autre côté, lui donner le temps de réfléchir à ce qu'il avait fait et à la manière dont elle comptait corriger son comportement rendrait probablement les choses plus aisées pour tous les deux, vu que c'était son premier dérapage.

Et d'ailleurs, remis en contexte, ça n'était pas si grave. Elle avait même ressenti une secrète excitation quand Knox avait jeté au type qu'il n'était pas digne d'elle. Sa jalousie l'avait surprise.

Ça ne devrait pas. Il est le genre d'homme qui, une fois ses sentiments avoués à quelqu'un, ferait n'importe quoi pour protéger et défendre celle qu'il estime sienne.

Encore une fois, elle se réjouissait qu'ils n'aillent pas s'amuser au *Twisted*. Car Knox aurait passé son temps à rembarrer le moindre soumis qui oserait poser les yeux sur elle, il grognerait tel un chien hargneux et elle serait obligée de le garder en laisse. Ce qui serait bien dommage, car il était magnifique en défenseur de son honneur. Jamais elle n'avait vécu quoi que ce soit d'approchant avant ça.

Le silence s'était installé entre eux tandis que le voiturier les conduisait chez Knox. Il lui tenait la main, mais avait tourné la tête vers la vitre. Elle lui passa les doigts dans les cheveux. Quel combattant ! Quel leader ! Quel incroyable amant !

Il laissa retomber sa tête contre le dossier et ferma les yeux, s'abandonnant à sa caresse.

— Pourquoi est-ce que tu me dévisages, Nushi ?

— Parce que tu es très beau à regarder.

— Je ne suis qu'un jouet, pour toi ? demanda-t-il doucement. Tu me sors et tu joues avec moi quand ça te chante, et le reste du temps, tu me poses sur une étagère, où l'on peut m'admirer mais pas me toucher ?

Jamais elle ne l'aurait cru aussi perspicace.

— Est-ce l'impression que je t'ai donnée ?

— Pas encore. Mais je crains que ce ne soit ce qui m'attend à l'avenir.

Elle se hissa jusqu'à son lobe, qu'elle saisit entre ses dents.

— Ça n'est pas ce qui t'attend ce soir.

Il tourna la tête, et leurs visages étaient si proches que leurs nez se touchaient presque. Une farouche détermination assombrissait ses yeux bleus.

— Je souhaite renégocier le temps qu'on passe ensemble.

— Maintenant ?

— À un moment de la nuit.

— D'accord. On peut en discuter.

La voiture s'arrêta. Et bien entendu, Knox sauta dehors pour l'aider à sortir avant que le chauffeur n'en ait eu le temps.

Une fois à l'intérieur de la maison, il la conduisit à la cuisine, la hissa sur le bar du petit déjeuner, le plus haut, ce qui donnait à Shiori l'avantage de la taille.

— Je ne voulais pas t'embarrasser.

— Ça n'est pas une excuse.

Elle le vit prendre une profonde inspiration.

— J'ignore si je peux m'excuser, car si la situation se représentait, je recommencerais à l'identique. Et si ça doit augmenter mon châtiment, eh bien soit.

— Quel entêté, commenta-t-elle en lui prenant le visage entre ses mains. Je ne pense pas que j'aurai à te discipliner souvent. Mais quand ce sera le cas, la punition sera en fonction de la faute. Et vu que tu es passé dans le rôle du dominant, je dois te rappeler que tu n'es pas celui qui mène les choses à la baguette. Tu vas donc sortir dans ton jardin et couper une baguette dans un arbre, que tu me rapporteras.

— Oui, madame.

Et il sortit par la porte latérale.

Shiori ferma les yeux et se joua la scène dans sa tête.

Knox revint plus vite qu'elle s'y attendait. Il lui tendit une branche fine. À sa couleur verte, elle sut qu'il s'agissait d'une jeune pousse. Légère. Pleine de souplesse.

— Bien.

Tête baissée, il ne répondit rien.

— Va au salon et déshabille-toi. Et puis attends-moi.

Sitôt qu'il fut hors de sa vue, elle glissa au bas du comptoir et testa la souplesse de la baguette. La pointe était si fine qu'on aurait presque dit un fouet un peu raide.

OK. Elle pouvait le faire. Elle devait le faire. Pour lui. Pour eux.

Quand elle arriva au salon et vit Knox debout en position de repos, elle claqua des doigts.

Pas de réaction.

Elle alla se positionner derrière lui.

— Pour information, à l'avenir, quand je te dis de m'attendre, j'entends « à genoux ».

Il descendit au sol.

Elle fit glisser la baguette sur ses omoplates. Puis le long de sa colonne vertébrale. Dessina des zigzags à travers son dos pour finir par lui taper sur les fesses.

— Maintenant, je veux que tu appuies les mains contre le mur près de la porte d'entrée, mais en restant à genoux.

— Maîtresse ?

— Oui ?

— Tu veux que j'y aille à quatre pattes ?

— Knox, regarde-moi.

Quand il tourna la tête, elle vit deux taches rouges qui lui ombraient les joues. Il avait réussi à maîtriser sa colère, mais le muscle qui se contractait dans sa mâchoire en disait long.

Elle lui posa une main sur l'épaule.

— Je t'ai dit qu'il n'y aurait pas d'humiliation. Je le pensais vraiment. Bien sûr que tu peux y aller debout.

Il lui posa les lèvres sur le dos de la main. Puis il se mit sur pied et se dirigea vers le mur.

Une fois qu'il fut en position, elle s'approcha de lui.

— Dix marques de baguette.

Il ne répondit rien.

— Tu vas les compter tout haut.

Elle plaça le premier coup en haut de son dos.

— Un, dit-il dans un sursaut.

Elle se pencha plus près pour voir à quoi ressemblait la marque. Rouge, mais pas trop. Elle pouvait y aller un peu plus fort.

Ce qu'elle fit.

Elle apposa quatre marques en travers de la partie la plus large de son dos. Puis elle administra les six dernières sur ses fesses. Et pour ces marques-là, elle mit plus de force dans ses coups car elle savait que cette partie de l'anatomie pouvait le supporter.

Ensuite, elle passa les mains partout sur les traces, sentant la chaleur et le voile de sueur qui lui couvrait la peau. Elle finit par lui déposer un baiser à la base du cou.

— Tu t'en es très bien tiré.

Il grogna.

— Tu veux que je t'aide à te relever ?

— Non, ça va. Je dois demander la permission pour utiliser la salle de bain ? demanda-t-il une fois debout.

Il était donc encore un peu grincheux. Normal. Mais pas acceptable pour autant.

— Non. Tu n'as pas besoin de demander. Mais attention à ton attitude, l'avertit-elle, sinon je trouverai un châtiment plus imaginatif qu'une baguette, pour punir cette bouche insolente.

— Je te présente mes excuses.

— Enfile ton boxer. Prends un moment. Je t'attendrai dans la chambre.

Shiori avait beau afficher l'attitude et la posture de la dominante, elle avait l'estomac retourné. Même si Knox et elle avaient fait l'amour, ce soir, c'était aussi la première fois qu'elle avait usé de la punition. Et comme il n'appréciait pas la douleur, ni l'un ni l'autre n'y avait pris du plaisir.

Mais ça avait été nécessaire.

Non ?

Et s'il disait que cette première fois serait aussi la dernière ? Ils avaient baisé, et peut-être que leur désir animal l'un pour l'autre allait retomber. Est-ce qu'il lui serait plus facile désormais de lui dire qu'il n'était pas intéressé par ces jeux de dominante à soumis ?

Elle n'était pas paranoïaque en pensant cela. Depuis le début, Knox n'était pas convaincu de ses tendances à la soumission. À présent, sachant qu'elle pouvait décider de le punir, il risquait fort de faire machine arrière.

Comment le convaincre de poursuivre ? Qu'ils régleraient ça ensemble ?

Elle fit volte-face et fut surprise de découvrir Knox adossé à l'embrasure de la porte, qui la regardait faire les cent pas.

Il n'avait les yeux ni vides ni froids, mais las. Il s'était habillé comme elle le lui avait indiqué, seulement en short de sport. Cela signifiait-il qu'il n'était pas d'humeur défiante ? Ayant besoin de savoir s'il était complètement avec elle, Shiori décida de le tester. Elle claqua des doigts.

Surprise ? Résignation ? Les deux émotions traversèrent son visage. Quand il s'avança vers elle, ce fut à pas mesurés. Puis il tomba à genoux.

Elle sentit son cœur se retourner dans sa poitrine, et ses inquiétudes commencèrent à refluer un peu. Elle lui effleura le sommet du crâne et il lui posa la tête contre la cuisse.

— Pardonne-moi, Nushi.

— Ne parlons plus de ça, c'est réglé et on peut passer à autre chose.

— Je sais, mais je… j'ai brisé l'une de tes règles, hier.

Elle fronça les sourcils.

— Quelle règle ?

— La seule que tu m'aies donnée.

— L'interdiction de te toucher ?

— Oui, madame. J'ai cédé à la tentation et me suis caressé la nuit dernière.

— Explique.

— Je t'ai observée depuis le Nid du Corbeau, pendant que tu donnais ton cours aux ceintures marron. Tes gestes étaient si fluides, si dynamiques, tu étais si exigeante avec toi-même et avec tes élèves… Mes pensées ont dérivé vers lundi dernier. Vers le plaisir que j'ai eu à poser ma bouche sur toi, la force de ton orgasme. J'étais tellement perdu dans ce souvenir, celui de ton goût, que j'ai glissé la main dans mon pantalon sans vraiment m'en rendre compte et je me suis branlé.

— Tu en as tiré satisfaction ?

— En jouissant ? Oui. Après ? Non. J'étais rongé par la culpabilité, et j'ai décidé de te mentir quand tu m'interrogerais.

Shiori compta jusqu'à vingt avant de répondre :

— Tu crois que je ne suis pas capable de détecter un mensonge ?

— Je n'ai aucun doute que tu en sois capable.

— Qu'est-ce qui t'a fait changer d'avis ? Pourquoi as-tu avoué finalement ?

— À cause du châtiment. J'ai détesté ça, mais j'ai néanmoins compris pourquoi tu le faisais. Et je me suis rendu compte que si je te mentais sur ma petite séance personnelle, je ne nous rendrais pas service, ni à toi ni à moi. Je suis censé explorer cet aspect de moi-même, or si je mens, je me retiens. Je ne veux pas me retenir.

Voilà qui n'était pas exactement ce qu'elle voulait entendre, mais c'était un début.

— J'apprécie ton honnêteté. Je ne suis pas contente que tu aies ouvertement contourné la règle, mais tu pensais à moi, ce qui n'est pas la même chose que si tu avais regardé du porno.

— Tu es bien plus sexy dans ton gi que la plupart des femmes toutes nues.

Shiori lui passa une main sous la mâchoire et lui renversa la tête en arrière pour plonger dans ses yeux.

— Tu espères que la flatterie m'adoucira ?

— Non, madame. C'est la pure vérité.

— Qu'est-ce que tu as trouvé le plus sexy dans le fait de me prendre ce soir, Knox ?

Une lueur sexuelle et brûlante alluma son regard.

— Que le désir soit si urgent qu'il nous pousse dans une allée, avec pratiquement tous nos vêtements sur nous, et qu'on en oublie cette putain de capote. Ça ne m'est jamais arrivé. Jamais je n'ai désiré une femme comme je te désire, toi.

Lâchant un grognement, il ferma brièvement les yeux.

— Je suis là, reprit-il, assis sur mes genoux, j'ai les fesses en feu et je sais qu'une autre punition m'attend. Et pourtant, ma bite durcit rien qu'à m'imaginer notre prochaine fois ensemble.

— Une fois que tu commences à te montrer honnête, toi, tu as du mal à t'arrêter, murmura-t-elle.

— Je suis un bavard. Ronin et Deacon, ça les rend dingues, mais pas mal de conneries peuvent se régler ou être changées par une simple conversation.

— Je suis contente que tu aimes parler. Je ne veux pas avoir à essayer de deviner ce que tu ressens. (Elle baissa les yeux vers son entrejambe.) Même si tes réactions physiques parlent parfois pour toi.

Il lui offrit un large sourire.

— Qu'est-ce que je vais faire de toi ? chuchota-t-elle, presque pour elle-même.

— Tu attends des suggestions ?

Elle pencha la tête.

— Si c'était le cas, qu'est-ce que tu suggérerais ?

— Que tu me laisses t'emmener au lit.

— Et ensuite ?

— Soit qu'on s'endorme enlacés, soit qu'on reste éveillés un peu plus longtemps.

— Pour regarder la télé, par exemple ? le taquina-t-elle.

— Si tu veux.

Mais ce n'était manifestement pas ce à quoi il songeait.

Depuis quand ce que veut un soumis t'importe ?

Toujours.

— Tu sais quoi ? Je vais m'offrir une douche chaude dans ta salle de bain géante. Pendant ce temps-là, prépare-toi à te coucher. Je vais avoir besoin d'un tee-shirt pour dormir. Et j'aimerais une tasse de thé avant d'aller au lit. Tu as du thé ? ajouta-t-elle après une pause.

— Non, madame. Tu veux que j'aille en acheter à l'épicerie ?

Elle lui passa un ongle sur la clavicule.

— Ils refuseraient de t'en vendre, car j'exigerais que tu y ailles dans cette tenue. Mais à l'avenir, je te suggère de faire le plein de thé à la camomille.

— Bien sûr. Tout ce que tu voudras.

— Reste dans cette position jusqu'à ce que je sois dans la salle de bain. Ensuite tu pourras préparer le lit.

— Oui, Maîtresse.

Une fois dans la salle de bain, elle se releva les cheveux et se déshabilla. Mais à l'intérieur de l'immense cabine de douche, elle regretta de n'avoir pas demandé d'instructions sur son fonctionnement – face aux cinq poignées différentes, il lui fallut pas mal farfouiller avant de faire pleuvoir l'eau chaude. Un délice.

En temps normal, elle ne se douchait pas le soir, mais elle avait besoin d'un moment pour retrouver son équilibre. Car Knox faisait sans aucun doute de son mieux pour la déstabiliser. Il était passé de possessif et intraitable à contrit, puis taquin. Jamais elle n'avait rencontré d'homme comme lui, qui n'avait pas peur de montrer toutes les facettes de sa personnalité.

Elle se sécha et retourna à la chambre.

Knox était allongé au milieu du grand lit, sa peau dorée magnifiée par son enveloppe de draps blancs. En la voyant approcher, il se hissa sur un coude.

— Comment s'est passée ta douche ?

— Super. Mais j'ai dû me froisser un muscle du dos en manipulant cette planche à fesser.

— Tu veux un massage ?

— Oui.

Elle lâcha la serviette et s'étendit sur le ventre.

Il la chevaucha au niveau des fesses, prenant soin de ne pas s'asseoir sur elle. Et quand il enfonça les pouces dans son cou, elle ne put réprimer un gémissement. Les gestes étaient doux mais fermes.

— Tu es bien silencieux, fit-elle remarquer alors qu'il descendait le long de sa colonne vertébrale.

— J'essaie de te détendre.

— Ça fonctionne : je me sens au bord de l'endormissement.

— Laisse-toi aller.

— Tu as des mains extra.

Il cessa le massage pour lui balayer le dos et les bras, juste des effleurements des paumes qui dérivèrent bientôt vers le milieu de son dos. En atteignant ses hanches, les pouces décrivirent un cercle lent autour des deux creux au-dessus de ses fesses. Et encore. Et encore.

En cet instant, ses tendres caresses étaient plus puissantes que le contact de sa bouche sur ses tétons ou de ses doigts sur son sexe.

Elle lui tapota la cuisse et il s'écarta, lui permettant de rouler sur le dos.

Il lui toucha le visage.

— Quoi ?

— Attrape un préservatif.

Elle vit ses yeux s'assombrir de désir.

— Tu ne me fais pas marcher ?

— Non.

Il saisit un préservatif et la regarda l'observer tandis qu'il le déroulait sur son membre.

— Je peux juste te dire que j'adore le fait que tu aies un gros sexe ?

Au fond du lit, il se balança sur les genoux.

— Ah, donc tu ne mentais pas, avant, quand tu m'appelais « grosse tête de nœud » ?

Elle pouffa.

— Non. D'ailleurs, la fois où tu faisais une démonstration d'étranglement sur moi, le mois dernier, tu te souviens ? Tu bandais.

Knox rampa jusqu'à elle.

— Tu avais remarqué.

— Difficile de faire autrement. Mais j'avais plus peur que tu sois excité par l'idée de m'étrangler que par moi tout court.

— Sans commentaire, fit-il en ricanant.

Elle était à la fois surprise et ravie qu'il ait cessé d'attendre ses instructions.

Mais il semblait concentré sur son entrejambe.

— Tu as repéré quelque chose qui te plaît ?

— Bon sang, Maîtresse, tu as la plus jolie chatte que j'aie jamais vue.

Elle tendit la main et se passa lentement un doigt le long de sa fente, tout en observant Knox. Il serra les mâchoires et les poings, combattant son envie de la toucher, de la goûter.

— À quel point tu penses que je peux me faire mouiller en faisant ça ?

Il grogna.

— Je peux te faire mouiller bien plus et bien plus vite.

Retour de son ego de mâle.

— Prouve-le. Avec ta bouche sur ma jolie chatte. Montre-moi à quelle vitesse tu peux me faire jouir, cette fois.

Il s'approcha un peu plus et se plia en deux. La façon dont il s'immobilisa au-dessus de ses chairs intimes pour inhaler son odeur avant d'y poser la bouche était sexy en diable.

Elle adora le premier contact de sa chaleur humide. Puis l'exploration de la langue douce le long de sa fente, pour remonter jusqu'à son clitoris. Les attouchements délicats. Les suçotements doux sur ses lèvres et le passage de la langue à l'intérieur. Surtout quand la langue en question, canaille, s'enfonça encore, s'agitant si loin qu'elle sentit le contact de ses dents au bord de son orifice.

Puis il usa de cette langue diabolique pour explorer ses chairs les plus intimes, l'intérieur de chaque repli, suivant le bord jusqu'en haut, à l'endroit où une petite bordure de peau recouvrait son clitoris.

Elle allait lui rappeler que c'était censé être un orgasme rapide alors qu'il semblait prendre tout son temps, quand ses lèvres se firent soudain plus fermes. Il repoussa la peau et suçota le tour de son bouton caché.

En général, elle préférait commencer par un contact indirect avec son clitoris, mais là… Ces suçotements concentrés, incessants, lui firent arquer les hanches. Et elle trouva ça excitant au plus haut point, quand Knox lui maintint le bassin fermement en place contre le matelas, l'obligeant à supporter son assaut sensuel tout en montrant une pointe de défi : elle lui avait interdit d'utiliser les mains sur son sexe, sans préciser qu'il ne pouvait pas utiliser les mains du tout.

Et pas un seul instant la succion ne s'arrêtait.

Shiori sentit ses tétons durcir, et les picotements familiers partant de son coccyx se répandirent d'un coup dans son ventre. Ce fut le seul avertissement, et l'orgasme explosa.

Knox suçait fort son clitoris pulsant, fouettant de sa langue avec une précision telle que les spasmes semblaient ne vouloir jamais s'arrêter.

Et quand enfin les palpitations cessèrent, elle geignit. Oui, elle geignit.

Knox ricana contre ses chairs sensibles, et cette simple vibration lui coupa le souffle. Il releva la tête et remonta jusqu'à son bassin en déposant tout du long une ligne de baisers.

Les yeux baissés vers lui, elle le regarda passer ces lèvres talentueuses sur son bas-ventre, tandis qu'une lueur mêlant fierté et excitation dansait dans ses prunelles bleues.

— Alors, Maîtresse, c'était assez rapide pour toi ?

— Il n'y a pas à dire, tu aimes les défis, murmura-t-elle en tendant les mains pour glisser les doigts dans ses cheveux.

— Quand ça te concerne ? Oui.

Mais elle avait en réserve le plus grand des défis, et elle était très curieuse de voir comment il allait le gérer.

— Allonge-toi sur le dos.

Il se hissa sur un coude et roula sur le dos, un mouvement qui fit trembler le lit.

Shiori s'installa à califourchon sur son bas-ventre, les mains posées sur ses pectoraux pour trouver la position idoine.

— Tiens ton sexe.

Il glissa ses grandes mains entre leurs deux corps et positionna la pointe de son sexe face à sa fente.

— Ne bouge pas.

Le corps tout entier de Knox se raidit tandis qu'elle avalait lentement son membre, jusqu'à ce que sa base vienne lui frotter le clitoris.

— C'est bon de t'avoir en moi.

— Oui, madame.

— Je vais te baiser, Knox. Te chevaucher vite et fort jusqu'à ce que je jouisse de nouveau.

— Tout ce que tu veux.

Il sembla sur le point d'ajouter autre chose, puis il se ravisa.

— Parle-moi.

— Je peux te toucher pendant que tu me chevauches ?

Elle se pencha pour l'embrasser.

— Autant que tu veux. Où tu veux.

— Oh, merci !

Sitôt qu'elle se redressa, Knox s'assit aussi.

Il l'embrassa dans le cou tandis qu'il lui glissait les mains dans le dos. Il passa la pulpe des doigts le long de sa colonne, des petits creux au-dessus de ses fesses pour remonter dans la nuque. Et encore. De la main droite, il lui enveloppa un sein, tantôt malaxant les chairs, tantôt taquinant le téton, avec un mélange de douces caresses et de pincements assez forts.

Shiori appuya les avant-bras sur ses épaules pour se hisser de haut en bas sur son membre, épais et dur. Serrant les muscles de son sexe autour de la base de celui de Knox, elle entama un mouvement de frottements du clitoris contre ses poils pubiens à chaque descente.

Knox ne cessait de bouger les mains. De tourmenter ses seins. De serrer ses fesses. De remonter les doigts aux pointes si exquisément rugueuses le long de ses cuisses. Et pendant tout ce temps, il gardait la bouche concentrée sur son cou, ses oreilles, ses épaules. Des baisers suçotés, des baisers mordants, des mordillements tout doux. Cet homme vénérait son corps par chacune de ses caresses, chacun de ses souffles saccadés. Et pourtant il la laissait tout contrôler. Il n'ondulait pas du bassin, ne poussait pas en elle. Il la laissait le prendre. Cet abandon rendait leur connexion encore plus puissante.

Et elle le baisait fort, utilisant tous les muscles de ses cuisses pour effectuer des mouvements de haut en bas. Un léger voile de sueur lui couvrait la peau tant elle se donnait. Mais elle avait beau rouler du bassin et se serrer autour de son membre, elle n'arrivait pas à approcher de l'orgasme.

Knox dut sentir sa frustration. Remontant les mains, il lui enveloppa le visage pour l'obliger à se concentrer sur lui.

— Laisse-moi t'y emmener.

— On ne change pas de position, l'avertit-elle.

Il frotta ses lèvres sur les siennes.

— Jamais je ne me le permettrais, Maîtresse. Mais si tu te penches un peu en arrière, en t'agrippant à mes cuisses, j'aurai plus de place pour te caresser où tu aimes.

Elle écrasa la bouche sur la sienne, l'embrassant follement, adorant la tendresse avec laquelle il lui prenait le visage en coupe alors qu'elle mordait et suçait ses lèvres.

Et puis elle se laissa aller en arrière, s'accrochant à lui juste au-dessus des genoux. Ses cheveux retombèrent, allant balayer le haut des cuisses de Knox. Elle garda son bassin aligné avec le sien, afin que les mouvements ne chassent pas son membre.

Des lèvres, Knox suivit la courbe de son cou, descendant le long de la clavicule vers son sein gauche. Il enfonça les dents dans son téton, avant d'avaler la douleur dans une suite de succions. De la main droite, il entama un voyage sur son flanc, de la hanche vers son sexe. Et elle sentit son clitoris pulser sitôt qu'il commença à le caresser.

— Plus vite, murmura-t-elle, lâchant un grognement quand il atteignit la friction parfaite.

L'orgasme qui lui avait échappé la titillait à présent, tout proche.

— J'ai besoin…

— Quoi ? Dis-moi et je te le donne.

— Pousse le bassin vers le haut quand je m'enfonce.

La première fois qu'il obtempéra, elle grogna. La deuxième fois, elle fut parcourue d'un picotement qui lui donna la chair de poule. La troisième, elle s'immobilisa pendant qu'il la baisait avec force.

Et elle vola en éclats. Toutes les parties concernées de son corps tremblèrent de plaisir – le téton qu'il suçait, le clitoris qu'il caressait, le sexe qui se serrait autour de son membre. Une brume grise lui emplit les yeux et elle se perdit dans sa délivrance.

Un chatouillement de l'oreille la ramena à la réalité. Elle grogna tandis que Knox lui tirait sur le lobe.

— Tu es encore plus que sexy. Te regarder jouir… J'aurais pu jouir rien que de ça.

Elle lui noua les mains autour du cou, pressant les pouces sous sa mâchoire en lui renversant la tête pour l'embrasser. Un doux baiser d'après l'orgasme. Puis elle appuya le front contre le sien.

— Tu es tout ce que j'ai toujours voulu chez un soumis, mais que je n'avais jamais trouvé. Merci. C'est d'autant plus dur pour moi de t'annoncer que tu ne jouiras pas.

— Merde.

— J'ai apprécié ton honnêteté quand tu m'as avoué t'être caressé cette semaine. Mais je t'avais bien spécifié de ne pas le faire. Jouir dans ta main, ça signifie que tu t'es privé d'une occasion de jouir en moi.

Elle le sentit serrer les dents. Et les fesses. Et sa respiration s'altérer.

Pourtant, il ne prononça pas une parole de protestation.

Après de longues secondes, il soupira et enfouit le visage dans sa gorge.

— Je suis désolé.

— Je sais.

Elle lui caressa la nuque.

— Maintenant, tu en as fini de la discipline, ou de la punition, ou quel que soit le terme qu'on décide de lui attribuer.

— Alors tu t'en vas ?

— Je veux rester avec toi toute la nuit, Knox.

Elle le sentit sourire contre sa gorge.

— Bien.

Elle lui déposa un baiser sur les lèvres et sépara leurs corps.

— Va jeter le préservatif et reviens au lit. Directement, ajouta-t-elle en fronçant les sourcils. Et tu as intérêt à être encore dur à ton retour.

Il roula hors du lit et lui jeta un coup d'œil rempli de regrets.

— Fais-moi confiance, Maîtresse, je serai encore dur. J'ai retenu la leçon.

Elle sourit.

— Tu vois ? Dès la première nuit, tu fais déjà des progrès.

Chapitre 12

Shiori s'éveilla seule et nue. Au vu du soleil qui filtrait à travers les persiennes, elle avait dû dormir plus tard que d'habitude. Elle roula sur le côté du lit laissé vide par Knox et enlaça son oreiller.

Cela faisait une éternité qu'elle n'avait pas passé la nuit avec un homme. Être aussi vulnérable aux côtés d'un étranger pendant son sommeil l'avait toujours effarée. Après son divorce, elle était devenue un peu sauvage, à essayer de réconcilier son côté dominant et les attentes sociétales. Elle n'avait pas mis bien longtemps à se rendre compte que tant qu'un homme prenait son plaisir, peu lui importait qui tenait les rênes. Du coup, ses aventures avaient été brèves.

Une bonne odeur de bacon grillé flotta jusqu'à elle, faisant gargouiller son estomac. Au moment où elle entreprenait de se lever, Knox entra dans la chambre.

Dieu qu'il était beau ! Une sacrée belle vue au réveil. Il avait apprivoisé ses cheveux, mais une barbe blonde de quelques heures lui recouvrait les mâchoires et le cou. Il était torse nu, et portait un pantalon en flanelle écossaise bleue, bas sur les hanches.

Et le sourire qu'il lui offrit en constatant qu'elle était éveillée semblait plus radieux que le soleil.

— Bonjour, beauté.

— Bonjour à toi aussi. Il y a quelque chose qui sent bon.

— Rien de très élaboré, ne va pas t'imaginer des merveilles.

— Ce sera forcément mieux que mes habituelles céréales au sucre.

— Ronin aurait une attaque.

Elle sourit.

— Alors, ton offre, c'était un petit déjeuner au lit ?

Il fit courir sur son corps dénudé un regard affamé, et Shiori savait que le laisser se rassasier d'elle constituerait la meilleure façon de commencer la journée.

— Je suis toute à toi, fit-elle en étirant les bras au-dessus de sa tête.

Il rampa vers le haut du lit, et quand il atteignit le milieu, il se mit à genoux et lui plaça les paumes à l'intérieur des cuisses pour les écarter largement.

— J'attends ton signal ?

— Non, tu peux…

Le reste de sa phrase se perdit tandis que la bouche de Knox avalait son sexe. Elle fut rapidement submergée par un flot de sensations merveilleuses. Les douces caresses de sa langue. Les mordillements de ses lèvres dures. Les baisers suçotants, l'un après l'autre. Il l'écarta encore pour atteindre les chairs tendres et accrocha la bouche en ce point précis. Shiori s'arc-bouta sur le matelas. Il ne parlait pas, il se contentait de la faire monter, coup de langue après coup de langue, caresse après caresse, titillant et mordillant.

Quand il inséra deux doigts dans son sexe et entreprit de frotter l'intérieur de son vagin tout en lapant son clitoris, elle s'alluma telle une fusée.

Haletante, le dos arqué à la rencontre de sa bouche jusqu'à ce que s'éteigne le dernier spasme. Alors elle s'affala contre le matelas avec un soupir de contentement.

Pendant ce temps, la bouche talentueuse déposait une nuée de baisers à l'intérieur de ses cuisses et sur son mont de Vénus.

Une fois que son cerveau se remit à fonctionner, Shiori se hissa sur les coudes.

Leurs yeux se croisèrent, et il prodigua un dernier suçotement à son clitoris avant de relever la tête. Son visage était fendu d'un large sourire.

— Petit déjeuner des champions.

— Viens ici, espèce de fou.

Il remonta son corps, à quatre pattes, et resta au-dessus d'elle, sans bouger.

— Oui, madame ?

Elle lui noua les bras autour du cou et l'attira pour lui donner un lent baiser. Elle adora sentir sa propre odeur, musquée, sur le visage de Knox, et se goûter sur ses lèvres et sa langue. Quand le baiser se transforma en tendres bécotages, elle lui demanda :

— Comment se portent tes fesses aujourd'hui ?

— Pas mal.

— Est-ce que tu t'es caressé, tout à l'heure, quand tu t'es réveillé avec une érection matinale ?

Il s'écarta et la regarda droit dans les yeux.

— J'ai supposé, vu que tu avais refusé de me laisser jouir la nuit dernière, que je n'étais pas autorisé à m'occuper de moi tant que tu ne m'aurais pas donné le feu vert.

— Tu as eu raison. Et parce que je récompense la bonne conduite, je t'autorise à me baiser dans la position de ton choix, et tu peux jouir quand bon te semble.

— Merci, Nushi, murmura-t-il contre ses lèvres.

Et puis sa bouche s'étira en un large sourire.

— Mets-toi sur le ventre. Je veux te prendre par-derrière.

Elle se tourna et écarta les jambes, adorant la sensation canaille de sa nudité et du drap de coton frais contre sa peau échauffée par la passion. Tournant la tête, elle vit Knox attraper un préservatif et entendit le bruit du plastique que l'on déchire.

Des lèvres chaudes lui descendirent le long de l'échine, et des mains puissantes s'enfoncèrent dans ses hanches.

— Un de ces jours, je vais dessiner chaque muscle de ton corps avec ma bouche. Tu es si musclée, et c'est carrément sexy.

Shiori sentit la chair de poule lui danser sur la peau.

Il lui tira le bassin vers le haut et positionna son membre, avant de s'enfoncer en elle d'une poussée lente. Puis il s'immobilisa.

— Un problème ?

— Tout va bien quand je suis à l'intérieur de toi. Je voulais juste profiter de la vue de ton corps qui avale mon sexe.

Une fois qu'il fut entièrement enfoui, elle ondula contre lui.

— Continue à faire ça et je ne durerai pas longtemps.

— Tu jouis quand tu veux, rappelle-toi.

Il vint coller le torse contre son dos.

— Ce qui signifie juste que j'attendrai de te voir jouir encore une fois, fit-il en lui mordillant l'oreille. Car ça va me déclencher, je te le garantis.

Il se releva, et ses assauts s'intensifièrent.

Shiori glissa les mains entre ses cuisses et frotta son clitoris gonflé. Elle ne pourrait sans doute pas jouir encore avant un moment, mais la façon fantastique dont il la prenait la faisait mouiller de nouveau.

Knox se mit à lui caresser le dos, dessinant de longues traînées de ses doigts, un peu comme s'il les passait sur un tableau à craie.

Oh oui, c'était bon !

— Tu aimes ça, murmura-t-il.

Plus il la touchait, et plus son corps réagissait. Et puis le souffle chaud de Knox lui balaya l'épaule.

— Dis-moi ce qui va te faire jouir.

— Laisse tes mains sur moi.

Sitôt qu'il reprit ses pressions des doigts, fermes et douces à la fois, le même chatouillement s'éveilla dans son coccyx.

Shiori ne se caressait même plus le clitoris quand elle commença à jouir. Son sexe se serra sur le membre de Knox et le flot de pulsations monta de ses tréfonds, envoyant à travers son corps une nouvelle onde de vibrations.

— Bon Dieu, oui !

Knox conserva le même rythme tandis que lui aussi atteignait le sommet. Et elle sentit les spasmes en elle alors que ses testicules se vidaient.

Il lâcha un nouveau grognement et commença à ralentir la cadence de ses hanches. Avant qu'il cesse de bouger complètement, il vint coller le torse à son dos et fit glisser un baiser, bouche ouverte, depuis l'arrière de son oreille jusqu'à l'arrondi de son épaule.

— Tu es incroyable. Merci.

Il se retira et la fit pivoter sur le dos, prenant le temps de l'embrasser longuement avant d'aller jeter le préservatif.

Shiori était désormais trop surexcitée pour se rendormir. Quand Knox réapparut sur le côté du lit, il avait déjà renfilé son pantalon d'intérieur.

Il lui tendit la main.

— Je vais terminer de préparer ton petit déjeuner.

— Pas question que je me prenne la honte en renfilant mes vêtements d'hier, même dans ta cuisine. Y a-t-il quelque chose que je puisse mettre ?

Knox fouilla son placard et lui tendit une chemise blanche à manches longues.

— Ça ?

Il haussa les épaules.

— J'ai envie de te voir dans l'une de mes chemises, en sachant que tu ne portes rien en dessous.

Elle passa les bras dans les manches.

— En parlant de chemises, je ne t'autorise à porter que des hauts à boutons ou à pressions, quand tu es avec moi. Je déteste devoir me battre pour poser les mains sur ton torse.

— Oui, madame.

Un pan de la chemise de Knox lui balayait les genoux. Et au niveau des manches, il devait y avoir au moins vingt centimètres en trop. Elle se planta devant lui.

— J'ai l'air ridicule.

— Ridiculement sexy.

Il lui roula les manches jusqu'au-dessus des coudes.

— Voilà. Maintenant tu es parfaite. (Il l'embrassa au sommet du crâne.) Je n'ai aucune idée de ce qui a bien pu arriver à ta culotte.

— Tu n'aurais pas un short avec une cordelette ? Je ne voudrais pas laisser des traces de sperme partout dans ta cuisine.

Il éclata de rire. Ouvrant le tiroir du haut de sa commode, il farfouilla à l'intérieur jusqu'à en tirer un boxer.

— C'est ce que j'ai de plus approchant.

— Ça fera l'affaire.

Elle l'enfila et le suivit à la cuisine.

— Je n'étais pas sûr que tu veuilles des œufs. Sinon, je peux faire des pancakes ou du pain toasté.

— Les œufs, c'est parfait. Brouillés, s'il te plaît.

— Ça vient dans un instant. Monte, ajouta-t-il en lui enlaçant la taille pour la hisser sur le comptoir.

Shiori subtilisa une tranche de bacon sur le plat et regarda Knox casser quatre œufs et les battre avec du lait. Puis il déposa une noix de beurre dans la poêle. Quand elle commença à fondre, il versa les œufs brouillés et plaça deux tranches de pain dans le toaster.

— Je te demanderais bien ce que je peux faire pour t'aider, mais je risquerais de nous électrocuter ou de mettre le feu à la pièce.

— Pas de problème, j'ai les choses en main.

— J'aime bien te regarder cuisiner.

Il leva vers elle des yeux surpris.

— Ah bon ? Pourquoi ?

Elle haussa les épaules.

— Aucun homme n'a jamais vraiment cuisiné pour moi, avant.

Craignant d'en avoir trop dit, elle ajouta :

— Et aussi parce que ça me permet d'admirer les muscles de tes biceps qui se tendent quand tu bats les œufs. C'est sexy.

Tout à coup, il était tout près de son visage.

— En cet instant, j'aimerais être un chef cinq étoiles afin de te séduire avec quelque plat raffiné.

— Je suis contente d'être là, assise sur ton comptoir, à te voler du bacon pendant que tu me prépares des œufs brouillés tout simples, répliqua-t-elle avec un grand sourire, tout en chipant un autre morceau de porc.

— Je tiens les comptes. Ces deux morceaux seront déduits de ta ration en bacon.

— Ou bien je pourrais me contenter de t'ordonner de me donner ton bacon, objecta-t-elle avec douceur.

Il éclata de rire.

— She-Cat, je ne suis soumis que dans la chambre. Ici, je suis prêt à te défier sur le tatami pour une tranche de bacon.

Il beurra les toasts, sortit leurs assiettes et partagea le bacon. Et puis il insista pour la nourrir lui-même. Ce que Shiori trouva mignon et drôle et enivrant et tellement… Knox.

À la fin, il nettoya le tout.

Elle en profitait pour reluquer son derrière, se demandant combien de temps il tiendrait à la torture de la pipe, quand il fit volte-face et riva les yeux sur elle.

— Quoi ?

— Tu te rends compte que tu as lâché un ricanement diabolique qui a fait trembler mes testicules de peur ?

— Je n'ai pas fait attention.

— Tu parles !

Il vint se positionner entre ses jambes au bord du comptoir.

— Est-ce que je vais te faire peur au point que tu te précipites pour appeler ton service de chauffeur particulier, si je te dis que j'ai envie de passer avec toi la journée d'un couple normal, aujourd'hui ? (Il lui caressa les cheveux des deux mains.) Genre voir un film, regarder la télé ou faire une balade en voiture ?

Quatre coups assez forts résonnèrent, suivis par le grincement de la porte qui s'ouvrait et d'une voix féminine qui cria :

— Knox ? J'ai vu ton pick-up dehors, alors je sais que tu es là.

Avec un juron, il se dirigea vers l'entrée pour intercepter sa visiteuse.

— Vivie, qu'est-ce que tu fous ? Depuis quand est-ce qu'on entre comme ça chez les gens ?

— Depuis que le propriétaire est assez stupide pour ne pas fermer sa porte à clé, rétorqua-t-elle. Et pourquoi est-ce que tu es à demi nu ?

Une pointe de jalousie mordit Shiori, alors qu'elle ne voyait même pas la visiteuse de Knox. Dommage qu'elle ne puisse se laisser glisser au sol et filer en douce jusqu'à la chambre.

— Vivie, tu es chiante, intervint une autre voix féminine. Je t'ai dit d'attendre qu'il vienne ouvrir la porte au lieu d'entrer en trombe.

— Tais-toi, Zara. Il en perd ses mots, tellement il est heureux de nous voir, pas vrai, frérot ?

Frérot ?

— Maman est au courant que vous avez pris la voiture pour venir en ville ?

— Oui, on a tiré la leçon de la dernière fois.

Knox ricana.

— Oh là là, c'est qui, ça ?

Et voilà… elle était repérée. Shiori sauta au bas du comptoir et ferma les deux boutons de la chemise avant de leur faire face.

La prenant par la main, Knox l'attira vers eux.

— Voici mes deux petites sœurs. Vivie, fit-il en désignant la grande blonde, et Zara.

Et il désigna l'autre grande blonde.

Une vraie famille de Vikings.

Vivie tendit la main.

— Enchantée… ?

— Shiori Hirano. Knox et moi travaillons ensemble.

Quel besoin avait-elle de le préciser ?

— Je le savais ! s'exclama Zara avec un sourire satisfait. Vous êtes la fille qui a mis Knox sur les fesses, la première fois que vous vous êtes rencontrés, parce que vous êtes un rang au-dessus de lui.

Shiori se tourna vers Knox, sidérée qu'il ait raconté cette histoire à ses sœurs.

—Oui, techniquement je suis au-dessus de lui, pourtant il est considéré comme la ceinture la plus élevée après le sensei, chez Arts Black.

—Je n'arrive pas à croire qu'une personne si petite puisse mettre à terre un gars de ta taille, frérot.

—Moi non plus. Mais ne vous fiez pas à sa taille, c'est une teigne.

—Alors, vous sortez ensemble, tous les deux? s'enquit Zara, regardant tour à tour le torse nu de Knox et la chemise de Knox, seul vêtement de Shiori.

—Oui, répondit celui-ci sans hésitation. Shiori et moi, on se voit. Mais on préfère ne pas l'ébruiter, vu qu'on travaille ensemble.

—Attends une seconde, intervint Vivie, les sourcils froncés. Vous êtes la sœur de Ronin Black?

—Oui, mais ne retenez pas ça contre moi.

—Ronin est genre…

—Le type le plus sexy que j'aie jamais rencontré en personne, termina Zara. Il est juste…

—Parfait, finit Vivie.

—Eh bien moi, je trouve que c'est votre frère, le type le plus sexy que j'aie jamais rencontré, répondit Shiori.

Ce qui lui valut un baiser au sommet du crâne.

—Il n'est pas mal, c'est vrai, pour un vieux, taquina Zara.

—Merci pour le vote de confiance, fit Knox. Et puis, Ronin a trois ans de plus que moi, donc bon…

— Tu ne nous donnes pas de ces démonstrations d'affection quand on sera au centre commercial, OK ? dit Vivie.

— Au centre commercial ? répéta Knox.

— Pourquoi crois-tu qu'on soit venues à Denver ? reprit Vivie en le tapant sur le torse. On en a parlé, tu te rappelles ? Mon bal de dernière année ? J'ai besoin d'une robe.

— Oui, bon, mais ça n'est pas avant le mois prochain, alors pourquoi faire les boutiques maintenant ?

Shiori échangea un regard style « Ah, ces hommes qui ne comprennent rien » avec les deux sœurs.

— Vous me rappelez comment je me suis laissé entraîner là-dedans, au fait ? demanda Knox.

— Parce que tu refuses qu'elle s'achète une robe miteuse, expliqua Zara. Alors que moi, je l'encouragerais sans doute à s'habiller trop sexy. (Elle se tourna vers Shiori.) On s'équilibre, en somme.

— Vous avez combien d'années d'écart ? s'enquit Shiori.

— Un an et demi. Vivie est en terminale, et moi en première.

— En résumé, Knox est assez vieux pour être notre père, expliqua Vivie.

— Alors toi aussi, tu te joins à la cabale « Knox est vieux », Viv ?

— Mais on t'adore ! s'exclama celle-ci en l'embrassant sur la joue. Tu as quelque chose à manger ? J'ai une faim de loup.

— Moi aussi, dit Zara.

— Vous avez toujours faim, toutes les deux, commenta Knox en soupirant. Je peux vous préparer des œufs ou du fromage grillé.

— Fromage grillé ! lancèrent-elles à l'unisson.

C'était fascinant de voir Knox dans le rôle du grand frère. Il avait un contact facile avec les deux adolescentes, et pourtant Shiori savait que si leur mère l'envoyait en courses avec elles, il ne les laisserait pas faire n'importe quoi. Ça la faisait fondre, de percevoir là son côté paternel.

Une pique de jalousie la tirailla à l'idée que sa relation avec son propre frère n'avait rien eu à voir avec ça. Décidant de les laisser en famille, elle voulut s'éclipser discrètement.

Mais Knox l'attrapa par la taille à la moitié du couloir.

— Où tu vas ?

— Il faut que je m'habille et que j'appelle le service de chauffeur.

— Pourquoi ?

— Parce que tes sœurs sont ici.

Il eut l'air perplexe.

— Et alors ?

— Alors elles veulent passer du temps avec toi, pas avec moi.

— Elles veulent passer du temps au centre commercial. Et moi, je veux passer du temps avec toi, donc tu viens avec nous.

— Je n'ai que ma tenue de la honte, ici, je te rappelle.

— Je ne vois pas où est le problème. Tu étais sublime hier soir, tes vêtements n'avaient rien de vulgaire. Ils étaient très bien, et ce sera la même chose en plein jour. Mieux que bien, même. Viens avec nous.

— D'accord. Et si on tombe sur quelqu'un qu'on connaît ? ajouta-t-elle, fouillant son regard.

Elle le vit se refroidir.

— Je n'aime pas du tout ces conneries de devoir se cacher. Une partie de moi comprend bien pourquoi on doit le faire, mais une autre partie de moi – bien plus grande – a envie de dire : « Qu'ils aillent se faire foutre. »

Il dessina le V profond du décolleté de sa chemise.

— On est ensemble. Les gens peuvent l'accepter.

Et le reste de la phrase, sous-entendu – *et tu peux l'accepter toi aussi* –, demeura en suspens entre eux.

— Tu serais également prêt à annoncer aux gens que tu es mon soumis ?

— Compare ce qui est comparable, minette.

Il lui donna un long baiser, puis retourna à la cuisine.

Shiori se fit aussi présentable qu'elle le put.

Knox la rejoignit dans la chambre, enfila un jean, une chemise, et se passa une main dans les cheveux. Prêt et absolument délicieux en moins de deux minutes.

— Pourquoi tu me regardes avec cet air sévère ?

— Peu importe. Au fait, j'ai utilisé ta brosse à dents.

— Pas de problème. Mais tu devrais envisager de laisser quelques affaires à toi, ici.

Pourquoi cette remarque l'ennuya, Shiori n'en avait aucune idée.

— Peut-être que tu devrais envisager de laisser quelques affaires à toi chez moi.

Il sourit.

— Comme tu veux. Tu es prête à y aller ?

— On va où ?

— Centre commercial de Cherry Creek.

Le shopping avec les sœurs de Knox tira Shiori de son humeur maussade. Elle n'avait pas côtoyé d'adolescentes depuis sa propre adolescence, et elle ne se souvenait pas que ses amies aient été aussi drôles. Probablement parce qu'elles voulaient à tout prix paraître cool.

Vivie et Zara se fichaient bien d'être cool, et de toute évidence, ce naturel était à porter au compte de leur éducation, vu que Knox se comportait de la même façon.

La porte de la cabine d'essayage s'ouvrit et Vivie en sortit, vêtue de la robe numéro dix.

— Grand Dieu, commenta Zara, c'est hideux ! C'est quoi au milieu des fleurs ? Des champignons ? Parce que d'ici, on dirait des dizaines de bites de toutes les tailles.

— Bon sang, Zara, tu ne peux pas parler moins fort ?

L'interpellée regarda Knox.

— Ben, je parlais le moins fort que je pouvais, là.

— Shiori, qu'est-ce que tu en penses ?

Elle secoua la tête.

— Trop haute couture.

— Sans compter la fente qui remonte si haut que je vois tes sous-vêtements, ajouta Knox.

Vivie repartit en trombe vers sa cabine.

— Je ne vais jamais la trouver, cette robe.

La vendeuse revint chargée de quatre tenues supplémentaires, et elle reprit les autres.

Cinq bonnes minutes s'écoulèrent avant que Zara se lève pour aller frapper à la porte de la cabine.

— Dépêche-toi.

— Je n'arrive pas à attraper la fermeture, elle descend trop bas.

— Je suggère qu'on l'élimine d'office, sans même l'avoir vue, marmonna Knox.

Zara alla rejoindre sa sœur pour l'aider.

Des cris s'ensuivirent.

Puis Zara ouvrit la porte.

— Et voilà ! C'est le genre de robes avec lesquelles on fait une entrée remarquée.

Vivie sortit dans une robe de satin et de tulle bleu pâle. Le style était simple : manches larges, panneau en satin froncé sur le corsage, taille cintrée et jupe pleine.

— Elle n'est pas à tomber par terre ? s'exclama Zara.

— Oui, tu es sublime, Vivie, approuva Shiori.

— C'est bizarre, ça ne m'avait jamais fait ça avant, mais là-dedans, je me sens comme une princesse.

Elle tournoya en riant.

— Tu es splendide, merdeuse, fit Knox avec un doux sourire.

Vivie lui tira la langue.

— Je dois néanmoins me faire la voix de la raison et demander à voir l'étiquette du prix.

— Mais elle est parfaite !

— Des robes parfaites, il y en a d'autres, et puis maman et Rick n'ont pas un budget « robe » illimité, beauté. Tu le sais bien.

Vivie fourra la main dans les tissus et rajusta la robe devant les grands miroirs.

— OK, j'ai regardé le prix et elle est bien au-dessus de ce que je peux dépenser. Même l'argent que j'ai gagné avec le babysitting ne compensera pas la différence.

Shiori ouvrit la bouche, prête à annoncer qu'elle couvrirait ce qu'il restait car Vivie méritait cette robe. Mais elle sentit le regard de Knox, brûlante mise en garde.

Zara tendit la main vers sa sœur.

— Tape-m'en cinq quand même, sœurette.

— Mouais.

Vivie soupira et tourna sur elle-même une dernière fois.

— Bon, j'en ai ma claque du shopping. Je vendrai peut-être mon sang pour me faire un peu d'argent. Ou mon corps, ajouta-t-elle avec un sourire narquois à l'attention de Knox dans le miroir.

— Ça te rapportera bien cinq dollars, commenta Zara.

Vivie lui tapa sur le bras.

— Bon, je vais la remettre sur le cintre. Mais en compensation, j'ai besoin de me noyer dans la crème glacée.

— Et les frites, ajouta Zara.

Knox lâcha un soupir.

— Allez, repose cette robe et je vous emmène à la cafétéria.

Chapitre 13

Ils étaient à la cafétéria depuis vingt minutes quand Shiori demanda :

— Où sont les toilettes ?

— Là-bas, derrière le restaurant mexicain, lui indiqua Vivie.

— Merci. Excusez-moi.

Knox ne put s'empêcher de la regarder s'éloigner. Tandis que des yeux, il descendait de ses mollets jusqu'aux chaussures de la mort qu'elle portait, il se demanda comment celles-ci lui battraient les hanches, s'il la prenait contre un mur.

Zara claqua des doigts devant son visage.

Il se tourna vers elle.

— Quoi ?

— Tu en pinces salement pour elle. Mais te voir la déshabiller des yeux devant nous, c'est un peu dégueu, alors si tu pouvais redescendre…

— Je vais essayer.

— Maman va être super contente que tu aies une copine.

Il tourna les yeux vers Vivie, qui trempait ses frites dans son milkshake au chocolat.

— On ne le crie pas sur tous les toits, OK ?

— Tu vas même pas le dire à maman ? C'est nul. Elle s'inquiète pour toi, et ça la rendrait tellement heureuse !

— Pourquoi maman s'inquièterait-elle pour moi ?

— Parce que tu as trente-six ans et que tu n'as jamais été marié.

— Ce n'est pas aussi inhabituel que ça, répondit Knox, tâchant de ne pas être sur la défensive. J'ai été fiancé une fois.

— Ça ne compte pas. Tu avais, quoi ? Vingt ans ?

— Moi, je ne vois pas en quoi refuser de se faire passer la corde au cou constituerait un problème.

— Merci, Zara.

— Mais tu ne veux pas trouver ton âme sœur ? Et organiser un grand mariage afin que tout le monde partage votre amour et votre bonheur ? demanda Vivie avec un soupir rêveur.

— Je crois que la robe de princesse t'a transmis le virus du « Ils vécurent heureux et eurent beaucoup d'enfants. »

Zara pouffa.

Mais Vivie ne semblait pas décidée à lâcher l'affaire.

— Tu ne veux pas avoir d'enfants ?

— Pas spécialement.

— Quoi ? s'exclamèrent simultanément ses deux sœurs.

— Pourquoi ? ajouta Vivie.

— Les bébés, ça fait du bruit, ça sent mauvais et ça prend du temps. Tout votre temps, même, et vos bons moments. Alors non, je ne me vois pas affublé d'un sac de couches avant longtemps. (Il leur offrit un large sourire.) Et puis, je suis vieux, rappelez-vous. Je ne voudrais pas que les gens me prennent pour le grand-père de mon enfant.

Shiori revint s'installer à leur table.

— Qu'est-ce que j'ai raté ?

— Rien, répondit brusquement Knox.

En fait, il s'adressait surtout à ses sœurs, histoire qu'elles gardent leur avis sur les épouses et les bébés pour elles.

— Bon, il vaudrait mieux qu'on y aille, dit Vivie. Papa prépare le dîner, ce soir.

Knox désigna leurs snacks.

— Vous feriez mieux de ne pas lui dire que vous avez déjà mangé.

— Ne t'inquiète pas. On aura de nouveau faim, d'ici à ce qu'on arrive à la maison, répliqua Zara avec un grand sourire.

Sur le parking du centre commercial, il glissa un billet de vingt dollars à Vivie pour qu'elle remplisse le réservoir de la voiture et regarda ses sœurs s'éloigner au volant.

Shiori l'enlaça.

— Elles sont super.

— Elles donnent du sel à ma vie, répondit-il, avant de plonger dans ses yeux. Qu'est-ce que tu as envie de faire, maintenant ?

— Rentrer à la maison et dormir, ça fait partie des possibilités ?

Il secoua la tête.

— Ben c'est quoi, tes plans, alors ?

— Me coller à toi sur le canapé et regarder un film.

— Et si je m'endors ?

— Je te laisserai dormir, promit-il en lui passant une mèche de cheveux derrière l'oreille. Peu m'importe, du moment que je suis avec toi.

Et afin qu'elle ne le trouve pas trop collant, il ajouta :

— Mais si tu as d'autres projets, ça me va.

— J'avais prévu de m'entraîner au dojo, aujourd'hui.

— Moi aussi. (Il sourit.) Mais je parie que tu peux nous trouver le moyen d'être échauffés, suants et essoufflés… sans le recours au punching-ball.

Shiori serra sa chemise dans son poing et l'attira vers elle. Le baiser qu'elle lui donna faillit le faire tomber à genoux au beau milieu du parking.

Elle libéra sa bouche, mordillant sa lèvre inférieure avant de s'écarter.

— OK pour regarder un film avec toi, mais selon les règles de la Maîtresse. Et on va faire le plein de cochonneries à manger, parce qu'il me faut des bonbons à la menthe et de la réglisse noire avec mon popcorn.

— N'importe quoi, du moment que ça te rend heureuse, madame.

— Et c'est moi qui choisis le film.

Knox secoua la tête.

— Pas question. C'est ma télé, c'est mon film.

— Pas de film d'horreur.

— OK.

— Pas de poursuites en voiture et d'explosions.

— Tu vas me gâcher mon plaisir, She-Cat. Mais attention, pas de film de gonzesses non plus, hein !

— Comme si j'aimais ces trucs de midinettes !

Il effleura ses lèvres des siennes.

— Quelle petite menteuse tu fais. Je parie que tu as vu à peu près toutes les comédies romantiques qui sont sorties ces dix dernières années.

Elle plissa le nez.

— Ce n'est pas parce que je les ai vues que j'ai besoin de les regarder de nouveau.

Il éclata de rire.

— Pigé.

— Pourquoi pas de la science-fiction ?

— Pas très fan.

— Pas d'arts martiaux ! lancèrent-ils en même temps.

— Ça pourrait être amusant, ajouta-t-il. Chaque fois que la doublure cascades effectue un mouvement impossible, celui qui la repère le premier peut exiger que l'autre retire un vêtement.

Shiori lui donna un coup sur le torse.

— Dans ce cas, tu te retrouverais nu comme un ver à la vitesse grand V, vu que tu ne porteras que ton short à la base.

— Exact. Bon, on est à cours de choix. Je ne suis pas très films d'auteurs.

Elle hocha la tête.

— Et les films historiques sont souvent ennuyeux.

— Je suis d'accord. Ce qui nous laisse les films d'animation ou bien ma vieille réserve personnelle.

— Pas question de regarder du porno.

— Pas besoin de porno quand je t'ai dans mon lit, gronda-t-il.

— Quel film alors ?

— *Le Cavalier solitaire.*

— Ce ne serait pas un…

— Western, acheva-t-il, avec rien moins que *Monsieur* Clint Eastwood.

— Je n'ai jamais vu aucun de ses films.

— Eh bien, il est grand temps que tu découvres Sa gloire.

— D'accord.

Et elle lui sourit – de ce sourire déviant qui ne présageait rien de bon.

— Mais la prochaine fois, c'est moi qui choisis.

— Du moment qu'il n'y a pas de sous-titres, l'avertit-il.

Elle lui tira sur la main.

— Allez, les snacks nous attendent.

Quand ils gagnèrent la caisse de *CVS*, Shiori sortit sa carte de crédit et Knox dut user de la force pour l'écarter et l'empêcher de payer.

Une fois qu'ils furent rentrés chez lui, elle se changea, enfilant les vêtements décontractés qu'elle avait achetés au centre commercial. Il appréciait la coupe ajustée du survêtement de couturier, même si la raison pour laquelle les femmes aimaient arborer « Juicy » sur leurs fesses lui échappait. Il se déshabilla pour se retrouver en boxer – toutes ses tenues de sport étaient au sale.

Ils s'étaient installés avec des bols de pop-corn, de bonbons et du soda, prêts à regarder Clint Eastwood faire des ravages, quand le téléphone de Knox sonna. Il jeta un rapide coup d'œil sur l'écran : pourquoi Merrick l'appelait-il un dimanche ?

— Allô ?

— Knox, c'est Merrick. J'espère que tu passes un bon week-end. Tu nous as manqué, hier soir.

— Je n'étais pas censé être présent, si ?

Shiori le regarda et il chuchota : « Merrick ».

— Non, j'appelle pour te demander si tu seras dans les parages, le week-end prochain.

— Je n'ai pas encore fixé mon planning si longtemps à l'avance. Pourquoi ?

— Maître Mike a requis une heure de ton temps.

— Tu as besoin d'une réponse maintenant ?

— Oui. Les salles privées se remplissent vite.

Knox ouvrait la bouche pour accepter, quand il se rappela la demande de Shiori d'être présente lors des scènes auxquelles il participait.

— Attends une seconde.

Il appuya sur la touche « muet » et se tourna vers elle.

— Quoi ?

Il lui expliqua la situation, décision qu'il regretta immédiatement lorsqu'elle exigea de parler à Merrick. Cela donnait l'impression qu'elle était sa mère, et il détestait ce sentiment.

Tu as volontairement signé pour ça.

À contrecœur, il lui tendit l'appareil.

Shiori remit le téléphone en position dialogue.

— Merrick, c'est Maîtresse B. Je vais bien, merci. (Elle jeta un regard en direction de Knox.) Jusqu'à présent, il s'en sort très bien.

Pourquoi est-ce que ce compliment apaisait la blessure que lui causait cette obligation de demander sa permission pour faire ce qu'il faisait au club depuis des années ?

Parce que tu es un soumis. Essaie de l'accepter et cesse de geindre, nom de Dieu !

— En ce qui concerne Maître Mike, est-ce que son soumis et lui sont d'accord pour que j'observe ? Oui, j'apprécierais que vous obteniez la confirmation. Et dorénavant, aussi longtemps que Knox sera avec moi, il ne fera plus de scènes de couples tout seul. (Elle lâcha un petit rire.) Furax. Mais il en a accepté les termes. Non, reprit-elle après une pause, nous n'en sommes pas encore à ce stade. Merci. Faites savoir à Knox ce que décide Maître Mike. Votre japonais est nul, grommela-t-elle enfin. Restez à l'anglais, Maître Merrick. Au revoir.

Elle raccrocha et lui tendit son téléphone.

— Merrick te demande toujours ton autorisation sur les scènes ? s'enquit-elle.

— Je t'ai expliqué que j'avais mon mot à dire sur les séances auxquelles je prête main-forte.

— Ça me rend heureuse.

Et elle posa leurs deux bols de pop-corn sur le côté et le chevaucha.

Érection immédiate.

— Mais tu sais ce qui me rend vraiment heureuse ?

— Quoi ?

— Que tu m'aies laissée gérer la situation, dit-elle en passant le pouce sur sa lèvre inférieure. Si je te punis quand tu as enfreint une règle, alors je dois te récompenser quand tu respectes mes exigences.

— OK. Quelle est ma récompense ?

— Tu as le choix entre avoir ma bouche sur tes tétons pendant que je te fais jouir avec ma main. Ou ta bouche sur mes tétons pendant que je te fais jouir avec ma main. Choisis.

— Je veux poser la bouche sur toi.

Les lèvres de Shiori se retroussèrent en un sourire de chatte.

— Excellent choix.

Elle se leva et retira son tee-shirt.

— Débarrasse-toi de ton boxer.

Le morceau de tissu atterrit au sol en moins de temps qu'il n'en fallait pour le dire.

Shiori vint percher les fesses sur ses cuisses et enveloppa la base de son sexe dans sa main.

— Tu veux du lubrifiant ?

— Juste ta main.

— Tu peux m'atteindre ?

Il renversa la tête en arrière et saisit son mamelon dans sa bouche.

— Eh bien, voilà qui répond à ma question, murmura-t-elle.

Comme elle ne lui avait pas interdit de faire usage de ses mains, il lui empauma les seins et dessina des cercles sous un téton tandis qu'il suçait l'autre.

— Testons ta résistance.

Merde.

Il soupçonnait que l'expression « tester sa résistance » était un nom de code pour une série de tortures.

Mais non. Shiori le caressa si vite qu'il se demanda s'il allait s'en tirer avec des brûlures sur le sexe. Et au moment où ses testicules allaient exploser, elle plaça les mains en forme d'anneau pénien pour l'empêcher de jouir. Il n'en revenait pas qu'elle ait su à quel instant précis intervenir.

Enfin, à vrai dire, il ne pensait plus très clairement. Son torse se soulevait par saccades, ses mâchoires étaient crispées, et il dut détourner le visage, sinon elle y aurait vu sa frustration.

Alors elle lui prit la bouche en un doux baiser qu'il aurait presque pu considérer comme des excuses, s'il n'avait craint que cette « récompense » ne soit en fait à double tranchant.

Quand elle revint s'asseoir près de lui et lâcha : « Lance le film », il faillit demander : « Putain, mais qu'est-ce que tu fous ? Je ne devais pas jouir dans ta main ? »

Quinze minutes plus tard, une fois que son membre se fut ramolli et qu'il eut commencé à s'intéresser au film, Shiori laissa courir les doigts le long de son torse vers son entrejambe et joua avec son sexe mou. Qui ne le resta pas bien longtemps, tant ses caresses étaient expertes et ses doigts magiques.

Au moins cette fois, quand elle s'arrêta, elle ne l'avait pas amené au bord de l'orgasme.

Knox n'arrivait même plus à se concentrer sur le film, avec la main de Shiori posée à l'intérieur de sa cuisse.

Et voilà, c'est reparti, songeait-il.

Mais elle se contenta de lui caresser doucement la peau, sans se préoccuper que son membre se dresse pour attirer son attention, frémissant d'anticipation.

Ils ne parlaient pas, hormis quand Shiori lui demanda de passer le bras autour d'elle. Au moins, il avait ça pour se distraire : dessiner des cercles sur son épaule ou entortiller une mèche de cheveux autour de ses doigts.

Quand de nouveau elle passa la main entre ses jambes, elle se contenta de jouer avec ses testicules, les faisant rouler, tirant dessus, les serrant, les titillant d'une caresse légère comme une plume. Et oui, son membre durcit de nouveau. Touchez aux frangines et la baguette réclame de participer. Mais encore une fois, elle le laissa en plan.

Le quatrième acte se déroula exactement comme le premier.

À ce stade, il lui fallait déployer des trésors de maîtrise pour ne pas se rendre aux toilettes et s'occuper seul de son cas. Les coups de baguette n'avaient pas été aussi terribles, finalement. Quelques coups bien durs sur les fesses seraient même les bienvenus, s'ils permettaient d'apaiser cette douleur.

La cinquième fois qu'elle le toucha, il laissa retomber sa tête contre les coussins en signe de reddition.

Elle plaqua aussitôt les lèvres sur son oreille.

— Cette fois, je te laisse choisir : tu veux jouir ou pas ?

— Et si j'opte pour le « oui », qu'est-ce qui va se passer ?

— Aucun de nous deux n'aura la satisfaction de savoir combien de temps tu aurais pu tenir.

Évidemment, elle le mettait au défi.

— Je ne jouirai pas.

— Bien répondu. Regarde ma main qui te branle. Vois comme c'est sexy.

Relevant la tête, il entrouvrit les yeux. Son membre était rouge vif, le gland presque violet. Et la main de Shiori paraissait toute délicate, enveloppée autour de son épaisseur.

De plus en plus vite, elle pompait, le poing serré. De nouveau ses lèvres douces vinrent lui effleurer l'oreille, envoyant une vague de frissons tout le long de son flanc gauche.

— C'est toi qui me dis quand je dois m'arrêter. Mais ne flanche pas, mon beau soumis. Laisse-moi t'emmener juste, juste au bord, là où tu te tiens en équilibre sur un pied et où tu moulines avec les bras pour t'empêcher de tomber… et où tu réussis.

Bon Dieu! Il tint bon, et juste avant que ses testicules ne se soulèvent, il lâcha d'une voix rauque:

—Arrête. Arrête-toi.

Encore une fois, elle forma un anneau pénien à l'aide de ses doigts.

Et peut-être qu'il ressentit une sorte d'accomplissement quand elle murmura:

—Je suis impressionnée.

Tout en tâchant de contrôler sa respiration, il essaya de faire redescendre son sexe tendu.

Shiori lui tapota la jambe et se remit à mâchonner du pop-corn, comme si elle n'était pas en train de lui retourner les sens.

—Ça me fait mouiller, lâcha-t-elle nonchalamment, de voir ta volonté d'acier, sachant que tu le fais pour moi et parce que je te l'ai demandé.

Son aveu tira un grognement à Knox, qui attrapa une poignée de ses cheveux dans la nuque pour atteindre sa bouche. Et il prit le baiser, le contact dont il avait besoin. De toute façon, quel châtiment pire que celui-là pouvait-elle lui infliger?

Shiori autorisa le baiser, mais quand elle lui mordilla légèrement la langue, il recula.

Lorsque la main de Shiori revint se glisser entre ses jambes, il n'essaya même pas de s'empêcher de réagir à ce contact.

—Que penses-tu de ta récompense? Tu aimes?

—Ça ne me fait pas vraiment l'effet d'une récompense, Maîtresse.

—Ça va venir.

Elle lui souffla dans l'oreille, et il le ressentit jusque dans ses testicules.

— Détends-toi, évacue la tension.

— J'essaie.

Elle lui frappa la cuisse.

— Relax.

Il inspira une longue goulée d'air et se concentra sur la pression qui refluait de son corps en même temps que l'air de ses poumons.

C'est alors qu'une étrange sensation de paix se répandit en lui. Il sentait la main qui le pompait et la tension dans ses testicules, il espérait ce soulagement, il en mourait d'envie, mais il lui faisait confiance pour l'y conduire.

— C'est exactement ce que je voulais, Knox.

Il pouvait bien lui avoir offert un sourire rêveur.

— Jouis pour moi, mon amant. Jouis maintenant.

L'orgasme ressembla à l'une de ces expériences de sortie du corps. Jamais il n'avait joui si fort, si longtemps. Les vagues se succédaient à travers son corps, l'envoyant rouler dans une mer de plaisir si intense que l'espace d'une fraction de seconde, il se demanda s'il n'était pas en train de rêver. Son sperme était brûlant sur sa peau. Ses testicules continuaient à envoyer giclée après giclée. Il frissonna. Il hurla, sans qu'aucun son ne sorte pour autant.

Quand elle cessa enfin ses caresses de haut en bas, il enveloppa sa petite main.

— Encore un tout petit peu. S'il te plaît.

— Tu étais magnifique, murmura-t-elle, tandis qu'il l'aidait à le faire redescendre.

Il lâcha un grognement, qu'elle avala dans sa bouche. Elle l'embrassa avec un mélange de tendresse et d'attention. Lui passant sa main libre sur le visage, le cou et le torse, elle lui rappelait qu'il ne s'agissait pas là d'une scène fantasmée ; c'était bien réel.

Knox ignorait combien de temps s'écoula avant qu'il rouvre les yeux, en tout cas la première chose qu'il vit fut le beau visage de Shiori.

Et l'envie irrésistible le saisit de tomber à genoux. Une envie qui le disputait avec un besoin tout aussi irrésistible de partir en courant. De fuir cette femme et l'abandon total qu'elle exigeait. Ça le terrorisait, que quelqu'un puisse exercer un tel pouvoir sur lui.

— Ne fais pas ça, dit-elle, l'embrassant de nouveau.

— Faire quoi ?

— Te gâcher ce moment en réfléchissant trop.

Tu veux donc que je sois ton esclave sans cervelle ? Que j'accepte tout et n'importe quoi, juste pour ressentir ce truc inouï encore et encore ?

— Tu étais magnifique, répéta-t-elle. Fort, sexy. Si sexy, quand tu m'as abandonné ta volonté, que lorsque tu as commencé à jouir, j'ai joui aussi.

Il leva le bras, voulant lui toucher le visage, mais il se rendit compte que sa main poissait. Tout comme son ventre. Et son sexe. Il était temps d'aller se nettoyer, de prendre un peu de recul, de laisser sa grosse tête reprendre le contrôle de la situation. Avec un peu de chance, ses jambes ne se déroberaient pas sous lui quand il se lèverait.

Shiori lui posa une main sur le bras.

— Où tu vas ?

— Me laver. Je reviens tout de suite.

Elle riva sur lui des yeux féroces.

— Je ne t'ai pas autorisé à bouger.

— Shiori…

— Maîtresse, l'interrompit-elle sèchement. Tu te rends compte que tout ton corps tremble, au moins ?

Il baissa les yeux vers ses genoux : ils tressautaient.

— Merde.

— Reste là, je te dis. Et oui, c'est un ordre, putain.

Elle se leva du canapé et se dirigea vers la cuisine. Il entendit de l'eau couler. Puis elle revint munie d'une poignée de serviettes en papier, avec lesquelles elle entreprit de le nettoyer. Knox sentit aussitôt la gêne lui empourprer les joues, et il lui retira vivement les serviettes en papier des mains.

— Arrête, je vais le faire.

— Tu es l'homme le plus entêté que j'aie rencontré.

De sa main gauche, il nettoya sa main droite. Ensuite il prit une autre serviette et s'essuya le ventre.

— Nettoyer le sperme de ton soumis n'est pas en dessous de toi, Maîtresse ?

Rapide comme l'éclair, elle passa une main sous sa mâchoire et lui releva le visage.

— M'occuper de toi, c'est ma responsabilité, Knox. Ça inclut commander ton excitation, te faire jouir, te nettoyer et m'assurer que tu ne fais rien d'idiot après l'orgasme.

— Comme énerver ma Maîtresse parce que je n'ai aucune putain d'idée de la manière de me comporter après… ça, quoi que ça ait été ?

— Oui.

— Je suis désolé.

Elle baissa la main, mais resta là, tout près de son visage.

— Je sais. Comment expliques-tu qu'une correction à la baguette ne t'effraie pas, alors qu'un orgasme qui t'envoie dans l'espace… si ?

Merde.

— Je n'en sais rien.

Elle se leva. Puis, ayant ramassé son soutien-gorge et son tee-shirt, elle les enfila.

Quand elle commença à ranger les bols de pop-corn, les boîtes de bonbons et les serviettes en papier, Knox ne protesta pas, de crainte de s'attirer les foudres de l'enfer.

Une fois qu'elle eut disparu dans la cuisine de nouveau, il ferma les yeux.

Quand il se réveilla, la maison était plongée dans le noir complet. Une couverture le recouvrait, mais il était nu en dessous. Sitôt qu'il se redressa de sa position allongée sur le ventre, il sut que Shiori était partie. En revanche, il ignorait ce qui l'avait chassée sans un au revoir.

Chapitre 14

Le samedi soir, Shiori arriva au *Twisted* une heure avant le début prévu de la séance avec Maître Mike et son soumis. Elle alla s'asseoir au bar. N'étant pas revenue depuis la nuit où Knox jouait le barman, elle ne connaissait personne hormis Merrick, Greg, Knox et Dex.

Quand on parle du loup…

Elle baissa les yeux et découvrit Dex à genoux près de son siège.

— Dex, quelle jolie posture !

— Je suis là pour votre plaisir, Maîtresse.

— Que puis-je faire pour toi ?

— Si vous n'avez pas choisi de soumis pour recevoir vos attentions ce soir, je me propose humblement.

Elle prit son Coca et en sirota une gorgée.

— Pour quelle activité est-ce que tu te proposes ?

— Pour toutes les activités de votre choix.

— Voilà qui est bien vague et dangereux, Dex. Et si j'exigeais des jeux d'aiguilles ?

Il déglutit péniblement.

— Je… l'envisagerais avec vous.

Conneries.

— Et des jeux avec le feu ?

Un frisson le parcourut.

— Je n'ai jamais essayé.

— Mais tu es prêt à faire l'expérience de la brûlure… pour moi ?

— Oui, Maîtresse B.

Elle posa la pointe de sa chaussure sur le sternum de Dex.

— Tu dois apprendre les limites, Dex. Tu n'obtiendras pas ce dont tu as besoin en offrant n'importe quoi, juste histoire qu'un dominant s'amuse avec toi.

Il ne leva pas les yeux.

— Alors recommençons du début. Et sois honnête ; respecte tes limites ou bien personne ne le fera. Je suis intéressée par les jeux d'aiguilles.

Il ouvrit la bouche, puis la referma.

— Désolé, Maîtresse B, mais j'ai peur des aiguilles.

— C'est bien, Dex. Et les jeux avec le feu ?

Nouveau frisson.

— Non. Pas de feu. Jamais.

Il se mit à haleter.

Shiori descendit le pied sur son torse et se pencha pour lui poser la main sur la tête.

— Respire, Dex. Tout va bien.

Il hocha la tête.

Elle continua à lui caresser les cheveux.

Au bout d'un moment, il appuya le visage contre son tibia et soupira.

— Y a-t-il quelque chose que je puisse faire pour vous aider, Maîtresse B ? demanda sèchement Knox dans son dos.

Dex releva la tête et lui jeta un regard noir.

— On n'a pas besoin d'agent de sécurité, laissez-nous.

Knox le saisit par le bras et le souleva.

— N'oublie pas à qui tu t'adresses. Apprends à rester à ta place, et je peux te garantir qu'elle n'est pas à ses pieds. C'est bien clair ?

D'un mouvement sec, Dex se libéra de l'emprise de Knox.

— Je m'en irai quand Maîtresse B me dira de m'en aller.

Les deux hommes se tournèrent vers elle.

Comment en vouloir à Knox de défendre son territoire ? Il lui avait dit qu'il ne supporterait pas de voir un autre soumis poser les mains sur elle, or Dex la touchait justement. Elle l'avait touché la première, et Dex connaissait les règles. Ce qu'il ignorait, en revanche, c'était que Knox et elle étaient ensemble. Alors, qui était en tort ?

— Dex, j'espère t'avoir été utile ce soir. Tu peux te retirer.

— Merci, Maîtresse B. S'il y a quoi que ce soit que je puisse faire pour vous…

— Il n'y a rien, grinça Knox. File d'ici avant que je te jette.

Dex se précipita.

Shiori tourna le dos à Knox, essayant de maîtriser son amusement, ainsi que les battements rapides de son cœur face à sa marque de possessivité. Ça la ravissait qu'il garde un œil sur elle quand elle ne s'y attendait pas.

Tu parles de Knox, là. Un homme qui se frappe la poitrine, du genre « On touche pas à ma femme. » Tu aurais même pu t'attendre à plus que ça.

Il ne la toucha pas, mais il s'approcha suffisamment, derrière elle, pour que son souffle lui balaie les cheveux. Elle sentait presque la tension qui exsudait de lui.

— Tu es furieuse, Maîtresse ? dit-il.

Lentement, elle pivota.

Il ne bougea pas d'un pouce, et ses genoux se cognèrent à ses cuisses musclées. Il restait en position repos. Elle voyait son torse se soulever, les muscles de ses mâchoires et de son cou étaient crispés, ses pommettes colorées. Et l'éclat de ses yeux était glacial.

— Je ne sais pas si le terme de « furieuse » est adéquat. Si nous étions sortis en tant que dominante et soumis, alors ta réaction en trouvant Dex à mes pieds serait acceptable. Mais comme tu ne portes pas mon collier, même si je sais qui tu es pour moi et qui je suis pour toi, j'ignore comment réagir… ni même si une réaction est nécessaire. Dex a en effet pris des libertés, mais c'était plus un « merci » impulsif qu'une tentative pour me convaincre de jouer avec lui.

— Aurais-je donc mal jugé la situation ?

— Oui. Mais comme je viens de le dire, j'ai du mal à être en colère après toi quand au fond, tu as pensé agir au mieux pour moi.

Ses yeux s'adoucirent.

— Tout ce qui m'importe, c'est de faire en sorte que tes besoins soient satisfaits et que toute menace soit gérée rapidement.

— Merci, mais je vais bien. Très bien, même.

Son regard brûlant partit de la pointe de ses Louboutin lavande pour remonter le long de ses jambes nues, de sa jupe en sequins mauve et du cache-cœur sans manches en soie noire, jusqu'au masque délicat, en sequins doré.

— Tu es incomparablement belle, ce soir.

— J'ai hâte d'assister à ta séance.

Knox lui saisit la main et embrassa l'intérieur de son poignet.

— Moi aussi. On se retrouve en bas, alors.

Elle ne se retourna vers le bar qu'une fois son magnifique fessier disparu de son champ de vision. En pivotant, elle découvrit Merrick juste en face d'elle.

— Maître Merrick.

— Maîtresse B. Vous assistez Knox, ce soir ?

— J'ai entendu dire qu'il était excellent au fouet. J'avais envie d'en juger par moi-même.

— Seulement, ne lui demandez pas d'effectuer une démonstration sur vous : il refusera.

— Je sais.

— Je m'en doutais.

Son sourire se fit plus timide.

— Intéressante, la scène de tout à l'heure.

— Un malentendu aisément réglé.

— Vous avez réussi à mettre Knox au pli ?

Elle fronça les sourcils.

— Je vous demande pardon ?

Merrick agita la main.

— Knox m'a parlé. Être qualifié de soumis le dérangeait davantage que le fait même d'être soumis.

— Il n'est toujours pas certain de l'être. Nous y travaillons. En privé. Il n'est pas prêt à une reconnaissance publique, indiqua-t-elle en remuant les glaçons dans son verre. Et j'ignore s'il le sera un jour.

— Je ne peux pas dire que je l'en blâme.

— Vous pouvez m'expliquer ?

— La plupart des hommes sont soumis aux femmes ; ils ne veulent simplement pas l'admettre. Ils font n'importe quoi pour rendre leur épouse ou leur partenaire heureuse, dans l'espoir que ça leur permettra de les baiser plus souvent. Les femmes détiennent le sexe sacré ; ce sont elles qui contrôlent.

— Jolie philosophie.

Il haussa les épaules.

— Et vraie. Knox est un ancien soldat, un instructeur d'arts martiaux, bref le genre d'hommes pour qui le terme de « mâle alpha » a été inventé. Il vous baisera peut-être les pieds en privé, mais les chances sont minces qu'il le fasse en public. Pourquoi ? Parce que c'est personnel, ça le rend vulnérable, et il devrait se confronter au jugement de ces trous du cul qui le penseraient faible car il fait… exactement la même chose qu'eux. Sauf qu'ils ne qualifient pas ça de comportement soumis : ces hommes-là appellent ça « prendre soin » ou « protéger leur femme ».

— Vous y avez beaucoup réfléchi, on dirait.

— Je le dois. Savoir ce qui motive les gens me permet d'adapter mon club à certains goûts.

Shiori se pencha en avant.

— Ce sont des conneries. Vous parliez du point de vue d'un homme inquiet d'être jugé. Autrement dit, vous comprenez l'état d'esprit des hommes soumis parce que vous en étiez un.

Il lui offrit un sourire en coin.

— Nous avons tous nos secrets, Maîtresse B, et tant que Knox vous sert bien en privé, l'opinion des gens est-elle vraiment importante ?

— Non. Mais si les relations privées devaient rester derrière des portes closes, vous n'auriez plus de clients.

— Vous avez entièrement raison. Passez un collier et une laisse à cet homme et rappelez-lui qui est la patronne.

Elle éclata de rire.

— Knox se montre incroyablement possessif vis-à-vis de vous. Ce qui n'a rien à voir avec sa soumission, mais plutôt avec le fait que vous partagiez une relation d'intimité. J'imagine qu'il est exactement pareil en public : il menacerait verbalement et physiquement quiconque vous toucherait, parce qu'il vous considère comme précieuse. Mais ici, au *Twisted* ? Sa possessivité sera attribuée à sa soumission, vu votre qualité de dominante. Alors prenez garde aux attentions que vous accordez aux hommes susceptibles d'apparaître comme une menace, d'accord ? Parce que vous risquez effectivement de faire sortir du placard un homme qui n'est pas prêt à ça… et ne le sera peut-être jamais.

— Je n'y avais pas songé sous cet aspect. Merci.

— Je suis là pour ça.

Il s'éloigna à l'autre bout du comptoir pour servir un client.

Shiori quitta la zone du bar, laissant errer son regard sur les différentes activités. Mais ses pensées toujours focalisées sur sa conversation avec Merrick, elle ne voyait rien.

Dès qu'elle aperçut Knox adossé au mur du fond, surveillant une partie à trois, sa concentration revint.

Une femme était ligotée sur le ventre à un large chevalet, les mains attachées derrière le dos. Si Shiori se souvenait bien, le chevalet avait un vibromasseur à une extrémité, et pendant que le type avait le sexe enfoncé dans sa bouche, son partenaire la pénétrait par l'anus. La femme dont tous les orifices étaient ainsi remplis tenait un bandana. Si elle le lâchait, la séance prenait fin. Mais elle semblait trop apprécier sa situation pour vouloir cesser.

Shiori ne dérangea pas Knox en plein travail. Elle passa plutôt la foule en revue. Un gars se masturbait devant tout le monde. Plusieurs couples se frottaient les uns contre les autres. Mais il y avait également une brune, dotée de seins aussi gros que des ballons de volley, et sans doute aussi plastifiés, qui observait Knox. La scène à trois captait quelques instants son attention, et puis la brune recommençait à le dévisager, avec un sourire sous-entendant que l'affaire était dans le sac.

Une pointe de jalousie brûla Shiori en plein ventre, tel un tisonnier rougeoyant. Knox avait-il baisé cette nana ? Quand ?

Peu importe ; il est avec toi, à présent.

À cet instant-là, il balaya la foule du regard et, l'apercevant, lui adressa un sourire joyeux. Dieu qu'elle était fière d'être l'objet exclusif de son attention !

Bien fait pour ta gueule, faux seins. Ce n'est pas à toi qu'il a souri comme ça, c'est à moi. Rien qu'à moi.

Elle voulait faire plus que répondre à son sourire. Peut-être lui envoyer un baiser ? Mais la mise en garde de Merrick lui revint en mémoire, alors elle se contenta de lui rendre son sourire.

Sitôt la séance finie, par une série de jets de sperme sur le visage et le ventre de la femme, comme dans un mauvais porno, Knox se dirigea tranquillement vers elle.

—Coucou, tu es prête ?

—Prête à quoi ? Je ne fais qu'assister à ta session.

Il secoua la tête.

—J'ai demandé à Maître Mike s'il voulait un deuxième, et vu le pervers qu'il est, j'ai dû lui expliquer que ce ne serait pas moi qui me chargerais à la fois de lui et du soumis Mike, mais qu'il faudrait deux fouets. Deux fois plus de plaisir, deux fois plus de douleur.

—Qu'est-ce qu'il a répondu ?

—Que ce serait une super surprise pour le soumis Mike.

—Duel de fouets, voilà quelque chose que je n'ai jamais pratiqué.

Knox leva la main, comme s'il s'apprêtait à lui toucher le visage, mais il la laissa retomber contre son flanc.

—Moi non plus.

—Salut, Knox.

La brune qui le dévorait des yeux venait de s'approcher, si près qu'elle s'était presque interposée entre eux.

—Salut, Ange.

Shiori fronça les sourcils. Pourquoi est-ce qu'il l'appelait « ange », bon Dieu ?

—Alors, tu es encore en service ? demanda la brune.

—Pour le reste de la nuit.

Elle sortit sa lèvre inférieure dans une grimace qui oublia d'être sexy.

— Dommage. Ça fait longtemps, nous deux. Je serai dans les parages, si tu finis plus tôt, proposa-t-elle en battant des paupières. Ou si tu veux sortir. Viens me chercher.

Knox ne répondit rien, puis il regarda Shiori.

— Quoi ?

— Ange ?

— Je doute que ce soit son vrai prénom, Maîtresse B.

Ce n'était donc pas un petit surnom gentil – tant mieux pour lui. Elle franchit le mètre qui les séparait et lui posa une main sur le torse.

— Tes goûts en matière de femmes se sont améliorés.

Il éclata de rire.

— Fréquenter un club échangiste quand on s'ennuie et qu'on a envie de sexe, ça n'aboutit pas forcément aux meilleurs choix.

— La pauvre. Après toi, elle ne voudra plus jamais d'aucun autre homme.

— Tu es au courant que je te suis tout acquis ce soir, et que tu n'as pas besoin de me flatter pour me mettre dans ton lit ?

Elle lui frotta un téton de la pulpe du pouce.

— Elle me rappelait peut-être que je devrais te flatter plus. Parce que tu le vaux bien.

Les yeux de Knox s'allumèrent de plaisir.

— Tu me tues, tu sais ?

— Tu dois savoir…

— Knox ! Ponctuel, comme toujours, lança une voix grave derrière Shiori. Et qui est cette beauté ?

Elle pivota. Un bel homme, la cinquantaine grisonnante, se tenait main dans la main avec un type plus jeune, d'une telle beauté éthérée qu'elle en resta bouche bée.

— Oui, mon joujou fait souvent cet effet. Pas vrai, chéri ?

— Oui, monsieur.

— Je suis Maîtresse B. Vous devez être Maître Mike.

— J'avais entendu parler de la beauté exotique qui avait rejoint notre joyeuse petite famille du *Twisted*, mais les mots ne vous rendaient pas justice.

Maître Mike lui baisa la main.

— Merci.

— Alors, Mike, j'ai une surprise pour toi, ce soir, annonça l'homme en passant la main autour de la mâchoire du soumis pour lui faire lever le visage. Maîtresse B est douée au fouet. Knox et elle vont se mettre à deux pour t'emmener où tu as besoin d'aller, d'accord ?

Le soumis tomba aussitôt à genoux.

— Merci, monsieur.

— Tu me remercieras de façon appropriée plus tard. Pour l'instant, mettons-nous en piste : déshabillé et attaché.

Maître Mike se tourna vers Knox.

— J'ouvrirai la porte sitôt que nous serons prêts.

— C'est normal ? s'enquit Shiori, une fois les deux Mike enfermés dans la pièce.

Knox hocha la tête.

— Maître Mike déshabille son soumis et choisit comment il sera attaché pour la séance. Ensuite j'entre, je fais ce que j'ai à faire, et je repars.

— Ils te donnent un pourboire ?

— Très drôle.

— Et qu'est-ce qui se passe si je suis hyper excitée ? Où est-ce qu'on peut aller si j'ai besoin que tu me baises ?

Il cilla, comme s'il n'en croyait pas ses oreilles.

— Si tu es sérieuse, je peux nous réserver une salle privée.

— Mieux vaut le faire, par précaution.

Elle hésita, repensant à sa conversation avec Merrick.

— Sauf si tu préfères qu'on ne te voie pas passer du temps dans une salle privée avec une dominante.

— On est déjà associés ce soir. À peu près tout le monde est au courant que je fais plus d'une session par nuit. Je reviens.

Et il disparut à l'angle d'un mur.

Par curiosité, elle le suivit. Ils s'engagèrent dans un autre couloir desservant des salles privées. Shiori passa les deux premières portes, marquées « occupé », mais il n'y avait pas moyen de jeter un coup d'œil à l'intérieur.

Au moment précis où Knox et elle retournaient dans le premier couloir, Maître Mike ouvrit la porte.

— Prêts.

Shiori entra la première. Le soumis Mike était suspendu à des chaînes au plafond, et ses chevilles étaient attachées à des anneaux au sol. Il portait un bandeau sur les yeux.

— Sa règle, c'est pas de sang, indiqua Maître Mike. La mienne, c'est que c'est moi qui donne le top de fin. Je vous indiquerais bien où se situent ses points sensibles, Maîtresse B, mais je préfère vous regarder les découvrir vous-même. Je vais donc vous demander de commencer.

Elle s'inclina devant Maître Mike, presque instinctivement. Ayant choisi un fouet court à une lanière parmi la sélection effectuée par son Maître, elle contourna le soumis, ses talons hauts claquant sur la dalle de ciment.

Il était tentant de le titiller, de faire monter l'attente, mais elle donna le premier coup sur son téton.

Le soumis se cambra et haleta.

Les tétons, ça fonctionnait.

Elle s'immobilisa derrière lui. La façon dont il était positionné, avec les fesses en arrière… Le coup suivant atterrit sur son anus.

Il lâcha un long grognement sexy.

La base de son aisselle.

L'intérieur de sa cuisse.

L'arrière de ses cuisses, à l'endroit où la jambe bombait sur la fesse.

La dernière zone qu'elle choisit était une évidence. La pointe du fouet s'abattit sur ses testicules.

Elle croisa le regard de Knox. Il inclina la tête et opta pour un chat à neuf queues et un martinet. Puis il entreprit de fouetter le soumis Mike sur les fesses. Fort et longtemps.

Ce fut ainsi que ça commença. Elle repérait les zones, laissant des marques sur le corps du soumis. Ensuite Knox venait infliger une forte dose de douleur au même endroit.

Cela ressemblait à un jeu sensuel entre Knox et elle. Tournant autour du soumis Mike et se tournant autour l'un de l'autre. Cherchant à savoir lequel des deux provoquerait le cri le plus fort.

Shiori aurait aimé que Knox ôte son tee-shirt sans manches, afin qu'elle puisse admirer les muscles de son dos qui roulaient à chaque coup. Elle voulait voir la sueur qui humidifiait son vêtement briller sur sa peau.

Un courant d'air lui titilla l'arrière des jambes et elle comprit que Knox avait fait claquer son fouet vers elle, faisant exprès de la rater.

Elle se vengea en jetant son fouet contre la partie large de son jean, à l'extérieur de la cuisse. Et sourit de voir son haussement de sourcil.

Ils travaillèrent sur le soumis Mike, jusqu'à ce que Maître Mike leur indique d'arrêter.

Ce dernier renversa la tête de son soumis en arrière et constata dans ses yeux rêveurs que celui-ci avait atteint le sommet. Maître Mike jeta un regard en direction de Knox et Shiori par-dessus son épaule et leur adressa un sourire.

— Vous formez une sacrée bonne équipe, tous les deux. Merci. C'est exactement ce dont il avait besoin.

— Si on peut aider, répondit Knox, reposant le chat à neuf queues et le martinet sur la table. Vous avez besoin d'autre chose, Maître Mike ?

— Non, c'est très bien ainsi.

— Très bien, renchérit le soumis Mike.

Knox suivit Shiori dans le couloir, et s'affala contre le mur sitôt la porte franchie.

— Écoute, je ne voudrais pas jouer les rabat-joie, mais…

— Je sais : « fournir tes services » ne t'excite pas.

— Ça t'a excitée, toi ?

— Te regarder, c'était excitant. Mais bon, tu m'excites quand je te regarde évoluer pendant un cours, alors je ne suis pas très objective, te concernant.

Il sourit.

— Ça me va.

— J'ai envie d'essayer quelque chose avec toi.

Il attendit.

Elle lui passa les mains sur le torse, adorant la façon dont le tissu humide de sa chemise collait à sa musculature. Elle prit le temps de bien le toucher, notamment au niveau du cou et des épaules, où les muscles étaient hyper tendus.

— La semaine prochaine, je t'emmène chez ma masseuse, histoire qu'elle s'occupe de certains de ces nœuds. Et je n'admettrai aucun refus.

— Bien, Maîtresse. Mais j'espère qu'elle ne délie pas tous les nœuds. J'aime bien les nœuds, moi.

Elle accrocha son regard, et la lueur canaille qu'elle y vit briller la fit sourire.

— Moi aussi. Surtout les tiens.

D'une main sur sa nuque, elle attira sa bouche vers elle. Et leur baiser alluma son désir de faire autre chose de cette nuit. Quelque chose de bien.

— Viens dans ma tanière, mon doux, murmura-t-elle contre ses lèvres, et on va s'amuser avec tes nœuds.

Knox s'écarta un peu pour la regarder droit dans les yeux.

— OK. On dirait bien que moi non plus je ne sois pas objectif, te concernant.

— Va dans la salle et prépare-toi pour moi. Les règles de Maîtresse s'appliquent. J'arrive.

Il s'éloigna dans le couloir.

Shiori dénicha le chargé de sécurité le plus proche et lui demanda où elle pouvait trouver les éléments dont elle avait besoin. Il lui indiqua l'antre du plaisir – une pièce où elle n'était jamais entrée et qui se trouvait déserte. Elle en explora rapidement l'espace, regrettant de ne pas pouvoir y emmener Knox, à cause de l'immense vitre dont on ne pouvait bloquer la vue.

Elle fourra tout ce qu'elle avait dégotté dans une taie d'oreiller en satin qu'elle avait attrapée sur le lit et retourna dans la salle privative. Là, elle prit une longue inspiration pour se calmer et entra.

Knox était assis, de dos à la porte. Il avait retiré tous ses vêtements, à l'exception de son boxer. Shiori sentit l'excitation la submerger à la vue de son corps quasi nu, et pas seulement de sa posture de soumission. Et pourtant, elle ne pouvait s'empêcher de se demander si c'était la première fois qu'il se retrouvait dans une telle position au club.

Ayant déposé le sac de sex-toys non loin d'elle, Shiori alla lui placer une main dans la nuque.

— Ça me coupe le souffle, quand tu m'attends ainsi. Merci.

Il ne répondit pas.

— Mets-toi debout face à moi, s'il te plaît.

Il pivota dans sa direction.

— On n'a pas décidé d'un mot code. Tu préfères autre chose que l'habituel « rouge » en usage au club ?

— Non, Maîtresse. Mais je me demande pourquoi on aurait besoin d'un mot code entre nous.

— Afin que tu aies le choix dans ce que je me prépare à te demander.

Ses prunelles s'assombrirent.

— Prends le sac, là, près de toi. Vides-en le contenu et aligne chaque objet sur le banc.

Il resta de dos à elle pendant qu'il sortait les éléments un à un.

Debout près de lui, elle examina les options. Une paire de pinces à seins. Un vibromasseur avec sa télécommande. Des menottes fourrées. Un fouet comprenant des lanières de cuir souples comme du beurre et des plumes soyeuses. Un bandeau. Une *paddle* ourlée de fourrure.

Quand elle lui toucha le bras, il sursauta.

— Désolé. Rien que de voir ces trucs-là, ça me rend nerveux.

— Pourquoi ? Je n'ai pas l'intention de les utiliser sur toi… On va les utiliser sur moi.

Il tourna vivement la tête.

— Pardon ?

— On mélange les genres, ce soir. Donc, parmi tous les objets posés sur le banc, tu peux en choisir un que tu utiliseras sur moi, et moi j'en choisirai un autre, que tu utiliseras aussi sur moi. Je te laisserai même commencer, ajouta-t-elle avec un baiser sur le biceps.

Il n'hésita pas longtemps et opta pour les pinces à seins.

En souriant, elle alla se poster de l'autre côté du banc, prenant volontairement chaque objet en main alors qu'elle avait déjà effectué son choix un peu plus tôt. Enfin, elle saisit le fouet en plumes et le souleva.

— Celui-ci.

— Maîtresse. Tu sais que je ne…

— Knox. Ça n'est pas un vrai fouet, regarde.

Il releva son menton obstiné.

— C'est pour ça que tu voulais qu'on choisisse un mot code : tu savais que j'allais refuser.

— Je ne suis pas certaine que tu refuses, et je pense que si tu veux vraiment rendre ta Maîtresse heureuse, tu vas considérer ceci comme un instrument de plaisir. Et pas de douleur.

— Admettons que je l'utilise sur toi. La prochaine fois que tu apportes ton sac à malices, tu y ajouteras un vrai martinet ? Tu vas continuer à repousser mes limites au-delà de ma zone de confort, rien que pour voir jusqu'où j'irai sous prétexte d'obéissance ? lança-t-il, une touche de colère et de panique dans la voix.

Elle lui prit le visage dans les mains et l'attira vers elle, jusqu'à se retrouver yeux dans les yeux avec lui.

— Non. Jamais je ne ferais ça. Jamais. Et il n'est pas question de ton obéissance, ni de repousser tes limites. Il s'agit de l'excitation que j'ai ressentie en découvrant tes talents au fouet. Je ne veux pas souffrir. Et quand je regarde le fouet à plumes, tout ce que je vois, c'est que tu saurais comment l'utiliser pour me rendre dingue de plaisir. Est-ce que ça me fera l'effet d'un souffle sur la peau ? Ou bien d'une dizaine de paires de mains qui me titillent ? Ou de tes cheveux qui me chatouillent ? Tu peux en user sur moi de la façon que tu voudras, Knox.

Il l'étudia si longtemps qu'au moment où il entrouvrit les lèvres pour parler, elle craignit d'entendre le mot « rouge ».

— Je le ferai, si c'est vraiment ce que tu veux, Nushi.

Soulagée, elle pressa la bouche sur la sienne, puis le relâcha.

— Oui, c'est vraiment ce que je veux.

— À quel moment est-ce que je m'arrête ?

— Quand je te supplie de me baiser.

Son magnifique sourire se dessina enfin sur son visage.

— OK. Une dernière chose.

— Dis-moi.

— Je veux t'attacher. Ainsi j'aurai accès aux deux faces de ton corps. Si tu veux que je te détache, à n'importe quel moment, tu n'auras qu'à me le dire.

L'idée d'être enchaînée avait toujours constitué l'un de ses points de friction, en tant que soumise. Jamais depuis qu'elle était dominante. Mais elle devait montrer à Knox qu'elle lui accordait la même confiance que lui. S'il acceptait de se laisser conduire au-delà de sa zone de confort, alors elle franchirait la sienne elle aussi.

— D'accord. Mais à condition que tu n'ailles pas t'imaginer que tu tiens les rênes, soumis. J'autorise ceci uniquement parce que ça me fait plaisir.

— Merci, Maîtresse.

Shiori lui passa un bras autour de la taille et enfouit le visage dans son cou.

— Prépare les liens pendant que je me déshabille.

Elle lui tourna volontairement le dos tandis qu'elle se débarrassait de ses vêtements. Quand elle s'approcha de l'endroit de la pièce où les chaînes pendaient du plafond, Knox cessa de jouer avec une menotte et leva sur son corps dénudé un regard gourmand.

— Comme d'habitude, j'ai du mal à penser à autre chose, quand je te vois nue.

Elle glissa les talons dans les marques indiquées au sol et baissa les paupières lorsque Knox referma les bracelets de chevilles. Elle entendait ses pas, un doux froufrou sur le ciment qui se déplaçait jusque devant elle.

Il lui embrassa l'intérieur des poignets avant de lui apposer les menottes. Puis il actionna le système de poulie, bloquant le mécanisme une fois que ses bras furent tendus en un T.

Une vague de panique la traversa. Pourquoi avait-elle accepté ? Dans cette position vulnérable, il pouvait lui faire tout ce qui lui chantait, et elle serait incapable de l'en empêcher.

Les bras puissants de Knox l'enlacèrent. La chaleur émanant de son corps et la douceur de son étreinte l'apaisèrent.

Tournant la tête, elle le huma. Puis elle fit glisser ses lèvres le long de la veine qui lui tendait le cou : elle avait ainsi son goût sur les lèvres et la langue, qui attisait son désir et éteignait sa peur. Il avait senti son changement d'humeur, et sans un mot il lui avait procuré exactement ce dont elle avait besoin.

— Merci, murmura-t-elle après de longues secondes.

En réponse, il lui déposa un tendre baiser sous l'oreille.

Sitôt que ses bras la relâchèrent, sa présente imposante lui manqua. Elle se concentra alors sur elle et la façon de se contrôler. Compta les secondes entre chacune de ses inspirations et de ses expirations.

La bouche humide de Knox sur son mamelon droit lui tira un gémissement. Elle sentit son téton durcir pour devenir une pointe rigide, et puis un pincement vif la surprit.

Elle ouvrit brusquement les yeux et haleta.

— Tu avais oublié les pinces à seins, Maîtresse ? demanda Knox, un sourire satisfait dansant sur les lèvres.

Bon sang, oui !

— Pas du tout.

— Ah bon, donc je n'ai pas besoin d'y aller doucement pour le second.

Ses lèvres tièdes lui titillèrent brièvement le téton gauche, et dès qu'il pointa, il y apposa la pince.

Merde. Aïe.

— J'aime bien comment ça rend sur toi, murmura-t-il, frottant le pouce sous la zone de peau dans laquelle mordait la pince.

Shiori ouvrit les yeux et regarda son visage tandis qu'il la caressait.

— C'est trop serré ?

— Non, ça va.

Penchant de nouveau la tête, il déposa un baiser sur le renflement de peau sensible entre son cou et son épaule. Puis il ramassa le fouet et le lui passa de droite et de gauche sur les seins.

Putain de Dieu, que c'était bon !

Après quoi il alla se poster derrière elle et parut hésiter. Au moment où elle s'apprêtait à lui lancer un ordre, le premier coup lui atterrit entre les omoplates.

Pas fort, ne faisant pas mal, mais qui ne ressemblait pas non plus à ce qu'elle avait imaginé.

Le souffle de Knox lui titillait la base du cou.

— Comme ça ?

Tournant un peu la tête, elle frotta le visage contre le sien.

— Non.

Il se raidit.

— Ça ne m'a pas fait mal, mais ce n'est pas non plus ce que j'attendais.

— Qu'est-ce que tu veux ?

— Taquine-moi avec le fouet. Fais-le courir sur ma peau. Et ce n'est pas parce que tu l'utilises que tu ne peux pas user aussi de tes mains et de ta bouche. Rends-moi dingue, Knox.

Ses dents rencontrèrent le lobe de son amant et elle tira dessus.

— Fais-moi arquer le dos, onduler et agiter ces chaînes. Montre-moi que tu sais exactement comment me faire du bien.

Silence. Puis il enfonça les dents dans la partie la plus sensible de son cou et pressa son torse chaud et nu contre son dos. Elle en avait les jambes qui flageolaient. Sa voix grave et profonde lui caressa l'oreille.

— Tu es hyper sexy. Mais bébé, n'oublie pas que c'est toi qui as demandé.

Quand il s'écarta, elle manqua de geindre tellement son contact lui manquait. Et là, il commença à utiliser le martinet. Balayant le haut de son dos et ses bras. Lentement d'abord, puis un tout petit coup, pareil à une pression du bout des doigts sur ses épaules. Une caresse fantôme sur ses fesses et dans l'intérieur de ses cuisses.

En un seul passage, il avait propagé la chair de poule sur son corps tout entier. Son cœur battait fort, envoyant le sang en flots vifs à travers son corps, faisant palpiter ses tétons.

Puis le martinet disparut, remplacé par les mains de Knox. Du bout des doigts, il dessina le contour de ses biceps et triceps. Le dessous de ses bras. Ses doigts calleux taquinèrent la vallée entre chacun des siens et autour de ses menottes. Les chaînes tremblèrent quand il les agrippa au-dessus de l'endroit où elle était attachée. Il colla son torse humide à son dos et son entrejambe à ses fesses, se balançant contre elle afin de lui faire sentir son sexe dur à travers le tissu du boxer.

Une intense chaleur se répandit en elle jusqu'en ses tréfonds. Elle gémit et laissa sa tête retomber en arrière.

Un geste que Knox prit comme une invitation à s'attaquer à son cou. Il la tortura de minuscules coups de dents et de baisers suçotés. S'arrêtant sur un même point, comme il l'avait déjà fait, provoquant des tremblements qui la secouèrent des pieds à la tête. Son souffle chaud lui flottait contre la nuque tandis qu'il faisait monter la curiosité : où allait-il poser la bouche ensuite ?

Il glissa lentement les mains le long des chaînes, puis sur ses bras, pour suivre ensuite les courbes de son corps depuis l'arrière de ses aisselles jusqu'à ses mollets.

Quand les plumes et le cuir passèrent de nouveau sur sa peau, elle sursauta.

Cette fois, les taquineries durèrent plus longtemps. Et la répétition des caresses réveilla chaque terminaison nerveuse de l'arrière de son corps.

La langue chaude et humide de Knox lui léchait le dos, en commençant juste au-dessus de la fente de ses fesses pour terminer par une vive morsure à la racine de ses cheveux.

Shiori haletait. Et tremblait. Elle avait du mal à respirer, n'ayant pas la moindre idée de ce qu'il envisageait ensuite.

La voix de Knox, douce et séductrice cette fois, résonna à travers son cuir chevelu.

— S'il te plaît, Maîtresse, garde les yeux fermés pendant que je change de position.

Il lui glissa l'extrémité tressée de la poignée du fouet entre les jambes, frottant le cuir noueux depuis son clitoris jusqu'à l'entrée de son anus. D'avant en arrière, encore et encore, faisant monter l'envie d'être soulagée à tel point qu'elle tremblait comme une junkie en manque. Et puis il la fit monter en flèche, caressant furieusement son clitoris tandis qu'elle implosait.

Avant qu'elle récupère le contrôle des cellules de son cerveau, des rivières de douceur lui coulèrent des clavicules jusqu'à la peau au niveau du bassin. Nouveau geste rapide du poignet et les lanières de cuir accentuèrent l'impression de doigts impatients qui s'enfonçaient dans sa chair.

Tout à l'heure, dans le silence de la pièce, elle avait entendu les sons de leur respiration rapide, le cliquetis de ses chaînes et le murmure des pas de Knox. À présent, elle n'entendait plus que le bruit blanc dans son cerveau, tandis que Knox surchargeait son corps tout entier d'une myriade de sensations.

De nouveau, elle tira sur ses liens quand il pressa sa peau contre la sienne. Les pinces à seins s'enfonçaient dans le torse de Knox et il vint lui plaquer les mains dans le dos, rapprochant encore un peu plus leurs poitrines.

Elle sentit les muscles durs de son estomac se tendre contre son ventre à elle au moment où il installa son membre contre son mont.

— Dis-moi quand tu en as assez, Nushi.

— Jamais, chuchota-t-elle. Jamais je n'aurai assez de tes mains sur moi.

Les yeux toujours fermés, elle chercha sa bouche à l'aveuglette pour l'embrasser. Un baiser torride, à pleine bouche et frénétique, qui fit encore monter son désir d'un cran. Elle tourna un peu la tête, avide d'un baiser plus profond encore. Plus dur.

Dans un grognement, Knox lui ravagea la bouche avec une faim telle que si elle avait pu se frotter les jambes l'une contre l'autre, elle aurait joui.

Voilà précisément ce qu'elle voulait, ce qui lui avait manqué pendant toute sa vie d'adulte : cette connexion tacite avec un homme.

Et sans qu'elle ait besoin de lui indiquer ce qu'elle désirait. Knox utilisait ses mains et sa bouche sur l'avant de son corps, parcourant des lèvres et de ses mains calleuses chaque millimètre carré de sa peau frémissante.

Quand elle le sentit tomber à genoux, elle combattit l'envie irrésistible de regarder ce qu'il projetait.

Il fit tournoyer le fouet autour de sa cheville et ses genoux cédèrent. Mais ça n'arrêta pas son tourmenteur. Il continuait d'utiliser à son propre avantage la connaissance qu'il avait des parties sensibles de son corps, et à son avantage à elle aussi.

Elle ignorait combien de temps elle tiendrait encore.

Avant qu'elle ait pu lui demander de défaire ses liens, les grandes mains de Knox s'abattirent sur ses hanches. Et il plaqua la bouche sur son sexe. Sans coups de langue taquins, non ; il se contenta de dessiner des cercles autour de son clitoris et de sucer jusqu'à ce qu'elle s'effondre.

Alors il ouvrit les menottes à ses chevilles, et au moment où il se releva, son corps effleura le sien. Elle gémit.

— Tout va bien, murmura-t-il.

Il lui glissa un bras autour du dos, la maintenant contre lui tandis qu'il détachait les liens de ses bras.

— Je dois te libérer de ces trucs avant qu'ils n'abîment cette si belle peau.

Lui ayant détaché le bras gauche, il déposa des baisers autour de son poignet.

— Je ne suis pas en train d'outrepasser mes droits, Maîtresse. Il est de ma responsabilité de veiller à tes besoins. Or tu avais besoin de ça.

Shiori se laissa soutenir tandis qu'il décrochait la dernière menotte.

Mais avant d'en finir, il fit remonter ses lèvres sur le côté de son cou.

— Tu as eu raison de me pousser un peu. Jamais je n'ai eu autant envie de donner du plaisir à quelqu'un.

Elle leva la main et posa sa paume fraîche dans la nuque de Knox.

— Tu m'as donné du plaisir, au-delà de ce que j'espérais, Knox. M'attacher ainsi, c'était une excellente idée.

Elle le sentit sourire contre sa gorge.

Un « clic » et son bras était libre.

Knox ne bougea pas. Il la garda debout contre lui jusqu'à ce qu'elle retrouve son équilibre.

Quand elle remonta les mains le long de son torse, elle s'arrêta un moment pour sentir les battements de son cœur. Follement rapides. Et puis elle s'écarta.

Knox avait le visage empourpré, les yeux assombris par le désir. Son sexe gonflait son sous-vêtement. Elle sentait son impatience, et c'était d'autant plus important pour elle qu'il attende et la laisse reprendre les rênes.

Elle lui saisit la main et la plaça sur la pince à son téton droit.

— Retire-les. Une par une.

Il glissa la paume sous la courbe de son sein et lui libéra le téton de l'autre main.

Une douleur vive lui envahit le sein, et aussitôt la bouche chaude de Knox était là, aspirant la douleur jusqu'à ce qu'elle soupire de soulagement. Puis il changea de côté, et tandis qu'il lui léchait le téton pour apaiser la douleur, du pouce il caressait l'autre mamelon, lui conservant ainsi toute sa sensibilité. Et elle remarqua son sourire narquois quand il s'écarta.

— J'aime bien le rouge rosé que les pinces ont donné à tes tétons.

— Je les utiliserai peut-être sur toi, un de ces jours. (Elle fit claquer l'élastique de son boxer.) Retire-moi ça et assieds-toi sur le banc.

Il ne protesta pas, en revanche il débarrassa le banc de son contenu pour le déposer au sol.

Shiori saisit un préservatif dans le bol près de la porte et le lui tendit.

— Enfile ça et allonge-toi.

Sitôt qu'il eut obtempéré, elle le chevaucha.

—Accroche-toi à moi ou bien laisse tomber tes mains au sol. Et ne jouis pas tant que je ne t'en ai pas donné l'autorisation.

Elle adora qu'il choisisse de l'agripper par les hanches. Ses grandes mains talentueuses semblaient à leur place, là.

—Lève la tête et regarde-moi t'avaler.

Enroulant les doigts autour de la base de son membre, elle en dirigea la tête contre sa fente. Puis elle baissa le bassin aussi lentement que le lui permettaient ses jambes encore tétanisées.

—Tu sens comme je suis mouillée ? C'est toi qui m'as fait ça.

L'une après l'autre, elle remonta les jambes sur le banc, serrant les hanches de Knox entre ses genoux. Elle pressa les paumes sur ses pectoraux et se pencha en avant.

—Je veux t'embrasser, avoua-t-elle en baissant les yeux vers sa bouche. Mais je veux aussi te baiser fort.

Il grogna un « oui » quasi inaudible.

Quand elle commença à bouger sur lui, elle crut qu'il allait arquer le bassin. Mais non. Il se contenta de resserrer son étreinte sur ses hanches.

Vu qu'il l'avait torturée – à sa demande, mais quand même –, elle décida de lui retourner cette faveur. Sachant qu'il était sensible des oreilles, elle les lécha, les suçota et respira lourdement dans l'une et l'autre, avant de se concentrer sur son cou. Il avait un goût de musc et de sel.

Elle passa la langue le long de sa clavicule et essaya d'enfouir le visage dans les poils de son torse, mais sa position ne le lui permettait pas.

Elle avait beau onduler vite et fort sur lui, il ne souleva jamais les hanches. Et pourtant elle voyait, à la façon dont il serrait les paupières et la mâchoire, qu'il lui fallait toute sa maîtrise pour se retenir.

Elle ralentit, laissant à Knox l'occasion de se détendre un peu, et à elle de se frotter à lui comme elle aimait. Elle se balança contre lui, s'amenant au bord de l'orgasme, poussant plus fort quand son sexe se crispa. Ayant trouvé le point sensible, elle se mit à jouir pour la troisième fois. L'orgasme ne fut pas aussi intense, mais elle adorait la sensation du sexe de Knox l'emplissant tandis que les muscles de son vagin se serraient de spasmes sur son érection.

Une fois sortie du brouillard qui l'avait submergée, elle baissa les yeux.

— Tu es si belle, si féroce quand tu jouis, constata Knox.

Elle l'embrassa sur les lèvres, comme si son âme pouvait aspirer ces paroles. Avant qu'elle relâche complètement sa bouche si tentante, elle chuchota :

— Tu peux jouir quand tu es prêt.

— Merci, Maîtresse.

Les yeux dardés dans les siens, elle recommença à le chevaucher. Quand il arqua le cou et détourna la tête, elle ne ralentit pas la cadence. Leurs corps étaient mouillés de sueur alors qu'ils bougeaient ensemble, et Knox jouit dans un cri rauque.

Il avait l'air plutôt féroce, lui aussi.

Elle s'étira sur lui de tout son long, nichant le visage dans son cou et lâchant un profond soupir.

Il lui libéra les hanches et laissa courir les mains dans son dos, de haut en bas, déclenchant une nouvelle vague de chair de poule.

Ils restèrent ainsi jusqu'à ce que la sueur sur leurs corps commence à refroidir. Knox demeurait immobile, les bras toujours autour d'elle, afin de pouvoir laisser traîner ses lèvres sur la courbe de son épaule. Après un dernier baiser dans le cou, elle se redressa et le laissa sortir de son corps. Puis elle se leva et rassembla ses vêtements.

Pour une raison qui lui échappait, Knox ne se levait pas. Il restait allongé sur le banc, les yeux fixés vers le plafond. Il ne prêta même pas attention à elle lorsqu'elle ramassa les sex-toys qu'il avait posés au sol.

— Knox ? demanda-t-elle enfin. Ça va ?

— Oui. Je suis juste lessivé.

Mais ça n'était pas ça. Il y avait autre chose.

— Tu es sûr ?

— Bon Dieu, Shiori, laisse tomber. Je vais bien.

Étant donné qu'ils en avaient fini de leur séance – ou quoi que ça ait été –, elle ne se formalisa pas qu'il ait utilisé son prénom. Mais elle savait que si elle restait là-dedans avec lui un instant de plus, ils allaient se disputer. Et tant pis pour les jeux et le plaisir censés se poursuivre tout le week-end.

Chaque fois qu'elle avait l'impression d'avoir progressé avec lui, quelque chose le faisait reculer.

Feignant une assurance qu'elle ne ressentait nullement, elle balança la taie d'oreiller par-dessus son épaule.

— Nettoie la pièce avant de partir, lança-t-elle sans un regard en arrière.

Et elle sortit, le laissant à ses regrets – car c'était bien ce qu'elle le soupçonnait de ressentir.

Shiori quitta le club et rentra chez elle.

Elle se versa trois doigts de scotch. Au lieu de s'installer dans son austère salon et sa vue incroyable sur la ville, elle se dirigea directement dans sa chambre. Là, elle se déshabilla et s'affala sur la méridienne. Le revêtement en peau d'agneau soyeuse avait une texture complètement décadente contre sa peau nue. C'était le seul meuble qu'elle ait acheté – son loft était déjà meublé –, et elle l'adorait.

Le scotch, doux et fumé, ne fit rien pour apaiser ses nerfs en pelote. Elle ne savait pas par où commencer pour disséquer ce qui avait mal tourné, ce soir.

Tu n'en as peut-être pas besoin.

Non. Elle devait découvrir où elle avait trébuché avec Knox. Parce que de façon évidente, elle avait trébuché.

Il s'était soumis à ses quatre volontés sans sourciller. S'était agenouillé. Avait demandé sa permission. Attendu son signal. Le week-end dernier, quand elle avait passé deux heures à faire monter le désir en lui, testant sa résistance avant de le récompenser en le faisant jouir dans sa main, il l'avait regardée comme si elle était tout, après l'orgasme.

Et c'était ce qu'elle voulait de lui. Sa compréhension, son acceptation. Et le propulser dans son propre espace de bonheur absolu la rendait heureuse, peut-être même plus que lui.

Mais il ne l'avait pas laissée atteindre cette partie de lui, ce soir. Comment le convaincre de s'abandonner chaque fois ?

Peut-être au fond n'était-ce pas le problème de Knox, mais le sien à elle. Jamais elle n'avait eu à briser la résistance d'un soumis, avant. Alors comment abattre les murs dont s'entourait Knox sans le détruire, lui ?

Frustrée par son manque de perspicacité, elle attrapa son téléphone et vérifia l'heure. Il était presque midi à Tokyo. Elle fit défiler la liste de ses contacts et sélectionna un nom.

La sonnerie retentit une bonne dizaine de fois avant que l'on décroche.

— J'espère que c'est une urgence, l'avertit la voix rocailleuse.

— Ça l'est, je te le promets.

— Shiori-san ! C'est bien toi ?

Elle sourit.

— Oui, Maîtresse Keiko, c'est bien moi.

— Si je suis ravie de t'entendre, j'aurais néanmoins préféré un appel un peu plus tard dans l'après-midi.

— Mais alors je dormirais, répondit Shiori en sirotant son scotch, savourant la délicieuse chaleur qui se répandait dans sa gorge. Je vais aller droit au but, histoire que tu puisses retourner te coucher.

— Ah.

Un froufrou de tissus se fit entendre en arrière-plan. Maîtresse Keiko s'adressa à quelqu'un d'une voix douce.

— Désolée. À présent que je suis réveillée, j'ai envoyé Muja préparer mon thé.

— Tu as gardé Muja plus d'un mois ? Je suis étonnée.

— Muja n'est que mon soumis, ces jours-ci, gronda gentiment Maîtresse Keiko. Si tu étais venue ne serait-ce qu'une fois au cours de l'année écoulée, tu le saurais.

— Ce n'est pas comme si je t'évitais. Je suis toujours aux États-Unis.

— De façon permanente ?

— Non.

Voilà qui avait l'air plus définitif qu'elle n'en avait eu l'intention.

— Alors, en quoi puis-je t'aider ?

La question suffit à lancer Shiori. La situation qu'elle connaissait avec Knox se déversa littéralement de ses lèvres.

Maîtresse Keiko resta silencieuse après que Shiori eut fini de parler, puis elle soupira.

— Tu sais ce que je vais te dire.

Shiori se prépara à l'entendre.

— Tu dois le libérer.

L'estomac de Shiori fit un saut périlleux. Son cœur se serra. Immédiatement, une phrase de déni lui monta aux lèvres.

— Donne-moi une seule raison qui te pousse à penser que ce soit la solution.

— Parce que même s'il accepte vraiment ce qu'il est, tu ne peux pas le garder sans le blesser.

— Alors je devrais le libérer avant qu'il ne dépérisse et finisse par mourir sous ma coupe ?

— Ta coupe temporaire, la corrigea Maîtresse Keiko. Agis avec précaution, Shiori-san. D'après ce que tu me racontes, je le soupçonne de n'être soumis qu'à une femme : la première qui abat ses murs protecteurs. Admettons que cette femme, ce soit toi. Tu es là-bas pour l'instant, mais tu n'as pas l'intention de rester. Qu'adviendra-t-il de lui alors ?

— Je n'en sais rien.

— Mais si, tu le sais, rétorqua son interlocutrice. Sois honnête avec moi, et surtout, sois honnête avec toi-même.

— Je le laisserai ici, conscient de ce qu'il est et sans Maîtresse pour le guider ou lui procurer ce dont il a besoin, récita Shiori avec amertume.

— Exactement. Tu as fendillé ses murs. Laisse une autre Maîtresse finir de les abattre et le reconstituer de la façon qu'elle voudra.

Une pointe de jalousie la fit répondre sèchement :

— Alors, je lui dis juste : « Merci de m'avoir accordé ta confiance, mais j'ai fini de jouer avec toi », et puis je m'en vais ?

— Oui. Fais-le aussi vite que possible, avant que tu ne perdes un peu plus le contrôle de la situation. (Maîtresse Keiko soupira.) Ton rôle, en tant que dominante, c'est d'ajuster les paramètres à ta convenance, pas à celle de ton soumis.

Conneries. Au début, Shiori avait peut-être cru en la philosophie de Maîtresse Keiko : être une Maîtresse rigide, agir en toute-puissante qui sait tout sur tout et tout le temps.

À présent, elle se rendait compte qu'elle ne devait suivre les règles de personne, sauf les siennes.

— Merci pour le rappel, Maîtresse.

— Tu dis ça pour m'apaiser, c'est tout, se plaignit Keiko. Tu es entêtée et agiras à ta guise, sans tenir compte de mon conseil.

Shiori pouffa.

— Exact.

— Dans ce cas, pourquoi m'as-tu appelée ?

— Tu es mon mentor, et je voulais m'assurer que j'étais sur le bon chemin.

— J'étais ton mentor, et tu es complètement sortie du bon chemin. Mais je ne peux t'en blâmer. Fais confiance à ton instinct, reprit-elle après une pause, et il suivra. Bonne chance.

Et elle raccrocha.

Une immense mélancolie submergea Shiori. Puis ses pensées revinrent à sa conversation avec Merrick et à la façon dont il la voyait. Quand Maîtresse Keiko l'avait libérée, elle avait trouvé son autonomie et sa confiance en elle dans le personnage de Maîtresse B, même si elle ne faisait rien de plus que se pavaner en se proclamant dominante.

Ce constat l'ébranla.

S'était-elle contentée de jouer un rôle ? Cela expliquait-il pourquoi elle tenait toujours compte des conseils et des règles de son mentor ?

Non. Elle était dominante. Elle n'avait pas eu besoin de ses propres règles, parce qu'elle ne s'était jamais aventurée ailleurs que dans un club – qui possédait ses propres règles. À présent, elle avait le soumis qu'elle avait toujours cherché. Depuis le début, Knox lui donnait tout de lui, tout ce qu'elle demandait.

Et que lui avait-elle donné d'elle en retour, hormis des orgasmes ?

Rien.

Et dire que tu affirmais placer ses besoins au-dessus des tiens.

Avait-elle seulement prêté attention à ses besoins ?

Elle se rappela la semaine précédente, quand il avait évoqué un changement de paramètres dans le temps qu'ils passaient ensemble. Pourquoi n'avait-elle pas pris un moment pour lui en parler ?

Parce qu'elle était trop préoccupée par la distance qu'elle souhaitait maintenir entre eux, par la ligne très nette qu'elle établissait entre Shiori et son supérieur au dojo, et Maîtresse B et son soumis.

Si elle voulait que ça fonctionne, les choses devaient changer. Elle devait changer.

Il restait juste à espérer que cette révélation ne lui arrivait pas trop tard.

Chapitre 15

Le lundi après-midi, avant le début des cours, Knox convoqua une réunion entre tous les instructeurs de MMA. Il aurait pu s'en tenir à ceux d'Arts Black, mais il convia aussi le personnel d'ABC, vu qu'il y avait de fortes chances pour que les deux programmes ne fassent plus qu'un au cours de l'année à venir.

— Le programme de MMA a besoin d'un bon coup de pied aux fesses. Et ses défauts ne tiennent pas qu'à ses instructeurs : il s'agit de l'organisation dans son ensemble. Durant les mois écoulés, on a laissé Joe Blow prendre part à l'entraînement de MMA n'importe où, du moment qu'il payait son inscription. Du point de vue des affaires, ça n'est pas mal : des revenus réguliers vous assurent un emploi, et les élèves qui souhaitent exceller y parviendront. Du moins, c'était ce que nous pensions. Mais je constate en réalité que nos entraîneurs accordent autant de temps aux gars qui n'iront jamais plus loin qu'un vague combat ici ou là qu'à ceux dotés d'un sérieux potentiel. Ce dojo est celui du sensei Black. Et même si j'en suis chargé de manière temporaire, jamais je ne prendrais de décisions qui changeraient sa façon de le diriger. Cependant, j'ai l'impression que le programme de MMA en est à ses balbutiements, ici, et puisque le sensei n'y a pas pris part, il faut effectuer des changements afin de lui conférer la bonne réputation dont jouit Arts Black. Une opportunité incroyable s'est présentée à nous.

Il s'adressa plus particulièrement à Ito, Fisher et Deacon.

— Vos qualités d'enseignants ne seront jamais en question, les gars ; elles valent celles des meilleurs. Ce que nous voulons, c'est mettre en valeur ce que nous possédons déjà, pas le démolir.

Il prit une inspiration et regarda Shiori. Désignant son poignet, elle lui indiqua sans un mot d'aller au fait.

— Maddox Byerly a l'intention de quitter Los Angeles ; il veut se trouver un nouveau défi à relever.

— Waouh ! lâcha Fisher, levant la main. LE Maddox Byerly ?

— Oui. Shiori et moi avons eu une vidéoconférence avec lui, la semaine dernière. On lui a fait notre proposition, et laissé le temps d'y réfléchir. Il est revenu vers nous aujourd'hui, annonça-t-il avec un large sourire. Il a accepté ! Il va emménager à Denver au cours du mois prochain.

Dans la pièce, tout le monde se tapa dans les mains. Une fois que les gars se furent calmés, Knox poursuivit :

— On doit rester discrets jusqu'à ce que Maddox l'annonce lui-même. À ce stade, je ne sais pas trop quand il va dire aux gens qu'il vient revitaliser notre programme, ni même comment il va le présenter exactement.

— « Revitaliser » ? s'étonna Deacon. Nom de Dieu, il va le réinventer !

— L'autre truc, c'est que Ronin étant injoignable, il n'est pas au courant de cette évolution.

Shiori se pencha sur la table.

— Nous avons signé un accord de non-divulgation, si bien qu'on ne peut pas aborder les détails ici, mais entre nous – et ça ne doit pas sortir de cette pièce –, j'ai personnellement garanti le salaire de Maddox pour une année. Si le sensei ne souhaite pas reconduire le contrat de Maddox par la suite, c'est son problème. Je ne voulais pas laisser passer pareille opportunité. Je savais que si nous ne faisions pas la meilleure offre que nous puissions nous permettre, Maddox irait ailleurs.

Un demi-million de dollars.

Knox avait toujours du mal à assimiler qu'on puisse avoir pareille somme sur son compte, sans parler de la dépenser sans hésitation. Le coup de fil que Shiori avait passé à sa banque afin de transférer les fonds n'avait pas pris plus de dix minutes. Dans l'heure qui suivait, ils avaient la somme pour effectuer l'offre.

— C'est quoi, le hic ?

— Maddox reprend le programme de MMA depuis le tout début. Il va organiser le recrutement des combattants. Après un entretien en tête-à-tête avec les candidats, il effectuera sa sélection. Pour le reste, la structure ne change pas : les adhérents nous paient des droits d'inscription.

Ito leva la main. En tant que membre le plus ancien du personnel entraînant du dojo, du moins en âge, son avis avait un poids considérable.

— Quels sont les risques de le voir embaucher ses propres instructeurs ?

— Je l'ignore. Mais vu qu'on dépense tout notre budget dans son salaire, il ne reste pas grand-chose pour d'autres instructeurs, répondit Shiori. Nous lui avons envoyé par mail votre CV à tous les trois. Ainsi que les vôtres, ajouta-t-elle en se tournant vers Blue, Gil, Fee et Terrel, puisque nous aurons des échanges. En plus de ça, je suggère que vos meilleurs combattants postulent auprès de lui.

— J'aurais bien envie de demander si on attend d'ABC une validation du salaire de Maddox, mais il semble que Ronin ne l'ait pas validé non plus, fit remarquer Blue.

Éclat de rire général.

— Et rien de tout ça n'aurait été possible sans Gil, précisa Knox. C'est lui qui, grâce à ses liens familiaux avec Maddox, nous a fait part de l'opportunité. Alors merci, Gil.

Ce dernier inclina la tête.

Fee leva la main.

— Maddox est-il intéressé par un programme féminin ?

— Je l'ignore.

Elle grommela quelque chose d'indistinct et échangea un regard avec Shiori.

Bon, qu'est-ce qui se passe ?

— D'autres questions ? demanda Knox, balayant la pièce des yeux. Dans ce cas, on a terminé.

La salle se vida, le laissant seul avec Shiori.

— Ça s'est bien passé.

— Ce ne sont pas eux qui m'inquiètent, mais Ronin, avoua-t-il, tambourinant des doigts sur la table. J'aurais bien aimé qu'il passe un coup de fil, histoire que je lui en parle.

— On a fait ce qu'il y avait de mieux, affirma-t-elle. (Elle posa la main sur la sienne.) Tu veux venir à la maison, ce soir ?

Il retira sa main. La limite entre leurs relations publiques et privées devenait de plus en plus difficile à maintenir. Du moins pour lui. Et il n'était pas d'humeur servile. Et oui, Shiori serait furax si elle savait qu'il nommait ça par ce mot.

— Non, merci. À la fin de la journée, je ne serai plus bon que pour une bière et dix minutes dans ma douche à vapeur.

— Qu'est-ce qui se passe ?

Je t'apprécie, et je veux que tu sois ma petite amie en même temps que ma Maîtresse. Et je me fais l'effet d'un gamin pleurnichard, si je te le dis, vu que tu refuses de l'envisager.

Deux coups retentirent à la porte et Blue passa la tête.

— Vous avez une minute ?

— Bien sûr, entre.

Knox attendit que Blue se soit assis face à lui pour demander :

— Qu'est-ce qu'il y a ?

— Je n'ai pas voulu aborder ça pendant la réunion, mais je pense qu'on va devoir annuler le prochain combat – enfin l'amateur, quel que soit le titre qu'on lui donne.

— Pourquoi ?

— Peu de préventes de billets, pour commencer. On a changé deux fois l'affiche. Et si on attend dix jours avant l'événement, on perdra non seulement la vente des billets, mais aussi les dix pour cent de pénalités. Et maintenant, sachant en plus que Maddox Byerly sera partie prenante des événements à venir, mieux vaut qu'on réduise nos frais.

— Avec qui tu as parlé de ça ?

— Katie. Elle s'agite comme elle peut pour faire le buzz, mais rien ne fonctionne. À partir de la semaine prochaine, on a prévu de tirer des affiches et des flyers, ce qui revient à jeter encore de l'argent par les fenêtres.

Knox soupira et se frotta les yeux.

— Les gars travaillent dur en vue de cet événement ; ils ont fait des heures en plus...

— Ce qui ne leur a été d'aucune utilité, parce qu'on dirait toujours des voyous sur leur terrain de jeu.

— Putain, Blue !

— C'est vrai ! Tu as deux bons combattants, Deacon et Ivan. Mieux vaudrait que tu arrêtes les frais avec les autres et que tu ne les affiches pas non plus pour un événement, même amateur. Inutile de leur donner de faux espoirs.

Blue se pencha vers lui.

— Et puis, réfléchis : tu veux vraiment parader avec ces gars devant Maddox Byerly ?

Merde, il n'avait pas songé à ça.

— Deacon aussi m'a conseillé de les virer.

— Il a raison.

Blue regarda tour à tour Shiori et Knox.

— Vous êtes d'accord pour qu'on annule l'amateur ?

— Et si on le repoussait ? suggéra Shiori. Descends le tournoi à huit rounds. Mets tous les combattants de Black et de Blue à l'affiche. Rehausse le niveau, implique un grand rival d'Arts Black. Et d'ABC. Ça vaut peut-être la peine d'essayer, non ?

Blue l'observa.

— Excellente idée. J'imagine qu'ils regrettent tes talents d'élucidation de problèmes, à Okada.

— C'était moi qui étais en charge des problèmes mal gérés après coup. Alors ici, je suis ravie d'aider à les résoudre avant qu'ils ne deviennent... eh bien, des problèmes.

— Tu aurais le temps de rencontrer Katie d'ici un jour ou deux ?

— Je vais vérifier mon planning.

— Super, merci. (Il se leva.) C'est une chouette nouvelle, cette arrivée de Maddox. Je suis content que vous ayez pu vous positionner, parce que moi, c'est sûr que je n'aurais pas eu les moyens de me le payer.

Une fois que Blue eut quitté la pièce, Knox se leva à son tour.

— Je descends parler à Molly avant que ne débute le cours de Deacon. Je vais lui demander de contacter Katie pour modifier la programmation des événements avant de commencer à en faire la pub.

— Knox ?

Ah, la voix de la Maîtresse. Et bon Dieu, oui, il s'était immobilisé.

— Quoi ?

— Qu'est-ce que tu as ?

— Je suis stressé, voilà tout.

— Arrête tes conneries. Regarde-moi.

Il tourna vers elle un regard noir.

— Ne fais pas ça. N'oublie pas où nous sommes. Quelque chose s'est produit, du coup je te laisse assurer le cours des ceintures noires de ce soir.

— Shihan…

— Plus tard, j'ai des trucs à faire.

Ses « trucs à faire » incluaient s'acheter un pack de bières et poser ses fesses sur sa terrasse. Il avait ressorti son matériel de pêche à la mouche, alors qu'il n'avait plus couru de rivière depuis plus de deux ans. L'idée d'essayer de perfectionner son lancer de ligne l'apaisait.

Et pourtant, ça tourbillonnait dans son cerveau.

Jusqu'à présent, au cours des trois semaines passées à la tête d'Arts Black en l'absence de Ronin, il avait réussi à :

Froisser Zach et Jon en refusant de les inscrire au programme afin de tester leur changement de ceinture.

Accepter de complètement démanteler le programme de MMA.

Embaucher un coach dont la première année de salaire représentait plus que la valeur de sa propre maison.

Baiser la sœur de Ronin.

Ronin allait peut-être le virer. Et alors, que ferait-il ? Non seulement il perdrait son travail, mais aussi ses amis. Son identité.

Il n'était pas du genre à vouloir créer sa propre affaire. Il s'était toujours satisfait d'être le second. Qu'on lui dise quoi faire avant qu'il l'exécute.

Et tu t'étonnes d'être soumis ?

Il tâcha de faire taire son cerveau avec une autre bière.

Au bout d'un moment, il perdit la notion du temps. Et décida qu'il prendrait de vraies vacances, cet été.

Il embarquerait son matériel de pêche, se trouverait une rivière et… Oui, mais bon, partir en vacances seul, c'était pathétique, non ?

Waouh, il était en pleine déprime, aujourd'hui !

Son portable vibra dans sa poche, mais il n'y prêta pas attention. Environ une minute après la fin des vibrations, l'appareil frémit de nouveau. Alors il le sortit et vérifia l'écran.

Shiori.

Elle avait appelé deux fois. Et tandis qu'il était assis là, son portable à la main, elle rappela. Il répondit.

— Allô ?

— Knox ? Tu es chez toi ?

— Oui, pourquoi ?

— Ça fait cinq minutes que je frappe à ta porte.

Elle était là ?

— Fais le tour de la maison, passe le portail. Je suis sur la terrasse.

— Ah, OK.

Le portail grinça, et il attendit de la voir sortir de la pénombre. À la seconde où elle apparut, son humeur changea.

— Qu'est-ce que tu fais ici ?

— J'étais dans le coin ; je me suis dit que j'allais passer.

— Tu visitais la banlieue de Denver ?

— À la recherche d'un moment agréable. J'espère être au bon endroit pour ça.

Knox l'attira à lui et la serra dans ses bras. Il ne dit rien, se contentant de la garder là. Après la façon dont les choses s'étaient terminées samedi soir dernier, ils étaient un peu méfiants l'un vis-à-vis de l'autre depuis.

Shiori lui chatouilla les aisselles pour l'obliger à la relâcher.

— C'était pour quoi, ça ?

— Parce que j'ai envie d'un baiser.

Elle renversa la tête en arrière, ferma les yeux et tendit les lèvres.

Ils étaient toujours proches l'un de l'autre, mais pas assez. Alors Knox colla le bras gauche dans le creux de son dos.

— Comme ça, ça va ?

Elle entrouvrit un œil.

— Ouais. Et tu ferais mieux de me donner un bon baiser, en plus.

Il freina des quatre fers pour se pencher très lentement vers ses lèvres. Taquinant, contrôlant ses gestes, mêlant chaleur torride et douceur, se reconnectant enfin avec cette passion dévorante. Quand il brisa le sceau de leurs lèvres, Shiori poursuivit sa bouche pour en obtenir un peu plus.

— Il était bon, alors, ce baiser ?

— Je ne sais pas trop. Tu devrais peut-être recommencer, histoire que je m'en assure.

— Gourmande.

— De toi.

Voilà ce qui le tuait. Découvrir tous les aspects de cette femme complexe et les aimer tous, sans exception. Et vouloir passer le plus de temps possible avec elle. Sauf qu'elle ne semblait pas être dans le même état d'esprit.

— Alors, qu'est-ce que tu faisais, dans le noir ?

— Je glandouillais avec une bière. Tu en veux une ?

— Non, mais j'aime le goût que ça a sur toi.

— En fait, j'en ai bu deux. C'est ma limite. Tu veux aller à l'intérieur ? proposa-t-il, repoussant une mèche de cheveux sur son épaule.

Elle secoua la tête.

— Non, je suis bien, là, avec toi.

Il lui prit la main et l'entraîna jusqu'à sa chaise longue. Il se laissa tomber pour l'attirer sur ses genoux, l'entourant de ses bras et lui posant la tête contre son cou.

Shiori s'écarta afin de le regarder dans les yeux.

— Tu étais en colère après moi aujourd'hui ?

— Je ne crois pas qu'« en colère » soit le terme exact.

Il enroula une mèche de ses cheveux autour de son index.

— C'est quoi, alors ?

Il continua à tortiller et libérer la mèche.

— J'ai eu un coup de fil de Vivie, l'autre jour, du style « oh mon Dieu, oh mon Dieu, oh mon Dieu ! ». Hystérique. Apparemment, elle a reçu un paquet de ma part, un paquet qui contenait la robe qu'elle avait essayée le week-end dernier. Ça te rappelle quelque chose ?

Elle cligna des paupières, innocente.

— Vaguement. Vas-y, raconte.

Il lui tira les cheveux.

— Bien essayé. À toi de t'expliquer, She-Cat.

— Cette robe lui allait à la perfection. Du coup, l'adorable grand frère que tu es la lui a achetée.

— Sauf que je ne la lui ai pas achetée.

Il se rendit compte qu'à l'instant où ils avaient commencé à parler argent, un masque était tombé sur le visage de Shiori.

— Mais si. C'est toi, son héros, Knox. Je te parie qu'elle oubliera le nom de son rencard pour la soirée, mais jamais elle n'oubliera cette robe.

— « Héros », ricana-t-il. C'est un poil exagéré.

— Pas d'après ce que j'en ai vu. Vivie et Zara te vénèrent.

Elle dessina des cercles sur son torse.

— Le fait que tu sois là pour elles chaque fois qu'elles en ont besoin, ça compte plus qu'une robe de bal. Et j'admets bien volontiers que je les jalouse. Je me demande comment ça aurait été, d'avoir un frère comme ça.

— La distance entre Ronin et toi… ?

— N'est pas récente. Il est parti à l'académie d'arts martiaux quand j'avais quinze ans. Il m'a promis de garder le contact, mais je ne l'ai pas revu pendant quatre ans. Et il n'est revenu que pour nous annoncer qu'il se rendait aux États-Unis. Donc, d'une certaine façon, acheter cette robe à ta sœur, c'était une façon de remplir un vide dans mon adolescence.

— C'était incroyablement généreux de ta part. Mais tu es comme ça. Tu achètes une robe pour une adolescente. Tu achètes un coach pour ton frère, qui n'a pas toujours été là pour toi.

— Ça n'est qu'une avance. Si Ronin prend Maddox, j'attends qu'il me rembourse. (Elle se mordit la lèvre.) C'était donc ça qui te turlupinait, tout à l'heure, au dojo. Après l'appel de ta sœur, tu as cru que j'essayais d'acheter ton affection ?

— Ça m'a traversé l'esprit. Jusqu'à ce que je songe que si ça avait été le cas, tu t'en serais vantée, conclut-il en l'embrassant. Alors merci.

Cette fois, elle le retint quand il essaya de s'écarter.

— Knox, je sens ton agitation. Tu veux bien me laisser prendre soin de toi, cette nuit ?

— Ça ne va pas à l'encontre du code des dominants, ça ? plaisanta-t-il.

— Complètement. Je vais sans doute me faire virer du club des « j'en ai rien à foutre du bien-être de mon soumis, y a que moi qui compte ». Oh, j'oubliais, je n'en fais pas partie, alors ça va.

— Le retour de la langue bien pendue. Elle m'a manqué, depuis qu'on se comporte de façon polie l'un envers l'autre.

— Si tu veux, j'essaierai de t'insulter au moins une fois par jour.

Elle posa les paumes sur ses joues.

— Va dans ta chambre, déshabille-toi et allonge-toi à plat ventre sur ton lit.

— Shiori…

— On ne fait pas de jeux. Je veux juste te toucher.

Elle sauta de ses genoux et lui tendit la main.

— Passe devant.

Il était tard, et les deux bières l'avaient fatigué. Il ôta ses vêtements et repoussa les couvertures avant de s'étendre sur le lit.

Et soudain elle était là, à cheval sur ses fesses, penchée en avant pour se frotter les seins à son dos.

— Tonique ou doux ? murmura-t-elle.

— Quoi ? Mon sexe ? De plus en plus tonique.

Joueuse, elle lui enfonça les dents dans le cou.

— Mais non, ton massage. Tu le préfères tonique ou doux ?

— Tonique.

Quand elle planta les doigts dans les muscles de ses épaules, il lâcha un gémissement de plaisir. Et ce son lui échappa à plusieurs reprises, tandis qu'elle travaillait son dos, atteignant les tissus profonds en pressant la pulpe des pouces. Elle usait aussi de ses poings en dessins circulaires, et en enfonçant les jointures.

Alors qu'il s'abandonnait à elle – l'air de rien, elle imposait aussi sa domination –, Knox se sentit plonger dans un état de béatitude.

— Tourne-toi, que je masse le côté face.

Elle lui massa les mains, les avant-bras, les biceps et les triceps. Et quand elle passa aux pectoraux, il sentit ses tétons durcir. Puis ses doigts s'immobilisèrent au niveau du sternum, et il s'obligea à ouvrir les yeux, pour la voir qui lui caressait le visage du dos de la main.

— Garde les yeux fermés, quoi qu'il arrive.

— OK.

Il la dévisageait, sidéré par la douceur dont elle faisait montre ce soir. C'était un aspect d'elle qu'il n'aurait jamais imaginé, un mois en arrière.

— À compter de maintenant, précisa-t-elle.

Il laissa retomber ses paupières. Et son corps, qui était détendu presque jusqu'à la somnolence, se réveilla quand elle fit glisser ses cheveux soyeux sur son ventre.

Et son membre se dressa tandis que le souffle humide de son rire lui effleurait le gland.

Knox agrippa les draps au niveau de ses hanches, pour éviter de lui saisir la tête.

À la mode Shiori, elle le titilla à coups de langue et de caresses. Sur les testicules. À l'intérieur de ses cuisses, que ses cheveux balayaient.

Les agacements cessèrent sans prévenir, et elle l'aspira dans sa bouche, entre ses lèvres, plus loin que les dents.

C'était si mouillé, si chaud, si parfait !

Quand elle commença à agiter la tête, Knox glissa dans une autre dimension. La succion, chaude et humide, provoquait une sensation inouïe. Les minuscules coups de langue, pile sur le point magique situé sous le gland. Et puis les longues caresses alors qu'elle remontait pour mieux reprendre son sexe en bouche.

En plus, elle se mit à émettre d'adorables fredonnements qui achevèrent de le transporter. Toutes ces sensations ensemble… voilà qui promettait d'être une pipe d'une brièveté embarrassante.

Merde. Il ne pouvait pas jouir avant qu'elle l'y autorise.

— Arrête-toi, s'il te plaît, haleta-t-il. Je ne peux plus me retenir.

— Mais si, tu peux. Encore deux minutes. Compte les secondes dans ta tête.

Ce fut assurément le décompte le plus rapide depuis cent vingt. Mais ça fonctionna.

Shiori laissa échapper son membre.

— Bien.

Mais sa main prit le relais sur son sexe mouillé de salive. Et puis elle repencha la tête, et – nom de Dieu ! – aspira ses testicules dans sa bouche tout en frottant de la pulpe du pouce la bande de peau entre les testicules et l'anus.

Les sensations étaient si intenses que Knox ne pouvait contrôler les tremblements de ses jambes.

Mais il gardait les yeux fermés.

Ses testicules étaient mouillés et tendus quand Shiori les relâcha. Il crut qu'elle allait le terminer à la main, mais elle lança :

— Jouis maintenant.

Et sa délicieuse chaleur lui enveloppa de nouveau le sexe.

Quatre glissades terminées en succion et c'en était fini de lui. Il grogna son soulagement au moment où le premier jet brûlant fusa, qu'elle avala. Il tira si fort sur les draps qu'il les arracha du lit alors qu'elle prenait le rythme de ses spasmes et suçait en cadence.

Ajoutez à ça les ongles enfoncés dans l'intérieur de ses cuisses et les sensations qui allaient avec, et vous obtenez la pipe du siècle.

À un moment donné, sa conscience avait dû abandonner sa tête et partir en goguette dans la pièce, car il perdit tout sens de la réalité.

Il était en train de faire l'expérience du Zen, avec un Z majuscule.

Le corps doux de Shiori remonta s'allonger près de lui. Ses lèvres confortables effleurèrent les siennes.

— Tu peux ouvrir les yeux maintenant.

Il souleva les paupières tout doucement, afin d'absorber peu à peu son magnifique visage, de son menton obstiné jusqu'à ses yeux dorés, en passant par sa bouche pleine et son nez.

— Merci.

— Avec plaisir.

Il entortilla une mèche de ses cheveux, la regardant se dérouler et retrouver sa raideur.

— Ce n'est pas que je ne sois pas content de te voir, mais quelle est la vraie raison de ta visite ?

— Tu me manquais.

— On s'est vus samedi soir, fit-il remarquer.

Et ça avait été l'une des nuits les plus torrides de sa vie. Sauf que les choses avaient bizarrement tourné. Après avoir joui avec une force telle qu'il craignait d'avoir endommagé les cellules de son cerveau, il avait eu la sensation qu'elle se fichait bien de la bataille qui faisait rage en lui : la preuve, elle l'avait abandonné littéralement la queue entre les jambes.

— Mais ensuite, je n'ai plus eu de tes nouvelles et ne t'ai plus revu jusqu'à aujourd'hui, ajouta-t-elle.

Elle se cala contre son flanc gauche et lui plaça la main dans le bas du dos – rappel subtil qu'elle avait besoin de son contact.

— Je t'ai abandonné comme une voleuse, samedi soir. Je suis désolée.

— Pourquoi tu es partie comme ça ?

— Parce que je voulais t'inviter à passer la nuit avec moi. Et je me disais qu'alors on pourrait refaire comme le dimanche précédent.

Knox leva la tête pour la regarder.

— Et en quoi est-ce que ça aurait été un problème ?

— Ça n'aurait pas été un problème, ça aurait été génial. Seulement, j'ignore comment ça fonctionne, ce genre de truc, OK ? Avec les autres soumis que j'ai fréquentés, on se séparait au club. La semaine dernière, quand on a fini chez toi, ça faisait une transition en douceur. Samedi soir, après notre séance, tu t'es comporté comme si tu n'avais plus envie de me voir.

— Tu aurais pu te contenter de m'ordonner de rentrer à la maison avec toi.

La lueur qui allumait son regard était hyper sérieuse.

— Je sais. Mais je ne voulais pas tout gâcher, et au bout du compte, c'est justement ce que j'ai fait. Le week-end dernier, on n'était plus seulement une dominante et son soumis, ni même collègues de travail. On était…

— Des amants de fraîche date qui apprennent à se connaître en dehors d'un lit.

— Exactement !

Il l'embrassa sur le front. Elle avait parfois tendance à trop analyser.

— Shiori. Il y a un mot pour ça : c'est une relation.

Elle soupira.

— J'embrasse ta théorie.

— Et tu embrasses très, très bien, alors ne t'excuse jamais, murmura-t-il contre le sommet de son crâne.

Il lui pinça le flanc.

Il lui pinça la fesse.

Ils ne parlèrent plus durant de longues secondes, chacun rassemblant ses pensées.

— J'ai réfléchi, dit-elle enfin. C'est pour ça que tu n'as pas eu de mes nouvelles. Et puis j'ai peint aussi, mais ça a été largement moins productif que les réflexions.

— Peint ? Les murs, tu veux dire ?

— Non. Des peintures. Mais il serait exagéré d'appeler mes peintures de l'art.

— Attends une seconde, c'est toi qui as peint le tableau que tu m'as apporté, la première fois que tu es venue ici ?

— Oui.

— Je l'adore. Je l'ai accroché juste au-dessus de ma cheminée.

Elle sourit contre son torse.

— Ça me fait plaisir.

— Continue, sur l'autre truc. La réflexion.

Elle lui posa le menton sur le torse et leva les yeux vers lui.

— De façon ironique, ce que j'ai décidé est l'exact opposé de ce que je t'ai raconté à la base.

Cette réticence à s'exprimer allait le rendre fou.

— Viens-en au fait.

— Je ne veux plus cacher que nous avons une relation romantique. Ni aux gens avec qui on travaille ni à personne.

Il ne put réprimer son large sourire.

— Tu es sérieuse ?

— Oui. Je sais comment être ta dominante, mais pour ce qui est du reste…

Connaissant sa fierté, il comprenait combien il lui avait été difficile de l'admettre.

— OK, je te propose un marché : puisque tu es la grande méchante dominatrice des moments intimes, je prends les rênes pour le reste de la relation. Et si ce qu'on partage en tant que couple se trouve dans la zone grise entre les deux, alors on en discute. Ça te va ?

— Ça me va.

Il l'embrassa, et très vite le baiser doux devint dur et affamé. Il mourait d'envie de lui dévorer le sexe, de la même façon qu'il lui dévorait la bouche.

— Reste avec moi, cette nuit.

— Je ne peux pas. Mais redemande-le-moi demain.

— Et chaque jour suivant. J'aime t'avoir nue dans mon lit, minette.

Il laissa son souffle lui taquiner l'oreille.

— Et sois avertie : demain, j'annonce à tout Arts Black que tu es à moi.

— Comment tu prévois de t'y prendre ?

— Eh bien, je fantasme de te pousser par-dessus mon bureau et de te baiser jusqu'à ce que tu hurles : « Oui, shihan ! » à en perdre haleine.

— N'oublie pas que tu aurais besoin de ma permission, pour faire ça.

— Euh… (Il lui fourra le nez dans le cou.) N'oublie pas que le dojo, c'est mon domaine. Là-bas, c'est moi qui commande.

Elle soupira.

— Je me fais prendre sur un point technique.

— Au sens propre, rit-il. Mais je te promets de te rendre le contrôle dès qu'on sera seuls. Personne ne verra le moindre millimètre carré de ton corps nu, Maîtresse. Tout m'appartient, désormais.

— Idem pour moi, murmura-t-elle.

— Et puisque tu t'es fait connaître en tant que ma Maîtresse auprès de Maître Merrick, ça signifie que j'ai le droit de t'inviter à un vrai rendez-vous cette semaine aussi.

— Tu t'éclates, pas vrai ?

— Oui, madame.

Chapitre 16

Le lundi matin, Ivan les surprit en train de s'embrasser quand il entra dans la salle de conférence.

Son visage prit une jolie teinte écarlate et il repartit sans un mot.

— Ça ne sera plus très long, fit Shiori.

— Trois minutes max, renchérit Knox.

En effet. Deacon entra dans la pièce comme une bombe. Son regard se posa tour à tour sur Shiori, assise sur la table de conférence, Knox, debout entre ses jambes, et les mains de Knox sur les fesses de Shiori.

— J'ai dit à Ivan qu'il avait sans doute mal interprété la situation. Soit ça, soit c'était moi qui avais mal entendu – qu'en fait, vous étiez plutôt en train de vous bastonner que de vous bécoter.

Knox effleura les lèvres de Shiori.

— Les yeux d'Ivan ne l'ont pas trompé. On s'est un peu laissés emporter. Vaut sans doute mieux que vous vous habituiez à ce spectacle.

— Putain, mec, tu déconnes ! Vous êtes ensemble ?

— Ouais.

— Depuis combien de temps vous jouez aux mains baladeuses en secret, tous les deux ?

Shiori tira sur les pans du haut gi de Knox.

— Une semaine ou deux.

— C'est bon. Je vais passer un coup de fil.

Deacon se dirigeait vers la porte quand Knox l'interpella :

— Attends. Qui est-ce que tu vas appeler ?

— Mon prêtre. Si vous êtes en train de vous bouffer la bouche tous les deux, c'est signe que la fin du monde approche, or j'ai pas mal de trucs à confesser.

— Ça s'est plutôt bien passé, commenta Shiori sitôt que Deacon eut claqué la porte derrière lui.

Knox éclata de rire.

Plus tard dans l'après-midi, alors que Shiori se changeait dans le vestiaire des femmes, Fee la débusqua.

— Tu joues à la bête à deux dos avec ce beau gosse de Knox et tu ne me l'avais pas dit ? s'exclama-t-elle en frappant du poing contre la porte du casier en métal. Je croyais qu'on était amies.

— On est amies.

— Les sœurs se disent ce style de choses, Shiori.

— Répète ça cinq fois à toute vitesse, marmonna-t-elle.

— Quoi ?

— Rien. Écoute, on n'en a parlé à personne. On n'était pas sûrs que ça tiendrait au-delà de…

— D'une bonne nuit de baise ? termina Fee.

— Voilà. Et si au lit, le soufflé était retombé ? On n'avait pas vraiment envie que tous les gens qui bossent avec nous soient au courant.

— J'en déduis que le soufflé est toujours parfaitement gonflé ?

Shiori s'adossa à son casier.

— C'est tellement torride entre nous que parfois je me dis qu'on devrait porter des vêtements ignifugés.

Fee leva la main, l'invitant à un check, poing contre poing.

— Putain, meuf, t'as choppé Knox. Je suis jalouse.

— Merci… enfin je crois.

Fee pouffa.

— Maintenant tu peux arborer cet air de bien baisée avec fierté, copine. Tu as suffisamment cherché, tu l'as mérité.

Shiori retourna au bureau et y trouva Knox seul, le regard perdu par la fenêtre. Sans hésiter, elle alla se placer derrière lui et noua les bras autour de sa taille.

— Qu'est-ce qui se passe, shihan ?

— Ma crédibilité d'homme.

— Quoi ?

— Ma crédibilité d'homme atteint des sommets, vu que je me tape la belle dure à cuire d'Arts Black.

Elle lâcha un grognement.

— Qui m'a appelée comme ça ? Attends, je ne veux pas le savoir.

— S'il avait continué à parler, tu saurais exactement qui l'a dit, à son œil au beurre noir ou à ses lèvres tuméfiées.

Il n'avait pas l'air amusé. Shiori passa devant lui et le força à la prendre dans ses bras. Elle glissa les mains sur son torse et le regarda dans les yeux.

— Tu es furax ?

— J'ai essayé de rester calme, pendant qu'ils te passaient en revue, morceau par morceau. Mais tu es tellement plus qu'un superbe cul, des bras de tueuse et une bouche à rêves érotiques.

Il posa le front contre le sien.

— Tu sais bien que les mecs disent des trucs nuls sur les nanas. Avant, je me joignais au concert, mais c'est différent quand il s'agit de ma femme.

— D'ici mercredi, ils auront sorti tout ce qu'ils avaient en réserve sur nous. Et pour information, je suis contente qu'on l'ait révélé.

Elle lui toucha les lèvres. Une fois. Deux fois.

— Parce que maintenant, on peut faire ça aussi souvent qu'on en a envie.

— Tu as raison. Et si on a besoin d'intimité, la porte de la réserve ferme à clé.

Passés les deux ou trois premiers jours, les « Boum chica boum boum » cessèrent peu à peu.

Deacon continuait à se plaindre ; il « souffrait » de les surprendre main dans la main, en plein combat, voire échanger des regards torrides à travers le dojo, mais c'était le seul.

Ils se mirent à passer une nuit sur deux ensemble, alternant entre sa maison et le loft de Shiori.

Ce doux dingue l'emmena même en rendez-vous galant. Une sortie très fleur bleue, où il vint la chercher, bouquet à la main et costume cravate, et passa la soirée à la couvrir de compliments sur sa fascinante beauté magnifiée par la robe de cocktail moulante qu'elle avait enfilée pour l'occasion. Le restaurant qu'il avait choisi sentait la bohème, depuis la nourriture jusqu'au décor. Et tout le long du repas, elle n'avait cessé d'admirer Knox – la lueur des chandelles marquait un peu plus les traits de son visage. Après le repas, ils s'étaient promenés dans le centre de Denver et arrêtés dans un club de jazz pour un dernier verre. Et puis il l'avait raccompagnée chez elle, où il lui avait donné un baiser à couper le souffle devant sa porte, avant de lui dire au revoir.

Knox avait prouvé qu'il était un parfait gentleman.

Plus elle découvrait de détails inattendus, sexy ou drôles sur lui, et plus elle voulait le dévoiler.

Pas étonnant qu'ils soient les opposés absolus. Il faisait tout lui-même, des travaux de sa maison à la vidange de son pick-up, en passant par la lessive. Alors qu'elle déposait ses vêtements au nettoyage à sec, ne se préparait jamais un repas, et ne possédait même pas un aspirateur. Knox aimait les activités d'extérieur – la pêche, le camping, le tir à la carabine et les randonnées, telles étaient ses idées du bonheur. Elle se trouvait mieux à l'intérieur, où elle ne risquait ni coups de soleil ni piqûres d'insectes et avait accès à Internet et aux repas à emporter. Sportif invétéré, s'il ne pratiquait pas un sport, il en regardait – MMA, football, basketball, rugby et hockey. Shiori considérait le shopping comme un sport. Elle pratiquait une activité physique uniquement pour s'éviter de peser chaque bouchée avalée.

Et pourtant, jusqu'à présent, l'homme très homme et la femme très femme s'accordaient bien. Surtout en ce qui concernait le sexe. Elle adorait le regard embué de Knox quand elle passait en mode dominante. Elle adorait la vitesse avec laquelle les deux amoureux lovés sur le canapé devenaient Knox attendant ses ordres et elle qui les lui donnait. Elle adorait qu'il anticipe le moindre de ses besoins et les assouvisse avec fierté. Elle adorait qu'ils repoussent les limites l'un de l'autre ; son rôle à lui dans la chambre et le sien, à elle, en dehors.

Cependant, elle n'était pas ravie de la dernière tentative en date de Knox pour la rendre plus indépendante. Et elle avait beau arguer que sa dépendance aux autres pour son confort quotidien avait créé des emplois, il se contentait d'en rire.

— Minette, tu es jolie même quand tu fais la tête, mais efface cette moue de ton visage et allons-y.

— Tu ne peux pas m'obliger.

Nouveau rire.

— Oh que si !

— Comment ?

Il lui jeta un regard brûlant.

— Tu le sais très bien.

— En faisant la grève du sexe ?

— Gagné au premier essai.

Merde.

— Et alors ? Le sexe, c'est très surfait.

— Dixit ma Maîtresse qui m'a fait deux fois l'amour hier. Et toi empalée sur moi hier matin, sous la douche, ça te rappelle quelque chose ? ajouta-t-il d'une voix plus rauque. Ou à cheval sur mon visage hier soir ?

— Tu es en train de te plaindre ?

Il baissa un regard affamé sur sa bouche.

— Jamais.

Elle s'approcha et lui caressa la joue du bout du nez.

— Si tu me ramènes à la maison, je te suce jusqu'à ce que ton gland explose.

— Bien essayé, mais non. Tu ne ferais que me maintenir au bord de jouir pendant des heures afin qu'on n'ait pas à revenir faire ce qu'on va faire. Alors ravale tes plaintes, sinon tu ne m'avales plus et vice versa.

— OK, soupira-t-elle. Alors j'utilise mon mot code.

Il lui effleura l'oreille du bout des lèvres.

— Tu n'as pas de mot code. C'est moi qui en ai un, tu as oublié ?

— Knox, geignit-elle. Pourquoi tu m'obliges à faire ça ?

— Parce que tu as trente-cinq ans et qu'il est grand temps que tu apprennes à conduire.

Elle désigna son énorme pick-up, un truc aussi haut qu'un gratte-ciel et doté de pneus gros comme ceux d'un bulldozer.

— Je préférerais ne pas bousiller un monstre pareil.

— Arrête de dire ça. C'est un pick-up de taille normale.

— Impossible.

— Mais si.

— Comparé à quoi ? Un tracteur ? Tu as déjà vu la taille des voitures au Japon ?

— Non. Et on n'est pas au Japon, on est en Amérique, où le système de transports publics dans le Grand Ouest n'a rien de comparable avec les trains pare-balles du Japon.

— Rien à voir.

— Cesse de jouer les emmerdeuses et monte.

— Je n'aime pas ce petit ton.

Il vint coller son visage au sien.

— Et tu n'aimeras pas non plus ma main sur tes fesses si tu ne bouges pas.

— On est un peu insolent, aujourd'hui, soumis.

— Je ne suis pas ton soumis dans ces circonstances, je te rappelle. Alors arrête de traîner les pieds, de chouiner et de faire la chieuse, enfile ta culotte de grande fille et monte dans ce fichu pick-up.

— OK. Je suppose que tu as un escabeau ?

Il marmonna quelque chose, puis désigna le minuscule morceau d'acier chromé au-dessous de la portière.

— Ça s'appelle un marchepied. Sers-t'en pour monter.

Shiori ouvrit la portière et se jeta sur le siège conducteur. Elle commença par rapprocher le siège du volant. Si les genoux de Knox étaient écrasés contre le tableau de bord, tant pis pour lui, ça lui apprendrait à être aussi grand.

Il grimpa du côté passager, toujours grommelant, puis :

— Recule le siège. Tu n'as pas besoin d'être assise juste sous le volant pour conduire.

Elle obtempéra.

— Voilà. Tu as deux pédales à tes pieds, mais tu ne vas utiliser qu'un pied. Accélérateur à droite. Frein au milieu. Maintenant, regarde le tableau de bord. Tu vois les lettres P, R, N, D, L ?

— Je les vois.

— Que signifient-elles ?

— Piétons Ramassons Nos Doigts de pieds, La voilà ?

Il n'esquissa même pas un sourire.

Elle soupira, puis reprit :

— Park, c'est pour se garer, Reverse ou marche arrière, Neutral ou point mort, Drive pour conduite et… aucune idée de ce que signifie le L.

— Low pour passer la vitesse inférieure si la météo est mauvaise ou si tu descends une pente raide, expliqua-t-il. Maintenant, tourne la clé et démarre.

— C'est un peu rapide, non ? On ne pourrait pas parler de la sécurité sur ce véhicule ?

Il secoua la tête.

— Tourne la clé et appuie sur l'accélérateur en même temps.

— Il faut que je fasse deux trucs en même temps ?

Elle avait pratiquement hurlé.

— Shiori, fit-il d'un ton sec, arrête de flipper. Si un gamin de seize ans peut y arriver, toi aussi.

Elle tourna la clé et appuya sur la pédale d'accélérateur. Le moteur rugit.

— Bien. Maintenant, mets ton pied sur le frein et passe la vitesse en mode Drive.

— On va avancer, là.

— Avec un peu de chance, oui.

— On va où ?

— On tourne en rond sur ce parking vide jusqu'à ce que tu sois à l'aise derrière le volant.

Doux Jésus ! Ils allaient rester coincés ici des mois, si c'était vraiment ce qu'il espérait. Elle poussa le levier de vitesses jusqu'à ce que la flèche rouge se trouve face au D.

— Et maintenant ?

— Maintenant, tu retires ton pied du frein. Le pick-up va avancer, mais très peu tant que tu n'appuieras pas sur l'accélérateur. Et quand tu poseras le pied sur la pédale, fais-le peu à peu, pas d'un coup.

OK, c'est parti !

Elle se retint de fermer les yeux, pourtant la tentation était forte. Elle posa le pied sur la pédale d'accélérateur, comme indiqué par Knox, et le pick-up bondit. Elle retira le pied et enfonça la pédale de frein. Puis elle réessaya. Ce fut moins chaotique, cette fois. Elle essaya d'appuyer un peu plus sur l'accélérateur et le véhicule ne bondit pas.

— Tu t'en sors super bien. Maintenant, essaie de ne pas rouler en plein milieu mais de tenir la droite.

— Il y a tant de choses à mémoriser.

— Quand tu arriveras au bout de cette allée, tourne à droite et remonte de l'autre côté. Et tu auras peut-être un peu plus de sensations si tu dépasses les quinze à l'heure.

Il se moquait, là ? Elle n'osait pas lâcher son itinéraire des yeux pour lui jeter un regard noir, ni le volant pour le frapper.

Elle parcourut quatre allées, gagnant peu à peu en vitesse. Quand elle atteignit la fin de la dernière allée du parking, elle était montée au moins jusqu'à quarante. Mais au moment où elle aperçut le virage et le bloc de ciment à la base du lampadaire, elle paniqua. Elle tourna brusquement le volant et le pick-up fit presque un tour à cent quatre-vingts degrés.

— Freine ! Freine ! hurlait Knox.

Elle enfonça les deux pieds sur la pédale de frein et ils furent projetés vers l'avant. Heureusement qu'ils avaient attaché leur ceinture !

— Nom de Dieu, Shiori, qu'est-ce que tu foutais ? Tu essaies de bousiller mon pick-up et de me donner une attaque ? Tu ne peux pas tourner au bout d'une allée à quarante à l'heure !

— Tu n'arrêtais pas de me dire d'accélérer !

— Pas quand tu prends un virage à quatre-vingt-dix degrés ; à ce moment-là, tu ralentis !

Elle positionna le levier de vitesses en mode Parking. Puis elle coupa le moteur, détacha sa ceinture de sécurité et sortit du pick-up en trombe. Les bras serrés autour de sa poitrine, elle se mit à marcher.

Et ses larmes à couler, ce qui la ficha en rogne.

Knox la rattrapa et vint se planter devant elle.

Elle le contourna et continua à marcher.

Il revint lui bloquer le passage.

— Shiori, tu peux t'arrêter, s'il te plaît ?

Elle s'arrêta.

Il lui prit le visage entre les mains et lui renversa la tête en arrière.

— Pourquoi tu pleures ?

— Tu m'as crié dessus.

— Je t'ai crié dessus des milliers de fois avant aujourd'hui.

— Mais pas comme ça. Tu m'as fait peur, dit-elle en reniflant. Je ne veux pas apprendre à conduire ! Ce n'est pas parce que je ne sais pas conduire que je suis une pauvre fille, paresseuse et stupide. J'en ai marre que tout le monde me donne cette impression.

— Je te donne cette impression, moi ?

— Parfois.

Là, il eut l'air surpris.

— J'ai fait une analyse comparative : posséder une voiture ou s'abonner au service de chauffeurs particuliers. Si tu additionnes l'essence, l'assurance, l'entretien et la perte de valeur de la voiture, à la fin de l'année je suis gagnante en ne conduisant pas. Sans compter le travail que j'abats pendant les trajets.

— Hé, viens ici.

Il la serra contre son torse.

— Je te prie de m'excuser si j'ai dit quoi que ce soit qui t'ait blessée. Tu es tout sauf stupide, ajouta-t-il en l'embrassant sur le front. Tu sais ce que je pense de toi, Nushi. Tu es la femme la plus incroyable que j'aie jamais rencontrée.

Voilà qui fit redoubler ses larmes. Knox la révérait, chaque jour, de toutes les façons, sans qu'elle ait besoin de l'exiger ni de l'en supplier. C'était nouveau et si précieux qu'elle avait peur de perdre cette sensation, de le perdre, lui.

— J'ai été nul de t'obliger à faire ça.

— Pourquoi tu m'y as poussée ?

— Parce que tu empestes la richesse et que tu peux t'acheter n'importe quel petit bolide. Ce serait pas trop cool, de piloter une voiture pareille ?

— C'est ça, ta raison ?

— Non, je plaisantais. Je déteste l'idée que tu laisses des inconnus te promener en ville, alors que tu refuses de m'en donner la possibilité.

— Tu as du travail, avec la direction du dojo. Tu n'as pas le temps de jouer mon chauffeur.

— Il est de mon droit de prendre soin de toi, argua-t-il. Et si tu ne me laisses pas faire ça, au moins laisse-moi t'apprendre à t'occuper de toi-même.

Elle lui posa une main sur le cœur.

— Merci de penser à moi et de te soucier de moi.

— Ça n'a rien à voir avec de la jalousie vis-à-vis d'un chauffeur qui t'est tout dévoué.

Sauf que si, en grande partie, elle le savait. Que n'importe quel homme fasse quoi que ce soit pour elle, et Knox se sentait inutile. Mais vouloir qu'elle s'appuie sur lui en tout n'était pas réaliste. Qu'arriverait-il si elle ne comptait plus que sur lui ? À un moment donné, il finirait par lui en vouloir. Elle avait déjà vécu ce genre de situations.

— Knox, je prends déjà soin de moi.

Alors qu'il la dévisageait, le muscle de sa mâchoire se crispa. Il hésitait sur la façon de lui répondre.

— Et si on commençait doucement, concernant la conduite ? suggéra-t-elle alors. Chaque fois qu'on passe devant ces pistes de karting couvertes, tu me répètes à quel point tu adorerais m'y emmener.

Ses yeux s'allumèrent.

— Tu voudrais bien y aller aujourd'hui ? Maintenant ?

— Si tu me paies des sushis après. Oh, et du yaourt glacé.

Elle fit remonter les doigts sur son torse.

— Bien entendu, il faudra commander à emporter, parce que je prévois d'utiliser ton corps comme assiette à dessert.

Sans surprise, il l'y emmena sur les chapeaux de roues.

Un autre jeudi plein d'ennui.

Elle avait fait les fiches de paie.

Elle avait fait la recherche promotionnelle.

Elle avait fait la vaisselle dans la salle de repos.

Elle posa le regard sur Knox. Il y avait une chose qu'elle n'avait pas faite aujourd'hui.

Repoussant sa chaise, elle se mit debout.

— Cherche-moi des noises.

Il leva les yeux de son bureau.

— Pardon ?

— Tu m'as très bien entendue. Balance-moi une vacherie, comme avant.

— Pourquoi ?

— Parce que j'ai toujours été secrètement excitée par nos joutes verbales. Insulte-moi, réclama-t-elle en sautillant à travers la pièce.

— C'est un test ou quoi ?

— Non.

Elle atteignit son bureau et fit tourner son fauteuil, pour s'appuyer à ses accoudoirs.

— Dis un truc genre : « Nom de Dieu, She-Cat, pourquoi tu n'as pas écrit au crayon à papier dans le journal de bord, vu que ton écriture ressemble à celle d'un élève de primaire ? »

— Très drôle.

— Ou bien… « Mlle Hirano, votre attitude me casse les couilles, aujourd'hui. »

Il haussa un sourcil.

— Peut-être justement parce que tu les avais dans ta bouche, pas plus tard que la nuit dernière ?

— Non, tu ne me disais jamais des choses sexuelles, avant.

— Du moins pas en face.

Elle sourit.

— Tu vois ? Ce genre de truc.

— Minette, je ne sais pas ce que tu cherches, là. C'est un jeu de dominante ?

— Non. C'est un jeu de toi et moi. J'adore qu'on s'entende si bien, mais en même temps, nos anciens échanges du tac au tac me manquent.

— Et comment tu veux régler ça ?

— OK, on recommence du début. (Elle se redressa.) Joue le jeu.

— Oui, madame.

— Quand je vais entrer, tu feras comme si c'était la première fois que tu me voyais de la journée.

Vu son air perplexe, elle espérait qu'il avait compris ce qu'elle attendait.

Pour rendre la scène plus authentique, elle prit son sac à main et se glissa dehors, refermant la porte. Elle s'éloigna un peu dans le couloir, prenant garde à ne pas trop s'approcher de la salle d'entraînement.

Au bout de cinq minutes, elle ouvrit la porte et entra, la claquant derrière elle.

— Waouh, tu arrives avant midi, aujourd'hui, She-Cat ? lança Knox, l'image même du sarcasme. Ça fait deux jours d'affilée. Tu espères que je t'inscrive sur la liste de l'Employée du mois ?

— On a des envies de mordre, ce matin, mon Knox-dieux collègue ? rétorqua-t-elle en jetant son sac sur le bureau.

— Je vais passer mon tour, car je doute que tu aies eu ta piqûre antirabique récemment.

Il lui offrit un sourire narquois.

— Si on doit t'accorder quelque chose, c'est de ne jamais abandonner ; même quand tes vannes sont nulles, ben tu te décourages pas, t'essaies toujours de me convaincre que t'es un petit comique.

Knox montra les dents.

— C'est peut-être culturel, Shitake. L'humour américain t'échappe.

— Bon sang mais c'est bien sûr ! fit-elle en se frappant le front. La barrière de la langue.

— Ravi que tu commences à prendre conscience de tes limites.

Pourquoi est-ce qu'elle s'emballait autant ? Son cœur battait à tout rompre, elle avait des papillons dans le ventre, les joues brûlantes.

— Bon, passons aux choses sérieuses. J'ai jeté un œil à tes prétendus rapports sur le journal de bord, lança-t-il, sarcastique.

— Et alors ?

— Pourquoi c'est écrit en japonais ?

— Parce que le japonais est ma langue maternelle, peut-être ?

— Et comment je suis censé les lire, moi ?

Elle croisa les bras.

— C'est bien là, le truc. Ces rapports ne te sont pas destinés, Knox. Ce que je t'ai déjà dit mille fois, mais tu as sans doute omis de te sortir la tête du cul assez longtemps pour m'entendre.

Elle vit le muscle de sa mâchoire se crisper.

— Tu les as terminés en langue étrangère pour que je ne puisse pas vérifier tes données ? Très mature, comme attitude, She-Cat.

— Je n'ai pas besoin que tu vérifies ces rapports comme un prof qui corrige mes devoirs.

— Et comment je sais que tu n'essaies pas de cacher quelque chose ?

— Non, mais t'es sérieux, là ? Que veux-tu que je cache ?

Il haussa les épaules.

— Tu organises peut-être des fiestas dans le loft de Ronin, vu que tu es la seule à y avoir accès.

— Des « fiestas » ? répéta-t-elle. Tu penses vraiment que je compromettrais l'intimité de mon frère et sa confiance en moi ?

— Encore une fois, je l'ignore. C'est pourquoi j'ai besoin de lire ces rapports. Qu'est-ce que j'en sais, peut-être que tu orchestres des beuveries sur le toit tous les samedis soir ?

Elle se rua sur lui et frappa son bureau des deux paumes.

— Je suis censée savoir ce que ça veut dire, ça ? C'est quoi, une « beuverie », d'abord ?

Le regard de Knox était brûlant. Il était tout aussi excité qu'elle par ce jeu de rôles.

— Beuveries : fêtes déjantées où l'on boit des litres de bière dans le but de se saouler, de perdre ses vêtements et de voir jusqu'à quel point on peut se ridiculiser.

— Ça me semble tout à fait ton style, ça, Son Knox-dieuserie. C'est pour ça que Ronin ne t'a pas confié les clés de son loft ? s'enquit-elle d'une voix mielleuse.

— Oh, il fallait bien qu'il te donne un petit truc à faire, vu qu'il m'avait nommé à la tête du dojo.

— T'es une vraie tête de nœud.

— Ah oui ? Et toi, bébé, tu donnes au mot « garce » tout son sens.

Elle se pencha plus près de lui.

— J'aimerais qu'on soit sur le tatami, là, godan, pour que je l'écrase au sol, ce putain de sourire satisfait.

Les grandes mains de Knox lui ceignirent les poignets et il vint coller son nez au sien.

— Alors là, je corrige, minouchette : je pense que c'est sur ton matelas, que tu rêverais de me coller, par sur un tatami. Et je serais plus que ravi de te complaire, mais il faudrait sans doute que je te bâillonne d'abord.

— Il faudrait surtout que tu me coinces d'abord, siffla-t-elle. Or on sait tous les deux qui est le meilleur dans le domaine des mises au sol.

— Ne me tente pas, je pourrais te prouver le contraire.

Ils étaient si proches qu'ils respiraient le même air. Des flammes dansaient dans les yeux de Knox, et elle sentait la chaleur de sa peau. Les braises qui couvaient entre eux s'embrasèrent.

— Knox.

Il ne répondit pas, il se contenta de lui effleurer la bouche de la sienne. Une fois. Deux fois.

— C'est ça qui te manquait, minette ? murmura-t-il contre la commissure de ses lèvres.

— Oui.

— Moi aussi.

Il pencha la tête et fit glisser son nez depuis sa tempe jusqu'au creux sous son oreille.

— Et qu'est-ce qu'on va faire pour régler ça ? Parce que là, on a atteint le stade de la conversation où tu t'en irais.

— Si je m'en vais, cette fois, tu me suivras ?

— Sans l'ombre d'un doute.

Elle lui caressa la joue de son nez, inhalant le parfum de son après-rasage mêlé à celui de l'excitation qui émanait de sa peau.

— Tu as un préservatif ?

— Depuis quand te culbuter est devenu une réalité et plus un rêve ?

Il lui planta un baiser torride sous l'oreille, avant d'ajouter :

— Bébé, j'en ai rangé une boîte pleine dans mon tiroir du bas.

— On espérait se faire She-Cat au dojo, shihan ?

— Toujours prêt, souffla-t-il, suivant des lèvres le cartilage de son oreille. Et vu qu'on est au dojo, à savoir mon domaine, les règles de Maîtresse ne s'appliquent pas. Alors ramène tes fesses dans la réserve et attends-moi.

Voilà un test. Sur le papier, Knox avait raison : à Arts Black, c'était lui qui tenait les rênes. Mais vu qu'il s'agissait de sexe, ce devrait être son rôle.

Mais n'est-ce pas justement ton *jeu de rôles ? Tu viens de lui faire jouer une scène avec toi. Ceci n'en est que le résultat. Le laisser prendre le contrôle, si tu t'assures qu'il sait pourquoi il en a le droit : uniquement parce que tu l'y autorises et que ça rentre dans les règles dominante-soumis que tu as établies. Non, il ne repousse pas les limites.*

Son débat intérieur prit fin quand Knox chuchota :

— Joue le jeu.

Elle chercha ses lèvres et lui donna un baiser possessif. Lui rappelant ainsi qui détenait le pouvoir et qu'elle l'exercerait quand ça la chanterait. Puis elle s'écarta et traversa la pièce jusqu'au petit réduit à fournitures situé dans un coin. Sans un regard en arrière.

Chapitre 17

Knox se passa une main sur la bouche en regardant s'éloigner Shiori.

Bon Dieu, ces fesses ! Elles l'appelaient comme la lune attirait les marées.

À la seconde où la porte de la réserve se referma, il ouvrit le tiroir du bas de son bureau et déchira l'emballage d'un préservatif.

Il s'obligea à attendre une minute supplémentaire avant de courir la rejoindre, ce qui lui permit aussi de préparer la suite des événements. Il appréciait le saut dans le vide qu'elle consentait en lui offrant l'occasion de prendre le contrôle, et une chose était certaine, il ne voulait surtout pas la gâcher.

Le jeu de rôles qu'elle avait lancé lui avait fait un effet du tonnerre. Il lui avait rappelé les mois où Shiori et lui s'adonnaient à ce genre de joutes verbales à peu près tous les jours. Et il voulait bien admettre que déjà, à l'époque, ça l'excitait pas mal.

La minute était écoulée.

Tandis qu'il traversait la pièce, il se surprit à regretter que ses chaussures ne fassent pas un peu plus de bruit sur le parquet, car ainsi elle l'aurait entendu arriver. La porte grinça sur ses gonds quand il l'ouvrit lentement. Il la referma derrière lui, à clé, puis il s'immobilisa quelques secondes pour observer Shiori et la laisser monter en excitation.

Elle était debout devant la fenêtre, les mains posées sur le rebord. Comme elle avait la tête penchée, le soleil illuminait ses cheveux d'ébène, conférant à certaines mèches une lueur rouge flamme. En s'avançant vers elle, il la vit agripper le rebord de fenêtre un peu plus fort.

Des étagères montant du sol jusqu'au plafond occupaient les deux murs latéraux. Comme dans tous les bâtiments anciens, les plafonds étaient hauts et les fenêtres aussi. Knox avait toujours trouvé qu'utiliser cette pièce comme réserve était du gâchis – jusqu'à maintenant.

Il alla coller son corps au sien. Lui passant les bras sous les aisselles, il entreprit de déboutonner son chemisier, tout en plaquant les lèvres contre sa nuque. Son odeur lui titillait les sens – la fragrance de sa peau chaude avec une touche d'épice. Une fois les boutons libérés, il lui retira chemisier et soutien-gorge.

Au contact de sa peau nue, si douce sous ses mains, il lâcha un grognement.

— J'adore te toucher.

— J'adore la façon dont tu me touches, admit-elle. Et j'ai besoin que tu retires ta chemise, afin qu'on soit peau contre peau.

— Tout ce que tu veux, lui murmura-t-il dans les cheveux.

Il ne mit pas longtemps à envoyer valser sa chemise et appuya aussitôt le torse contre son dos nu.

Elle laissa échapper un petit gémissement.

Elle portait un pantalon, aujourd'hui. Des mains, il suivit le contour du haut de sa poitrine, descendant via ses flancs jusqu'à ses hanches. Il passa un doigt dans sa ceinture élastique, rien que pour la sentir frémir à son contact. Alors il dégrafa le crochet qui maintenait son pantalon et baissa la fermeture Éclair, sans jamais décoller la bouche, entrouverte, de ses épaules dénudées qu'il couvrait de baisers.

Dès que le pantalon fut libéré, il poussa le tissu fluide sur ses hanches, puis par-dessus la courbe de ses fesses, et le vêtement tomba à ses chevilles.

— Fais un pas de côté et retire tes chaussures.

Même alors qu'elle obtempérait, il garda les mains et la bouche en contact avec elle, non seulement pour instaurer son contrôle, mais aussi pour lui rappeler qu'il n'en avait jamais assez d'elle.

Il posa les lèvres à la base de son cou, suivit les arêtes de sa colonne vertébrale du bout de la langue, plus bas, encore plus bas, jusqu'à devoir tomber à genoux. Voilà, ses fesses appétissantes étaient juste en face de son visage.

Miam.

Il passa les doigts dans les élastiques de sa culotte noire et la tira vers le bas, éliminant ainsi l'ultime barrière entre eux.

Tandis qu'elle se débarrassait du morceau de tissu d'un coup de pied de côté, il lui tapota l'intérieur du mollet, afin qu'elle se positionne jambes écartées.

Alors il titilla les deux fossettes au-dessus de ses fesses, jusqu'à sentir le duvet qui les recouvrait se dresser sous ses lèvres, en même temps qu'elle essayait de frotter les cuisses l'une contre l'autre. Il était fort tentant de lui donner une bonne tape bien sèche sur les fesses pour lui intimer de se tenir tranquille, mais il ne savait pas trop jusqu'où il pouvait la pousser. Il choisit donc de la distraire, s'appuyant contre le bas de son dos et faisant pivoter son bassin.

Elle s'était mise à respirer de façon saccadée, et il leva les yeux pour voir son souffle embuer la vitre.

Il s'autorisa un sourire avant de se focaliser sur sa prochaine cible. Il fit glisser les mains de part et d'autre de ses globes rebondis, plaçant les pouces dans la raie de ses fesses afin de pouvoir les écarter. Et il laissa courir la langue dans la fente ainsi dévoilée, la soulevant légèrement pour atteindre le bouton rosé.

— Oh, là, là ! s'écria-t-elle au premier coup de langue.

Il entama un mouvement tournoyant autour de la rosette serrée, la léchant jusqu'à ce que le muscle se détende. Et là il enfonça la langue à l'intérieur.

Un nouveau halètement lui parvint et il sentit les jambes de Shiori commencer à trembler.

Aussitôt son membre pulsa en réponse. Il s'était tellement perdu dans son bonheur de pouvoir la toucher et la goûter tout à loisir qu'il en avait oublié les besoins de son propre corps.

C'est ta nature de soumis. Faire passer la satisfaction de ta Maîtresse avant la tienne.

Et pour une fois, son ego de mâle ne chercha pas à nier. Il se contenta de l'enjoindre à continuer.

Après un long coup de langue qui lui donna son premier aperçu des sucs émanant de son sexe, il se redressa. Comment, il l'ignorait, mais il parvint à baisser son propre pantalon et à enfiler le préservatif, tout ça d'une main vu qu'il ne la lâcha pas durant tout le processus. Car à présent, il avait besoin de ce contact tout autant qu'elle.

Il lui planta un baiser sur l'épaule. Il y avait un rebord au-dessus du radiateur qui risquait d'être un peu dur sous ses genoux, mais qui la hissait à la hauteur parfaite. Les mains toujours rivées à ses hanches, il ordonna :

— Mets les genoux sur le rebord, et ensuite appuie les paumes contre la fenêtre.

Sitôt qu'elle fut en position, il balança le bassin contre ses fesses. Tenant son membre de la main gauche, il passa la droite devant, sur son ventre, la plaçant exactement comme il la voulait et allant poser le majeur sur son clitoris.

Nouvelle brutale inspiration quand il commença à la caresser à cet endroit.

Lentement, il pénétra dans son sexe. Quand il l'eut remplie de son membre, il indiqua :

— Fort et vite.

Son « oui » sortit dans un gémissement.

Il ressortit pour mieux l'empaler. Encore. Et encore. Le claquement des peaux qui se heurtaient et les doux grognements de Shiori chaque fois qu'il cognait au fond d'elle emplissaient l'étroit espace et s'y réverbéraient.

La vitre était à présent recouverte d'une tache de buée plus large encore, fruit de leurs souffles courts et mêlés. Elle avait le dos moite, et lui le torse, et la sueur les collait l'un à l'autre.

Il lui frottait délicatement le clitoris, sachant qu'elle n'aimait pas les caresses agressives au départ. Mais plus il l'assaillait de ses coups de boutoir, plus elle mouillait, lui permettant d'accentuer la vitesse de ses caresses.

Quand il sentit le corps de Shiori se raidir sous lui, il lui saisit une poignée de cheveux et attira sa tête sur un côté afin d'atteindre son cou. Au contact de ses lèvres sur sa peau humide, elle fut saisie de frissons et gémit.

— J'aime te faire l'amour. J'aime tout ce que nous sommes, tous les deux. Les sons, les odeurs, les goûts, le contact de ton corps qui bouge contre le mien.

— Knox…

— Est-ce que tu aimes ma façon de te prendre, Nushi ?

— Oui.

Il suçota la peau tendre juste sous l'oreille.

— Un jour, je veux prendre ton joli petit cul comme ça. L'ouvrir et le préparer avec ma langue avant d'y enfoncer ma queue. Tout au fond.

Il lui chatouilla la nuque.

— Dis-moi que tu me laisseras te faire tout ce que je veux, du moment que je te fais hurler de plaisir.

— Tout ce que tu veux, haleta-t-elle. Tout ce que je te dirai.

— Dis-moi ce qui va te faire jouir maintenant.

— Je suis tout près. Accélère les mouvements sur mon clito. Et ta bouche…

— Je sais où tu veux que je pose la bouche, gronda-t-il. Alors il tira un peu plus fort sur ses cheveux, l'obligeant à lui donner accès au point précis qu'elle protégeait. Et il se jeta dessus à belles dents, aspirant fort, tout en lui massant le clitoris et sans jamais ralentir la folle cadence de son membre.

Il sentit l'instant exact où elle commença à jouir : l'une de ses mains lâcha la vitre et vint l'agripper fort par les cheveux. Les muscles de son vagin se contractèrent autour de lui et son clitoris fut secoué de spasmes sous ses doigts.

— Oh oui, oh oui !

Elle ne hurla pas, mais elle haleta et gémit à chaque onde de plaisir, la voix devenue rauque.

Une fois que la tempête commença à s'apaiser, elle lui posa la main dans la nuque et l'attira joue contre joue.

— Tu… c'est… (Elle soupira.) Oh oui, j'adore comme tu me baises.

Il se demanda si elle avait remarqué ses dents serrées et si elle avait perçu le ralentissement de ses assauts afin de se contrôler.

Elle tourna la tête pour capturer ses lèvres. L'ayant titillé de baisers et de souffles échangés pendant un moment, elle dit :

— Merci.

Nouveau coup de langue à l'intérieur de sa lèvre inférieure – elle savait pertinemment combien ça le rendait dingue.

— Ça déchirait.

— Ce fut un plaisir. Maîtresse, je peux jouir ?

— Oui.

Elle reposa la main sur la vitre, comprenant qu'il avait besoin de la prendre de toutes ses forces.

Knox lui agrippa les hanches, s'ancrant à elle pour lui donner quelques coups de boutoir, forts et rapides. Il se regarda plonger en elle jusqu'au moment où ses testicules se soulevèrent ; son orgasme le submergea en vagues puissantes.

Il était tellement bien, dans la douce chaleur de son vagin, qu'il continua à pomper même après la première déflagration.

Shiori ne l'arrêta pas. N'ordonna pas : « Assez. Retire-toi. » Elle le laissa redescendre graduellement de son orgasme. Elle l'avait encore eu. Chaque fois, elle savait ce dont il avait besoin et trouvait le moyen de le lui donner.

Pas étonnant qu'il la vénère.

Sitôt qu'il fut remis, il l'aida à quitter le rebord de fenêtre. La retournant face à lui, il l'embrassa longtemps, sachant qu'elle en avait envie : corps et bouche en contact, pas pour établir sa domination, mais pour renforcer leur lien.

Une fois qu'il fut certain qu'elle avait retrouvé son équilibre, il tomba à genoux, malgré son pantalon entortillé à ses chevilles. Il ne lui demanda pas sa permission, puisqu'elle lui avait accordé un semblant de contrôle. Il colla la bouche à son sexe, usant de son pouce pour atteindre la perle douce qui repartait déjà se cacher entre ses replis. Il la suça délicatement mais sans discontinuer jusqu'à ce que Shiori jouisse de nouveau dans sa bouche. Il but son orgasme, avalant ses sucs comme le meilleur vin.

— Être avec toi, avoua-t-elle plus tard en lui caressant les cheveux, ça ne ressemble à rien de ce que j'ai vécu avant.

— Je m'efforce de faire bonne impression.

— Eh bien, c'est réussi. Merci. Cela dit, il faut qu'on se rhabille.

Même s'habiller séparément était désagréable, preuve s'il en fallait du naturel qu'il ressentait à être avec elle. Shiori ne faisait pas semblant. Elle n'essayait pas de lui jouer des tours, ni de le faire bisquer pour pouvoir le punir ensuite. Non, elle l'appréciait, quelle que soit la manière dont elle choisissait de le faire.

Et son ego se trouvait hyper reboosté à l'idée d'être capable de lui faire perdre la tête, de la faire jouir si fort qu'elle en perdait le souffle et la parole. Et qu'elle l'ait choisi, lui, pour partager tout ça avec elle.

— À quoi tu penses ? Tu as l'air bien concentré.

Knox reboutonna sa chemise, la regardant en faire autant.

— Je me disais que tu avais raison. Il faut qu'on se dispute plus souvent.

Elle éclata de rire.

— Sérieusement, reprit-il, ça t'irait si je cherchais des activités que nous puissions faire ensemble et qui préserveraient la nature compétitrice de notre relation ?

Son regard s'adoucit.

— J'adorerais ça.

— Cool.

Il ouvrit la porte pour la laisser passer la première.

Au moment où ils sortaient du réduit, Deacon entra dans le bureau.

Il les regarda tour à tour, puis jeta un coup d'œil vers le local.

— Vous étiez en train de faire des cochonneries dans la réserve ? (Il s'arrêta et leva les mains.) Peu importe. Je ne veux pas le savoir.

— Tu avais besoin de quelque chose ? s'enquit Knox.

— Quelques-uns des gars que tu as virés du programme de MMA voudraient te parler.

— Ils sont venus avec fleurs et chocolats pour me remercier en personne de les avoir retirés ?

— Au contraire, j'aurais préféré qu'ils entrent via le dojo et pas directement dans les bureaux. Comme ça, ils auraient franchi les détecteurs de métaux.

Merde.

— C'est à ce point ?

— Ils nous crachent dessus comme ces cons qui croient que jouer aux durs et se comporter comme des durs, ça va les transformer en durs sur le ring, répliqua Deacon en faisant craquer ses articulations. Des gros nazes.

Knox se passa une main sur le crâne.

— OK, allons-y. Traduis-moi ces rapports en anglais, ajouta-t-il à l'attention de Shiori.

Elle lui offrit un sourire narquois.

— Bien sûr, patron. Tu ne veux pas plutôt que je vienne t'aider à expliquer deux ou trois petites choses aux gros nazes ?

— Non, on va gérer.

L'espace d'un instant, il crut qu'elle allait argumenter, mais elle se glissa derrière son bureau.

Knox et Deacon sortirent côte à côte dans le couloir.

— C'est qui ?

— Radley et Lotte.

— Ben voyons. Ils ne savent pas fermer leur gueule, ces deux-là. Où est-ce qu'ils sont allés pêcher ces ego surdimensionnés ? ajouta-t-il à voix basse. Bon Dieu, c'est vrai, quoi, c'est pas comme s'ils avaient accompli quoi que ce soit dont ils puissent être fiers.

— Aucune idée. C'est des petits merdeux pathétiques. Ronin m'interdisait de travailler à fond avec eux, autrement ils n'auraient jamais tenu aussi longtemps.

Quand ils entrèrent dans la salle d'entraînement, Blue leur adressa un discret hochement de tête et sortit par la porte de côté.

Les deux gars avaient adopté une posture belliqueuse, tels les vrais nazes et faux durs qu'ils étaient. En plus, ils avaient l'air shootés. Super.

— Qu'est-ce que vous faites ici ?

— Si tu crois que tu peux nous virer du programme de MMA comme ça, sans prévenir, tu te mets le doigt dans l'œil, lança Lotte.

— Ouais, mon frère, dis-lui ce qu'on en pense, renchérit Radley.

— Arts Black est un dojo privé, et nous avons le droit de révoquer les abonnements quand bon nous semble, rétorqua Knox en les regardant tour à tour. Besoin d'autres précisions ?

Lotte ricana.

— T'as pas le droit de nous virer ; t'es même pas le patron, ici.

— Je suis responsable du dojo pendant que sensei Black est parti s'entraîner à l'étranger. Ma parole fait loi. Et vous êtes exclus. Je sais que vous avez récupéré vos affaires et qu'on vous a remboursé le trop-perçu sur votre abonnement, je ne comprends donc pas ce que vous fabriquez ici.

— Tu fais le malin, mais t'y connais rien à rien. T'es un nul dans ce programme de MMA.

Lotte se rengorgea.

— T'as aucun talent. Tu te contentes de te balader dans la salle d'entraînement comme un grand con de singe.

Même ces trous du cul voient que tu ne sers à rien dans ce programme.

Son ego prit un temps fou pour ramener la crise de son cœur à son cerveau.

— Ouais, ajouta Radley. Quand sensei Black va revenir et apprendre que t'as viré ses deux combattants les plus prometteurs, il va être furax.

Knox montra les dents.

— Les deux combattants les plus prometteurs d'Arts Black sont dans le programme, et ce n'est certainement pas vous. Ça ne sera jamais vous. Vous êtes nuls depuis le premier jour. Et plus vous avez essayé de jouer les durs à cuire, plus vos prétendus talents sont devenus risibles. J'ai pas raison, Deacon ?

— Cent pour cent raison, comme toujours, shihan.

— Et tu le suces aussi ?

Lotte et Radley se tapèrent dans la main.

— J'ai entendu dire que le *Comedy Club* de Writer Square embauchait... des aide-serveurs, lança Deacon de sa voix traînante. Ça devrait convenir parfaitement à des petits comiques comme vous. Allez, foutez le camp d'ici.

Lotte et Radley se regardèrent.

— C'est là que vous répliquez : « Mets-nous dehors si t'es un homme », ce qui nous donnera l'occasion de vous faire dévaler les marches à coups de pompes dans le cul. Ou alors vous optez pour la solution intelligente : vous fermez vos gueules et vous filez.

Deacon s'écarta de la porte, leur laissant le champ libre.

— On va partir, mais on se reverra, menaça Lotte.

— Ouais, vous feriez mieux de fermer la porte à clé, même pendant la journée, renchérit Radley, l'air content de lui. On sait jamais qui pourrait passer par là. Les clodos sont toujours en quête d'un endroit où s'abriter. On va peut-être vous faire de la pub auprès des sans-abri du centre commercial de la Seizième Rue.

— C'est une menace ? demanda Deacon.

— Appelle ça comme tu veux. Disons un avertissement, corrigea Lotte avec un sourire mauvais. Une prémonition.

— Et c'est censé m'intimider au point de vous remettre dans le programme ?

Lotte haussa les épaules.

Knox se dirigea vers les deux intrus.

— OK, voilà ce qu'on va faire : si l'un de vous deux arrive à me battre, je vous autorise à vous entraîner, déclara-t-il en croisant les bras. Alors, lequel des deux je prends ?

— Moi, répondirent-ils en chœur.

— Il ne peut y en avoir qu'un, rappela Deacon, impassible.

Putain de Dieu !

Knox manqua d'exploser de rire à cette référence à *Highlander*. La situation avait viré à la farce.

— J'ai un coup de poing bien plus puissant que le tien, plaida Radley auprès de Lotte.

— Mais c'est la seule chose que tu sais faire, mec, rétorqua Lotte. Je suis bien meilleur pour les amenés au sol.

Radley ricana.

— Quoi ? Sous prétexte que t'as pris un an de cours de taekwondo au Y ? Arrête un peu tes conneries.

Où Ronin était-il allé pêcher ces deux décérébrés ?

— Bon, décidez-vous, bordel, coupa Knox.

Lotte fit un pas en avant.

— Moi.

Une montée soudaine d'adrénaline emplit les veines de Knox alors qu'il traversait la pièce pour rejoindre ce petit connard prétentieux. Lotte ouvrit la bouche afin de parler, mais d'un coup de jambe, Knox le balaya de sur ses pieds.

Et l'autre atterrit sur ses fesses.

Puis Knox le tourna sur le ventre, lui tirant le bras droit dans le dos vers la hanche opposée et passant le bras gauche sous son corps. Et de sa botte, il écrasa la joue de Lotte. Il ne prit même pas la peine de se pencher ou de chuchoter.

— Voilà, je t'ai cloué au sol, frérot, et ce avec un seul bras et une seule jambe. Faut croire que le terme de « nul » s'applique plus à toi qu'à moi.

— Lâche-moi.

— Dans quelques secondes. Et toi, tu vas emmener ton petit copain et vous allez vider les lieux et ne plus jamais remontrer vos gueules ici.

Il tira sur le bras de Lotte, jusqu'à le faire geindre.

— La salle d'entraînement est sous surveillance, reprit-il, donc si un seul sans-abri se pointe ici, la cassette finit chez les flics. Pigé ?

Lotte hocha la tête.

— Réponds à ma question à haute voix, histoire que je sois sûr que tu as bien compris.

— Oui.

— Oui quoi ?

— Oui, monsieur.

Il le relâcha.

Radley n'attendit pas son « frérot » ; il le précéda dans le couloir. Lotte sortit, la queue entre les jambes, et Deacon les suivit afin de s'assurer qu'ils étaient bien partis.

Knox se passa la main sur le visage. Il n'avait pas besoin de ce genre de merdier aujourd'hui. Quand il releva les yeux, Shiori était appuyée à l'encadrement de la porte.

— Impressionnant, shihan.

— Tout ça en une seule et même journée.

— J'adore te regarder effectuer un amené au sol. Personne ne s'attend à ce qu'un mec de ta taille se meuve aussi vite. En fait, ça m'excite carrément.

Elle entra d'un pas nonchalant, les yeux allumés de la lueur torride qu'il lui connaissait.

Érection immédiate.

Elle se haussa sur la pointe des pieds pour lui chuchoter à l'oreille :

— J'ai fini les rapports.

— OK.

Bon sang, qu'il aimait ce pic de douleur quand elle lui enfonçait les doigts dans le ventre !

— Je les ai laissés dans la réserve.

— Pourquoi ?

— Il est temps que tu prennes un cours de japonais. Or c'est à l'oral qu'on apprend le mieux, tu ne crois pas ?

Il lâcha un grognement.

— Mon cerveau vient juste de se déconnecter ; je n'arrive plus du tout à réfléchir.

— Tu as de la chance, car en tant que Maîtresse, je suis là pour réfléchir à ta place. Ramène tes fesses dans la réserve.

— Oui, madame.

Chapitre 18

Knox avait progressé dans son idée de conserver à leur relation un aspect de saine compétition, depuis que leurs séances d'entraînement avaient dégénéré en séances d'attouchements.

Il avait loué à un gymnase local spécialisé dans le matériel de sports d'extérieur un mur d'escalade et un parcours d'obstacles. Et quelque chose dans son sourire satisfait inquiétait un peu Shiori.

— Y a-t-il une raison qui explique ce sourire étincelant jusqu'aux oreilles, mon Knox-dieux amant ?

— Peut-être l'idée de mater tes fesses pendant que tu grimpes au mur d'escalade. Ou alors celle de te mettre la pâtée, en termes de chrono, quand on escaladera le mur, She-Cat.

Elle ajusta ses chaussures.

— Tu es bien confiant.

— Exact.

— Tu serais prêt à prendre le pari ?

— Ça dépend, qu'est-ce que tu proposes ?

— Si tu gagnes, je te laisse aux commandes, cette nuit. Mais si c'est moi qui l'emporte, j'utilise les liens que j'ai achetés pour toi.

Il repoussa une mèche de cheveux échappée de sa queue-de-cheval.

— Je suis ému par ton offre, Maîtresse, mais je n'ai pas la moindre envie de briser la dynamique qui s'est installée entre nous, même pour une nuit.

Alors là, elle n'en revenait pas.

— Tu es sérieux ?

— Oui. Je me suis rendu compte que lorsque je suis avec toi… je suis vraiment moi-même. Je veux te rendre heureuse de m'avoir choisi.

Voilà le moment qu'elle attendait depuis le début. Et maintenant qu'il y était enfin arrivé, elle ne savait pas quoi dire. Ou faire.

— Je n'ai pas eu à réfléchir bien longtemps. C'est vrai, quoi, regarde-toi, le Viking au corps de rêve. Même si je ne réussissais pas à te mettre au pli, j'allais au moins passer du bon temps à te convaincre que « soumis » ne signifiait pas « inférieur », répliqua-t-elle avec un sourire suffisant. Du moins pas toujours.

— Je te sens sur la défensive, et je te connais assez pour savoir ce que ça veut dire : cette conversation te rend nerveuse. Pourquoi ?

Parce que chaque jour, je tombe un peu plus amoureuse de toi, et que je m'imagine toutes sortes de ridicules scénarios romantiques où tu es à moi, rien qu'à moi, pour toujours.

— Shiori ?

— Parce que ce n'est pas le genre de conversations que j'ai envie d'avoir ici, répondit-elle en lui donnant un coup sur le torse. Arrête d'essayer de t'insinuer dans ma tête et de me détourner du défi. Tu ne réussiras pas. Le pari tient toujours : à prendre ou à laisser.

— Je laisse, mais toi, je te prends. Où tu veux, quand tu veux.

Et il lui donna un baiser si doux, si chaud qu'elle put dire adieu à sa concentration.

Main dans la main, ils gagnèrent la pièce en forme de grotte, comportant quatre configurations de mur différentes.

Leur guide, une sorte de hipster du nom d'Errol, leur rappela les règles de sécurité avant de les laisser se débrouiller seuls.

Knox s'inclina devant elle avec un sourire et lui fit un baisemain.

— Maîtresse d'abord.

Elle observa le mur, tâchant de détecter le chemin le plus rapide. Au bout du compte, elle se lança. Elle grimpa au premier mur sans effort et atteignit le sommet en moins de trois minutes.

Knox lui tapa dans la main.

— Grande forme. (Il vint lui coller la bouche à l'oreille.) Et je ne parle pas seulement de ton délectable fessier, minette.

— Arrête d'essayer de me distraire ou je te crie des trucs cochons quand ce sera à ton tour de monter, histoire de voir si tu grimpes aussi vite avec une érection.

— Hum. Tu sais, une troisième jambe, ça peut servir.

Elle lui tapa sur le bras.

Le deuxième mur nécessitait d'être harnaché. Shiori eut plus de mal à trouver à la fois son équilibre et les bonnes prises. Elle en termina cependant sans chute – exploit de taille – au bout d'environ dix minutes.

Ce qui n'était pas un chrono génial. Mais elle se rappela qu'être petite et agile restait un avantage dans la compétition.

Knox effectua une série de moulinets avec les bras et quelques sauts de grenouille afin de détendre ses muscles. Elle ne pouvait s'empêcher de fixer sa braguette, se demandant s'il portait une coque. Et s'il y aurait moyen qu'il s'agrippe au mur pendant qu'elle grimperait sur lui pour le chevaucher.

— Et on ne mate pas mon paquet, avertit-il.

Il se lança à l'assaut du mur, agile comme une araignée, et atteignit le sommet en moins de deux minutes.

Merde ! A priori, de longues jambes et de longs bras valaient mieux que petitesse et agilité.

Elle lui tapa dans la main.

— Pas mal.

— Merci, fit-il en avalant une longue goulée à sa bouteille d'eau.

— J'adore la façon dont tes muscles se bandent et se tendent. Et ces fesses, j'en ferais bien mon quatre-heures.

Il recracha son eau en entendant sa remarque.

Sur le deuxième mur, il rencontra quelques difficultés, mais parvint tout de même à la battre d'une minute et demie. En comparant ses temps aux niveaux affichés sur le tableau de performances, elle se rendit compte que les chronos de Knox correspondaient aux meilleurs niveaux sur les deux escalades.

L'enfoiré.

Elle resta près de lui pendant qu'il ôtait le casque et le baudrier.

— Tu as quelque chose en tête, She-Cat ?

— Tu m'as piégée ? Tu es un pro de l'escalade ou un truc du genre ?

— Non, mais je suis ravi que tu trouves ma technique – ma technique gagnante – digne d'un pro.

— Il nous reste le parcours du combattant, alors ne crois pas que ce soit déjà dans la poche. Mais je dois admettre que tu as une certaine expérience en matière d'escalade, ajouta-t-elle comme il ne répondait pas.

— À l'armée, on faisait des exercices en rappel – ce qui consiste à descendre un mur aussi vite que possible. Évidemment, il s'agissait de s'entraîner aux interventions discrètes.

— Y a-t-il une chose que tu n'aies jamais faite ?

— Plein. Et ce que j'ai pu faire, c'est l'Oncle Sam qui l'a financé. Je n'aurais pas eu les moyens de découvrir l'héliski ou de surfer les grosses vagues à Hawaï.

Elle se laissa tomber à côté de lui et ouvrit sa bouteille d'eau.

— Et moi, j'ai les moyens de me payer toutes ces aventures, mais je ne les ai jamais tentées.

— Par manque d'intérêt ?

— Par manque de temps. Entre mon travail et mon entraînement, si j'avais une heure à perdre, je suivais Maîtresse Keiko.

— Quand je vois tout ce que tu as accompli en trente-cinq ans, j'ai l'impression d'être un fainéant.

Elle lui donna un rapide baiser sur les lèvres.

— Tu es loin d'en être un, shihan. Mais je préfère t'avertir que je vais exploser ce putain de parcours d'obstacles.

— Je n'ai aucun doute à ce sujet, répondit-il, avant de tirer sur sa queue-de-cheval. Cela étant, tu vas devoir sortir ton top niveau pour me battre, parce qu'on a fait des tas de courses d'obstacles, à l'armée.

Merde. Elle était fichue. Peut-être qu'avec quelques paroles cochonnes, elle parviendrait à le déconcentrer ?

Elle haussa les épaules.

— Ne compte pas trop là-dessus. Tu as vieilli, ta mémoire musculaire n'est plus aussi vive. Tes genoux sont plus faibles. Tu avais l'air un peu essoufflé, sur le mur d'escalade ; ton endurance n'est peut-être plus aussi bonne qu'avant.

— Le seul moment où mes genoux faiblissent, c'est quand je suis avec toi, répliqua-t-il en laissant courir un doigt sur la ligne de sa mâchoire. Idem pour le souffle court.

Il lui passa la main dans la nuque et, du pouce, il balaya le point de pulsion au creux de sa gorge.

— Et puis, minette, grâce à toi, mon endurance est bien meilleure qu'elle l'a jamais été.

Note pour moi-même : tu es nulle en discussions cochonnes.

Knox, en revanche… Bon sang, ce type avait le don de l'exciter rien qu'avec quelques mots.

Il fallait qu'elle se reconcentre.

— Ce sera donc amusant de voir si ton corps est capable de soutenir ton ego.

Il éclata de rire.

— Je t'en prie, passe devant.

Le parcours d'obstacles comportait deux niveaux de difficulté : facile et modéré. Il proposait aussi un système de points variables en fonction du sexe, étant conçu pour des hommes.

L'instructeur leur fit un topo rapide et indiqua qu'il compterait leurs points.

Shiori fut un peu déçue de ne pas entendre le claquement du pistolet pour déclencher le départ.

Le premier obstacle consistait en une série de pneus, où l'on devait mettre le pied tour à tour pour avancer. Relativement aisé.

Le défi suivant était une poutre placée à un mètre cinquante du sol, qu'elle devait traverser en gardant son équilibre malgré les déformations du bois et les mouvements de la poutre. Là encore, l'épreuve semblait facile, mais elle savait que c'était plus compliqué pour les hommes.

En troisième lieu, elle dut esquiver des agglomérats de mousse aussi gros qu'elle, dessinés comme des rochers et qui se balançaient au hasard. Elle alla se placer en plein milieu, se penchant en arrière pour en éviter un, puis en avant pour le suivant. Le dernier rocher tomba directement du plafond et rata sa jambe de peu. Mais elle en avait fini.

L'obstacle numéro quatre l'obligea à grimper à la corde pour franchir un mur de trois mètres.

Ne réfléchis pas trop.

Elle se précipita, saisit la corde et planta les pieds à la moitié du mur. Elle avait pas mal de force dans le haut du corps, mais rien à voir avec Knox. Serrant les dents, elle parvint à se hisser, à la vitesse d'un escargot.

La corde, c'est ta spécialité.

Elle se souvint d'avoir vu ces jeux télévisés japonais où des gens relevaient des défis physiques délirants. Dans l'un d'eux, une femme utilisait un mur comme un trampoline sur lequel elle rebondissait jusqu'en haut. Shiori essaya sa méthode. Trois sauts pour monter les mains le long de la corde ; trois de plus et elle avait franchi le mur. Il ne lui fallut que deux bonds supplémentaires pour redescendre de l'autre côté.

Elle se plia en deux afin de reprendre son souffle tout en observant l'obstacle suivant. Des barres de singe en acier, puis une série d'anneaux, et encore des barres de singe.

L'un derrière l'autre, sans répit.

Décidément, oui, ce parcours était destiné aux hommes.

Mais pas question d'abandonner.

Elle sauta, agrippa la première barre à deux mains et se balança. Ses bras n'étaient pas assez longs pour qu'elle puisse franchir plus d'une barre à la fois.

Quand elle atteignit les anneaux, ses bras la faisaient souffrir. Mais là encore, elle utilisa la technique du balancier pour éviter un anneau sur deux. Le véritable test, maintenant, serait d'arriver au bout des barres de singe.

Elle avait les mains en sueur, les bras tremblants. Elle se jeta sur la première barre. Et comprit qu'elle ne pourrait plus se balancer. La fatigue et les mains moites formaient un mélange peu efficace.

Allez ! Reviens aux fondamentaux. Comment tu t'en sortais, quand tu étais petite et que tu n'avais aucune force dans le haut du corps ?

Une barre à la fois.

Elle devait tendre un bras, comme si elle effectuait une traction, puis ramener l'autre main à côté. Huit barres. L'avancée fut lente, mais elle y arriva.

Le dernier parcours se profilait. Elle allait devoir ramper à travers un long tube en acier, puis sauter par-dessus une caisse pleine d'eau et dans un bac de sable.

L'excitation la frappa tel un shoot d'adrénaline.

Elle était assez petite pour ne pas avoir à ramper sur le ventre. Si elle rentrait les épaules et s'accroupissait, elle pourrait parcourir le tube à la manière d'un canard. Ce qui lui ferait gagner quelques précieuses secondes.

Sa technique fonctionna à merveille. Reboostée par l'efficacité de sa décision, elle sprinta vers le bac à eau et bondit par-dessus, atterrissant à quatre pattes dans le bac à sable.

Oui ! Elle avait réussi !

Et soudain Knox était là, qui la soulevait pour la remettre sur pied, la faisait tournoyer et déposant une myriade de baisers sur son visage, lui répétant combien il était fier d'elle et qu'elle méritait de gagner après cette incroyable démonstration d'ingéniosité athlétique.

Elle adorait sa façon de s'enthousiasmer pour la moindre activité. Jamais il ne retenait ses émotions.

Après l'avoir installée sur un banc avec une bouteille d'eau, il s'accroupit face à elle.

— Tu es sûre que ça va ? N'aie pas honte, si tu as envie de vomir ; c'est ce qui arrive à la plupart des gens après.

— Non, ça va. Tu peux m'accorder quelques minutes pour que je reprenne mon souffle avant que tu effectues ton parcours ? Parce que je vais te regarder.

— Bien sûr.

Il ne la quittait pas des yeux, si bien qu'elle assena :

— Je te jure que je n'ai pas envie de vomir.

— Ce n'est pas pour ça que je te regarde.

— Et pourquoi alors ?

— Tu vas me trouver ridicule.

— Seulement si tu ne me dis pas.

Il la dévorait des yeux.

— Tu me fais peur.

Pas vraiment ce à quoi elle s'attendait.

— Pourquoi ?

— Ça faisait des années que j'avais envie d'essayer ce truc, mais personne ne voulait m'accompagner. Toi, tu n'as même pas hésité, quand je t'en ai parlé. Tu représentes tout ce que j'ai toujours voulu trouver chez une femme – plus, en fait, puisque tu as ouvert une partie de moi que je n'avais jamais soupçonnée.

Il posa les yeux sur un point au loin, par-dessus l'épaule de Shiori.

— Et maintenant tu es dans ma vie, reprit-il, mais je sais que ce n'est pas permanent. Et ça craint.

Elle bondit sur ses pieds et noua les bras autour de sa taille, collant le visage à son torse. Mille mots tournoyaient dans son esprit, sans qu'elle soit capable de trouver les bons, alors elle se tut.

Knox lui caressa l'arrière des bras, puis il fit un pas en arrière. Quand elle leva les yeux vers lui, elle découvrit un sourire insolent, sans la moindre trace d'humour.

— On se retrouve sur la ligne d'arrivée.

Et il fit volte-face pour s'éloigner en courant.

Qu'est-ce qui venait de se produire, là ? Ils passaient un super bon moment, et voilà que son humeur virait tout à coup ?

Ça lui rappelait pourquoi elle était inscrite dans un club. Les attentes n'y étaient que sur le court terme. Comme Knox, elle était devenue cynique, pensant que jamais elle ne trouverait non seulement ce qu'elle voulait, mais ce dont elle avait besoin.

Cela dit, pleurnicher ne résoudrait rien. Même si elle savait pertinemment qu'elle démonterait tout ça pièce par pièce plus tard.

Un éclair rouge lui fit comprendre que Knox s'était élancé. Elle s'approcha donc, afin de mieux observer sa progression.

Bizarrement, les pneus lui posèrent des problèmes : ses longues jambes constituaient un inconvénient sur cette portion du parcours.

Ensuite il passa à la poutre d'équilibriste. Et là encore il souffrit, manquant de tomber en plein milieu. Il se redressa et termina par d'immenses enjambées qui l'emmenèrent au bout de la poutre.

Shiori étudia son expression. Concentration parfaite. C'était un peu déroutant de constater qu'il arborait le même regard quand ils étaient nus et qu'il essayait de la faire jouir.

Les rochers mouvants ne posèrent aucun problème à Knox. Il se pencha, esquiva, sauta et courut jusqu'à la corde à grimper.

Il n'eut pas besoin de reprendre son souffle. Avec sa haute taille, un premier bond le propulsa à la moitié de la corde. Puis il grimpa tel un véritable singe. Debout au sommet du mur, il utilisa la corde comme guide pour se laisser glisser au sol.

Merde alors ! Pourquoi n'y avait-elle pas pensé ? Elle avait sauté par terre, puis de l'autre côté.

Mais une fois qu'il se retrouva face aux barres de singe, elle se demanda s'il ne s'était pas fait des ampoules aux mains.

En tout cas, s'il en avait, elles ne le gênèrent en rien. Avec ses longs bras, il traversa la structure d'acier en ne s'appuyant qu'au centre avant d'atteindre l'extrémité. Et il usa de la même manœuvre sur les anneaux. Il prit une seconde pour respirer avant de s'attaquer à la dernière série de barres de singe. Et il se balança au sol.

Shiori avança aussi à l'extérieur du parcours et le vit tomber à quatre pattes à l'entrée du tube d'acier. Avec ses larges épaules, ça allait être serré. À partir du moment où ses pieds disparurent, elle compta : une seconde, deux secondes, trois secondes, quatre secondes, cinq secondes… Quand elle atteignait six, Knox sortit du tunnel.

Aussitôt il sprinta et bondit par-dessus le bac à eau, parvenant presque à franchir le sable dans le même élan.

Elle se précipita sur lui.

— J'aurais dû te filmer avec mon portable ! Tu étais magnifique, bébé !

Il la reposa en riant.

— Laisse-moi respirer. J'ai. Besoin. D'une. Seconde.

— Oh, oui, bien sûr.

Il se plia en deux, mains sur les genoux, et elle resta tout près, lui frottant le dos.

Il se redressa lentement, puis la hissa dans ses bras, tout en la mettant en garde d'une voix douce :

— Ne fais pas ça.

— Pas quoi ?

— Te montrer si douce et gentille avec moi, Shiori, putain. Ça ne fera que rendre la chose plus difficile encore.

Perplexe, elle scruta son regard.

— Rendre quoi plus difficile ?

Il posa le front contre le sien.

— Ton retour au Japon. Je peux me mentir concernant l'aspect dominante-soumis de notre relation, prétendre qu'il s'agit ni plus ni moins d'une expérience sexuelle. Je peux étiqueter nos querelles à Arts Black comme des « désaccords entre collègues ». Mais ça… S'amuser, entre plaisanteries et badinage, et puis tes douces caresses, tes attentions… Ça, je ne peux pas feindre de l'attribuer à autre chose, car je t'apprécie beaucoup trop, bon sang ! Et tu vas me manquer à mort quand tu seras partie. Je vais passer mon temps à me demander ce que j'aurais dû faire pour te convaincre de rester.

Sidérée par son aveu, Shiori dut prendre quelques secondes pour s'obliger à respirer de nouveau. Depuis combien de temps éprouvait-il ce genre de sentiments ? Elle renversa la tête en arrière, mue par le besoin de le regarder droit dans les yeux, mais ils furent interrompus.

— Putain de merde, mec, vous avez explosé le meilleur chrono ! s'exclama Errol d'une voix sincèrement impressionnée.

— Ah bon ?

— Oui, d'à peu près cinquante secondes, mon gars. Vous devriez vous inscrire à *American Ninja Warrior*. Ils organisent des recrutements partout dans le pays. Ce serait du tout cuit, pour vous.

— Merci pour le vote de confiance.

Shiori tendit une bouteille d'eau à Knox.

— En tout cas, en tant que nouveau détenteur du record, vous devez avoir votre photo sur le mur de la gloire.

— Ça n'est pas nécessaire, on est seulement venus pour s'amuser.

Errol entrouvrit la bouche, prêt à répliquer.

Mais Shiori lui posa une main sur le bras.

— C'est un homme très secret qui occupe un poste ultra sensible. Afficher sa photo violerait une bonne vingtaine de règles de son contrat. D'après vous, reprit-elle plus bas, si j'en avais le droit, je ne le filmerais pas dans toute la beauté de son corps d'athlète ?

— Euh. Ouais, sans doute.

— Or je ne l'ai pas fait. Vous voyez ? Moi aussi, je me sacrifie pour lui.

Errol abandonna son air renfrogné et observa Knox, comme s'il était un mélange de Superman, Batman et Spiderman.

— Bien sûr, je ne souhaite pas vous mettre dans l'embarras alors que vous êtes seulement venu vous détendre.

— Merci.

— Une fois que vous aurez récupéré vos affaires, vous pourrez partir par la porte de derrière.

Ils n'avaient emporté qu'un sac de gym pour deux, et après avoir changé de chaussures, Knox jeta le sac sur son épaule.

Shiori lui prit la main et l'entraîna vers l'avant du bâtiment.

— Minette, mon pick-up est de l'autre côté.

— Je sais, mais je veux une photo de mon recordman *American Ninja Warrior* devant le bâtiment.

— Bon Dieu, t'es sérieuse ? Pourquoi ?

— Pour garder un souvenir.

— Shiori…

Elle le fit taire d'un baiser. Puis, sur un ton plus autoritaire, elle ajouta :

— Ce n'est pas une requête. Va te mettre là-bas.

— Oui, madame.

Quand il se posta devant l'enseigne, avec ses lunettes de soleil, son tee-shirt mouillé collé à son magnifique torse, son short de sport mettant en valeur ses jambes musculeuses et puissantes, elle prit un moment pour jouir de sa possession : oui, cet homme lui appartenait. Elle pouvait toucher, embrasser, lécher n'importe quelle partie de lui, à n'importe quel moment.

Mais pour combien de temps encore ?

Elle dut baisser son portable une seconde quand les paroles de Knox la frappèrent en plein ventre. « Tu vas me manquer à mort quand tu seras partie. Je vais passer mon temps à me demander ce que j'aurais dû faire pour te convaincre de rester. »

— C'est bon ? cria-t-il.

— Non, attends, j'avais un truc dans l'œil.

Elle prit deux photos, puis lança :

— Souris pour celle-ci, shihan.

Son sourire. Nom de Dieu. Elle commençait à penser qu'elle serait capable de toutes les bassesses pour ce sourire. Elle rangea son portable et attendit qu'il la rejoigne.

Comme toujours, il l'embrassa et posa aussitôt la main sur elle, où que ce soit. Elle adorait qu'il ressente ce besoin, près d'elle.

— On va où ? s'enquit-il.

— Tu as faim ?

— Je pourrais manger.

— Trouve-nous un resto-grill et je t'offre un steak à la hauteur du champion du monde que tu es.

— Ça me va. Sauf que ce n'est pas toi qui invites.

Ils se disputaient chaque fois sur le sujet. En tant qu'homme, Knox estimait qu'il lui revenait de payer. Et en tant que Maîtresse, Shiori estimait que c'était sa prérogative.

— On jouera l'addition au bras de fer.

Elle plia le biceps.

— Méfie-toi, j'ai soulevé de la fonte.

D'un geste fluide, il la souleva et la colla de toute sa longueur contre son torse, comme si elle n'était qu'une barre de traction.

Il sourit de toutes ses dents, l'air très content de lui.

— Va falloir grandir un peu, minouchette.

— Frimeur.

Chapitre 19

Viens à moi s'il te plaît.

Le SMS avait été envoyé à 22 heures. Il n'y avait pas eu de suite au message.

Knox n'avait pas hésité à obéir, et il ne voyait pas l'utilité d'analyser sa réaction. Ni de répondre, puisqu'elle savait qu'il viendrait. Elle était tout aussi obsédée par lui qu'il l'était par elle.

Alors il monta dans son pick-up et il partit.

Une demi-heure après sa réception du SMS, il arrivait au loft de Shiori.

Dans l'entrée, il retira ses bottes et son jean, puis jeta sa veste sur le banc, ainsi que sa chemise. Le boxer qu'il portait devrait faire l'affaire, car il avait oublié d'emporter un short de sport.

Il se dirigea dans la cuisine, à la recherche d'un vase pour les fleurs qu'il avait apportées – une douzaine de roses crème aux pétales bordés de rose qui lui rappelaient la peau de Shiori. Il les déposa sur la table basse du salon – dans la cuisine, elle ne les verrait jamais.

Les bougies n'étaient pas disposées à l'endroit habituel près de la fenêtre. Et il n'avait vu de mot nulle part. Il traversa la bibliothèque ouverte et emprunta le couloir menant à sa chambre.

Elle avait allumé des bougies dans la pièce, et il s'immobilisa une minute pour remarquer à quel point leur lueur conférait un aspect douillet à l'immense espace. Et puis il vit la porte de la salle de bain entrouverte. Il alla y frapper deux petits coups.

— Maîtresse ?

— Entre.

Alors qu'il obtempérait, un parfum sucré lui parvint, émanant peut-être des bougies qu'elle avait disposées ici aussi. À moins que ce ne soit le bain moussant. Des monts de mousse blanche flottaient sur l'eau de la baignoire. Et parmi ces bulles, sa belle Maîtresse était assise, les cheveux remontés au sommet du crâne, une touche de rose aux joues.

— On te croirait au paradis, commenta Knox, remarquant qu'elle avait un verre de vin à la main.

Le regard perçant de Shiori balaya son torse d'un air si possessif et si intime qu'il le ressentit avec la force d'une véritable caresse.

— Je suis au paradis, à présent, dit-elle d'une voix rauque.

— Que souhaites-tu que je fasse ?

— Retire ton boxer et viens me rejoindre dans la baignoire. Mais avant…

Elle lui tendit son verre de vin.

— Tu veux bien me le remplir de nouveau ? Le vin est dans le seau, sur le comptoir.

— Avec plaisir.

Un autre verre l'attendait près du seau. Dès qu'il les eut remplis tous les deux, il revint lui tendre le sien et ôta son boxer avant de balancer les jambes par-dessus le bord de la baignoire.

— Je dois t'avertir que j'aime mon bain chaud.

— Brûlant ?

— Pas tout à fait. À la température des *onsen* au Japon.

— « Onsen ». Ce sont des sources d'eau chaude, c'est ça ?

— Exact.

Elle le regarda tremper les pieds, puis les mollets, et enfin s'enfoncer tout entier. Il s'allongea et saisit son verre de vin.

— Très agréable.

— Ravie que tu apprécies.

— Puis-je poser une question sans risquer de t'offenser ?

— Intéressant, ta façon de le formuler, mais vas-y.

— Tu ne sembles pas être du genre bulles jusqu'au menton, trempette dans une eau parfumée et verre de vin avec un livre, comme fille.

Elle esquissa un sourire.

— En effet. Je préfère une douche chaude pour commencer la journée. Et parfois une douche plus longue pour la terminer. Mais une fois de temps en temps, j'aime me faire plaisir. Si je devais deviner, je dirais que prendre un bain n'est pas non plus tout à fait ton truc.

— Pour être honnête, je ne me suis jamais trempé dans une baignoire avec une femme. Alors pour ce qui est de la mousse, des chandelles et du vin… Tu viens de me déflorer, en matière de bain de mousse romantique.

Elle esquissa un sourire.

— Tu m'as manqué.

Elle était partie trois jours, et ne l'en avait averti que par un coup de fil sur le chemin de l'aéroport.

Elle le regarda tout en faisant danser le vin dans son verre.

— Désolée de t'avoir lâché sans avertissement. J'aimerais t'affirmer que ça ne se reproduira plus, mais ce serait probablement faux.

— Comment s'est passé ton voyage ?

— Il a été productif. Maggie, qui dirige les bureaux de Seattle, a toujours deux trains d'avance ; ça change un peu des gens qui en ont toujours deux de retard.

Knox prit une timide gorgée de vin. En temps normal, il n'était pas un grand fan de jus de raisin fermenté, mais ce truc-là n'était pas mal.

— C'est ta mère, ton contact à Okada ?

— Oui et non. Quand j'ai démissionné de mon poste, ils ont promu mon assistante, ce qui était plutôt malin. Elle me garde au courant des contrats que je gère encore. Ma mère… C'est elle qui m'a envoyée au Mexique pour négocier la précédente affaire. C'est elle aussi qui m'a envoyée au Canada pour négocier la dernière en date. Mon grand-père est quasi à la retraite. J'en viens à me demander comment il peut bien occuper tout son temps libre. (Elle soupira.) Je ne le vois pas tailler des bonsaïs.

Être si proche d'elle sans la toucher poussa Knox à tendre le bras sous l'eau pour lui passer les doigts autour de la cheville.

— Toi aussi, tu m'as manqué, reprit-elle. C'est pour ça que je t'ai envoyé le SMS.

— Je suis content que tu aies pris cette initiative.

— À un moment donné, ce matin, quand j'ai balayé du regard notre bureau de Seattle et que tout le monde parlait japonais, j'aurais juré être dans nos bureaux de Kyoto.

— Le Japon te manque ?

— Oui. Plus que je ne l'aurais cru.

Était-ce trop espérer que ce qu'ils étaient devenus l'un pour l'autre puisse peser dans sa décision éventuelle de rester ?

Oui. Et c'était un autre aspect de leur relation sur lequel il n'avait aucun contrôle.

Il reposa son verre de vin sur le rebord de la baignoire, derrière lui, et flotta jusqu'à elle.

— Puis-je t'embrasser, Maîtresse ? demanda-t-il en lui plaquant les paumes sur les genoux.

— Oui.

Elle aussi reposa son verre et lui noua les bras autour du cou, sitôt qu'ils furent face à face. Ses yeux étaient doré foncé, ce soir.

Il plaqua la bouche sur la sienne, dans un baiser paresseux, lèvres douces et langues emmêlées. Leurs corps n'étaient pas collés l'un à l'autre, ils se touchaient à peine, et il ressentait un besoin étourdissant d'en avoir plus.

— On peut échanger nos places, que je te prenne dans mes bras ?

— Et si je veux te tenir dans mes bras ? objecta-t-elle.

— Ça me va.

— Assieds-toi sur la marche devant moi.

Elle écarta les jambes et il obtempéra. Mais la baignoire était plus profonde qu'il n'avait cru, et il se retrouva la tête sous l'eau.

Il remonta à la surface, crachouillant.

— On dirait que ce n'était pas une super idée.

Il fit demi-tour.

— Viens t'asseoir à côté de moi, le siège est plus large.

Elle flotta vers lui, puis s'adossa contre son torse, à cheval sur ses cuisses.

— Avant qu'on se mette plus à l'aise, il nous faut plus d'eau chaude.

Knox tendit la main vers le robinet.

— Ça doit être bien d'avoir d'aussi longs bras.

Il lui passa les lèvres sur le haut de l'oreille.

— C'est pour mieux t'enlacer, minette.

Elle soupira.

—Je crois que j'aime encore plus tes mots doux que tes mots coquins.

—Je peux t'en donner une dose aussi, Maîtresse.

Elle ferma les yeux et pencha la tête, de manière à lui offrir pleinement accès à sa gorge et à son oreille.

—Oui, je veux bien.

—J'adore ton cou.

Il laissa courir son souffle sur la peau humide de Shiori.

—Long, gracile, qui appelle la bouche d'un homme. Juste là.

Il fit glisser les lèvres de haut en bas, pour revenir vers l'oreille.

—Si sensible.

—Hum. Mais c'est encore des mots doux. Donne-moi du cochon.

—OK, mademoiselle C'est-Moi-Qui-Commande, tu veux du cochon ? Je vais t'en donner. Tu vois, je rêve d'attraper tes cheveux comme ça (Il entortilla une lourde mèche au sommet de son crâne.) et de te pencher par-dessus la première surface venue. Sans mots doux aucun. Je remonte ta jupe, j'écarte ta culotte parce que je suis trop impatient pour attendre. Je mets un doigt, je t'ouvre pour pouvoir plonger tout au fond dès le premier coup de boutoir. J'ai la bouche dans ton cou, la main dans tes cheveux et ma queue qui remplit ta petite chatte.

—Continue.

—Mais j'ai toujours une main libre. Alors, qu'est-ce que j'en fais ? Je te caresse le clito ? Je la glisse sous ton tee-shirt pour te pincer les tétons ? Ou entre tes cuisses pour titiller ton petit trou ?

Elle frémit.

—Ah, nous y voilà. C'est ça que tu veux, vilaine. Alors je me sers de ta mouille comme lubrifiant, et je commence à tourner autour du bout de mon doigt, pour le convaincre de s'ouvrir. Une fois que j'ai franchi l'anneau étroit, j'ajoute un autre doigt afin que tu me sentes en toi dans tes deux orifices. Et je te baise la chatte si fort que tu en auras des ecchymoses sur les hanches. Et j'enfonce les doigts dans ton cul, en imaginant que c'est ma queue. Toi tu gémis, tu en veux plus, tu me supplies de te prendre par où je veux. Oh, bébé, ce que je veux, c'est entrer dans ton petit cul.

Elle s'agita sur ses genoux.

—Alors je me retire de ta chatte trempée et j'appuie sur l'anneau jusqu'à ce qu'il cède. J'enfonce lentement ma queue dans ton cul, tout en te distrayant avec ma bouche que je pose sur ta peau. Mon souffle chaud dans ton oreille. Tu sens comme ton petit trou pulse, tellement il est plein de moi ? Quand je ressors, je ne laisse que mon gland à l'intérieur, où ça palpite. Je garde le trou ouvert… afin que tu sentes une douleur vive quand je me lâche à l'intérieur de toi. Je te baise le cul comme s'il m'appartenait. Je pousse plus fort, j'essaie de m'enfoncer plus loin à chaque assaut déchaîné. Et puis tu te mets à jouer avec moi. Tu testes mon endurance en serrant tes muscles anaux autour de ma queue en mouvement. Tu avales mon sperme aussitôt que mes testicules explosent en toi. Je n'arrive pas à m'arrêter de te baiser, parce que mon sperme a rendu cet étroit passage tellement glissant que je continue à te limer jusqu'à ce que je jouisse de nouveau.

Shiori n'avait pas dit un mot.

—Ça va ?

Soudain elle pivota et scella la bouche sur la sienne, guidant ses mains vers ses fesses. Frottant sa fente sur son membre. L'eau qui commençait à refroidir, ajoutée aux frictions de plus en plus énergiques, à cette femme si douce et à sa bouche torride… tout était exquis.

Alors qu'ils ondulaient ensemble, l'eau débordait par-dessus la baignoire. Le rythme rapide de leur souffle résonnait à travers la pièce.

Knox passa le pouce sur le petit orifice, qui frémit à son contact. Déplaçant la main, il dessina des cercles à l'aide du majeur, dont il enfonça ensuite la pointe, forçant légèrement la résistance. Les parois étroites se refermèrent sur son doigt tandis qu'il entamait un mouvement de va-et-vient. Étant donné sa position, il parvenait aussi à effleurer l'entrée de son sexe, et il enfonça le pouce dans son vagin.

Elle interrompit leur baiser dans un halètement et se mit à jouir, lui chevauchant le membre alors que son anus palpitait autour de son majeur, et son sexe autour de son pouce.

— Vilaine fille, ma douce, qui aime jouer avec son anus, en imaginant que c'est ma bite à l'intérieur au lieu de mon doigt, lui murmura-t-il en même temps qu'elle jouissait.

Délicatement, il retira la main et elle colla la bouche à la sienne, dans un baiser incontrôlé qui ne lui ressemblait pas du tout. Même si c'était une femme pleine de passion, elle la gardait toujours étroitement en laisse.

— Emporte-moi au lit, Knox.

Il se leva et lui noua les jambes autour de sa taille. De la mousse tomba au sol quand il sortit de la baignoire, glissant le long de leurs corps mouillés. Il s'empara d'une serviette et lui essuya le dos et les jambes tout en la portant jusqu'à la chambre.

Sitôt qu'il l'eut déposée, il termina de la sécher. Et puis il fit de même pour lui.

Shiori s'était installée au milieu du lit.

Quand il s'immobilisa sur le côté, elle haussa un sourcil.

— Un problème ?

— J'ai la permission de te rejoindre, Maîtresse ?

— Bien sûr, répondit-elle en l'attirant sur elle. Reprenons où nous nous en étions arrêtés.

Il planta la bouche sur la sienne et sentit ses mains parcourir chaque crête, chaque vallée de son torse. Quand elle descendit sur ses hanches, il suivit des lèvres la courbure de son cou jusqu'au creux de sa gorge. Puis il descendit plus bas encore pour s'attarder sur son téton gauche.

Elle arqua le dos vers lui et le saisit par les fesses, qu'elle serra et caressa longuement, ses doigts se rapprochant toujours plus près de l'anus.

Il leva les yeux au moment où elle écarta la partie la plus basse de ses fesses.

Les paupières lourdes, elle avait planté les dents dans sa lèvre inférieure. Puis elle lui sourit.

— J'ai acheté quelque chose pour toi.

Knox fut traversé par une brève vague de panique.

— Il faut que je m'inquiète ou que je m'excite ?

— Les deux, j'espère.

— Tu veux que je cesse ce que je suis en train de faire maintenant, histoire que tu puisses me donner ton cadeau ?

— Oui, répondit-elle en lui serrant de nouveau les fesses. Roule sur le dos, ferme les yeux et écarte les jambes. Et reste immobile, quoi que je te fasse.

Parfois, quand ils se retrouvaient nus ensemble, il oubliait leur statut de dominante et soumis. Ils n'étaient plus que deux amants, poussés par le désir et la passion. Mais quand Shiori usait de sa voix de dominante pour donner ses ordres, il glissait dans une autre dimension, où il était sien et où elle pouvait faire de lui ce qui lui chantait. La liberté qu'il trouvait dans l'abandon lui faisait perdre la tête et avait créé entre eux un lien qui allait bien au-delà de la relation purement physique.

Le lit sauta et il la sentit s'installer entre ses jambes. Sa peau douce vint se frotter à lui. Elle l'embrassa dans le cou, sur le torse, prenant tout son temps pour titiller et suçoter ses tétons. Ce voyage vers le sud se poursuivit à travers son ventre. Puis elle lui replia les jambes, une par une, de façon que ses pieds reposent à plat sur le matelas.

De son souffle, elle lui tourmentait le membre. Knox attendait la poigne douce de sa main, mais ce fut la chaleur de sa bouche qui lui enveloppa le gland.

Putain que c'était bon ! Et pourtant, il ne se cambra pas, ne lui saisit pas non plus la tête ; il resta immobile.

Elle ne l'en félicita pas, car elle attendait de toute façon qu'il obéisse à ses ordres. Et la fierté qu'il ressentait vis-à-vis de lui-même passait après l'approbation silencieuse de sa Maîtresse.

Elle fit glisser sa bouche de haut en bas à un rythme régulier, et ses doigts trouvèrent les testicules.

Merde, il adorait ça ! Il adorait tout ce qui concernait les pipes, en fait. Juste au moment où il commençait à se détendre, entendant bien profiter au maximum, elle lui glissa les doigts dans l'anus. Aussitôt, il se crispa.

— Ne fais pas ça, ordonna-t-elle, relâchant son membre. Détends-toi.

C'était plus facile à faire, quand elle polissait longuement son érection… jusqu'au moment où elle lui étala quelque chose de visqueux autour de l'anus.

Puis elle se mit à lécher le pourtour de son gland, en de coquins coups de langue qui donnèrent à Knox des soubresauts dans les jambes.

Puis elle avala de nouveau son membre jusqu'à la gorge, et quelque chose titilla son orifice.

Alors elle recommença à lui taquiner le gland. Et sa chaleur humide s'enfonça encore une fois sur son membre.

À peu près à la moitié de la descente, la pression s'accentua sur son rectum et le truc qu'elle appuyait contre son anus s'enfonça à l'intérieur.

Knox se crispa instinctivement autour du corps étranger logé dans son anus.

Mais cette fois, quand la bouche de Shiori relâcha son sexe, elle ne le reprit pas et déposa une ligne de baisers en remontant le long de son ventre.

Ne demande rien.

Il devait demander.

Alors qu'il ouvrait la bouche, celle de Shiori était là, et elle enfonça les dents dans sa lèvre inférieure, avant de glisser la langue dans sa bouche. Après plusieurs baisers à couper le souffle, elle chuchota :

— Préservatif.

— Ah, le mot magique.

Il ouvrit les yeux, se rassit, et tendit la main vers la table de nuit pour attraper un sachet en plastique qu'elle avait judicieusement placé là.

Shiori se mit à genoux, de dos, et lui jeta un regard par-dessus son épaule.

— On n'a pas encore essayé cette position, mais ton sexe est assez long, ça ne devrait pas poser de problème.

Une fois protégé, Knox se plaça derrière elle, les genoux de part et d'autre des siens, le torse collé à son dos. Il lui déposa des baisers sur l'épaule en attendant ses indications. Sachant qu'elle lui dirait exactement ce dont elle avait envie, il pouvait se concentrer sur le plaisir de la goûter, de la toucher.

Passant une main entre eux, elle lui saisit la base du sexe et le positionna face à sa fente.

— Entre doucement, puis arrête-toi.

Il lâcha un grognement tandis que son vagin brûlant avalait son membre. La lenteur du mouvement augmentait la pression du… plug ? des perles anales ? dans son anus. Et waouh, OK, il devait l'admettre, cette tension supplémentaire n'était pas désagréable.

Elle vint poser la joue contre la sienne.

— Puisque tu m'as soumis un scénario de thème anal dans la baignoire, je te rends la pareille. Continue à bouger lentement ton gros sexe, histoire que le plug appuie aux bons endroits.

— Je le sens.

Elle lui enfonça les doigts dans le cou.

— Tu as déjà porté un plug anal ?

— Non, madame.

— Remonte bien le bassin quand tu ressors de moi.

Knox balança bien fort les hanches, ce qui enfonça le plug un peu plus… oh, nom de Dieu ! Juste là. Putain.

— Oui, comme ça, l'encouragea-t-elle, les dents plantées dans sa mâchoire. Tu aimes me baiser ?

— Maîtresse, t'avoir nue dans mes bras, c'est le meilleur moment de n'importe quelle journée.

— Hum, quel beau parleur.

Nouveau coup de dents, juste au-dessous de la mâchoire, cette fois.

— Tu m'as laissée te baiser, et c'est divin, reprit-elle. Mais je n'ai pas les attributs nécessaires pour te prendre comme je le voudrais.

Knox s'obligea à se concentrer sur ses paroles, plutôt que sur la sensation exquise de son sexe serré autour de son membre, et la façon dont, chaque fois qu'il s'enfonçait en elle, le plug anal rentrait un peu plus profondément aussi.

— Comment tu veux me baiser, Nushi ? Avec tes doigts ? Un vibromasseur ? Un gode-ceinture ?

— Tu me vois, me balader avec une grosse bite entre les jambes ?

— J'aime bien avoir ma grosse bite entre tes jambes, murmura-t-il dans ses cheveux.

— Moi aussi. Mais avant que je te mette à quatre pattes, je voudrais sentir la queue qui te baiserait me baiser, fit-elle en fourrant le nez dans son cou. Tu veux entendre ce que je ferais d'abord ?

— Oh bon Dieu, oui !

— Je m'assiérais au bord du lit, toi à mes pieds. Je te tendrais le pénis en silicone, en t'ordonnant de l'enfoncer en moi. Et toi, tu aurais ce regard affamé, jaloux de me voir mouiller à ce point.

— Et je te ferais jouir avec le gode ?

— Non. Avant de jouir, je te le reprendrais des mains et je le glisserais dans son harnais.

Elle tourna la tête, lui caressant l'oreille de son souffle tandis qu'elle murmurait :

— Le silicone serait recouvert de mes sucs, et j'en passerais sur tes lèvres pour te les faire goûter. Et comme je te connais, tu ne te contenterais pas de goûter, alors j'enfoncerais ma bite entre tes lèvres.

Knox s'immobilisa. Sucer des bites, voilà quelque chose qu'il n'avait pas vraiment envie d'essayer.

Shiori dut sentir son malaise, car elle frotta la joue contre la sienne.

— Ce n'est pas un sexe d'homme, c'est mon sexe. Ce que tu suces, c'est ma mouille dessus – c'est tout ce qui importe. Tu sentirais mon excitation, tu la verrais. Et moi je te caresserais comme ça (Elle lui passa les doigts le long de la mâchoire.) pour que tu t'ouvres plus. Ensuite je franchirais tes lèvres douces et tes dents dures, par-dessus ta langue, jusqu'au fond de ta gorge, jusqu'à ce que tu sois sur le point de t'étouffer. Imagine comme c'est bon quand ta queue est enfoncée si loin au fond de ma gorge que tu me sens déglutir.

L'image vivace et sexy qu'elle peignait lui tira un grognement.

— J'ai envie de te baiser la bouche. De voir tes yeux sur les miens tandis que je plonge vite et fort. Mais l'envie de sentir comment tu te cambres sous moi alors que je baise ton anus vierge est plus forte. Je fais courir mes mains partout sur ton torse. Mes doigts fouillent la bande de peau entre tes pecs, mes pouces effleurent tes tétons.

Elle lui mordit le lobe.

— Tu as arrêté de me baiser.

— Désolé, Maîtresse, j'ai été distrait par ton sonorama porno.

Et il recommença à balancer lentement des hanches. Ce scénario coquin excitait Shiori ; elle était trempée.

— Ensuite je te ferais mettre à quatre pattes, poursuivit-elle. Les fesses en l'air. Et je prendrais tout mon temps pour te lubrifier, parce que je veux te donner du plaisir, pas de la douleur.

Elle lui caressa la nuque de la pointe des doigts.

— Il ne s'agit pas d'humiliation non plus. Il s'agit de la confiance que tu m'accordes pour te donner quelque chose d'inédit, quelque chose qui va te faire du bien. Une nouvelle expérience pour nous deux, qui effacera tous les doutes sur ce que nous sommes, l'un et l'autre.

Il trouva son oreille, sur laquelle il posa la bouche.

— Quelque chose qui prouve que je suis à toi.

— Oui.

Un nouveau frisson le parcourut. Alors même qu'il la remplissait de son membre, dans une autre zone de son esprit, il était à quatre pattes, attendant qu'elle glisse ce gode-ceinture dans une partie de lui qui n'avait jamais été déflorée. Sentant les cheveux de Shiori sur son dos alors qu'elle entrait et sortait de son corps. Sentant ses doux baisers le long de son échine. La pression de ses doigts dans ses hanches tandis qu'elle le maintenait en place pour le baiser.

— Mon scénario t'excite ?

Il resserra les fesses autour du plug, un mouvement qui lui envoya une décharge électrique jusque dans le gland alors qu'il la pilonnait, lui prouvant ainsi à quel point elle le faisait bander.

Le rire sexy de Shiori lui vibra contre la gorge.

— Ce sonorama porno va te faire bander encore plus. Parce que quand je m'enfoncerais dans ton anus serré, je verserais du lubrifiant sur ton sexe et je te branlerais. Comme ça tu aurais l'impression que je te baise avec ma queue et ma chatte à la fois.

Elle passa un coup de langue sur sa barbe naissante.

— Ça te paraît sympa ?

— Oui, madame.

— Fais-moi basculer, Knox, je suis tout près.

Il enfonça le majeur dans sa fente, humidifiant la pulpe du doigt, avant de revenir caresser la chair tendre de son clitoris, jusqu'à sentir trembler son ventre, ses cuisses, ses bras et ses lèvres. La cadence lente qu'elle lui imposait l'obligeait à se concentrer sur chaque caresse. Chaque assaut.

Elle lui enfonça les dents dans le cou quand elle commença à jouir. Et bon Dieu, il faillit bien lâcher prise lui aussi, avec les hurlements étouffés qu'elle poussait contre sa peau tandis que son sexe lui pulsait autour du membre en vagues délicieuses.

Il avait l'anus en feu. Les testicules remontés et prêts à exploser. Malgré tout, il conserva le même rythme en attendant qu'elle revienne à elle dans un long soupir.

Alors sa voix lui emplit l'oreille.

— Jouis, maintenant.

Sa voix était devenue un déclencheur, comme elle l'avait prévu. Il plongea vite et fort, et en un, deux, trois, quatre coups de reins, *bam*!

Il jouit si fort que sa vision se brouilla. Son anus, son membre, ses testicules se crispèrent et se détendirent si violemment, accompagnant une telle vague de chaleur qu'il fut incapable de se tenir droit. Dans cet état de béatitude, il se sentit tournoyer, tomber, et il comprit qu'il basculait en avant. In extremis, il réussit à se rattraper sur les mains.

Shiori le soutint avec son propre corps, avec des baisers sur sa gorge desséchée, avec des paroles de félicitations. Des mots qui creusèrent un profond sillon dans le cœur et l'âme de Knox, le laissant émotionnellement et physiquement vidé. Tout en délicatesse, elle déconnecta leurs deux corps, riant quand il prétendit ne pas en avoir fini avec elle, et le fit rouler sur le dos. Par ses caresses aimantes tandis qu'elle lui retirait le plug anal, elle acheva de détruire chaque neurone qui avait pu rester encore intact. Un pincement vif sur son membre et elle le débarrassa aussi du préservatif.

Voilà ce qui l'émouvait, chez elle. Les attentions qu'elle lui prodiguait après l'amour.

Quand il se remit à fonctionner à peu près normalement, il l'attira dans ses bras.

Elle s'y pelotonna, et le bonheur qu'elle exsudait était si flagrant qu'il aurait juré l'entendre ronronner.

— Je n'ai pas de mots pour décrire ce que je ressens, Nushi. Merci.

— De rien. Tu m'as manqué. Reste avec moi, cette nuit.

Il ne put s'empêcher de sourire contre le sommet de son crâne, sachant combien elle détestait demander ça.

— Avec grand plaisir.

Elle glissait les doigts sur son ventre, de haut en bas.

— Comment ça s'est passé à Arts Black, ces derniers jours ?

— Comme d'habitude. J'ai mis les gars au travail dans la salle d'entraînement afin de la nettoyer.

— La rencontre avec Maddox te rend nerveux ?

— Ouais.

Pas à cause de l'argent qu'elle avait engagé, ni de la possible réaction de Ronin. Non, il s'inquiétait de son avenir au sein du programme de MMA. Il n'apportait rien d'intéressant en matière de talent irremplaçable. Ito était un as du judo. Fisher connaissait la boxe comme sa poche. Deacon pouvait travailler avec les autres combattants et avait aussi des capacités en muay-thaï. Ronin excellait en lutte. La seule contribution de Knox consistait à servir de sparing-partner à Ivan, parce qu'ils étaient de la même taille. Conclusion : de tous les instructeurs, il était le poids mort, et Maddox ne tarderait pas à s'en apercevoir.

Et le plus ridicule dans l'histoire, c'était qu'il redoutait de voir Shiori arriver à la même conclusion. Lire de la pitié dans son regard le tuerait.

Soudain, elle se colla nez à nez avec lui.

— Arrête.

— Quoi ?

— De ressasser. Tout…

— Ne me dis surtout pas que tout ira bien.

Elle lui donna un coup de tête.

— Je ne suis pas Polyanna, tête de nœud, et ce n'est pas ce que j'allais dire, OK ?

— Quoi alors ?

— J'allais dire que tout, dans ce programme, n'a pas besoin d'être décidé d'un coup. Une étape après l'autre.

Il repoussa une mèche de ses cheveux derrière son épaule.

— Tu as raison.

Elle sourit.

— Oooh, ça fait mal de l'admettre ?

— Oui. J'ai la langue qui saigne, non ?

Elle lui mordit la lèvre par deux fois, puis se rassit.

— J'ai quelque chose pour toi.

— Mais minette, tu m'as déjà offert un plug anal, ce soir, qui à son tour m'a donné un orgasme qui a bien failli me mettre dans le coma, putain. Je pense que ça ira comme ça.

Elle leva les yeux au plafond.

— Reste là.

— Il n'y a nulle part ailleurs où j'aimerais mieux être que dans un lit à t'attendre.

Les yeux rivés à son postérieur, il la regarda traverser nonchalamment la chambre en direction de sa commode. Dommage qu'elle n'ait pas rangé le truc qu'elle comptait lui offrir dans le tiroir du bas, car il aurait adoré la voir se pencher.

Quand elle se retourna vers lui, il parvint à afficher une expression innocente qui ne la trompa pas une seconde.

Inclinant la tête sur un côté, elle claqua des doigts.

Merde. Il devrait peut-être s'en inquiéter, de ce cadeau. Il roula hors du lit et vint la rejoindre. Puis il tomba à genoux. Et le truc le plus bizarre, dans l'histoire, c'était que ça ne lui semblait même pas bizarre.

— Donne-moi ta main gauche.

Il obtempéra, la tête baissée.

Un métal froid lui encercla le poignet.

— À présent, tu peux regarder.

Le bracelet était composé d'épaisses chaînes de part et d'autre d'une plaque en métal plate. On aurait dit l'une de ces imitations sans valeur des bracelets d'identité des soldats, comme ils en portaient au lycée, à cette différence près que vu son poids et sa couleur, celui-ci était tout sauf sans valeur. Il sentit son estomac se serrer à la pensée de ce dont il pouvait s'agir. De ce qu'il pouvait signifier.

— Je sais qu'on n'a rien évoqué de permanent entre nous. N'empêche, je voulais t'offrir ceci.

Sidéré par le cadeau et par les émotions qui le submergeaient, Knox loucha vers le kanji tracé sur la plaque de métal.

— Qu'est-ce qui est écrit ?

— *Watashi no.*

— Ce qui veut dire ?

Il plongea dans ses yeux.

— À moi.

Waouh ! Putain de merde.

Du bout du doigt, elle caressa les liens de métal et aussitôt les poils du bras de Knox se mirent au garde-à-vous.

— C'est toi qui choisis si tu veux le porter ou pas. Ce n'est pas un collier, juste un rappel.

— De quoi ?

Ses yeux dorés, soudain très sérieux, s'accrochèrent aux siens.

— De moi. De ce que nous représentons l'un pour l'autre.

— Maîtresse, je suis… ému et flatté.

— Tout comme moi, chaque fois que tu tombes à genoux pour moi.

Du pouce, elle frottait le kanji, presque comme si elle le polissait.

— Sache que je l'ai acheté dans un magasin spécialisé dans le BDSM, donc les gens sauront ce qu'il signifie.

— Que je suis un soumis ?

— Non seulement ça, mais aussi que tu es pris.

— Et je le suis, Nushi. Je suis très pris par toi.

Lui saisissant la main, il lui embrassa la pointe des doigts, puis la paume, puis l'intérieur du poignet, jusqu'à la courbe du coude.

— Je le porterai avec fierté. Merci.

Chapitre 20

Knox s'efforçait de ne pas bouger, mais rester assis avec la jambe qui tressautait sous la table de conférence devait s'avérer tout aussi agaçant, et Shiori lui posa une main sur le genou pour lui intimer d'arrêter.

— Tout va bien se passer.

— Je n'en suis pas aussi sûr. Surtout quand on va lui annoncer que Ronin n'est pas au courant.

— Voyons plutôt ça comme un avantage, à ce stade, OK ? Le salaire de Maddox lui est garanti pendant un an. Si Ronin pique une crise, on dénonce le contrat. Dans ce cas-là, Maddox s'en va avec l'argent.

— Et Ronin me vire.

Elle vint s'asseoir à califourchon sur ses genoux.

— Ce ne sont ni ton argent ni ton nom en bas du contrat, sous le cachet d'Arts Black.

— Bon Dieu, j'espère que tu as raison et que ça ne va pas nous péter à la figure.

— Tiens, ceci va peut-être te détendre.

Lui passant une main autour de la gorge, elle se pencha pour l'embrasser.

La facilité avec laquelle elle s'adonnait à des marques d'affection publiques ne cessait de le surprendre… et de le ravir. Il lui posa les deux mains dans le dos, l'attirant encore plus près.

— C'est pas vrai, vous êtes sérieux, là ? Il faut encore que je vous regarde vous galocher ? geignit Deacon. Nom de Dieu, je me demande comment vous n'avez pas des ampoules sur les lèvres.

Shiori mit fin à leur baiser avec un sourire. Puis elle se redressa.

— Deacon, ravie que tu aies pu te joindre à nous.

— Qu'est-ce que je fais là, à part interrompre vos jeux de mains baladeuses ?

— Tu soutiens Arts Black, yondan, répondit Knox.

— Bon, il faut que je lui lèche le cul, ou est-ce que je peux me comporter normalement ?

— Par « normalement », tu entends… en trouduc de mauvais poil ? Je crois qu'aucun d'entre nous ne saurait comment agir si tu changeais ton cœur. Ou si tu montrais que tu as un cœur.

Deacon leva les yeux au plafond.

— Ça risque pas d'arriver. Et au passage, je préférais quand vous vous sautiez à la gorge, tous les deux, au lieu de vous sauter au paf.

— Tu es encore plus irritable que d'habitude, nota Knox. Ta stripteaseuse favorite s'est fait virer, ou quoi ?

— Non, elle est en taule.

— Ça suffit, tous les deux, intima Shiori en se laissant glisser des genoux de Knox.

Et passant devant Deacon, elle l'embrassa sur le sommet de son crâne chauve.

— Ne te tracasse pas. Maddox va vouloir travailler avec toi ; tu es un talent inexploité qui ne demande qu'à exploser.

Sidéré, Knox vit Deacon serrer la main de Shiori et lui chuchoter un « merci » inaudible.

À croire que sa petite minette savait aussi calmer la bête rageuse en Deacon.

Shiori sortit son portable de sa poche.

— Maddox est à l'entrée. Je vais l'accueillir et je remonte avec lui.

— Je refuserais pas un shot de Jäger, là tout de suite, marmonna Deacon quand elle fut sortie.

— Pareil pour moi.

Passant le bras sous la table, Knox tritura son bracelet. Le bijou était encore assez nouveau pour qu'il n'y soit pas habitué, et pourtant, en si peu de temps, c'était déjà devenu son porte-bonheur.

— Je croyais que Gil devait être présent ? s'étonna Deacon.

— Faut croire qu'il arrivera plus tard.

Un lourd silence s'installa entre eux, si total qu'ils entendirent le tintement signalant l'ouverture des portes de l'ascenseur.

Ils échangèrent un regard qui signifiait : « C'est parti. »

Shiori entra dans la pièce la première, suivie par Maddox.

Même si Knox l'avait déjà vu à la télévision, dans des magazines de MMA et au cours de leurs conversations via Skype, il fut surpris par la taille du bonhomme. Il mesurait trois bons centimètres de moins que lui et affichait le physique d'un boxer, pas celui, empâté, d'un entraîneur qui se serait laissé aller – ce qui était plutôt la norme dans le milieu des coaches sportifs. Difficile de dire si ses ancêtres étaient latins, italiens ou amérindiens, avec ses cheveux bruns en brosse, son petit bouc, et pas de tatouages apparents. Alors que Knox l'observait, les yeux gris sombre de Maddox croisèrent les siens, et il se rendit compte que le nouvel arrivant était lui aussi en train de l'observer.

Puis il fit un pas en avant et lui tendit la main.

— Knox ? Maddox Byerly.

Knox serra sa main.

— Enchanté de vous rencontrer enfin en personne.

Et il s'écarta quand Deacon s'approcha.

— Deacon McConnell. C'est un honneur de vous recevoir, monsieur.

— Je suis content d'être ici. Et évitons les formalités… (Il les regarda tous les deux tour à tour.) À moins que ce soit la règle, puisqu'on est dans un dojo ?

— Nous utilisons les titres formels durant les cours. Ça incite les élèves au respect, si nous nous montrons respectueux les uns envers les autres.

— Je comprends.

— Par quoi désirez-vous commencer ?

— Ayant passé la majeure partie des deux dernières journées assis en voiture, je me défoulerais bien les jambes en visitant les espaces d'entraînement.

Knox le conduisit donc, à travers le dojo, du premier étage au troisième. Deacon et Shiori les suivaient, mais aucun des deux ne se joignait à la conversation. Du coup, au moment où ils revinrent dans la salle de conférence, Knox avait l'impression d'avoir parlé pendant les quarante-cinq minutes de la visite.

Shiori distribua des bouteilles d'eau et ils s'installèrent.

— C'est un superbe complexe. Je sais que le programme de ju-jitsu est au top, ici.

Une très gentille… platitude. Certes, on pouvait s'attendre à quelque gêne, mais cette réunion était censée donner le ton de leur future relation de travail, alors Knox intervint :

— Maddox, nous sommes ravis que vous ayez choisi de nous rejoindre. Avec votre réputation, vous avez dû recevoir des dizaines d'offres, du coup on s'est dit qu'il fallait sauter sur l'occasion tant que c'était possible. Vu que Ronin est parti s'entraîner au Japon avec son sensei de jadis et qu'il n'est pas joignable, Shiori et moi, nous vous avons embarqué sans le consulter. Car nous pensons que vous êtes la personne la mieux à même de réinventer notre programme d'entraînement de MMA.

Le visage de Maddox resta impassible.

— Pourquoi est-ce que vous me dites ça maintenant ?

— Je ne veux pas de cachotteries. Vous êtes sous contrat pendant un an, et même si en rentrant, Ronin désapprouve notre choix, vous conserverez l'intégralité du salaire que nous vous avons garanti. Mais j'aime à croire que Ronin serait plus furax qu'on ait laissé passer l'opportunité de vous embaucher au lieu de nous assurer votre collaboration chez Arts Black.

Maddox croisa les bras.

— Je ne m'embarque pas dans une aventure, quelle qu'elle soit, avec des œillères. J'ai questionné Gil sur votre situation, et il a admis que Ronin Black n'était pas au courant. J'aurais pu prendre ça de deux façons : soit le second de Ronin et sa sœur essaient de passer outre son leadership et de prendre les rênes de son affaire, soit le second de Ronin et sa sœur essaient d'étendre l'affaire, pour le bénéfice de tous. J'ai misé sur la deuxième option.

Knox hocha la tête.

— Je vais être honnête, dit-il. Ne pas faire intervenir le propriétaire dans le processus décisionnaire facilite les choses pour les deux parties. Ça va me permettre de faire mon boulot en reconstruisant le programme d'entraînement, pendant que Ronin fait le sien en gérant un dojo respecté. Gil est nul pour garder les secrets, mais je suis soulagé qu'il vous ait mis dans la confidence. On ne souhaitait pas vous donner à penser qu'on vous avait fait venir sous de faux prétextes.

— Quitter ses habitudes pour l'inconnu, c'est toujours un coup de dés. Vous m'avez décrit la situation, alors je vais en faire autant. (Maddox soupira et croisa les mains derrière son cou.) L'année écoulée a été totalement merdique. J'ai fini par convaincre la folle dingue à qui j'étais marié d'accepter le divorce. Ça m'a coûté tout ce que j'avais, et pourtant j'ai l'impression d'avoir fait une bonne affaire. Je ne pouvais pas quitter mon précédent employeur avant que le divorce soit prononcé, car elle aurait pu demander une part de mes revenus à venir aussi.

— Et vous étiez marié à la sœur de Gil ? demanda Shiori.

— Dire qu'ils n'ont rien en commun est un doux euphémisme.

Maddox entreprit de leur expliquer ses dissensions avec l'entreprise pour laquelle il travaillait avant, notamment le changement de politique qui avait affecté l'attitude des combattants. Les MMA avaient pris beaucoup d'importance, mais en même temps, il s'entraînait moins parce que même les meilleurs combattants avaient de la chance s'ils obtenaient un combat par an.

— Bref, pour faire simple, ils voulaient que je n'entraîne qu'un homme à la fois et ne croyaient pas qu'un programme d'entraînement intensif et diversifié forme de bons combattants.

— Ici, vous allez plus ou moins commencer du début. Nous avons retenu deux combattants, afin que vous les jugiez.

Maddox se focalisa sur Deacon.

— Vous êtes l'un des deux ?

— Oui, m'sieur.

— Quel est votre point faible ?

— Les amenés au sol. Être ancien lutteur et ceinture noire troisième dan de ju-jitsu n'a pas servi mon style au combat, et c'est frustrant. Ce point faible m'empêche d'avancer comme je le devrais.

Knox réprima sa surprise. Il n'aurait pas cru Deacon capable d'analyser la situation avec une telle précision.

Maddox se tourna ensuite vers Knox.

— Je le garde.

— Sans le tester ? s'étonna Shiori.

— Je viens de le faire. Un combattant qui avoue honnêtement ses points faibles constitue un pari plus sûr qu'un combattant qui ne s'en trouve aucun ou se cherche des excuses.

Deacon se fendit d'un large sourire.

— Maintenant, j'ai vraiment besoin d'un shot de Jäger.

— On n'était pas certains que vous soyez libre pour le dîner, indiqua Knox. On pourrait commander à manger et en profiter ici de façon détendue.

— J'apprécie l'invitation, je la note pour une prochaine fois, mais si vous n'y voyez pas d'inconvénients, je vais rentrer ; la route a été longue.

— Pas de problème.

Ils se levèrent tous.

— Où est-ce que vous logez ? s'enquit Shiori.

— Chez Gil, pour cette nuit. Je vais avoir besoin de ma journée de demain pour m'installer, donc je vous tiens au courant dès qu'on peut commencer cette semaine. Ça ira pour vous ?

— Parfait.

— Je vous raccompagne, suggéra Deacon. Je vais rentrer moi aussi.

Knox retint son souffle jusqu'à ce qu'il entende se refermer les portes de l'ascenseur.

Shiori vint nouer les bras autour de lui.

Il adorait qu'elle soit aussi sensible à ce dont il avait besoin, sans même avoir à le demander.

— Ça s'est mieux passé que je m'y attendais, commenta-t-il au bout d'un moment.

— J'ai été contente de constater qu'il ne se la jouait pas diva chiante. Les types comme lui, avec une telle énergie mâle à fleur de peau, peuvent avoir de sérieux problèmes d'ego.

— Une « énergie mâle à fleur de peau » ? répéta-t-il. Je dois être jaloux, ou quoi ?

— Non, parce que tu as la même. Ça vient peut-être avec le package, chez les gars grands et beaux.

Knox ressentit une pointe de jalousie.

— Parce que tu le trouves beau, en plus ?

— Oui. Il serait tout en haut de ma liste, si j'étais attirée par les grands et beaux ténébreux. Mais je suis plus du style grand, blond et magnifique.

Il ricana.

— Quoi ?

— Je croyais que tu allais dire grand, blond et soumis.

— Ben, ça va de soi. Maintenant qu'on est seuls…, ajouta-t-elle en l'attirant contre elle.

— Tu as des projets pour moi, Maîtresse ?

— Allons lutter. Ou nous entraîner. Ou faire des katas.

— Sérieusement ? Pourquoi ?

— Je me sens bizarre ; je n'arrive pas à savoir ce qui me turlupine exactement.

Knox passa la bouche sur ses lèvres.

— Tu as parlé à ta mère récemment ?

Elle secoua la tête.

Il avait le pressentiment que ça avait quelque chose à voir. Shiori s'ennuyait de sa mère. Il la soupçonnait aussi de s'ennuyer de son grand-père. Peut-être même de Ronin. Et vu qu'il ne pouvait réserver le jet d'Okada pour les emmener à Tokyo d'un coup d'ailes afin qu'elle rende visite à sa famille, il allait faire ce qui lui paraissait la deuxième meilleure option.

— Et si on s'exerçait une heure, et qu'ensuite on prenait la voiture pour aller jusqu'à Golden ? Tu pourrais rencontrer ma mère et son mari, Rick. Et on verrait à quoi les gamines magnifiques qui me servent de sœurs s'occupent, un dimanche soir. Je peux même prendre des sushis ; je sais que Vivie et Zara les aiment autant que toi.

Le sourire radieux qui se peignit sur son visage lui donna l'impression d'être le roi du monde.

— J'adorerais. Oui, j'adorerais ça.

Elle se haussa sur la pointe des pieds pour l'embrasser.

— Tu es tellement génial avec moi. Merci.

Plus ils s'approchaient de Golden, plus Shiori semblait nerveuse. Contrairement à son frère, elle ne s'agitait pas, dans ces cas-là ; elle devenait d'un calme inhabituel.

Knox prit sa main et lui embrassa la paume.

— Détends-toi. Ma mère va t'adorer. Vivie et Zara lui chantent tes louanges depuis des semaines.

Un petit sourire lui retroussa les lèvres.

— C'est mignon. Tu peux me parler de ta mère, avant qu'on arrive, histoire que je ne dise rien de stupide ?

— Ne lui pose pas de questions sur mon père biologique, car elle ignore son identité.

Shiori se tourna vers lui.

— Je peux te demander comment c'est possible ?

Peu de gens connaissaient la vérité sur son père. Il n'en avait pas honte, il considérait juste que ce n'étaient les affaires de personne.

— Pendant sa première année de fac, ma mère est allée à une fête d'Halloween. Elle a bu et elle a couché avec un type déguisé en Mister Univers. Dans les années soixante-dix, on prônait l'amour libre et toutes ces conneries, du coup elle ne lui a pas demandé son nom. Et ça n'est rien ; elle n'avait pas non plus la moindre idée de ce à quoi il ressemblait sans son déguisement. En plus, la fête ne s'était pas tenue sur son campus. Bref, elle s'est retrouvée enceinte. Sa famille lui a coupé les vivres, et elle a quitté Washington pour m'élever seule. On a vécu dans une HLM, grâce aux aides de l'État, jusqu'à ce qu'elle obtienne son diplôme d'enseignante quand j'avais huit ans. Pourtant, je n'ai jamais eu l'impression de manquer de quoi que ce soit, car je l'avais, elle. Et malgré son jeune âge, ça a toujours été une super maman.

Shiori lui donna une légère pression sur la main.

— Elle a l'air merveilleuse.

— Elle l'est. Elle a épousé Rick Christensen quand j'avais seize ans. L'année où j'ai été reçu au bac, ils ont eu Vivie. Et puis Zara un an et demi plus tard. Ça aurait été facile pour eux de se contenter de leur petite famille, vu que je m'étais engagé dans l'armée, mais ma mère et Rick se sont toujours débrouillés pour que je fasse partie intégrante de leur vie.

— Vivie et Zara ont une chance folle de t'avoir.

Knox se gara devant un bâtiment de style colonial, à deux étages, le seul foyer que ses jeunes sœurs aient jamais connu. Il sortit du pick-up et le contournait pour aider Shiori lorsque deux sauvageonnes déboulèrent de la maison.

Vivie se jeta dans ses bras, manquant de le renverser.

— Bon sang, tu as roulé comme un escargot ou quoi ? On croyait que vous n'arriveriez jamais.

Il l'embrassa sur le front.

— Moi aussi, je suis ravi de te voir.

Et il observa ses deux sœurs tâcher de maintenir un semblant de tenue face à Shiori plutôt que de se jeter sur elle.

Ce qui dura à peu près quinze secondes.

Zara serra vaguement Knox dans ses bras.

— On est affamées, alors accélère les présentations, histoire qu'on puisse se mettre à table.

Sa mère et Rick descendaient l'allée à leur rencontre. La main bien calée au bas du dos de Shiori dans l'espoir d'apaiser sa tension, il se pencha vers sa mère pour l'embrasser sur la joue.

— Maman, je te présente Shiori.

Celle-ci tendit la main.

— Ravie de vous rencontrer enfin, madame Christensen.

— Je vous en prie, appelez-moi Lisa. Les filles ne parlent plus que de vous.

Rick posa la main sur les épaules de sa femme.

— Je suis Rick, l'époux de Lisa. Enchanté de vous rencontrer.

— De même.

— Je sais ce que tu penses, intervint Zara à l'attention de Shiori.

Celle-ci haussa un sourcil.

— Ah oui ? Et quoi ?

— Qu'ensemble, on ressemble à un groupe de Vikings. Je t'ai entendue dire un truc comme ça à Knox. C'est pas notre faute, si on est grands et blonds aux yeux bleus.

Shiori éclata de rire.

— Je l'aime beaucoup, mon Viking.

Knox ne put s'empêcher de l'embrasser. Quand il releva la tête, il surprit le sourire de sa mère. Mais pourquoi y avait-il des larmes dans ses yeux ?

Rick serra les épaules de Lisa.

— Les filles, vous n'aviez pas quelque chose à montrer à Shiori, avant qu'on se rende au restaurant ? suggéra-t-il.

Vivie tira Shiori par sa main libre.

— Tu te rappelles la robe que j'avais essayée ? Knox me l'a offerte ! C'est pas super adorable de sa part ?

— Hyper adorable, en effet, répondit Shiori.

Le regard adorateur dont le couvait sa petite sœur le rendit nerveux.

— Bref, maman a trouvé des chaussures parfaites pour aller avec. On dirait des pantoufles de vair ! Il faut absolument que tu viennes voir ça. Je ressemble à une vraie princesse.

Ses sœurs embarquèrent Shiori en bavardant comme des pipelettes.

Rick lui offrit un large sourire.

— Bravo, Knox. Elle est splendide.

— Oh que oui !

— Je vais m'assurer que les filles ne se laissent pas distraire. On va avoir droit à une émeute, si elles ne mangent pas bientôt.

Et avec un baiser dans la nuque de sa femme, Rick s'éloigna.

S'il appréciait que son beau-père le laisse en tête-à-tête avec sa mère, Knox n'était pas certain d'en avoir vraiment envie. Il l'observa aussi attentivement qu'elle avait scruté Shiori.

Grande et mince, Lisa Lofgren Christensen était une femme remarquable. Ses cheveux mi-longs encadraient un visage anguleux. Knox avait hérité de ses yeux bleus, et si l'on pouvait parler de regard rieur, cela s'appliquait parfaitement à sa mère. Elle irradiait à ce point le bonheur qu'il avait toutes les peines du monde à se rappeler la mère célibataire débordée qu'elle avait été pour lui. Elle vieillissait bien, paraissant plutôt quarante ans que son âge réel – cinquante-quatre ans.

— Pourquoi tu me regardes comme ça ?

— Une mère ne peut pas se réjouir que son garçon ait enfin trouvé la femme qu'il lui faut ?

— Maman…

Elle s'approcha de lui. Les lettres de métal apposées à son tee-shirt, indiquant : « Maman de soldat et fière de l'être », scintillaient dans le soleil tombant.

— Merci de l'avoir amenée ici, ça m'apaise l'esprit.

— Pourquoi, tu doutais d'elle ?

— Tous les doutes que je pouvais avoir ont fondu comme neige au soleil, depuis que je vous ai vus ensemble.

Il soupira.

— Tu te rends compte que ce que tu dis n'a pas de sens, hein ?

Elle le prit dans ses bras en riant.

— À moins que ça ait un sens évident et que tu la joues décontracté.

Comment faisait-elle pour toujours tout savoir ?

— Parle-moi, mon fils.

— Je suis tellement fou d'elle que c'en est quasi flippant, admit-il.

— J'imagine.

— Et tu aurais quelque conseil maternel avisé à me donner ?

— Oui. Ne fais pas l'idiot et ne gâche pas tout.

— Rien d'autre ?

— Non, fit-elle en s'écartant. Allons rassembler les troupes afin de nous mettre en route. Je suis affamée.

— Telle mère, telles filles, plaisanta-t-il.

Elle lui donna un coup sur le torse.

— Rien que pour ce manque de respect, je vais m'asseoir à côté de Shiori à table et lui raconter des histoires gênantes sur ton enfance.

La porte d'entrée s'ouvrit et ses sœurs dévalèrent les marches, Shiori derrière elles, plus calme.

— À leur âge, j'aurais cru que ce besoin de courir partout leur aurait passé, confia Knox à sa mère.

— Toi, ça ne t'a pas passé avant que tu partes à l'armée, petit malin.

Zara donna un coup de coude à Vivie, afin de l'intimer à parler la première.

— Est-ce que Shiori peut nous montrer comment elle a réussi à te soumettre ?

Il se tourna vers sa petite amie, les sourcils froncés. De quoi avait-elle parlé avec ses sœurs ?

Quand Shiori le rejoignit, elle lui passa un bras autour de la taille.

— J'ai essayé de leur expliquer que les techniques dont j'ai usé sur toi, la première fois où on s'est rencontrés au dojo, étaient secrètes et jalousement gardées par les ceintures noires de ju-jitsu, mais elles ne m'ont pas crue.

Il lui passa une mèche de cheveux derrière l'oreille.

— Eh bien, je ne peux pas t'obliger à révéler tes secrets, alors.

Les yeux dorés se firent solennels.

— Je refuserais toujours, Knox.

— Je sais.

Au moment où il approchait sa bouche de la sienne, Rick souffla dans une corne de brume, ce qui les fit sursauter.

Ses sœurs se mirent à rire, hystériques.

— Je savais que ça me servirait un jour, constata Rick, l'air content de lui. Mais je n'aurais jamais pensé devoir l'utiliser sur toi, Knox.

— Emmène-la au restaurant, papa, suggéra Vivie. Ces deux-là n'arrêtent pas de s'embrasser tout le temps.

Knox administra une légère claque sur les fesses de sa sœur.

— Grimpe dans le pick-up, gamine. Et non, tu ne peux pas choisir la musique qu'on va écouter.

— Alors je monte avec maman.

Shiori secoua la tête.

— C'était mesquin, shihan.

Il sourit.

— Ça marche à tous les coups.

— Merci pour cette soirée, déclara plus tard Shiori, alors qu'ils étaient rentrés chez Knox et allongés l'un contre l'autre sur son lit. J'ai passé un moment génial avec ta famille.

— Je t'avais dit qu'il n'y avait pas de raisons de s'inquiéter.

— Ta mère est adorable. Maintenant, je sais de qui tu tiens ça.

Il ricana. « Adorable ». Bon.

Au moment où il la croyait endormie, elle ajouta :

— Pourquoi tu ne parles jamais de tes années à l'armée ?

Voilà qui tombait comme un cheveu sur la soupe. Il déplaça un bras et lui caressa le dos, du bout des doigts le long de la colonne.

— Il y a des choses dont je ne peux pas parler, parce que j'étais en charge d'informations classées confidentielles.

— Oooh, le complot international.

— Qui est le mot de code pour « paperasse », compléta-t-il sèchement.

— Tu étais basé où ?

Parfois, il oubliait que le père de Shiori avait servi dans les forces armées et qu'elle-même avait vécu sur des bases militaires.

— Fort Benning, en Géorgie. Et puis mon… unité, faute de terme plus approprié, qui appartenait à la treizième division du CSSB, a été transférée à Fort Lewis-McChord à Washington, au moment où moi je quittais le service.

— Et tu as été sur des zones de guerre ?

— J'ai été stationné dans des avant-postes de soutien sur des zones de combats, mais n'ai jamais participé aux combats. Un coup de chance, sans doute. Quelques-uns de mes potes ont été déployés dans certains de ces bourbiers une année sur deux.

— À t'entendre, on pourrait croire que tu es désolé de n'avoir pas vu de combats.

— Pas vraiment. C'est vrai, quoi, c'est la guerre. C'est atroce, c'est brutal. Il se crée une dynamique quand on risque de mourir ensemble, ou qu'on en voit mourir d'autres ; ça lie ces gars d'une façon qui m'est étrangère. Alors oui, j'ai entendu mon lot de conneries sur le fait que je n'étais pas un « vrai soldat ».

— Et ça t'a gêné ?

Il dut réfléchir un moment avant de pouvoir répondre.

— Peut-être, au début. Mais les gars qui ont vécu les horreurs de la guerre en ont gardé les séquelles pendant des années. Une fois que j'ai été démobilisé, moi, j'ai cessé d'être fantassin et n'ai plus jamais regardé en arrière. Alors, ça aide à mettre les choses en perspective.

Elle émit une sorte de ronronnement quand, du bout des doigts, il lui caressa la courbe des fesses.

— Tu es resté en contact avec certains de tes anciens camarades ?

— Seulement les deux avec lesquels je travaillais de la façon la plus rapprochée sur ma dernière mission. Ils bossaient l'un et l'autre dans des entreprises de télécommunications.

— Et toi, tu es shihan à Arts Black.

— Sans aucun doute, c'est moi qui ai le meilleur métier.

— Ils ont été surpris que tu n'aies pas décroché un poste comme le leur ?

— Quand je suis sorti, j'avais décidé de vivre à Denver pour rester proche de ma famille, mais je ne trouvais pas de boulot. J'ai fini agent de sécurité, et en parallèle je bossais à mi-temps au *Twisted*, au noir. C'est là que j'ai rencontré Ronin. Il m'a offert un poste temporaire au dojo pendant qu'il évaluait mas capacités.

Et puis toute cette merde avec Naomi était tombée sur Ronin, et il avait obtenu un poste à plein-temps au dojo.

— Comment tu faisais pour continuer à t'entraîner au ju-jitsu, pendant l'armée ?

— La plupart du temps, j'étais stationné aux États-Unis, alors je m'entraînais au dojo d'arts martiaux de Fort Benning.

Shiori roula sur le ventre et le regarda.

— Ta mère est très fière que tu aies été soldat.

Il se sentit rougir.

— Si elle ne m'avait pas inscrit à un cours de ju-jitsu, quand je n'étais qu'un adolescent revêche, j'aurais probablement fini en prison.

— J'en doute. Tu as trop d'honneur pour ça.

Elle se pencha et lui caressa un téton du bout des lèvres.

— Faisons un jeu, soldat.

— On en a fini de la parlotte, on dirait.

— J'ai une meilleure idée pour utiliser ma bouche.

Il lâcha un grognement.

— Encore l'une de tes prétendues récompenses ?

— Oui.

Et un rire diabolique s'éleva tandis qu'elle rampait à l'extrémité du matelas.

— Voyons combien de temps tu peux rester en position repos pendant que je m'occupe de ton étendard.

Elle s'installa entre ses cuisses et lécha son membre de la base au sommet.

— Tu es prêt ?

Quand enfin elle l'autorisa à jouir, une bonne heure plus tard, elle l'avait vidé si complètement qu'il ne parvint même pas à saluer le drapeau.

Chapitre 21

Depuis deux semaines que Maddox avait officiellement pris le collier du programme de MMA à Arts Black, une énergie énorme animait le dojo. À l'intérieur de la salle d'entraînement, « Mad » Maddox en donnait à sensei Black pour son argent, avec son charisme impressionnant. Sauf que là où Ronin gardait son regard de glace, exprimant sa désapprobation avec un mélange de détachement et de calme, Maddox était d'un tempérament colérique et hurlait de toutes ses forces chaque fois qu'il n'était pas d'accord. Au deuxième jour d'entraînement, Knox avait même redouté que Deacon et Maddox ne s'entre-tuent. Au bout du compte, ils avaient trouvé le moyen de travailler ensemble.

Fisher et Ito s'étaient bien fondus dans le moule, et ils avaient plutôt des choses positives à dire sur leur nouvel entraîneur. Si Knox était soulagé que tout soit enfin sur de bons rails, ses craintes concernant l'inutilité de ses propres talents pour le programme de MMA s'étaient révélées justifiées : Maddox lui demandait son avis sur tous les sujets… à l'exception de l'entraînement. Alors Knox consacrait son temps à gérer Arts Black, et à travailler avec Blue et Katie sur le tournoi reprogrammé dans deux semaines.

Ils avaient trouvé un nouveau sponsor, et cette tête de nœud de Steve Atwood avait accepté de leur fournir deux combattants pour la rencontre. Knox regrettait que Ronin ne soit pas là pour profiter avec lui de l'expression de Steve, le soir du tournoi, quand les combattants d'Arts Black ne feraient qu'une bouchée des siens.

Mais la bonne humeur de Knox s'évapora dès qu'il entra dans le bureau et vit l'homme assis sur le bord de la table de Shiori. Beaucoup, beaucoup trop près de sa femme à son goût.

Il se composa un visage de « combattant » avant d'aller se poster derrière Shiori. Et découvrit alors qui était ce trou du cul.

Max Stanislovsky.

L'un des hommes les plus riches de Denver. Tour à tour copain et ennemi juré de Ronin. Un homme qui avait des liens avec l'univers des paris, de la prostitution, des night-clubs, des clubs libertins, de l'immobilier et du bâtiment.

Et Knox croyait volontiers la rumeur selon laquelle Max était aussi une carte maîtresse de la mafia russe. Tout ce qu'avait fait la guerre froide, c'était biffer certains indésirables de Russie, qui avaient ouvert des commerces aux États-Unis. Malheureusement pour les habitants du Colorado, la population et le climat de leur État ressemblaient un peu à la Russie, du coup pas mal d'entre eux s'étaient massés dans l'État du centenaire.

Ivan entretenait une relation oscillant entre amour et haine avec son père, mais dans ce cas précis, le chien avait fait un chat. Ivan était un type bien, travailleur, et il avait le potentiel pour réussir dans le circuit de MMA professionnel, surtout à présent que Maddox Byerly avait signé chez eux et l'entraînait.

Se rendant compte qu'il regardait Stanislovsky d'un sale œil, Knox tâcha de la jouer cool.

— Max. Qu'est-ce qui vous amène à Arts Black ? Vous êtes sans doute au courant que Ronin n'est pas dans le pays.

Les yeux de Max s'étrécirent en l'entendant s'adresser à lui par son prénom. Les fois précédentes, quand ils avaient eu affaire l'un à l'autre, Knox l'avait appelé M. Stanislovsky. Mais ça, c'était avant que Ronin ne lui laisse la direction du dojo.

— Oui, je racontais à la charmante sœur de Ronin mes visites au Japon. Cela remonte à quelques années, mais j'ai toujours trouvé les Japonaises très… intrigantes.

— Nous sommes comme les femmes de tous les pays, Max. Débordées, entre le travail et la famille.

L'autre se pencha un peu plus vers elle.

— Votre grand-père n'aurait pas dû vous placer dans une telle situation. Travailler autant… ça n'est bon pour personne. Surtout pas pour une aussi belle femme. Vous méritez qu'on vous chouchoute, qu'on vous place sur le piédestal qui vous revient.

Knox lâcha un ricanement.

— Ce style de vie donnerait des envies de meurtre à Shiori. Elle a énormément apporté à Okada, au fil des années. Alors je dirais au contraire que son grand-père savait exactement ce qu'il faisait, en lui offrant un poste à responsabilités, plutôt qu'un piédestal.

Les épaules de Shiori se raidirent visiblement.

Quoi ? Il n'avait pas le droit de la vanter ? Merde alors.

— Le loft est à votre goût ? s'enquit Max, sans s'occuper de Knox.

— Oui. La vue est incroyable et le bâtiment calme.

Max Stanislovsky avait aidé Shiori à trouver son lieu de vie ? Pourquoi est-ce qu'il n'en avait jamais entendu parler avant ?

Max lâcha un soupir théâtral.

— J'admets avoir été triste que Ronin ne fasse pas appel à moi pour exaucer vos besoins. Mais Ivan s'est montré efficace, alors tout n'est pas perdu.

— À propos d'Ivan… Est-ce la raison de votre visite ?

Le regard de Max se porta sur lui.

— J'ai entendu parler d'un nouvel entraîneur, impressionnant à ce qu'on dit. Je voulais rencontrer l'homme qui va passer du temps avec mon fils.

— Où sont donc vos briseurs de jambes, Max ? Je ne vous vois jamais sans vos gardes du corps.

Knox comprit à cet instant le but de la visite de Max. Il savait Ronin absent, ce qui lui laissait les coudées franches pour discuter avec Shiori dans le bureau, pendant que ses hommes de main coinçaient Maddox dans la salle d'entraînement et lui proposaient une somme obscène pour devenir le coach personnel d'Ivan.

Max haussa les épaules.

— Ils sont dans le coin.

Shiori tourna la tête vers Knox, au moment précis où Maddox déboulait telle une bombe dans le bureau, une liasse de papiers à la main.

— C'est quoi, ça, bordel ?

Bingo. Il avait vu juste.

Knox désigna Max.

— Demandez-lui. Voici le père d'Ivan, Max Stanislovsky.

Maddox vint aussitôt se poster à quelques centimètres de Max.

— Soyons bien clairs sur un point : je ne suis pas à vendre. Et ce quelle que soit la somme d'argent. Ça, ajouta-t-il en agitant les papiers, c'est juste ridicule. Manifestement, vous avez plus de fric que de bon sens.

— Je veux seulement le meilleur pour mon garçon.

— Votre « garçon » est un homme de vingt-trois ans.

— Et un bon combattant aussi, non ?

— Oui. Il a beaucoup de potentiel. Je vais l'amener au niveau supérieur, parce qu'il a l'énergie pour réussir. Il est à l'écoute. Il travaille dur. Et ça n'a rien à voir avec vous, conclut-il en déchirant le contrat en deux. Alors si je vous revois, vous ou vos gorilles, dans ma salle d'entraînement, je lâche Ivan. Pigé ?

— Oui. Veuillez m'excuser de vous avoir offensé, répondit aussitôt Max.

— Ivan sait-il que vous êtes ici ?

De nouveau, Max soupira.

— Non. Et il va me faire payer cette petite visite. C'est un homme obstiné et indépendant. Il me rend fier, mais il me rend fou aussi.

Maddox gagna la porte.

— Je ne plaisante pas, insista-t-il. Je sens un effluve de cette eau de Cologne dégueulasse de nouveau, et votre fils est fini. Fini.

Le silence se répandit dans la pièce tel un écho, comme après un coup de fusil.

Max était tout sourires.

— Je l'aime bien, lui. Vous avez fait une bonne affaire.

Putain ! Incroyable.

— Quand votre frère sera rentré et que vous aurez plus de temps, reprenait déjà Max en serrant la main de Shiori, j'ai une villa en Italie. C'est magnifique, à cette époque de l'année.

Knox fit rouler le siège de Shiori pour l'écarter, obligeant le mafieux à la libérer.

— C'est très attentionné de votre part, Max. Shiori et moi parlions justement de partir quelques jours tous les deux. Nous apprécions beaucoup votre offre, pour la villa.

Max pencha la tête sur un côté, regardant tour à tour Shiori et Knox, puis Shiori de nouveau.

— Vous et le grand Viking, vous êtes ensemble ?

— Oui.

— Quel dommage, *milaya moya*.

Sentant que Max allait toucher Shiori, après lui avoir susurré ses douceurs en russe, Knox lança :

— Ne vous avisez surtout pas de la toucher.

Max haussa un sourcil.

— Ça n'est pas très sage, de me menacer.

— Ça n'est pas très sage de poser la main sur une femme qui est prise. Si la situation était inversée, comment réagiriez-vous ?

— Je vous briserais les jambes, pour commencer.

— Je suis moins civilisé, commenta Knox avec un large sourire. Je vous briserais la face.

Max secoua la tête.

— Tant de violence à l'intérieur d'un bâtiment, ça peut être contagieux. Il est temps que j'y aille.

Et il quitta la pièce sans un geste de plus, les pans de sa longue veste battant telles des ailes de chauve-souris.

Ce fut Shiori qui prit la parole en premier.

— Tu vas peut-être trouver ça bizarre, mais il ne t'a pas fait penser à…

— Dracula ? Si.

— Pauvre Ivan.

— Je suis sûr que les millions de papas aident à faire passer la pilule.

Sitôt la phrase prononcée, Knox la regretta.

Sa bien-aimée lui jeta un coup d'œil.

— Bon, si tu as fini d'agiter ta grosse queue, on a pas mal de travail à faire.

— Que. Ce. Soit. Bien. Clair, commença-t-il en détachant ses mots. Il avait sa sale patte sur toi. Il a de la chance que je ne la lui aie pas arrachée pour la lui fourrer dans le cul.

— Knox…

— Non.

Il se dirigea vers elle, si bien qu'ils se retrouvèrent quasiment nez à nez.

— Aucun homme n'a le droit de te toucher. Surtout pas un riche trouduc qui se comporte comme si tout lui était permis. Le seul homme qui ait ce droit-là, c'est moi. Et je démolirais n'importe quel mec – je me fous bien de son statut – qui ferait ne serait-ce que penser qu'il peut toucher librement ce qui m'appartient.

— Tu as terminé ? demanda-t-elle d'un ton sec.

— Je n'en sais rien. Y a-t-il autre chose que je doive clarifier, Maîtresse, avant qu'on aille, ma grosse queue et moi, taper un peu dans le punching-ball ?

Shiori lui prit le visage à deux mains.

— Tu as été très clair.

— Bien.

— On peut s'embrasser et se réconcilier, maintenant ?

Il écrasa ses lèvres des siennes, avec l'intention de lui prouver son appartenance par un baiser brutal. Mais elle ne l'y autorisa pas. À la place, elle lui offrit sa tendresse, laissant courir les doigts sur ses joues et sur la ligne soucieuse entre ses sourcils. Il y avait énormément de passion entre eux, mais qu'elle le force à la garder contenue le fit presque chanceler. Car ça montrait à quel point elle le comprenait. Et acceptait ce côté-là de lui aussi. Il comprit alors qu'il avait besoin de la voir prendre le contrôle, car lui n'en avait aucun.

Elle interrompit leur baiser, sans ôter les mains de ses joues.

— Ça va mieux ?

Il ne put que hocher la tête. Parce qu'il ressentait le désir irrépressible de hurler son amour pour elle.

— Maintenant, va taper dans quelque chose. Je mettrai ta grosse queue en état de marche plus tard.

Le vendredi soir suivant, Knox enroula le bras autour du dos de la chaise de Shiori, balayant des yeux le groupe qui avait investi la banquette d'angle du *Diesel.* La semaine avait été infernale, à Arts Black. Et alors qu'ils comptaient les jours jusqu'au tournoi, il avait décidé que tout le monde méritait de se détendre, ne serait-ce qu'une heure ou deux.

Même Maddox avait accepté l'invitation à prendre un verre. Deacon et Gil étaient assis à l'autre extrémité, Maddox au centre, Fee entre Katie et lui. Blue et Terrel jouant les agents de sécurité à quelque concert d'adolescents, ils s'étaient éclipsés, tout comme Fisher, qui devait reprendre le travail de bonne heure, le lendemain. Knox préférait garder à la soirée un aspect informel, et il se demandait comment cette dynamique évoluerait au retour de Ronin.

— J'aimerais bien réussir à convaincre les gars d'aller ailleurs qu'au *Diesel* pour prendre une bière, confia Fee à Shiori. Avant que Knox et toi vous commenciez à vous voir en cachette, on s'amusait bien au *Jackson's.*

— On ne se cachait pas depuis bien longtemps quand on a mis tout le monde au courant de notre relation, intervint Knox en se penchant pour chiper une frite dans l'assiette de Shiori.

— Et certains d'entre nous avaient deviné, fit remarquer Katie, l'air contente d'elle.

— Comment tu savais qu'il y avait quelque chose ? lui demanda Shiori.

— Je vous ai vus, tous les deux, le soir de la fête d'anniversaire d'Ivan, au *Fresh*. Quand vous êtes sortis « faire un tour », précisa-t-elle en dessinant des guillemets en l'air.

— Waouh, Katie qui joue les espionnes. Tu les as suivis ? s'enquit Fee.

— Non. J'avais bu trop de margaritas et j'étais partie vomir aux toilettes, répondit Katie, chipant elle aussi une frite à Shiori. Sur le chemin du retour, je me suis perdue et j'ai vu ces deux-là au stand de démonstration des cordes. Knox était en train de l'attacher de façon très élaborée. On aurait dit qu'il avait fait ça toute sa vie, ça m'a presque fait flipper. Enfin bref, j'en ai conclu qu'il se passait forcément quelque chose entre eux.

Shiori lui tapota la main.

— On ne peut rien te cacher.

Fee manqua de s'étrangler avec sa boisson, et Katie claqua une main sur la table.

— C'est ce que je me tue à dire à tout le monde, mais personne ne me croit.

— Moi je te crois, ma douce, fit Deacon, dont la tête était au niveau de sa poitrine.

La chaise vide à côté de Knox fut brusquement tirée et retournée.

— Tiens, tiens, mais c'est les nazes de Black et les nuls de Blue. Nom de Dieu, ça fait partie des obligations imposées par sensei Black : ses sous-fifres doivent écumer les bars ensemble ? Vous vous lavez la bite les uns les autres aussi ? Si c'est le cas, appelez-moi, je veux bien mater.

Knox se tourna vers Mia, une rousse teigneuse qui s'entraînait avec Steve Atwood.

Avant qu'il ait le temps de lui rétorquer quoi que ce soit, Deacon intervint.

— Je ne me rappelle pas qu'on t'ait invitée à t'asseoir. Alors casse-toi, la tige.

— Vire-moi, si tu l'oses, Scarface.

— Je suis étonné que ton mac te laisse sortir seule. À moins que tu ne sois au travail, là ? Dans ce cas, tu perds ton temps avec nous, ma pauvre, parce que pour qu'on te baise, il faudrait que tu nous paies.

Shiori observait l'échange entre Deacon et Mia en silence.

— Ouais, je hais toujours autant ce lèche-cul, commenta Mia en levant les yeux vers Knox.

— Qu'est-ce que tu fais là ? lui demanda-t-il.

— Je vous ai vus, pauvres mal baisés que vous êtes, et je me suis dit que j'allais venir vous saluer.

Le regard perçant de Mia s'attarda sur le visage de Knox, son torse, avant de tomber sur sa braguette.

— T'as l'air en forme, mon grand. Très en forme. Ça fait longtemps.

Pas assez.

— Excusez-moi, mais qui êtes-vous et que faites-vous à notre table ? intervint Katie.

Mia éclata de rire.

— Oh, je vous en prie, faites-moi plaisir et dites-moi que Barbie Gros Nibards est l'une de vos nouvelles recrues !

Nom de Dieu !

— Mia, arrête de chercher la merde, laisse-nous.

— Mais c'est trop drôle. Allez, j'admets que sensei Atwood m'a envoyée observer la concurrence. (Elle balaya du regard l'assemblée regroupée autour de la table et ricana.) Et ce que je découvre est… pathétique. Bon Dieu, les puissants sont tombés bien bas !

— « Sensei » Atwood ? C'est comme ça qu'il se fait appeler, maintenant ? Pour qui il se prend, ce connard ?

Va dire à ton patron sans couilles qu'il est le bienvenu, s'il a envie de se mesurer à moi, lança Deacon.

— Je ne pense pas que son maquereau soit là, indiqua Fee. Il me semble qu'Atwood s'est fait interdire de ce bar, il y a quelques mois, à cause d'une crise de violence due aux excès d'anabolisants ?

— La ferme, salope ! cracha Mia.

— Oh, j'ai touché une corde sensible, *puta* ? rétorqua Fee.

— C'est moi qui vais te toucher, si tu continues. En fait, je vais tous vous écraser, promit Mia avec un sourire mauvais. Le match va vous paraître long, quand je vous ferai mon *ground and pound*. À moins que vous n'agissiez comme les fiottes que vous êtes et que vous tapiez le sol pour que je m'arrête ? Comme mes dix derniers adversaires ?

— Et pourtant, tu continues à combattre dans des ligues mineures, non ? Comment tu expliques ça ? Ah oui, parce que tu te fais baiser… et je ne parle pas seulement des types du bordel où tu t'entraînes, conclut Deacon.

Mia pouffa.

— Pas étonnant que Knox soit le seul parmi la bande de nazes de Black que j'aie baisé. Il est assez malin pour savoir quand fermer sa jolie bouche.

Putain de Dieu ! Merci du cadeau, Mia.

Celle-ci vint lui poser la tête sur le bras.

— Je suis nostalgique de ces moments-là. Que dirais-tu qu'on laisse tomber ces losers… ?

Avant même d'avoir achevé sa phrase, Mia avait disparu.

Shiori avait attrapé l'intruse par les cheveux et collé son visage à la table, tout en lui tordant le bras derrière le dos.

— N'essaie pas de le toucher de nouveau. Et fous le camp d'ici avant que je te pète le bras, et alors, adieu les combats. Pigé ?

— Ta nouvelle salope de nana s'en prend à la mauvaise personne, Knox. Calme-la.

— Ne fais pas ça, ordonna Deacon à Knox. D'abord parce que ça me fait bien rire, de la voir clouée à la table comme un insecte à une planche.

— Lâche-la, dit Maddox à Shiori. On ne voudrait pas qu'elle prétende avoir été blessée avant la bataille pour excuser sa défaite pitoyable le jour du combat.

Shiori obtempéra sur-le-champ et se recula, en position de défense.

— Je ne sais pas pour qui tu te prends, salope…

— Je suis la sœur de Ronin Black, « salope », et je connais un peu le combat à la déloyale, alors je te conseille de surveiller tes arrières.

Après le départ précipité de Mia, Knox tâcha de parler à Shiori, mais elle leva les mains.

— Pas maintenant, rétorqua-t-elle, avant de se diriger vers le bar.

— Bon, eh bien ça met un terme à notre soirée, commenta Katie.

Maddox lui posa une main sur le bras et regarda Fee.

— Attendez une dizaine de minutes avant d'y aller, histoire de vous assurer qu'elle est bien partie.

— Bonne idée.

— Fee, tu as des enregistrements de vos tournois précédents ?

— On en a quelques-uns, Arts Black aussi. Pourquoi ?

— Je voudrais voir comment combat Mia. Je veux que vous soyez préparées à tout. Car maintenant, elle va vous viser, c'est garanti.

Deacon frappa Knox sur l'épaule.

— J'espère que tu sais comment t'y prendre avec elle, parce que ta She-Cat s'est transformée en tigresse et elle est assoiffée de sang.

Comme si je ne le savais pas déjà.

De dos à la table, Shiori observait la foule.

— Tu veux que je reste dans le coin ? demanda Knox à Maddox.

— Non, va la rejoindre et rentrez. Je vais m'assurer que Katie et Fee sortent d'ici saines et sauves.

— Merci, mec. À demain.

Quand Knox posa la main sur l'épaule de Shiori, elle tressaillit, ce qui le rendit furieux.

— Allons-y.

— Où ?

— J'en sais rien, en tout cas on se tire d'ici.

Il déplaça la main pour la lui caler dans le bas du dos et la guider sur un côté, un peu à l'écart de leur tablée. Croisant le regard du propriétaire, il lui signala qu'ils sortaient par la porte arrière.

Il prit alors la main de Shiori et l'entraîna via la cuisine jusqu'à l'allée derrière le bar. Il fit signe de la tête aux cuisiniers qui prenaient une pause-cigarette et poursuivit en direction du parking où il avait laissé son pick-up.

Mais Shiori en avait décidé autrement. Sitôt qu'ils eurent quitté l'allée, elle dégagea sa main de la sienne et s'adossa au mur latéral du bâtiment.

— Quoi ?

— Je suis censée passer outre le fait que tu as couché avec cette mégère ?

Merde.

— C'est de l'histoire ancienne.

— Ancienne à quel point ?

— Deux ans.

— Vous avez eu une relation ?

— Non. On se retrouvait aux mêmes événements, et on a fini par coucher ensemble. Point barre.

Elle vint se placer devant lui, poitrine contre poitrine.

— Non, pas point barre. Quel genre d'événements ?

— Des combats. Elle se battait. Moi, j'étais l'homme à tout faire de Ronin. Après un combat, elle a eu envie, et comme j'étais là…

Shiori recula.

— Quoi ? poursuivit-il. Tu crois être la seule à ressentir ce désir animal de baiser comme une bête après avoir battu quelqu'un ? Bon Dieu, Shiori, c'est dans la nature humaine. On est tous comme ça.

— Je n'ai rien à voir avec elle.

— Tu m'étonnes. (Il compta jusqu'à dix.) On peut y aller, maintenant ?

— Très bien. Ramène-moi chez moi.

Sur le trajet, ils n'ouvrirent pas la bouche, mais l'atmosphère à l'intérieur du pick-up était lourde de tension.

Shiori ne parla pas non plus dans l'ascenseur qui les montait à son loft. Une fois à l'intérieur, en revanche, elle vida son sac comme jamais il ne l'avait vue faire.

Il la laissa arpenter la pièce et hurler en japonais, jusqu'à ce qu'il commence à s'inquiéter qu'elle se fasse une rupture d'anévrisme, vu la grosseur de la veine dans son cou.

— Shiori, intervint-il fermement, calme-toi. Et s'il te plaît, parle anglais, qu'au moins je sache si oui ou non tu me hurles dessus.

— Je suis lasse de hurler. Je vais la retrouver et je te jure qu'elle va chialer.

Knox lui saisit la main qu'elle avait serrée en un poing dur.

— Pourquoi ? Parce qu'elle m'a coincé une fois ou deux ? Tu parles d'une affaire.

— C'est ça, ma question, justement. Est-ce elle qui t'a baisé, ou toi qui l'as baisée ?

— Je ne m'en souviens pas, putain, OK? cria-t-il.

Et puis, il se sentit totalement nul.

— Écoute, je ne peux pas changer le passé. Mais tu n'étais pas là, alors ne va pas attribuer un sens à des parties de jambes en l'air qui n'en avaient aucun.

Elle le dévisagea, l'air complètement perdue.

— Quoi ? fit-il.

— Je n'ai jamais été aussi furieuse de ma vie. J'ai eu des accès de jalousie, quand je t'ai vu flirter avec Katie ou toutes ces élèves qui bavent, qui pouffent ou font des gestes obscènes sur ton passage. Mais ce soir, c'était différent. J'ai eu envie de l'écraser. Et ensuite j'ai eu envie de te baiser devant elle.

— Et au moment où ce fantasme violent a surgi, je portais un collier ou j'étais à genoux ?

— Quoi ? Non ! Pourquoi tu me demandes ça ?

Il la poussa contre le mur.

— Parce que c'est toi, Shiori. Tu as perçu Mia comme une puissante dominante. J'ai couché avec elle, ce qui signifie sans doute qu'elle m'a dominé. Et vu que tu es ma Maîtresse, tu veux lui prouver – et à moi par la même occasion – que tu es la seule à pouvoir me dominer désormais. Et personne d'autre.

— Oui, putain, oui ! C'est ça que je veux lui faire comprendre.

Elle soutint son regard, une lueur de défi dans les prunelles.

— C'est ce que je veux te faire comprendre.

Il lui posa les lèvres sur le front. Aux coins des yeux. Sur les joues. À la commissure des lèvres, qu'elle avait retroussées en un sourire.

— Je comprends, Nushi.

Quand elle prit l'initiative du baiser, toute la délicatesse dont il avait usé pour la calmer s'évapora. Remplacée par la passion, la chaleur et la possessivité.

— J'ai besoin de te baiser, haleta-t-elle contre sa bouche. Mais je me sens d'humeur vicieuse, l'avertit-elle. Tu te penses capable de supporter ?

Knox recula d'un pas et retira sa chemise. Et ses chaussures. Et son jean. Une fois nu, il se tint face à elle, défiant.

— Tu penses pouvoir me briser ? Tu penses que je ne supporterai pas ce que tu veux tirer de moi ?

Il la regarda lentement, des pieds à la tête, avant de reporter son attention sur son regard.

— Vas-y.

Et il quitta la pièce.

Elle le laissa gagner la chambre avant de bondir et d'effectuer sur lui un balayage des jambes.

Et elle essaya de toutes ses forces de le briser. Entre les grognements, les gémissements et les hurlements occasionnels, ils ne parlèrent pas. Elle n'avait pas besoin de lui donner d'ordres, car il sentait ce qu'elle voulait.

Ils baisèrent au sol.

Ils baisèrent contre le mur.

Ils baisèrent sur le lit. Deux fois.

Ils baisèrent contre les fenêtres.

La dernière fois qu'elle jouit, son corps tremblant violemment tandis qu'il l'assaillait de ses coups de boutoir, elle murmura :

— À moi. Tu es à moi. Jamais je ne te laisserai partir.

Il ferma les yeux, les muscles tétanisés par la douleur, le corps absolument et complètement vidé. Depuis le cou jusqu'aux pieds, il était couvert d'égratignures, de morsures et autres suçons. Jamais il ne s'était senti aussi utilisé. Aussi possédé.

Et jamais rien dans sa vie ne lui avait paru aussi normal.

Chapitre 22

Le soir du combat était enfin arrivé.

L'humeur était excellente quand ils établirent leur camp dans le centre où se tenait l'événement.

Knox et Blue se chargeaient des avant-combats. L'arbitre était présent dans les vestiaires pour la pesée, et heureusement aucun combat ne serait annulé.

Maddox, bien qu'en retrait, restait impliqué dans les préparatifs. Deacon, Ivan, Terrel et Fee étaient sur le planning, ainsi que trois autres combats. Le nouveau coach avait entraîné ses élèves sans relâche. Du coup, Knox avait fini sur les fesses à de nombreuses reprises, vu qu'il était le seul assez costaud pour combattre face à Ivan. Shiori, quant à elle, avait été appelée pour servir de sparing-partner à Fee, et Blue avait fait le binôme de Deacon. Mais au bout du compte, ces combats préparatoires avaient mis au jour l'autre problème de leur programme d'entraînement : le manque de sparing partners.

Le choix des adversaires était bien plus compliqué que de mettre les combattants en condition dans les vestiaires. Les prix étaient nominaux pour ce genre d'événements et même si, pour les combattants, l'expérience valait bien plus que de l'argent, chaque participant recevrait une somme. Knox devrait donc rester dans les parages afin de s'assurer que tout se passait normalement à l'issue des combats. La vente des billets avait augmenté, ce qui leur permettrait peut-être de se rembourser une partie des mises de fonds.

Deux autres programmes de MMA fournissaient des combattants, en plus de Steve Atwood. Apparemment, vu qu'il faisait office de dirigeant pour les promotions Black et Blue, Knox devait faire en sorte que tout le monde se sente à l'aise et qu'une ambiance de franche camaraderie règne entre les différents dojos du Colorado. Ce qui lui convenait tout à fait : contrairement à Ronin, il n'était pas mauvais dans le serrage de mains agrémenté d'un sourire. À se demander comment sensei Black avait réussi à gérer ce genre d'événements – grâce à la présence d'Amery ?

Était-ce pour cela que Knox voulait Shiori à ses côtés, ce soir ?

Elle était restée dans les vestiaires pour soutenir Fee.

Katie arriva, vêtue de sa tenue de ring girl, et les yeux de Blue faillirent bien lui sortir des orbites.

— Hé, mec, comment ça se fait que tu as encore la mâchoire qui se décroche chaque fois que tu la vois ?

Knox soupçonnait d'ailleurs Katie de s'arranger pour se dandiner devant Blue aussi souvent que possible. Sans compter qu'elle gardait systématiquement son costume après la fin des événements, alors qu'elle remplissait les rapports et recomptait les paiements.

— Parce que chaque fois que je la vois dans cette tenue, ça me rappelle qu'il y a un dieu, et qu'il est doté d'un sens de l'humour vachard, pour placer une pomme de son style devant un serpent comme moi.

— Quoi ?

— Laisse tomber.

Et Blue s'éloigna.

— Où tu vas ?

— Aux toilettes, me soulager.

Comme s'il avait besoin de connaître ces détails-là.

Knox effectua les vérifications finales avec l'annonceur et les sponsors, s'assura que les juges avaient tout ce dont ils auraient besoin, et il parvint même à conserver un ton civil avec ce crétin mielleux de Steve Atwood.

À quinze minutes du début des hostilités, Knox et Blue entrèrent dans la salle de préparation des combattants, où régnait le chaos le plus total.

Fee était allongée sur un banc.

— Putain, mais qu'est-ce qui s'est passé ? demanda Blue.

Ivan désigna les vestiaires portatifs que le centre avait fournis.

— Elle est allée déposer son sac au vestiaire. La poignée était coincée, alors elle a tiré et tout le truc lui est tombé dessus.

Blue murmura quelque chose en portugais à sa sœur.

Les joues baignées de larmes, elle secoua la tête.

Blue se redressa et vint rejoindre Knox.

— Elle va bien ?

— Elle n'est plus en état de combattre. On va lui faire subir un examen médical, mais elle est confuse et elle souffre.

Merde !

— Montre-la au médecin, c'est le plus important.

Blue fit signe à Gil et retourna s'accroupir auprès de Fee. Avant de revenir vers Knox.

— On fait quoi ?

— On annule. On a déjà dû déprogrammer des combats par le passé ; ça n'est pas si grave.

— Je vais aller prévenir l'annonceur et les juges, déclara Blue avant de sortir.

— Attends ! cria Shiori.

Tous les regards se tournèrent vers elle.

— Pas la peine d'annuler le combat féminin, je vais prendre la place de Fee.

Alors là, tu peux toujours courir.

— J'apprécie ton offre, mais le planning de ce soir reste assez intéressant…

— Je veux l'affronter, Knox.

— Pas possible.

— Pourquoi ?

Il baissa la voix.

— Si tu montes sur le ring avec elle, c'est pour régler une affaire personnelle, or c'est déjà trop dangereux en temps normal, alors une heure avant un combat… Bref, ma réponse est non.

— Si j'avais été prévue au planning et m'étais blessée, tu aurais aligné Fee à ma place ?

— Oui, mais ça n'est pas la même chose.

— Parce qu'on sort ensemble ?

Ne pouvant répondre : « Non, parce que Fee est meilleure combattante que toi », il essaya la version diplomate.

— Ça n'a rien à voir. Tu n'as pas idée de ce dont Mia est capable. Alors pas question que je te regarde monter sur ce ring face à elle, bordel !

Les yeux de Shiori se vidèrent, se glacèrent, et en cet instant, elle ressemblait plus que jamais à son frère.

— Tu me crois incapable de gagner ?

— Ce n'est pas une histoire de gagner ou pas. Il s'agit de ta sécurité.

— Arrête tes conneries, Knox. C'est toi qui mets la chose sur le plan personnel, pas moi. Et ça n'a aucune place dans cette discussion. On a besoin d'une combattante qualifiée. Je suis là. Donc je combats.

— Pas question. N'oublie pas que je suis shihan. Je refuse, fin de la conversation. Tu m'as bien compris ?

Maddox s'éclaircit la gorge.

À un moment donné de leur échange, ils avaient oublié qu'ils se trouvaient dans une pièce pleine de gens.

Génial !

— En fait, Knox, pour être juste, ce n'est pas à toi de prendre cette décision, intervint Maddox. C'est moi, le coach. J'ai travaillé avec Fee et Shiori, qui lui a servi de sparing-partner, et d'après ce que j'en ai vu, il n'y a aucune raison pour que Shiori ne puisse pas participer. Elle a visionné toutes les cassettes des combats de Mia. Il n'y a personne de plus qualifié qu'elle, et Arts Black aurait bien besoin d'une victoire.

— Tu vois ? La vraie voix de la raison, par opposition aux raisons personnelles, lança Shiori. Je combats, godan, fin de la conversation. Et tu ne pourras rien faire pour m'en empêcher.

Godan. Pas shihan.

Knox sentait son visage en feu. Elle venait de le défier ouvertement et devant tout le monde, en remettant en question son autorité.

Elle avait juré qu'elle ne l'humilierait pas, pourtant elle venait de le faire avec un toupet incroyable, usant de sa voix de dominante pour le mettre au défi de la contredire.

Il baissa les yeux au sol. Et quand il les releva, il dut rassembler tout ce qu'il avait de fermeté pour conserver une expression neutre. Les personnes présentes dans la pièce avaient toujours le regard rivé sur lui, et dans certains, il lut même de la pitié. De la pitié, putain !

— En tant qu'organisateur du tournoi, je suis en capacité de placer le combat en dernière position sur le planning, afin de laisser à la remplaçante le temps de se préparer.

— Merci, dit Maddox.

Knox ne regarda pas en direction de Shiori – il en était bien incapable.

— Bonne chance à tous. Je serai de garde à l'entrée pendant toute la soirée, alors si vous avez besoin de quoi que ce soit, faites-moi signe.

Sur ces mots, il pivota et quitta la pièce.

Une main familière vint lui claquer sur l'épaule alors qu'il atteignait la moitié du couloir.

— Quoi ?

— Ça va ? demanda Deacon.

— Très bien.

Deacon se planta devant lui.

— Je suis nul dans ce genre de trucs, mais je comprends que tu aies refusé que Shiori prenne le combat au pied levé. Toi et moi, on sait pertinemment que ces enregistrements de combats ne disent pas tout ce dont Mia est réellement capable. Quand elle verra que c'est Shiori, sur le ring…

— Ouais, ouais, je sais, OK ?

— Tu veux que j'aille lui parler ?

— Non. Ce qui est fait est fait. En tout cas moi, ajouta-t-il en fixant Deacon droit dans les yeux, je ne peux pas regarder.

— Personne ne s'attend à ce que tu le fasses.

— Mais… j'entends surtout par là que je ne peux pas rester ici. Je partirai juste après ton combat.

— Tu penses que Blue sera d'accord ?

— Il le faudra. Et après tout ça, j'aurai besoin d'un jour ou deux pour me remettre la tête à l'endroit.

— Tu mérites une pause. Et oui, je me doutais que ça risquait de merder entre vous, après cette histoire.

— Merci, mon pote. Bonne chance pour ce soir.

— Pas besoin de chance quand j'ai ça ! s'exclama-t-il en mimant quelques mouvements de boxe tout en remontant le couloir.

Knox regarda la pendule. Deux heures. Et puis il se tirait.

Knox était furax après elle.

Mais elle était furax après lui, elle aussi. Ce qui finirait sans doute par équilibrer les choses, non ?

Ils en reparleraient plus tard. Enfin, ils se hurleraient dessus, plus probablement. Quoi qu'il arrive, ça devrait attendre après le combat. Et elle avait sacrément hâte de monter sur ce fichu ring. Toute la colère qu'elle avait ressentie pendant la fameuse soirée au bar refaisait surface. Et elle utiliserait cette rage comme carburant.

Elle se tenait dans un angle de la pièce, à l'écart des casiers. Gil avait raccompagné Fee à la maison, après que l'équipe médicale sur place avait diagnostiqué une légère commotion. Maddox n'arrêtait pas, alternant présence au bord du ring auprès de ses combattants pendant les matchs et allers et retours aux vestiaires, afin de s'assurer que les combattants suivants étaient prêts.

Un casque audio sur les oreilles, Ivan s'était coupé du monde extérieur à l'approche de son combat. Quant à Deacon, il n'était pas revenu après avoir suivi Knox dans le couloir.

Si des regards pouvaient tuer, Shiori serait morte, à l'heure qu'il était.

Elle arpentait son coin, repassant les exercices dans sa tête. Cela faisait des mois qu'elle n'était pas remontée sur un ring, depuis son dernier combat lors d'un tournoi où elle avait affronté Fee, d'ailleurs. Cette dernière étant la seule combattante femme à Arts Black, elles s'étaient affrontées une bonne demi-douzaine de fois. Maintenant qu'elle faisait office de sparing-partner pour son amie, Shiori n'était plus sûre de gagner, si elle se retrouvait face à elle pour de vrai.

En revanche, contre Mia elle l'emporterait. Ça oui !

Maddox entra comme une bombe et attrapa Ivan par le bras. Il lui offrit un signe d'encouragement de son pouce levé, et elle se retrouva seule.

Vide-toi la tête. Visualise-toi en train de gagner. Visualise Mia en sang tandis que Knox t'accorde le baiser de la victoire.

Non, elle ne pouvait pas permettre à ses pensées de revenir perpétuellement sur Knox. Il lui fallait se concentrer. En des instants pareils, la seule chose qui l'apaisait, c'était la récitation. Des poèmes, des tirades de théâtre, des prières, des mantras d'affaires, les tables de multiplication. Elle se repliait là-dessus et le temps n'avait plus de prise sur elle.

La porte de la pièce s'ouvrit brusquement. Des bruits de pas s'approchèrent. Une main se posa sur son genou.

Elle ouvrit les yeux et une brève douleur lui serra le cœur : la déception que ce soit Maddox qui s'accroupisse devant elle, et pas Knox.

— Prête ?

— Oui.

— OK, allons-y.

Elle attendit à l'entrée de l'arène, faisant abstraction de la musique et la foule pour se concentrer uniquement sur sa colère. Maddox lui donna un léger coup de coude et ils se dirigèrent vers le ring.

Juste sur le côté, l'arbitre effectua les vérifications d'usage – gants, tenue vestimentaire, protège-dents. Tout était en place.

Alors elle monta les marches et salua avant d'entrer sur le ring. Elle sautilla sur la plante des pieds pour s'échauffer et balança les bras, de dos à Mia.

Maddox prit place au bord du ring.

— OK. Tu sais ce que tu as à faire. Méfie-toi de ses coups de hanches. Elle a un sale uppercut, elle va le mettre en route et t'inciter à baisser les yeux vers la position de ses pieds. Et là, elle t'en colle un en pleine face. Ne te laisse pas avoir.

Elle hocha la tête.

— Très bien, mesdames et messieurs, voici le dernier combat de la soirée. Dans la catégorie poids plumes femmes, dans le coin noir, notre remplaçante, avec à son palmarès amateur une victoire et aucune défaite, soixante et un kilos, elle nous vient tout droit de Tokyo et représente le dojo d'Arts Black ; mesdames et messieurs, Shiori « She-Cat » Hirano !

» Dans le coin argent, avec à son palmarès amateur dix-huit victoires et quatre défaites, et à son palmarès professionnel six victoires et aucune défaite, soixante-six kilos, elle est de Denver, Colorado, et représente le dojo de Steve Atwood ; mesdames et messieurs, Mia « la Carnassière » Sedladcheck !

Attends. Quoi ?

Mia avait un palmarès professionnel ET amateur ? Comment c'était possible, lors d'un tournoi ?

— Mesdames, voici les règles.

Et pendant que l'arbitre énonçait celles-ci, Shiori se reconnecta avec sa haine brûlante tout en rivant les yeux à Mia, qui lui semblait beaucoup plus massive que dans son souvenir.

— Touchez-vous les gants.

Aucune des deux n'obtempéra. Elles retournèrent dans leur coin.

Et puis la cloche retentit. Le match avait commencé.

D'emblée, Mia se rua sur elle, avec vitesse et puissance. Elle effectua une plongée tournante qui balaya ses appuis, mais Shiori se reprit rapidement et manqua de peu une mise au sol.

Alors Mia se mit à frapper. Elle s'approcha et tenta de lui coller quelques coups de poings, et quand elle recula, ce fut pour ajuster un coup de pied de face à l'intérieur de la jambe droite de Shiori. Il fallut six coups identiques avant que Shiori ne modifie sa position d'attaque.

Mais aussitôt, Mia abandonna les coups de pieds et chargea, espérant la mise au sol. Elle saisit Shiori par la taille et tenta un coup de hanche qui jeta son adversaire sur le flanc.

Aïe. Merde. Au moins, elle ne lui avait pas coupé le souffle.

S'arc-boutant, Shiori lui bondit sur le dos, ce qui n'eut pour effet que de mettre Mia en position de garde. Et Shiori ne pouvait obtenir un renversement, trop occupée qu'elle était à éviter les coups de son adversaire. Mia lui enfonça les ongles dans la mâchoire, et Shiori sentit le goût de son propre sang sur ses lèvres. Cette fois, elle était totalement en position défensive.

Le chrono décomptait déjà les dix dernières secondes, quand Mia parvint à lui assener un dernier coup à la tête.

En sang, le souffle court, Shiori regagna son coin, et aussitôt Maddox arriva avec le tabouret, l'eau, la vaseline pour son entaille à la lèvre.

— OK, tu dois essayer de l'obliger à rester debout. Je sais que tu as travaillé le muay-thaï avec Deacon, alors utilise certaines de ces techniques pour la déséquilibrer. Et si tu tentes des tournoiements, ils doivent être hyper rapides pour qu'elle n'ait pas le temps de te saisir, compris ?

Shiori hocha la tête, se rinça la bouche et recracha dans le seau.

— Pourquoi elle a un palmarès pro ? Ce n'est pas un tournoi réservé aux amateurs ?

— Dans un tournoi de ce genre, on prend tout le monde. Du moment qu'elle a effectué plus de matchs en amateur qu'en pro, elle peut s'inscrire.

— Elle ne combat pas du tout comme sur les enregistrements.

Maddox la regarda droit dans les yeux.

— Non, en effet. Mais tu peux t'adapter, Shiori. Tu le dois. Elle a gagné ce round. Chope-la cette fois.

Au début du deuxième round, Mia recommença avec ses séries de coups de pieds qui atterrirent à l'intérieur du genou de Shiori. Elle en bloqua un ou deux, mais étant encore une fois trop occupée à éviter les coups de Mia, elle n'arrivait pas à en donner elle-même.

Elle tenta un coup de poing retourné arrière, dans l'espoir de faire tomber son adversaire en un seul coup, mais il la toucha trop bas. Cela dit, sa tentative énerva suffisamment Mia pour l'amener à charger.

Prise de court par sa réaction, Shiori atterrit de dos sur le tapis et parvint à lancer son genou dans la tête de Mia avant que cette dernière ne reprenne la position de défense. Et aussitôt Shiori se fit rosser.

Tout commençait à devenir flou, et alors qu'elle baissait les mains une fraction de seconde, Mia lui envoya un coup de poing dans l'œil.

Putain que ça faisait mal.

Et voilà qu'elle recommençait à saigner.

Enragée, elle se cambra et rejeta Mia, ce qui lui permit de renverser la situation. Sachant qu'elle n'avait aucune chance de l'attraper par le bras afin de le lui coincer dans le dos, elle opta pour une série de coups sur le côté de la tête. Tandis que les dix dernières secondes s'égrenaient, Mia parvint à lui tordre le bras pour lui frapper l'intérieur du genou droit – le genou sur lequel elle s'était déjà acharnée une bonne centaine de fois.

Comment, elle n'en savait rien, mais Shiori parvint à regagner son coin en ligne droite. Elle s'assit sur le tabouret et ferma les yeux pour éviter le sang qui lui dégoulinait sur le côté du visage.

— Nom de Dieu, elle t'a pas ratée, là.

— Elle. M'a. Ratée. Nulle part, parvint-elle à articuler entre deux respirations sifflantes.

— Tu t'en es mieux sortie, ce round-ci. Tu as gagné pas mal de points offensifs, ce qui aide dans le sens où ça t'apprend qu'elle a des points faibles.

— Où ça ?

Elle se rinça la bouche et recracha.

— Quand elle te fait l'enchaînement poing-poing-feinte-coup de pied, balaie sa jambe d'appui. Et ensuite, tu te mets direct en position de garde, indiqua Maddox en lui étalant de nouveau de la vaseline sur la lèvre. Encore trois minutes ; tu peux le faire.

Comme au début de chaque round, Mia tenta un mélange de coups. Là, ce fut un coup de pied retourné, mais Shiori vit qu'elle avait mis son équilibre en défaut et elle en profita pour lui balayer la jambe. Cette fois, elle parvint à retomber en position de garde, qu'elle ne put cependant pas conserver sous les coups de pieds répétés de Mia, qui se rapprochaient de ses hanches.

Ce fut alors qu'un véritable coup de massue l'atteignit à la joue, et elle relâcha sa prise. Mia réussit un retourné, et Shiori se retrouva face contre terre sur le tapis, saignant de nouveau, incapable d'esquisser le moindre geste offensif contre cet animal.

Tape au sol.

Elle n'écouta pas la petite voix et se battit pour empêcher Mia de lui attraper les bras.

Il n'y a pas de honte à taper au sol.

Mais si! C'était la voix de Ronin. *Où est passée ta rage? Retrouve-la. Utilise-la.*

Mais sa rage avait quitté le bâtiment en courant, en même temps que son bon sens. Jamais elle n'aurait dû monter sur le ring face à cette femme.

Puis toute pensée cohérente disparut complètement quand Mia effectua un étranglement avec l'avant-bras. Sauf que Shiori connaissait un truc pour s'en dépêtrer, qui fonctionna. Elle roula sur ses pieds, déterminée à finir ce round debout.

Mia bondissait de droite et de gauche, essayant de détourner son attention avec son jeu de jambes. Le sachant, Shiori était prête quand le coup de pied arriva. Elle utilisa ses dernières forces pour sauter, genoux joints, et frapper Mia sous le menton.

Le décompte des dix secondes s'enclencha et Shiori garda les mains hautes pour se protéger, mais Mia ne frappa pas.

Et la cloche finale résonna.

Quelqu'un verrait-il un inconvénient à ce qu'elle regagne son coin en rampant?

Ses fesses touchèrent le tabouret, et elle recracha son protège-dents. Elle regarda Maddox pendant qu'il effectuait quelques réparations sur son visage.

— J'ai perdu de combien?

Il haussa les épaules.

— J'ai vu pire.

L'arbitre les ramena toutes les deux au centre du ring et leur prit la main.

— Après trois rounds, les juges ont pris une décision à l'unanimité. Notre vainqueur ce soir… Mia « la Carnassière » Sedladcheck ! lança-t-il en levant le bras de Mia.

Shiori retourna dans son coin.

— Ta blessure à l'arcade risque de nécessiter des points, indiqua Maddox en lui ouvrant son peignoir.

Knox allait péter les plombs quand il la verrait de près. Elle se sentait déjà enfler. La suture attendrait qu'elle ait éclairci la situation avec lui. Et pourtant, elle dut prendre sur elle pour ne pas quitter l'arène en marchant comme une petite vieille.

Sitôt dans le vestiaire privé, elle s'assit sur le banc contre le mur, en attendant que Knox en ait fini des paiements.

Elle commençait à s'endormir quand elle entendit des éclats de voix dans le couloir.

— Va te faire voir, Deacon. Shi est mon amie et je veux la voir.

Shiori ouvrit les yeux au moment où Molly déboulait.

— Oh putain ! Regarde-toi.

— Ou pas, plaisanta-t-elle.

Puis Presley, la collègue de Molly, se pencha tout près de son visage.

— Tu ferais mieux de te mettre de la glace. J'ai eu une coupure comme ça une fois, moi aussi. Tu vois ? (Elle tourna le visage et désigna son sourcil.) Mon coach m'a obligée à la faire recoudre. Il m'a fallu au moins dix points. Mais dès qu'on me les a retirés, eh ben je me suis fait faire un piercing.

Molly tira Presley en arrière par les bretelles.

— Arrête, Presley, elle n'a pas besoin de dix points.

— Et comment tu te l'es faite, ta cicatrice de racaille ? s'enquit Shiori.

— Un coup de skateboard dans la tête. J'ai pissé des litres de sang. Ils ont dû arrêter le match pour passer la serpillière, tellement il y en avait partout. C'était plutôt cool.

Molly écarta Presley d'un coup de coude.

— Je te jure, si tu la lances sur le sujet des blessures de guerre, on est là pour la nuit, fit-elle à Shiori en la prenant par la main. Qu'est-ce que je peux faire pour toi ?

— Rien, merci. Et merci d'être venues assister aux combats.

— Amery serait horrifiée de ce qui t'est arrivé.

— Je sais. Je suis contente qu'elle ne soit pas là. Et si tu l'as au téléphone...

— Ne t'inquiète pas, je ne lui dirai rien. Mais tu prends soin de toi, OK ? Katie a évoqué l'idée qu'on fête ça, la semaine prochaine. Je me dis qu'on attendra d'abord de voir comment vous vous remettez, Fee et toi.

— Bonne idée.

Elles sortirent et le calme revint dans la pièce. Shiori changea de position sur le banc dur et une douleur lui vrilla la hanche.

Mais dans le silence, les voix de Deacon et de Maddox lui parvinrent.

— On n'avait aucun moyen de le savoir, arguait Maddox.

— Toi, si. Knox a essayé de l'avertir, et en gros, elle l'a traité de nullard devant une salle pleine de monde.

Elle sentit son ventre se nouer – et ça n'avait rien à voir avec ses blessures.

— Comment j'étais censé savoir qu'il ne se comportait pas simplement en petit ami parano ? Parce que, disons-le, ça y ressemblait beaucoup. Et je ne suis pas le seul à l'avoir compris comme ça.

— Shiori ne compte pas, putain ! aboya Deacon. Si tu les avais vus avant qu'ils commencent à sortir ensemble, ces deux-là, jamais tu n'aurais parié une cacahuète qu'ils finiraient ensemble. Knox disait blanc, et même si objectivement c'était blanc, Shiori répondait noir, ne serait-ce que pour le faire monter dans les tours.

— Donc tu dis qu'elle a pris le combat uniquement pour rendre Knox furax ?

— Non. Je ne prétendrai pas que les sentiments de Knox pour Shiori n'ont pas joué un rôle dans ses protestations, mais ce qu'aucun de vous n'a compris, c'est que ce n'était pas sa seule raison de vouloir annuler le combat. Shiori en a fait un sujet personnel, parce que Mia et Knox ont couché ensemble une fois ou deux. Tu étais là, au bar, la semaine dernière. Tu as vu quel genre de femme est Mia. Agressive comme pas deux. C'est un miracle que Knox se soit tiré de ses pattes sans blessures.

— Ce qui n'est malheureusement pas le cas de Shiori, soupira Maddox. Mia lui a flanqué une raclée, je ne m'attendais pas à ça. On a visionné les enregistrements de ses combats. La femme qui était sur le ring ce soir n'était pas la même que celle des cassettes.

— Ce qui me ramène à mon sujet : Knox avait vu Mia combattre. Il savait de quoi elle était capable. Il a essayé d'empêcher Shiori de commettre une grosse bêtise et de se faire blesser par orgueil. Mais elle n'a rien voulu entendre. Elle s'est lancée dedans à pieds joints, partant du principe que Knox refusait uniquement pour des raisons personnelles. Elle l'a fait passer pour un imbécile, et tu as été le marteau qui a servi à enfoncer le clou.

— Génial ! J'ai mis la sœur de Ronin Black sur le ring, face à cette dingue qui cache ses capacités réelles pour mieux détruire de naïves adversaires. J'ai soutenu Shiori parce que je voulais une victoire. Sympas, mes débuts dans le programme de MMA d'Arts Black : non seulement le dirigeant du dojo remet mon jugement en question, mais en plus, j'engage sa petite amie, lui manquant de respect de la pire façon possible, et en public, au passage.

Heureusement que Shiori était assise. En comprenant ce qu'elle avait fait, elle sentit tout l'air s'échapper de ses poumons. Chaque détail de son indignation de la soirée lui revint en mémoire, la scène repassant en boucle devant ses yeux et mettant en exergue le ridicule de ses arguments. La façon dont elle avait traité Knox allait au-delà du répréhensible. Elle s'était changée en sale conne imbue de sa personne. La douleur qui lui vrillait le crâne augmenta de manière exponentielle, pourtant elle était à mille lieues de la douleur de son âme. Car elle avait fait LA chose qu'elle avait juré de ne jamais faire. Elle l'avait humilié. Leur conversation sur le franchissement des limites et ses conséquences lui revint telle une gifle en plein front, aussi rapide qu'un train à grande vitesse japonais.

« Tout type d'humiliation, où qu'elle se produise, c'est ça, ma limite infranchissable.

—Jamais je ne te ferai ça.

—Promis ?

—Promis.

—Sache-le : si ça devait se produire, je partirais. »

Et c'était précisément ce qu'il avait fait.

Au moins, il avait tenu parole, au même titre qu'elle avait ouvertement brisé la sienne.

Merde.

Engourdie, ressentant la pire douleur de toute sa vie, Shiori se mit debout et rassembla à l'aveuglette le reste de ses affaires, qu'elle fourra dans le sac de Fee.

Quand elle rejoignit Deacon et Maddox dans le couloir, elle avait réussi à peindre une expression courageuse sur son visage.

— Je venais justement voir si tu avais quelqu'un pour te raccompagner chez toi, fit Deacon, les sourcils froncés.

Elle agita son téléphone portable.

— Mon chauffeur est en route.

— Ah. D'accord.

— Bonne nuit, les gars. À demain.

— Shiori, vu la tête que tu as, il vaudrait peut-être mieux que tu ne viennes pas au boulot demain. Sinon tu vas faire peur à nos petits élèves.

— Je vais me mettre de la glace, prendre un cachet pour la douleur et dormir quatorze heures. Ensuite, je serai en pleine forme.

— OK, OK, de toute façon tu feras bien ce que tu veux.

Deacon se tourna vers Maddox, mettant ainsi un terme à leur conversation.

Elle se traîna jusqu'à l'entrée principale. Jamais de toute sa vie elle ne s'était sentie aussi stupide et seule.

Chapitre 23

Après avoir quitté le combat, Knox s'était retrouvé complètement désœuvré. Il était reconnaissant à Blue pour sa compréhension sur les raisons qui l'empêchaient de rester. Faute de meilleure idée, il avait décidé de rentrer directement chez lui, garant le pick-up au garage au cas où Shiori se montrerait. Puis il s'était rendu compte du ridicule de cette idée, vu qu'il n'avait aucune envie de passer le reste de la nuit assis dans le noir.

Il s'installa sur le canapé, une canette de soda à la main, et zappa de chaîne en chaîne dans l'espoir qu'un programme retiendrait son attention et le distrairait. Sur une chaîne, on retransmettait plusieurs épisodes de *Supernatural*. Rien dans cette série ne lui rappellerait Shiori. Ni cette soirée.

Mais sitôt que les scènes de combats débutèrent, il dut changer de chaîne.

Peut-être ferait-il mieux de s'ouvrir une bouteille et de boire jusqu'à ce qu'il s'endorme. Sauf qu'il n'avait jamais utilisé l'alcool comme exutoire, et qu'il n'était pas prêt à commencer maintenant.

Au bout de deux heures, il se releva et se mit à errer dans sa maison. Ayant coupé son téléphone, il le ralluma pour vérifier s'il avait des messages.

Il en avait un. De Deacon.

Le combat s'est déroulé kom prévu. Juste pr t'informer. Appelle si besoin.

Son estomac se serra. Shiori s'était donc fait battre à plate couture. Comment était-il censé réagir à ça ?

Monte dans ta bagnole et va la rejoindre.

Non. C'était son choix, après tout ; elle devait se débrouiller avec les conséquences de sa décision inconsidérée.

Il tourna en rond un bon moment, hésitant sur le comportement à adopter, puis finit par éteindre les lumières et se glisser sous les draps.

Tous ses rêves furent emplis d'elle. Shiori portant l'une de ses tenues de femme d'affaires – veste courte et cintrée qui soulignait les muscles de son dos et de ses bras, avec une jupe courte qui lui moulait les fesses à la perfection et des escarpins à hauts talons qui sublimaient ses mollets.

Mais quand Knox essayait d'attirer son attention, elle ne le voyait pas. Alors il s'approchait et lui tapotait l'épaule. Et elle se retournait, le menton et le cou ensanglantés. Elle avait les dents cassées, le nez aussi. Ses yeux étaient si enflés qu'ils ne s'ouvraient plus. Knox s'écartait, mais elle le retenait de ses bras puissants. C'était là que la voix de Ronin lui explosait dans l'oreille : « Tout est ta faute. Tu aurais dû insister pour l'en empêcher. »

La première fois, il se réveilla à cet instant.

Le rêve suivant, ils étaient en pleins jeux coquins. Elle l'avait attaché à un banc, genoux largement écartés, se donnant accès libre à son sexe et à ses testicules. Puis, après lui avoir bandé les yeux, elle lui avait apposé des pinces à tétons. Et enfoncé un objet lubrifié dans l'anus. Quelque chose de doux lui flottait sur la peau, du visage jusqu'aux orteils. Shiori excellait dans l'exploration des sensations tactiles, et il était sur le point d'exploser.

— Nushi, laisse-moi te toucher.

— Dis-moi qui je suis pour toi.

— Ma Maîtresse.

— Et qu'est-ce que ça signifie ?

— Que je suis à toi. Je suis tes désirs et je les comble, je te laisse prendre toutes les décisions.

— Très bien, toutou.

Toutou ?

— Tu es fier que je sois ta Maîtresse ?

— Oui.

— Tu porterais mon collier, pour que tout le monde voie à qui tu appartiens ?

La question le faisait tirer sur ses liens.

— Je…

— J'ai entendu « oui ».

Quelque chose de froid se refermait autour de sa gorge. Avant qu'il ait eu le temps de signaler que c'était trop serré, ses mains étaient soudain libres. Puis on le poussait debout. Des chaînes lui empesaient les mains quand il tentait de se saisir la gorge pour trouver de l'air.

Elle lui arrachait son bandeau et les lumières l'aveuglaient. Il avait les yeux qui pleuraient, pourtant il se forçait à les ouvrir. Il se rendait compte alors qu'ils étaient sur le ring. Au milieu d'une immense arène remplie de monde. Et tous tendaient vers lui un doigt moqueur en riant.

Et la voix de Shiori lui taquinait l'oreille :

— Tu te rappelles, quand j'ai dit que je ne t'humilierais pas ? J'ai menti, ajoutait-elle après une pause. C'est par l'humiliation que l'on force son chien à donner la papatte. Car tu es un toutou avec lequel je joue quand ça me chante.

Maintenant, montre à tous ces gens comme tu obéis bien à ta Maîtresse.

Et elle tirait fort sur sa laisse, indifférente au fait qu'il ne puisse plus respirer ou qu'il n'ait pas l'usage de ses mains. Il tombait en avant, pile sur son escarpin pointu.

— Lèche, sifflait-elle. Montre à tout le monde quel lèche-botte pathétique tu fais.

Après ce cauchemar, il n'essaya plus de se rendormir. Il resta allongé dans la pénombre de sa chambre, attendant que passent les heures, en proie à une terrible agitation.

Le vendredi matin, il sortit arpenter son jardin, une tasse de café à la main. Il était épuisé. En général, l'activité physique, en l'empêchant de réfléchir, lui engourdissait l'esprit. Il regrettait de n'avoir pas une pile de bois à fendre. Ou de la peinture à décoller. Mais il avait effectué tous les travaux de maintenance de sa maison à l'automne dernier.

Il songea à se rendre à Golden pour voir sa mère et ses sœurs, mais elles allaient le questionner sur Shiori. N'empêche, il avait besoin de s'occuper, car l'idée de rester ici sans rien faire… À cet instant, il posa les yeux sur son matériel de pêche, laissé sur la terrasse.

Prendre sa voiture jusque dans les montagnes, trouver un ruisseau et jeter sa ligne, voilà qui occuperait sa journée. Quant à la nuit prochaine, il déciderait plus tard comment il la remplirait.

Bien que Deacon lui ait conseillé de prendre une journée de repos, Shiori avait besoin de parler à Knox.

Elle resta sous la douche jusqu'à ce que sa peau devienne toute flétrie. Ça apaisait un peu certaines douleurs. Heureusement, elle s'était arrêtée à la pharmacie la veille, car au loft, elle n'avait rien pour soigner ses blessures.

Dieu du ciel ! Elle ressemblait à Ronin la dernière fois où il avait combattu. Son reflet dans le miroir lui renvoya l'image des veines explosées dans l'un de ses yeux, et de la peau violacée autour de l'autre. L'ecchymose sur sa pommette avait bien réagi grâce à la glace et considérablement désenflé au cours des douze dernières heures. Mais d'autres bleus lui parsemaient la mâchoire. Sa lèvre inférieure était gonflée, et elle devait appliquer de la vaseline sur l'entaille pour l'empêcher de se rouvrir et de saigner. La balafre au-dessus de son sourcil n'était pas belle. Elle l'avait désinfectée de son mieux à l'antiseptique avant d'y appliquer un petit pansement papillon pour maintenir la plaie fermée. Mais ces trucs-là n'étaient pas faciles à apposer soi-même. Elle avait dû s'y reprendre à deux fois avant d'en coller un correctement.

Par chance, aucune de ses dents n'avait souffert. Pas un bleu ni une bosse sur son nez non plus. Rien sur les oreilles.

Elle baissa les yeux. Rien à signaler sur la poitrine. Elle avait des ecchymoses au niveau des côtes, mais aucune sur le ventre. En revanche, l'extérieur de la hanche avait bien souffert des puissants coups de pieds de Mia. Elle passa une main sur les zébrures rouges à l'intérieur de son genou, où Mia s'était acharnée durant les trois rounds. La peau était enflée, chaude au toucher, et la douleur s'étendait jusqu'au muscle. Ça ne virerait peut-être pas au bleu, mais ça faisait un mal de chien.

Elle avait sans doute des marques dans le dos aussi, mais elle ne prit pas la peine de vérifier. Trop déprimant.

Ayant avalé des antidouleurs vendus sans ordonnance, elle se fit bouillir une tasse de thé et erra dans le loft. Ce faisant, elle songea que jamais elle n'avait considéré cet endroit comme un foyer.

Pourquoi ça ?

Parce qu'elle ne s'y sentait pas chez elle. Chez elle, c'était à Tokyo. L'appartement rempli du bric-à-brac décalé qui la rendait heureuse. Le jour où elle s'était enfuie pour l'Amérique, elle avait tout laissé derrière elle. En partie parce qu'après sa décision concernant son avenir à Okada, elle avait eu besoin d'aller de l'avant et… de partir. Point barre.

Elle avait adoré vivre au *Ritz*, mais ce n'était pas pratique. Ne sachant pas combien de temps elle allait rester aux États-Unis, elle avait opté pour la location d'un loft dont les propriétaires étaient partis vivre à l'étranger. La sécurité était au top, et elle était tombée amoureuse de la vue. Pour quelqu'un qui avait eu du mal à rester assise pendant les quinze années écoulées, elle passait un temps incroyable à regarder par les fenêtres, ici.

Cependant, avec leur architecture moderne et leurs meubles lisses aux couleurs neutres, les lieux respiraient l'austérité. Les affaires des propriétaires étaient enfermées dans une chambre, et Shiori n'avait pas vu l'intérêt de personnifier l'espace.

Plantée dans son dressing, elle passa en revue les tenues vestimentaires qui s'offraient à elle. Même si elle adorait la sensation de confiance que lui donnait un tailleur, elle avait besoin de confort aujourd'hui.

Après avoir enfilé un pantalon de soie grise et un chemisier noir et argent de style paysan japonais, elle retourna à la salle de bain. Où elle se demanda si elle devait ou non se maquiller. Au bout du compte, elle ne vit pas l'intérêt d'essayer de cacher ses ecchymoses. À Arts Black, tout le monde était au courant de sa déroute d'hier soir.

Elle commanda une voiture. C'était assez déprimant que non seulement Knox ne l'ait pas appelée, mais aucun de ses amis non plus.

Après un arrêt rapide au drive-in du *Taco Cabana* pour un déjeuner en avance, elle arriva à Arts Black.

Elle emprunta l'escalier jusqu'à l'étage, et tandis qu'elle longeait le couloir conduisant à son bureau, son cœur se mit à battre à tout rompre. Les lumières étaient éteintes. Impossible de savoir si quelqu'un se trouvait dans la salle de conférence, mais l'endroit semblait désert.

Dans le bureau, tout était exactement comme elle l'avait laissé jeudi – c'est-à-dire la veille, dans l'après-midi, juste avant de se rendre au tournoi. Ce qui signifiait que Knox n'était pas venu travailler aujourd'hui.

Tout en balayant la pièce du regard, elle se demanda ce qu'elle allait faire, maintenant qu'elle était là. Les plannings étaient organisés, les fiches de paie avaient été transmises au comptable, et la paperasserie concernant l'événement de la veille tombait sous la responsabilité de Katie.

Peut-être monterait-elle au deuxième, alors.

Elle était plantée au milieu de la pièce plongée dans l'obscurité, ses clés à la main, quand Deacon entra.

— Qu'est-ce que tu fais là ? demanda-t-il, l'air étonné.

— J'avais des trucs à vérifier.

Il l'examina lentement des pieds à la tête.

— Tu as vu à quoi tu ressembles ? Rentre chez toi.

— Merci, répondit-elle en laissant traîner son regard sur lui. Toi, tu n'as pas l'air bien pire que d'habitude.

— J'ai une ecchymose à la hanche et un putain de mal de crâne.

— Je suppose que Maddox est content de ta victoire.

Il haussa les épaules.

— C'est une victoire, mais le combat lui a permis de voir dans quels domaines j'ai des progrès à faire.

— Il n'a pas eu beaucoup le temps de juger des talents d'Ivan, en revanche, vu qu'il a mis son adversaire KO au premier round.

— Ce gamin a un poing digne d'un marteau-pilon.

Shiori faisait tourner son porte-clés autour de son doigt, n'osant pas poser à Deacon les questions qui lui brûlaient les lèvres, vu le regard mécontent qu'il posait sur elle. Enfin, Deacon n'avait que deux expressions, de toute façon : neutre et furax.

— Où est Knox ?

— Aucune idée. Il prend du temps pour lui.

À l'intérieur, Shiori eut l'impression de bouillir.

— Ça t'étonne ?

— Bien sûr, que ça m'étonne. Il est censé diriger Arts Black.

Deacon croisa ses bras tatoués sur son torse impressionnant.

— Peut-être qu'après le tour merdique que tu lui as joué hier soir, il se demande qui est vraiment aux commandes.

— Je n'ai pas...

— Ben voyons. Ronin lui a donné les rênes, Shiori. Toi, tu le secondes. Pourtant, hier soir, tu as clairement montré ce que tu pensais de son autorité, en lui jetant rien moins que : « Va te faire foutre, godan. Je n'ai pas à t'écouter. » Et ce devant un vestiaire plein de monde.

Elle sentit son visage tout entier se vider de son sang.

Mais Deacon n'avait manifestement pas l'intention de s'arrêter.

— Knox et toi, vous sortez ensemble. Pourtant ses raisons d'annuler ce combat n'étaient pas personnelles. Cela dit, au lieu de le laisser te l'expliquer, tu es passée en mode offensif et tu l'as accusé d'utiliser votre relation comme prétexte pour annuler. Tu as remis en cause sa décision et ce qui la motivait.

Du point de vue personnel, je saisis ce qui t'a poussée à te comporter en castratrice. Il ne s'agirait tout de même pas que tu laisses Knox essayer de te protéger, s'inquiéter pour toi, hésiter à te mettre sur le ring face à une dingue imprévisible qui t'avait en plus dans le pif…

— J'ignorais tout ça.

— Et tu ne l'as pas écouté, non plus. Lui, il savait. Tu l'as humilié. Maddox a pris une petite part dans l'affaire, mais que tu jettes à Knox qu'il ne pouvait pas prendre de décisions pour toi, eh ben c'était complètement à côté de la plaque. Car en tant que shihan, il se trouve justement qu'il a tout à fait le droit de retirer qui il veut à n'importe quel moment.

Une nausée la submergea qui l'obligea à s'asseoir. Les accusations de Deacon étaient parfaitement justifiées.

— Et tu veux que je te dise ce qui est le pire, dans tout ça ? poursuivit-il. J'ai vu Knox gagner en confiance, depuis que Ronin lui a donné les rênes. Ça faisait si longtemps qu'il était son second, qu'il attendait les décisions du sensei, qu'il était devenu le porte-parole de Ronin. Le sensei a pour habitude de laisser Knox agir, ce qui ne signifie pas pour autant qu'il ait son mot à dire. Alors en l'absence de Ronin, Knox avait l'occasion de montrer qu'il pouvait être un chef fort, efficace et juste. Et il comptait sur ton soutien – sinon en privé, du moins en public, c'est évident.

— Jusqu'à hier soir.

— Si tu tenais à lui, tu n'aurais pas agi exactement comme ton frère.

Il dut voir son expression perplexe, car il précisa :

— Knox a dû regarder Ronin combattre, supporter ses « j'en ai rien à foutre de ce que tu penses » – si ce n'est dans les mots, du moins dans l'attitude – pendant des années. Il était incapable de renverser la tendance. Et voilà que toi, tu agis exactement de la même façon. Tu crois qu'il avait envie de regarder la femme à qui il tient se prendre une rossée en public ? Non.

Alors que l'étendue de son erreur la frappait enfin de plein fouet, elle sentit les larmes couler sur ses joues.

— Je ne suis pas du genre chochotte et je suis plutôt une tête de lard. Mais Knox est un bon gars. Et pour être complètement honnête, il ne mérite pas que tu lui bousilles la vie comme tu le fais. Putain, qu'est-ce qui va se passer quand Ronin découvrira que vous sortez ensemble, à ton avis ? Il va péter les plombs, mais je doute qu'il s'en prenne à toi, parce que même si tu es une garce hautaine, tu es de sa famille. Non, Ronin va passer toute sa frustration sur Knox. Et tu sais pourquoi ? Parce que c'est ce qu'il fait toujours. Sauf que cette fois, ce sera pire, car ça prendra une dimension personnelle. Et quand Ronin apprendra que tu t'es fait déchiqueter sur le ring, sur qui va-t-il faire porter la faute ? Sur toi ? Ben non, pardi. Il va accuser Knox, en tant que shihan. Ronin sait bien qui est censé prendre la décision finale, et c'est pas le combattant, putain ! Et tout le monde a bien compris pourquoi en vous voyant sur le ring hier soir, Mia et toi.

— Je ne voulais pas que ça se passe comme ça.

— Ben c'est arrivé quand même.

— Et maintenant, je fais quoi ?

— Pourquoi tu me le demandes à moi ? J'ai vu l'un des plus chic types que je connaisse se faire humilier et être obligé de quitter un tournoi qu'il avait co-organisé parce qu'il ne supportait pas de te regarder te faire massacrer. Et te connaissant, je suis sûr que tu t'attendais à ce qu'il reste dans les parages, prêt à ramasser les morceaux, pas vrai ?

En effet.

— Je suis fier qu'il se soit tiré. Je serais encore plus content si tu retournais au Japon. Car on sait tous que c'est ce qui finira par arriver, ajouta-t-il après une pause. Tu vas partir. Tu t'arranges pour que Knox soit accro à toi alors que tu n'as aucune intention de rester ici.

Elle avait envie de lui hurler qu'il n'avait pas le droit de faire des hypothèses, quand elle n'avait même pas pris de décision à ce sujet. Au lieu de quoi, elle siffla :

— Ma relation personnelle avec Knox ne te regarde en rien, Deacon.

— Oh que si ! Vers qui tu crois qu'il va se tourner, une fois que tu seras partie ? Certainement pas vers Ronin, vu qu'il sera forcément dans le camp de Shiori.

— Où est Knox, là ?

— Je te l'ai dit, je n'en sais rien. Mais même si je le savais, je ne te le dirais pas.

Hier, Shiori avait cru ne pas pouvoir se sentir plus mal, plus seule.

Eh bien, apparemment elle avait tort.

Chapitre 24

Le samedi soir, Knox se rendit au *Twisted*.

Et comme ils étaient un peu à court en matière de sécurité, Merrick avait été ravi de le voir arriver et l'avait mis au travail illico.

Les deux premières heures, il s'occupa du bar. Et surveilla de près les nouveaux soumis, qui semblaient déterminés à faire une scène – et pas dans le genre agréable.

Le bar resta animé tout au long de la soirée. Quand enfin l'affluence diminua un peu, il prit le temps de discuter avec les habitués, qui s'étonnaient de ne l'avoir plus vu ces dernières semaines.

Parce que j'ai une Maîtresse. Mais ça merde un peu car je refuse de la laisser me dominer en public, alors même que cette femme est l'une des meilleures choses qui me soient arrivées dans ma vie.

Raison pour laquelle il n'avait pas retiré son bracelet avant de venir au club. Cela dit, aucun des habitués n'avait fait de commentaire à ce sujet, ce qu'il trouvait bizarre.

Étant donné que les membres échangeaient uniquement leurs prénoms, Knox avait d'abord cru les conversations superficielles. Mais Merrick prétendait que les gens se retrouvaient naturellement en fonction de leurs milieux social et professionnel. En exposant au grand jour ses désirs les plus intimes, on se rejoignait par l'esprit, et non le compte en banque.

Autre faille dans la relation de Knox avec Shiori.

Mais il ne voulait pas penser à ça maintenant. Il tâcha donc de se reconcentrer sur les clients autour de lui. Il devrait demander à Bobby Sue pourquoi elle choisissait systématiquement des hommes assez vieux pour être son père. Parler avec Ridge de son attirance pour les *violet wands*. Avec Merrick de…

— Knox ?

Il fit volte-face et sourit en découvrant la rousse accoudée au bar.

— Vanessa ! Je ne t'avais pas vue depuis une éternité. Comment tu vas ? Tu es superbe.

Elle rougit.

— Merci. Je travaillais en dehors de la ville. Mais pour être honnête, j'ai envisagé de me désabonner du club.

— Pourquoi ?

— Je n'y trouve plus ce que j'y cherche, c'est tout.

— Tu n'étais pas avec Maître Jack ?

— Ça n'a pas duré très longtemps. Il n'est pas l'homme d'une seule soumise, or je n'ai pas envie de faire partie d'un harem.

Knox appuya les coudes sur le bar.

— Qu'est-ce que tu cherches, ce soir ? Je peux te faire un petit récapitulatif des opérations en cours. Il n'est probablement pas trop tard pour participer à l'orgie disco sur la scène principale.

Elle fronça le nez.

— Sans doute amusant à regarder, mais ça fait trop de joueurs pour moi. Je me rappelle une orgie, une fois : j'ai tourné la tête et un type s'apprêtait à me fourrer sa queue dans la bouche.

— Sans déconner ?

— Je pense… à tous les trous dans cette pièce où tu peux l'enfiler. Hé, tu es en train de reluquer mon oreille ?

Knox se surprit à rire pour la première fois depuis quarante-huit heures.

— Tu as un rire extra, Knox, commenta Vanessa, dont le regard s'attarda sur son torse. Tout est extra chez toi, en fait. Qu'est-ce que tu fiches ici ?

— Je rends service. Et j'avais besoin d'oublier un peu ma vraie vie.

— Je peux te la faire oublier, si tu es intéressé.

Il lui prit la main et l'embrassa.

— Je suis flatté. Et si je n'étais pas pris, je sauterais sur l'occasion.

— Tel que tu le dis, ça semble permanent, et pas juste pour la soirée.

Elle enroula la main autour de son verre et étudia le bracelet qui pendait au poignet de Knox.

— Je me trompe ?

— Non. Ça merde un peu, là. En fait, ça merde pas mal, même, corrigea-t-il dans un soupir. Paradisiaque, présenté comme ça, hein ?

— Ce sont les mauvais moments qui rendent les bons si agréables.

Avant la fin du service de Knox au bar, Maître Dan s'approcha.

— Salut, Knox. Tu as un moment de libre dans la soirée ?

— À partir de tout de suite, je suis de sécurité pendant deux heures, et puis je prendrai une pause.

— Je peux te mettre à mon planning ?

— Bien sûr. Envoie quelqu'un m'indiquer la salle que tu auras réservée.

Même s'il y avait toutes les chances pour que ce soit la verte, la préférée de Maître Dan.

— Super. Merci.

Maître Dan était un adepte de la douleur. En général, il faisait venir Maître V le sadique pour qu'il le travaille au corps. Ce dernier ne devait pas être là, ce soir.

Peu après, Greg libéra Knox de son service au bar et l'envoya surveiller l'orgie. Ce qui n'était pas son poste favori – pas facile de se concentrer lorsqu'on assistait à une orgie.

— Knox ?

Il se tourna légèrement vers le soumis Vic.

— Oui ?

— Tu es pris, ce soir ?

— J'ai une ou deux réservations. Pourquoi ?

— Je voudrais te réserver pour une demi-heure. Rien que moi.

— Qu'est-ce que tu prépares ?

— Des canes. Ce sera ma première fois.

— OK. J'ai ce qu'il te faut. Viens me chercher dans la salle verte.

Knox profita de ce que le groupe de l'orgie prenait une pause pour en faire autant. Il erra dans les couloirs, essayant de se convaincre qu'il ne cherchait pas une certaine femme aux traits exotiques et portant un masque.

Sauf qu'il ignorait ce qu'il ferait ou dirait s'il tombait sur elle.

Tous les doutes qu'il avait écartés pour la laisser définir ses orientations étaient revenus, plus forts que jamais.

S'il était réellement soumis, il ne verrait pas d'inconvénient à l'annoncer à tout le monde au club. À l'extérieur, peu importait, il ne s'enquerrait pas des détails coquins de la vie sexuelle des uns et des autres, et donc la question d'évoquer ses préférences à lui ne se posait pas.

L'autre détail qui lui trottait dans la tête, c'était que la plupart du temps, Shiori ne se sentait pas dominante.

Et si elle s'était créé ce personnage en arrivant aux États-Unis ? Même ses histoires sur les clubs tokyoïtes avaient pu être fabriquées, si elle avait donné suffisamment d'argent à la bonne personne. Or Dieu savait qu'elle possédait des billets verts en quantité.

Mais mues par sa colère, les accusations qu'il proférait mentalement à son encontre sonnaient faux.

Shiori était bel et bien ce qu'elle prétendait. Il la soupçonnait d'avoir été une dominante insatisfaite tandis qu'elle essayait de trouver sa propre voie. C'était une femme tellement passionnée ; comment pouvait-elle enrôler des soumis qui ne comblaient pas ce besoin sexuel chez elle ? Il avait beau garder quelques réserves sur les limites qu'il accepterait de franchir ou pas pour suivre son comportement soumis, n'empêche qu'il n'imaginait rien de mieux que de passer du temps avec elle, nu, à subvenir à tous ses besoins.

Ça, la compatibilité sexuelle n'avait jamais été un problème entre eux.

Songeant que ça ne lui faisait aucun bien de réfléchir à ce genre de choses, il coupa directement vers la salle verte et frappa à la porte.

Maître Dan l'attendait, complètement nu. Et arborant une expression différente de celle que Knox lui connaissait – à savoir celle du désir. Non, ce soir, il avait l'air de celui qui a déjà été frappé.

Un constat qui alerta Knox. Car d'après ce qu'il en savait, Maître Dan n'avait pas de limites dans les jeux de douleur. Ils avaient évoqué un mot code une fois, et jamais cet homme ne l'avait prononcé – pas même le jour où Knox l'avait accidentellement fait saigner.

— Bon, Maître Dan, tu sais ce que je vais te demander : qu'est-ce qui se passe ?

— Comment ça ?

— D'abord, pourquoi tu ne demandes pas à Maître V de te donner ce dont tu as besoin ? Et ensuite, pourquoi est-ce que je sens plus de crainte que d'excitation chez toi ? Tu sais, ça me met en alerte, tout ça.

Maître Dan s'affala dans la seule chaise de la pièce.

— Alors tu as remarqué, hein ? fit-il en soupirant. Évidemment, que tu as remarqué, tu es excellent dans ton domaine.

— Merci… enfin je crois.

— Tu ne prends pas ça comme un compliment ?

Knox se gratta la tête.

— J'ignore comment je dois le prendre. Ce n'est pas quelque chose que je peux mettre sur mon CV. « Excelle dans les coups de fouet, cane et martinet sur les hommes. Chaudement recommandé par les masochistes pour sa capacité à administrer de la douleur sans déchirer la peau. Désolé de ne pouvoir fournir de références, pour cause de restrictions dues au respect de la vie privée. »

Maître Dan lui jeta un regard acéré.

— Tu nous fais une crise de foi, fiston ?

Ça ne dérangeait pas Knox que Maître Dan l'appelle « fiston », vu qu'il était son aîné de vingt ans.

— Oui, je pense.

— Je peux t'aider ?

L'occasion idéale d'obtenir un avis objectif.

— Dans quelle catégorie tu me placerais ?

Maître Dan l'observa si intensément que Knox commença à s'agiter.

— Tu veux un avis instinctif ?

— Ouais.

— Duel, répondit Dan avec un large sourire. Ça t'étonne ?

— Un peu. Du coup, tu ne seras pas surpris que je te demande pourquoi ?

— Parce que tu ne pourrais pas faire ça, indiqua-t-il en désignant les instruments de torture au mur, si tu n'étais pas dominant, quelque part. Ne le prends pas mal, mais personne ne ferait confiance à un soumis pour ce genre de pratiques. Or tu as gagné la confiance de la plupart des Maîtres expérimentés du club.

— Mais ?

— Mais être expert en douleur n'a rien de sexuel, pour toi. Tu n'en jouis pas, contrairement aux sadiques. Et tu t'interdis d'utiliser tes talents sur les femmes. Ce qui indique à mes yeux que tu tiens les femmes en plus haute estime que les hommes. Tu effectues des tâches de sécurité, ce qui prouve que tu es de nature protectrice. Alors pour ce qui est des pratiques sexuelles, je dirais que tu es soumis. Mais pas à n'importe quelle dominante. Et oui, il faut que ce soit une vraie dominante pour que tu t'y soumettes, et pas la première garce autoritaire de la vie réelle.

— Putain, mais comment tu sais tout ça ?

En fait, ce que Knox souhaitait demander, c'était depuis quand Maître Dan soupçonnait tout ça chez lui.

— Être Maître ou Maîtresse – du moins un bon – implique plus que d'accepter un échange de pouvoirs temporaire pour une rencontre sexuelle mutuellement bénéfique. J'ai appris à décrypter les gens. Est-ce que j'ai toujours raison ? Neuf fois sur dix. Mais c'est seulement parce que j'ai des années de pratique.

— Ce qui signifie que je suis dans le déni ? Parce qu'avant de la rencontrer, jamais ça ne m'avait traversé l'esprit que je puisse être soumis.

Maître Dan secoua la tête.

— Non. Je pense que tu l'ignorais parce que tu n'avais pas rencontré une dominante qui t'aie rendu assez curieux pour explorer ces tendances. Et vu le grand gars viril que tu es, j'ose à peine imaginer la trouille que ça a dû te flanquer.

— J'ai eu peur, oui.

— Tu en parles au passé ?

— Je l'ai accepté. Plus ou moins.

— Pas très convaincant.

— C'est compliqué. Ma Maîtresse… Elle et moi, on travaille ensemble. Disons pour faire simple que je suis son patron. Du coup, on a vraiment des ajustements à effectuer et des échanges houleux dans le monde réel. Je croyais que c'était moi, celui des deux qui avait le plus de mal à s'adapter à la transition, et puis elle m'a complètement pris de court sur une situation de travail.

— C'est sûr que ça complique l'affaire. C'est arrivé récemment ?

— Il y a deux jours. Depuis, je l'évite parce que je ne sais pas ce qui va se passer.

Il jeta vers Maître Dan un regard penaud.

— Donc je me suis dit que mettre mes talents au service de quelqu'un d'autre m'aiderait peut-être à oublier. Mais c'est néfaste de se retrouver ici, quand on n'est pas concentré. Alors je suis désolé, mais je ne vais pas pouvoir t'aider, ce soir.

— Tu m'as aidé plus que tu ne l'imagines. Plus qu'une bonne séance de fouet ne l'aurait fait.

— Ah bon ? Pourquoi ?

— Comme tu l'as remarqué en entrant dans cette pièce, je suis venu pour les mauvaises raisons. Alors te parler m'a tiré des recoins sombres vers lesquels je dérive parfois.

— Tu es avec un soumis, en ce moment ?

Il sourit tristement tout en renfilant ses vêtements.

— Non. D'où les recoins sombres.

— Tu cherches de la distraction ?

— Peut-être. Pourquoi ? Tu joues les marieurs, maintenant ?

— Voilà un commentaire qui aurait pu te valoir quelques coups de fouet supplémentaires, remarqua Knox en souriant. Tu connais Vanessa, la soumise ? Elle se situe à peu près à mi-chemin entre toi et moi, du point de vue de l'âge.

L'intérêt de Maître Dan parut piqué.

— Une rousse très bien roulée ?

— C'est ça. J'ai discuté avec elle, un peu plus tôt dans la soirée, au bar. Elle semble traverser le même type de situation que toi, alors je me dis que vous pourriez peut-être partager vos soucis.

— Je vais voir si elle est encore dans le coin. Merci du conseil.

Knox resta encore une dizaine de minutes dans la pièce, attendant Vic, qui ne vint que pour la moitié de sa séance, avant d'abandonner et de retourner dans la salle principale, celle du bar.

L'endroit était bondé.

Alors qu'il se dirigeait vers le bar pour annoncer à Greg qu'il en avait terminé pour la soirée, il entendit une voix familière prononcer son nom. Comme une musique qui coulait de lèvres bien connues. Il se retourna lentement, se demandant s'il n'avait fait qu'imaginer la voix tellement il avait besoin de l'entendre.

Shiori. L'image même de la dominante, dans son pantalon moulant en cuir noir, son petit haut imprimé de plumes de paon façon aquarelle, et un masque-bandeau bleu vif.

Bon Dieu ! Elle était à croquer. Petite bouchée par petite bouchée.

Il s'inclina.

— Maîtresse B.

Puis il s'apprêta à se retirer. Mais elle l'attrapa par le bras.

— Knox, attends. Je suis venue ce soir pour te parler.

— Comment tu savais que je serais là ?

— Je l'ignorais. J'espérais juste que tu chercherais à reprendre contact avec moi, depuis vendredi matin.

— Ce n'est pas le lieu pour la conversation qu'on a besoin d'avoir. Et tu le sais. En plus, je n'apprécie pas beaucoup que tu te pointes au *Twisted*, persuadé que je vais gérer sur-le-champ un problème qui n'a rien à voir avec notre relation intime.

— Tu penses vraiment que je ferais ça ? Que j'essaierais de t'imposer les règles dominante-soumis ici et maintenant ?

— Pourquoi serais-tu là, sinon, et pas à m'attendre sous mon porche ?

— Parce que ça, j'ai essayé pendant plusieurs heures et que tu n'es pas rentré chez toi.

Même sous le masque, Knox voyait les bleus sur son visage, et il ne put s'empêcher d'imaginer l'état du reste de son corps… Ce qui l'excéda.

— C'était terrible à quel point ? lâcha-t-il entre ses dents.

Elle ne tenta pas de se soustraire à la question.

— Terrible. Il n'y a pas eu de KO, mais sitôt après le premier round, j'ai su que je n'avais aucune chance. (Ses yeux hantés fouillèrent les siens.) J'ai su que tu avais raison.

— Bon sang, Shiori, lâcha-t-il, avant de se rappeler où ils étaient. Qu'est-ce que je suis censé faire de cet aveu, maintenant ? Putain, ça me tue que tu sois montée sur ce ring face à elle.

Les paroles de Shiori dévalèrent telle une cascade d'émotions.

— Je suis trop sûre de moi, et ça m'est revenu en pleine face. J'ai prouvé à tout le monde que je peux être une sacrée mademoiselle je-sais-tout, parfois. Je t'ai accusé d'utiliser notre relation pour m'empêcher de monter sur le ring, alors que tu essayais de me convaincre que ça n'avait rien de personnel. Je suis entêtée. Et pour couronner le tout, j'étais jalouse et j'ai vu ça comme une occasion de passer mes nerfs sur une nana avec qui tu avais couché. En fait, c'était moi qui utilisais notre relation comme prétexte pour te défier. En en faisant ça, j'ai compris – trop tard – que je t'avais humilié de la pire des façons.

Elle prit une seconde pour respirer.

— Je suis désolée. Ça ne suffit pas, et d'ailleurs c'est probablement trop tard, mais tu dois savoir que jeudi, je n'en suis pas sortie intacte. Et que ma souffrance n'avait rien à voir avec les blessures que Mia venait de m'infliger.

Ils avaient les yeux rivés l'un sur l'autre.

— Où est-ce qu'on va, maintenant ? demanda-t-elle.

Voilà l'ouverture qu'il attendait pour lui poser la question qui le hantait.

— Qu'est-ce que tu préfères, dans le fait d'être dominante ?

Elle cilla, manifestement surprise par le changement de sujet.

— Quoi ?

— Réponds à ma question. Qu'est-ce que tu préfères, dans le fait d'être dominante ?

— Tu ne veux pas dire *ta* dom ?

Il secoua la tête.

— Ce n'est pas le sexe, puisque tu n'as pas baisé avec tous tes soumis, fit-il remarquer, la voyant hésiter à répondre.

— « Tous tes soumis »... Dit comme ça, on pourrait croire que j'en ai eu des milliers, murmura-t-elle. Je te répondrais plus facilement si tu m'offrais plusieurs choix, parce que là, je sèche.

— Tu veux avoir le pouvoir au lit. Pourquoi ? À Okada, tu étais l'un des dix dirigeants les plus influents. Ce n'est pas comme si tu n'étais qu'un sous-fifre ayant besoin d'affirmer sa puissance dans d'autres domaines de sa vie. Tu l'avais déjà.

Elle baissa les yeux vers ses mains.

— J'étais un sous-fifre dans mon mariage. Je devais me contenter du peu qu'il m'accordait. Alors ce que je préfère, dans le fait d'être dominante, c'est obtenir ce que je veux, pour changer.

— Et qu'est-ce que tu veux ?

Quand elle releva les yeux vers lui, l'émotion brute qu'il y lut lui coupa le souffle.

— De l'affection.

Il n'arrivait plus à parler.

— Tu sais ce que ça fait d'être privée des caresses d'un amant ? Moi oui. Je rêvais des mains d'un homme sur ma peau. Je voulais des baisers, des caresses, un lien intime, parce que tous les hommes avec lesquels j'avais été m'avaient privée de ces plaisirs élémentaires. (Elle ferma les yeux.) Pourquoi penses-tu que je n'avais pas de relations sexuelles avec mes soumis précédents ? Eh bien, quand je commandais, je pouvais exiger qu'ils me donnent tout ce dont j'avais été privée. Je voulais cette affection, même si je devais l'obtenir de force. J'en avais bien plus besoin que de n'importe quelle partie de jambes en l'air sans aucun sentiment.

Waouh ! Comment avait-il fait pour ne pas s'en apercevoir tout seul ? Depuis la première fois où ils étaient devenus intimes, elle avait insisté pour que leurs deux corps soient en contact constant. Il avait trouvé ça bizarre mais mignon, sans jamais songer qu'il s'agissait d'un besoin bien plus profond. Se rendre compte qu'on l'en avait privée lui donnait encore plus envie d'elle.

— Je n'ai jamais avoué ça à personne, poursuivit-elle d'une voix brisée. La pauvre petite fille riche qui doit commander à un homme de lui donner un peu d'affection.

Elle leva les yeux, et sa voix se fit à peine plus audible qu'un souffle.

— S'il te plaît, dis-moi ce que je peux faire pour arranger les choses entre nous.

Pourquoi pas t'humilier comme tu m'as humilié, moi ?

Jamais il n'exigerait ça d'elle, pourtant c'était ce que voulait son ego de mâle, car c'était ainsi qu'elle agirait aussi. Comme la fois où elle avait usé de la badine parce qu'il avait badiné tout seul.

— Tu veux que je m'excuse devant tout le monde à Arts Black pour avoir remis ton autorité en question ? Je le ferai. Même si après la dérouillée que j'ai prise sur le ring, c'est moi qui ai l'air d'une idiote. Pas toi.

Il se pencha au-dessus d'elle, et le parfum de sa peau lui envahit les poumons, avec toute la puissance d'un appât. Un désir fou le saisit par les testicules qui détourna son attention.

Avant qu'il ait eu le temps de concocter une réponse, Shiori tomba à genoux dans la position de la soumise. Elle arracha son masque et le jeta au sol.

Sous le choc, Knox la regarda se baisser encore un peu plus, dans la posture traditionnelle que les Japonais appellent *dogeza* – front et bras au sol – et dont ils usent pour montrer le plus haut respect en adoptant la position la plus humble.

Il avait senti l'intérêt que leur conversation avait suscité chez les autres membres du club. Mais quand Maîtresse B effectua sa génuflexion à ses pieds, ce fut toute la pièce qui se tut.

Le cœur de Knox battait à tout rompre. Des gouttes de sueur perlèrent à son front. Les yeux lui brûlaient. Et tout ce qui en lui était tendu et furieux… se délia.

Shiori se redressa et lui glissa une main autour du mollet, pressant le visage contre son genou.

— S'il te plaît, pardonne-moi, murmura-t-elle, d'un ton si respectueux, si bas qu'il doutait que quiconque ait pu l'entendre à part lui.

Mais il l'avait entendue, et c'était tout ce qui comptait.

En cet instant, il comprit enfin ce qu'il représentait pour elle. Et il ne pouvait pas nier ce qu'elle représentait pour lui. Il s'accroupit et lui prit le visage entre les mains, essuyant de la pulpe des pouces les larmes qui coulaient.

— Ma Maîtresse ne devrait jamais être à mes pieds. C'est moi qui devrais être aux siens. Toujours.

Il l'embrassa avec douceur, un baiser chaste, nouvelle preuve s'il en fallait de la force de ce qui les unissait.

— Tu es pardonnée, chuchota-t-il contre ses lèvres.

Avec sa grâce naturelle, elle se remit debout et, gardant une main sur son épaule, elle l'aida à se relever aussi.

Sitôt qu'il fut debout, elle glissa les mains dans son cou. Le flot d'émotions qui passa entre eux tel un courant électrique le fit chanceler vers elle.

— On peut partir d'ici, maintenant, s'il te plaît ?

— Oui.

Et alors que des applaudissements retentissaient autour d'eux, Knox sentit ses joues s'enflammer. Pas d'avoir été surpris à genoux, mais parce que trop de gens avaient assisté à leur moment d'intimité.

Il avait la tête haute quand sa Maîtresse l'entraîna dehors.

Chapitre 25

Shiori n'ouvrit pas la bouche sur le trajet jusqu'à chez Knox. Mais elle garda sa main bien serrée entre les siennes et lui caressa le bras, de bas en haut, jusqu'à ce qu'il dise :

— Bébé, j'ai besoin de ma main pour conduire, juste une minute.

— OK.

Il l'embrassa sur le dos de la main.

— Mais ensuite je te la rends, promis.

La pluie se mit à tomber à verse. S'étant arrêté devant son garage, Knox sortit et contourna la voiture pour venir l'aider à descendre du pick-up. Et il ne lui lâcha plus la main jusqu'à ce qu'ils soient à l'intérieur de la maison.

Avant d'allumer les lumières, il l'attira dans ses bras, la serrant si fort qu'elle avait le visage écrasé contre son torse.

Mais elle s'en fichait. Pendant la longue nuit qu'elle avait passée à arpenter son loft, seule, elle avait redouté de ne plus jamais sentir ses bras forts autour d'elle.

Il écarta une mèche de cheveux de son visage mouillé – quand est-ce qu'elle s'était mise à pleurer ? – et lui posa les mains sur les joues. Il plongea les yeux dans les siens, si longtemps qu'elle se demanda ce qu'il y cherchait. Et puis il posa la bouche sur la sienne, juste une fois.

Une vague de panique l'envahit. C'était donc ainsi qu'il allait la punir ? En lui retirant son affection ? Parce que ça la tuerait.

— Shiori, respire.

— Ne…

Les mots ne sortaient pas, elle manquait d'air.

Knox se pencha pour la regarder yeux dans les yeux.

— Je suis là. Juste là. Respire avec moi.

Elle inspira et se mit à tousser.

De nouveau, il la prit dans ses bras.

— Inspire. Lentement, tranquillement. Tu me dis toujours que mon odeur te calme. Enfouis ton nez sous mon aisselle, si ça peut t'aider – mais je ne te le conseille pas, minette.

Elle parvint à lâcher un rire, qui ressemblait cependant plus à un sanglot qu'autre chose.

Il l'enveloppa alors de son affection. Des baisers au sommet du crâne. Des caresses le long des bras et du dos.

Et elle utilisa en effet son odeur, sorte d'aromathérapie apaisante.

Il lui renversa la tête en arrière et plongea encore une fois dans ses yeux.

— Ça va mieux ?

— Un peu.

— Je sais qu'on doit discuter, mais il est tard et je suis claqué. D'ailleurs, je vois des cernes sombres sous tes yeux, alors je suppose que tu n'as pas beaucoup dormi non plus.

— Les cercles sous mes yeux sont en partie dus aux ecchymoses, précisa-t-elle, regrettant ses paroles sitôt qu'elles furent prononcées.

— Je sais. Mais on peut en parler quand on aura la tête claire.

— D'accord.

Il lui déposa un long baiser sur le front. Puis il lui prit la main et l'entraîna dans sa chambre. La lampe qu'il alluma dans un coin déchira l'obscurité. Après s'être débarrassée de ses chaussures, Shiori resta plantée à côté du lit, les bras enroulés autour d'elle, à se demander pourquoi elle n'arrivait pas à enlever ses vêtements et à se glisser sous les draps. Ce fut alors qu'elle se mit à trembler. À cause de ses vêtements mouillés, du soulagement, de la peur.

Knox vint aussitôt l'envelopper de ses bras ; ils couvraient chaque centimètre carré de son torse.

— Shiori, tu me fais peur. Qu'est-ce qui se passe ?

— Je n'en sais rien.

— Allez, on va te déshabiller.

Il la fit pivoter et lui passa son haut par-dessus la tête. Puis il dégrafa son soutien-gorge et baissa la fermeture Éclair de son pantalon, faisant glisser le cuir le long de ses jambes. Elle ne portait plus que ses sous-vêtements. Une partie d'elle voulait se plaindre qu'il la traite comme une enfant, mais ce n'était qu'une toute petite partie. Il lui enfila un tee-shirt et l'embrassa doucement sur les lèvres.

— Vas-y, couche-toi. J'arrive.

Les draps étaient frais sur ses jambes nues. Bizarrement, elle avait plus chaud maintenant, juste vêtue d'un tee-shirt, que tout à l'heure avec tous ses vêtements. Elle regarda Knox ouvrir les fenêtres avant d'éteindre la lumière. Alors le matelas s'enfonça et un corps tiède vint se placer derrière elle. Il lui passa un bras sur le flanc, l'attirant plus fermement contre lui. Puis il glissa son autre bras sous son oreiller.

Une brise humide envahit la pièce et Shiori ferma les yeux.

Mais elle ne pouvait pas dormir.

— Ça attendra demain matin, marmonna Knox.

— Quoi ?

— Ce qui t'empêche de dormir.

— Je suis peut-être juste en train d'apprécier l'air frais sur mon visage. Je n'ouvre jamais les fenêtres, chez moi.

— Jamais ? Pourquoi ?

— Il y a trop de pollution, à Tokyo.

— Et dans ton loft ?

— Faut croire que je n'y ai pas pensé.

— Alors tu n'as jamais été allongée dans ton lit à écouter la pluie ?

— Non. Ça sent bon, je n'avais jamais remarqué.

— Je pourrais te répondre par un truc sentimental, mais je me contenterai de dire que l'odeur et le bruit de la pluie qui tombe sont les choses les plus relaxantes au monde. Laisse-les te servir de berceuse, ajouta-t-il en frottant la bouche contre son oreille.

Alors elle écouta le « ping-pong » des gouttes sur le métal. Et le crépitement doux de l'eau sur le béton. La brise apportait les odeurs de terre et de plantes du jardin.

Peu à peu, ses paupières devinrent lourdes. Avant que le sommeil l'emporte, Shiori crut avoir trouvé le paradis, lovée comme elle l'était contre Knox, dans son lit, avec la pluie qui tombait.

Le lendemain matin, quand elle s'éveilla, Shiori réprima sa déception en constatant que les fenêtres étaient fermées. Car une autre déception l'attendait : Knox n'était plus à ses côtés. Se redressant, elle jeta un coup d'œil au réveil : 9 heures.

Un bruit de casseroles et de vaisselle qui s'entrechoquent en provenance de la cuisine. Pas de télévision allumée sur quelque chaîne de sport. Pas d'eau qui coule sous la douche.

Elle sortit du lit et se mit à sa recherche.

Sans bruit sur ses pieds nus, elle s'aventura vers la partie principale de la maison. Et s'immobilisa en le découvrant debout devant la baie vitrée, torse nu et ne portant que son boxer.

— Tu n'es pas aussi discrète que Ronin, fit-il remarquer sans se tourner vers elle.

— Ronin s'est entraîné avec un maître qui descend en septième lignée des guerriers ninjas. La technique de l'approche style banc de brume, ça le connaît, fit-elle en s'approchant de lui. Ça va ?

— Je ne sais pas trop. Ces derniers temps, je ne me sens pas… dans mon élément.

— Dans quel domaine ?

— Au dojo. Avec le programme de MMA. Avec toi. Et la seule personne avec laquelle je discute de ce genre de trucs en général n'est pas là, ajouta-t-il après une seconde. Et même s'il était là, je ne pourrais pas lui parler.

— Alors parle-moi.

— Je ne peux pas.

— Pourquoi ?

— C'est des trucs de mecs.

— Ça a quelque chose à voir avec la façon dont je t'ai manqué de respect jeudi soir ?

Elle vit ses épaules se raidir.

— En partie.

— Je veux rectifier les choses entre nous. J'avais prévu de m'excuser à la prochaine réunion du personnel, mais…

— S'il te plaît, ne fais pas ça. (Il pivota.) Tu ne comprends donc pas que ça rendra les choses encore plus difficiles ? Que je passerai encore plus pour un crétin ?

Elle le dévisagea. Sa fichue fierté lui avait-elle coûté la meilleure chose qui lui soit arrivée de sa vie ?

— Tu t'es déjà excusée auprès de moi. Personne d'autre n'a besoin de détails. Et ça m'étonnerait que tu me défies de nouveau en public.

Il lui offrit un sourire fragile.

— Mais en privé… C'est une tout autre histoire.

— Knox, j'ai l'impression que tu as dit que tu me pardonnais alors que ce n'est pas le cas. Je ne veux pas que tu fasses semblant, en attendant que la garce revienne te défier.

— Peut-être qu'une partie de moi attend ça, en effet.

Ce coup-là était plus douloureux que le coude de Mia en pleine tête.

Knox fit un pas vers elle.

— Mais une autre partie de moi veut revenir en arrière. Se retrouver à jeudi midi, quand on était collés l'un à l'autre, corps contre corps, et lèvres contre lèvres, dans le Nid du Corbeau.

Elle lui toucha le visage.

— À cet instant-là, on savait tous les deux ce qu'on voulait. Maintenant, je ne sais plus ce dont tu as besoin.

— J'ai besoin de toi.

— Comment ?

— Sans pression. Tu crois qu'on peut juste passer la journée dans le même endroit, sans que tout ça nous pèse dessus ? Si on finit par avoir envie de se mettre sur la figure, alors je te laisserai les rênes. Mais pour tout le reste, j'aimerais choisir ce qu'on va faire de cette journée pluvieuse.

— OK.

Elle baissa les yeux vers ses pieds.

Knox lui releva le visage, l'obligeant à l'écouter.

— Et la première chose dont j'ai envie, aujourd'hui…

— C'est quoi ?

— Voir tes blessures de guerre.

Elle essaya d'échapper à son emprise, mais il la retint fermement.

— Je ne plaisante pas. Enlève ton tee-shirt.

Dix protestations lui vinrent au bout de la langue, qu'elle ravala. Elle leva les bras au-dessus de la tête et le regarda. S'il le voulait tant, ce tee-shirt, eh bien il n'avait qu'à l'enlever lui-même.

Ce qu'il fit.

Et elle se retrouva debout devant lui, ne portant plus que sa culotte. Elle garda les yeux fermés tandis que les doigts calleux de Knox dessinaient chaque ecchymose, chaque rougeur, chaque entaille. Devant et derrière. Quand il en eut enfin terminé, il enveloppa sa nudité d'une couverture et l'attira dans ses bras. Sans dire : « J'ai essayé de t'avertir » ou « Je suis désolé. » Non, il se contenta de la tenir, comme un petit objet précieux et fragile.

À cet instant, elle s'avoua enfin qu'elle l'aimait.

Ronin et Amery devaient bientôt rentrer à la maison. Même si son frère n'avait appelé personne pour annoncer ses projets avec précision, le mail qu'il avait envoyé à Knox indiquait qu'ils passaient quelque temps à Hawaï avant de rentrer à Denver – sans spécifier de dates.

La semaine qui avait suivi sa foirade totale avec Knox s'était avérée une suite de défis. Pas pour Knox, cela dit, car depuis qu'elle avait déconné, pas mal de gens avaient rejoint son camp.

Fee était tellement furax que Shiori en était presque venue à craindre de recevoir son poing dans la figure.

Blue posait sur elle un regard suspicieux.

Maddox l'évitait.

Deacon grognait et aboyait, ce qui, elle l'espérait, signifiait peut-être qu'il commençait à digérer.

Quant à Katie… eh bien, elle avait constitué une agréable surprise. Elle lui avait raconté, les larmes aux yeux, comment elle avait assisté à son combat, précisant qu'elle comprenait pourquoi Shiori était montée sur le ring. Katie n'aimait pas, elle non plus, que les hommes lui dictent sa conduite. Ensuite elle avait enchaîné sur une histoire avec le chien de son enfance, Pixie, qui n'avait rien à voir avec le sujet, mais qui avait tant fait rire Shiori qu'elle en avait pleuré. Et quand les larmes de rire s'étaient transformées en vraies larmes, Katie lui avait juste tendu mouchoir après mouchoir, en l'incitant à tout laisser sortir.

Entre elle et Knox, en revanche, tout était rentré dans l'ordre. Ça avait pris quelques jours, et quelques coups de fouet suite aux petits défis tentés par Knox pour tester les limites de Shiori, mais elle aurait été déçue s'il n'avait pas essayé d'utiliser l'erreur qu'elle avait commise à son avantage. Se montrer ferme avec lui avait prouvé qu'elle en était capable, et ensuite il avait oublié les problèmes de confiance qui le taraudaient jusque-là.

Aujourd'hui était donc une belle journée. Grand ciel bleu. Légère brise. Soleil éclatant. Pas étonnant que le Colorado compte autant de fans d'activités en extérieur; la météo était magnifique.

Shiori devait s'occuper de quelques bricoles avant de se rendre au dojo. Elle attendait devant son gratte-ciel, passant en revue sa liste de tâches sur son téléphone, quand une voiture noire se gara devant elle. Tom descendit du siège conducteur, lui tirant un sourire soulagé. Elle l'aimait bien, même si Knox prétendait que son chauffeur la regardait comme une tranche de steak bien juteux.

Tom lui rendit son sourire et ouvrit la portière arrière.

—Bonjour. Superbe journée, non?

— Oui, je pensais justement la même chose. J'en regrettais presque de ne pouvoir me rendre où je vais à pied, aujourd'hui.

Il baissa les yeux vers ses pieds.

— Je ne vous le conseillerais pas, avec ces chaussures.

En effet, ils n'étaient pas vraiment pratiques, ses escarpins Dolce & Gabbana en dentelle noire avec des fleurs en faux diamants sur les orteils et montés sur des talons de douze centimètres. Mais elle les adorait. Juste avant de grimper à l'arrière du véhicule, elle remarqua une tache sombre au milieu du siège.

— Un problème ? s'enquit Tom.

— On dirait que quelqu'un a renversé du café ou quelque chose comme ça.

Tom se pencha à l'intérieur pour jeter un coup d'œil. Quand il se redressa, son regard lançait des éclairs furieux.

— Je vous prie de m'excuser. Il est clair que cette voiture n'a pas été nettoyée hier soir. Je peux appeler pour qu'ils nous en envoient une autre…

— Ça ne sera pas nécessaire. Je vais m'asseoir de l'autre côté.

— Vous êtes sûre ?

— Certaine.

— Au moins, je vais étaler une couverture, afin que vous n'ayez pas à voir cette tache.

Shiori contourna la voiture par l'arrière et monta, soulagée d'avoir repéré la tache avant de s'être assise dessus avec son pantalon de lin blanc.

Une fois que Tom eut posé un plaid sur le siège, il se glissa derrière le volant et croisa son regard dans le rétroviseur.

— Nous conservons l'itinéraire que vous nous avez indiqué par mail ce matin ?

— Oui, mais on y ajoute une destination. Je veux m'arrêter dans un magasin de fournitures d'art.

Elle lui récita l'adresse, qu'il entra dans son GPS.

— C'est assez loin. Je vous propose qu'on s'y rende en premier ou en dernier.

— En dernier, ça m'ira.

Alors qu'ils s'engageaient sur la voie principale, elle regarda par la vitre. Depuis qu'elle avait commencé à donner des cours le soir à Arts Black, elle n'allait plus à aucune soirée du Club Social japonais qu'elle fréquentait assidûment à son arrivée aux États-Unis. Cela dit, elle avait toujours été assez partagée sur ce lieu, où elle avait présenté Ronin à son ex, Naomi, il y avait quelques années – une histoire qui s'était terminée en véritable désastre. Juste après son installation à Denver, elle avait pas mal traîné dans ce club, ne connaissant personne en ville à l'exception de son frère. Elle y avait rencontré des gens sympathiques, mais aucun qui ait manifesté l'envie de la fréquenter en dehors du club. Si entendre sa langue maternelle avait apaisé son mal du pays, cet endroit lui avait aussi rappelé que les Américains étaient plus amicaux que ses compatriotes.

Quelques mois plus tôt, elle avait promis de faire un don pour les fonds qu'ils levaient au profit d'un centre artistique pour enfants, et vu la somme énorme qu'elle allait donner, elle devait se déplacer en personne pour signer le contrat.

Le véhicule se gara devant le club et Tom vint lui ouvrir la porte.

— La réunion ne devrait pas prendre plus de quinze minutes, lui indiqua-t-elle.

Le directeur du club était manifestement déterminé à la convaincre de devenir un membre plus actif – c'est-à-dire donner plus d'argent. Elle afficha un sourire forcé, se demandant ce que dirait le type si elle lui avouait qu'elle avait préféré un club échangiste à son club culturel. Trente minutes plus tard, elle parvint enfin à s'extraire de ses griffes.

Les deux arrêts suivants concernaient des repérages d'entreprises qui avaient postulé comme sponsors pour le prochain événement organisé par Black et Blue. Après chaque visite, elle envoyait ses commentaires à Katie, afin que celle-ci puisse effectuer un suivi.

À cause de la circulation et de la distance entre chaque arrêt, deux heures s'étaient écoulées depuis son départ du loft. Mais le magasin de fournitures artistiques vendait une peinture différente qu'elle voulait essayer. Et comme son nouveau projet occuperait des toiles beaucoup plus grandes, avec un arrière-plan rouge vif, elle avait besoin de plusieurs grands pots.

Elle parvint à limiter sa visite du magasin à trente minutes.

Tom l'aida à porter les sacs. Alors qu'il allait les caser dans le coffre, elle lui demanda de les poser sur la banquette arrière, afin qu'elle puisse jeter un coup d'œil aux livres qu'elle avait achetés.

— On rentre à votre appartement ? demanda Tom.

— Non, conduisez-moi à Arts Black.

— Pas de problème. Encore une fois, je vous prie de m'excuser pour le siège ; je m'assurerai que vous ne soyez pas débitée pour les courses d'aujourd'hui.

— Merci.

Le trajet se déroula sans incident. Jusqu'à ce que, sur la voie rapide, le conducteur d'un semi-remorque ne perde le contrôle de son véhicule et ne prenne leur voiture en sandwich.

La dernière chose dont Shiori se souvint fut le choc le plus violent qu'elle ait jamais reçu, le craquement atroce du métal et des éclairs rouges tandis qu'une pluie de verre brisé se déversait sur elle.

Chapitre 26

Bon sang, mais où est Shiori ?

Certes, elle avait ses propres horaires, n'empêche qu'elle avait tout de même deux heures de retard. Ronin et Amery étaient censés rentrer d'ici un jour ou deux, et il fallait s'assurer que les événements des mois passés soient tous parfaitement sous contrôle.

Deacon entra dans le bureau et fronça les sourcils.

— Je croyais que Shiori venait au dojo, aujourd'hui ?

— Je l'attends depuis un moment. Elle ne répond pas à son portable. Je pourrais dire que ça ne lui ressemble pas, mais en fait, ça lui ressemble tout à fait.

Elle avait évoqué une nouvelle peinture sur laquelle elle travaillait, et ayant été témoin de l'énorme concentration et du plaisir qu'elle exprimait chaque fois qu'elle avait un pinceau à la main, Knox la soupçonnait d'avoir perdu le fil du temps.

Son portable sonna, et l'écran afficha le nom de Shiori.

— Eh ben, c'est pas trop tôt ! marmonna-t-il, avant de lui décocher un : J'espère que tu m'apportes quelque chose de bon à manger, vu que tu as raté notre rendez-vous déjeuner.

— Ah, c'est Knox à l'appareil ?

Knox écarta le téléphone de son oreille et lui jeta un regard noir.

— Qui êtes-vous ? Et pourquoi vous m'appelez depuis le téléphone de Shiori ?

— C'est Tom, son chauffeur.

Pourquoi le chauffeur de Shiori lui téléphonait-il ?

— On a eu un accident.

Son cœur s'arrêta.

— Quand ?

— Il y a deux heures environ. On était sur la voie rapide et un semi-remorque nous a heurtés.

La bile qui tournait dans son estomac lui remonta à la gorge, menaçant de l'étouffer. Impossible de parler.

— Qu'est-ce qui s'est passé ? demanda Deacon, de l'autre côté de la pièce.

— Elle est à l'hôpital, poursuivit Tom, au Denver Memorial General.

— Elle va bien ?

— Je n'en sais rien. Ils refusent de me donner la moindre information. J'ai réussi à prendre son portable quand ils ont rapporté son sac, afin de l'identifier.

Putain de bordel de merde. L'identifier ? Comme si elle était…

Non. Non, pas possible.

— Je me suis dit qu'elle voudrait que vous soyez mis au courant, reprit Tom. Y a-t-il quelqu'un d'autre qui doive être prévenu ?

— Non, lâcha Knox, s'éclaircissant la gorge. Merci de m'avoir appelé. Je pars tout de suite.

Il raccrocha. Nauséeux, il posa le front contre le bureau, essayant de maîtriser son besoin de hurler sa rage, de frapper quelque chose ou de vomir.

— Putain, Knox, qu'est-ce qui se passe ?

Il releva la tête avec lenteur.

— Shiori a eu un accident de voiture.

Le visage de Deacon se vida littéralement de son sang.

— C'était son chauffeur, à l'appareil. Je dois partir à l'hôpital.

Il se mit debout. Où étaient ses clés ? Il paniqua. Et s'il les avait laissées dans son pick-up ? Il ne se rappelait même plus où il était garé !

Deacon se retrouva juste devant lui.

— Quel hôpital ?

— Denver Memorial General.

— Attrape ton manteau, je t'y conduis.

Knox le dévisagea. Son ami avait le teint terreux et les yeux écarquillés. Était-ce là aussi le visage que Deacon voyait en le regardant, lui ?

— Allez, on va passer avertir Maddox et Blue avant de partir.

Knox n'écouta rien de ce que Deacon racontait aux gars dans la salle d'entraînement. Dans sa tête, deux phrases se répétaient tel un mantra : *Je t'aime. Je t'en prie, sois en bonne santé. Je t'aime. Je t'en prie, sois en bonne santé…* Il ne pouvait s'arrêter.

Deacon conduisit sa Mercedes comme un dingue, mais Knox ne s'en plaignit pas tant il était pressé d'arriver à ce fichu hôpital.

Mais son ami ne se gara pas devant les urgences pour le laisser sortir.

— Qu'est-ce que tu f… ?

— Je ne te laisse pas y aller seul. D'abord, parce que tu peux devenir carrément chiant, quand tu es agité. Et ensuite, je ne me vois pas assis dans la salle d'attente pendant je ne sais combien de temps ; je vais devenir fou, s'ils t'emmènent immédiatement vers elle. C'est trop me demander, mec.

Knox ne l'avait jamais vu aussi terrifié.

— OK. Je suis en train de perdre les pédales, Dea.

— Je comprends. Reprends-toi, pour elle.

À l'intérieur, Knox dut faire la queue pour parler à une réceptionniste. Quand il atteignit enfin la vitre, il dut répéter sa requête, qu'il avait bafouillée trop vite.

— Shiori Hirano a été hospitalisée suite à un accident de voiture, il y a une heure ou deux. On m'a dit qu'ils l'avaient emmenée ici.

— Qui êtes-vous ?

— Knox Lofgren. Son fiancé.

La réceptionniste fronça les sourcils.

— Dans son dossier, j'ai Ronin Black, comme parent le plus proche.

— C'est son frère ; il est en voyage à l'étranger depuis des mois. Shiori n'a pas dû mettre ses informations à jour ; on s'est fiancés il n'y a que deux semaines.

La femme, petite cinquantaine, sembla sur le point de l'envoyer paître. Puis elle remarqua son bracelet. Pour la plupart des gens, il ressemblait à une jolie chaînette. Mais pour quiconque au courant des pratiques BDSM, c'était un symbole de propriété. Son regard s'aiguisa.

— C'est elle qui vous a offert ça ?

— Oui, madame, répondit Knox. Il y a deux semaines.

Elle lui tapota la main.

— Asseyez-vous, mon petit, je vais avertir le personnel médical que vous êtes là. Ils vont venir vous parler dès que possible.

— Merci.

Une fois qu'ils eurent pris place sur les sièges les plus proches des portes conduisant aux salles d'examen, Deacon demanda :

— C'était quoi, votre truc ?

— Shiori m'a donné ce bracelet.

— Oui et alors, qu'est-ce qu'il a de si spécial ?

Après tout, qu'est-ce que ça pouvait bien faire si Deacon apprenait la vérité ?

— Shiori est une dominante.

— Tu déconnes ?

Deacon marqua une pause, puis :

— Je ne sais pas pourquoi, je ne suis pas surpris, en fait. Elle dégage un truc, une sorte de pouvoir, même quand elle n'est pas sur un tatami.

Knox passa le pouce sur le bandeau du bracelet.

— Ça, tu peux le dire. C'est d'ailleurs ce qui m'a attiré vers elle.

— Attends un peu. Je sais que vous vous voyez, mais ça en fait partie aussi ?

— Oui, elle… (*Crache le morceau, bon sang !*) C'est ma dominante. Elle m'a donné ce bracelet pour symboliser l'importance de notre relation.

Deacon ne répondit pas tout de suite. Il passa une main sur son crâne rasé.

— Comme un collier ?

— Un peu, oui.

— Je ne sais pas trop quoi répondre à ça hormis que c'est pas mes affaires. Enfin, n'empêche, j'en reviens pas que tu sois un soumis.

— Ça m'a choqué tout autant que toi. Je n'avais pas idée de cette tendance en moi avant d'être avec elle.

— Puisqu'on est là à tuer le temps, explique-moi donc comment ça fonctionne.

Autant pour la partie « c'est pas mes affaires ».

— Elle m'appartient au même titre que je lui appartiens. C'est la relation la plus puissamment intime que j'aie jamais vécue.

— Elle te fait porter un nœud pap' et un boxer moulant quand vous êtes en tête-à-tête ? Waouh ! Et elle t'oblige à la nourrir de grains de raisin un par un et à l'éventer avec des feuilles de palmier aussi ?

Knox leva brusquement la tête et il vit l'humour qui dansait dans les yeux de Deacon.

— T'es con.

Son ami lui donna un coup d'épaule.

— Je n'ai pas pu résister.

Pendant un moment, ils restèrent sans rien dire. Mais aucun des deux ne regardait les gens autour d'eux non plus.

— Excusez-moi… Knox ?

Il leva les yeux et découvrit Tom, le chauffeur, planté devant lui. Il avait le visage couvert de bosses, de bleus et d'entailles. Et le bras en écharpe. Ses vêtements, quant à eux, semblaient avoir été roulés dans la boue, et il se tenait comme un bossu.

— Bon Dieu, Tom, vous allez bien ?

Deacon lui tira une chaise.

— Merci. Je suis… encore un peu sous le choc, pour vous dire la vérité. Des nouvelles de Mlle Hirano ?

— Pas encore.

Avec un soupir, Tom s'affala sur la chaise en grimaçant.

— Avant que vous ne me posiez la question, je ne l'ai pas vue depuis l'accident. J'ai perdu connaissance car l'airbag ne s'est pas ouvert.

Knox voyait Deacon serrer et desserrer les poings. Et il aurait juré l'entendre grincer des dents.

— Vous vous souvenez comment c'est arrivé ? demanda-t-il, reportant son attention sur le chauffeur.

— On était dans une zone en construction, donc je ne roulais pas à plus de soixante. Le camion descendait en sens inverse sur le bas-côté, et il a fait un écart pour éviter quelque chose. Mais il a contrebraqué trop fort et la machine a glissé sur la route. Manque de chance, on était sur sa trajectoire.

Knox ne put réprimer un frisson.

— Le camion nous a pris en sandwich, mais les autres voitures ont heureusement pu éviter de nous heurter à leur tour. Du moins, c'est ce qu'on m'a dit. Cette fichue tache l'a sauvée, marmonna-t-il en fermant les paupières.

— Pardon ?

Tom ouvrit sur lui des yeux emplis d'angoisse.

— Quand je suis passé prendre Mlle Hirano, ce matin, elle a remarqué une tache sur le siège arrière droit – là où elle préfère s'asseoir en général. Au lieu d'appeler une autre voiture, elle s'est assise sur le siège de gauche. Si elle avait été à droite… Tout ce côté-là du véhicule est enfoncé et complètement détruit. Elle aurait été écrasée.

Tout l'air que contenaient les poumons de Knox se vida d'un coup, son cœur lui tomba dans l'estomac et chaque poil de son corps se dressa.

Deacon se leva d'un bond.

— Conclusion, cette fichue tache qui m'avait tant agacé lui a probablement sauvé la vie, conclut Tom.

Tout pouvait disparaître en un clin d'œil, cet accident le lui rappelait avec brutalité. Shiori devait s'en sortir. Elle le devait. Le destin venait d'offrir à Knox un miracle, sa chance de lui avouer ce qu'il ressentait pour elle.

— Ils m'ont autorisé à sortir, malgré une migraine atroce. Mon petit ami est en route de Colorado Springs pour me ramener à la maison, expliqua Tom.

Knox leva les yeux et fronça les sourcils. Tom était homosexuel ? Peu importait, en fait, mais cet aveu indiquait en tout cas que Shiori avait raison sur un point : il réagissait trop promptement à toute attention qu'un autre homme lui portait.

— Vous avez mal à la tête ? Ils vous ont diagnostiqué une commotion ?

— Non, les médecins de garde aux urgences s'inquiétaient de mon épaule déboîtée et du choc contre le volant, qui aurait pu me briser des côtes. Ils m'ont donné des antidouleurs, mais je n'en ai pas encore pris.

— Dans ce cas, vous feriez mieux de rentrer chez vous. Et de vérifier qu'aucun symptôme de commotion n'apparaisse a posteriori. Il ne faut pas prendre ce genre d'accidents à la légère.

— Merci, docteur, lança Tom en se levant lentement.

Knox ricana.

— J'ai passé ma vie d'adulte dans les arts martiaux, et les blessures à la tête sont notre souci premier. Allez vous faire réexaminer la semaine prochaine, par précaution.

— Mon numéro est là-dedans, indiqua Tom en lui tendant le portable de Shiori. J'apprécierais que vous me laissiez un message afin de m'informer de son état de santé.

— Pas de problème.

Tom s'éloigna.

Deacon n'était pas revenu auprès de Knox ; il le voyait debout devant la fenêtre, plus tendu qu'avant de monter sur le ring. Knox se dirigea vers lui, dans l'espoir que son ami lui raconte quelque histoire sans importance qui lui détournerait l'esprit de cette attente insupportable.

— Putain, je déteste les hôpitaux, lâcha Deacon après un long moment.

Puis il éclata d'un rire qui tenait plus de l'aboiement.

— Le genre de réflexion stupide, non ? Je doute que quiconque aime ça.

Les médecins et les infirmières qui travaillaient ici sauvaient des vies, et Knox était sacrément content qu'il y ait quelqu'un pour sauver Shiori.

Le silence retomba, puis Deacon reprit la parole :

— Et putain, je déteste les accidents de voiture. Tout va bien, et puis la seconde d'après…

Knox ne pouvait pas la laisser passer, celle-là, surtout après avoir eu le même flash sur la fragilité de la vie.

— Un de tes proches est mort dans un accident de voiture ? demanda-t-il.

— Mon frère.

— Je suis désolé. (Il se tut un moment.) Aîné ? Cadet ?

— Mon frère jumeau.

— Putain, Deacon, c'est horrible. Ça fait combien de temps ?

— On avait quinze ans.

Voilà qui expliquait pourquoi Deacon éludait chaque fois qu'on l'interrogeait sur sa famille.

— Du coup, me retrouver dans un hôpital est une torture toute particulière, pour moi. Et je n'ai pas peur de te le dire, mec : je vais me tirer d'ici avant d'être obligé de partir en hurlant.

— Vas-y, alors, l'enjoignit Knox. Merci de m'avoir conduit. De toute façon, ils ne te laisseront pas entrer dans la salle d'examen, et après ce que tu viens de me raconter, tu n'as pas à rester ici pour supporter cette angoisse.

— Merci. Je veux juste…

Il croisa les doigts et les posa sur son crâne.

— Et merde.

Puis il laissa retomber les bras contre ses flancs.

— File. Je t'envoie un SMS ou je t'appelle dès que j'ai des nouvelles.

Deacon hocha la tête.

— Ça fait combien de temps que je te connais ? demanda Knox avant de regagner son siège. Quatre ans ? Qu'est-ce qui t'a poussé à me raconter ça aujourd'hui ?

Deacon le regarda enfin.

— Tu m'as confié ton secret. Je te confie le mien.

Sur ces mots, il quitta l'hôpital.

Vingt mille putain d'années s'écoulèrent après son départ, que Knox passa les yeux rivés au sol.

Chaque fois que la porte s'ouvrait, il dressait la tête, dans l'espoir qu'on l'appelle. Enfin, la porte s'ouvrit, il leva les yeux et entendit ce qu'il attendait depuis si longtemps.

— La famille Hirano ?

Il sauta presque sur ses pieds.

— Oui, je suis là.

— Suivez-moi, indiqua l'infirmière.

Ils traversèrent un dédale de zones protégées par des rideaux et s'engagèrent dans un couloir. Puis l'infirmière s'arrêta devant une porte.

— Désolés d'avoir mis si longtemps à venir vous chercher. Quand les urgentistes l'ont amenée, elle parlait japonais et nous n'avions personne pour traduire. Puis elle est devenue agitée, alors nous l'avons sédatée. On ne pouvait pas l'examiner tant qu'elle n'était pas calmée.

— Elle va bien ?

— Elle a souffert d'une commotion, ainsi que de contusions et de coupures au visage. Mais elle n'a pas d'os brisés, rien de foulé ou de déboîté. On s'inquiète au sujet de sa langue, qu'elle a mordue dans le choc et qui est enflée.

— Je peux la voir ?

— Bien sûr, mais attention, nous préconisons qu'elle ne parle pas.

Knox ouvrit la porte sur la vision la plus belle qui soit. Shiori, consciente quoique l'œil légèrement vague et la bouche fermée sur une expression butée. Il nota à peine les marques sur son visage, car son regard fut immédiatement attiré par le pantalon blanc maculé de sang.

Doux Jésus ! Qu'est-ce que l'infirmière lui avait caché ? De là où il était, il paraissait évident que Shiori souffrait de blessures gravissimes.

— Monsieur ?

Il tourna la tête et constata que Shiori essayait de lui parler, mais l'infirmière lui signalait de n'en rien faire. Shiori saisit alors un crayon et un carnet, dans lequel elle écrivit quelque chose. Quand elle retourna le bloc, elle souligna de deux traits.

Mais elle avait écrit en japonais.

L'accident lui avait emmêlé le cerveau.

Knox fit un pas vers elle.

— Je ne lis pas le japonais. Écris en anglais, s'il te plaît.

De nouveau, elle tourna le carnet, fronça les sourcils et le retourna.

C'est de la peinture rouge. Les pots que j'ai achetés à la boutique d'art ont explosé sous le choc.

— Ouf, Dieu merci.

Aussitôt il se précipita à son chevet et prit son visage précieux, si précieux entre ses mains, déposant des baisers sur toutes les zones qu'il pouvait atteindre. Le front, les cheveux, le coin des yeux, la pointe du nez et du menton, et chaque millimètre carré de joues. Et enfin, avec une infinie tendresse, il l'embrassa sur la bouche. Quand elle entrouvrit les lèvres pour s'exprimer, il fit « non » de la tête.

— Pour la première fois depuis que je te connais, je peux t'ordonner de fermer ta bouche et faire passer ça pour des instructions médicales.

Les magnifiques yeux dorés s'emplirent de larmes.

— Nushi, murmura-t-il, ne pleure pas. J'ai cru mourir mille fois, aujourd'hui, sans savoir si tu allais bien.

Elle tendit les mains vers son visage, qu'elle prit en coupe pour reproduire son geste.

Et ils restèrent immobiles ainsi durant de longues secondes.

Puis Knox se souvint de l'infirmière. Quand il se retourna, il se rendit compte qu'elle s'était éclipsée. Il reporta alors son attention sur Shiori.

— Il faut que je sache ce qu'ils te font. Je reviens tout de suite.

Heureusement, l'infirmière n'était pas allée bien loin.

— Merci de nous avoir accordé un moment.

— Pas de problème.

— Qu'est-ce qui va se passer, maintenant ? Je peux la ramener à la maison ?

— Je ne vois pas ce qui l'obligerait à rester ici, mais je ne suis pas médecin. Je vais voir si j'en trouve un qui puisse signer sa sortie. Ça risque de me prendre un peu de temps, soyez patient.

— Promis. Merci.

Shiori s'était rallongée sur l'oreiller.

Il approcha l'unique chaise et lui prit la main, qu'il porta à sa bouche pour y déposer un baiser.

— J'ai bon espoir de te sortir d'ici bientôt.

Elle hocha la tête, puis grimaça.

— Repose-toi. Je serai là quand tu te réveilleras.

Il ne la quitta pas des yeux jusqu'à ce que sa respiration ralentisse. Sans lui lâcher la main, il posa le front sur le bord du lit. Un soulagement tel qu'il n'en avait jamais ressenti l'envahit enfin. Elle allait bien. Elle était abîmée et cabossée, mais elle était là, juste là, avec lui, à sa place.

Il dénicha leurs deux téléphones portables et se mit à envoyer des SMS. En commençant par Deacon, puis l'équipe d'Arts Black, qui eut droit à une brève explication. Depuis le portable de Shiori, il envoya des SMS à Tom, Fee, Katie et Molly. Heureusement qu'elle utilisait des photos pour identifier chacun de ses contacts, car tous les noms étaient en japonais. Le doigt de Knox survola la photo de la mère de Shiori. Elle avait le droit de savoir que sa fille avait eu un accident, mais était-ce bien son rôle de l'en informer ?

Non.

Il eut la même hésitation concernant Ronin. Sensei Black était parti depuis trois mois. Durant ce laps de temps, ils avaient seulement eu de ses nouvelles via son dernier mail. Alors non, il ne contacta pas Ronin non plus.

Une demi-heure plus tard, une toux sèche le réveilla. Il s'était assoupi, la tête sur le lit de Shiori.

— Tiens, fit-il en lui tendant un verre d'eau.

Elle le vida, et il constata qu'elle avait du mal à avaler.

— Tu veux une paille ?

Elle secoua la tête.

— Je peux voir ta langue ?

De nouveau elle secoua la tête, avec véhémence.

— Allons, She-Cat. Toi qui veux toujours me tirer la langue, voilà l'occasion rêvée.

Elle se détourna et une larme lui roula sur la joue.

Ce qui lui fit plus mal que la fois où elle l'avait accidentellement frappé dans les reins. Se penchant, il essuya la larme de la pulpe du pouce.

— Je ne te demande pas ça par curiosité morbide, minette. Je vais m'occuper de toi pendant ta convalescence, et je veux voir la blessure au pire de son état, afin de savoir quand elle commence à guérir.

Shiori lui fit face et ferma les yeux, avant d'ouvrir la bouche pour tirer la langue.

L'estomac de Knox se serra. Sa langue était si enflée que c'était à se demander comment elle rentrait dans sa bouche. Non seulement elle se l'était mordue à quelques centimètres de la pointe, assez fort pour y avoir laissé de profondes marques de dents, mais les molaires l'avaient également entaillée sur les côtés, qui étaient eux aussi enflés et bleuis. Quand il remarqua le sang sous son menton et les traces dans son cou, il imagina la quantité de sang qu'elle avait dû perdre.

Elle émit un bruit, et il releva les yeux. La mortification qu'il lisait sur son visage…

Sans la lâcher du regard, il se pencha et embrassa sa pauvre langue traumatisée. Puis il s'écarta en haussant les épaules.

— Je m'attendais à pire.

La porte s'ouvrit sur une femme en tunique bleue, l'air harassée.

— Je suis le docteur Ballard. Je vois que vous avez demandé à sortir ?

Shiori hocha la tête.

La doctoresse regarda Knox.

— Vous allez vous occuper d'elle ?

— Oui, madame.

— Vous savez quels signes repérer, si elle souffre de complications liées à sa commotion ?

Knox les énuméra sans difficultés.

— Bon. Mais vous vous doutez que je vais maintenant vous demander pourquoi vous êtes aussi familiarisé avec ces symptômes, commenta le docteur Ballard.

— Shiori et moi sommes instructeurs de ju-jitsu, et au fil des années nous avons vu pas mal de commotions. Elle est entre de bonnes mains, avec moi.

— On dirait, en effet. Pour ce qui concerne la blessure à la langue, elle ne nécessitait pas de points, mais s'il n'y a pas de signes de guérison d'ici vingt-quatre heures, vous devrez appeler un chirurgien dentaire. Elle va devoir mettre de la glace sur sa langue au minimum quinze minutes par heure. Et moins elle parle, moins la langue est traumatisée et plus vite elle guérit. Mais entre ça et la commotion, je peux lui prescrire des antidouleurs…

Shiori secoua aussitôt la tête.

Le médecin se tourna vers Knox, qui haussa les épaules.

— C'est de famille. Son frère, notre sensei, est du même avis.

— Des médicaments sans ordonnance, alors ? suggéra le médecin à l'attention de Shiori.

Cette fois, elle opina du chef.

— Motrin ou Tylenol. Mais rien qui contienne de l'aspirine.

Le docteur sortit un bloc d'ordonnances et y griffonna quelques lignes.

— Une cure d'antibiotiques, ça, c'est non négociable, indiqua-t-elle en tendant la feuille à Shiori. Vous allez souffrir quelques jours ; c'est le tarif, pour les accidents de voiture. Mais bon, si vous pratiquez les arts martiaux, vous devez avoir un seuil de tolérance à la douleur plus élevé que la moyenne. Et le plus important : vous devez vous reposer, car votre corps a subi un traumatisme. (Elle désigna Knox.) Vous avez de la chance, d'avoir ce bel homme à votre service. Mais à votre place, je ne prendrais pas trop mes aises.

Shiori toussa, et Knox lui tendit aussitôt un verre d'eau.

Le docteur Ballard leur sourit.

— Je vous autorise officiellement à sortir. Je vais envoyer un agent hospitalier avec un fauteuil roulant. (Elle jeta un coup d'œil au pantalon de Shiori.) Et de quoi vous changer. Je vois bien qu'il ne s'agit pas de sang, mais les patients de la salle d'attente ne feront pas la différence.

Sur ce, elle quitta la chambre.

Knox se rappela à cet instant qu'il n'était pas venu avec sa voiture. À Arts Black, les cours avaient commencé, donc personne ne serait disponible. Dans le portable de Shiori, il trouva le contact nécessaire. La personne qui répondit commença la conversation en s'excusant abondamment.

— Oui, je vais transmettre vos excuses et vos vœux de prompt rétablissement à Mlle Hirano. Mais en attendant, nous sommes bloqués au Memorial General, vu qu'elle est arrivée ici en ambulance. (Il écouta.) Ce serait parfait. Sortie des urgences dans quinze minutes. Merci.

Il raccrocha.

Shiori fronça les sourcils.

— Quoi ? Ils te doivent bien une course !

Elle saisit le bloc-notes.

Tu m'emmènes chez moi ?

Knox secoua la tête.

— Tu vas habiter chez moi.

Non.

— Si, affirma-t-il, s'approchant de son visage buté. En tant que soumis, il en va de mon droit, de mon devoir et de mon honneur de prendre soin de ma Maîtresse. Tu seras mieux chez moi.

Pourquoi ?

— Parce que ton loft est une forteresse, voilà pourquoi. Tout le monde à Arts Black voudra venir te rendre visite. Si tu restes chez toi, les vérifications de sécurité vont être assommantes. Sans compter qu'il n'y a pas d'épicerie à moins de sept kilomètres de ton appartement.

Elle soupira.

OK.

Knox lui déposa un baiser sur le front.

—Merci.

Chapitre 27

La première nuit de Shiori sous le toit de Knox s'était passée dans une sorte de brouillard. Elle avait beaucoup dormi. Dans les bras de Knox sur son canapé, et puis dans son grand lit.

Quand elle se réveilla, au matin du deuxième jour, elle boitilla jusque sous la douche, surprise d'avoir aussi mal : chaque os de son corps la faisait souffrir. Le jet chaud lui procura un bien fou cependant, et en sortant, elle se sentait mille fois mieux. Enveloppée dans un immense drap de bain, elle s'arrêta devant le lavabo.

Elle ne s'était pas vraiment regardée dans un miroir depuis l'accident. Ouvrant la bouche, elle tira la langue. Aussitôt son estomac lui remonta dans la gorge, et elle parvint à atteindre les toilettes avant de vomir. Deux fois. Dès qu'elle fut à peu près sûre d'en avoir terminé, elle tira la chasse et retourna devant le miroir.

Timidement, elle tira de nouveau la langue et l'observa d'un œil critique. Elle devrait remercier le ciel de ne pas l'avoir mordue au point de la couper. N'empêche, ça craignait de ne pas pouvoir parler. En plus, elle ne pouvait rien manger non plus, et elle devait sucer de la glace toutes les heures. Elle se versa un bouchon de bain de bouche et fit circuler le liquide entre sa langue et son palais, fermant les yeux quand l'alcool du produit imbiba ses blessures et lui brûla la peau. Au bout d'une minute environ, elle recracha et, ayant déposé une touche de dentifrice sur sa brosse à dents, elle entreprit de brosser délicatement.

N'ayant aucune affaire sur place, elle fouilla dans le tiroir à tee-shirts et survêtements. Enfin, elle se coiffa et s'aventura hors de la chambre, à la recherche de Knox.

Mais la cuisine et le salon étaient étrangement vides. Elle jeta un coup d'œil par la fenêtre : le pick-up de Knox n'était pas devant la maison.

Regarder la télévision en pleine journée ne présentait aucun intérêt. Décidément, elle détestait se retrouver bloquée dans un appartement qui n'était pas le sien sans aucune occupation.

Dors. Tu es censée te reposer.

Elle erra ensuite à travers le salon, observant les objets qu'il avait choisi d'exposer. Un sentiment chaud et doux se répandit dans sa poitrine quand elle découvrit la peinture qu'elle lui avait offerte posée au centre du manteau de la cheminée. Il avait un tas de livres d'histoire militaire et plusieurs piles de magazines d'arts martiaux. Elle en attrapa une poignée et alla s'installer sur le canapé.

Certains magazines étaient anciens – datant parfois de cinq ans. Coincé au milieu de la pile, elle tomba sur un exemplaire d'*American Ju-jitsu Association*. La couverture incluait un titre annonçant à l'intérieur la liste des dix meilleurs dojos des États-Unis. Elle tourna les pages jusqu'à l'article en question et son cœur bondit quand elle découvrit « Arts Black à Denver, Colorado », classé en troisième place. S'ensuivaient les raisons du choix de chaque dojo, le nom du propriétaire et ceux des personnels instructeurs. Son ventre se serra à la lecture de la liste d'Arts Black :

Sensei Ronin Black, ceinture noire septième dan
Beck Leeds, ceinture noire cinquième dan
Gunnar Whatley, ceinture noire cinquième dan

Brody Pearson, ceinture noire cinquième dan
Knox Lofgren, ceinture noire quatrième dan
Ito Tohora, ceinture noire troisième dan
Langston Reed, ceinture noire troisième dan

Shiori ferma les yeux. Si la plupart de ces hommes n'étaient plus employés par Arts Black, c'était à cause d'elle. Et de Naomi. Quand l'information avait filtré que Naomi avait été payée pour sortir avec Ronin, son frère avait illico soupçonné Beck, Gunnar et Langston d'être des espions embauchés par leur grand-père. Il les avait donc renvoyés sans leur donner la moindre chance de se défendre. Après coup, Shiori avait interrogé Ojisan, qui avait juré ne s'être jamais mêlé de la vie professionnelle de Ronin.

À présent, elle se demandait si ces gars-là en voulaient encore à Ronin et à Arts Black.

Son frère, lui, ne s'était toujours pas remis de la perte de ses meilleures ceintures. Brody Pearson, pour sa part, avait quitté le dojo en protestation suite à l'éviction des autres instructeurs. La plupart des nouvelles recrues étaient ceinture noire première et deuxième dan, et Knox avait passé sa cinquième dan juste après son embauche à temps complet. Shiori savait par Deacon que lui-même était encore au moins à deux ans du passage au quatrième dan, vu qu'entre-temps il s'était plutôt concentré sur les MMA.

Entendant la clé que l'on insérait dans la serrure, elle reposa précipitamment le magazine dans la pile.

Knox entra, les mains chargées de sacs de courses. Il se dirigea vers la cuisine sans la remarquer. Ayant déposé les sacs sur le bar, il traversa le couloir en direction de la chambre. Trente secondes plus tard il en revint, et une expression soulagée éclaira son visage quand il l'aperçut.

— Salut, fit-il en tombant à genoux devant elle.

Son geste sembla naturel, ce qui ravit Shiori. Il la regarda longuement, des pieds à la tête.

— Content de te voir debout. Comment tu te sens ?

Elle balança la main pour indiquer un « bof » muet.

— Tu as pris du Motrin ?

Elle secoua la tête.

— Tu as raison, ce n'est sans doute pas très bon l'estomac vide. Je vais te préparer à déjeuner, j'ai acheté du bouillon au poulet et au bœuf.

Quelle joie ! Un semblant de soupe, hyper liquide et salée.

— J'ai aussi pris quelques sorbets. Et je sais que ça fait un peu pervers, ajouta-t-il en fixant ses lèvres, vu la blessure à la bouche dont tu souffres, mais te regarder manger va me donner toutes sortes d'idées coquines, vilaines, canailles…

Tendant la main, elle toucha ce visage qu'elle connaissait désormais si bien. Qu'elle aimait tant. N'était-ce pas ironique, que le jour où elle avait justement décidé de lui dire qu'elle l'aimait… sa langue ait été grièvement blessée ? Devait-elle considérer l'accident comme un signe ?

Juste le signe que tu aurais dû le lui dire avant.

— Il faut que j'aille ranger les courses avant que les surgelés dégèlent.

Il lui embrassa la pointe des doigts et retourna à la cuisine.

Ayant perdu tout intérêt dans les magazines, elle les replaça dans la pile où elle les avait trouvés. Puis elle alla s'asseoir à la table du petit déjeuner et écrivit sur son carnet.

J'ai besoin de vêtements.

Knox se pencha pour lire.

— Oui, minette, je sais que tu as besoin de vêtements.

Quand il releva la tête, un large sourire aux lèvres, elle sentit son ventre se serrer de nouveau.

— C'est pourquoi je t'ai rapporté quelques bricoles.

Tu es allé faire du shopping ?

— Oui, et les vendeuses m'ont bien aidé.

Tu parles, elles n'ont pas dû être trop déçues, en voyant un Viking bien charpenté entrer dans leur boutique.

Il lui effleura les lèvres, avec une telle tendresse qu'elle en eut mal au cœur. Car il n'avait d'autre choix que de se montrer tendre. Knox préférait les baisers du genre dévorants, en temps normal.

— Je reviens.

Il sortit de la maison au petit trot, mais quand il rentra, les bras chargés de deux sacs, il semblait sur ses gardes. Ce fut le logo noir du sac *Victoria's Secret* qui le premier attira l'attention de Shiori.

Ça, pas de doutes, les vendeuses avaient dû imaginer les grandes mains de Knox sur leurs bonnets à elles, tandis qu'il choisissait les soutiens-gorge. À moins qu'elles ne l'aient visualisé en train de se déchaîner avec les dents sur les minces bouts de ficelle glissant sur leurs hanches.

— Minette, ça va ?

Oui. Pourquoi ?

— J'ai cru t'entendre grogner.

C'est ta spécialité, ça.

Il éclata de rire.

— En effet.

T'as acheté des trucs coquins ?

— Non, mais j'ai acheté des trucs dans lesquels j'aurais envie de te voir, Maîtresse, alors je te prie d'être indulgente.

Montre !

— D'accord.

Il plongea la main dans le sac et en ressortit une culotte noire, ornée de boutons de rose roses sur les élastiques des hanches. Puis il tira une culotte en dentelle vert menthe, suivie d'un short d'homme, mauve sombre comme une prune bien mûre, et enfin un string couleur ivoire décoré d'une pêche à l'avant et portant la mention : « Mords-moi. »

Très drôle.

— Alors, je m'en sors bien ?

Elle hocha la tête.

— Parfait. Et bien sûr, il y a aussi un soutien-gorge assorti à chaque culotte.

Pourquoi ne les lui avait-il pas montrés, eux ? Elle lui prit le sac des mains et versa le reste de son contenu sur le comptoir afin de découvrir ce qu'il estimait sexy. S'il avait acheté un soutien-gorge rembourré, elle allait s'en servir pour l'étrangler.

Heureusement pour lui, il avait prêté attention aux types de soutien-gorge qu'elle portait, et ceux qu'il avait sélectionnés étaient ravissants.

Merci.

— Je t'en prie. Mais bon, le cochon que je suis doit bien admettre que je préfère encore te voir sans soutien-gorge.

Elle sourit.

L'autre sac provenait de chez *Saks*. Deux pantalons d'intérieur de Juicy Couture avec hauts assortis. Et deux pantalons de yoga noirs ainsi que deux chemisiers à manches longues, l'un gris et l'autre rose pâle.

Génial.

— Et enfin… les chaussures.

Il sortit une boîte contenant les mêmes baskets Asics qu'elle possédait déjà – dans la bonne pointure – ainsi qu'une paire de tongs noires incrustées de brillants et des pantoufles en peau de mouton.

Shiori observait cet homme qui la connaissait mieux qu'elle ne l'imaginait.

Comment tu connaissais mes tailles ?

Knox l'attira dans ses bras.

— Non seulement j'ai posé mes mains et ma bouche un peu partout sur toi depuis presque trois mois, mais il se trouve aussi que je suis attentif, quand cela te concerne. Et pas parce que c'est une obligation liée à mon statut de soumis, mais en tant qu'homme qui veut tout savoir de toi, y compris tes préférences excentriques en matière de couleurs de sous-vêtements. Pour ce qui est de ta pointure, j'avoue avoir dû demander à Katie.

— Merci, Knox, parvint-elle à bafouiller malgré sa langue encore enflée.

Il lui souleva le menton.

— On ne parle pas.

Elle se libéra de son étreinte.

On ne s'embrasse pas non plus.

— J'ai bien peur que non.

Mais tu peux m'embrasser partout ailleurs que sur la bouche.

— Tu as eu un accident. Ton corps a beaucoup souffert.

Mon corps a besoin de toi. J'ai besoin de toi. Porte-moi au lit. Et pas pour dormir.

— C'est un ordre, Nushi ?
Elle fit « oui » de la tête.
— Attends.
Délicatement, il la souleva et la porta jusqu'à sa chambre. Dès qu'il l'eut déposée sur son lit, il retira sa chemise.
— Je sais que tu ne te crois pas fragile, mais tu l'es. Je ne veux pas te faire de mal.
— Tu ne me feras pas mal, répliqua-t-elle du bout des lèvres.
Il ôta son pantalon, puis il s'agenouilla sur le lit et fit passer son large tee-shirt par-dessus sa tête. Il lui tapota la hanche pour lui indiquer de soulever le bassin, et le survêtement disparut. Lui écartant délicatement les cuisses, il s'installa entre elles. Et il glissa les mains sous ses fesses, prenant bien garde à ne pas les serrer trop fort.
Des baisers taquins lui effleurèrent l'intérieur des cuisses. La gauche, puis la droite. Knox pressa ensuite la bouche contre son sexe, léchant le pourtour en cercles doux. Dessinant le contour de son clitoris du bout de la

langue, avant de redescendre vers sa fente. Alors elle sentit ses mains se crisper, au moment où il enfonçait la langue si profondément qu'elle se demanda comment il parvenait à respirer.

Elle lui toucha le front, puis lui caressa les cheveux.

Sans cesser les mouvements de langue sur son sexe, à l'intérieur et à l'extérieur, il leva les yeux et s'écarta légèrement, lui offrant des baisers plus doux, suçotants.

— Parfois, quand je t'embrasse sur la bouche, je m'imagine embrasser ton sexe comme ça. Mais aujourd'hui, alors que j'ai la langue sur ton sexe chaud, je m'imagine en train de t'embrasser sur la bouche.

Cet adorable aveu la fit se rallonger sur le matelas pour s'abandonner entièrement à ses bons soins.

Il la mangeait avec une lenteur délibérée, une langueur mêlée de passion, la même qui s'allumait entre eux au moindre contact. Et Shiori se concentra uniquement sur les sensations qui l'enveloppaient. Sans le presser, sans avoir besoin de le guider. Écouter les bruits de succion, les grognements occasionnels, et son propre halètement indiquant l'arrivée de l'orgasme. Ça commença par un minuscule spasme dans son clitoris, suivi par des contractions plus fortes, jusqu'au moment où toutes les sensations se mélangèrent et où elle explosa.

Knox déposa une myriade de baisers sur son mont de Vénus tout en dégageant les mains de sous ses fesses.

Tandis que le brouillard se dissipait, elle essaya de se redresser et de l'attirer là où elle le voulait : sur elle, en elle.

Mais il avait d'autres projets, apparemment. Il s'agenouilla, les yeux rivés à son corps nu dont il balaya chaque millimètre carré.

— J'ai envie de te rouler dans du papier bulle pour que tu n'aies plus jamais à revivre une journée comme hier.

Il posa les mains à sa taille, et les remonta sur ses seins.

— Et ça change tout, minette. Tu es en vie, tu es là avec moi, et je vais être incapable de te laisser repartir. Pas parce que tu es ma Maîtresse, mais parce que tu es la femme que j'aime. La femme que j'attends depuis toujours.

Avant qu'elle ait trouvé quoi répondre, elle se rendit compte qu'elle pleurait. L'aveu sincère de Knox la faisait sangloter, et pourtant elle ne s'était jamais sentie plus heureuse.

Il continua à la caresser, et chaque contact l'emplissait des profondeurs de son amour et de sa possession. D'une main, il déroula le préservatif sur son érection, sans la lâcher une seconde de son autre main.

Elle glissa une paume entre eux et guida son membre tandis qu'il s'enfonçait en elle, centimètre après centimètre.

Il posa le front contre le sien.

— Je t'aime, Shiori.

S'il n'avait pas été en train de lui suçoter le cou tout en ondulant du bassin en elle, il aurait vu sa bouche prononcer sans bruit les paroles : « Je t'aime aussi. »

Knox l'avait tellement épuisée qu'elle se recroquevilla en boule et s'endormit. Quand elle revint à elle, les ombres envahissaient la pièce. Des voix lui parvenaient depuis le couloir et le salon. Elle se leva et s'étira, constatant qu'il lui avait laissé des vêtements au fond du lit. Elle s'habilla et passa par la salle de bain avant de sortir voir qui était là.

Deacon et Maddox prenaient une bière avec Knox. Sitôt qu'il la vit, Deacon bondit du canapé où il était assis et se précipita vers elle. Il l'enveloppa de ses gros bras tatoués dans un câlin délicat. Et long. C'en devenait presque inconfortable, quand il murmura :

— Putain, que c'est bon de voir que tu vas bien, Shi-Shi.

Et il regagna son siège. Knox tendit la main pour l'inviter à s'asseoir sur ses genoux. Elle se pelotonna contre sa chaleur et sa force, soupirant d'aise.

— Content de voir que tu es en bonne voie, fit Maddox en souriant.

Elle lui rendit son sourire.

Un énorme bouquet de fleurs trônait sur la console de l'entrée.

Remarquant son regard, Knox expliqua :

— Cadeau de prompt rétablissement de la part de toute l'équipe d'Arts Black et d'ABC.

— Fee et Katie voulaient venir te les apporter en personne, mais ton chien de garde empêche toute visite, précisa Deacon.

— Elle a besoin de repos. Et puis ça va, hein, les filles passeraient leur temps à la tâter, à l'examiner sous toutes les coutures, elles posteraient des photos de sa langue sur Instagram tout en essayant de la convaincre d'avaler quelques shots de tequila pour se requinquer.

Deacon hocha la tête.

— Shihan marque un point, là.

Pour la première fois depuis l'accident, Shiori se demanda qui assurait ses cours et ceux de Knox. Elle attrapa son carnet.

Qui fait les cours ?

— Fee assure les tiens, et Blue entraîne Terrel. Quant à Zach, il a fini par se sortir les doigts du cul pour venir donner un coup de main aussi.

Des nouvelles de Ronin ?

— Non, répondit Knox. Justement, on discutait de la rigolade que ça allait être d'expliquer au sensei combien sa disparition a été simple à gérer. C'est une chose de partir un mois, mais ça change tout quand on disparaît en abandonnant toutes ses responsabilités pendant trois mois.

Et vous essayez de comprendre pourquoi il a rompu ainsi toute communication ?

Deacon ricana.

— C'est son dojo, il fait bien ce qu'il veut. Il a placé Knox aux commandes, ce qui signifie que ses décisions font loi durant tout le temps de l'absence de Ronin. Il n'a aucun droit de se plaindre. On est passés pour confirmer à Knox qu'il avait le soutien de tout le monde à Arts Black.

— Merci, fit ce dernier, l'air embarrassé.

Maddox et Deacon se levèrent et les saluèrent rapidement, avant de quitter la maison.

Ni Shiori ni Knox ne parlèrent. Il se contenta de poser le menton au sommet de son crâne et de lui caresser distraitement les cheveux.

— Ça t'embête si je sors courir un peu ? demanda-t-il au bout d'un moment. J'ai de l'énergie à dépenser.

Elle nota sur son carnet :

Vas-y.

— Merci. Tu veux regarder la télé en attendant que je revienne ?

Non, je vais retourner au lit.

— Tu veux que je t'y porte ?

Elle leva les yeux au plafond.

Il jeta une serviette autour de son cou et s'arrêta, la main sur la poignée de la porte.

— Tu es sûre que ça va aller ?

Elle brandit les deux pouces levés et lui fit signe de filer.

Quand elle atteignit la chambre, la tête lui tournait. Heureusement que Knox n'était pas là, sinon il aurait insisté pour la ramener à l'hôpital. Surtout s'il savait qu'elle avait vomi et que ces nausées et ces étourdissements s'étaient produits plusieurs fois depuis la veille.

Mais le médecin l'avait avertie des effets secondaires d'un accident de voiture. Ça en faisait partie. Plus elle dormirait, plus vite elle guérirait. Elle se recroquevilla donc sous ses couvertures, espérant que sa vie reprenne bientôt son cours normal.

Chapitre 28

— Fais-moi voir ta langue.

Shiori tira la langue rapidement.

— J'ai besoin de vérifier si elle guérit.

Fermant les yeux, elle ouvrit la bouche.

Knox remarqua que les gonflements latéraux avaient presque disparu, même si subsistaient encore des taches rouges et des bosses.

— Ça fait mal ?

Elle haussa les épaules.

La marque de morsure semblait mille fois mieux. Il lui passa les doigts sous la mâchoire pour la refermer.

— Je pense que demain, tu pourras parler.

C'était le quatrième jour après l'accident, et il savait qu'elle avait l'intention de rentrer à son loft aujourd'hui. Et même s'il aurait préféré l'avoir chez lui en d'autres circonstances, sa présence ici avait semblé tout à fait naturelle. Sauf que s'il l'avouait, il allait l'effrayer, du coup il prétendait que ça ne le dérangeait pas qu'elle ne passe pas chacune de ses nuits dans son lit avec lui.

Trois coups précis retentirent à la porte.

En ouvrant, Knox reçut un choc : Ronin se tenait sur son seuil.

— Mes yeux me jouent des tours, ou est-ce bien sensei Black, le grand maître de ju-jitsu ?

— Tu vas me laisser entrer, oui ?

Avant que Ronin ne le contourne, Knox lui offrit une vague embrassade virile.

— Entre. Quand est-ce que tu es arrivé ?

— Hier soir. Où est-elle ?

Ronin le dépassa en apercevant Shiori. Mais il s'arrêta à un mètre d'elle, les bras ballants tandis qu'il listait ses blessures.

— Pourquoi a-t-il fallu que j'apprenne par Katie que tu avais eu un accident ?

Pas d'embrassade. Pas de « Je suis content que tu ailles bien. » Rien que de la colère.

La voyant lever sur son frère un regard déçu, Knox alla se poster à ses côtés.

— Elle a de la chance d'être ici, OK ? Le semi-remorque qui les a heurtés a pris leur voiture en sandwich. Shiori s'en est tirée avec une légère commotion et elle a bien failli se couper la langue, donc elle ne doit pas parler. Ordre du docteur.

Et tu fais chier, Ronin.

— Alors je vais parler pour elle, reprit-il. « Salut, frérot, je suis contente que tu sois rentré de voyage. J'ai hâte que tu me racontes tout ça. Et même si je suis un peu cabossée par l'accident, tu peux me serrer dans tes bras. »

Ses paroles semblèrent enfin sortir Ronin de son état bizarre – fugue ? colère ? Il ouvrit les bras et Shiori alla à sa rencontre. Après l'avoir enlacée, il posa la joue sur le haut de son crâne et lui parla doucement en japonais.

Knox détestait ne pas savoir ce qu'il lui murmurait.

Et puis il la relâcha. Il se tourna et se passa une main dans les cheveux.

— Il faut qu'on parle, lâcha-t-il sans les regarder. Asseyez-vous. Tous les deux.

Sensei Black qui donnait les ordres. Pas de surprise jusque-là.

Knox lutta contre son envie d'attirer Shiori sur ses genoux, et ils s'assirent plutôt côte à côte sur le canapé.

Ronin leur fit brusquement face.

— Putain, je ne sais même pas par où commencer. (Il plissa les yeux en direction de Knox, puis de Shiori.) Alors, vous deux, vous êtes quoi ? Petits amis, maintenant ?

« Petits amis », c'était une façon bien légère d'évoquer ce qui s'était passé entre Shiori et lui au cours des trois derniers mois.

— Oui, on est ensemble.

— Depuis combien de temps ça dure ? interrogea Ronin. Vous vous amusiez déjà derrière mon dos, en faisant semblant de vous détester ?

— Non !

— Quand est-ce que la haine s'est transformée en… ?

— Après ton départ. Entre nous, les choses ont… changé.

Shiori lui prit la main et mêla ses doigts aux siens.

Ronin serra les mâchoires devant cette démonstration de solidarité.

— Putain, je le crois pas !

— On a déjà entendu ça à plusieurs reprises.

— C'est à cause de lui que tu as cessé de contacter maman ? Tu es trop occupée à jouer sa colocataire ?

Si l'intention de Ronin était de faire sortir Knox de ses gonds, ça commençait à fonctionner.

Shiori attrapa son carnet et y griffonna quelques lignes furieusement.

— Qu'est-ce qu'elle fait ? s'enquit Ronin.

— Elle te répond. Je te rappelle qu'elle ne peut pas parler.

Elle tourna le carnet vers son frère.

Je suis restée en contact avec maman. C'est toi qui oses parler de ne pas donner de nouvelles ?

— C'était il y a six ans, merde ! Arrête de remettre ça sur le tapis, Shiori !

De nouveau, elle écrivit. À toute vitesse.

Je ne parle pas de ça. Je parle du fait que personne n'ait eu de tes nouvelles depuis trois mois. C'est irresponsable. Tu nous as donné l'impression de te ficher de ce qu'on faisait du moment que tu n'avais pas à en entendre parler. Alors tu n'as pas le droit de nous faire la morale, à Knox ou à moi. Sur aucun sujet.

Le regard de Ronin voletait de l'un à l'autre.

— Tu es sérieuse, là ? Je n'ai plus mon mot à dire sur quoi que ce soit ? Je reviens, et non contents de sortir ensemble, mon shihan et ma sœur ont joint leurs forces pour démanteler mon programme de MMA afin d'en recommencer un du début ?

— Comme te l'a expliqué Shiori, si tu avais pris la peine d'appeler, on t'aurait mis au courant.

— Vous savez comment j'ai su, pour le nouveau programme de MMA ? Ce matin, après qu'Amery est partie au travail, je suis descendu au bureau. Il n'y avait personne, alors j'ai été voir en bas. J'ai déverrouillé la porte du Nid de Corbeau. Quarante-cinq minutes plus tard, je suis retourné à l'étage, et là, un type que je n'avais jamais vu de ma vie courait sur le tapis d'entraînement. Je lui ai demandé qui il était et ce qu'il faisait sans surveillance dans ma salle de sport. Et le type m'a fait la réponse la plus dingue que j'aie jamais entendue.

S'arrêtant d'arpenter la pièce, Ronin leur jeta un regard noir.

— Il m'a balancé qu'il s'occupait du programme de MMA d'Arts Black. Alors là, j'ai éclaté de rire en lui demandant si c'était une blague pour fêter mon retour à la maison. Il m'a assuré qu'il avait été embauché par vous deux. Mais moi, je me suis dit : *Knox et Shiori ne me feraient jamais un coup pareil ; engager quelqu'un sans mon approbation !* Alors je suis monté au deuxième chercher Blue, histoire de découvrir ce qu'il savait sur le sujet, et au final je suis tombé sur Katie, qui a été ravie de me mettre au courant des derniers ragots. Comme quoi oui, vous deux aviez embauché Maddox Byerly et qu'il avait signé un contrat d'un an. Puis Katie a déblatéré des niaiseries sur le couple trop mignon que vous formiez – elle en avait les larmes aux yeux. Et moi, bêtement, j'ai demandé : « Un couple de quoi ? » et je suis passé pour un imbécile parce que je n'avais pas la moindre idée de… (Il les désigna tous les deux.) Ça. Et Katie d'ajouter qu'elle n'était pas certaine que vous soyez là, à cause de l'accident de voiture. Et voilà, encore une putain de nouvelle que j'ai apprise ce matin. Suite à ça, j'ai essayé de contacter Deacon, vu que je n'arrivais à joindre aucun de vous deux. Mais apparemment il a déposé Molly au travail ce matin, et il y a eu un échange de cris au milieu du bureau. Qui a débouché sur un coup de fil furieux de mon épouse, qui souhaitait savoir ce que cet enfoiré de Deacon avait dit pour faire pleurer Molly.

— Putain, Ronin, assieds-toi, l'enjoignit Knox. Tu tournes en rond comme un animal en cage.

— J'ai l'impression d'être un putain d'animal en cage, oui, en train de regarder une série télévisée de mauvaise qualité.

Ronin se laissa tomber dans le fauteuil et ferma les yeux. Il prit plusieurs longues inspirations. Quand Shiori alla s'asseoir sur l'accoudoir de son siège et lui prit la main, il rouvrit les paupières.

— Je suis désolé pour ton accident, Shi. Tu vas bien ?

Elle lui fit un signe indiquant « À peu près. »

— Tu as besoin de quelque chose ?

Elle secoua la tête et désigna Knox.

— Je suis content qu'il s'occupe de toi.

Il recevait l'approbation de Ronin ?!

Non, c'était au mieux temporaire.

— Vu que tu ne peux pas parler, je vais appeler maman et lui expliquer ce qui est arrivé. Tu peux me raconter ? fit-il à l'intention de Knox.

— Bien sûr.

Ronin ne lâchait pas la main de sa sœur, ce qui semblait le calmer.

— Je suis désolé de m'être pointé ici sans prévenir et d'avoir pété les plombs. C'est juste que je ne m'attendais pas à tomber sur tout ça en rentrant à la maison. En général, quand je reviens… tout est normal, soupira-t-il. Mais vous avez raison, tous les deux : la façon dont j'ai géré le truc, ces trois derniers mois, en me rendant complètement injoignable, c'était nul. Je me disais qu'Amery et moi, on n'aurait qu'une seule lune de miel, et je ne voulais pas partager une seconde de notre temps ensemble avec quiconque. Mais je vous prie de m'excuser, et je vous remercie d'avoir fait tourner la maison en mon absence.

— Pas de problème, répondit Knox. Cela dit, tu ne nous refais pas un truc comme ça la prochaine fois, OK ?

— Il n'y aura pas de prochaine fois.

— Qu'est-ce qui s'est passé, au Japon, Ronin ?

— En plus du programme d'entraînement le plus atroce que j'aie jamais connu ? Pour faire bref, Maître Daichi m'a libéré. C'était bizarre, je n'arrive toujours pas à m'y habituer.

Waouh ! Énorme nouvelle !

— Pourquoi il t'a libéré ?

— D'après Yasuji, j'ai appris tout ce que Maître Daichi pouvait m'enseigner. Du coup, j'ai arrêté l'entraînement avant la fin. Pendant qu'Amery et moi étions à Tokyo, certaines choses qui restaient en suspens entre nous sont revenues sur le devant de la scène, alors on est restés cinq jours de plus que prévu. Et puis, je me suis dit : *Merde, après tout, pourquoi ne pas rallonger notre voyage d'une semaine supplémentaire à Hawaï ?* Le jour qui a précédé notre départ, Yasuji m'a appelé pour m'informer que Maître Kenji acceptait de me rencontrer dans l'optique de superviser mon entraînement.

Knox fronça les sourcils.

— Maître Kenji ? Il est où ?

— San Francisco. Alors j'ai passé trois jours à me faire évaluer par Maître Kenji. Il a bien voulu me prendre, ce dont je lui suis reconnaissant car il n'y a que trois autres maîtres de ju-jitsu avec lesquels j'envisageais de travailler.

Shiori reprit son carnet et se mit à écrire.

Maître Kenji est le protégé de Maître Daichi ?

— Oui. C'est son plus ancien élève, expliqua Ronin, avant d'ajouter en souriant : Je suppose que Maître Daichi a vu une sorte d'ironie dans le fait que son plus jeune élève se retrouve sous la houlette de son plus vieux disciple encore en vie. Bref, nous – Arts Black Ju-jitsu – allons être certifiés « Maison de Kenji ».

Shiori rédigea un autre message.

Tu craignais qu'Arts Black ne tombe dans l'oubli, après que tu as été libéré par la Maison de Daichi ?

— Ça m'a coûté quelques nuits blanches. J'espérais trouver un nouveau sensei, mais jamais je n'imaginais que ça arriverait aussi vite et que Maître Kenji viendrait à moi.

Ronin jouissait d'un ego solide – il avait de bonnes raisons, pour ça. Alors les moments où il était surpris ou humble servaient de piqûre de rappel : quel que soit le niveau atteint, on nourrissait toujours des doutes et des craintes quant à ses qualités.

— Bon, Maître Kenji a formulé certaines exigences pour le dojo, que je vais mettre en place dès que possible.

Ronin riva son regard à celui de Knox.

— On va passer tout ça en revue dans les détails, ajouta-t-il.

Knox afficha un sourire forcé.

— J'ai hâte.

Shiori se remit à écrire.

Il y a autre chose. Dis-le-nous.

Knox adorait qu'elle ait utilisé « nous ».

— Tu seras partie prenante dans ces conversations, Shi.

Je ne parlais pas de ça.

Ronin avait l'air déchiré. De nouveau, son regard passa de Knox à Shiori, puis il soupira.

— Vous vous rappelez Beck Leeds.

— Ce n'était pas ton second quand… ?

Quand tout s'était effondré après la « débâcle Naomi ». Pourquoi diable Ronin remettait-il ça sur le tapis maintenant ?

Parce que Shiori l'y a poussé.

Elle leva la main, et ils attendirent qu'elle ait jeté quelques lignes sur le papier.

Beck était l'un des trois instructeurs d'Arts Black que tu as virés après que tout a capoté avec Naomi, parce que tu pensais qu'Ojisan les avait placés là pour t'espionner.

— Ouais. Je me rends compte à présent que je ne réfléchissais plus de façon cohérente. Je me suis laissé emporter par cette paranoïa – encore un cadeau empoisonné de Naomi.

Une remarque qui sidéra Knox.

— Bref, Beck fait partie de la Maison de Kenji. Au départ, j'ai pensé que la manière dont je l'avais viré sans ménagement allait tout faire capoter avec Maître Kenji. Et puis j'ai discuté avec Beck, et il s'avère qu'il ne m'en veut pas. Il a même dit qu'il comprenait mon raisonnement et que j'aie coupé les ponts sur-le-champ.

Knox sollicita une pause, les mains dressées.

— Tu ne m'avais jamais parlé du lien entre Beck et Okada, Ronin. Tu t'es contenté de le virer et de passer à autre chose. Alors, comment ça s'est fait ?

— Encore un coup de génie de ma part, marmonna Ronin en se tournant vers Shiori. Maggie Arnold, la responsable de la filiale d'Okada à Seattle, se trouve être la mère de Beck.

— Ça alors !

— Elle m'avait contacté voici des années de ça, me demandant si j'accepterais de le rencontrer, et je l'avais embauché. C'est pourquoi je pensais qu'il m'espionnait depuis le début.

— Je comprends, à présent, pourquoi tu as craqué.

Shiori agita son carnet.

Beck sait où ont atterri tes autres instructeurs ?

Ronin ferma brièvement les yeux.

— Il le sait d'autant mieux que c'est lui qui m'avait recommandé Gunnar et Lang. D'où ma suspicion les concernant, eux aussi. Gunnar a accepté un transfert de poste au Brésil ; il s'entraîne dans le programme Gracie. Quant à Lang, il est retourné à New York. Beck n'a plus de nouvelles de Brody, en revanche.

Un silence s'installa dans la pièce.

Ç'avait été des mois infernaux, même si en définitive, Knox avait bénéficié du départ de Beck, Gunnar, Brody et Lang, vu qu'il s'était élevé au niveau de shihan.

Où serait-il, aujourd'hui, si Ronin avait agi de façon rationnelle ? Devenir shihan lui avait conféré un poste à temps plein au dojo. Et l'énorme augmentation de salaire qui allait avec.

— Comment est-ce que la conversation a dévié à ce point ? demanda Ronin.

Shiori exhiba son carnet.

On essaie juste de comprendre où tu as la tête.

— Ma tête ? Elle ne pensait qu'à toi, jusqu'à ce que je constate de mes propres yeux que tu allais bien.

« Je vais bien », fit-elle en remuant les lèvres, sans qu'aucun son ne sorte de sa bouche.

— Mieux que je ne le craignais, oui.

— Elle a encore besoin d'y aller mollo, intervint Knox.

— Je sais. Alors pour ma part, je pense qu'il vaut mieux que tu restes avec elle afin de t'assurer qu'elle n'en fait pas trop. Je suis de retour, je vais me charger des cours. Le reste peut attendre.

Il se leva.

Sitôt que Shiori en fit autant, Ronin la prit dans ses bras.

— Tu es consciente qu'Amery ne va pas tarder à venir te voir et à s'occuper de toi et tout ça, OK?

Elle hocha la tête.

— Prends soin de toi, fit-il en l'embrassant sur le front, avant de se tourner vers Knox: Tu me raccompagnes.

Ce n'était pas une question. De façon ironique, il usait du même ton, de la même inflexion de voix que Shiori, lorsqu'elle passait en mode Maîtresse.

— Bien sûr, répondit-il, serrant la main de Shiori en passant devant elle.

Une fois dehors, Knox affronta Ronin. Ce dernier posa la main sur le toit de sa Corvette, tandis que Knox s'adossait à la portière de son pick-up.

— Je ne sais pas si je dois être furax ou soulagé que tu te tapes ma sœur.

Knox ne répondit rien. Il se contenta d'attendre ce qui allait suivre.

— Quand elle a quitté Okada, je croyais qu'elle l'avait quittée pour de bon. J'avais tort. En fait, depuis qu'elle est ici, elle n'a cessé de travailler pour l'entreprise. Tu étais au courant?

— Pas avant qu'elle m'en parle, il y a quelques mois de ça, mais je croyais que tu savais.

Ronin adopta la même posture que Knox, les bras croisés.

— J'entends comme une accusation, dans ta voix.

— C'en est une. C'est ta sœur. Ça fait presque un an qu'elle est ici. Que sais-tu de ce qui se passe dans sa vie ? Oui, oui, tu es jeune marié et tu as eu des soucis de santé, mais Shiori a fait beaucoup pour Arts Black. Elle s'est énormément investie dans les promotions Black et Blue. Tu as profité d'elle. Moi, au moins, je suis payé pour gérer tout ça. Pas elle. Et en plus, elle reste aux ordres de votre mère, qui l'envoie un peu partout régler les affaires d'Okada. Et toi, tu ignorais tout. Elle mérite mieux que ça.

— Tu es son avocat, maintenant ?

— Oui, parce qu'il lui en faut un.

— Écoute, Knox, je me rends compte que j'ai merdé momentanément, en ce qui concerne ma sœur. Il semblerait que ce soit récurrent, chez moi. Je l'ignore, je m'énerve après elle, je me réconcilie avec elle, et puis le cycle repart pour un tour.

Il détourna les yeux.

— Ça craint. Ça craint. Au Japon, j'ai passé trop de temps à réfléchir à toutes les choses que je voulais changer dans ma vie.

— Et ?

— Les changements arrivent, que je le veuille ou non, fit-il, jetant un coup d'œil en direction de la maison, avant de reporter son attention sur Knox. Qu'est-ce qui se passe entre vous deux ? Vous sortez ensemble, c'est tout ?

Knox avait l'habitude des changements de sujet chez Ronin. Cette fois, il lui renvoya la balle directement.

— On est ensemble.

Voyant que son regard de pierre ne faisait pas bafouiller Knox comme il en allait pour le reste du monde, Ronin soupira.

— Je l'ai bien méritée, celle-là.

— Ouais.

— Non, mais c'est délirant, quand même. J'ai l'impression d'être parti depuis trois ans, pas trois mois.

— Ronin, dis-moi ce qui se passe vraiment.

Celui-ci secoua la tête.

— J'ai d'abord besoin de verrouiller toutes les informations avant de pouvoir en parler. Donc quand tu reviendras la semaine prochaine, attends-toi à de longues journées de réunions, annonça-t-il avec un large sourire, toutes dents dehors. Je sais combien tu adores ça.

— Va te faire foutre. En ton absence, j'ai réussi à ramener nos réunions hebdomadaires du personnel à dix minutes, rétorqua Knox avec le même sourire. Tu devrais peut-être me passer tes notes, j'en ferai un résumé.

— Très drôle. Je n'aurai pas de notes avant deux jours.

Knox n'appréciait pas les secrets.

— C'est là que tu te prononces sur l'embauche de Byerly ?

— Je t'avoue que j'étais furax. Mais je ne peux pas vous blâmer de l'avoir fait, Shiori et toi. Je sais que Byerly obtient des résultats. C'est le top du top, et c'est exactement ce dont le programme avait besoin pour grandir et prospérer.

Voilà. En cet instant, Knox comprit quel était le problème de Ronin.

— Tu n'étais pas partant pour l'idée d'un programme de MMA complet à Arts Black, c'est ça ?

— En effet.

— Pourquoi ?

Ronin se passa une main sur le visage.

— Pour des raisons simples : un, nous n'avons pas le personnel ; deux, nous n'avions pas les talents et trois, j'ai déjà lancé la promotion d'une entreprise à laquelle j'ai l'impression de ne me consacrer qu'à moitié. J'ignore en quoi consisteront mes responsabilités, une fois que le dojo passera sous la coupe d'une nouvelle maison. Amery comprend que je n'exerce pas une activité professionnelle dont les horaires sont conventionnels, mais je suis las de ne passer qu'une journée par week-end avec elle. Le changement est donc inévitable et nécessaire, et je serai ravi une fois que tout sera mis en place.

— Qu'est-ce que je peux faire pour me rendre utile ?

— Tu peux… (Il soupira.) Je ne sais pas. Prépare-toi à ce que la transition soit peut-être plus rude que je ne le souhaiterais.

Encore une réponse vague.

— OK.

Ronin riva les yeux aux siens.

— J'ai une tonne de trucs à régler aujourd'hui ; je ferais mieux d'aller m'y mettre. Une dernière chose : tu es allé au *Twisted* récemment ?

— Qu'est-ce que tu entends par « récemment » ?

— Je te conseille de ne pas faire le con avec ma sœur, Knox, parce que tu aurais affaire à moi, siffla-t-il.

Knox pencha la tête sur un côté.

— Calmos. Ça ne te regarde pas, ce que je fais ou non au *Twisted*. Pas plus que ce que je fais ou non avec ta sœur, alors viens-en au but, putain.

— C'était quand, la dernière fois que tu y es allé ?

— Il y a deux semaines. Pourquoi ?

— Shiori est au courant de l'existence de cet endroit ?

— Oui.

— Elle sait quel genre de club c'est ?

— Oui.

— Pourquoi tu restes aussi vague, bon sang ? s'énerva Ronin, plantant sur lui son regard glacial. Enfin, si je veux des réponses, je n'aurai qu'à interroger Merrick.

— Tu peux lui poser toutes les questions qui te chantent, mais je doute qu'il te dise ce que tu as envie d'entendre. Le respect de l'intimité des membres est une règle inviolable.

Il s'écarta du pick-up contre lequel il était adossé.

— Je suis désolé que tu aies du mal à gérer les changements, Ronin, mais ne me mets pas toute ta merde sur le dos. Je te soutiens. Je serai à tes côtés aussi longtemps que tu auras besoin de moi. Mais il y a des moments où je dois tracer une ligne entre nos relations de travail et ma vie personnelle. Je veux essayer de ne pas être un con, et pour la première fois je comprends pourquoi tu as fait ce que tu as fait avec Amery. Je te demande de comprendre, de ne pas nous punir ou nous imposer tes choix, ni à moi ni à Shiori.

Ronin plissa les yeux.

— Je te jure que je n'ai pas la moindre idée de ce à quoi tu fais allusion. Je préfère ne pas relever.

Il ouvrit sa portière.

— Souviens-toi de cette conversation, Knox, car bientôt, la boucle sera bouclée.

Sans la moindre idée de quoi il retournait, Knox opina néanmoins du chef.

— On se voit au dojo lundi matin. Je vais m'assurer qu'Amery envoie un SMS avant de vous rendre visite ce week-end.

— Ça marche. Merci d'être passé. Tu n'imagines pas ce que ça représente pour Shiori.

— Prends soin d'elle, et si tu as besoin de quoi que ce soit, appelle.

Knox ne resta pas pour le regarder s'éloigner ; il retourna au salon où il trouva Shiori assise près de la fenêtre ouverte. Les genoux pressés contre la poitrine, elle avait enroulé les bras autour de ses tibias.

Et comme son visage était caché derrière ses cheveux, il ne pouvait dire si elle pleurait.

Il tomba à genoux devant elle.

— Hé, ça va, bébé ?

Sa tête bougea.

— Je vais considérer ça comme un « non ».

Délicatement, il lui délaça les doigts et lui glissa les mains le long des bras jusqu'aux épaules.

— Tu peux me regarder, s'il te plaît ?

Quand elle releva lentement la tête, il remarqua ses joues humides et son ventre se serra. Elle essaya de repousser les cheveux qui lui tombaient sur le visage, mais il interrompit son geste.

— Laisse-moi faire.

Et il dégagea son si beau visage.

— Tu nous écoutais ?

Elle hocha la tête.

— Il faut croire que j'avais oublié que tes oreilles fonctionnent, contrairement à ta bouche.

Elle saisit vivement son carnet et y gribouilla quelques mots qu'elle lui montra dans un geste vif.

Tu m'as défendue.

— Évidemment. Ça te surprend, Nushi ?

Non. Mais Ronin, oui, apparemment. J'ai envie de lui hurler d'ouvrir les yeux. Et de t'embrasser à nous couper le souffle à tous les deux. Je suis à fleur de peau et je déteste que tu me voies comme ça.

— Quand je te regarde, tout ce que je vois, c'est la femme magnifique dont je suis amoureux.

Une fois de plus, elle ne répondit pas à sa déclaration. Depuis son accident, il lui avait dit plusieurs fois qu'il l'aimait. Elle avait souri, eu les larmes aux yeux, mais pas une fois elle ne lui avait répété les mêmes mots.

Elle souffre d'une grave blessure à la bouche, et elle n'est pas censée parler, entre autres interdictions. Tu lui aboies dessus chaque fois qu'elle essaie d'ouvrir la bouche, alors qu'est-ce que tu attends ?

Il lui embrassa la pointe des doigts.

— Minette, tout va s'arranger. Tout finit toujours par s'arranger.

Mais il avait le pressentiment perturbant que cette fois, ça ne se vérifierait peut-être pas.

Chapitre 29

Cela faisait une semaine depuis l'accident. Pourquoi avait-elle toujours l'impression d'avoir été frappée de plein fouet par un camion ?

Ah oui, parce que c'était ce qui s'était produit.

Shiori ferma les yeux. Elle se sentait vraiment, vraiment mal. Trois jours plus tôt, elle avait terminé sa prescription d'antibiotiques ; ses nausées ne pouvaient donc pas s'expliquer ainsi.

Elle attribuait sa fatigue au stress du retour de Ronin. Il s'était replongé à fond dans les affaires d'Arts Black, interrogeant Knox sur chaque détail, au point que celui-ci s'était gagné la compassion de tout le monde, y compris Deacon.

Au cours des trois derniers mois, le nombre d'élèves enrôlés dans les cours de ju-jitsu était resté constant. Pas d'augmentation, mais pas de diminution non plus. Quand Ronin demanda pourquoi les chiffres n'évoluaient pas, citant pour exemple le nombre d'inscriptions en hausse chez ABC, Shiori ne pipa mot. Ce n'était pas son rôle de parler pour Knox ; il n'avait pas demandé son soutien.

Il avait répondu en toute honnêteté : Ronin lui avait donné comme directive de continuer au dojo comme avant. C'était ce qu'avait fait Knox. Si Ronin lui avait demandé d'essayer d'enrôler le plus d'élèves possible pendant une absence destinée à excéder un trimestre, Knox lui avoua franchement qu'il aurait refusé. Et quand le sensei chercha à savoir pourquoi, Knox indiqua qu'ils n'avaient pas assez d'instructeurs pour le nombre d'élèves déjà inscrits. Et le départ de Ronin n'avait fait qu'accroître ce manque de personnel. Il craignait de perdre certains de leurs instructeurs, si les choses ne s'arrangeaient pas.

Bien sûr, Ronin n'avait rien voulu entendre. Et il avait demandé à rencontrer les instructeurs. Ce n'était pas censé être pris comme un camouflet pour Knox, pourtant ce dernier l'avait perçu ainsi – et les autres aussi, d'ailleurs. Et peu importait que les réunions confirment ce que Knox lui avait dit – à savoir que les instructeurs ne pouvaient pas travailler six jours par semaine, tous ayant d'autres obligations professionnelles –, le sensei s'était fait une obsession de régler le problème.

Le jour où son frère lui demanda son avis, Shiori hésita. Il insista, voulant savoir pourquoi elle n'avait pas d'opinion, elle qui faisait partie du personnel depuis plusieurs mois. Choisir entre son frère et son amant ? La situation serait forcément perdant-perdant. D'où son refus de se laisser embarquer là-dedans. Mais au fond, son avis coïncidait avec celui de Knox : si Ronin souhaitait faire grandir le dojo, il devrait embaucher du personnel.

Ce matin, Knox était parti de bonne heure, sur ordre de Ronin. En bâillant, elle se força à quitter le lit confortable et se dirigea à la cuisine. Il lui avait sorti un mug et un sachet de thé. Quel homme prévenant ; que de douceur ! Elle adorait toutes les petites attentions de ce style qu'il avait pour elle, et pas parce qu'elle les attendait de lui en sa qualité de Maîtresse, juste parce qu'il le faisait pour le plaisir.

Ayant placé la bouilloire sur le feu, elle se mit en quête de son téléphone portable. Heureusement, Knox l'avait branché pour elle, sinon il aurait été déchargé. Elle avait trois appels en absence de clients d'Okada. Quant à sa boîte mail, elle avait explosé la veille, et elle s'attela donc à y mettre de l'ordre.

La bouilloire siffla. Elle versa l'eau dans son mug et colla les doigts contre la céramique pour les réchauffer. Fermant les yeux, elle inspira la vapeur odorante. Mais à la seconde où la camomille lui chatouilla les narines, elle eut un haut-le-cœur.

Avant qu'elle ait eu le temps de se demander si le thé pouvait se périmer, une crampe lui vrilla l'estomac. Elle reposa la tasse en toute hâte et se précipita vers l'évier, le corps soulevé de spasmes sans jamais vomir. Quand enfin elle parvint à redresser la tête, sa peau était moite et elle se sentait fiévreuse.

Quelque chose n'allait pas. Elle devait voir un docteur.

Knox laisserait tout tomber pour l'y emmener, mais elle ne souhaitait pas le mettre dans une situation inconfortable vis-à-vis de Ronin. Elle envisagea alors d'appeler Amery, mais celle-ci était débordée. Elle élimina Molly de la liste de ses chauffeurs potentiels aussi. Fee et Blue n'avaient qu'une voiture pour deux, et ils se déplaçaient généralement en transports en commun.

Bon, il ne restait plus que le service de voiturier.

Elle se dégotta un pantalon de yoga propre et un vieux tee-shirt appartenant à Knox. En temps normal, il aurait fallu lui passer sur le corps pour l'obliger à porter ce genre de tenues, mais aujourd'hui, elle s'en fichait royalement. Elle voulait juste aller mieux.

Le service de voiturier lui envoya une limousine. Le moindre virage, la moindre courbe semblaient démultipliés. Et quand elle renvoya le chauffeur une fois arrivés à l'entrée des urgences, elle avait l'impression d'être verte.

Ce devait être la journée des malades, car la clinique était bondée. Et voilà qu'elle se retrouvait coincée là, en attendant que quelqu'un puisse l'examiner. Elle se dénicha un coin à l'écart des gamins geignards et pleurnichards, et s'installa, la tête renversée en arrière contre le mur.

On appelait des noms, et peu à peu les gens disparaissaient dans l'abysse caché derrière la porte.

Soudain, elle entendit :

— Shi-o-raïe ?

Elle balaya la salle des yeux, mais personne ne se leva.

— Shi-o-raïe Haïe-rano ? répéta l'infirmière.

Waouh ! Jamais on n'avait massacré son nom à ce point.

Coup de chance, elle parvint à traverser la pièce, sans vomir, jusqu'à la personne qui tenait l'écritoire.

— Je suis Shiori Hirano.

— Ouh, là, là, je vous ai bien abîmée. Joli nom. C'est de quelle origine ? Chinoise ?

— Japonaise.

— Super. Je suis contente que vous parliez anglais, fit l'infirmière en la conduisant dans une minuscule salle d'attente. Prenons d'abord votre taille et votre poids, tout ça.

L'infirmière désigna une frise au mur.

— Allez vous placer là. Voilà. Un mètre soixante-deux, annonça-t-elle, les yeux plissés. Maintenant, montez sur la balance. Cent trente livres, conclut-elle, après avoir ajusté les poids.

Shiori avait du mal avec ces unités de mesure.

— Ça fait combien, en kilogrammes ? s'enquit-elle.

— Aucune idée, je ne fais jamais attention à ça. Oh, attendez, ajouta l'infirmière en se penchant vers la balance, il y a d'autres chiffres au-dessous. Euh… cinquante-neuf kilos, on dirait.

Non, ça devait être une erreur. Elle devait s'être trompée. Shiori était calée sur cinquante-six kilos depuis des années.

L'infirmière prit sa tension et annonça deux chiffres qui ne signifiaient rien pour Shiori.

— Le docteur Barr va arriver, dit-elle enfin.

Restée seule, Shiori s'allongea sur le flanc, sur la table d'examen, et ferma les yeux.

— Il faut vraiment que vous soyez à plat, pour arriver à dormir dans cette maison de dingues, constata une voix de femme.

Shiori roula sur le dos.

— Désolée.

La femme aux cheveux gris portait des lunettes vert fluo et une tunique médicale mauve couverte d'extraterrestres verts à un œil. Elle lui offrit un sourire apaisant et lui tapota l'épaule quand elle essaya de s'asseoir.

— Ne bougez pas, ma belle. Vous pouvez rester comme ça. Je suis le docteur Barr. Vous voulez bien me dire ce qui vous amène chez nous ?

Shiori lui raconta l'accident de voiture et les nausées dont elle souffrait depuis une semaine.

— Je ne sais pas si ce sont encore des effets secondaires ou quoi, conclut-elle.

— Possible. Je ne pourrai le confirmer tant que je n'ai pas exclu toutes les autres possibilités. On va donc effectuer des tests sanguin et urinaire, ainsi qu'un prélèvement dans la gorge, histoire de voir ce qui se passe. Kirsten va vous emmener au labo, et je reviendrai sitôt que les résultats seront prêts. Je dois vous avertir que ça va prendre encore au moins une heure.

— Eh bien, je vais en profiter pour rattraper un peu de sommeil.

Après ce qui ressemblait à une batterie de tests, Kirsten raccompagna Shiori dans sa chambre.

Celle-ci ferma les yeux, certaine de ne pas réussir à dormir, et pourtant elle sombra de nouveau. Pour se réveiller au retour du docteur Barr.

— Bon, j'ai vos résultats. D'abord, je vais vous demander de vous allonger sur le dos, et de remonter votre tee-shirt jusqu'aux côtes.

Le docteur Barr palpa délicatement l'abdomen de Shiori.

— Qu'est-ce que j'ai ?

— Vous êtes enceinte.

Sous le choc, Shiori ouvrit grand la bouche.

— Quoi ?!

— Ma belle, vous n'en aviez vraiment pas la moindre idée ?

— Non !

— Tenez, touchez.

Elle lui prit la main et la plaça sur un renflement dur au-dessus de son os pubien.

— C'est votre utérus.

— Mais… ça n'est pas une contusion causée par l'accident ?

Le docteur Barr secoua la tête. Puis elle redescendit le tee-shirt de Shiori et l'aida à se rasseoir.

— Bien. C'est une surprise pour vous. OK, alors réfléchissons. De quand datent vos dernières règles ?

Shiori remonta le cours du mois passé. Pas de règles. Les avait-elle eues le mois précédent ? Non. La dernière fois, c'était… avant que Ronin et Amery partent au Japon.

— Oh, punaise ! Je ne les ai pas eues depuis plusieurs mois, mais bon, elles ont toujours été irrégulières.

— Des rapports non protégés ?

— Une fois. Rien qu'une fois… il y a deux mois et demi. Mais j'ai pris la pilule du lendemain, précisa-t-elle, levant les yeux vers le docteur.

— Le rapport était-il librement consenti ?

— Oui ! Et je suis toujours très impliquée avec cet homme – le père du bébé. Oh punaise, comment je peux être enceinte ?

— Combien de temps après le rapport avez-vous pris la pilule ?

Shiori réfléchit.

— Ça s'est passé le samedi soir, et j'ai pris la pilule vers midi le lundi.

— Une pilule que vous aviez achetée dans une pharmacie, ici, à Denver ?

— Oui.

Alors qu'elle avait les yeux rivés au docteur, elle savait que toute sa peur s'y lisait.

— Pourquoi ça n'a pas marché ?

— Eh bien, ma belle, ces pilules ne sont pas efficaces à cent pour cent. Leur efficacité diminue passées les premières vingt-quatre heures, et elles ne le sont plus qu'à moitié après quarante-huit heures. Ça a pu jouer dans cet échec. Je ne peux pas vous donner de réponse plus précise que ça, conclut le docteur en lui tapotant le genou. Tout ce qui est sûr, c'est que la pilule n'a pas fonctionné et que vous êtes enceinte.

Shiori se colla une main sur la bouche.

— Nausée ? demanda le docteur Barr.

Elle secoua la tête.

— Choquée ?

Shiori opina du chef. Elle n'en revenait pas de ce qui lui arrivait.

— Respirez profondément. N'allez pas vous évanouir, en plus !

Elle lui frotta le dos.

— Quel âge avez-vous ?

— Trente-cinq ans.

— D'autres enfants ?

— Non. Je ne suis jamais tombée enceinte. Jamais.

— Vous ne désiriez pas d'enfant ?

Shiori eut besoin d'une minute pour retrouver une respiration normale.

— Mon mariage a capoté et ça n'était pas d'actualité, à l'époque. Ensuite j'ai passé tout mon temps à travailler, et je n'ai pas eu de relation stable avant récemment.

Le docteur Barr continuait à lui frotter le dos pour l'apaiser.

— D'après ce que vous m'expliquez, vous en êtes à peu près à dix ou onze semaines. Presque un trimestre. Je peux vous faire un examen pelvien, mais je ne suis pas sûre que ce soit utile.

— Pourquoi ?

La doctoresse vint se placer face à elle.

— Envisagez-vous de mettre un terme à cette grossesse ?

Shiori s'apprêtait à répondre : « Je ne sais pas », mais en cet instant, elle sut. Elle garderait ce bébé.

— Non.

Elle s'éclaircit la voix, rendue rauque par l'émotion.

— Je suis sous le choc, et ça va sans doute durer quelques jours, et puis je n'ai aucune idée de la façon dont le père va réagir, mais je veux avoir ce bébé.

Le docteur Barr sourit.

— C'est votre décision. Et mon opinion vaut ce qu'elle vaut, mais je pense que vous faites le bon choix.

— Pourquoi ?

— Je me suis retrouvée dans votre situation, une fois. J'avais fini par divorcer parce que je ne me concentrais que sur ma carrière médicale. J'ai eu une liaison d'une nuit, après une soirée trop arrosée, avec un vieux copain de fac et… oups ! Je suis tombée enceinte, conclut-elle en souriant. À trente-cinq ans. Ce bébé a été la chose la plus merveilleuse qui me soit arrivée. Le bonheur de ma vie. Et elle l'est toujours trente ans plus tard.

Shiori parvint à ne laisser couler que quelques larmes, au lieu du flot qui menaçait.

— Et le père de votre enfant ?

— Oh, c'était un bon à rien. Il ne voulait entendre parler ni d'elle ni de moi. Au bout du compte, on n'a pas eu besoin de lui. Alors puisque vous décidez de poursuivre cette grossesse, je vais vous faire l'examen pelvien et ensuite… Voudriez-vous entendre les battements du cœur du bébé ?

Là, Shiori éclata en sanglots.

Six heures avaient passé quand Shiori quitta le bureau de la doctoresse. Elle commanda au service de voiturier de la ramener chez elle.

Elle se doucha. Ayant enveloppé ses cheveux dans une serviette, elle se posta devant le miroir et se tourna sur le côté. À voir son ventre, on ne pouvait deviner qu'un bébé était en train de grandir à l'intérieur.

Et pourtant, si. Elle en avait pour preuve quelques clichés flous et les battements de cœur qu'elle avait entendus. Dommage que Knox n'ait pas été là.

Comment allait-elle lui annoncer sa grossesse ? En achetant une paire de chaussons et les lui offrant avec une carte où elle aurait écrit : « Félicitations pour ta future paternité » ?

Dis-le-lui, tout simplement. Direct. « Knox, la pilule du lendemain que j'ai prise après la première fois où on a fait l'amour n'a pas fonctionné, et bien qu'on se soit protégés chaque fois par la suite, on attend un bébé. »

Bon, il fallait qu'elle cesse de psychoter. Pourtant, elle vérifia si elle n'avait pas de SMS de Knox. Et elle découvrit un message vocal en provenance d'un numéro qu'elle ne reconnut pas. Elle mit le haut-parleur.

« Bonjour, mademoiselle Hirano. Jeff Jenkins à l'appareil, d'*Executive Luxury Associates*. Je vous appelle au sujet du bail du loft. Les propriétaires du bien que vous louez sont rentrés aux États-Unis deux mois plus tôt que prévu, suite à des soucis de santé. Le contrat de location comprenant une clause concernant les urgences de ce genre, vous allez devoir libérer les lieux dans une semaine à compter de demain. »

Quoi ?!

« Bien entendu, nous allons vous rendre la totalité de votre dépôt, et le versement du dernier mois vous sera remboursé aussi. Nous prendrons en charge les frais de nettoyage. Mademoiselle Hirano, pourriez-vous nous rappeler dès que vous aurez ce message ? Désolé du dérangement. »

Fin du message.

— Tu n'es pas désolé une seule seconde, espèce de lèche-bottes.

Voilà exactement ce dont elle n'avait pas besoin en plus de tout le reste.

S'étant assurée qu'elle avait bien son portable et les clichés de la clinique, elle commanda une voiture pour se rendre chez Knox.

Sa maison était plongée dans l'obscurité, à l'exception d'une veilleuse dans la cuisine, qui se reflétait dans la fenêtre. Mais son pick-up était garé devant, il était donc forcément là.

Elle tourna la poignée, mais la porte était fermée à clé.

Il ne l'attendait pas ?

Elle fouilla dans son sac et en tira la clé qu'il lui avait donnée, pour se glisser enfin à l'intérieur. Quand elle alluma les lumières du salon, elle le découvrit affalé sur le comptoir du petit déjeuner.

Il ne réagit pas à son arrivée. La bouteille d'alcool à demi vide qu'il serrait dans sa main pouvait expliquer son attitude.

— Tu fêtes quelque chose ? demanda-t-elle.

— Tout le contraire.

Il ne lui fournit pas d'explication supplémentaire, préférant demander :

— Qu'est-ce que tu fais là ?

— Tu m'as demandé de rester, ce matin, tu te rappelles ?

— Mais tu n'es pas restée. Je me suis dit que tu étais rentrée chez toi. Et puis, de toute façon, depuis quand tu prends mes désirs en considération ?

— Depuis… toujours.

Fatiguée de parler avec son profil, elle avança à l'intérieur de la cuisine pour aller se poster face à lui.

— D'où ça sort, tout ça ?

— Comme si tu ne le savais pas.

— Je ne le sais pas. Alors, dis-moi.

— Maître Black. Le sensei.

— Eh bien, quoi ?

— Tu as raté une super réunion, aujourd'hui. Les nouvelles règles de fonctionnement de la Maison de Kenji ont été exposées.

— Et ?

— Et félicitations. (Il leva sa bouteille dans un toast moqueur et but au goulot.) Les règles sont toutes en noir et blanc, poursuivit-il avec un ricanement. Noir, tu piges ? « Black » en anglais, comme Ronin Black. C'est drôle, non ?

— Hilarant. Tu peux m'expliquer ce que ça veut dire ?

— Ça veut dire qu'Arts Black passe sous tutelle de la Maison de Kenji, et vu que ton rang est supérieur au mien, tu prends officiellement le titre de shihan.

Ça n'avait aucun sens. Knox avait dû mal comprendre.

— C'est Ronin qui te l'a dit ? Tu n'es pas en train d'extrapoler sur un truc que tu aurais vaguement entendu ?

— Tu me prends pour un idiot ? Je suis peut-être saoul, là, mais je ne l'étais pas quand Maître Black m'a informé du changement. Prenant effet immédiatement.

De nouveau, il inclina sa bouteille et but.

— Je ne m'étais jamais rendu compte à quel point j'étais loin des attentes du sensei, avant que tu ne te pointes ici.

C'était faux, et il le savait bien quand il n'était pas imbibé d'alcool et aussi prompt à s'apitoyer sur son sort.

— Je ne te suis pas.

— Non, toi tu passes toujours devant, pas vrai ? rétorqua-t-il.

Shiori compta jusqu'à dix pour essayer de maîtriser sa colère.

— Tu veux que je m'excuse d'être d'un rang supérieur au tien ? Eh bien, figure-toi que j'ai travaillé aussi dur que toi, pour en arriver là. Plus dur, même, vu que je suis une femme.

— Et c'est pourquoi tu es shihan, désormais. Tu aurais dû l'être à la minute où tu es entrée dans le dojo. Je ne me suis jamais plaint de rester à la place du numéro deux ; j'étais déjà tellement content d'être là. J'ignorais que j'avais conservé mon poste uniquement parce que le sensei me plaignait. Ouais, c'est ça, de la pitié, putain ! Enfin, jusqu'à aujourd'hui.

Comment était-elle censée réagir à ça ?

— Tu as la moindre idée de ce que je ressens, là ? Bien sûr que non. Toi, tu es l'heureuse élue.

— Ce n'est pas quelque chose que je…

— Laisse-moi finir.

Le ton était sec. Et un peu rauque.

— Quoi qu'il en soit, puisque tout s'est si bien passé jusqu'à présent…

Il renversa la tête en arrière et riva les yeux au plafond, évitant soigneusement de la regarder.

— Tu sais pourquoi cette histoire de dominante-soumis a marché entre nous ? Parce qu'on s'équilibrait. Au dojo, j'étais aux commandes, au lit tu étais aux commandes. J'avais besoin de cette séparation, sinon je…

— Tu n'aurais pas pu être mon soumis, finit-elle.

— Ouais. Je t'aurais considérée comme une casse-couilles au dojo et une mère fouettarde au *Twisted*. (Il ricana.) Comme si j'avais besoin d'un autre rappel de ta domination.

Elle eut un mouvement de recul, mais sans doute ne le remarqua-t-il même pas.

— Au moins, Maître Black m'a rétrogradé dans l'intimité de son bureau, et pas devant les autres instructeurs.

Pourquoi son frère avait-il agi ainsi ? Pour tenter de briser leur relation ? Une horrible pensée la traversa. Était-ce sa façon de se venger enfin pour le rôle qu'elle avait joué dans la « débâcle Naomi » ? Ronin savait pouvoir l'atteindre en reprenant la chose qui tenait le plus à cœur à Knox – son poste à Arts Black – et par la même occasion le rendre amer et agressif avec elle.

— Tu veux savoir le plus comique, dans toute cette histoire ? Ben maintenant, il faut que je me trouve un job qui paie. Parce que le seul poste payé à plein-temps à Arts Black, c'est le tien, shihan. L'héritière milliardaire va toucher mon salaire, qui d'ailleurs représente des cacahouètes, pour elle. Sauf que ça n'est pas des cacahouètes pour moi, car c'est tout ce que j'ai. (Nouvelle goulée de whisky.) Tu as un autre boulot, même si tu n'en as pas besoin. Et mon autre travail au *Twisted*, il me sert à payer ce que je leur dois, alors je n'ai même pas ça.

— Knox, tu dois me croire : je n'ai pas voulu cette situation.

Il haussa les épaules.

— Peu importe. Les règles, c'est les règles. Et Arts Black vient bel et bien de changer de direction.

— Pourquoi est-ce que tu ne me regardes pas ?

— Parce que tu lis trop bien en moi, putain !

— Mauvaise réponse, siffla la dominante en elle. Regarde. Moi.

Le soumis en lui réagit.

Et elle recula face à la désolation, à la colère qu'elle vit dans ses yeux.

— Voilà, heureuse, Maîtresse ?

Comment pourrait-elle être heureuse de le voir comme ça ?

Elle avait envie de l'enlacer, mais il était complètement fermé.

— Qu'est-ce que je peux faire ?

Son éclat de rire ressemblait à l'aboiement d'un fou.

— Rien que tu aies envie d'entendre.

— Essaie toujours.

Il s'envoya une nouvelle gorgée d'alcool.

— C'est simple. Continue sur la voie que tu t'étais fixée à l'origine. Tu étais ici pour une durée limitée, à attendre ton heure pour rentrer au Japon. Donc si tu y allais maintenant...

Il pourrait retrouver son statut de shihan. La nausée désormais familière submergea Shiori.

— Tu veux que je m'en aille ?

Les lèvres de Knox se retroussèrent en un rictus mauvais.

— Ce n'était pas ton but depuis le début ? Tokyo, c'est ta maison, tu me l'as dit assez souvent.

Une fois de plus, elle fit mentalement un pas en arrière.

En effet, son départ résoudrait le problème : Ronin ne pourrait l'obliger à devenir shihan, si elle ne faisait plus partie du dojo.

Mais ça n'est pas le problème que tu es venue évoquer avec lui.

Pourquoi Ronin n'avait-il pas discuté de ses projets avec elle ? Surtout la partie où il prévoyait de lui transférer toutes les responsabilités de Knox ? Son frère savait bien qu'elle était engagée auprès d'Okada ; elle l'avait entendu en parler avec Knox, pas plus tard que l'autre jour.

Quand Knox renversa la bouteille encore une fois, elle dut prendre sur elle pour ne pas la faire voler loin de sa main. Se mettre minable, ça ne risquait pas de résoudre le problème.

— Vas-y, je me débrouillerai tout seul. Comme toujours.

Elle avait la sensation que la scène se déroulait derrière un panneau vitré. Ce n'était pas sa vie qui s'effondrait sous ses yeux ; elle n'était pas en train de regarder l'homme qu'elle aimait se saouler et lui intimer de partir, le père de son enfant qui lui en voulait.

Dieu du ciel, comment Knox allait-il réagir, quand elle lui parlerait du bébé ?

Elle ne pouvait pas le faire ce soir.

Il n'était pas du genre haineux, mais il était ivre et elle ignorait ce qu'il était capable de lui balancer, dans cet état. Mieux valait donc laisser tomber.

La bouteille heurta le comptoir, la faisant sursauter.

L'œil torve, Knox se leva et tituba jusqu'à la salle de bain.

Inutile de s'attarder.

Le cœur lourd, elle se glissa dehors et appela le service de voiturier tout en descendant la rue de Knox.

En attendant la voiture, elle passa en revue sur son navigateur les annonces de déménageurs.

— Votre publicité dit que vous fonctionnez vingt-quatre heures sur vingt-quatre. Oui. Je dois avoir fait mes cartons et quitté ma location dans la nuit. Je comprends que les tarifs d'urgence s'appliquent. Monsieur, l'argent n'est pas un souci pour moi. Le temps, oui. Si vos déménageurs respectent mon délai, je suis prête à offrir de généreux bonus. (Elle ânonna l'adresse.) Oui, si vous arrivez dans l'heure qui vient, ce serait parfait. Merci.

Puis elle appela Katie.

— Shi-Shi, ma fille, tu ne me téléphones jamais. Qu'est-ce qui se passe ? lança cette dernière en décrochant.

— J'ai besoin d'un énorme service. Énorme. Mais qui doit rester entre nous.

— Tout ce que tu veux. Annonce.

— Mon bail a été interrompu de façon inattendue, et j'ai besoin d'un endroit où…

— Rester ? Bien sûr que tu peux venir chez moi, aussi longtemps que tu voudras.

Katie était décidément adorable.

— J'apprécie ton offre, mais j'ai juste besoin d'un endroit où stocker mes affaires.

— Ah, oui, bien sûr. Tu vas habiter chez Knox, sans doute.

Ouais, enfin pas vraiment.

— Il n'y a pas grand-chose, et je peux te payer…

— Ne sois pas ridicule. J'ai une maison immense et vide. Tu peux y stocker tout ce que tu veux, et aussi longtemps que tu veux.

— Merci. Les déménageurs viennent ce soir.

— Oh, waouh ! Si tôt ! Écoute, envoie-moi un SMS quand tu connais précisément l'heure. Je vais devoir informer le gardien qu'il te laisse entrer avec un camion de déménagement, au portail. C'est le genre de trucs qui le mettent à cran.

— On fait comme ça. Et merci, Katie. Vraiment, je te dois une fière chandelle.

— Les amis, ça sert à ça.

Pour terminer, Shiori appela sa mère. Avant même de lui dire « bonjour », voire de la gronder de n'avoir pas donné de ses nouvelles, elle demanda :

— Shiori-san, qu'est-ce qui ne va pas ?

— Tout.

— Sois plus précise, chérie.

— J'ai des problèmes. (Dit comme ça, c'était flippant.) Ne t'inquiète pas, je ne suis pas en prison.

— Si tu étais en prison, j'ose espérer que tu appellerais en priorité ton frère pour payer ta caution, puisqu'il est le plus proche.

Shiori fondit en larmes.

— Désolée, ma blague n'était pas très à propos. Dis-moi… Qu'est-ce qui ne va pas ?

Alors tout sortit telle une cascade – y compris des choses que sa mère n'avait sans doute pas besoin de savoir. Quand Shiori eut fini de parler, elle tenta de reprendre le contrôle de ses émotions, ne serait-ce que pour arrêter de pleurer.

Même si un silence lui répondit à l'autre bout du fil, elle savait que sa mère n'avait pas raccroché.

— Où es-tu, là ?

Elle s'essuya le visage et regarda par la vitre. Depuis combien de temps étaient-ils garés ici ?

— Devant mon immeuble.

— Les déménageurs viennent ce soir ?

— Oui. Je n'ai pas grand-chose à empaqueter, et j'ai trouvé un endroit où tout stocker de façon temporaire. Pourquoi ?

— Aussitôt que c'est réglé, je te veux dans le prochain avion pour Tokyo.

Shiori ferma les yeux.

— Ça va ressembler à une fuite, maman.

— C'en est une. Mais tu as une bonne raison. Tu es perdue, tu as peur et tu es enceinte. Être à la maison te donnera une perspective qui te fait défaut là-bas. Tu es adulte, Shiori-san, reprit-elle après une pause, mais ça ne signifie pas que je ne m'inquiète pas pour toi. D'abord l'accident de voiture, et maintenant ça… J'ai besoin de te savoir ici, pour ma tranquillité d'esprit. Ne serait-ce que durant un bref laps de temps.

— OK.

Un immense soulagement l'envahit. Rentrer à la maison, voilà la première décision sensée qu'elle prenait depuis longtemps. Enfin, même si elle ne l'avait pas prise elle-même.

— Envoie-moi ton horaire et numéro de vol par SMS ou par mail. Et oui, je regrette que vous n'ayez pas le Gulfstream V, là-bas.

— Moi aussi. Je te tiens au courant, maman, promis. S'il te plaît, ne dis rien de tout ça à Ronin, Amery ou Ojisan.

— Non, ma chérie.

— Merci. Je suis désolée…

Et elle se remit à pleurer.

— Tu n'as pas à être désolée. Une dernière chose : assure-toi de prendre plein de sacs à vomi. Les vols internationaux me rendaient toujours malade, quand j'étais enceinte. À très vite.

Comme c'était bizarre de discuter avec sa mère des choses à faire ou pas quand on est enceinte ! Elle qui n'avait pas encore pleinement assimilé le concept du bébé…

Une nouvelle douleur lui serra le cœur. Knox aurait dû être la première personne à l'apprendre.

Tu avais une bonne raison de ne rien lui dire. Arrête de revenir sur tout ce que tu fais.

Elle prit une profonde inspiration. Puis elle baissa la vitre de séparation avec l'avant du véhicule.

— Vous êtes en service jusqu'à minuit ?

— Oui, madame.

— Je vais avoir besoin de vous réserver jusque-là, alors. J'ai quelques bricoles à régler en ville, et je ne sais pas trop quand j'en aurai terminé.

— Pas de problème. Je vais m'enquérir auprès de l'agent de sécurité du bâtiment où je peux me garer en vous attendant. Avez-vous l'adresse des endroits où nous allons, afin que je les rentre dans le GPS ?

— Il y en a une que je n'ai pas. Mais pour les autres, nous allons d'abord passer au dojo d'Arts Black, et puis vous me déposerez à l'aéroport.

Au moment précis où elle sortait de la voiture, le camion de déménagement se gara.

Parfait timing.

Sans doute un signe qu'elle faisait le bon choix.

Non ?

Pour une fois, son subconscient se taisait.

Chapitre 30

Le lendemain matin, Knox se réveilla avec une gueule de bois de tous les diables.

Nom de Dieu de merde. Il ne se rappelait pas la dernière fois qu'il avait descendu une bouteille de bourbon. Un gars de sa corpulence, ça tenait l'alcool.

Sauf que la nuit dernière, il ne l'avait pas si bien tenu que ça. Il avait rendu ses tripes. Deux fois.

Au prix d'un énorme effort, il se glissa au bord du lit et s'assit. Sa tête et son estomac protestèrent de concert. C'était même douloureux de se passer la main sur le visage.

T'es dans un sale état.

Tu m'étonnes.

Il ne sut jamais combien de temps il resta assis là, la tête entre les mains. Et songer à ce qui avait mal tourné la veille ne faisait que rajouter à son atroce migraine.

Rétrogradé.

Il était très agité depuis le retour de Ronin. Il était pourtant en mesure de répondre aux questions du sensei sur le dojo – ce n'était pas comme s'il n'avait pas passé en revue chaque fichu scénario possible avant que le roi revienne réclamer son royaume. Et s'il appréciait les regards compatissants de ses collègues instructeurs, il était un grand garçon, capable de supporter le coup de chaud.

Sauf qu'il ne s'attendait pas à se brûler.

La veille au matin, Ronin avait commencé par admettre que l'embauche de Maddox à la tête du programme de MMA avait été une excellente décision. Il avait donc accordé son soutien à Knox sur ce point-là.

Puis Maddox avait soulevé le problème de la place. Il requérait une aire d'entraînement spécifique, et pas un coin de la salle habituelle. La seule bonne chose dans le dernier établissement où il avait travaillé, c'était justement la zone d'entraînement dédiée. Personne ne pouvait venir les regarder ou les interrompre. Par ailleurs, il trouvait la présence des bureaux et de la salle de conférence au même étage que la salle d'entraînement néfaste pour la concentration.

Ronin n'avait pas manifesté de désaccord sur le sujet. Il avait donc entraîné Knox, Maddox, Blue, Deacon et Gil dans une discussion sur la manière de réorganiser l'emplacement des salles sur les trois étages afin d'en faire le meilleur usage. Quand Maddox l'interrogea sur les sociétés qui occupaient les autres étages du bâtiment, Ronin admit qu'il n'allait pas renouveler le bail des entreprises du quatrième, et que le cinquième et le sixième constituaient son espace personnel.

À ce moment-là, Knox exprima sa fierté pour Arts Black, car Ronin avait atteint le but qu'il poursuivait depuis des années et pouvait enfin consacrer le bâtiment tout entier à sa propre affaire.

Pour l'instant, et jusqu'à ce que le quatrième étage soit libéré, les entraînements de MMA se tiendraient au troisième, qui appartenait à ABC.

C'était donc dans un bon état d'esprit que Knox rejoignit Ronin, qui l'avait convoqué dans son bureau. Il s'attendait à passer en revue les détails du planning. Rien ne l'avait préparé à ce qui allait suivre. Il s'installa confortablement dans le fauteuil face au bureau de Ronin, en tâchant de ne pas repenser à la fois où il avait culbuté Shiori sur le bureau en question, avant de la baiser avec suffisamment de force pour lui laisser des ecchymoses sur les hanches.

Quand il avait levé les yeux vers Ronin et l'avait surpris en train de tripoter l'agrafeuse, il avait pour la première fois soupçonné que quelque chose ne tournait pas rond. Car Maître Black n'était pas du genre à tripoter les objets. Hormis s'il était nerveux.

Knox avait donc décidé de briser la glace le premier.

— Qu'est-ce qu'il y a ?

— Comme tu le sais, nous sommes alignés avec la Maison de Kenji, désormais. En plus d'être évalué, j'ai dû envoyer des statistiques sur le personnel et toutes ces conneries de paperasse que personne ne regarde jamais. (Il fit une pause.) Sauf qu'ils l'ont fait.

— Et ?

Ronin semblait déchiré, écœuré et nerveux.

— Dis-moi.

— Maître Daichi ne se souciait pas de l'organisation du dojo, ce qui explique que nous nous entendions si bien. Mais la Maison de Kenji a des « directives » très strictes. En fait, ce sont plutôt des règles en béton. Et vu que je suis nouveau, on m'a conseillé d'y adhérer, même si ça me rend complètement dingue.

Knox s'était rencogné dans son fauteuil.

— Je ne vais pas aimer ça, si je comprends bien.

— Non, en effet. Pour faire bref… Shiori t'est supérieure en rang, d'après le système de ceintures japonais. Perso, je trouve que ce système a toujours placé les élèves au-dessus de ce qu'indiquent leurs véritables performances. Par exemple, une ceinture noire huitième dan, c'est un rang élevé, pour mon âge. J'imagine que si j'avais continué le ju-jitsu américain, je n'en serais qu'au septième dan environ.

Respire. Contente-toi d'écouter.

— Shiori est rokudan. En prenant en compte son système de ceintures, je l'ai toujours considérée comme godan – au même niveau que toi. Et vu que tu es ici depuis plus longtemps qu'elle, tu as plus d'expérience, c'est pourquoi je n'ai pas fait jouer le titre officiel entre vous pour échanger vos postes. Je n'avais pas évoqué la question avec Maître Daichi, car il n'aurait jamais nommé une femme shihan, de toute façon. (Il détourna les yeux.) Mais la Maison de Kenji n'est pas d'accord avec ça. Leur troisième ceinture la plus élevée…

— Est une femme, compléta Knox.

Ronin hocha la tête.

— Alors à partir de maintenant, je nomme Shiori shihan.

À ces mots, tout était devenu confus. Knox avait été pris de nausée. Devenue inintelligible, la voix de Ronin s'était éloignée. En même temps, celles qui résonnaient dans sa tête s'étaient faites beaucoup plus fortes.

Tu aurais dû t'y attendre.

Et maintenant, tu vas devoir te trouver un autre emploi pendant la journée.

Merci pour la fidélité. Pas mieux qu'à l'armée, où tu as dû lécher des pompes pour mieux te les prendre en pleine tronche au bout du compte.

Comment vas-tu affronter les autres membres du personnel ? Comment vont-ils réagir à ta rétrogradation ? Vont-ils en rire ? Ragoter dans ton dos ?

Pourquoi est-ce qu'elle ne t'a pas prévenu que ça allait arriver ?

Parce qu'elle veut te diriger au dojo comme en dehors.

Romps avec elle. Ensuite elle rentrera au Japon et la situation restera en l'état. Tu retrouveras ton titre et ton boulot.

Mais je l'aime.

Et elle, elle t'aime ? Elle ne l'a pas dit.

Tu n'es peut-être que son joujou.

En tant que ta Maîtresse, elle est censée faire ce qu'il y a de mieux pour toi. Dans ce cas, ne devrait-elle pas quitter le dojo pour te rendre heureux ?

— Knox ?

Il cligna des paupières et vit Ronin penché sur le bureau.

— Oui.

— Tu te sens bien ?

— Surpris, mais ça n'est pas étonnant.

— Écoute…

— Tu n'as pas besoin de t'expliquer, lança-t-il en se levant. En fait, je préférerais vraiment que tu t'en abstiennes.

— OK, je comprends, admit Ronin en se radossant à son dossier. Mais pense à ce que je t'ai dit.

Je n'ai pas la moindre idée de ce que tu m'as dit, putain. J'étais trop assourdi par les morceaux de ma vie qui s'écrasaient autour de moi.

Il était sorti sans un mot de plus, avait traversé le couloir, s'obligeant à ne pas dévaler l'escalier en courant pour quitter le dojo.

Ayant déverrouillé son pick-up, il avait grimpé à l'intérieur. Destination : le vendeur d'alcool le plus proche. Une fois à l'intérieur, il s'était dirigé droit vers les bouteilles bon marché – mieux valait s'habituer à économiser, maintenant qu'il était au chômage.

Et merde.

Il s'était garé devant chez lui, puis, une fois la porte refermée derrière lui, il s'était mis à boire. Pour de bon.

Il la méritait vraiment, cette putain de gueule de bois, car il ne se rappelait plus rien après les trois quarts de la bouteille.

Non. Il avait un vague souvenir de Shiori… debout dans sa cuisine et lui jetant un regard noir ? Elle était vraiment venue ici ? Ou n'était-ce qu'une autre hallucination ?

S'il se concentrait très, très fort – au point de s'exploser le cerveau –, il se souvenait plus ou moins de lui avoir parlé, de l'avoir félicitée. Et d'elle qui s'enveloppait dans sa voix et sa posture de dominante. Et puis… plus rien. Ils avaient pu se disputer. Elle avait pu le mettre au lit, après qu'il avait embrassé les toilettes.

Non. Il se revoyait en train de s'effondrer dans son lit après la deuxième séance.

Il se dirigea à la salle de bain et sortit quatre aspirines. Puis il traîna sa pauvre carcasse sous la douche et laissa l'eau chaude s'abattre sur lui.

Une fois séché, il se brossa les dents et s'habilla. Il se sentait un peu mieux.

Mais toujours amer. Ça ne passerait pas aussi facilement que la gueule de bois.

Incapable de trouver son portable dans la maison, il s'aventura dehors et le dénicha coincé dans le siège passager de son pick-up. Avec tout juste assez de batterie pour vérifier ses messages.

Aucun de Shiori. Un de Ronin. Qui remontait à peu près à dix minutes. Au moment où il descendait l'affichage de la liste de ses messages vocaux, la batterie lâcha.

Génial.

De toute façon, il ne se sentait pas capable d'affronter Ronin aujourd'hui. Cet enfoiré pouvait au moins lui accorder le temps de digérer. Sa fierté masculine lui soufflait qu'il n'avait plus à accourir chaque fois que Maître Black sifflait, vu qu'il n'était plus son second.

La dernière chose dont il avait besoin aujourd'hui, c'était de s'infliger le dojo, avec son sensei, la nouvelle shihan, ses collègues instructeurs et même ses élèves. Il fallait qu'il prenne l'air. Qu'il se vide la tête, les poumons, le cœur.

Cette dernière pensée l'immobilisa. Était-ce vraiment ce qu'il souhaitait ? Faire sortir Shiori de sa vie ?

Non. Rien que l'idée lui retournait l'estomac. Évidemment, ils devraient parler de l'impact que ce changement de statut au dojo aurait sur l'équilibre de leur relation personnelle.

Mais c'était un autre point qu'il ne se sentait pas prêt à traiter aujourd'hui. Surtout qu'il n'avait pas la moindre idée de la façon dont il s'était comporté avec elle la veille.

Merde. Oui, il lui fallait vraiment partir s'aérer un peu.

Sur les cinq années qu'il avait passées à Arts Black, jamais il n'avait manqué un cours.

Eh bien, il y avait un début à tout.

Il emballa son matériel de pêche et de camping, décidant qu'il s'arrêterait pour acheter à manger à la sortie de la ville. Il ne fuyait pas, il réévaluait sa situation.

Vingt-quatre heures plus tard…

OK, il ne sentait peut-être pas très bon, après sa virée sauvage, mais il avait besoin de voir Shiori. Il imaginait qu'elle serait furieuse et exigerait de le fouetter pour ne pas avoir donné de ses nouvelles pendant un jour et demi. Mais il se sentait plus calme. Et plus au clair avec lui-même.

Pendant les heures passées à regarder les étoiles, il avait compris que ces trois derniers mois de dominante-soumis n'étaient pas un jeu, ni une mise à l'épreuve, ni même un test. Non, il était tombé amoureux d'elle. Complètement, totalement, l'amour qui dure toujours, l'amour à s'asseoir à ses pieds. Il se croyait assez fort pour l'aimer, sachant les défis qu'il aurait à relever en accordant son amour inconditionnel et éternel à une femme comme elle.

Peu importait ce qui adviendrait de leurs rôles respectifs au dojo, il serait à ses côtés, à ses pieds, dans son lit chaque nuit.

Il s'arrêta devant l'immeuble de Shiori et se gara. Ce qui rendit dingue l'agent de sécurité, mais depuis la fois où Knox s'était pointé dans son gi, le type n'osait plus se plaindre.

Dans un accès de colère, Shiori avait dû le rayer de sa liste de visiteurs autorisés, ce qui l'obligea à se montrer aimable. Il afficha un sourire de circonstance.

— Bonjour. Knox Lofgren ; je viens voir Shiori Hirano, le loft du dernier étage.

L'agent de sécurité tapota sur son clavier d'ordinateur. Puis ses lèvres se retroussèrent en un rictus narquois.

— Désolé, je n'ai personne à ce nom ici.

— Allons, arrêtez de vous moquer de moi. Elle m'a bloqué, c'est ça ?

— Je ne vois pas du tout de quoi vous parlez, monsieur. La personne dont vous me donnez le nom ne réside pas dans cet immeuble.

Là, Knox commençait à être furieux.

— Depuis quand ?

Nouveau sourire satisfait.

— Je ne suis pas autorisé à révéler ce genre d'informations.

— Et à quoi tu sers, alors ? aboya Knox en frappant des deux mains sur le bureau de la réception. Il y a deux jours, elle vivait ici, et maintenant tu me dis qu'elle n'y est plus ? C'est quoi, ces conneries ?

— Monsieur, votre agressivité me met mal à l'aise.

— Je n'ai pas encore commencé à te mettre mal à l'aise, connard. Dis-moi où elle est.

Les yeux du gardien se posèrent sur quelqu'un derrière Knox, qui fit volte-face.

Une femme se tenait devant lui qui, quoique très enceinte, avait la posture d'un ancien soldat. Et le regard dur aussi.

— Quel que soit le problème, hurler sur l'agent de sécurité ne le résoudra pas, fit-elle froidement.

Knox compta jusqu'à dix.

— Ce type m'affirme que la femme avec qui je sors, qui vit ici depuis presque un an et qui y vivait encore il y a deux jours, n'est plus résidente.

— J'habite ici. De qui s'agit-il ?

— Shiori Hirano. Elle louait le loft.

— La jeune femme aux traits exotiques, d'à peu près cette taille ? (Elle plaça la main à la hauteur de sa propre épaule.) Qui se promenait la moitié du temps en gi, comme un méchant ninja ?

— Oui, c'est elle. Vous l'avez vue hier ou avant-hier ?

La femme passa une mèche de cheveux bleus derrière son oreille et s'adressa au gardien :

— Merci, Stevo. Je m'en occupe.

Puis elle reporta son attention sur Knox et désigna le coin attente.

— Allons nous asseoir là-bas.

Ben voyons. C'était la phrase code pour : « Attends là gentiment, trouduc, on appelle les flics. » Knox secoua la tête.

— Je préfère rester debout.

— Eh bien, pas moi, rétorqua-t-elle. Ce bébé pèse au moins cent kilos, et j'ai besoin de m'asseoir. Alors si vous voulez qu'on parle, il va falloir vous poser.

Et… Knox n'insista pas. Cette nana était peut-être l'une des copines dominantes de Shiori. Elle en avait l'autorité, en tout cas.

Une fois qu'ils furent installés, elle l'observa attentivement.

— Quel corps ?

Touché. Son intuition d'avoir affaire à une femme soldat était bonne.

— Dans l'armée. Douze ans. Et vous ?

— Ironiquement… la même chose, fit-elle en lui tendant la main. Liberty Masterson.

— Knox Lofgren.

— Alors, Knox, vous étiez parti, ou quelque chose du genre, pour ne pas savoir que votre petite amie a déménagé ?

— Ça ne fait que vingt-quatre heures. Shiori et moi travaillons aussi ensemble. Il y a eu des changements importants, au dojo, et j'avais besoin de temps pour me remettre la tête à l'endroit.

— Au dojo ? répéta-t-elle. Ça veut dire que ce n'était pas pour se la jouer, ses tenues ?

— Pas du tout, fit-il sèchement. Elle est ceinture noire sixième dan, et sa férocité compense largement sa taille. Elle m'a collé le visage au tatami plus d'une fois.

— Intéressant. Alors comme ça, vous êtes parti vous « remettre la tête à l'endroit »…

— Oui, dans la nature, où il n'y avait pas de réseau téléphonique. Je ne suis donc pas très à l'aise avec l'idée qu'elle se soit simplement barrée dans les quarante-huit heures qui ont suivi notre dernière rencontre, putain. (Il jeta un coup d'œil vers son ventre gonflé.) Merde, je ne suis pas censé jurer devant un enfant.

Liberty se passa une main sur le ventre.

— Junior en entend pas mal sortir de ma bouche, ne vous tracassez pas. Son père et moi allons châtier notre langage sitôt qu'il sera sorti. (Elle se tut une seconde.) Mon mari, Devin, et moi-même vivons à l'étage situé juste au-dessous du loft.

— Quel appartement ?

— Les deux. L'un est notre lieu de résidence, l'autre le bureau de mon mari. Nous savions que les propriétaires du loft avaient prévu de louer leur appartement pour une année. Nous avons donc été surpris de les voir revenir hier. Je sais qu'ils sont partis depuis moins d'un an, fit-elle avec un regard par-dessus son épaule. J'ai interrogé le gardien de nuit, et il m'a appris que la locataire avait fait venir des déménageurs à 22 heures, la nuit précédente.

Knox sentit son malaise s'intensifier. C'était la nuit où il s'était saoulé. Doux Jésus. Avait-il dit quelque chose de si terrible qu'elle ait décidé de déménager ?

Liberty se pencha aussi près que son ventre le lui permettait.

— Regardez-moi. Vous êtes un gars costaud, et elle juste une brindille. Vous l'avez blessée, d'une manière ou d'une autre, pour qu'elle prenne peur et file en douce ?

Il ravala un rire.

— Non. Je reconnais qu'on s'est disputés, cette nuit-là. Mais je n'aurais jamais imaginé que ça aboutirait à ça.

— Vous avez dit avoir des soucis au dojo où vous travaillez tous les deux ? C'est où ?

Knox ne pouvait lui reprocher ses soupçons, mais il ne voulait pas non plus trop lui en révéler.

— On est tous les deux à Arts Black. Je suis – enfin, j'étais – le second du sensei Ronin Black. Et avant que vous ne posiez la question, non, je n'ai pas contacté Ronin. Je suis venu ici d'abord.

— À votre place, j'essaierais l'endroit suivant sur votre liste, dans ce cas, parce qu'elle ne vit plus ici.

— Merde.

Il se releva et attendit que Liberty en fasse autant.

— Merci de votre aide.

— Pas de problème.

Elle lui jeta un regard perçant.

— Quoi ? Je vous jure que je ne lui ai pas fait de mal. Jamais je ne pourrais lui faire de mal, ajouta-t-il plus bas.

— Je vous crois. Je m'interrogeais juste sur votre commentaire, comme quoi vous n'êtes plus le second de Ronin Black. Est-ce que ça signifie que vous cherchez du travail ?

Voilà qui était inattendu.

— Peut-être. Pourquoi ?

Elle ouvrit un petit sac à main qu'il n'avait même pas remarqué – sans doute le portait-elle caché, en fait – et lui tendit une carte de visite.

Qui indiquait : « GSC. Spécialistes dans la Sécurité. »

Il releva vers elle des yeux interrogateurs.

— Nous proposons des services variés. Avec votre expérience militaire et vos talents en arts martiaux, nous serions très intéressés par un entretien avec vous. Pas forcément pour du travail de sécurité sur le terrain, mais nous avons un programme d'entraînement plutôt actif que nous mettons à disposition de nos spécialistes dans la sécurité.

— Merci. Dès que j'aurai remis de l'ordre dans le bazar actuel, je vous contacterai.

— Super. Bonne chance.

Knox retourna à son pick-up. Son irritation refaisait surface. Il avait vérifié son portable sitôt qu'il était revenu en service et il n'avait reçu aucun appel en absence ou autre SMS furax. Quant à ses coups de fil à Shiori, ils tombaient directement sur sa messagerie vocale.

À cet instant, il se souvint qu'il n'avait pas écouté le message de Ronin de la veille au matin. Il appuya sur la touche. Le ton mortellement calme de Ronin lui envoya un frisson dans le dos.

« Je ne sais pas ce que tu as foutu ni où tu es passé, mais en arrivant à mon bureau ce matin, j'ai trouvé une lettre de démission de Shiori. Avec un mot indiquant qu'elle était retournée au Japon. »

Knox pressa la touche « pause ».

Donc elle était vraiment partie. Elle l'avait quitté.

Un mélange de fureur, de peur et de frustration l'envahit, l'étouffa, le saisit par les testicules. Il serrait son portable si fort qu'il en délogea la coque. Puis il s'obligea à le poser avant de le casser pour de bon.

Respire, putain. Respire.

Une fois que le rugissement cessa dans sa tête et que les taches blanches disparurent devant ses yeux, il reprit l'écoute du message.

« C'est quoi ce bordel ? Tu es introuvable, Shiori est partie, tout ça prend des proportions surdimensionnées, putain ! Si je découvre que tu lui as fait du mal, de quelque façon que ce soit, Dieu me vienne en aide car je... Non, bon sang, Amery ! Laisse ça, rends-moi mon portable ! »

Knox fixa l'écran, et quelques secondes de silence plus tard, la voix d'Amery retentit à l'autre bout du fil. Elle s'exprimait rapidement, mais avec calme.

« Knox, dès que tu auras eu ce message, viens me voir au travail. Ne retourne pas à Arts Black. Tu m'as rendu un sacré service, une fois, alors je te dois la pareille. »

Fin de l'appel.

Au moins, il savait dans quelle direction il devait se rendre.

OK, il avait peut-être le regard un peu fou, quand il entra en trombe chez *Harwick Design* une demi-heure plus tard.

Molly fut la première à lui tomber sur le râble.

— Qu'est-ce que tu lui as fait pour l'obliger à fuir comme ça, putain ?

— Lâche-moi.

— Je suis tellement furieuse après toi, là, que si j'avais mes gants, je te mettrais mon poing dans la figure.

Knox lâcha un long soupir.

— Je t'y pousserais, crois-moi. Peut-être qu'au moins je ressentirais quelque chose, au lieu de ce putain de vide.

Elle écarquilla les yeux.

— Quoi ? Tu ne crois pas que j'en crève, à l'intérieur ?

Amery s'interposa entre eux.

— Molly, retourne travailler.

Puis elle se tourna vers Knox.

— Dans mon bureau.

Elle fila s'asseoir à sa table de travail et désigna la chaise en face.

Mais Knox n'y prêta pas attention et alla poser les deux paumes à plat sur le bureau.

— Ronin ne déconnait pas, sur son message ? Elle est rentrée au Japon ?

— Oui. Et assieds-toi.

Il traîna la chaise plus près.

— Parle.

— Toi d'abord. Qu'est-ce qui s'est passé ?

— Après que Ronin l'a nommée shihan ? J'avais besoin de temps pour réfléchir. Je suis revenu en ville aujourd'hui, prêt à gérer ma rétrogradation, prêt à faire tout ce qu'il faudrait pour la garder dans ma vie. Et là, je découvre qu'elle a déménagé de son loft. Je n'avais même pas envisagé que ça puisse arriver, Amery.

— Nous non plus, figure-toi.

Elle tambourina sur le bureau de la pointe des doigts.

— Depuis le début, je me doutais que votre besoin de vous quereller sans cesse n'était qu'une manière de combattre votre attirance. Je vous crois faits l'un pour l'autre. Et je crois aussi qu'entre vous, ça n'a jamais été superficiel.

Il secoua la tête.

— Ronin est tiraillé dans plein de directions à la fois. Je lui ai dit de ne pas mettre en place tous les changements en même temps, et je suis contente qu'il n'ait pas tout entrepris seul et qu'il se soit déchargé sur toi de certaines obligations.

— Tu veux dire en me rétrogradant ?

Cette fois, Amery parut perplexe.

— Il a échangé les titres, mais tes responsabilités de directeur général du dojo ne changent pas. Ronin a dit que tu n'avais pas donné de réponse à sa proposition de te déléguer plus de responsabilités concernant les promotions Black et Blue, tout en préparant ton passage au dan supérieur.

— Waouh, lâcha-t-il en effectuant le geste « temps mort ». De quoi tu parles ?

Elle frappa des deux mains sur le bureau.

— J'en étais sûre ! J'avais prévenu Ronin, qu'il ne devait pas tout te balancer d'un coup ! Je l'avais averti : une fois qu'il t'aurait annoncé la nouvelle sur cette histoire de shihan, tu serais sous le choc, tu allais perdre les pédales et tu n'entendrais plus rien de ce qu'il te raconterait ensuite.

— Comment tu le savais ?

— Ça arrive à tout le monde. Bon sang, ça lui est arrivé à lui, et comme par hasard, il l'a oublié.

— Du coup, me mettre la tête à l'envers juste après, sous prétexte que ma carrière au dojo était terminée, c'était… prématuré ?

— C'est ce qui s'est passé ?

Il soupira.

— Ouais. Je sais que Shiori est venue me voir. J'ignore en revanche ce que j'ai bien pu lui dire.

— Knox, ça craint.

— Tu lui as parlé ?

Elle secoua la tête.

— Personne ne lui a parlé. On a tous essayé de l'appeler, mais elle n'a pas répondu. J'ai réussi à joindre Tammy, leur mère, qui m'a annoncé que Shiori était à Tokyo.

— Je suis passé au loft. Elle a déménagé, apparemment la nuit où elle est venue chez moi.

Il posa les mains au sommet de son crâne et ferma les yeux.

— Donc ouais, je suppose que c'était à cause de quelque chose que j'ai fait ou dit. Putain, Amery, comment je vais arranger ça ?

— Qu'est-ce que tu es prêt à faire pour arranger ça ?

— N'importe quoi. Tout.

Des images de Shiori défilaient derrière ses paupières closes.

— Je veux la retrouver pour de bon.

— Ça n'était pas ma question.

Il rouvrit les yeux et fronça les sourcils.

— Je suis perdu, là.

— Oui, en effet. Tu ignores ce que tu as dit qui a bien pu la chasser. Les mots peuvent blesser, mais les mots peuvent aussi guérir.

— Tu es sûre ?

Elle haussa les épaules.

— Presque. À moins que tu lui aies balancé un truc du genre : « Tu n'es rien d'autre qu'une petite garce riche et gâtée, et je te baisais uniquement par pitié, vu que tu es laide, grosse, sans aucune coordination, sans compter que tu es nulle au pieu, et je préférerais me trancher la gorge plutôt que de passer une seconde de plus avec toi. »

Il ouvrit grand la bouche.

— Ce genre de mots-là ne peut pas s'oublier. Mais je doute que tu sois tombé aussi bas, même sous l'influence de l'alcool, parce que tu l'aimes. Et qu'elle t'aime.

Il se laissa le temps d'assimiler l'affirmation d'Amery. Elle n'avait pas besoin de savoir que Shiori ne lui avait jamais déclaré son amour.

— Après notre dernière dispute, avant qu'on se marie, Ronin et moi, je suis partie car il agissait comme un sale égoïste. Et Ronin, l'homme qui avait juré ne jamais me courir après, l'a pourtant fait. Quelques heures plus tard, il était à ma porte, à s'excuser, à m'expliquer que tout pouvait s'arranger tant que nous agissions ensemble. Ça a fait mouche. Parfois, ce ne sont pas les mots qui portent le plus de poids, mais les actions qu'ils sous-tendent.

Soudain, l'image de Shiori tombant à ses genoux et lui embrassant les pieds au club revint tel un flash à l'esprit de Knox. Elle l'avait cherché pour témoigner une immense humilité dans ses excuses. Il devait en faire autant.

Sauf qu'il allait mettre la barre plus haut encore, parce que tout ce qui comptait était en jeu, cette fois.

— Je vois les rouages qui tournent dans ta tête, nota Amery, le ramenant aussitôt à l'instant présent.

— En effet. J'ai besoin de réfléchir à deux ou trois bricoles avant d'y aller.

— D'aller où ?

— À Tokyo.

Amery lui adressa un grand sourire.

— J'espérais t'entendre prononcer ces mots.

Elle posa son sac à main sur le bureau et farfouilla à l'intérieur jusqu'à en dénicher ce qu'elle cherchait. Un objet qu'elle lui tendit.

— Qu'est-ce que c'est ? s'enquit Knox en regardant la carte-clé.

— La clé de l'appartement de Shiori à Tokyo. Elle m'avait demandé de vérifier que tout allait bien chez elle, pendant que j'étais là-bas. Heureusement pour toi, avec tout ce qui s'est passé depuis notre retour, je n'ai pas eu l'occasion de la lui rendre.

— C'est très heureux, en effet.

Des symboles au marqueur noir s'inscrivaient de haut en bas sur la carte plastifiée.

— C'est quoi, ça, au dos ?

— Le code de l'ascenseur est en kanji ; j'ai dû le recopier avec précision pour ne pas me tromper.

— Pratique.

— Très. Tu as son adresse et son numéro d'appartement ?

— Non. Si tu pouvais me les donner, ainsi que le numéro de téléphone de sa mère, j'apprécierais.

— Bonne idée, mets Tammy au courant, commenta Amery, avant de fouiller son regard. À moins que tu n'aies peur qu'elle gâche la surprise ?

Knox prit quelques secondes pour respirer lentement et profondément.

— Il ne s'agit pas d'une surprise romantique, Amery. J'y vais pour me battre, afin d'obtenir une chance de passer ma vie avec elle. J'y vais pour lui prouver que jamais elle ne trouvera un autre homme qui lui donnera comme moi ce dont elle a besoin.

Il vit les yeux d'Amery s'emplir de larmes.

— Bonne chance. Je me charge de Ronin.

— Merci.

Il sortit du bureau, un million de choses en tête. Il ne prêtait donc aucune attention à son environnement, jusqu'à ce qu'un mur imposant vienne se planter devant lui. Il leva les yeux pour rencontrer le regard glacial de Deacon.

— Qu'est-ce que tu fais là ?

— C'est moi qui l'ai appelé, intervint Molly. J'ai eu l'impression que tu avais besoin d'un ami.

Knox ne savait trop si la tension qui émanait de Deacon était dirigée vers Molly ou vers lui.

Son ami déplaça le cure-dent qu'il avait à la bouche.

— De quoi tu as besoin ?

Comme ça. Pas de questions.

— D'un billet pour Tokyo et d'un cadeau pour m'excuser d'être un gros naze.

— Tu as assez d'argent pour les deux ? Sinon je peux t'en prêter.

Une nouvelle fois, la générosité de son ami le toucha. Par-dessus l'épaule de Deacon, il vit Molly qui les observait.

— Je pense que je vais m'en sortir, répondit-il à mi-voix. Mais merci, ça représente beaucoup…

— Ne dis rien… (Deacon leva la main.) Je suis sérieux. Ne dis rien.

— OK. Suis-moi à la maison, faut que je fasse un peu de rangement et mes bagages. Ensuite, sur le chemin vers Cherry Creek, je te raconterai ce qui s'est passé.

— Je ne vais pas réussir à t'empêcher de me faire le coup de l'amitié gnangnan, on dirait.

— Sans doute pas.

Après une seconde ou deux, Deacon haussa les épaules.

— OK. Je vais t'écouter jusqu'à ce que mes oreilles en saignent. Mais je t'avertis, si tu te mets à chialer, je t'envoie mon poing dans la figure.

Chapitre 31

Les nausées matinales, ça craignait un max.

Shiori avait passé une bonne partie du vol pour Tokyo avec un sac à vomi à la main.

Sa mère était venue l'attendre à l'aéroport, et après un baiser, elle l'avait emmenée dans la maison d'enfance de Shiori, l'avait mise au lit, bordée et laissée dormir pendant douze heures de bonheur total – sans lumière, sans bruit, sans vomi.

Avec la folie qu'avait été son voyage jusqu'ici, elle avait perdu la notion du temps. À quand remontait son départ de Denver ? Un jour et demi ? Deux jours ? Tout se confondait.

Une douche et un changement de vêtements plus tard, elle se sentait de nouveau humaine. Jusqu'à ce que l'odeur du thé la renvoie en urgence aux toilettes où elle se vida du verre d'eau que son estomac avait réussi à garder.

Elle se brossa les dents, pour la troisième fois, et se rendit au salon, où elle s'allongea sur le long canapé en cuir qu'elle connaissait depuis l'enfance. C'était l'un des seuls objets qui avaient appartenu à son père, ce qui expliquait sans doute que sa mère l'ait gardé.

Cette dernière apparut justement avec un verre.

— Un soda au gingembre, ça va peut-être te faire du bien. Je te le pose ici.

— Merci, maman. Tu t'es mise en quatre.

— Ça fait de moi une mère pathétique, d'être heureuse que tu aies besoin de moi ?

Shiori réprima une nouvelle crise de larmes.

— Non, ça fait de moi une fille nulle d'être restée si longtemps sans donner de nouvelles, au point que tu en sois venue à te croire inutile.

— Cette année écoulée a été bizarre, non ? Quelque chose t'a amenée à réévaluer tout ce que tu avais mis tant de peine à atteindre.

— Sans doute le fait de passer un troisième anniversaire toute seule.

— C'est ça qui t'a poussée à partir ?

— En partie. Et ma vie personnelle, qui était devenue aussi mécanique que mes relations de travail.

Elle s'était rendu compte que négocier un peu de temps passé avec un soumis au club échangiste était devenu aussi routinier que de mettre en place les termes d'un contrat d'affaires.

Knox avait changé cela. Il avait tout changé. Il lui avait montré qu'il pouvait accepter tous les aspects de sa personnalité. Son respect et sa dévotion signifiaient plus que tout au monde pour elle. Ses divagations l'avaient donc prise d'autant plus au dépourvu. Et au lieu d'essayer de gérer ça… elle avait fui.

Très mature, Maîtresse.

Sa mère lui frotta le front avec amour.

— Je savais que tu souffrais. Et quand j'ai officiellement repris la direction d'Okada…

— Tu es passée de ma mère à ma patronne, finit Shiori. Ça m'a fait peur. Tu es la seule personne de notre famille avec laquelle j'avais une belle relation, et je ne voulais pas la perdre.

— Alors tu t'es complètement retirée. Crois-moi ou pas, mais je te comprends, conclut sa mère en soupirant. On est moins doués pour exprimer nos problèmes personnels que pour gérer les affaires, pas vrai ?

— Tu as raison. Éviter les problèmes personnels, c'est considéré comme de la manipulation émotionnelle. Après avoir subi les manipulations d'Ojisan sur les deux tableaux... je m'inquiétais que tu sois devenue comme lui.

— Par certains aspects, je suis bien la fille de mon père, je ne peux pas le nier. C'est d'autant plus réjouissant pour moi que tu aies fait une pause.

Sa mère se pencha plus près, pour prendre le visage de Shiori entre ses mains.

— C'est ce que je voulais pour toi, ajouta-t-elle.

— Quoi ? fit Shiori. Que je sois enceinte et pétrifiée de l'être à trente-cinq ans ?

— Non, répondit sa mère en souriant. Je voulais que tu fasses l'expérience de la vie sans les responsabilités écrasantes que tu avais endossées à Okada. Nous savons toutes les deux que si je t'avais demandé de prendre des congés, tu te serais mise à travailler encore plus dur.

— J'ai toujours été aussi difficile et contrariante ?

— Oui. Mais honnête.

Sa mère la relâcha, tout en restant suffisamment proche pour que Shiori ne puisse reculer.

— Si tu voulais que je voie à quoi ressemblerait ma vie sans Okada, alors pourquoi m'avoir envoyée au Mexique et au Canada pour représenter l'entreprise ?

Sa mère haussa les épaules.

— C'étaient des entreprises familiales que nous souhaitions acquérir. Envoyer la petite-fille de Nureki Okada pour entamer les négociations, ça permettait de faire passer le message que nous embrassions la philosophie de l'entreprise familiale.

— J'étais donc un pion ?

— Je dirais plutôt une tour.

Génial.

— Ta présence signalait aussi à nos employés les plus haut placés que ton rôle au sein de l'entreprise était toujours crucial. Depuis le début, tu avais l'intention de revenir à Okada. Je ne sais pas si tu envisageais à ton retour de réclamer le poste que tu avais quitté, mais je sais en revanche que si tu étais partie pour de bon, quand je t'ai demandé de négocier au nom d'Okada, tu aurais refusé.

Shiori sentit son visage s'échauffer.

— Tu vois, c'est ce que je voulais dire. Je ne pouvais rien te refuser. J'étais censée régler mes problèmes personnels, et à la place, je me retrouvais à micromanager mes comptes à des milliers de kilomètres du siège, parce que je ne pense pas que quiconque soit en mesure de faire mon travail aussi bien que moi.

Les larmes commençaient à lui picoter les yeux.

— Ce congé sabbatique aux États-Unis ne prouvait rien. Ça n'a rien changé.

Sa mère lui prit les deux mains dans les siennes.

— C'est faux. Ça t'a changée, toi. Tu as compris que tu avais le droit de vivre ta vie. Même au milieu de ton vilain divorce, tu as continué à travailler comme si tu étais invincible.

— Quel autre choix j'avais ? Agir comme une petite fille brisée ? (Elle ferma les yeux.) Tu connais la vie en entreprise. Ne jamais montrer de faiblesse. Ne jamais montrer d'émotions. Toujours le premier au travail et le dernier parti, même si tu es la petite-fille du P.-D.G., peut-être en fait surtout si tu es cette fille. Consacrer le minimum de temps à sa vie personnelle. Se concentrer, se concentrer, se concentrer. Être un bon employé, c'est tout ce qui importe. Si tu montres que tu es capable de travailler dur, tu grimperas les échelons et on t'assommera avec encore plus de travail. Mais pas de problème, puisque tu vois presque les toits des gratte-ciel de Tokyo depuis ton bureau, si tu regardes par-dessus la montagne de dossiers sur ton bureau. Alors oui, j'ai fui. J'ai profité de l'opportunité. Je suis partie vivre aux États-Unis et travailler pour mon frère. Je me suis fait des amis. Je suis tombée amoureuse.

Ressentant soudain le besoin de faire marche arrière, elle ajouta :

— J'ai enfin trouvé le temps de me consacrer à l'art, et j'ai découvert que je ne possédais pas de talent inexploité en tant que peintre.

Sa mère éclata de rire.

— Il m'est arrivé la même chose quand tu es partie à l'école. J'avais en tête de créer des gâteaux inédits. Mais même en y consacrant un bon paquet de temps… je ne me suis pas améliorée. Et parce que je ne progressais pas, ça ne m'amusait plus.

Ses yeux fouillèrent ceux de Shiori.

— Tu aimais peindre, même quand tu n'appréciais pas le résultat final ?

— Parfois.

— Alors ce n'était pas du temps perdu, conclut-elle en dégageant le front de sa fille de quelques mèches de cheveux. Le temps que tu as passé à l'étranger n'a jamais été gâché.

— Bon, et maintenant, qu'est-ce qui va se passer ?

— Tu veux dire à Okada ? J'adorerais agiter une énorme promotion sous ton nez afin de vous garder près de moi, toi et ton futur bébé.

Shiori sourit à travers ses larmes, tandis que sa mère poursuivait :

— Ça détruit tous mes projets de gâter ce petit, que tu sois amoureuse de son père. Car je doute qu'il acceptera que son enfant et toi viviez au Japon.

Cette fois, Shiori parvint à esquisser un vrai sourire.

— Knox a grandi dans une famille monoparentale. Jamais il ne se contentera d'un rôle mineur dans la vie de son enfant ; d'ailleurs je ne lui demanderai pas un sacrifice pareil. Je ne veux pas qu'il joue un rôle secondaire dans ma vie non plus.

— Alors, dis-le-lui, Shiori-san. Je suis contente que tu sois venue à moi, mais à présent tu dois retourner vers lui et régler votre problème.

— Je sais.

— Il t'a appelée ?

— Une bonne vingtaine de fois.

— Rappelle-le.

Sa mère lui prit les mains et l'attira vers elle.

— J'adore t'avoir ici avec moi, mais j'ai pris un engagement pour ce soir que je ne peux pas rompre. Tu sais quoi ? Va à ton appartement, change de vêtements et réfléchis à ce que tu vas lui dire. Ensuite regarde autour de toi et vois si tu t'imagines vivre dans cet espace avec un bébé.

C'était dans la maison de Knox, qu'elle s'imaginait vivre, avec leur bébé et lui.

Des lèvres douces lui effleurèrent le front.

— Vis la vie que tu mérites. Si cette vie implique que je fasse de nombreux allers et retours aux États-Unis pour voir mon petit-enfant, eh bien soit.

— Merci, maman.

— Je suis là pour ça, répondit-elle en se levant. Je vais t'appeler une voiture. Je ne pense pas que tu te sentes suffisamment bien pour prendre le bus.

Quand Shiori arriva devant le bâtiment d'Okada, une heure plus tard, elle se sentait un peu requinquée. Le réconfort de sa mère lui avait manqué, et celui de la maison aussi, plus qu'elle ne l'avait cru.

Elle ne reconnut pas l'agent de sécurité au niveau principal. Comme il s'agissait d'un bâtiment public, les procédures de sécurité étaient réduites au minimum jusqu'au quarantième étage, à partir duquel commençaient les résidences privées. Dans l'ascenseur, elle passa sa carte-clé contre le détecteur et entra le code.

Rien n'avait changé dans le petit espace attente de son étage, et elle s'engagea dans le couloir de gauche.

Enfin à la maison.

Elle déverrouilla sa porte, lâcha son sac de voyage au sol et jeta sa carte-clé sur la table de l'entrée comme d'habitude. À cet instant, elle remarqua le double de sa carte-clé. Déjà là ? Bizarre. C'était Amery qui l'y avait laissée ?

Il se passait quelque chose d'étrange… Les poils à la base de sa nuque se hérissèrent. Sans bruit, elle ôta ses chaussures et écouta.

Rien.

Mais… Elle ferma les yeux et inspira. Et l'odeur qui lui parvint faillit bien la faire chanceler. Une peau chaude et masculine avec une touche de musc et de lessive.

Knox.

Ne sois pas ridicule. Il n'est pas ici ; ne confonds pas tes désirs avec la réalité.

À l'angle de l'entrée et du salon, elle s'immobilisa et un halètement bruyant s'échappa de ses lèvres.

Knox était bien là. Torse nu, en boxer, à genoux et tête baissée, de dos à elle.

Putain de merde !

Knox.

Était.

Là.

À genoux.

Qui l'attendait.

Elle.

Sans hésiter, elle alla le rejoindre. Tombant à genoux derrière lui, elle se colla à son dos, le visage pressé entre ses omoplates. Et son odeur familière emplit ses poumons, accélérant les battements de son cœur et apaisant son esprit.

— Dis-moi que je ne rêve pas.

— Tu ne rêves pas, Maîtresse.

Elle resta serrée contre lui un long moment, laissant ruisseler les larmes sur son dos.

Tout en déposant une ligne de baisers le long de sa colonne vertébrale jusque dans sa nuque, elle se redressa et alla se poster devant lui.

— Regarde-moi, s'il te plaît.

Knox leva la tête. Il y avait tellement de résolution, dans ses yeux bleus.

— Pourquoi es-tu ici ?

— Parce que je t'aime. Je viens de passer les trois jours les pires de ma vie, sans savoir ce que j'avais fait ou dit pour te pousser à partir.

Elle lui prit le visage entre ses mains.

— Redis-le.

— Je t'aime. (Il lâcha un soupir.) J'ai tout gâché, Nushi ? C'est irréparable ? Ça me tuerait.

— Pourquoi ?

— Ça a été la plus grande joie de ma vie, de t'appartenir. De t'aimer.

Les mots étaient si simples, si beaux.

— Alors si tu ne veux pas de moi ici, si tu ne veux plus que je t'appartienne…

Elle écrasa la bouche sur la sienne pour le faire taire. Le baiser fut électrique dès le début. Une réunion, l'affirmation de Shiori, le repentir de Knox.

Lui aussi reconnut ce que représentait ce baiser. Il l'agrippa par les hanches et se donna à elle entièrement.

Shiori aurait pu continuer à l'embrasser pendant des heures, mais soudain elle ressentit une douleur au cou et se rendit compte que Knox devait être dans une position inconfortable, lui aussi. Alors elle rompit le baiser lentement, s'écartant par paliers. Puis elle riva son regard au sien.

— Tu es à moi. Je t'aime, Knox. Tellement que ça me fait peur.

— Redis-le.

— Je t'aime.

Elle vit ses yeux s'adoucir.

— N'aie pas peur. On s'appartient, tu le sais. Je vais me battre pour toi. Putain, je me battrais même pour t'avoir.

Le son qu'elle laissa échapper était à mi-chemin entre le rire et le sanglot.

— Tu m'es peut-être supérieure en rang, mais je te promets de ne pas suivre les règles. Je ne me battrai pas selon les règles, si je me bats pour la meilleure chose qui me soit arrivée de ma vie.

— Là, tu te trompes. C'est toi, la meilleure chose qui me soit arrivée de ma vie.

Et la joie qu'elle vit illuminer son beau visage déclencha les fontaines de nouveau.

— Vu que je suis déjà à genoux, et même si je préférerais ne pas faire ça à moitié nu…

Il tendit la main et ramassa un petit boîtier en velours bleu, puis il plongea les yeux dans les siens.

— Je t'aime. Que je t'appelle Shiori, She-Cat, Maîtresse, Nushi ou shihan. Tu es toutes ces femmes, pour moi, mais il y a un nom que je veux te donner pour le restant de mes jours : ma femme. Tu veux bien m'épouser ? ajouta-t-il après une courte pause.

Shiori lâcha un halètement. Lui posant une main sur le torse pour se recentrer et sentir battre follement son cœur.

— Oui.

Il ferma les yeux une fraction de seconde et exhala brusquement.

— Merci.

— Tu croyais vraiment que je dirais non ?

— Je ne savais pas. Je ne croyais pas que tu pourrais t'enfuir au Japon sans m'avertir non plus, du coup j'ai fait ce voyage complètement dans le noir.

Quel idiot. Elle renifla mais laissa couler les larmes sans honte.

— Qu'est-ce qu'il y a, dans la boîte ?

— La promesse d'être tout ce dont tu auras jamais besoin. Je voulais que tu ressentes la même chose que moi chaque fois que je regarde le bracelet que tu m'as offert.

— Mets-la-moi.

— OK, patronne.

Il lui embrassa la base de la main avant de lui passer la fine chaîne au poignet. Puis il attacha les deux extrémités dans une fermeture en forme de cœur. Et il bloqua le tout…

— Ça se ferme à clé ?

— Oui, madame. Et je garde la clé. Elle sera toujours en lieu sûr.

Savait-il ce que cela signifiait pour elle ?

Oui, bien sûr qu'il le savait.

Elle regarda tour à tour le boîtier de chez Tiffany et le bracelet en platine, et puis les yeux brillants de Knox.

—Alors là, tu m'as surpassée, hein, mon Knox-dieux amour ?

—Oui, fit-il avec un large sourire. Je t'offrirai une bague de fiançailles plus traditionnelle, si tu veux que je montre à tout le monde que je te fais mienne, mais ceci est un engagement privé.

Elle lui emprisonna le visage entre ses mains et l'embrassa.

—Je ne pensais pas pouvoir t'aimer plus que je ne t'aimais déjà, mais j'avais tort. (Nouveau baiser.) S'il te plaît, relève-toi et prends-moi dans tes bras.

Quand il l'enlaça, il avait la peau parcourue d'un frisson.

—Tu es gelé. Depuis combien de temps m'attendais-tu ?

—Ta mère a appelé juste après que tu es partie de chez elle, donc ça doit faire à peu près une heure.

Elle pencha la tête en arrière et l'observa.

—Elle savait que tu étais là ?

—Je lui ai téléphoné avant de prendre mon avion. J'avais besoin de m'assurer que je te verrais et qu'Okada ne me jetterait pas de ton appartement, même si Amery m'avait donné les clés.

—Ma mère t'a dit quelque chose ?

Il fronça les sourcils.

—Hormis qu'elle était heureuse que je sois venu te chercher ? Non. Pourquoi ?

—J'ai quelque chose à t'annoncer. Mais viens te réchauffer avant.

Elle lui prit la main, dans l'intention de le mettre au lit et de se glisser sous les couvertures avec lui.

Mais cette tête de mule de Viking refusait de bouger.

— Non. Dis-moi maintenant.

Elle s'approcha de lui, afin de se retrouver corps contre corps.

— Tu te souviens que j'avais encore des nausées après mon accident ?

Il hocha la tête.

— Le jour où tu avais toutes tes réunions à Arts Black, après avoir vomi pour la énième fois, j'ai décidé d'appeler le service de voituriers afin d'aller dans une clinique de consultations externes.

— Pourquoi tu ne m'en as pas parlé ? Bébé, j'aurais tout laissé tomber pour t'y accompagner.

— Je sais. Mais Ronin t'avait déjà salement malmené, et je voulais t'épargner d'autres remontrances. Alors j'y suis allée seule.

— Que s'est-il passé chez le médecin ?

Elle pressa les mains sur ses pectoraux.

— Elle m'a fait passer une batterie de tests.

Les mots restaient coincés au fond de sa gorge, retenus par la culpabilité.

Alors Knox lui prit le visage dans ses grandes mains.

— Dis-moi.

— Je suis enceinte.

Il cilla. Fronça les sourcils. Puis il secoua la tête comme s'il avait mal entendu.

— Tu peux me répéter ça ?

— Je suis enceinte. C'est pour ça que j'ai continué à avoir des nausées après l'accident.

La surprise lui distordait les traits. Il ouvrit la bouche, puis la referma aussi sec.

— Mais on…

— … a utilisé des préservatifs chaque fois. Sauf la première, termina-t-elle en fermant les yeux. J'ai pris la pilule du lendemain, comme je te l'avais dit, mais pour une raison que j'ignore, ça n'a pas marché.

Il ne disait plus rien.

Alors, au bout d'un moment, elle lâcha :

— Je suis désolée.

— De quoi ?

— De ne pas te l'avoir dit d'emblée. De t'avoir obligé à me poursuivre jusqu'ici.

— C'est ça que tu étais venue m'annoncer, le soir où j'étais saoul comme un cochon ? Que tu étais enceinte ?

Elle hocha la tête.

— Regarde-moi.

Shiori releva les paupières, malgré le poids des larmes.

— Tu es déçue d'être enceinte ?

— Non.

Knox l'écrasa contre son torse.

— Dieu merci.

Son grand corps frissonna tandis qu'il l'embrassait au sommet du crâne.

Elle avait la sensation d'être la seule chose qui le tenait encore droit.

— Lâche-moi.

— Non, jamais je ne te lâcherai de nouveau.

Elle tenta de se libérer de son étreinte, mais il tenait ferme. Alors elle dut user de sa voix de dominante.

— Knox. Lâche-moi. Si tu t'évanouis, on va tomber ensemble.

— Je ne vais pas m'évanouir.

Et il s'agenouilla de nouveau, mais cette fois il avait les yeux rivés à son ventre.

— Montre-moi.

— Il n'y a pas grand-chose à voir.

Elle passa son tee-shirt par-dessus sa tête.

Immédiatement, Knox lui baissa son pantalon de yoga. La prenant délicatement par les hanches, il lui couvrit le ventre de baisers.

— Un bébé. Mon Dieu, il y a notre bébé là-dedans.

Elle ne savait pas trop comment il allait réagir, mais elle n'avait pas imaginé ça.

— Tu n'es pas déçu ?

— Surpris, oui. Déçu, non. Jamais de la vie !

— Pourquoi ?

— Parce que je t'aime, répondit-il en déposant un cercle de baisers autour de son nombril. Parce que ce bébé doit arriver. (Nouvelle série de baisers.) Songe un peu à tout ce qu'il a enduré, depuis onze semaines.

Il leva les yeux vers elle. Ils étaient humides, emplis d'émotion.

Et l'amour qu'elle ressentait pour lui grandit encore un peu plus. Quand ses lèvres lui effleurèrent l'estomac, elle frissonna.

— Je suis soulagée que tu m'aies demandée en mariage avant d'avoir su, pour le bébé.

— Je te veux pour toi-même, Nushi. Et ce petit haricot, c'est juste la cerise sur le gâteau.

Il caressa des pouces le renflement dur au-dessus de son os pubien.

— Tu as senti des mouvements ?

— Non. En revanche, j'ai des photos. Et j'ai entendu battre son cœur, annonça-t-elle en lui passant les mains dans les cheveux. À cet instant-là, j'aurais tellement aimé t'avoir à mes côtés que j'en ai pleuré.

— Dorénavant, je serai à tes côtés pour tout. Et peu importe ce qui arrive à Arts Black ou à Okada. Peu importe qu'on vive aux États-Unis ou au Japon.

— Tu emménagerais ici pour moi ?

— Chérie, je ferais n'importe quoi pour toi.

Ses yeux bleus contenaient tellement d'amour, de chaleur et de respect qu'elle eut du mal à parler à cause de la boule qui s'était formée dans sa gorge.

— Promis ?

— Promis.

La sensation familière de roulis lui remonta de l'estomac.

— On va vérifier ça sans tarder. Oh, merde.

Avant même qu'elle ne se soit plaqué une main sur la bouche, Knox était sur pied et l'emmenait à la salle de bain.

N'ayant pas grand-chose dans le ventre, elle n'eut guère que des haut-le-cœur.

Mais Knox resta près d'elle, à lui frotter le dos.

Après avoir tiré la chasse, elle se rinça la bouche.

— Beurk, j'en ai plus qu'assez de vomir.

Il la souleva dans ses bras.

— Je vais te mettre au lit.

L'ayant glissée sous les draps aussi délicatement que si elle était en cristal, il la couvrit.

— Tu veux de l'eau ?

Elle opina du chef.

— Je reviens, dit-il en lui caressant la joue.

Tout ce qui tournoyait dans sa tête se calma enfin.

De retour auprès d'elle, il lui porta le verre aux lèvres.

Elle avala deux gorgées, espérant qu'elles n'allaient pas remonter sur-le-champ.

Knox se glissa dans le lit à ses côtés et s'enroula autour d'elle, le plus près possible sans la déranger. Puis il déposa un doux baiser sur sa tempe et une main sur celle qu'elle avait sur le ventre.

— Dors. Je serai juste là quand tu te réveilleras.

La pièce était plongée dans l'obscurité la plus totale au moment où Shiori s'éveilla. L'espace d'une seconde, elle fut désorientée.

— Salut, comment tu te sens ?

— Mieux.

Pendant de longues minutes elle ne bougea pas, croisant les doigts pour n'avoir pas parlé trop vite. Enveloppée dans le cocon du corps de Knox, elle écoutait le rythme de leur respiration.

Alors une sensation monta, qui n'était pas due à la nausée, mais au désir. Elle adorait le chatouillement du souffle de Knox sur sa peau, dans son oreille. Sentir monter et descendre son torse contre son dos.

Elle agita les fesses, comme pour trouver une position confortable, et sentit son sexe – dur et prêt.

Jusqu'à ce qu'il essaie discrètement de l'écarter.

Elle ramena le bassin contre lui.

Cette fois, il dit :

— Si tu as besoin de plus de place, je peux me retourner.

Shiori roula sur l'autre flanc pour lui faire face.

— J'ai besoin de quelque chose, en effet, fit-elle en collant la bouche au-dessus du renflement musculeux de son téton.

— Je te donnerai tout ce dont tu as besoin, Maîtresse.

Elle passa la langue sur le téton.

— J'ai besoin de tes mains sur moi. De te sentir partout sur moi.

Il s'écarta et lui ôta son pantalon de yoga et sa culotte, puis il s'attaqua rapidement à son soutien-gorge. Et ses mains, ses grandes mains, merveilleuses et calleuses, se mirent à la caresser, à la titiller, à la toucher. Après quoi, sa bouche s'abattit sur tous ses points sensibles. Sans relâche, il lui prouva combien il était capable la faire onduler et gémir. Il savait exactement comment la rendre folle de désir.

Mais à aucun moment il ne s'aventura à franchir les limites qu'ils s'étaient fixées ensemble. Il n'enfouit pas le visage dans son sexe tant qu'elle ne lui en donna pas la permission.

— Knox, haleta-t-elle quand elle n'y tint plus.

— Oui, Maîtresse ?

— Mets ta bouche entre mes jambes et fais-moi jouir.

Il rabattit les couvertures et lui écarta les cuisses.

— J'ai une requête.

Elle baissa les yeux sur sa poitrine, le voyant installé entre ses cuisses.

— Quelle requête ?

— Écarte la peau qui recouvre ton clitoris avec tes doigts, en utilisant la main où tu portes le bracelet.

Il avait les yeux qui brillaient dans le noir.

— Je veux lever les yeux et voir la preuve que tu es à moi, au moment où tu hurleras mon nom.

Elle glissa la main par-dessus l'étendue – encore – plate de son ventre et de deux doigts, tira sur la peau de part et d'autre de son clitoris, le dénudant. Le grondement sexy que lâcha Knox envoya un délicieux frisson à travers le corps de Shiori.

— Putain que tu es belle !

Il souffla sur les chairs sensibles, dévoilant un sourire canaille quand elle sursauta.

— Vite ou lentement ?

— Vite.

Ils avaient plusieurs définitions de « vite ». Alors quand il eut atteint le moment où elle était complètement excitée, il suffit de quelques suçotements concentrés sur son clitoris et elle explosa. Un orgasme la traversa qui lui fit tirer les cheveux de Knox, haleter son nom et arc-bouter les hanches. Et qui continua au rythme de chaque coquin coup de langue. Quand il calma enfin ses caresses, elle fondit contre le matelas.

Alors il lui embrassa le ventre, terminant par un baiser sur le bracelet à son poignet.

Une fois que son cerveau se remit en état de fonctionner, elle se hissa sur les coudes pour le regarder, à genoux entre ses cuisses.

— Viens ici.

Il fit remonter sa main le long de l'intérieur de sa jambe.

— Ce serait mieux si tu étais dessus ?

— Non. On va avoir plein de mois pour expérimenter des positions créatives, au fur et à mesure que le bébé grandira. Ce soir, je veux plonger dans tes yeux pendant que tu bouges en moi et que tu te déverses dans mon ventre sans préservatif. Je veux ton oreille à portée de ma bouche, afin de pouvoir te dire combien je t'aime quand tu me fais l'amour.

— Oui, madame.

Il se hissa sur elle, les yeux rivés aux siens tandis qu'il s'enfonçait lentement.

— Putain que c'est bon.

— Très bon.

Son regard, intense, restait noué au sien. Il s'appuyait sur les bras, évitant de peser sur elle de tout son poids.

Chaque coup de reins, long, la hissait un peu plus haut vers le sommet de la montagne, jusqu'à ce qu'elle l'atteigne enfin.

Et Knox la laissa là, en suspens.

— Laisse-moi jouir avec toi.

Pour toute réponse, elle attira sa bouche contre la sienne, et ensemble ils filèrent vers les abysses.

Chapitre 32

Deux semaines plus tard…

Knox était assis sur la terrasse de son jardin, profitant de la soirée encore chaude. Et encore plus de la femme à la peau chaude dont le petit corps se pelotonnait contre lui. Il passa la main le long de son flanc, s'arrêtant pour empaumer ses fesses.

Shiori soupira dans son cou et il lui embrassa le sommet du crâne.

Après avoir quitté Tokyo, dans le jet privé d'Okada s'il vous plaît, ils avaient déménagé les affaires de Shiori chez Knox. Il avait trouvé amusant qu'elle laisse ses vêtements à Katie, sous prétexte que de toute façon, elle n'y rentrerait bientôt plus. Chose qu'elle n'avait pas trouvée aussi amusante que lui, jusqu'à ce qu'il tombe à ses genoux pour presser les lèvres contre le minuscule renflement.

Un bébé. Il n'en revenait toujours pas. Sa mère et ses sœurs étaient tout aussi folles de joie à propos de cette grossesse que l'étaient la mère et le grand-père de Shiori. Quant à Fee, Katie, Molly et Amery, elles concoctaient déjà la fête prénatale entre filles. Il ne comprenait pas, en revanche, qu'elles ne prévoient pas d'enterrement de vie de jeune fille, vu que Shiori et lui se passaient la bague au doigt dans deux semaines, dès que la pagaille avec le visa de Shiori serait réglée.

Elle fourra le nez dans sa gorge.

— À quoi est-ce que tu réfléchis aussi fort ?

De nouveau, il lui déposa un baiser au sommet du crâne.

— À mon impatience de faire de toi ma femme, Maîtresse.

— Moi aussi je suis très impatiente. Shiori Lofgren, ça sonne bien.

— C'est vrai, admit-il en lui caressant la cuisse du bout des doigts. Je t'aime. Je suis tellement heureux de t'avoir ici avec moi.

— Je t'aime aussi, fit-elle en l'embrassant dans la gorge.

Le portail d'entrée grinça sur ses gonds.

— Tu attendais quelqu'un ? demanda-t-elle en se rasseyant.

Knox tourna la tête et une silhouette noire se matérialisa peu à peu sous la forme de Ronin Black. Toujours aussi subreptice, celui-là. Sans le grincement du portail, Knox n'aurait jamais su qu'il était là.

— Salut, prends-toi une chaise.

— Merci. Je ne vous dérange pas, j'espère.

— Tu es toujours le bienvenu chez nous, frérot, répondit Shiori d'une voix douce.

« Chez nous ». Hum, comme il aimait entendre ça !

— Merci, Shi. Ça va, toi ?

— J'ai l'impression que cette question va me rendre malade pendant les six mois à venir, fit-elle en souriant. La plupart du temps, je me sens super bien.

Ronin sembla pris de court par sa réponse.

Shiori posa les pieds au sol et se releva.

— J'ai faim.

— Tu veux que je te prépare une assiette ? proposa Knox.

— Je vais le faire. Je sais que vous avez des choses à discuter, tous les deux.

— Rien à quoi tu ne puisses prendre part, précisa Ronin. Je ne voulais pas te chasser.

— Tu ne me chasses pas.

Knox posa une main sur le ventre de Shiori.

— Je viens voir si tout va bien d'ici un moment.

— Prends ton temps.

Elle se pencha et lui offrit un baiser tellement doux et chaud qu'il sentit aussitôt son sexe durcir. Puis elle se retourna et ébouriffa les cheveux de Ronin.

— Si la conversation en vient aux mains, j'appelle Deacon, vu que je n'ai plus le droit de me battre ou d'interrompre les bagarres.

— Comme si on n'était pas capables de se débarrasser de ce nul, ricana Knox.

— « Nul », je ne sais pas, corrigea Ronin. Maddox est en train de le transformer en machine de guerre.

— Il est grand temps qu'il fasse ses preuves.

Knox saisit deux Fat Tires, les décapsula et en tendit une à Ronin.

— Merci.

Ronin avala quelques gorgées avant de reprendre la parole :

— Je n'en reviens pas que tu aies mis ma sœur enceinte.

— Et moi donc.

— Nom de Dieu, tu vas devenir papa.

— Et un sacré bon, si c'est ce qui te tracasse. Ce n'est pas parce que j'ai grandi sans père...

— Attends, attends. Ce n'est pas du tout ce que je voulais dire. Mais alors, pas du tout. Shiori et moi, on a plus ou moins grandi sans père, nous aussi. Non, je t'imaginais juste une couche à la main, en train de babiller comme un bébé.

— Va te faire foutre. Je ne babillerai pas, ça n'est pas bon pour le développement du langage chez l'enfant.

Il avait lu tout ce qui se faisait sur la grossesse et l'accouchement. Cette manie commençait d'ailleurs à rendre Shiori dingue – ce qui constituait au moins la moitié du plaisir qu'il y prenait.

Ronin éclata de rire.

— Enfin, il y aura tout de même des couches, des poussettes et des animaux en peluche dans ton avenir proche.

— Ouais, admit-il en avalant une gorgée de sa bière. Et c'est cool.

— Je trouve aussi.

Knox sourit.

— Je te parie qu'Amery va tomber enceinte plus vite que prévu.

— Je dois avouer qu'une fois le choc passé, j'étais un poil jaloux, dit-il avant d'ajouter avec un regard narquois : Ojisan a proposé un million de dollars à Amery si elle tombait enceinte dans les mois qui viennent.

— Tu es sérieux ? Merde. Je savais qu'on aurait dû attendre avant de le lui annoncer. Je pourrais avoir un million au frais à la banque, fit-il en riant. Mais bon, on était tellement heureux qu'on n'a pas pu s'empêcher de le dire à tout le monde.

— Je serais ravi d'avoir un enfant dans l'année qui vient, mais Amery n'est pas prête. (Il haussa les épaules.) Alors on attendra qu'elle le soit.

Sirotant leur bière, ils se perdirent chacun dans leurs pensées.

— Ce bébé, c'est un sacré petit dur, fit remarquer Ronin au bout d'un moment. Pour survivre à un accident de voiture et un combat de MMA.

— Fort, obstiné et résistant. J'en conclus que ça doit être une fille.

En riant, Ronin vint trinquer contre la bouteille de Knox.

— Amen, mon frère.

Un nouveau silence s'installa entre eux. Une douce brise agita les feuilles, leur apportant l'odeur de l'herbe fraîchement tondue.

— Knox, j'ai une question à te poser.

— Sur ma démission en tant que directeur général du dojo ?

— Tu es bien sûr que c'est ce que tu veux ?

— Oui. Ça n'a pas été une décision facile à prendre. Mais toi aussi, tu as eu des choix difficiles à faire.

Après l'histoire du shihan – appelez ça malentendu ou drame, peu importe –, Ronin avait décidé de réintégrer Beck Leeds à Arts Black depuis la Maison de Kenji. Beck allait donc devenir shihan. De nouveau. Knox l'avait toujours apprécié, et il conviendrait très bien au sensei et au dojo.

— Tu vas travailler combien d'heures pour *GSC Sécurité* ?

Suivant les conseils de Liberty, Knox avait rappelé l'entreprise de surveillance à son retour de Tokyo. Et il avait passé les deux entretiens professionnels avec succès.

— Deux à trois jours par semaine, environ deux heures par jour. Je vais enseigner les techniques de défense au corps-à-corps. (Il but une nouvelle gorgée de bière.) Ronin, j'espère que tu comprends : j'ai besoin de faire quelque chose en dehors du dojo. Une fois que j'ai eu fini de pleurer sur mon sort, je me suis rendu compte que j'avais été trop complaisant vis-à-vis de moi-même.

Ronin l'observait.

— Je n'ai jamais perçu ça chez toi. Tout le contraire, en fait.

— La sonnette d'alarme, ça a été quand je me suis rendu compte que je n'avais rien à offrir au programme de MMA. Mais ça ne signifiait pas que je n'avais pas des talents à offrir, dont d'autres pourraient bénéficier. Je vais continuer à donner des cours à Arts Black, cela dit, donc tu n'es pas près de te débarrasser de moi. Surtout maintenant qu'on va faire officiellement partie de la même famille.

— Putain, quand j'y pense, c'est trop bizarre.

— Tu m'étonnes. Tu as embauché un remplaçant pour Shiori ?

Knox lui avait interdit de faire cours pendant toute la durée de sa grossesse, pourtant Shiori ne lui en tenait pas grief. Elle avait tanné son frère pour qu'il embauche une femme avec au minimum une ceinture noire troisième dan à sa place.

Ronin soupira.

— Non. Quelques candidates ont exprimé leur intérêt. Maintenant qu'Arts Black paie ses instructeurs au-dessus du salaire médian, on aura plus de postulants à nos offres, j'imagine. Je suis bien content qu'on soit en été et que tous ces changements n'affectent pas nos élèves.

— Tu te sens encore coupable d'utiliser ton héritage pour financer l'expansion du dojo ?

— Honnêtement, pas autant que je le pensais. L'argent est là, ce serait du gâchis de ne pas l'utiliser. Et toi, ajouta-t-il en lui jetant un regard narquois, ça ne t'embête pas trop d'être entretenu par ma sœur ?

Knox éclata de rire. Oh, si seulement Ronin savait à quel point son affirmation était vraie ! En plus de la rencontre avec son grand-père super flippant à Tokyo, il était allé avec elle au club où elle était devenue Maîtresse B. Après quoi ils avaient décidé d'un commun accord qu'ils en avaient fini des séances en clubs de tous poils, vu qu'ils avaient tous deux trouvé ce qu'ils y cherchaient.

— Pas du tout. Ce n'est pas comme si je ne travaillais pas. À temps partiel chez *GSC*, les cours à Arts Black et la cogestion des promotions Black et Blue avec Katie…

tout ça additionné, ça fait un bon temps plein. Après la naissance du bébé, une fois que Shiori aura décidé de son implication ultérieure chez Okada, j'aurai besoin de flexibilité professionnelle afin de pouvoir l'accompagner dans ses voyages. Je sais que ma Maîtresse ne supportera pas d'être séparée de moi ou de bébé Shox plus d'une nuit. Son héritage nous offre le luxe de nous concentrer sur notre famille, ce qui nous permettra d'être tous les deux des parents à temps plein.

Ronin lui jeta un drôle de regard.

Merde. Il venait de faire une gaffe en appelant Shiori « Maîtresse » devant lui.

— Quoi ?

— « Bébé Shox » ?

Waouh ! Heureusement, il s'était focalisé sur ça.

— On n'aime pas l'appeler « le bébé », alors on a mélangé nos deux prénoms ; et ça donne Shox.

— Doux Jésus.

— Ça, c'est déjà pris.

Ronin rit.

— Tu t'imaginais que nos vies seraient comme ça, il y a un an en arrière ? Moi marié, et toi sur le point de te faire passer la corde au cou et d'avoir un bébé ? Et que le dojo ne serait plus la chose la plus importante de nos vies ?

— Alors là, non. Mais c'était ce que j'avais toujours espéré.

— Moi aussi.

Knox heurta sa bouteille de bière contre celle de Ronin.

— Le changement, ça a du bon, frangin.

— Le changement, c'est même très bien.

Épilogue

Six mois plus tard…

Shiori Hirano avait envie de faire la peau à quelqu'un. Et par « quelqu'un », elle entendait plus précisément Knox Lofgren, son mari et le responsable de la douleur insupportable qu'elle ressentait en cet instant.

Elle lâcha un grognement qui aurait pu se changer en hurlement frustré.

— Vas-y, Nushi, tu y es presque.

— Je ne… je ne peux pas, haleta-t-elle.

La voix apaisante de Knox s'immisça dans son oreille.

— Si, tu peux. Tu es la femme la plus forte que je connaisse. Encore une poussée ou deux et on pourra enfin rencontrer notre fille.

Elle serra plus fort les poings sur les barres métalliques et poussa quand le docteur Barr le lui ordonna.

— Respire, bébé. C'est bien, souffla Knox tout en essuyant son front couvert de sueur.

Elle attendit l'arrivée de la douleur suivante, incapable de continuer les exercices de respiration. Après une nouvelle poussée, toute la pression qu'elle ressentait à l'intérieur disparut, remplacée par un immense soulagement.

— M. et Mme Lofgren, votre fille est arrivée ! annonça le docteur Barr.

Et le son qu'elle entendit juste après fut un cri strident. Puis les infirmières emmenèrent le bébé vers l'équipement médical en toute hâte.

Shiori se tourna vers Knox.

— Qu'est-ce qui ne va pas ?

— Je n'en sais rien.

— Va voir, s'il te plaît.

Alors que Knox s'éloignait, le docteur Barr revint, un petit baluchon dans les bras.

— Désolée. Pas de quoi vous inquiéter. Ce n'étaient que les vérifications de routine.

Shiori tendit la main vers son mari, et bien sûr, il était là.

Le docteur Barr posa le bébé sur un oreiller placé sur les genoux de Shiori.

— Félicitations. Je vais vous laisser vous extasier et l'admirer quelques minutes, le temps que je m'occupe des derniers détails médicaux.

— Je veux la voir, fit Knox en retirant son bonnet au bébé.

Une touffe de cheveux blonds apparut.

Shiori éclata de rire.

— Et bien sûr, il a engendré un bébé Viking.

— On la transformera en ninja, histoire d'équilibrer les choses.

— OK.

— Regarde-la. Elle est magnifique, comme sa maman.

Il vint effleurer les lèvres de Shiori.

— Je t'aime.

— Je t'aime aussi.

Et ils fixèrent des yeux leur petit miracle au visage rougi. En admiration totale.

— Comment on l'appelle ?

Shiori caressa la joue de sa fille, qui tourna instinctivement la tête en quête de nourriture.

— Qu'est-ce que tu penses de Nuri ?

— Comme ton grand-père ? demanda-t-il doucement.

— Oui. Ça te plaît ?

Il lui embrassa le front, puis celui de sa fille.

— C'est parfait.

Il toucha la minuscule main de Nuri de son auriculaire, et les tout petits doigts s'accrochèrent au sien.

— Waouh, quelle poigne !

— Notre bébé est déjà en train d'essayer d'attraper le petit doigt de papa.

— Elle doit tenir de sa maman, dont je passe mon temps à attraper la main.

— Hum. Mais je préfère encore quand tu es à mes pieds.

Le mariage et la grossesse n'avaient rien changé à sa nature dominante, mais Knox était devenu encore plus protecteur vis-à-vis d'elle. Régulièrement, il poussait cet instinct-là trop loin, et elle se changeait en méchante Maîtresse. Au bout du compte, leur couple fonctionnait à merveille.

— Quel dommage qu'à cause des restrictions médicales, tu doives attendre six semaines avant de me commander de nouveau, Maîtresse.

Elle se tourna vers lui.

— Les restrictions, c'est pour moi. Pas pour toi. Alors bien essayé, mais tu n'auras pas six semaines sabbatiques.

Il lui offrit un sourire canaille.

— Ça valait le coup d'essayer.

— Tu regrettes d'être mon soumis ?

— Non, affirma-t-il en lui picorant la bouche. Tu es coincée avec moi.

— Pour toujours ?

— Pour l'éternité, minette.

Elle fourra le nez dans son cou.

— L'éternité, ça ne me paraît pas assez long, avec toi. Mais c'est un bon début.

FIN

Achevé d'imprimer en novembre 2016
Par CPI France
N° d'impression : 3020055
Dépôt légal : décembre 2016
Imprimé en France
81121870-1